Le retour du colonel Grey

*

La belle des pyramides

HELEN DICKSON

Le retour du colonel Grey

Traduction française de
FLORENCE BELLOT

Les Historiques

HARLEQUIN

Collection : LES HISTORIQUES

Titre original :
ROYALIST ON THE RUN

Ce roman a déjà été publié en 2017

HARPERCOLLINS FRANCE
83-85, boulevard Vincent-Auriol, 75646 PARIS CEDEX 13
Service Lectrices — Tél. : 01 45 82 47 47 - www.harlequin.fr
ISBN 978-2-2804-9337-6 — ISSN 1159-5981

Composé et édité par HarperCollins France.
Imprimé en juin 2023 par CPI Black Print (Barcelone)
en utilisant 100% d'électricité renouvelable.
Dépôt légal :juillet 2023.

FSC
www.fsc.org
MIXTE
Papier issu de sources responsables
FSC® C159065

Pour limiter l'empreinte environnementale de ses livres, HarperCollins France s'engage à n'utiliser que du papier fabriqué à partir de bois provenant de forêts gérées durablement et de manière responsable.

Chapitre 1

Angleterre, milieu du XVIIe siècle

Arabella n'aurait su dire si c'étaient les enfants qui pleuraient dans la chambre d'à côté qui l'éveillèrent, ou la pluie battante qui frappait violemment sur les fenêtres, ou encore un quelconque volet cognant contre le mur de la vaste demeure.

Les yeux ouverts, elle écouta le vent souffler et gémir, telle une âme désolée errant sur la lande. Elle espéra vivement que le volet ne s'arracherait pas. Puis comprit enfin ce qui avait troublé son sommeil : le rythme des sabots de chevaux approchant de la maison.

Des soldats ! Qui d'autre, sinon ?

Elle ferma les yeux avec un sombre pressentiment, en priant pour que ne se répète pas ce qui s'était passé la première fois, lorsque les soldats du Parlement avaient mis la maison à sac.

— Les vautours sont donc prêts à frapper de nouveau ? marmonna-t-elle en espérant de toutes ses forces que ce ne serait pas le cas.

Le cœur battant, frissonnante de froid, elle sortit de son lit et alla regarder par la fenêtre. Le rideau de pluie était dense, mais la pleine lune qui filtrait de temps à autre éclairait les murs massifs de leur manoir du XIVe siècle, situé dans le comté du Gloucestershire.

Quatre cavaliers passaient la poterne, des royalistes d'après les chapeaux à large bord ornés de plumes qu'arboraient deux d'entre eux. Ils firent halte dans la cour, mais que ce soient des partisans du roi ou du Parlement ne faisait guère de différence. Ils exigeraient qu'on leur donne à manger, et il n'y avait que peu de provisions à Bircot Hall. Les soldats descendirent de leur monture, regardant autour d'eux d'un air conquérant.

Elle passa en hâte la robe bleu marine qu'elle gardait soigneusement dissimulée, l'une des rares restées en sa possession après le passage des Têtes Rondes, qui avaient fait main basse sur tout ce qu'elles avaient trouvé.

Elle entendit des coups insistants frappés sur les portes en chêne massif. Le vent secouait la maison, et, quand elle sortit de sa chambre, elle eut le sentiment que les ténèbres elles-mêmes étaient chargées d'énergie. Chaque fibre de son corps était en alerte. Des pulsations vibraient à la base de sa nuque, et la panique l'envahissait peu à peu.

Son inquiétude atteint son paroxysme quand elle arriva dans la grande salle du rez-de-chaussée et découvrit les quelques serviteurs qui leur étaient restés fidèles, Sam Harding, son épouse Bertha et leur fils Tom, tout près des membres de sa famille, le regard effrayé et les traits tirés, dans l'attente de la suite des événements. Conscients de la tension des adultes, les enfants de sa sœur Alice s'agitaient et se cramponnaient aux jupes de leur mère.

Arabella les regarda, puis leva les yeux vers Alice, qui paraissait bien plus âgée que ses trente ans après les épreuves et les vicissitudes infligées par la guerre civile. En l'absence de Robert, le mari d'Alice, qui s'était battu pour le roi et vivait désormais exilé en France, Alice avait résisté à l'invasion de sa maison par les parlementariens, et avait fait montre d'un courage à la hauteur de celui de son mari. Mais elle en était sortie épuisée, et le souci quotidien de nourrir ses enfants l'accablait.

Margaret était également présente, toujours posée, calme et rationnelle. Agée de vingt ans, c'était la belle-sœur d'Alice. Profondément ancrée dans ses croyances religieuses, Margaret n'avait aucun désir de compliquer sa vie avec un mari et des enfants et préférait se dévouer à sa famille et à la prière. Il faudrait bien plus que la guerre civile pour ébranler son sang-froid et sa foi en Dieu. Cependant, Alice avait confié à Arabella ne pas être pleinement convaincue par l'attitude dévote de sa belle-sœur. Celle-ci avait en effet vécu une existence protégée jusqu'ici, et Alice était fermement persuadée que la jeune fille finirait par succomber à un représentant du sexe masculin quand la guerre serait terminée et que le vaste monde s'offrirait à elle.

Sam, le vieux et loyal serviteur, regarda Arabella avec anxiété.

— Dois-je ouvrir la porte ? s'enquit-il d'une voix tremblotante.

Arabella jeta un coup d'œil à Alice, qui hocha la tête, tout en essayant de rassurer ses trois enfants.

— Oui, il vaudrait mieux, Sam, répondit Arabella. Ensuite, vous devriez raviver le feu. Nous ne pouvons pas les offenser d'emblée. Mieux vaut les calmer. Même si ce sont des soldats, ce sont des royalistes, donc ce ne sont pas nos ennemis *a priori*.

Dès que Sam eut déverrouillé la porte, un officier entra brusquement, les éperons d'argent fixés à ses bottes en cuir cliquetant sur les dalles de pierre. La bouffée d'air glacée qui s'engouffra en même temps que lui ne fut pas plus vive que l'apparence de l'homme qui se tenait devant eux. Arabella le détailla et sentit une ombre la traverser, comme un nuage annonciateur d'orage.

Des gouttes de pluie s'étaient attardées sur ses sourcils. Il ôta son chapeau à large bord et, avec son vaste manteau, son épée à la hanche et ses longs cheveux noirs qui bouclaient sur ses oreilles, son apparence était sinistre et démoniaque à la fois.

Il était grand, et dans sa chevelure se reflétait l'éclat des quelques bougies en cire d'abeille allumées dans des appliques fixées aux murs, qui peinaient à chasser l'obscurité de la salle aux boiseries de chêne foncé. Fraîchement rasé, la peau basanée, son visage aux pommettes hautes était barré de sourcils manifestement plus habitués à se froncer qu'à accompagner un sourire, ainsi qu'il le faisait en cet instant précis. Sa bouche était fermement dessinée, et son menton carré pointait en avant avec arrogance.

Il semblait cependant totalement inconscient de son apparence, ou de l'effet qu'il pouvait produire sur la petite assemblée devant lui. Deux de ses hommes vinrent se placer derrière lui. Il dévisagea chacun d'entre eux, comme s'il cherchait quelque chose, ou quelqu'un.

Arabella éprouva un choc violent à cette apparition. Elle devint blême, ses yeux s'agrandirent et elle porta la main à sa gorge comme si elle suffoquait. La pièce sembla se rétrécir autour d'elle.

Sans se rendre compte du trouble qu'il avait suscité chez la jeune femme, il s'approcha des habitants de la maison. Inclinant légèrement la tête, sans la moindre once d'humilité néanmoins, sa voix résonna soudain dans la salle, jusqu'au plafond voûté.

— Je suis sir Edward Grey, colonel de l'armée de Sa Majesté.

Pétrifiée, Arabella ne pouvait que contempler Edward Grey, l'homme à qui elle avait été promise dès l'âge de neuf ans par leurs parents respectifs.

Quand elle avait atteint ses dix-sept ans, Edward avait donné son accord à cette union, ce qui avait officialisé leurs fiançailles, mais, étant lui-même âgé de vingt-cinq ans, il ne s'était nullement préoccupé de courtiser Arabella, tout juste sortie de l'enfance, ni de songer au futur mariage. Après trois ans de guerre, le regain des hostilités entre le roi et le Parlement ainsi que l'intérêt d'Edward Grey pour une autre femme avaient poussé celui-ci à renoncer aux exigences du contrat passé avec le père de la jeune fille.

Arabella aurait moins souffert de la rupture de leurs fiançailles s'il n'avait été aussi séduisant. Et aujourd'hui, ayant gagné en maturité, aminci et extrêmement viril, il ne l'était que plus encore.

Enfant, elle l'avait adoré. Il avait été le héros de ses rêveries de petite fille, le chevalier en armure toujours prêt à voler à son secours. Elle se languissait de désir pour lui et, à dix-sept ans, elle sut avec certitude qu'elle était amoureuse de lui. Elle se souvint des nuits passées dans son lit à ne pas croire en sa chance. Quand la guerre était arrivée et qu'il était parti au combat, elle eut toutes les peines de la terre à supporter l'idée qu'il y soit blessé.

Lorsqu'il l'avait répudiée, le monde s'était brusquement assombri. Elle ne l'avait pas vu depuis cinq ans. En dépit de la guerre et de ses dangers, il avait peu changé : toujours le même air dominateur, la même fierté qui se dégageait de lui. Cela s'exprimait dans son attitude, sa prestance et dans ses yeux tandis qu'il passait le petit groupe en revue. Il semblait que ni le temps ni la guerre n'eussent eu de prise sur Edward Grey.

Arabella avait suivi ses exploits au fil des ans, et su qu'en tant qu'officier de cavalerie doté d'une vivacité d'esprit et d'une énergie peu communes, sa bravoure et son assurance avaient galvanisé le moral de ses troupes. On commentait ses victoires, et les récits de ses exploits, vrais ou non, étaient acceptés sans discussion par tous les auditeurs présents.

Elle avait souvent pensé à lui jadis, et le voilà qui surgissait brusquement aujourd'hui, avec sa présence imposante et bien réelle !

Elle sentit le tremblement de ses jambes remonter tout le long de son corps, jusque dans son ventre. Elle ne tarderait pas à s'évanouir si elle ne se reprenait pas rapidement, et resta debout tant bien que mal, toujours pétrifiée et glacée par le choc. Elle passa successivement de la fureur à l'indignation, puis à l'amertume, et se rebella peu à peu. Comment osait-il se présenter ici ? Avec quelle impudence lui imposait-il sa venue dans sa demeure après l'avoir traitée autrefois de manière si cruelle ?

Colonel ! Ainsi, il avait été promu. Il portait fort bien son titre.

Elle prit le temps de respirer calmement, afin de s'éclaircir les idées.

— Je sais qui vous êtes, déclara-t-elle posément mais avec fermeté, en sortant de l'ombre où elle s'était tenue jusqu'à présent. Vous ne me reconnaissez donc pas, Edward ?

Il se raidit, piqué au vif par ses mots. Il plongea soudain ses yeux bleu foncé dans les siens, et les plissa en signe d'une appréciation de prédateur toute masculine. Elle se retrouva tout à coup emprisonnée par ces profondeurs bleutées, tout en se demandant si les membres de son entourage respiraient encore. Arabella eut le sentiment d'être seule au monde avec cet homme. Et que quelque chose en elle se manifestait, subtilement, mais avec force.

Il la reconnut enfin et fit un pas en avant, l'air stupéfait.

— Arabella ?

Toujours plongée dans ce regard énigmatique qui l'avait hypnotisée, la jeune femme eut l'impression de remonter le cours du temps.

— Ai-je tant changé ? demanda-t-elle.

Les rides séduisantes qui encadraient sa bouche se dessinèrent plus nettement quand il lui offrit un sourire chaleureux et convaincant, en tout point semblable à celui d'autrefois.

— Oui… en effet. Pardonnez-moi. C'est vous que je cherchais. On m'a dit que je vous trouverais ici.

Arabella le regarda fixement. Après tous les moments qu'ils avaient passés ensemble, quand il venait chez elle, qu'ils se promenaient et bavardaient, elle avait cru représenter pour lui ce qu'il y avait de plus important au monde. Quand il évoquait leur avenir, il leur semblait tant idyllique ! Et cette camaraderie d'autrefois ne leur permettait plus aujourd'hui que d'arborer l'attitude guindée qui sied à des personnes étrangères l'une à l'autre ?

Elle avait imaginé pendant des années ce que seraient leurs retrouvailles. Elle le repousserait, comme lui l'avait fait avec elle. Cependant, elle sentait son cœur battre trop fort dans sa poitrine, pire qu'une petite servante amourachée ! Devait-elle être furieuse, soulagée ou déçue qu'il l'eût cherchée, après tout ce temps ?

Mais elle soupçonna que la raison qui l'avait conduit jusqu'ici ne présageait rien de bon pour l'avenir.

Ses lèvres s'ourlèrent d'un sourire ironique et, quand elle reprit la parole, son ton était dénué de chaleur, sous-entendant ainsi qu'elle éprouvait toujours du ressentiment à son égard et qu'elle n'avait pas oublié la façon dont il l'avait rejetée.

— Cependant, vous ne m'avez pas reconnue, objecta-t-elle. C'est peu flatteur, mais guère surprenant. Cinq ans, c'est très long, et bien des choses ont changé. Avez-vous vu Stephen ? demanda-t-elle, avide d'obtenir des nouvelles de son frère, qui s'était battu aux côtés d'Edward Grey durant toutes ces années.

Il hocha la tête, puis se débarrassa de son chapeau et de son manteau sur une chaise et la rejoignit, un peu à l'écart des autres. Il la toisa de sa haute stature, mais elle n'éprouvait aucune crainte.

— Il m'a dit où je vous trouverais. Il est censé me rejoindre dans quelques heures, si tout se passe bien.

Le cœur d'Arabella bondit de joie.

— Stephen va venir ici ? s'exclama-t-elle tout en se tournant vers Alice. Voilà une bonne nouvelle, n'est-ce pas, Alice ?

Occupée à calmer sa fille Nanette, âgée de quatre ans, celle-ci acquiesça, les yeux pétillants de joie.

Edward détailla Arabella des pieds à la tête. Il haussa imperceptiblement un sourcil, et esquissa une ombre de sourire.

— Regardez-vous donc, vous n'avez que la peau sur les os, déclara-t-il.

Il lui tourna le dos et alla se placer devant la cheminée pour se réchauffer les mains. Les bûches que Sam venait de mettre dans le feu crépitaient, léchées par de vives flammes.

— Les temps sont durs, rétorqua-t-elle avec froideur, vexée par sa remarque désinvolte, mais déterminée à ne pas le montrer. La nourriture est rare, et ce, depuis bien des mois. Regardez autour de vous et vous constaterez aisément comment sont les choses ici. Vous contemplez une demeure mise à sac, et qui souffre de la faim.

Il fronça les sourcils, et prit aussitôt un air soucieux.

— Vous avez eu des ennuis ?

— Nous avons eu des invités impromptus, en effet, répliqua-t-elle sèchement.

— Vous n'avez aucun homme pour vous protéger ?

— Seulement quelques serviteurs, mal équipés pour ce genre de tâches, et vous avez pu vous rendre compte de la situation de la maison. Elle n'offre aucune défense contre une armée hostile.

Il la dévisagea alors avec insistance.

— Et vous ? Avez-vous subi des violences ?

Elle se mordit la lèvre.

— Allons, Arabella, c'est la guerre, ajouta-t-il, et je ne connais que trop les atrocités commises sur les femmes tombées aux mains d'un ennemi triomphant.

— Non, ils nous ont laissées en paix, répondit-elle. Vous étiez capitaine quand nous nous sommes quittés, et vous voilà colonel. Je n'ai rien à redire à cela, mais si vous êtes venu ici pour réquisitionner du bétail, des animaux de basse-cour ou n'importe quelle autre provision que ce soit pour nourrir votre armée, en arguant que les impératifs de la guerre passent avant tout, alors, vous allez être déçu.

— Ce n'est pas pour cela que je suis ici, répliqua-t-il, et nous ne sommes que quatre, cinq quand votre frère arrivera. Que s'est-il passé ici ?

— Les Têtes Rondes du Parlement sont venues investir la maison il y a quelques mois. Leur comportement a été inqualifiable. Les soldats étaient livrés à eux-mêmes. En dépit de leurs tendances puritaines, et sans un commandement qui les rappelle à l'ordre, la plupart d'entre eux étaient ivres du matin au soir. Nos amis les parlementariens ne sont pas aussi vertueux qu'ils voudraient nous le faire accroire.

— Aucun d'entre vous n'a été molesté ? insista Edward Grey.

Arabella secoua la tête. C'est plutôt avec Alice qu'il aurait dû tenir ce genre de conversation, mais sa sœur essayait toujours de consoler Nanette qui ne cessait de pleurer, visiblement effrayée par ces hommes terrifiants qui venaient de faire irruption dans sa maison.

— Ils ne s'en sont pas véritablement pris à nous, mais la guerre continue, et nous vivons dans la peur constante que cela ne se reproduise. Les Têtes Rondes sont restées quatre semaines. Comme vous pouvez le constater, ils ne nous ont pas bien traités, tout comme la maison. Ils n'ont pas hésité à casser des portes, à arracher des boiseries des murs, cherchant d'éventuelles cachettes et espérant ainsi découvrir des royalistes en fuite. Ils se sont emparés des chevaux, des moutons, du bétail et autres, de même que des chevreuils du parc. Les réserves de grain ont été pillées, tout comme celles de bière et de vin. Il faudra longtemps avant que nous puissions tout reconstituer.

L'attention d'Arabella fut soudain attirée vers la porte d'entrée. Une jeune femme venait d'apparaître, un petit garçon calé sur la hanche. Il semblait avoir à peu près deux ans. Son visage enfoui contre l'épaule de la femme, le pouce dans la bouche, visiblement effrayé, il ne montrait pas la curiosité habituelle des enfants de son âge. Stupéfaite, elle se retourna vers Edward.

— Qui est-ce ? Qui est cet enfant ? s'écria-t-elle.

Edward fit signe à la jeune femme de s'avancer.

— Dickon est mon fils, Arabella. Voici Joan, sa nurse.

Arabella tenta de contrôler son émotion tandis que l'enfant relevait la tête et ôtait le pouce de sa bouche. Il tourna la tête et la regarda droit dans les yeux. Elle n'était pas préparée à la douleur qui lui arracha le cœur. Il lui semblait regarder Edward. Le garçon avait les mêmes yeux bleus spectaculaires, bordés de longs cils noirs. Des cheveux sombres et bouclés encadraient son ravissant visage. Elle ne put détacher son regard du petit, qui, même à un si jeune âge, arborait déjà le port de tête arrogant de son père, le même menton conquérant. Mais il paraissait également très perturbé, et montrait une anxiété inhabituelle chez un petit enfant.

Elle réussit enfin à reporter son attention sur son père.

— J'ai appris le décès de votre épouse, Edward, dit-elle.

Arabella avait tant détesté Anne Lister, la femme qu'Edward avait épousée, que son amertume subsistait en dépit de sa mort, et elle ne put guère se résoudre ne serait-ce qu'à prononcer son nom.

— Oui. Anne est morte peu de temps après la naissance de Dickon, déclara Edward d'un ton monocorde.

Elle le dévisagea, cherchant une émotion qui lui révélerait à quel point il déplorait la perte de sa femme. Mais elle ne décela rien.

— Je vous présente mes condoléances, ajouta-t-elle d'un

ton tout aussi dépourvu de sentiment, mais elle était incapable de feindre la moindre tristesse.

— Et je vous présente les miennes également, répondit-il. Votre mari a été tué à la bataille de St Fagans, si je ne me trompe.

Elle se crispa à l'évocation de John Fairburn. Son corps avait été ramené dans un cercueil, afin d'être enterré. N'ayant aucun désir de voir la dépouille de John, et après avoir appris qu'il avait été si gravement blessé qu'elle ne le reconnaîtrait pas de toute façon, elle l'avait inhumé en compagnie de ses ancêtres dans le cimetière accolé à l'église.

— Oui, je suis veuve, mais cela ne vous regarde pas. Quelle que soit la raison de votre présence ici, je veux que vous sachiez que vous n'êtes pas le bienvenu. Vous et moi avons vécu chacun de son côté pendant longtemps, et j'aimerais que cela continue ainsi. Quand vous avez épousé Anne Lister, vous avez rompu tous les liens existant entre nous.

L'air impassible d'Edward semblait souligner que rien de ce qu'elle pourrait faire ou déclarer ne pouvait l'atteindre.

— Je me plierai bien sûr à vos instructions, Arabella, et je partirai dès que Stephen sera arrivé. Mais il est impératif que je trouve un foyer temporaire pour mon fils.

Arabella commença à sortir de sa torpeur, et l'explication de l'irruption d'Edward fit peu à peu son chemin dans son esprit.

— Vous ne voulez quand même pas dire que vous vous attendez à ce que je…

Elle balbutia, totalement abasourdie, et reprit la parole avec peine.

— Non… non, je ne suis pas d'accord. Comment pouvez-vous me demander cela ? N'en avez-vous déjà pas fait assez pour… m'humilier par le passé ? En toute conscience, vous ne pouvez pas vous attendre à ce que… à ce que je le garde ici !

— Je n'ai nul autre endroit, Bella, aucun endroit sûr, et personne d'autre à qui me fier.

Bella ! Il l'avait appelée Bella ! Personne ne l'avait appelée ainsi depuis qu'il… Elle chassa aussitôt cette bouffée de sentimentalité avec agacement.

— Si, il doit bien y avoir quelqu'un d'autre, objecta-t-elle. Vous avez une sœur, Verity. Elle doit certainement…

— Depuis que l'Angleterre est sous la férule du Parlement, Verity et sa famille se sont exilées en France, coupa-t-il.

— Alors pourquoi n'ont-ils pas emmené votre fils ?

— C'était trop tard, répliqua Edward.

— Mais pourquoi moi ? Pourquoi me l'amener ?

— J'ai besoin d'un allié, en qui je puisse placer toute ma confiance. Je vous ai cherchée, parce que j'ai pensé que cette personne, cela pourrait être vous. Ma tête est mise à prix, chèrement même. Et les parlementariens seraient ravis de mettre la main sur mon fils. Ils ont fouillé de fond en comble et mis à sac toutes les résidences de ma famille ainsi que mon domaine de l'Oxfordshire afin de nous retrouver tous les deux.

— Et qu'en est-il désormais de notre sécurité, ici ? s'exclama-t-elle, les yeux flamboyants de rage qu'il ose lui demander une chose pareille. En venant dans cette demeure, vous nous avez tous mis en danger. Si nous portions secours à votre fils, nous serions considérés comme des traîtres par le Parlement. Ils nous pendraient tous.

— Pas si vous le faisiez passer pour le vôtre, si cela s'avérait nécessaire.

Stupéfaite, Arabella le dévisagea fixement.

— Vous me demandez réellement cela ? hoqueta-t-elle. Etes-vous donc sans cœur ? J'avais aussi un enfant, Edward, une petite fille.

Elle sentit les larmes lui monter aux yeux, et sa gorge se serrer à la pensée de cette enfant morte.

— Elle s'appelait Elizabeth, poursuivit-elle. Elle est morte d'une fièvre, un an après le décès de mon mari.

— Je suis sincèrement désolé de l'apprendre, déclara Edward, exprimant cette fois une certaine compassion. Stephen m'avait parlé de votre fille.

— Vraiment ? répliqua-t-elle. Je suis véritablement surprise que vous vous souveniez de mon existence ! Et voilà que vous surgissez et osez me demander, à moi, une femme que vous n'avez pas vue depuis cinq ans, une femme qui comptait si peu pour vous que vous avez rompu nos fiançailles, de faire passer votre fils pour le mien ?

Ses paroles vibraient sous l'émotion violente qu'elle venait d'éprouver en repensant à la mort de son enfant.

Une expression de souffrance traversa le regard d'Edward.

— Vous vous trompez, Arabella. Vous comptiez pour moi, énormément. Je dois reconnaître que j'ai amèrement regretté ma conduite envers vous à cette époque, et j'espère que mes manières se sont améliorées depuis.

Arabella était si indignée que ses yeux lançaient des éclairs.

— Je l'ignore, mais j'imagine que, persuadé comme vous l'êtes d'avoir acquis de meilleures manières, vous avez pensé qu'il était tout à fait approprié de venir ici, sur la suggestion de mon frère. Comment avez-vous pu le croire ? Et comment avez-vous osé penser que vous pouviez ainsi me mettre dans une position aussi impossible ?

— Je réalise la gravité de la situation. Mon intention n'était pas de vous blesser, Arabella.

Les émotions de la jeune femme explosèrent soudain en remontant à la surface, et les déceptions de ces dernières années malheureuses jaillirent de manière irrépressible.

— Ça m'est égal ! s'écria-t-elle. La réponse est non. Vous voudriez que je prenne soin de votre enfant alors que je pleure encore le mien ? Je ne suis pas insensible, vous savez. Comment pouvez-vous me mettre devant le dilemme de devoir refuser de secourir un enfant ? s'exclama-t-elle, au comble du désarroi, se refusant à regarder le petit garçon dans les bras de sa nurse. Mais il le faut. Je ne peux vraiment pas… je ne peux pas laisser votre fils entrer dans ma vie… après tout ce que j'ai enduré… après ce que vous avez fait…

— Je suis désolé.

— Désolé ? Etre désolé ne suffit pas, répliqua-t-elle.

L'audace de cet homme lui coupait le souffle. Elle avait envie de lui hurler dessus, de lui lancer au visage toute la peine, la souffrance, la colère, la haine et la jalousie que son alliance et son mariage avec Anne Lister lui avaient infligées. Elle se félicita néanmoins de réussir à rester calme et digne, de garder la tête haute, et de refuser fermement de lui laisser entrevoir combien il avait torturé son esprit et sa chair. Elle se contiendrait, mais elle brûlait de crier à la face du monde l'offense qui lui avait été faite, son amertume et son aversion à l'idée qu'il ose lui amener son fils, et l'aplomb qu'il y mettait. L'enfant d'Anne Lister, en ce lieu qu'elle considérait désormais comme sa propre maison ! La perte de sa fille l'accompagnerait éternellement. Elle rêvait d'elle dans son sommeil et se réveillait bien souvent les yeux baignés de larmes.

— Dickon est mon fils, Arabella, reprit Edward, une lueur flamboyante dans le regard. Je dois m'assurer de sa sécurité.

— Pourquoi ? Va-t-il encore y avoir des troubles ? Est-ce cela qui vous a poussé à venir ici ? demanda-t-elle.

Cela devait être vrai, car elle avait observé des mouvements de troupes vers l'ouest depuis quelque temps. Sam avait raconté avoir vu l'armée du Parlement se déplacer avec moult précautions pour rester discrète vers la rivière Severn, équipée de charrettes tirées par des bœufs, chargées de canons, débordantes de barils de poudre.

Tout le monde se réjouissait d'ailleurs qu'elle ne se soit pas approchée de Bircot Hall.

— En effet. Je vais rejoindre l'armée du roi. Et Malcolm Lister ne trouvera pas le repos tant qu'il ne se sera pas emparé de mon fils.

Arabella le dévisagea avec intensité, comprenant enfin pourquoi il insistait tant dans sa requête.

— Ainsi donc, vos rapports ne se sont guère améliorés, murmura-t-elle.

Elle se souvenait fort bien du frère d'Anne Lister. Il ne lui avait jamais plu. Il y avait en lui quelque chose de fuyant et une propension à se montrer impitoyable, assortis d'un effrayant contrôle absolu de lui-même. Edward étant royaliste, il avait fait tout son possible pour l'empêcher d'épouser sa sœur, mais Anne était restée inflexible.

— Je pensais que la guerre serait un bon exutoire pour les querelles personnelles. Je vois qu'il n'en est rien, reprit-elle. Vous êtes un homme recherché. Vous nous avez tous mis en grand danger en venant ici.

— Je ne pouvais faire autrement, rétorqua-t-il. Je ne capitulerai pas. Malcolm Lister le sait, et c'est pour cela qu'il veut utiliser mon fils, sachant pertinemment qu'il est l'unique raison qui me pousserait à me rendre au Parlement.

— Malcolm Lister est votre beau-frère. Il ne ferait aucun mal à son neveu.

— Je l'espère sincèrement, dit Edward avec un soupir. Il s'est marié il y a neuf ans, et il semblerait que sa femme soit incapable de lui donner un héritier, aussi a-t-il reporté sa convoitise sur Dickon. Il ne supporte pas l'idée qu'il soit élevé dans un milieu royaliste. En tant que frère et sœur, Malcolm et Anne étaient très proches. Il l'adorait, et pour cette raison, ainsi que pour mon allégeance au roi Charles, il ne m'a jamais pardonné de l'avoir épousée. Il nourrit un brûlant désir de revanche. Il me prendrait Dickon s'il le pouvait, afin de me voir pendu au bout d'une corde. Dois-je vous rappeler que cet homme est un parlementarien ?

Sans ajouter un mot de plus, il tourna les talons et se dirigea vers les deux hommes qui l'avaient accompagné pour s'entretenir avec eux, ses longues enjambées semblant rapetisser les dimensions de la salle. Arabella songea qu'elle n'avait jamais connu un autre homme capable par sa seule présence d'occuper tout l'espace d'une pièce en si peu de temps, et de devenir ainsi instantanément le maître d'une demeure comme s'il en possédait jusqu'à la dernière pierre.

Elle remarqua également qu'il semblait épuisé, les traits tirés, résultat de l'immense inquiétude qui le rongeait, mais rien n'avait disparu : son assurance, son arrogance, sa force et sa volonté inflexible qui ne laisseraient personne le contrarier. Jusqu'au petit rictus qui déformait légèrement sa bouche, exprimant cette certitude absolue que si Edward Grey s'opposait au monde entier, la faute en revenait à celui-ci, et non à lui-même.

S'étant retenue de regarder le fils d'Edward, Arabella entreprit d'observer la femme qui tenait l'enfant. Elle était jeune, les cheveux châtains, avec une large bouche. Certes, ce n'était pas une beauté, mais elle avait l'air avenante. Elle aussi paraissait épuisée, l'enfant pesait visiblement dans ses bras et elle peinait à le porter. Le petit regardait gravement autour de lui, mais sa bouche rose tremblotait, car les larmes n'étaient pas loin.

Nanette avait cessé de pleurer, et Alice semblait avoir retrouvé tous ses moyens quand elle s'adressa à Margaret.

— Margaret, voulez-vous je vous prie conduire Joan à l'étage, et arranger un lit, ainsi que lui porter de quoi manger pour elle et l'enfant ? Ils doivent être fatigués et affamés.

— Merci, murmura Joan avec un filet de voix. Nous avons voyagé toute la journée. Un peu de nourriture et un endroit où coucher l'enfant seraient les bienvenus.

— Sir Edward, dit Alice en revenant vers le petit groupe, je suis Alice, la sœur aînée de Stephen et d'Arabella. Je comprendrais très bien que vous ne vous souveniez pas de moi, cela fait très longtemps que nous ne nous sommes vus.

— Oh ! mais je me souviens parfaitement de vous, rétorqua-t-il en lui prenant la main pour la baiser. Comment aurais-je pu vous oublier ? Nos familles étaient proches avant la guerre. Je me rappelle que quand vous veniez rendre visite à votre père à Londres, vous vous montriez toujours accueillante et charmante.

— C'est très aimable de votre part de le formuler ainsi. Je vous souhaite la bienvenue à Bircot Hall.

Arabella se hérissa à ces paroles. Edward Grey avait piétiné sa confiance autrefois, et elle n'avait nullement hâte de l'accueillir alors que ses motivations étaient indiscernables.

— Je suis désolée que vous découvriez ma demeure dans cet état, déclara Alice, les yeux brillants de larmes. Sans hommes ici, comme vous l'a expliqué ma sœur, nous avons grandement souffert des exactions des parlementariens. Nous avons dû subir aussi les visites de quelques patrouilles de Têtes Rondes par la suite. Dieu merci, ils nous ont laissés tranquilles, mais cela ne garantit pas pour autant qu'il en sera de même la prochaine fois. Robert, mon époux, vous tient en haute estime. C'est un honneur de vous recevoir dans notre maison.

Edward inclina la tête.

— Merci. J'apprécie grandement votre hospitalité.

Arabella faillit s'étrangler avec les mots qui restèrent coincés dans sa gorge. Comment Alice pouvait-elle la trahir, alors qu'il l'avait si mal traitée ?

Comme si elle avait senti sa colère, Alice lui lança un regard réprobateur.

— Calme-toi, Arabella. C'est la guerre, et les querelles personnelles n'ont guère leur place en pareil moment.

Ainsi réprimandée, quoique incapable de cacher son ressentiment à l'égard d'Edward, qui d'ailleurs s'exacerba quand elle remarqua le rictus amusé de celui-ci, Arabella suivit cependant les principes de son éducation et se reprit.

— Nous n'avons aucune nouvelle de mon mari depuis des mois, sir Edward, reprit Alice. Il est en France, c'est tout ce que je sais.

— Je suis désolé de ne pouvoir vous aider, lady Stanhope, mais, s'il est là-bas, il est en sécurité.

— Dieu soit loué pour cela ! intervint Arabella. Quel plaisir ce sera de revoir Stephen ! Si vous passez la nuit ici, les écuries sont à votre disposition. Au moins il y fait chaud et sec, ajouta-t-elle à la hâte.

— Arabella, où sont tes manières ? la sermonna Alice une fois de plus. Sir Edward et ceux qui l'accompagnent sont nos invités. La demeure a beau avoir souffert, elle a plus de chambres que nous n'en avons l'usage, dit-elle en souriant. Elles sont à votre disposition. Veuillez m'excuser maintenant, je vous prie, je vais donner des instructions pour qu'elles soient préparées. Il est tard, et je dois mettre les enfants au lit.

Edward retira son manteau, et Arabella poussa un petit cri en voyant une tache sombre sur sa redingote.

— Vous êtes blessé !

— J'ai reçu un coup d'épée à l'épaule lors d'une échauffourée avec une petite bande de Têtes Rondes sur la route. Ils cherchaient visiblement la bagarre. Par bonheur, nous en sommes venus à bout. Stephen est en train d'assurer nos arrières pour vérifier qu'ils ne nous suivent pas. Ce n'est qu'une blessure superficielle. L'un de mes hommes l'a soignée, mais ça saigne toujours.

— Venez avec moi, je vais m'en occuper, rétorqua-t-elle sèchement.

Elle prit une bougie et traversa la salle vers les cuisines, sur lesquelles donnait la resserre. Alice aimait y concocter ses propres remèdes, et Arabella l'y aidait souvent. C'était une petite pièce bien propre et nette, très tranquille, embaumant des odeurs d'été telles que le thym, le romarin et la lavande, les baies et les graines, ainsi que les simples qui poussaient dans le parc.

Heureux de cette occasion de s'entretenir avec elle en privé, Edward la suivit sans faire d'objection. Ses jupes ondoyaient doucement au rythme de ses pas, mettant en valeur son dos droit et sa silhouette gracieuse.

Il ôta sa redingote, son baudrier et son épée et sortit son bras de sa manche de chemise pour libérer le bandage, assez sale en l'occurrence, qui couvrait son épaule blessée. Il attendit qu'elle commence, assis sur un tabouret.

Essayant de se barricader derrière un masque d'impassibilité, Arabella approcha la bougie, et fut malgré elle attirée par ce torse à moitié dénudé. Elle alluma deux autres bougies afin de mieux voir, puis découpa avec précaution le bandage imbibé de sang. Le bras nu et musclé d'Edward luisait sous la lumière tamisée.

Pour Arabella, ce fut une torture d'effleurer sa peau, chaude et ferme. Il était puissant, bien bâti, mince sans être maigre pour autant, tout en muscles ciselés.

Elle s'obligea à ne pas penser à son physique viril et à se concentrer sur la blessure mise à nu pour l'inspecter soigneusement. Elle semblait plutôt vilaine, et un filet de sang coulait encore de la chair déchiquetée. Elle palpa doucement la zone autour avec un doigt, et il fit une grimace. De toute évidence, c'était très douloureux.

— La blessure paraît profonde. Il faut la nettoyer. Vous avez dit que cela s'est produit aujourd'hui ?

— En effet. Par chance, elle n'aura pas encore eu le temps de s'infecter.

Il la scruta tandis qu'elle allumait encore d'autres bougies. Elle remplit un bol d'eau et se munit de carrés de tissu pour nettoyer.

— Vous avez changé, Arabella, déclara-t-il.

— C'est ce que la guerre fait aux gens, répondit-elle en commençant à laver la blessure avec un peu trop de brusquerie, mais de manière assez efficace.

— Je suis désolé que vous ayez dû endurer toutes ces épreuves, poursuivit-il.

Elle lui lança un bref coup d'œil.

— Pourquoi ? Ce n'est pas vous qui êtes responsable de la guerre.

Quand elle s'attaqua au centre de la plaie, il se contracta et grinça des dents. Le cœur d'Arabella se serra, car elle ne désirait pas le faire souffrir plus que ce qu'il supportait déjà. Cependant, elle ne put s'empêcher d'éprouver une certaine satisfaction à le voir moins conquérant et sûr de lui.

— Depuis combien de temps résidez-vous à Bircot Hall ? s'enquit-il.

— Deux ans. Nous avons beaucoup perdu, mais nous avons néanmoins réussi à remettre un peu d'ordre dans la maison. Nous nous occuperons plus tard de la propriété, quand nous en aurons les moyens, après la guerre. Nous espérons que ce sera dans un futur proche, même si, lorsque le roi Charles a été exécuté, nous avons bien cru que c'en était fini des espoirs royalistes.

— D'autant plus que les Ecossais ont proclamé son fils roi de Grande-Bretagne, et que les royalistes ont été mis en déroute par Cromwell à Dunbar.

— Vous y étiez ?

Edward hocha la tête tandis que des souvenirs violents de

cette bataille sanglante déchiraient le rideau de sa mémoire tels des coups de couteau.

— Oui, j'y étais. J'ai été de ceux qui ont eu de la chance. J'ai réussi à m'échapper et à passer la frontière, puis à rentrer en Angleterre, où je suis descendu vers le sud.

— Nous avons entendu dire que le roi Charles marchait également dans cette direction avec une armée d'Ecossais. Est-ce exact ?

Il hocha la tête et évita de croiser son regard.

— Oui. Je le rejoindrai quand je serai certain que Dickon est à l'abri.

L'atmosphère sembla se figer, et Arabella eut un pressentiment qui la fit frissonner des pieds à la tête.

— Je ne peux supporter l'idée qu'il y ait encore des combats, dit-elle.

— Nous en avons tous assez, acquiesça Edward. Nous avons été plusieurs fois battus, certes, mais nous ne sommes pas vaincus.

— Et tout le monde complote pour que les hostilités continuent, déplora-t-elle. Et si vous êtes tué ? Que se passera-t-il ensuite ?

— Si vous êtes d'accord pour que Dickon reste ici et si les royalistes étaient battus, je vous demanderai de conduire Dickon chez ma sœur en France.

— Je vois, répliqua-t-elle en s'arrêtant un instant de le soigner pour lui lancer un regard désabusé. Votre audace ne connaît pas de limites. Vous exigez trop de ma part, Edward.

Il plongea son regard droit dans le sien.

— Je sais. Je suis désespéré, Arabella, avoua-t-il doucement. Mon domaine a été confisqué. Mon fils est tout ce qui me reste. Je dois être certain qu'il est en sécurité. La guerre finira, mais pas comme vous ou moi le souhaiterions. La manière dont Cromwell a entraîné son armée est incomparable. Jamais en Angleterre, jusqu'à aujourd'hui, il n'en a existé de pareille. Pour la première fois, des soldats sont extrêmement bien préparés. Ils ont prouvé à quel point à Dunbar.

En regardant au fond de ses yeux, elle y distingua un voile

sombre qui lui confirma que, comme chez tout soldat ayant survécu, l'horreur de la guerre avait laissé des cicatrices dans son esprit.

— C'est donc là votre opinion ? Vous pensez qu'il n'y a pas d'espoir ? murmura-t-elle.

— A moins que le roi ne fasse un miracle, la cause est perdue.

— Je crains que nous ne soyons tous perdus, quelle que soit l'issue de ce conflit.

— Vous semblez amère, Arabella.

Elle le toisa froidement.

— Moi, amère ? Je me souviens des quelques mois qui ont suivi la bataille de Marston Moor, quand tout le monde pensait que la guerre était finie. Cela semblait inenvisageable qu'elle pût recommencer. Et il s'est avéré très vite que l'on avait tort. Regardez-moi ! Mon mari est mort, mon enfant aussi. Mon père a été tué à Naseby, et mon frère se prépare à combattre encore. Je n'ai plus de foyer, et j'ai été obligée de mendier la charité à ma sœur, dont la maison a été dévastée par des hommes indifférents à la cause qu'ils sont censés défendre. Ils ne sont mus que par ce qu'ils peuvent piller dans les demeures d'honnêtes gens, sans le moindre respect pour eux. Oui, Edward, je suis amère. Amère que ces personnes ne soient pas satisfaites et continuent d'attiser le conflit, déterminées à pousser les dommages et les destructions jusqu'au bout.

— Aucun lieu en Angleterre n'a pas souffert des méfaits de la guerre, Arabella. Dans chaque comté et dans chaque ville, des familles ont été divisées, et du sang versé. Avec l'échec persistant de la recherche d'une solution politique, l'Angleterre n'est que confusion. Bien des gens restent loyaux envers le roi.

— En tant qu'homme, ou en tant que symbole ?

— En tant que symbole, à mon avis, déclara Edward.

— Le roi ou le Parlement… ce n'est pas la guerre qui décide lequel des deux a raison, elle ne révèle que celui qui a le pouvoir de diriger.

— Je crains que vous n'ayez raison. Les royalistes fuient en masse vers le continent, comme des rats qui quittent le navire en train de couler.

— S'ils aimaient plus leur foyer, ils resteraient et partageraient le fardeau de la défaite avec leurs proches, protesta-t-elle.

Edward demeura silencieux tandis qu'elle rinçait puis essorait un carré de tissu gorgé de sang dans le bol d'eau, puis reprit la parole.

— M'en voulez-vous à cause de ce qui s'est passé entre nous ? l'interrogea-t-il.

— Vous en vouloir ? s'exclama-t-elle.

Arabella ferma brièvement les yeux. C'était douloureux de raviver ces souvenirs, d'autant plus qu'elle s'était depuis longtemps habituée à les refouler ! Ou du moins elle avait essayé, mais en vain. Elle devait s'avouer secrètement qu'il lui avait manqué bien plus qu'elle ne l'aurait cru possible. Comment aurait-elle pu oublier à quel point il était insouciant, vif d'esprit et d'une insolente beauté ?

Elle se souvint de sa peine quand il lui avait annoncé qu'il rompait leurs fiançailles, ainsi que de l'horreur et de l'humiliation qui avaient suivi. Elle s'était promis de ne plus jamais se laisser traiter de la sorte.

Puisant au plus profond d'elle-même, elle refoula les images de ces moments atroces. Penser de la sorte était inutile. Elle ne gagnerait rien à se laisser submerger par ces souvenirs.

Elle accorda de nouveau toute son attention aux soins qu'elle prodiguait. De plus, elle avait d'autres préoccupations en tête pour le moment, avec la question du fils d'Edward, et ce qu'elle allait décider le concernant.

— Pourquoi devrais-je vous en vouloir ? reprit-elle. Je comprends que ce ne soit pas une perspective fort plaisante pour un homme de devoir échanger des vœux de mariage avec une femme inintéressante simplement pour satisfaire les souhaits de sa famille. Vous désiriez Anne Lister, je le savais très bien. Sa famille avait beau être du côté du Parlement, le jour où vous lui avez été présenté, elle vous a conquis.

— Je ne peux pas le nier, convint-il en hochant la tête avec gravité.

— Vous avez donc épousé la femme de votre choix.

— Oui. Et vous avez certainement su ce qui s'est passé ensuite, murmura-t-il avec un rictus amer, vacillant quelque peu sur son tabouret.

— En effet, je l'ai appris, et j'en suis désolée.

— Vraiment, Arabella ?

— Elle vous a quitté, il me semble ?

— Après huit mois de mariage, elle est repartie vivre avec son frère, car son père ayant été tué au début de la guerre, elle ne pouvait plus rentrer chez ses parents.

— J'ai… j'ai aussi entendu dire qu'elle avait demandé une séparation légale ?

— Elle portait mon enfant. Je l'ai donc refusée, dit-il d'un ton sec.

Baissant les yeux, Arabella s'interrogea sur ce qu'il avait pu ressentir quand sa femme lui avait annoncé qu'elle voulait le quitter. Avait-il autant souffert du rejet d'Anne que celui qu'il lui avait fait subir, quand il avait du même coup brisé tous ses rêves et ses espérances ?

— Si elle n'avait pas été enceinte, l'auriez-vous laissée partir ?

Il acquiesça de la tête.

— Je ne l'aurais pas obligée à rester contre sa volonté. Elle n'était pas comme vous, Arabella. L'engagement vis-à-vis de quelqu'un n'entrait pas dans ses préoccupations quand elle m'a épousé, ajouta-t-il en la scrutant attentivement. Je ne devrais pas dire cela, je le sais, mais vous m'avez manqué, lorsque nous nous sommes séparés.

— Non, Edward, en effet, vous ne devriez pas dire cela. Vous êtes parti, et pour moi rien n'a plus jamais été pareil. Ce que nous partageons aujourd'hui n'est rien de plus qu'un lointain souvenir, aussi inutile et délabré que l'état de la maison après le passage des Têtes Rondes.

— Je vous ai blessée.

— Vous avez fait une promesse que vous n'avez pas tenue.

— Non, Arabella. Ce sont mes parents qui l'ont faite à ma place. Tout comme les vôtres.

— Cela ne change en rien le fait que vous m'avez abandonnée, aux yeux de tous. J'ai continué le cours de ma vie, quand vous avez épousé Anne Lister. Je me souviens que le mariage a été célébré en présence du roi.

Elle esquissa un sourire en se remémorant la beauté d'Anne. La famille d'Arabella connaissait les Lister, mais, en raison de leur allégeance au Parlement, ils n'avaient jamais été proches. Unique fille de parents tombés sous son charme, et sœur de trois frères aînés qui l'adoraient, dont deux avaient perdu la vie à Naseby, Anne avait été gâtée toute sa vie, et on lui passait tout. Elle détruisait tout ce qu'elle touchait. Par un simple regard en biais et la plus légère inflexion de sa voix, elle pouvait faire souffrir même les plus heureuses natures.

Arabella s'était souvent demandé pourquoi Anne était ainsi, encline à la cruauté, et retirait un malin plaisir à faire souffrir les autres. Arabella s'en souvenait très nettement : des yeux verts en amande et des cheveux châtain foncé, avec une bouche dure, très rouge. Comment les gens avaient-ils pu se laisser abuser ? Cependant, il fallait bien reconnaître que son pouvoir de séduction était immense. Les gens tombaient sous son charme comme des mouches.

Mais Arabella, elle, ne s'était guère trompée, pas un seul instant. Dès le premier regard, elles avaient toutes deux ressenti une hostilité mutuelle. Anne ne s'était pas souciée une seconde qu'Edward fût un homme du roi. En fait, elle préférait les signes extérieurs de richesse liés au monde de la royauté au mode de vie spartiate et puritain édicté par le Parlement que sa famille voulait l'obliger à suivre.

Anne ne voulut rien entendre. Elle était décidée à prendre Edward dans ses filets, et elle l'avait épousé sans le consentement de son frère Malcolm, au loin avec son régiment.

Après avoir obtenu ce qu'elle voulait, elle s'était aussitôt comportée de manière aguichante quand elle se retrouvait en compagnie des amis d'Edward. L'attrait qu'il avait eu à ses yeux avait décliné, et elle était sans pitié. Leurs querelles venimeuses étaient célèbres, et ce n'était un secret pour personne qu'elle avait commencé à chercher son plaisir ailleurs.

— Anne avait reçu un héritage important de sa mère, poursuivit Arabella. Ainsi, Edward, vous avez fait un beau mariage. Quand vous avez rompu nos fiançailles après la fin du premier conflit, comme beaucoup d'autres royalistes qui n'avaient pas l'intention d'abandonner la cause, vous aviez besoin de fonds pour lever une troupe. Vous auriez été stupide de la laisser filer, sans profiter de sa fortune pour vos menées.

— Vous me prenez donc pour un mercenaire ? s'écria-t-il, les traits crispés.

— Vous ne me donnez aucune raison de penser le contraire, rétorqua-t-elle.

— Quelle que soit votre interprétation de la chose, cela a servi mes projets. A ce moment-là, tout l'avenir de l'Angleterre était en jeu. A situation désespérée, action désespérée.

— Etes-vous en train de sous-entendre que vous n'aimiez pas votre épouse ? suggéra-t-elle avec une certaine audace.

— Je croyais l'aimer. J'avais tort et vous aviez raison. J'avais besoin d'argent. Les sentiments n'entrent pas en ligne de compte.

— Les sentiments, peut-être, mais pour ce qui est de l'honneur, il s'agit de tout autre chose, répliqua-t-elle. On ne peut pas dire que vous ayez agi très subtilement et cela n'a guère ajouté de crédit à mes yeux.

Il la dévisagea longuement avant de répondre.

— Vous êtes une personne différente, Arabella. J'ai l'impression de vous découvrir pour la première fois.

— Et je rencontre votre approbation ?

— Vous l'aviez déjà auparavant, même si je me suis mal conduit avec vous.

— Alors, pourquoi m'avez-vous abandonnée ? lui demanda-t-elle sans le quitter des yeux dans l'attente de sa réponse, même si elle ne désirait pas l'entendre. Ne dites rien, je vous en prie, ajouta-t-elle. Je connaissais Anne. Elle était très belle, et captivante. Aucun homme ne pouvait lui résister.

Vous n'avez pas fait exception, et quant à moi j'étais très jeune et inexpérimentée.

— Mais aujourd'hui vous êtes une femme.

— J'ai dû mûrir très vite quand j'ai épousé John.

— Etiez-vous heureuse avec John Fairburn ?

— Le mariage n'est pas toujours ce à quoi l'on s'attend.

Elle ne lui en dirait pas plus, mais, gardant la tête baissée, concentrée sur ses soins, de sorte qu'il ne pouvait voir son visage, elle repensa aux repas moroses, à la brutalité qu'elle avait été obligée de subir dans son lit glacé, aux réprimandes continuelles de John à la moindre occasion, et elle resta silencieuse un moment.

— Après la mort de John, suivie par le pillage de notre maison avant qu'elle ne soit brûlée par les Têtes Rondes, Stephen au loin, et Londres n'étant pas un endroit sûr, je suis venue ici, chez Alice, reprit-elle.

Il l'observait avec intensité. Arabella sentait son regard enflammé traverser le tissu de sa robe.

— Je n'ai pas encore terminé, dit-elle avec un effort pour paraître désinvolte et détachée. Etes-vous bien installé ?

— Parfaitement.

Elle sursauta au son de sa voix si proche de son oreille. Elle fronça légèrement les sourcils en continuant à ôter le sang séché autour de la blessure. Des mèches lui étaient tombées sur le front et fournissaient un rideau bien pratique afin de lui éviter d'affronter son regard pénétrant qui la perturbait terriblement.

— Penchez la tête sur le côté, je vous prie, lui demanda-t-elle. Il faut que je sois très précise dans mes gestes.

Elle avait quelque difficulté à se concentrer. Elle était si près de lui qu'elle pouvait sentir l'odeur de sa peau.

— Elle vous gêne ?

— Oui, elle me cache la lumière, marmonna-t-elle.

Il pencha légèrement la tête en arrière.

— Est-ce suffisant ? Voyez-vous mieux ?

— C'est parfait.

La fraîcheur de la resserre était bienvenue, mais elle ne

suffisait pas à apaiser les ondes de chaleur qui envahissaient Arabella. Elle n'avait pas vu cet homme depuis cinq ans. Elle aurait dû être immunisée contre sa présence aujourd'hui, et elle était furieuse de réaliser qu'il avait toujours le pouvoir de raviver ses émotions les plus profondes.

Elle se souvint que peu avant la fin de leurs fiançailles, il l'avait taquinée un jour et lui avait gentiment tiré les cheveux comme si elle était encore une enfant, sans se rendre compte combien son sang pulsait dans ses veines et que son cœur battait à tout rompre, tandis qu'elle se désespérait qu'il la regarde comme il regardait Anne Lister.

Chapitre 2

Edward remarqua qu'Arabella se mordillait la lèvre inférieure tandis qu'elle s'absorbait dans sa tâche. Il aurait voulu poser la main sur sa tête penchée vers lui, éprouver sa chaleur, toucher sa peau. Il voulait en savoir plus sur sa vie. Il avait perçu quelque chose de différent en elle, qu'il n'avait jamais connu auparavant. Une expression qui venait avec la maturité et l'expérience de la souffrance.

Il leva soudain la tête, et des yeux couleur d'ambre plongèrent dans les siens. Son cœur se serra devant tant de tristesse, laissant affleurer une vulnérabilité qui trahissait ce qu'elle avait perdu. Jusqu'où l'horreur de la guerre l'avait-elle affectée ?

Personne n'était préparé ni protégé contre la perte des êtres chers, mais qu'il en découvrît les effets chez une personne aussi jeune le touchait profondément.

Avait-elle trouvé le bonheur dans son mariage ?

Sa réponse laconique à cette question lui avait indiqué que tel n'avait pas été le cas. Edward n'avait jamais rencontré John Fairburn, mais il avait entendu dire qu'il n'était guère avenant, et plutôt rude dans ses manières vis-à-vis de son entourage. Quand Arabella avait évoqué la mort de sa fille, il avait vu le désespoir dans ses yeux. Et ce genre de regard aurait brisé le cœur des plus endurcis.

Il lui avait fallu toute la puissance de sa volonté pour ne pas lui prendre la main, et lui dire combien il compatissait à son sort, mais, à bien y réfléchir, il était plus sage de rester assis en silence tandis qu'elle le soignait, de la regarder et de l'écouter respirer.

Elle avait tant changé ! Sa gaucherie avait disparu, et elle avait beau être aussi fine qu'une branche de saule pleureur, c'était la créature la plus spectaculaire qu'il eût jamais vue depuis longtemps. Il ne retrouvait pas la jeune fille de l'époque de leurs fiançailles qui se cachait derrière les jupes de sa mère et s'éclipsait craintivement en silence dès qu'il approchait.

Bien évidemment, il l'avait déjà maintes fois détaillée, des pieds à la tête, et il avait toujours apprécié sa compagnie dès lors qu'elle s'était départie de sa timidité à son égard, mais il ne l'avait jamais réellement regardée de la manière dont il le faisait aujourd'hui.

Cependant, il n'avait pas oublié l'éclat de ses yeux, sa bouche généreuse ainsi que la petite fossette coquine et délicieuse sur son menton rond. Et il n'avait pas non plus oublié sa douce nature, son caractère naturellement chaleureux et la confiance qu'il lisait dans ses yeux levés vers lui. C'était de cela qu'il s'était souvenu quand, au désespoir de trouver un asile pour Dickon, il avait pensé à Arabella.

Son fils était la personne la plus importante de sa vie. Il ferait n'importe quel sacrifice pour lui, ou accepterait n'importe quoi.

Même après tout ce qui s'était passé autrefois, il savait qu'elle était celle en qui il pouvait avoir toute confiance pour s'occuper de cet enfant.

Dès l'instant où il l'avait reconnue dans la grande salle de Bircot Hall, il avait eu toutes les peines du monde à ne pas la dévorer inlassablement du regard. Ses cheveux roux doré cascadaient librement sur ses épaules telles des flammes somptueuses auréolant la beauté de son visage. Ses yeux d'ambre l'hypnotisaient. Sa peau soyeuse et crémeuse mise en valeur par la douce lueur des bougies incitait ses doigts à l'effleurer et à la caresser.

Absorbé dans les affres de son mariage raté avec Anne, Edward n'avait pas réellement compris pourquoi il avait pris comme un coup de poing en plein estomac l'annonce du mariage d'Arabella en l'imaginant dans les bras d'un autre. Et il avait ressenti à cet instant tout l'effet de la terrible erreur qu'il avait commise.

A cette époque, Anne l'avait séduit par sa beauté et son corps voluptueux. Elle était excitante, irrésistible. Leur passion avait été aussi soudaine et violente qu'un orage d'été, et leur mariage sur un coup de tête l'acte d'un homme désespéré. Il avait été incapable de lui résister.

Mais le bonheur lui avait échappé. Leur passion s'était éteinte deux mois à peine après la cérémonie. Il avait certes possédé son corps, mais n'avait jamais réussi à toucher son âme. Rien ne l'avait préparé à la honte et à la douleur de sa future trahison.

Après cinq ans, qui aurait pu croire qu'Arabella deviendrait une telle beauté ?

D'ordinaire sûr de lui et autoritaire, Edward se sentait mal à l'aise face à la manière dont elle le déstabilisait, et avide d'obtenir quelque chose qu'il ne savait au juste comment définir. Elle le remuait au plus profond de son âme, y instillait un sentiment de merveilleux et un désir qu'il avait depuis longtemps oubliés, et dont il s'étonnait même qu'ils puissent encore exister.

Cette faim intense et profonde l'effrayait par son intensité.

Arabella se recula.

— Voilà, c'est terminé. La blessure laissera une cicatrice, mais rien de plus.

— Ça m'est bien égal. Mais qu'en est-il de nous ? s'exclama-t-il impulsivement sous le coup de ses émotions.

Elle le dévisagea d'un air impassible, contrôlant les sentiments qui bouillonnaient en elle.

— Nous, Edward, dites-vous ? Comment osez-vous suggérer une chose pareille ? Je ne suis plus cette jeune fille maladroite et trop sensible que vous avez connue. J'ai changé. Nous avons changé tous les deux. Vous avez fait votre choix il y a cinq ans et, si vous n'étiez ne serait-ce que l'ombre d'un gentleman, vous me laisseriez en paix.

— Allons, Arabella ! C'est une perspective qui ne manque pas d'attrait, reconnaissez-le !

— Je suis certaine que vous trouvez de l'attrait à bien des choses, Edward, et surtout aux femmes.

— Vous m'accusez injustement. Je vous demande seulement de ne pas me fermer votre cœur.

Elle le scruta attentivement, oppressée par les multiples désirs en suspension dans l'atmosphère et la cohorte de doutes qui les accompagnaient. Comment le croire ? Et prêter foi à son discours ? Elle se méfiait de cette intimité soudaine, et craignait avant tout les réactions qu'elle suscitait en elle.

— Mon cœur est mon affaire, Edward, répliqua-t-elle. Et je vous conseille de chercher ailleurs.

Elle fit volte-face et quitta la pièce sans se retourner.

De rctour dans la grande salle, Arabella sentit son humeur s'alléger considérablement aussitôt qu'elle vit arriver Stephen, son frère adoré. Elle sourit jusqu'aux oreilles et se jeta dans ses bras, qu'il referma autour d'elle.

— Oh, Stephen ! s'écria-t-elle avec joie, en se reculant un peu pour mieux voir son visage. Je ne puis dire à quel point je suis heureuse de te revoir ! Cela fait trop longtemps, bien trop longtemps !

Elle ne l'avait pas vu depuis trois ans, et remarqua combien ces années avaient prélevé leur tribut. De taille moyenne, les cheveux châtain clair jusqu'aux épaules, il était plus mince que dans son souvenir, ses yeux pétillaient moins et de nouvelles rides trahissaient ses soucis. Cependant, avec sa moustache et son petit bouc dans le style de feu le roi Charles, il était encore fort séduisant.

— En effet, Arabella, dit-il en la couvant des yeux avec tendresse, tout en l'observant avec attention. Comment vas-tu ?

— Les choses pourraient aller mieux, mais nous nous débrouillons.

— Et tu as beaucoup souffert.

— Oui, mais Alice m'a aidée à traverser toutes ces épreuves, et j'ai fort à faire ici pour occuper mon temps. L'as-tu déjà vue ?

— Pas encore. Elle est en train de coucher les enfants. Dieu merci, quand le domaine de Bircot a été réquisitionné, elle a eu l'autorisation de continuer à y vivre et de recevoir une fraction des revenus que l'on en retire. J'imagine que c'est le lot de la plupart des épouses des hommes qui ont combattu pour le roi et continuent à soutenir la cause.

— C'est exact, mais tu te souviendras sûrement qu'elle a dû aller à Londres plaider son cas en personne devant le comité chargé de la gestion des domaines, à Goldsmith Hall. Robert a certes combattu pour le roi, mais ce n'est pas le cas d'Alice, même si ses sympathies vont vers les royalistes. Elle n'a jamais enfreint la loi, et ne peut être tenue pour responsable des actes de son mari. Le délit de complicité par association n'existe heureusement pas dans nos lois.

— Oui, par chance. Mais elle a traversé des moments de désespoir, avoua Arabella.

— Elle n'est pas la seule, renchérit Stephen. Les impôts et les amendes infligés à quiconque ayant soutenu le roi sont de l'extorsion pure. Réussit-elle à les payer ?

— Oui. J'ai pu lui apporter mon aide. L'avocat de John a réussi à sauver de la séquestre une petite propriété qu'il possédait près de Bath. Quand je suis venue vivre avec Alice et que les amendes pour Bircot ont atteint un montant trop élevé pour qu'elle puisse s'en acquitter, j'ai vendu cette maison à Worcester afin de lui offrir ma contribution.

— Cela a été vraiment très généreux de ta part, Arabella. Mais lorsque la maison de ton mari au pays de Galles a été détruite, pourquoi ne t'es-tu pas installée à Bath ?

— Je devais m'occuper de mon enfant. Alice a suggéré que je vienne à Bircot. N'ayant aucun désir de vivre seule, j'ai accepté. Elle t'a écrit pour te dire que les Têtes Rondes avaient investi Bircot et s'étaient emparées de presque toutes nos possessions. Elle a également frôlé la catastrophe et aurait été expulsée avec ses enfants pour laisser la place à un officier des Têtes Rondes si la variole n'avait pas fait rage dans la région à ce moment-là. L'un de ses enfants était atteint de fièvre. Heureusement, ce n'était pas la variole, mais Alice s'est bien gardée d'en informer le soldat Tête Ronde qui voulait résider à Bircot Hall. Grâce à cela, l'officier lui a permis de demeurer ici et s'est enfui en toute hâte sans demander son reste.

— A-t-elle parlé de rejoindre Robert en France ?

— Bien évidemment, elle en rêve ! Mais il est fort probable qu'ils perdraient la maison et les terres si elle partait. Et elle ne peut l'envisager. Etre séparée de son mari ajoute à sa tristesse.

— Pauvre Alice ! J'espère que tout cela va bientôt se terminer et qu'une forme d'ordre se rétablira en Angleterre afin que les exilés puissent rentrer. Où est Edward ? Lui as-tu parlé ? demanda-t-il en regardant autour de lui.

Arabella se rembrunit aussitôt.

— Je viens de nettoyer sa blessure dans la resserre. Je pense qu'il ne va pas tarder, dès qu'il aura remis sa chemise.

Stephen remarqua son air contrarié.

— Je suis désolé, Arabella. Je sais ce que tu penses, mais je n'avais pas d'autre choix que de l'amener ici. Eprouves-tu toujours du ressentiment à son égard ?

— Oui, je suppose, répondit-elle en hochant la tête, mais cela n'a plus d'importance. J'ai vécu trop de choses ces cinq dernières années pour perdre du temps à penser à Edward Grey.

Stephen étudia son visage empreint de sérieux, sans être convaincu par cette affirmation.

— La vie conjugale avec John n'a pas été facile, n'est-ce pas, Arabella ?

— Non, répondit-elle avec franchise, ne voyant aucune raison de lui cacher la vérité, car Stephen connaissait bien John. Mais il est mort, et il ne peut plus me faire de mal.

— Je m'en veux tellement ! s'exclama-t-il. C'est moi qui l'ai introduit dans notre foyer. Si j'avais su que Père se précipiterait sur l'occasion de te marier à cet homme, je ne l'aurais jamais fait.

— Tu n'as rien à te reprocher, Stephen, ce n'était pas ta faute.

— Tu es magnanime de me l'affirmer.

— Mais je le pense vraiment, rétorqua-t-elle en souriant.

— Je… j'espère que cela ne te dérange pas qu'Edward soit

ici, Arabella. Il se fait du souci pour son fils. Il n'a réellement personne pour s'occuper de lui. Cela l'aiderait grandement si le petit pouvait rester ici un moment, avec Alice et toi. Cela fera du bien à Dickon de se retrouver avec d'autres enfants.

Il se retourna tout à coup quand Alice apparut dans la salle. Il se précipita vers elle à grandes enjambées, et Arabella fut émue de ces retrouvailles affectueuses entre frère et sœur après une si longue absence.

Margaret était restée en haut pour s'occuper des enfants.

— Je suis désolé d'apprendre tous tes ennuis, Alice, dit Stephen tandis qu'ils rejoignaient Arabella. Je suis très fier de la façon dont tu t'en sors.

Alice lui adressa un sourire rayonnant.

— Je fais de mon mieux, Stephen, quoique je doive avouer que ce n'est pas facile sans Robert. C'est un réconfort et une aide précieuse d'avoir Arabella à Bircot Hall, et Margaret est d'un grand secours avec les enfants.

— Je suis impatient de les voir ! J'imagine qu'ils ont bien grandi.

— Oh ! oui, et Charles, mon aîné qui a maintenant sept ans, te ressemble énormément, Stephen.

Elle lui coula un long regard de biais et prit un moment avant de reprendre.

— Ne serait-il pas temps pour toi d'avoir les tiens ? Tu es célibataire depuis trop longtemps.

Il éclata de rire et lui pinça gentiment la joue.

— Quand j'aurai rencontré une femme parée de la même beauté que toi et de tes qualités, je le ferai, chère Alice, mais jusque-là je resterai libre comme l'air.

Alice émit un soupir volontairement théâtral.

— Qu'allons-nous faire de toi ? se désola-t-elle. Tu es fort, bien bâti, séduisant, et tu as bien des qualités, Stephen.

— Merci, Alice. Mais je crains de ne pas être aussi séduisant qu'Edward.

— Vraiment ? ironisa-t-elle avec un clin d'œil pétillant. Si je m'en souviens bien, quand nous étions tous ensemble à la maison, les servantes semblaient penser différemment ! En parlant d'Edward, l'as-tu vu depuis ton arrivée ?

— Pas encore. Je vais aller le chercher.

— J'imagine que vous avez tous faim. Nous avons peu de provisions, mais je vais préparer quelque chose.

— Avec joie. Nous n'avons rien mangé depuis ce matin. Et Arabella et toi devrez vous joindre à nous. L'Angleterre vit peut-être des jours lugubres et sinistres sous la férule de Cromwell, le luxe et les divertissements que nous aimions tant par le passé ont beau être vilipendés, nous nous attablerons néanmoins pour manger ensemble et former une famille tant que nous pourrons encore le faire.

— Tu vas repartir très vite ? s'enquit Arabella, incapable de cacher son inquiétude.

Il secoua la tête d'un air épuisé.

— Nous y sommes obligés. Nous n'avons que quelques heures à passer ensemble.

Elle le dévisagea, les yeux agrandis par la peur.

— Vous allez donc rejoindre Charles Stuart ?

— Il le faut, Arabella. Je reste loyal jusqu'au bout. C'est mon devoir.

Alice soupira bruyamment en regardant son frère s'éloigner.

— C'est tellement bon de le revoir, Arabella, et d'avoir de nouveau un homme à la maison ! Sir Edward est-il gravement blessé ? demanda-t-elle en scrutant le visage de sa sœur avec anxiété.

— Il survivra, répondit sèchement Arabella en se laissant tomber sur une chaise près du foyer, tout en posant ses pieds sur le pare-feu. La blessure est propre à présent, et va vite guérir.

Alice hocha la tête et s'assit en face d'elle.

— Et toi, Arabella ? ajouta-t-elle. Voir Edward après tout ce temps a dû te causer un choc.

— Oui. Je croyais que je ne le reverrais jamais.

— Que vas-tu décider en ce qui concerne l'enfant ?

— Que puis-je faire ? Je n'ai guère le choix, riposta-t-elle en regardant sa sœur. Si je refuse de m'occuper de lui, tu le feras, n'est-ce pas, Alice ?

— Oui, si c'est nécessaire.

— Alors, il semble donc qu'il va rester ici pour le moment.

— L'enfant a perdu sa mère. Tant de vies ont été gâchées par cette guerre. Nous devons faire ce que nous pouvons pour aider.

— Oui, concéda Arabella, tu as sans doute raison.

Les deux sœurs restèrent longtemps assises en silence, chacune perdue dans ses pensées. Puis Alice soupira doucement et se leva.

— Ils doivent avoir faim. J'ai demandé à Bertha de préparer un repas avant d'aller coucher les enfants. Je vais aller voir si elle n'a besoin de rien.

Ils dînèrent dans la vaste salle à manger accolée à la pièce de réception. Un chandelier placé au centre de la longue table en chêne offrait une lumière acceptable dans cette pièce haute de plafond.

Ce fut un repas sobre, chargé d'émotion. Stephen présidait en bout de table, et Alice et Edward étaient assis côte à côte, face à Arabella. Les deux gentilshommes qui les accompagnaient furent présentés aux dames : sir Charles Barlow et Lawrence Morrison.

Tous deux avaient servi le roi de longue date. Il fut décidé qu'ils occuperaient les chambres au-dessus de la poterne, d'où ils pourraient monter la garde pour surveiller la route au cas où des invités indésirables s'approcheraient.

Ayant déjà soupé, Arabella et Alice tinrent compagnie aux convives qui dévorèrent allègrement le ragoût de mouton, la terrine de lièvre et des légumes. Après avoir veillé à remplir les chopes autour d'elle, Arabella contempla son frère et sa sœur, en regrettant qu'ils ne puissent toujours rester ensemble ainsi.

Margaret les rejoignit peu après et prit place en silence, les yeux agrandis de curiosité et d'admiration mêlées, qu'elle garda fixés sur Stephen durant tout le repas, remarqua vite Arabella.

Cela faisait très longtemps qu'ils n'avaient pas reçu d'hôtes et, s'il fallait en croire l'air ravi de Margaret et ses joues rosies, jamais d'aussi séduisants.

Il était inévitable qu'avec quatre militaires prêts à rejoindre Charles Stuart en marche vers le sud dans une dernière tentative pour récupérer son trône, la conversation ne se tourne vers des questions ayant trait à la guerre.

Edward, les sourcils froncés, participait assez peu à la discussion et regardait Arabella d'un air ombrageux. Adossé à sa chaise, il la scrutait avec une intensité agaçante. Le bleu de ses yeux avait viré à l'indigo dans la pièce peu éclairée, et ses épaisses boucles sombres tombaient jusqu'à ses épaules.

En dépit de ses efforts, Arabella sentit qu'elle s'adoucissait en observant ce visage attirant, ces pommettes hautes et sa lèvre inférieure pleine, légèrement tordue par un rictus qui lui conférait une apparence de dureté. Elle croisa son regard et y lut quelque chose de paisible qui l'attira dans ses profondeurs. Il semblait lire dans ses pensées. La chaleur se diffusa en elle et elle détourna les yeux, essayant de son mieux d'ignorer ce regard perçant.

Plus tard, dans sa chambre, Arabella considéra son lit sans le moindre enthousiasme. Elle avait beau être fatiguée, elle n'avait guère sommeil. Ses pensées revenaient sans cesse à Edward, et à ce qu'il attendait d'elle. Il en résultait une vaste confusion dans son esprit chaviré d'émotions. Comment osait-il la placer dans une telle position ? Quelle présomption de sa part de croire qu'elle s'occuperait de cet enfant comme s'il était le sien ! Et le revoir après tout ce temps ne faisait que raviver la colère et l'incompréhension qu'avait suscitées son abandon.

Son apparition avait aussi ressuscité des souvenirs déplaisants de sa vie commune avec John. Blond, assez séduisant, avec de grands yeux clairs, il l'avait éblouie la première fois qu'elle l'avait vu, et elle s'était reculée avec timidité. Lorsque son père l'avait ensuite poussée en avant, John avait éclaté de rire.

— Modeste et réservée, je vois, avait-il dit.

— Oui. Et respectueuse de ses devoirs, avait répondu son père, heureux à l'idée d'un mariage imminent.

Quand Edward Grey l'avait abandonnée, il s'était inquiété à l'idée de rencontrer des difficultés pour lui trouver un époux, aussi n'en avait-il pas cru sa bonne fortune le jour où Stephen leur avait présenté John Fairburn, et que celui-ci avait manifesté de l'intérêt pour Arabella.

Elle se souvenait d'avoir souri et fait la révérence, préparée à obéir à son père. Mais quand John lui avait intimé de se relever et qu'elle avait senti sa main molle et froide, elle s'était rétractée. Et elle avait immédiatement eu un mauvais pressentiment concernant cette union. John s'en était rendu compte, mais, à part ses yeux qui s'étaient légèrement plissés, il n'avait pas relevé. Quand elle avait fait part de son malaise à son père, il lui avait répondu que John Fairburn était un bon parti, que tout irait bien, mais que ce serait à elle d'y contribuer. Si cet homme ne la prenait pas pour épouse, il ne lui resterait plus grande chance de trouver qui que ce soit. Elle n'avait pas de dot. Après trois années de guerre et le soutien apporté à la cause royaliste, son père n'avait plus rien.

— Il est bien assez séduisant comme cela, avait-il ajouté, et fils unique, avec une belle maison dont tu seras la maîtresse. Que veux-tu donc de plus ?

Des yeux bleu foncé, des mains chaudes et fermes, un rire profond. Quelqu'un qui faisait battre son cœur plus vite dès qu'elle le voyait, et enchantait tous ses sens. Edward Grey, avait-elle pensé, consternée.

Ainsi, elle avait donc épousé John Fairburn. Elle se crispait chaque fois qu'il la touchait. Il s'enorgueillissait de la beauté de son épouse, et tout le monde lui répétait sans cesse à quel point elle avait de la chance.

Mais personne ne savait combien elle souffrait dans le grand lit qu'elle partageait avec son mari, et comment il contrôlait jusqu'à la moindre de ses pensées.

Quand elle avait découvert qu'elle était enceinte, cela avait tout changé. Un enfant, s'était-elle imaginée, qui ne serait qu'à elle, qu'elle pourrait aimer et chérir. Obsédé par l'idée d'avoir un garçon, John l'avait laissée en paix pendant sa grossesse et était parti chercher ses plaisirs pervers ailleurs.

Mais Arabella ayant donné naissance à une fille, il lui avait craché son dégoût à la figure et était parti rejoindre l'armée royaliste.

Pour la première fois depuis son mariage, Arabella avait été heureuse en tenant sa fille dans ses bras, et elle n'avait pas versé une seule larme en apprenant la mort de John. Mais son bonheur avait été tragiquement détruit quand sa fille était morte peu de temps après son installation à Bircot Hall.

La souffrance l'avait brisée. Elle avait adoré sa fille et elle lui manquait cruellement. Ses bras étaient vides, son existence l'était aussi. Dans son malheur, elle s'était convaincue que plus rien ne la raccrochait à la vie. Elle avait prié pour que ce sentiment ne dure pas, et qu'elle apprenne ensuite à vivre et à aimer.

Mais la trahison cruelle d'Edward, suivie par les cruautés subies pendant son union avec John, et enfin la perte de sa ravissante Elizabeth avaient laissé des traces. Il faudrait très longtemps, ou peut-être ne serait-ce jamais, avant qu'elle ne s'autorise à souffrir de nouveau de la sorte, et accorde suffisamment sa confiance à un homme pour vouloir l'épouser.

Agitée, ses bras avides de sentir de nouveau le poids du corps de son enfant, et certaine de ne pouvoir trouver le sommeil cette nuit-là, elle s'éloigna de son lit et quitta sa chambre.

La porte de la chambre où Margaret avait installé Joan et le petit garçon était entrouverte. Arabella s'arrêta devant, le cœur battant. Lorsqu'elle entendit de faibles sanglots qui provenaient de l'intérieur, elle n'y tint plus et poussa un peu la porte pour jeter un coup d'œil. Une bougie avait été laissée allumée sur la commode, et le feu couvait dans l'âtre.

Joan était profondément endormie. Elle respirait régulièrement en ronflant tout bas. Le petit à ses côtés était de toute évidence au désespoir. Quand il aperçut Arabella, il se glissa hors du lit et tituba vers elle, en tendant les bras. Loin d'être dépourvue de compassion, et incapable d'ignorer la détresse d'un enfant, elle s'agenouilla et plongea son regard dans ses yeux, remplis de larmes.

Il semblait tellement bouleversé ! Et les sanglots qui l'étranglaient lui arrachèrent le cœur. Comme si c'était la chose la plus naturelle du monde, elle prit le garçonnet en pleurs dans ses bras et le serra très fort contre elle. Elle attrapa une couverture, tout en murmurant pour le consoler, puis l'y enveloppa, aussi affectée que lors de la mort de sa propre enfant.

Elle s'approcha de la cheminée et s'assit devant, puis le berça contre elle.

— Chut, murmura-t-elle encore en posant ses lèvres contre sa tête bouclée. Tu es en sécurité maintenant, rendors-toi.

La petite tête soyeuse se nicha alors aussitôt contre sa poitrine, dans un mouvement spontanément si affectueux qu'Arabella en eut le souffle coupé. Le regard aux yeux sombres de Dickon faisait son chemin vers son cœur avec une facilité déconcertante et, quand il lui adressa un petit sourire, l'enfant devint si magnifique qu'elle en eut le cœur serré. Comme si l'on venait d'ouvrir une fenêtre, quelque chose en elle s'envola, et elle fut envahie d'une joie d'une telle intensité qu'elle en eut les larmes aux yeux.

Elle se souvint de la sensation qu'elle éprouvait quand elle tenait sa fille de la même manière, et fut submergée d'une émotion dont la force était presque douloureuse.

L'enfant mit son pouce dans sa bouche. Après un court instant, il se calma, ses paupières devinrent lourdes puis se fermèrent, laissant ses cils épais dessiner des demi-cercles ravissants sur ses joues roses. La chaleur du feu et la sécurité de ses bras le plongèrent vite dans le sommeil.

Il serait séduisant plus tard, se dit-elle, exactement comme son père. Le magnétisme qui l'attirait irrésistiblement vers Edward dès qu'elle le voyait resurgit en elle, contre sa volonté. Et la dévora sans pitié. Elle continua à caresser l'enfant du regard, l'enfant d'Edward, de sa chair et de son sang…

Hésitant à le remettre dans son lit, elle se détendit en le gardant dans ses bras. Les rideaux n'avaient pas été complètement tirés et la lune brillait dans la pièce entre le passage des nuages. Elle commença à songer à l'étrangeté de sa vie, à son mariage avec John et à la façon dont Edward Grey venait de surgir dans son existence, devenu presque un étranger. Ils n'avaient jamais partagé d'intimité physique, toutefois ils étaient proches en bien d'autres points. Il avait toujours recherché sa compagnie, mais, comme il avait huit ans de plus qu'elle, elle se sentait parfois exclue de ses pensées. De toute évidence, elle l'avait déçu, sans cela il ne l'aurait pas rejetée pour choisir Anne Lister.

Le petit pincement au cœur qu'elle ressentit se transforma vite en une douleur aiguë qui la terrassait chaque fois qu'elle se remémorait cette époque. Elle aurait voulu être plus compréhensive, notamment sur le fait qu'il avait un enfant alors que le sien était mort, mais elle n'y parvenait pas en dépit de tous ses efforts.

Soudain, une image de John surgit devant ses yeux, et un frisson secoua tout son corps. Ce mariage n'avait pas été ce dont elle avait rêvé. Il n'y avait jamais eu la moindre passion enfiévrée, une passion qu'elle était certaine à l'époque de pouvoir vivre aux côtés d'Edward, même si son manque d'expérience dû à son jeune âge l'empêchait d'en prendre tout à fait la mesure.

Arabella n'entendit pas le plancher grincer sur le palier tant elle était absorbée par l'attention qu'elle avait reportée sur l'enfant dans ses bras.

Edward resta en arrêt sur le seuil de la pièce, paralysé devant le tableau qu'offrait Arabella, son fils blotti dans les bras. Cette scène était si intime et si délicate qu'il eut quelque peine à soutenir la vision du visage transfiguré de la jeune femme. Il hésita un moment, et continua à observer les nuances changeantes de la lueur du feu dans sa chevelure et ses boucles dans un désordre charmant, dont il admira la couleur et la texture. Son corps offrait une douceur chaleureuse, tout en arborant encore la fermeté exquise de la jeunesse et une grâce langoureuse qui réveilla aussitôt ses appétits charnels toujours prêts à resurgir à la moindre stimulation.

Elle ignora sa présence, jusqu'à ce qu'il pénètre doucement dans la chambre et se plante devant elle. Elle sursauta, de toute évidence surprise de le voir en ces lieux.

— Edward ! s'exclama-t-elle en rosissant comme si elle avait été surprise en plein milieu d'un forfait. Je… je l'ai entendu pleurer. Sa nurse dort, et je ne voulais pas la réveiller. Vous voyez, il s'est rendormi.

Edward esquissa une ombre de sourire, et son expression s'adoucit.

— Comment ne le pourrait-il pas, dans des bras si accueillants ? Attendez, je vais le prendre, dit-il.

— Ne le réveillez pas !

Edward prit son fils avec d'infinies précautions et le redéposa dans le lit sous les couvertures. Le visage crispé par la concentration, il s'acquitta au mieux de sa tâche, puis resta un moment à le contempler avant de revenir vers Arabella.

— Dickon est un garçon charmant. Il vous ressemble, chuchota-t-elle.

— Oui, je sais. Je me suis dit que j'allais passer le voir avant de me retirer. Arabella, je voudrais m'excuser.

Elle se leva et le dévisagea de ses grands yeux lumineux qui contrastaient sur son visage pâle, intéressée mais se tenant néanmoins sur ses gardes. Elle haussa le menton en plongeant son regard dans le sien, et garda les mains soigneusement croisées devant elle.

— Vous excuser ? Pour quelle raison ? D'avoir renié votre promesse à mon égard pour épouser une autre femme, ou pour être venu troubler ma paix ici à Bircot Hall ?

— Les deux, j'imagine, riposta-t-il en se passant les doigts dans les cheveux pour arranger sa chevelure en désordre. Je vous ai fait du tort, Arabella, et je le reconnais sans discuter. Je vous jure que…

— Oh ! non, ne jurez pas ! Quand vous êtes venu ici, vous avez pensé sans le moindre doute que j'étais prête à oublier et à pardonner ce que vous m'avez fait. Et après tout ce qui s'est passé les années suivantes, je crois en effet que j'avais oublié, mais tout m'est revenu en mémoire dès que vous avez passé la porte de cette maison.

Elle le regarda d'un air impassible, inconsciente que chacun de ses mots était pareil à un couteau qu'elle lui plantait en plein cœur.

— Je vous faisais confiance à une certaine époque, poursuivit-elle. J'étais si jeune, débordante de rêveries romantiques, dans lesquelles je me figurais que nous pourrions construire ensemble une vie heureuse tout à fait merveilleuse. Mais vous, mû par une arrogance et un orgueil incommensurables, vous m'avez trahie. Je ne peux qu'affirmer aujourd'hui à quel point je suis soulagée que vous ayez rompu et regardé ailleurs avant que nous ne prononcions nos vœux. Cela m'a épargné bien des tourments. J'ai supporté la pitié de mes amis et de ma famille parce que j'avais perdu mon futur mari. L'humiliation aurait été réellement intolérable si vous aviez eu une liaison alors que j'étais déjà votre femme.

Edward avait pâli, les traits tirés, torturé par ces révélations. Il voulait la réconforter, la prendre dans ses bras, chuchoter son nom contre son oreille, car la pensée de ses souffrances lui faisait regretter amèrement d'avoir agi de manière aussi inconsidérée en choisissant Anne, et de l'avoir quittée aussi brutalement.

— Je n'aurais jamais fait cela, murmura-t-il.

— Et comment pouvez-vous savoir comment vous vous seriez comporté ? s'écria-t-elle, sa peine toujours aussi vive. Les hommes se ridiculisent avec les belles femmes, de tout temps. Anne Lister ne supportait pas de ne pas être l'objet de toutes les attentions. Tous les hommes devaient être à ses pieds. Un seul regard d'elle posé sur vous, et vous étiez ensorcelé.

Il secoua la tête.

— Arabella, écoutez-moi, dit-il en la prenant par les épaules pour la regarder bien en face avant de continuer. Je regrette ce que j'ai fait, de toute mon âme. Et vous avez eu bien des tracas ces dernières années, je ne l'ignore pas. Mais croyez-moi, je n'ai jamais voulu vous blesser intentionnellement. Parfois, je ne peux m'empêcher de désirer pouvoir revenir en arrière et agir différemment, mais alors je n'aurais pas Dickon. Nous ne pouvons pas changer le passé.

Elle se dégagea et recula d'un pas.

— Je le sais, répliqua-t-elle.

— Je vous ai fait du mal, je le vois bien.

— Je ne pourrais prétendre le contraire. J'ai été profondément blessée… murmura-t-elle, incapable de ne pas bredouiller, aussi préféra-t-elle ne pas continuer sa phrase.

— Quand je suis arrivé à Bircot Hall et que je vous ai vue, j'ai été frappé par votre changement si manifeste. Moi aussi, j'ai changé, mais je n'imaginais pas que ce serait votre cas.

Il avait raison. Il avait toujours le visage d'un homme dans le bel âge, mais son expression insouciante et pleine d'humour avait disparu. Il semblait plutôt las, et une certaine dureté doublée de sérieux affleurait souvent dans son regard. Rien d'étonnant, après tout ce qu'il avait vu et vécu pendant ces longues années de guerre.

— Pourtant, c'est ainsi, et sous bien des aspects, rétorqua Arabella. Quand vous m'avez quittée, j'ai cru que je ne m'en remettrais jamais. Cependant, j'ai survécu. J'étais déterminée à laisser cela derrière moi. Je me voyais tel le phénix qui renaît de ses cendres. Puis j'ai eu de la chance. Du moins, c'est ainsi que je l'ai vu à l'époque. J'ai rencontré John et j'ai eu un enfant. Pour les perdre ensuite tous les deux.

Edward essaya de se rapprocher, mais elle anticipa son mouvement et recula plus encore, décidée à garder ses distances. Il sentait presque physiquement la tension chez Arabella. Son calme apparent était une force incontestable, telle celle d'un animal prêt à prendre la fuite. Un faux mouvement, et il la perdrait. Et il ne déchiffrait rien sur son visage fermé. Seule sa poitrine se soulevait au rythme de sa respiration, sinon elle se contentait de l'observer, parfaitement immobile.

— Je comprends combien j'ai dû vous perturber en venant ici. Croyez-moi, je ne l'aurais pas fait si j'avais eu une autre solution. Quand j'ai appris que ma maison de Londres allait être confisquée, inquiet pour mon fils et en dépit du risque que je courais d'être capturé, je m'y suis rendu immédiatement. J'y ai trouvé Dickon tout seul, avec les serviteurs.

— Vous m'avez dit que c'est votre propriété dans l'Oxfordshire qui avait été confisquée.

Il hocha la tête.

— La maison de Londres doit l'être aussi à l'heure qu'il est. Tous les activistes ont été délestés de leurs biens. Comme vous le savez, depuis que le Parlement a pris le pouvoir, tout ce que le roi a accordé en terres et propriétés a été déclaré illégal, et les lois édictées par le roi William ont été abrogées.

— Et qu'adviendra-t-il des terres qui ont été saisies ?

— Elles seront rendues au peuple. C'est la volonté du Parlement, le bien commun, pour tous. Tout ce que je possédais a servi de financement pour la cause royaliste. Je suis devenu un pauvre, avec cette guerre.

— Nous le sommes tous devenus, renchérit Arabella avec amertume.

— Tout nous sera rendu quand le roi remontera sur le trône, assura Edward.

— Si jamais il y remonte, répliqua Arabella. Je ne suis pas très optimiste quant à cette éventualité. D'après ce que j'ai entendu, peu de gens sont prêts à se rallier aux exigences de la royauté. Le roi n'est finalement qu'à la tête d'une bande de presbytériens. De plus, le patriotisme des Anglais, remontés contre les Ecossais, ne fait que croître.

— Vous avez raison, Arabella. Mais je donnerais ma vie en combattant pour cette cause, si c'est nécessaire.

— Ainsi donc, sans personne vers qui vous tourner, vous avez décidé d'amener votre fils dans cette demeure.

— Le frère d'Anne était à Londres. Le temps était compté à cause de ses projets d'enlever mon enfant. Avant sa fuite vers Londres, connaissant ma situation, votre frère a suggéré que je le conduise ici, pour le confier à vos soins. Je comprends votre réticence à vous occuper de Dickon pour moi, mais je n'ai nulle part où aller. Le ferez-vous ?

Il eut le temps de lire l'incertitude sur le visage de la jeune femme avant qu'elle ne se tourne vers la cheminée.

Certes, elle s'était détournée, mais non sans laisser transparaître un éclair de souffrance dans ses magnifiques prunelles.

— Vous m'en demandez trop, Edward. C'est trop de responsabilité.

— Allons, Arabella ! se récria-t-il. Vous venez de le prendre dans vos bras. Comment pouvez-vous me refuser cela ? Ayez donc le courage de m'aider, sans cela vous n'êtes pas la femme que…

Elle fit volte-face, une lueur féroce dans les yeux.

— Oh ! j'ai fort bien compris ce que vous sous-entendez ! Vous alliez dire que je ne suis pas la femme que vous croyiez ! Si je refuse de faire ce que vous me demandez, ce qui serait tout à fait normal si l'on prend en compte votre trahison, vous aurez une mauvaise opinion de moi, déclara-t-elle en haussant les épaules. Donc, si tel est le cas, pourquoi devrais-je m'en préoccuper ? Durant des années j'ai été fort consciente que vous ne me voyiez pas sous un jour favorable.

— Ce n'est pas vrai ! Vous êtes l'une des personnes les plus remarquables que je connaisse ! Vous savez très bien que ma décision de renoncer à nos fiançailles n'a été motivée que par ma passade stupide avec Anne, et n'avait rien à voir avec vous.

Il tendit la main pour caresser ses cheveux ébouriffés, puis laissa courir un doigt sur sa joue. La sentant frémir sous cette caresse, il baissa le bras.

— Je vous ai causé du tort. A cette époque, j'étais trop entêté pour admettre mon erreur. J'implore votre pardon, je vous le répète, car j'imagine que vous me haïssez, et en toute honnêteté je ne puis vous en blâmer. C'est à moi que j'en veux, plus que quiconque ne pourrait m'en vouloir. Je ne cesserai jamais de le regretter, jusqu'à mon dernier souffle. Et c'est peut-être pour cela que j'estime si important que vous trouviez en vous la force de me pardonner. Je me suis assez fustigé moi-même, Arabella. Je vous affirme que je vous tiens en très haute estime, et que mes sentiments à votre égard pourraient vous surprendre. Moquez-vous si vous en avez envie, ce sera mon châtiment. Mais tout ce que je vous ai dit est sincère.

Arabella le toisa d'un regard méprisant.

— Je vous en prie, évitez ces déclarations d'une dévotion qui n'existe pas. Ce serait fort gênant pour nous deux, aussi cessez cette comédie. Etant donné ce qui s'est passé autrefois, je considère cela comme un étalage de mauvais goût.

— Ce n'est pas une comédie. Je me suis maudit mille fois d'avoir rompu nos fiançailles, reprit-il tout bas, l'air contrit. Ne m'en veuillez pas. Je ne peux pas revenir sur la façon dont j'ai agi et, si cela peut vous faire plaisir de l'apprendre, j'en paye le prix. J'ai agi de manière tout à fait inconsidérée, et cruelle.

Elle le dévisagea d'un air incrédule. Elle n'entendait donc pas les accents de vérité dans sa voix ? Cependant, il voyait bien qu'elle refusait de se laisser toucher par ses mots. Le pardon ne lui venait pas facilement, et comment lui en vouloir ? Elle s'écarta légèrement.

— Oh oui, ça l'était, affirma-t-elle, mais je n'ai aucune envie de remuer les souvenirs. Avez-vous oublié la raison de votre venue ? Vous voulez que je recueille votre fils.

— Et qu'avez-vous décidé ? demanda-t-il en essayant de rester calme en attendant sa réponse.

Cependant, la veine sur son front à droite se gonfla en pulsant soudainement. Arabella avait éveillé ses sens, sans même essayer. Elle avait déjà suscité son intérêt, mais cet intérêt s'ouvrait sur bien d'autres choses, avec une facilité déconcertante. Pour la première fois depuis des mois, peut-être même des années, son esprit belliqueux obnubilé par la guerre était occupé par un autre sentiment. Puissant, vif et extrêmement primitif. Il n'avait jamais renoncé à satisfaire son désir. En ce qui concernait les femmes, il était patient et très déterminé. Il regrettait profondément leurs années de séparation, et ressentait le besoin d'être avec elle.

— C'est d'accord, soupira-t-elle pour signifier sa reddition inconditionnelle, je le ferai.

Il fut submergé de soulagement.

— Merci, je ne peux vous dire à quel point je suis reconnaissant, et ce que cela représente pour moi de savoir qu'il sera en sécurité.

— Je peux le comprendre, affirma-t-elle en le dévisageant. Mais je ne comprends toujours pas pourquoi vous devez continuer à risquer votre vie pour une cause de toute évidence perdue. Pourquoi, Edward ? Aimez-vous tant vous battre au point de laisser votre enfant avec des étrangers au lieu de l'emmener en France pour qu'il y soit en sécurité ? Et s'il vous arrivait quoi que ce soit ? Si je dois conduire Dickon à votre sœur en France, comment saurai-je où la trouver ?

Il chercha dans la poche intérieure de sa redingote et en sortit une lettre scellée qu'il lui tendit, préférant laisser la question sans réponse.

— J'ai tout prévu. J'espère qu'il n'y aura plus de conflit et que je reviendrai, auquel cas je l'emmènerai.Dans le cas contraire, voici une lettre pour ma sœur, et son adresse à Paris.

— Et Joan ? Va-t-elle rester avec lui ?

— Dickon lui est attaché, mais je dois vous avouer qu'elle m'a accompagné contre son gré. Elle a de la famille à Bath. Ne soyez pas surprise si elle part la rejoindre.

— Je vois. Donc, la décision lui revient, mais j'espère qu'elle ne partira pas. Je serais heureuse de pouvoir bénéficier de son aide, dit-elle tout en consultant la pendule sur le manteau de la cheminée. Il est tard, 23 heures passées. La journée a été longue. Il faut que j'aille me coucher.

Elle se dirigea vers la porte, mais il lui emboîta le pas.

— Bonne nuit, Arabella. Je vous souhaite de trouver le repos.

Sans pouvoir se l'expliquer très clairement, il lui prit la main et lui embrassa les doigts. Elle sembla suffoquer, puis un vague murmure passa la barrière de ses lèvres, et il lui sourit.

En s'éloignant, Arabella savait qu'il la regardait partir. Ses yeux étaient si irrésistibles qu'elle avait envie de se retourner, mais elle s'obligea à continuer. Ses doigts fermes et chauds avaient doucement serré sa main, comme dans un geste de réconfort.

Elle avait alors été subjuguée par sa présence, sa chaleur, son odeur. Et envahie d'une étrange sensation. Le désir, en avait-elle conclu, qui avait accéléré sa respiration et échauffé ses sangs.

Une pesanteur terrible et nouvelle s'installa dans son cœur au moment où elle retournait dans sa chambre. Elle se déshabilla et se coucha. Elle était si épuisée qu'elle réussit à dormir quelques heures, mais, en se réveillant, elle ne put s'empêcher de passer et repasser dans sa tête les événements de la nuit précédente et les changements que l'arrivée d'Edward avait opérés dans sa vie.

Comment avait-elle pu accepter de s'occuper de son fils ? Mais quand il l'en avait priée, clle n'avait pu résister au ton de sa voix, et à ce qu'il avait exprimé dans son regard.

Et elle ne pouvait pas non plus nier les sensations fort inquiétantes qu'il avait remuées lorsqu'il avait pressé ses lèvres sur ses doigts. Quand il était entré dans la chambre et l'avait surprise avec son fils, elle avait tenté d'ignorer leur proximité, son odeur, les sentiments et les émotions qui l'avaient submergée alors, en dépit de tous ses efforts pour les étouffer.

Autrefois, elle avait été en admiration devant l'homme que ses parents lui avaient toujours dit qu'elle épouserait. Elle avait également appréhendé la force et le pouvoir qui émanaient de lui. Tout chez lui était plus grand, plus intense que chez n'importe qui d'autre, et elle était convaincue que sa vie conjugale ressemblerait à se précipiter dans une bataille sur un cheval fougueux.

Elle avait été profondément humiliée quand il l'avait abandonnée, et avait fermement décidé de l'oublier. Mais ce n'était pas le genre d'homme que l'on oubliait facilement.

Et aujourd'hui, toujours aussi fier, alors qu'il s'était de nouveau jeté dans sa vie, elle avait aussitôt retrouvé cette même sensation d'excitation, délicieuse et dérangeante à la fois, qu'elle avait souvent éprouvée à l'époque dès qu'il apparaissait devant elle.

L'arrivée d'Edward à Bircot Hall avait semé le désordre dans sa vie. Et elle s'en tiendrait à sa ferme détermination de ne pas lui accorder son amitié avant d'être fixée sur sa réelle bienveillance et ses qualités d'âme.

La matinée était ensolcillée, le ciel d'un bleu limpide car les nuages de pluie de la veille avaient disparu à l'aube. Le sol était encore mouillé, et tout brillait dans la lumière vive qui rehaussait le vert profond des feuillages dans les arbres.

Après un petit déjeuner rapide, pressés de reprendre leur route, Stephen et Edward feraient leurs adieux à Alice et Arabella dans la cour. Les deux gentilshommes qui les escortaient étaient déjà en selle, et leurs chevaux piaffaient, sentant le départ. Edward n'était pas encore là, car il disait au revoir à son fils.

— Que Dieu t'accompagne, déclara Arabella avec tendresse en embrassant son frère. Sois prudent, je t'en supplie !

Elle n'arrivait pas à chasser l'inquiétude qui l'étreignait, ni le sombre pressentiment qu'elle ne le reverrait peut-être jamais.

— Où allez-vous exactement ? s'enquit-elle.

— Nous avons appris que le roi est entré dans Worcester. Nous allons l'y rejoindre. C'est la seule place forte royaliste qui subsiste. Ce sera là la dernière tentative du roi pour récupérer son trône, et il a besoin de tous les hommes qu'il pourra obtenir. C'est son dernier espoir.

Arabella se recula et se plaça à côté de Margaret, qui observait calmement la scène, les larmes aux yeux. Alice se jeta au cou de son frère pour un ultime adieu. Lorsque Stephen regarda par-dessus l'épaule d'Alice, il arrêta son regard sur Margaret. Il se détacha gentiment de sa sœur, s'approcha de la jeune fille, puis lui prit la main et l'embrassa.

Le visage pâle de Margaret rosit de plaisir en recevant l'hommage d'un homme qu'en très peu de temps elle s'était mise à admirer avec ardeur, et qu'elle trouvait extrêmement séduisant. Ses yeux pétillèrent.

Arabella n'entendit pas ce qu'il lui disait, mais elle était heureuse que Stephen eût remarqué Margaret.

Chapitre 3

Arabella regarda Edward quand il sortit de la maison, arborant une expression mélancolique. Il sembla à peine remarquer l'activité autour de lui lorsqu'il s'essuya le front avec son mouchoir et se dirigea vers son cheval. Loin d'être sans cœur ou insensible, elle comprenait ce qu'il devait ressentir en quittant son fils. Et elle se représentait fort bien combien cela devait être difficile pour lui. Ces adieux l'avaient de toute évidence profondément affecté. Ne pouvant supporter son air désespéré, elle alla le rejoindre.

— Vous avez dit au revoir à Dickon ? s'enquit-elle.

Il hocha la tête, assombri.

— Les enfants d'Alice sont en train de le distraire. Il remarquera à peine mon départ, répondit-il.

— Détrompez-vous. Vous lui manquerez. Mais… dites-moi, Edward, est-il possible que Malcolm Lister vienne vous chercher ici ?

— Pourquoi me posez-vous la question ? demanda-t-il avec un regard perçant.

— Quand il découvrira que Dickon n'est pas à Londres, que se passera-t-il ensuite ? Ne va-t-il pas enquêter, se renseigner pour savoir où il est parti ?

— Les serviteurs m'ont vu. Malcolm saura donc que je l'ai pris avec moi.

— Ce qui est votre droit le plus légitime. Mais vous êtes un fugitif. En tant qu'oncle de Dickon, il voudra savoir où vous l'avez emmené. Vos parents étant soit morts, soit en France, et sachant que Stephen et vous êtes très proches, aura-t-il des raisons de venir jusqu'ici ? Je vous le demande, parce que cela m'inquiète.

— C'est tout à fait compréhensible de votre part. Et il y a tout lieu de croire que Malcolm mettra tout en œuvre pour le retrouver. Il n'est pas impossible qu'il se souvienne que vous et moi étions fiancés autrefois. Il ne lui serait pas difficile de découvrir que vous vivez avec Alice, et de venir ici. Je vous recommande de rester en permanence sur vos gardes, même si, en ce moment, avec l'armée du Parlement en marche vers Worcester, je ne peux qu'espérer qu'il soit accaparé par ses affaires militaires.

— Ce dont je me souviens à propos de Malcolm Lister, c'est qu'il est à surveiller de près, et qu'il a un flair de chien de chasse. Espérons que nous n'aurons pas droit à sa visite !

— On ne peut pas l'exclure. Peut-être nous croiserons-nous au combat. Dans le cas contraire, et si nous survivons tous les deux à cette bataille, je vous garantis qu'il me cherchera ensuite. Il veut me nuire. Et il pense qu'il y réussira en me prenant Dickon, puis en me faisant pendre.

Il la dévisageait avec intensité, et ses yeux magnétiques la remuaient jusqu'au tréfonds de son âme.

— Je prie pour que cela n'arrive pas, murmura-t-elle.

Edward plissa les yeux de souffrance.

— Je suis au désespoir de devoir laisser mon fils. Mais je suis obligé de partir. Je ne rêve que de paix, cependant il me faut me battre. S'il doit y avoir une nouvelle bataille, qu'il en soit donc ainsi. C'est le prix que des hommes tels que moi doivent payer pour faire remonter le roi sur le trône. Et je me mépriserais éternellement si je ne faisais pas mon devoir vis-à-vis de mon souverain et de mon pays.

Les yeux soudain inondés de larmes, Arabella baissa la tête, car elle ne voulait pas émousser son courage avec ses craintes.

— Je le sais, et je comprends fort bien où est votre devoir. Si Malcolm Lister vient ici, je ferai tout mon possible pour cacher Dickon. Je vous le promets. Et soyez assuré que l'on prendra bien soin de lui.

Il parut aussitôt rasséréné, et les commissures de sa bouche se relevèrent en un semblant de sourire.

— Je ne doute pas un instant que vous le ferez. Et il pourra jouer avec d'autres enfants. Sa vie jusqu'ici a surtout été peuplée d'adultes, ce n'est pas bon pour lui. Si nous devons à nouveau nous battre, ce que je crains, lors des heures les plus sombres, votre bonté et votre loyauté à l'égard de mon fils seront pour moi un précieux réconfort.

Elle plongea alors son regard dans le sien. Reviendrait-il un jour ? Depuis le début de la guerre, la vie n'avait été qu'une longue série d'adieux.

Elle sentit les larmes lui monter aux yeux. Pourquoi était-elle si affectée ? Certes, il avait mal agi par le passé, mais elle ne pouvait nier son attirance envers lui. Et puis il y avait son fils.

Dickon était déjà en train de se faire une place dans son cœur. Ce pauvre enfant en avait déjà tellement vu ! Elle ne tenait pas Anne Lister en grande estime, mais elle avait été sa mère. Ayant eu la chance d'avoir la mère la plus merveilleuse du monde, Arabella ne pouvait même pas imaginer la tristesse d'être élevé sans l'amour de celle-ci. *Oh ! mon Dieu, ne le laissez pas aussi perdre son père !* Soudain, elle se rendit compte combien il était terriblement important qu'Edward revînt sain et sauf, pour Dickon, si ce n'était pour elle.

— Vous reviendrez, n'ayez crainte, dit-elle d'un ton léger en cachant son chagrin. Ne vous faites pas de souci pour nous. Dickon sera en sécurité avec moi.

Edward jeta un coup d'œil à Stephen, qui était déjà en selle, prêt à partir. Puis il regarda Arabella avec ses yeux bleus déconcertants. Lorsqu'un sourire naquit sur sa jolie bouche, il fut incapable de résister à la tentation d'en goûter la douceur. Il pencha la tête et l'embrassa rapidement sur les lèvres, en un baiser rageur, chargé de désir et de vaines possibilités, en pressant ses lèvres plus qu'il n'en était d'usage.

Quand il recula, il ne la quitta pas des yeux, à l'affût de la moindre nuance d'émotion qu'il pourrait y déceler.

— Faites bien attention à vous, Bella, dit-il d'une voix rauque.

Il effleura sa joue avec un doigt, comme s'il voulait graver l'image de son visage dans sa mémoire. Puis il se détourna et se dirigea vers son cheval. Après avoir pris les rênes, il se retourna pour la regarder, le visage blême sous l'éclat cru du soleil.

— Quand vous m'avez dit hier que je devais aimer me battre, vous vous trompiez, ajouta-t-il. Je n'aime pas ce que je fais. Vivre dans une armée, c'est habiter un monde impitoyable et brutal. La mort est omniprésente, la vie d'un soldat est entre ses mains, et il faut affronter son destin en face.

Ils se dévisagèrent encore un instant, en silence dans le calme de la matinée. Arabella était taraudée par le désir de se précipiter vers lui et de toucher son visage. Mais elle le combattit aussitôt, furieuse de sa faiblesse.

Edward se jucha enfin sur sa selle, et suivit les autres qui passaient déjà la poterne.

Elle le regarda disparaître, terrassée par une sensation de perte incompréhensible. En dépit de son intensité, le baiser avait été bref. Le contact de sa bouche sur la sienne l'avait secouée tout entière, et momentanément privée de toute capacité de raisonnement. Comment bannir cet instant de sa mémoire ? Ses lèvres étaient encore chaudes et la picotaient toujours, lui confirmant que ce baiser d'adieu avait bien eu lieu, et que son cœur bouillonnait d'une nouvelle émotion qui ne lui était pas familière.

Elle posa les doigts sur ses lèvres, et continua à regarder au loin alors que les silhouettes des cavaliers avaient disparu depuis longtemps déjà. Elle ne s'était pas attendue à ce baiser. Comme c'était étrange, elle le sentait encore alors qu'il avait pris fin depuis un bon moment. Elle avait eu l'impression d'être soudain embarquée dans une tempête d'émotions qui l'avait laissée le souffle court et dans un état de confusion total.

De toute évidence, rien n'avait changé. Ni le comportement impulsif d'Edward ni, à son grand désespoir, ce qu'elle-même éprouvait à son égard. Elle avait frémi sous cette caresse, emplie d'un désir qui semblait promettre quelque chose de merveilleux, et hors d'atteinte. Cette façon dont il l'avait regardée. L'inflexion dans sa voix quand il avait prononcé son diminutif affectueux. Il l'avait désirée à cet instant. C'était évident.

Elle remarqua alors quelque chose de blanc qui voletait à ses pieds et se baissa. Son mouchoir ! Elle le ramassa et le pressa contre sa poitrine. Son odeur envahit alors ses sens, un mélange de vent, de pluie, de cuir et de cheval.

Elle aurait voulu courir après lui, et l'appeler pour qu'il l'embrasse encore, même s'ils étaient entourés de tous les fantômes du passé. Mais c'était impossible. Elle se sentit vide et seule, une fois de plus.

Comment avait-elle laissé pareille chose se produire ? Dépassée par ses émotions, elle s'était stupidement abandonnée à une vague de passion. Elle se méprisa d'avoir succombé si promptement à sa virilité triomphante. S'imaginait-il pouvoir profiter d'une autre femme, puis revenir et reprendre les choses là où il les avait laissées ?

Ayant été témoin du baiser, Alice la rejoignit, regardant elle aussi vers la poterne.

— Ainsi donc, Arabella, dit-elle posément, si ce baiser que je viens de voir est une précieuse indication pour des projets d'avenir, il semblerait que sir Edward ait l'intention de recommencer à te courtiser ?

Arabella était étrangement réticente à parler d'Edward, pour des raisons qu'elle n'arrivait pas à expliquer elle-même, mais elle ne pouvait éluder les interrogations d'Alice.

— Oui, il m'a embrassée, et je l'ai laissé faire. Il est… c'est un soldat qui part à la guerre. Il pourrait ne pas revenir. Mais cela ne voulait rien dire. Edward m'a quittée pour une autre femme, il y a bien longtemps, certes, mais je n'ai ni oublié ni pardonné.

— Te souviens-tu à quel point Père a été furieux quand il a renoncé aux fiançailles ? Et Stephen ? Cependant, ils semblent être des amis fidèles désormais.

— C'est la guerre, Alice. Le conflit les a rapprochés d'une manière que nous n'aurions jamais pu imaginer avant cela. Nos deux familles ont tant perdu, nos êtres chers, et nos maisons !

— Oui, c'est vrai. Ce sera difficile pour nous tous quand ce sera fini. Rien ne sera plus comme avant.

Chevauchant avec ses compagnons en direction de Worcester, Edward ne pensait qu'à Arabella. C'était douloureux de quitter Dickon, mais il était abasourdi de réaliser combien la jeune femme lui manquerait. Il s'était juré qu'après Anne, sa trahison et ses mensonges, il ne laisserait plus jamais ses sentiments risquer de se faire piétiner par une femme.

Mais Arabella n'était pas Anne.

Il avait fallu qu'il la perde pour se rendre compte de la valeur de ce qu'il avait gâché.

Elle était naïve, innocente, et il s'était couvert de honte en la faisant souffrir de la sorte. Il était bourrelé de remords de lui avoir donné raison de ne plus vouloir de lui. Et se méprisait de la dureté avec laquelle il avait rompu leur engagement. Il voulait désespérément s'amender, et supprimer la distance qui s'était établie entre eux.

Arabella s'était endurcie après ce qu'elle avait vécu. Il était difficile de deviner ses sentiments. Il avait espéré qu'elle aurait laissé leur passé commun derrière elle, mais ils s'étaient séparés dans l'amertume, et il percevait chez elle aujourd'hui une méfiance qu'il ne pouvait lui reprocher.

Cependant, il y avait quelque chose en elle qui l'avait fait se sentir plus vivant et plus heureux qu'il ne l'avait été depuis longtemps.

Le baiser qu'il lui avait donné avait été spontané, et l'avait surpris par sa douceur et son intensité. Cela ne lui était jamais arrivé auparavant, du moins pas depuis son mariage avec Anne.

Quand il avait revu Arabella, devenue femme, il l'avait trouvée mystérieuse et fascinante. Mais elle n'était pas prête à offrir son cœur. A lui encore moins qu'à un autre, et comment lui en vouloir ?

Rien de notable ne se produisit à Bircot Hall les jours suivant le départ de Stephen et Edward.

Arabella observait Dickon courir dans la salle avec les enfants d'Alice. Il riait aux éclats, et cela lui réchauffa le cœur de le voir s'amuser ainsi. Il s'était tout d'abord montré très réservé, toujours calme, ct regardait tout le monde d'un air sérieux avec ses grands yeux bleus. C'était exactement ce qu'il lui fallait : jouer avec d'autres enfants.

Arabella avait terriblement regretté que Joan fasse précisément ce qu'avait pressenti Edward. Elle avait quitté Bircot Hall pour rejoindre sa famille à Bath. Arabella était persuadée que cela affecterait Dickon et qu'elle lui manquerait, mais à son grand soulagement, ce ne fut pas le cas.

Arabella fut touchée qu'il reporte son affection sur elle. Dickon occupait déjà une place toute spéciale dans son cœur. C'était elle qui jouait avec lui, lui faisait sa toilette, lui donnait à manger et le mettait au lit, en lui racontant les histoires que les petits aiment entendre avant de s'endormir. C'était vers elle qu'il se précipitait pour se faire consoler lorsqu'il tombait.

Alice eut maintes raisons de se réjouir quand elle reçut de France une lettre longtemps attendue de son mari Robert. Comme de nombreux royalistes qui avaient traversé la Manche, l'inactivité lui pesait et il trouvait sa vie fastidieuse. Il envisageait de rejoindre l'armée française, de même que de nombreux compatriotes.

Il mentionnait brièvement quelques gentilshommes de même orientation politique qu'Alice connaissait peut-être, dont l'un d'eux se nommait Fairburn. Il avait quitté Paris avant son arrivée, aussi Robert ne l'avait-il pas rencontré. Il savait seulement qu'il était originaire du pays de Galles. La rumeur disait qu'il ressemblait fortement au John Fairburn, le mari d'Arabella, qui avait été tué à St Fagans. Il en concluait que c'était là une coïncidence, et se demandait s'il pouvait être un parent de feu son mari.

Il demandait aussi des nouvelles des enfants et, tandis qu'Alice continuait sa lecture, Arabella n'arrêtait pas de penser à cet homme appelé Fairburn dont avait parlé Robert, avec un sentiment croissant de malaise, sans pouvoir définir pourquoi précisément. Après tout, John était mort, il devait être mort. Ne l'avait-elle pas enterré ? se dit-elle, inquiète. Et si cet homme était un vague parent, cela ne la concernait pas. Elle chassa aussitôt ces considérations de son esprit, mais elles ne manquaient pas de revenir par moments, alors qu'elle s'y attendait le moins, et confirmaient son sentiment de malaise initial.

Les informations, selon lesquelles on se battait férocement à Worcester et ses environs, commencèrent à leur arriver petit à petit. Les journées suivantes se déroulèrent dans les affres d'une tension croissante pour tous les habitants de Bircot Hall. Les voyageurs de passage apportaient des nouvelles alarmantes, qui indiquaient que Charles Stuart était assiégé derrière ses remparts par l'armée de Cromwell. Puis ils apprirent que celle-ci avait réussi à pénétrer dans la ville et que des combats terribles se disputaient dans les rues, où le sang coulait à flots.

Arabella était terrifiée. Où étaient Stephen et Edward ? Il lui était insupportable de les imaginer blessés, abandonnés quelque part dans les rues de Worcester ou sur le champ de bataille ou, pire encore, tués. Et il était impossible de le savoir. Elle ne pouvait rien faire, et tous étaient condamnés à attendre au fil des jours.

Il faisait presque nuit. Les enfants étaient au lit. Ressentant le besoin de respirer un peu d'air frais avant d'aller se coucher à son tour, Arabella sortit de la maison. Tout scintillait après l'averse qu'ils venaient d'essuyer, et le vent déchirait les nuages pour révéler quelques étoiles. Après avoir fait le tour de la cour, elle s'apprêtait à rentrer quand elle entendit des bruits de sabots sur les pavés, et elle regarda en direction de la poterne. Un cavalier conduisant un autre cheval par la bride apparut.

— Edward, chuchota-t-elle, le cœur bondissant soudain de joie et de soulagement mêlés.

Ils étaient partis depuis trois semaines, une éternité pour celui ou celle qui attend. Elle regarda aussitôt le cheval qu'il menait par la bride. Un homme y était couché en travers de la selle. Elle sentit un nœud se former dans son estomac, et murmura le prénom de son frère. Il semblait inconscient.

Elle releva ses jupes et courut vers eux, affolée. Edward arrêta les chevaux et descendit en hâte de sa monture.

— Edward ! Oh, Dieu soit loué, vous êtes revenu !

Submergée d'émotions, et encore secouée par cette arrivée impromptue, elle était extrêmement heureuse de le voir, même si elle n'ignorait pas que sa présence et celle de son frère représentaient un danger pour eux tous. Ne voulant pas qu'il lise tout cela dans son regard, elle reporta toute son attention sur son frère.

— Stephen est-il gravement blessé ?

Edward hocha la tête.

Il avait une barbe d'une semaine, les vêtements salis et déchirés après la bataille, encroûtés de boue et de sang séché. Et le visage gris, les traits tirés, les yeux rougis bordés de cernes très sombres.

— Il a reçu une balle de mousquet dans la poitrine, expliqua-t-il. Il a perdu beaucoup de sang, et il faut le soigner de toute urgence. Nous avons réussi à nous échapper dès la fin de la bataille. Il nous a fallu deux jours pour arriver jusqu'ici. Les Têtes Rondes sont partout. Il est inconscient depuis cinq heures environ.

— Sam ! appela Arabella vers la maison. Venez nous aider. C'est Stephen, il est blessé !

— Les chevaux sont trop voyants, prévint Edward. Faites-les conduire dans un endroit discret, aussi loin de la maison que possible, puis veillez à ce qu'ils soient bouchonnés. S'ils sont découverts, cela éveillera les soupçons et on vous posera des questions. De plus, ils seraient aussitôt réquisitionnés par l'armée des parlementariens.

Les deux hommes firent doucement glisser Stephen au bas de la selle, en manquant de trébucher sous son poids. Tom, le fils cadet de Sam, prit les animaux par la bride et les mena hors de vue. Alice venait de se précipiter au-dehors pour comprendre la raison de ce vacarme. En voyant qu'on transportait son frère blessé, et la large tache de sang sur sa veste, elle saisit tout de suite la situation.

— Portez-le à l'intérieur, ordonna-t-elle. Il faut le monter dans une chambre et l'installer dans un lit.

Edward et Sam s'exécutèrent aussitôt, et déposèrent leur fardeau dans une chambre à l'étage. Tandis qu'Alice allait chercher le nécessaire pour soigner la blessure de son frère, Edward s'affairait auprès de Stephen pour lui ôter ses vêtements maculés de sang, avec l'aide de Sam.

Arabella examinait son frère avec anxiété. Il était à peine reconnaissable, le visage barbouillé de poudre à fusil, les cheveux en bataille. Pâle, les traits tirés, sa poitrine dénudée se soulevait avec peine. Il essayait de garder les yeux ouverts en clignant des paupières, mais l'effort était trop grand après qu'il eut perdu tant de sang. Epuisé, il ferma les yeux et replongea dans l'inconscience.

— Je ne voulais pas l'amener ici, expliqua Edward d'un ton las. Je me rends bien compte que je vous mets tous en danger, mais il lui faut des soins de toute urgence si l'on veut qu'il survive. Il faudra le déplacer dans un endroit sûr, mais d'abord il faut le soigner. Une patrouille de Têtes Rondes ne tardera sûrement pas à venir fouiller la maison. Ils regardent partout et retournent jusqu'à la moindre pierre pour rechercher le roi et les fugitifs royalistes qui ont réussi à s'échapper de Worcester.

— Le roi s'est donc échappé ? s'exclama Alice en pénétrant dans la chambre avec de la charpie, des carrés de tissu et de l'eau chaude.

— Les parlementariens étaient nettement supérieurs en

nombre et en puissance de feu. Des centaines de royalistes ont été tués, et nombre d'entre eux également arrêtés dans la ville. Au mépris de sa propre sécurité, le roi a fait montre de courage jusqu'au bout. Il s'est exposé sans s'épargner.

— N'oublions pas que c'est le petit-fils d'Henri de Navarre ! remarqua Alice tout en remontant ses manches avant de s'occuper de son frère. S'il avait péri, la Maison des Stuart aurait eu dès lors son frère James à sa tête. Que se passerait-il, d'ailleurs, si le roi Charles était capturé ? J'imagine que ce serait un dilemme pour Cromwell. Lui réserverait-il le même sort que son père en le conduisant à l'échafaud ?

— Je pense que Cromwell rencontrerait une forte opposition de la part du peuple anglais, répondit Edward, quel que soit le parti que ce dernier ait soutenu pendant la guerre. A la fin de la bataille, le roi a consenti à suivre les conseils de ceux qui lui recommandaient de se retirer. Il a quitté la ville, entouré de quelques fidèles. Les Têtes Rondes le poursuivent avec acharnement.

— Prions pour qu'ils ne le trouvent pas et qu'il réussisse à s'enfuir ! murmura Alice en se penchant vers son frère pour lui toucher le front. Il a de la fièvre, constata-t-elle.

Elle examina sa blessure et soupira de désespoir. Elle trempa un carré de tissu dans l'eau chaude et entreprit d'ôter le sang séché sur la poitrine de Stephen.

— Je suis soulagée que la balle soit entrée du côté droit et ne menace pas son cœur, mais elle n'est pas ressortie. Comme je voudrais pouvoir quérir un médecin ! Mais c'est impossible, ce serait trop risqué. Nous devrons faire au mieux, par nous-mêmes, déclara-t-elle.

— Je vais essayer d'extraire la balle, décida Edward, tout en enlevant son manteau avant de se laver les mains.

Arabella s'approcha de lui et lui tendit une serviette.

— Etes-vous sûr de pouvoir le faire ? Ce ne sera pas facile.

— Je dois essayer, rétorqua-t-il en plongeant son regard dans le sien, qui s'adoucit aussitôt quand il vit son visage anxieux.

Essayez de ne pas trop vous inquiéter. Ce ne sera pas la première fois que j'opérerai un soldat blessé.

Après avoir trempé un couteau dans de l'alcool et en avoir versé une bonne dose sur la plaie, il se mit à la tâche avec moult précautions afin de perturber Stephen le moins possible. Le jeune homme gémit néanmoins en dépit de son inconscience, le visage dégoulinant de sueur, mais par bonheur il ne se réveilla pas.

Edward trouva rapidement la balle de mousquet, réussit à l'extraire et la déposa dans le bol à côté de lui. Il se recula pour essuyer la sueur de son front sur son avant-bras. Il était d'ailleurs en nage lui-même, l'air épuisé, et, avec ses boucles en désordre, il semblait plus jeune et étrangement vulnérable. Il regarda Arabella qui rassemblait les tissus souillés pour les débarrasser.

— Si nous réussissons à garder la blessure bien propre, il devrait se remettre. La balle a pénétré profondément, mais je ne crois pas qu'elle ait causé trop de dégâts. Il a perdu beaucoup de sang, heureusement il a une constitution robuste.

Comme pour répondre à la déclaration de son ami, Stephen battit des paupières et regarda le petit groupe anxieux rassemblé autour de lui.

— Où suis-je ? marmonna-t-il au prix de grands efforts.

— Tu es à Bircot Hall, Stephen, expliqua Alice en lui prenant la main. Edward t'a ramené, tu es en sécurité pour le moment. Il vient d'extraire la balle que tu as reçue, et tu vas souffrir pendant un moment. Me comprends-tu ?

Il hocha la tête et ferma aussitôt les yeux, terrassé par la douleur. Il lui serra la main autant que ses forces le lui permettaient.

— Oui, je comprends, répondit-il, mais pour l'amour de Dieu, soyez prudents !

— Nous te déplacerons bientôt dans un endroit sûr, dit-elle en regardant Arabella. Je vais demander à Margaret de préparer un cataplasme au miel, ajouta-t-elle, tout en enduisant la blessure de baume.

Arabella l'aida ensuite à lui poser un bandage autour de la poitrine.

— Conduis Edward au rez-de-chaussée, Arabella, et propose-lui des rafraîchissements. Je vais rester avec Stephen.

Elle jeta un coup d'œil à sa chemise tachée de sang.

— Et essaye de lui trouver une chemise propre. Peux-tu appeler Margaret et lui demander de venir m'aider, je te prie ?

— Qu'en est-il des serviteurs ? questionna Edward en les regardant tour à tour. Peut-on leur faire confiance ?

Arabella fit un signe d'acquiescement.

— Il ne nous en reste que très peu, mais ils sont tous très loyaux, et royalistes. Je leur parlerai.

— Il est impératif que les Têtes Rondes ne découvrent rien s'ils viennent fouiller la maison.

— Alors, il nous faut vous trouver une bonne cachette. Et si Dieu le veut, Bircot Hall sera épargné.

— Malheureusement, j'en doute, déclara Edward.

Ignorant qu'Edward et Stephen étaient arrivés, Margaret était au lit, mais elle ne dormait pas. Quand Arabella vint lui raconter les derniers événements, elle murmura une prière, puis se hâta de rejoindre Alice.

Edward attendait Arabella dans la grande salle. Quand il entendit son pas léger dans l'escalier, il se retourna pour la regarder descendre gracieusement les marches. Quelque chose le picota, tout près de son cœur, quand il croisa son regard.

Ses magnifiques cheveux roux doré étaient dégagés de son visage, et laissaient voir son long cou délicat. Elle portait une robe bleu marine très simple ornée d'un sobre et élégant col blanc, qui mettait en valeur sa taille fine. Il ne put se cacher que ce qu'il éprouvait pour elle était bien plus viscéral que tout ce qu'il avait ressenti depuis longtemps pour une femme. Elle le regardait fixement, et il lut dans ses yeux toute la tristesse et le chagrin qu'elle avait vécus par le passé.

Avant qu'Edward ne se fût retourné pour la regarder dans l'escalier, Arabella avait pris un moment pour l'observer. Le feu crépitait dans la cheminée, et il contemplait les flammes. Son visage séduisant semblait sculpté dans la pierre, et il arborait une expression impénétrable.

— Tenez, dit-elle en lui tendant un verre de brandy. Vous paraissez en avoir besoin, vous avez l'air fatigué.

Edward plongea ses yeux dans les siens. Elle avait beau être dévorée d'inquiétude, il y avait chez elle quelque chose d'extrêmement charmant et de digne à la fois dans son maintien quand elle lui avait offert le verre.

Le silence s'installa entre eux tandis qu'il sirotait l'alcool.

— Je suis complètement épuisé, avoua-t-il. Mais ce n'est pas étonnant. Je n'ai pas dormi dans un vrai lit depuis des jours et des jours. Quand nous nous sommes enfuis, Stephen étant blessé, je voulais mettre le plus de distance possible entre Worcester et nous, et cela m'a demandé toute mon énergie. Nous nous sommes tenus à l'écart des routes la plupart du temps, surtout pendant la journée. La nuit nous a offert quelque protection, et je remercie Dieu que nous ayons eu des chevaux.

— Vous avez eu raison de l'amener ici. Et vous, Edward ? Votre blessure vous fait-elle encore souffrir ?

— Non, c'est oublié, répondit-il d'un ton brusque. (Arabella s'attendait d'ailleurs à cette réponse, car ce n'était pas le genre d'homme enclin à se plaindre.) Mais, dites-moi, comment va Dickon ?

— Il s'est bien habitué. C'est un petit garçon tout à fait charmant. Il aime la compagnie des enfants d'Alice. Quant à Joan, vous aviez raison à son sujet : elle a rejoint sa famille.

— C'est ce que je pensais, rétorqua-t-il en hochant la tête. J'espérais pourtant qu'elle resterait. Où est-il ?

— Tous les enfants sont au lit, dit-elle en souriant. Mais je doute que vous le réveilliez si vous aviez envie d'aller le voir.

Elle s'approcha de lui, et sentit aussitôt la chaleur du feu sur ses joues.

— Je vous suis tellement reconnaissante de ce que vous avez fait pour Stephen, et je parle également au nom d'Alice.

— Je commence à lui envier l'affection qu'il reçoit de ceux qui lui sont chers. Ne bénéficierai-je pas moi aussi d'un peu de sympathie ?

Il avait eu beau s'exprimer sur le ton de la plaisanterie, cela ne masquait pas son inquiétude quant à la situation, et Arabella décida de changer de sujet afin qu'il cesse de penser à son frère blessé.

— Cela a dû être très difficile, après tout ce que vous avez enduré à Worcester.

— Je me suis retrouvé tant de fois dans des situations extrêmes avec Stephen ! J'en arrive à penser qu'il est miraculeux que nous ayons survécu.

— Je crois que vous vivrez éternellement uniquement pour faire un pied de nez à la mort.

Il lui adressa un sourire qui lui coupa le souffle.

— Peut-être. Qui sait ? Mais mon souci pour le moment, c'est de trouver où nous cacher jusqu'à ce que les patrouilles des Têtes Rondes aillent voir plus loin. Je regrette vraiment de vous attirer des ennuis. Je savais que venir ici était inconsidéré, et je vous ai exposés à un grave danger.

— Et où donc auriez-vous pu conduire Stephen, si ce n'était dans la maison de sa sœur ? demanda-t-elle en replaçant une de ses boucles dorées par l'éclat du feu derrière son oreille. De plus, nous courons de multiples risques chaque jour.

Elle le dévisageait, à la lueur du feu, sans se rendre compte que ses yeux d'ambre scintillaient d'éclats mordorés. La lumière se reflétait sur les traits de son visage, et le pincement au cœur qu'elle ressentait invariablement en présence d'Edward s'accentua.

Elle éprouva un besoin irrésistible de le toucher, pour sentir sa chaleur afin d'ancrer ses émotions désordonnées dans une réalité physique.

Il s'écarta de la cheminée. Son attention fut attirée par un panier d'herbes aromatiques fraîchement cueillies que Margaret avait laissé sur la table. Il porta un brin de romarin à ses lèvres et sourit.

— Du romarin, murmura-t-il. La plante qui symbolise le souvenir.

— En effet, dit Arabella en baissant la tête pour qu'il ne puisse pas la regarder dans les yeux.

Pour Arabella, souvenir rimait la plupart du temps avec souffrance, aussi ne portait-elle pas une affection particulière aux senteurs de cette plante. La plupart des herbes s'étaient fanées après être restées dans la chaleur de la pièce, mais le romarin restait vigoureux, et son parfum emplissait l'air tel un invité insistant.

— Aimeriez-vous encore un brandy ? Ou peut-être autre chose ? proposa-t-elle.

Il reposa la branche de romarin dans le panier, la regarda et fit un signe de dénégation.

— Non, pas pour le moment, mais c'est un excellent brandy. Je suis surpris que les Têtes Rondes ne l'aient pas dérobé quand les soldats sont venus ici.

Arabella eut un sourire malicieux.

— Il était bien caché. Anticipant ce qui se passerait s'ils venaient, Alice avait pris la précaution de le faire enterrer, avec d'autres choses dont elle ne voulait pas qu'ils s'emparent.

— C'est très avisé de sa part, reconnut Edward en riant.

— En fait, reprit Arabella, soudain très animée car elle venait d'avoir une idée, tout était enterré près du vieil abri de jardin qui est utilisé pour remiser les fruits, au fond du verger. Cela vous fournirait une excellente cachette.

— Montrez-moi ça, déclara-t-il, les yeux se plissant d'intérêt.

— Maintenant ?

Il hocha la tête.

— Il faut déplacer Stephen rapidement. Les soldats pourraient arriver à tout moment. Si on nous découvre, votre sœur perdrait tout.

Ils traversèrent la vaste cuisine où brillaient tous les ustensiles à la lueur de bougies fraîchement allumées. Puis un cellier et une laiterie, avant qu'Arabella n'ouvre une porte qui donnait sur une cour séparée et les écuries. Elle s'était munie d'une bougie, dont la flamme vacillait avec peine en raison de la brise, et ne tenait guère les ténèbres à l'écart. Elle ouvrit le chemin vers le verger. L'herbe haute rendait leur progression malaisée, et les branches des pommiers chargées de fruits pendaient près du sol.

Scrutant les environs, elle avançait avec précaution, peu désireuse d'attirer l'attention si quiconque survenait. Edward la suivait, mais elle s'en rendait à peine compte. Il savait se mouvoir avec la grâce silencieuse d'une panthère s'il le voulait.

Le verger débouchait sur une épaisse forêt de chênes, de hêtres et de châtaigniers. Ils continuèrent leur incursion dans le sous-bois, et au bout de quelques minutes atteignirent un petit abri dissimulé par les arbres et couvert de lierre. Arabella souleva le loquet de la porte et celle-ci s'ouvrit en grinçant bruyamment, trouant le silence de la nuit.

Surpris, un daim bondit à travers les arbres, et ils dérangèrent un gros oiseau, qui battit des ailes dans les buissons, puis s'envola à grand bruit.

— Si vous estimez que l'abri est un endroit convenable, nous demanderons à Sam de graisser les gonds. Comme vous pouvez le constater, il est tout à fait isolé, aussi devriez-vous y être en sécurité. Cependant, avec les allées et venues qu'il y aura entre ici et la maison, un chemin se dessinera vite dans l'herbe. Sam viendra également la couper demain matin, ainsi les traces de passage seront moins visibles.

— Combien de serviteurs avez-vous exactement ?

— Nous n'avons que Sam, son épouse Bertha, et leur fils Tom. Ils avaient un autre fils qui a été tué à Naseby, comme mon père, en se battant pour le roi.

Arabella éleva son bougeoir en entrant dans la cabane. Edward la suivit, et baissa la tête pour passer la porte. L'abri n'était pas très spacieux, des toiles d'araignée pendaient du plafond, mais il y avait une petite fenêtre, et il y faisait chaud et sec. Le sol en terre battue était occupé par des caisses en bois contenant quelques pommes ridées, et des planches avaient été fixées aux murs pour faire office d'étagères.

L'endroit sentait le renfermé, avec une légère odeur de moisi provenant des pommes, mais la construction était saine et solide.

— En raison de la guerre et de la pénurie de serviteurs, le verger a pris énormément d'ampleur, expliqua Arabella en déposant le bougeoir sur une étagère. L'abri ne se voit pas depuis la maison et, à moins d'en connaître l'existence, on peut très facilement passer à côté. A cette époque de l'année, les arbres offrent une bonne protection.

Elle le regarda tandis qu'il examinait l'endroit.

— Alors, pensez-vous que cela fera l'affaire ? demanda-t-elle.

— C'est idéal, approuva-t-il avec un hochement de tête. Loin de la maison, et bien camouflé.

— Je vais faire porter des châlits et des matelas, ainsi que de l'eau pour la toilette. Qui sait combien de temps vous devrez rester ici…

— Je n'ai pas l'intention de rester longtemps, Arabella, répliqua-t-il.

— Pourquoi ? Qu'allez-vous faire ? Où irez-vous ?

— Les Têtes Rondes vont certainement nous chercher ici. Mon projet est d'aller en France.

Arabella le dévisagea, stupéfaite.

— Mais… dans la situation actuelle, c'est de la folie ! La guerre est finie, Edward, finie une fois pour toutes. N'ajoutez pas votre propre mort à cette tragédie.

— Elle n'est pas terminée, Arabella. La vie n'est pas sans risques. J'ai trompé la mort à de nombreuses reprises, sur le champ de bataille et ailleurs. Je ne veux pas m'être battu en vain. Le combat va continuer. J'espère que le roi réussira à atteindre la France.

— Et que se passera-t-il alors ? Il y aura un nouveau plan pour se battre ?

— Peut-être. Je ne peux pas trahir le roi. Je le défendrai au péril de ma propre vie.

Fatiguée de ce conflit, se demandant quand tout cela se terminerait, et si cela même arriverait jamais un jour, Arabella secoua la tête. Quand elle reprit la parole, elle ne dissimula pas son amertume.

— Tout comme Stephen, vous resterez patriote jusqu'à la fin. J'espère que Charles Stuart est digne de votre loyauté.

— Je vous demanderai de ne pas me juger trop durement, Arabella. Quels que soient vos sentiments vis-à-vis de la guerre et de notre souverain, vous ne pouvez pas nier qu'il a un devoir moral de retrouver son royaume, celui qu'il a hérité de son père. Le Parlement a confisqué presque toutes les terres des royalistes et, à moins que le roi ne remonte sur le trône, elles seront perdues pour toujours.

— Je le sais, et Charles Stuart peut être assuré de ma loyauté indéfectible, même si, dans mes moments de découragement, je me demande si tout cela en vaut la peine. C'est tellement désolant que ses loyaux sujets se soient ruinés pour une cause perdue !

— Nous ne le percevions pas de cette manière lorsque nous nous battions. Il est hors de question que j'abandonne le roi. Il a besoin de soutien maintenant plus que jamais. Quand il reviendra au pouvoir, tout ce qui a été volé à ses fidèles partisans leur sera rendu.

— Vous le croyez vraiment ?

— Il le faut. N'êtes-vous pas inquiète pour l'avenir et ce qu'il nous réserve ?

— J'y pense tout le temps, ainsi qu'à ce qu'il adviendra de nous, avoua Arabella. Le monde que nous connaissions avant la guerre a disparu.

— C'est malheureusement exact. Mais il ne tient qu'à nous de nous construire une nouvelle vie. Il y aura des changements.

— Il y en a déjà eu. Toute forme de divertissement est bannie, on ne peut même plus célébrer Noël ! J'imagine que nous devrons nous accommoder de notre vie sous le règne du Parlement, et en tirer le meilleur parti possible.

— Ce que je refuse. C'est pour cela que je vais aller en France.

— Et Dickon ? Quelle est sa place, dans tout cela ?

— Je l'emmènerai.

Elle le dévisagea, perplexe, incapable de croire qu'il ferait une chose aussi périlleuse. Elle aurait voulu lui dire de s'en aller, de prendre Dickon et de sortir de sa vie, afin qu'il endure lui aussi ce qu'il lui avait infligé.

Mais elle en était incapable. Un sentiment de perte imminente lui déchirait le cœur comme si on y retournait un couteau à loisir. Si Edward était pris avant d'avoir quitté l'Angleterre, il lui était insupportable d'imaginer Dickon seul, sans personne pour s'occuper de lui. Comme il serait terrifié, perdu au milieu d'étrangers !

— Edward, je vous supplie d'y réfléchir ! Il est plus sûr et bien plus confortable de rester ici que de vous rendre à Bristol, ou je ne sais quel endroit que vous aurez choisi pour embarquer pour la France.

— J'ai pris ma décision, répliqua-t-il.

— Mais… mais Dickon ? Il est si petit, pour entreprendre un périple aussi dangereux ! C'est extrêmement risqué de voyager en compagnie d'un petit enfant. Partez si vous le devez, mais ne prenez pas Dickon, je vous en prie. Laissez-le ici, avec moi. Au moins, il sera en sécurité.

— Non, Arabella, je veux qu'il soit avec moi, rétorqua-t-il.

— Je vous l'amènerai quand tout sera terminé

— Vous feriez cela ? s'exclama-t-il, de toute évidence touché par sa proposition.

— Oui. Je ferai ce que j'estime être avisé. Et ça ne l'est pas de traîner un enfant de cet âge dans des campagnes infestées de soldats hostiles qui tueraient son père s'ils le capturaient.

— Vous avez peut-être raison, mais j'en ai décidé ainsi, répéta-t-il en la scrutant de ses yeux bleus perçants.

— Et Stephen ? Que croyez-vous qu'il va faire, quand il sera rétabli ?

— Je suis certain que lorsqu'il se sentira suffisamment remis, il voudra me rejoindre ainsi que les autres royalistes qui ont fui vers le continent. Et je me demande si je peux solliciter votre aide, ajouta-t-il après un court silence.

Contenant sa surprise, Arabella haussa un sourcil, dans l'espoir qu'Edward comprendrait ainsi son scepticisme.

— Pardonnez-moi si je vous semble confuse. Il y a cinq ans, vous n'avez pas besoin de moi, et encore moins de mon aide. Et aujourd'hui vous surgissez sans crier gare, vous me suppliez de m'occuper de votre fils et vous avez encore quelque chose à me demander.

En dépit de son air épuisé, il réussit à esquisser un petit sourire.

— Nous devons laisser le passé derrière nous, Arabella.

Elle se rendit compte alors de la profondeur de son désespoir pour qu'il se résolve à solliciter son aide une nouvelle fois. Elle ignorait pour quelle raison exactement, mais elle sentit de curieux picotements au fond de son estomac.

— Dites-le-moi. Que voulez-vous à présent ?

— Venez avec moi en France. Je n'ai nul droit de vous le demander, je le sais, mais vous avez raison quand vous dites qu'il me sera difficile de m'occuper seul de Dickon, et je ne peux pas partir en le laissant ici.

Elle le dévisagea, abasourdie, les yeux écarquillés. Elle ne pouvait croire qu'il veuille l'entraîner dans un voyage si périlleux ! Cependant, il ne l'en priait pas pour lui-même, songea-t-elle avec une pointe de déception, c'était pour qu'elle s'occupe de son fils. Il ne pouvait le demander à personne d'autre. Il comptait sur elle, et la sollicitait car il était certain qu'elle finirait par accepter, comme elle l'avait déjà fait auparavant.

Et elle dut s'avouer que c'était une perspective qui la tentait, en particulier si cela signifiait qu'elle pourrait passer du temps avec Dickon.

Il était adossé au mur, bras croisés, et l'observait de cet air impassible qui l'exaspérait tandis qu'elle cherchait comment formuler sa réponse.

— Ce que vous me demandez est insensé. Le danger est réel.

— Pour nous tous, objecta-t-il. J'ai l'intention de me rendre au port de Bristol. Si c'est impossible, je longerai la côte, peut-être vers la Cornouaille au sud, en cherchant les routes et les lieux où les concentrations des troupes des parlementariens seront moins importantes.

Perplexe, et quelque peu désarçonnée, elle secoua la tête et se dirigea vers la porte.

— Je ne sais pas, répondit-elle honnêtement. Vous me prenez par surprise. Je ne peux pas vous répondre maintenant. A la vérité, je n'ai nulle envie d'aller en France. Pourquoi m'y rendrais-je ? Tout ce que j'ai est ici, à Bircot Hall. De plus, Alice s'y opposera, j'en suis certaine.

— N'êtes-vous pas assez mûre et assez sensée pour décider par vous-même ?

— Si, mais pourquoi moi ? Pourquoi pas quelqu'un d'autre ?

— Vous connaissez mes raisons, Arabella. Oui, c'est une entreprise hasardeuse, mais vous êtes la seule femme en qui j'aie assez confiance pour prendre soin de mon fils s'il devait m'arriver quoi que ce soit.

— Alors, je vous supplie de le laisser ici.

— Je ne peux pas. C'est mon fils. Il est tout ce qui me reste. Et je le veux avec moi. Est-ce si déraisonnable ? Vous aviez une fille, n'auriez-vous pas voulu qu'elle fût à vos côtés en toutes circonstances ?

Arabella aurait préféré qu'il n'évoque pas sa fille. Elle se détourna, la gorge serrée.

— Pas si cela avait signifié mettre sa vie en danger. Et, contrairement à vous, je ne suis pas confrontée à ce choix.

Edward lui avait fait revivre des souvenirs pénibles, et il regretta ses paroles aussitôt après les avoir prononcées.

— Je suis désolé, Arabella. J'ai mal choisi mes mots, je ne voulais pas vous blesser. Elle doit tant vous manquer.

Elle fut émue par la compréhension et la compassion contenues dans sa voix.

— Chaque jour, dit-elle doucement. Parfois, c'est insupportable.

Il s'approcha d'elle dans son dos. L'abri était exigu, et sembla soudain étouffant. Elle essaya de respirer calmement, envahie d'un désir inopportun. Il fallait qu'elle s'en aille, elle le savait, pour s'arracher à la toile qu'il tissait autour d'elle. Il était dangereux de s'attarder, mais elle n'arrivait pas à se résoudre à sortir de la cabane.

Il en occupait tout l'espace, au point qu'elle avait l'impression de le sentir tout contre elle. Elle avait posé la main sur le loquet, et il tendit le bras pour la prendre dans la sienne afin qu'elle se retourne face à lui, tandis que son bras vint s'appuyer contre son poignet. Elle se demanda s'il pouvait y sentir les pulsations emballées tandis qu'elle était submergée de sensations où se mêlaient excitation et anticipation. La chaleur qu'il dégageait était presque palpable. Elle observa son ombre projetée sur les murs de la cabane, et celle d'Edward, bien plus imposante.

Elle leva les yeux vers lui, scrutant les ombres qui jouaient sur son visage suivant les vacillements de la bougie. Son regard rivé dans le sien lui embrasait les joues, et instillait en elle la même émotion qu'elle avait éprouvée quand il l'avait embrassée avant son départ. Elle se raidit. C'était là un petit avertissement, mais un avertissement dont il fallait qu'elle tienne compte.

Dès l'instant où il était réapparu dans sa vie, et trop souvent pour sa tranquillité d'esprit, Edward lui faisait baisser sa garde. Il fallait qu'elle se tienne à distance, et muselle son attirance pour lui. Mais il n'était pas homme facile à ignorer.

— Eh bien ? demanda-t-il doucement. Quelle sera votre réponse ?

Il avait gardé un ton égal, mais, quand son regard plus intense que jamais croisa celui d'Arabella, un dangereux silence plana entre eux.

La simple présence d'Edward la bouleversait, et elle n'arrivait plus à garder les idées claires. Elle chercha à se convaincre qu'il était mal, et irresponsable, de laisser ses pensées vagabonder de la sorte, et qu'il n'en sortirait rien de bon. Elle n'était pas naïve en ce qui concernait ce qui pouvait advenir entre un homme et une femme, aucune femme ayant été mariée ne l'était du reste, mais se retrouver dans l'espace confiné de cet abri de jardin la déstabilisait. Et le calme absolu de cet endroit plus encore d'ailleurs.

En fait, c'était avant tout Edward Grey lui-même qui la déstabilisait.

Elle voulait regarder ailleurs, ignorer son désir, mais elle n'arrivait pas à quitter des yeux sa bouche, son visage, et à cesser d'imaginer ce que ce serait de sentir son corps contre le sien, de laisser ses mains la toucher, de presser ses lèvres au creux de sa gorge et de respirer l'odeur de sa peau.

Elle finit par rompre le contact, tout en réfléchissant à sa demande, et elle fut soudain mal à l'aise, consciente d'être écarlate.

— Il me faut un peu de temps pour y réfléchir, répondit-elle.

Il lui libéra alors la main, puis suivit très doucement d'un doigt le contour de sa mâchoire, puis de son cou. Elle frissonna de surprise, ou de plaisir, elle ne sut trop le dire, et n'eut aucune envie qu'il s'arrête.

— Edward, chuchota-t-elle.

Elle baissa les yeux, ses cils sombres dessinant des ombres délicates sur ses pommettes. Elle avait peur, mais ignorait de quoi. Et soudain beaucoup trop chaud.

— Vous êtes belle, Arabella, dit-il en lui caressant alors la joue.

— Non, murmura-t-elle en secouant la tête, avant de le regarder de nouveau.

Il l'observait, son visage tout près du sien, visiblement aussi satisfait qu'un fauve après avoir acculé sa proie.

— Vous êtes manipulateur, exigeant, et vous ne me flattez que pour me convaincre d'accepter votre requête, protesta-t-elle.

— Je dis la vérité. Vous êtes belle, et le resterez, que vous veniez avec moi ou pas. Vous vous êtes bien occupée de Dickon, ajouta-t-il en se penchant encore plus près pour la scruter de la manière troublante qui n'appartenait qu'à lui. Je vous en prie, Arabella, je ne sais plus que faire et je me demande bien comment je vais réussir à atteindre la France tout seul avec lui.

— Mais nous allons vous ralentir, si vous vous chargez d'une femme et d'un enfant.

— Peut-être, mais je suis déterminé à l'emmener.

Arabella se mordilla la lèvre. Elle avait accepté de s'occuper de Dickon à Bircot Hall, mais ne voulait pas qu'Edward s'imagine pouvoir se reposer sur elle indéfiniment. Cependant, elle ne voulait pas abandonner le petit garçon en reproduisant ce qu'Edward lui avait fait subir. Et commencer à aimer cet enfant tout en s'occupant de lui l'avait obligée à faire face à ses propres limites. Elle devenait trop proche de lui, si proche que l'idée de s'en séparer paraissait insupportable. Toutefois, il lui faudrait se retenir, sans cela comment se protégerait-elle de son père ?

Mais si quelque chose arrivait à Edward ? Quel serait le sort de Dickon, seul et sans défense, à la merci d'un monde cruel ? Edward restait immobile devant elle, son regard trahissant le désespoir, et aussi un besoin entièrement différent, qui n'avait aucun rapport avec ce qu'il lui demandait pour Dickon.

En cet instant, il lui apparut plus sombre, plus dangereux et plus imprévisible que dans tous ses souvenirs.

Chapitre 4

Arabella fut impressionnée par la vigueur d'Edward, et l'effet que cette masculinité triomphante opérait sur elle. Elle sentit des picotements se réveiller au plus profond de son ventre, très bas, tandis qu'il continuait à lui caresser le visage, les joues, les lèvres. Elle perçut une bouffée de son odeur virile, et le désir monta en elle.

Il lui embrassa très lentement le front, un baiser aussi léger que l'effleurement d'une aile de papillon, qui ensuite s'attarda sur sa joue avec assurance, tandis qu'il l'attirait dans ses bras. Son souffle s'accéléra et elle attendit que ses lèvres se posent sur les siennes. Quand elles frôlèrent à peine sa bouche pour se poser sur son autre joue, elle tourna la tête et les captura avec les siennes, enhardie par l'intimité du lieu et son désir lancinant.

Elle entrouvrit légèrement la bouche, et sentit sa barbe courte frotter contre sa peau. Elle n'avait jamais été à l'initiative d'un baiser jusqu'ici, et elle l'embrassa avec une avidité qu'elle n'avait jamais partagée avec son mari, et à laquelle il répondit avec la même intensité.

Elle constata qu'Edward avait été surpris par son ardeur, et savoura la vague sensation d'avoir étonné l'homme le plus imprévisible qu'elle eût jamais rencontré. Il intensifia alors son baiser, et joua avec sa langue contre la sienne tandis que leurs souffles se mêlaient. Il l'embrassa avec une possession naturelle, capable de balayer la moindre objection chez une femme.

Quand il détacha ses lèvres des siennes, elle le regarda, éberluée. Sa bouche était encore brûlante. Elle tenta de reprendre ses esprits et, très consciente de son attitude dévergondée après la première caresse d'Edward, elle s'écarta de ses bras avec réticence, très lentement, les joues en feu. En dépit de tout ce qu'il lui avait fait, de sa certitude absolue qu'il en viendrait à regretter de l'avoir rejetée, elle mourait encore d'envie de le toucher, et qu'il agisse de même. Il l'agaçait, il l'exaspérait, cependant elle ne s'était jamais sentie aussi vivante qu'en cet instant, et elle le désirait avec plus d'ardeur que jamais.

— Je suis désolée, dit-elle. Je n'avais pas l'intention de me conduire ainsi. Que devez-vous penser de moi ?

Ils se dévisagèrent et prirent pleinement conscience qu'il s'était passé quelque chose de si fort entre eux qu'ils avaient du mal à y croire. Les yeux d'Edward révélèrent à Arabella qu'il avait envie de poser de nouveau ses lèvres sur sa bouche douce et généreuse, et s'il s'imaginait qu'elle ne résisterait pas, il ne se tromperait pas. Il l'avait embrassée de manière possessive, sans la moindre restriction, allumant une étincelle entre eux qui n'aspirait qu'à se transformer en brasier.

Il la regardait d'un air entendu, se rendant parfaitement compte de la faim dévorante qu'il avait réveillée en elle. Il se passa les doigts dans les cheveux, et elle remarqua qu'ils tremblaient légèrement.

— Vous n'êtes pas responsable, Arabella, j'aurais dû mieux me tenir.

Il dégageait une telle intensité que l'air tout autour de lui semblait vibrer. Il s'éloigna d'elle et ouvrit la porte, puis scruta les ténèbres qui enveloppaient l'abri. Arabella resta silencieuse. Comme il ne la dévisageait plus, elle en profita pour détailler sa haute silhouette sombre, ses épaules droites et son maintien inflexible.

Alors qu'il l'embrassait, il lui avait été facile d'oublier le ressentiment, les récriminations. Peut-être était-ce ce dont elle avait besoin, mais, dès qu'il l'avait relâchée, si sûr de lui, son orgueil était revenu l'aiguillonner, et elle s'en voulut de s'être laissé trahir par son corps. Un baiser n'était qu'un instant de faiblesse. Il ne brisait pas les barrières érigées par un passé amer.

Il finit par se retourner pour la regarder. Dans la faible lumière, ses yeux bleus étaient devenus sombres et durs, et il prit la parole avec une précision glacée.

— J'ai pris la décision de m'exiler. Pardonnez-moi. Je n'aurais pas dû vous demander de venir avec moi, mais j'ai peur pour Dickon, si jamais je suis arrêté. Quoi que vous puissiez penser de moi, je ne vous ai pas embrassée pour vous influencer. C'est la vérité.

Transpercée de douleur, elle resta néanmoins impassible et adopta le même ton que lui.

— Ne partez pas, Edward, je vous en prie, réfléchissez bien ! Cromwell a dû envoyer des soldats dans toutes les directions pour capturer les royalistes qui se sont échappés de Worcester. Quelle chance aurez-vous, avec un jeune enfant ?

— Je dois le tenter, insista-t-il.

Rien ne l'en dissuaderait, Arabella en était convaincue. Les braises de son désir venaient de s'attiser, celles-là mêmes qui avaient menacé de l'embraser tout entière. Cependant, il restait une objection silencieuse, et une petite voix dans sa tête lui susurrait : « Et s'il ne fait que se servir de toi ? » Cette suggestion était incongrue, et elle la chassa aussitôt. Elle était contrariée, plus envers elle-même pour n'avoir rien appris en dépit de son expérience, que vis-à-vis d'Edward pour son obstination.

Et elle ferait ce qu'il demandait, tout en refusant de réfléchir à ce qui la poussait à agir ainsi. Il lui offrait quelque chose d'infiniment spécial, qu'elle ne pouvait laisser échapper. Si elle le perdait maintenant, quelque chose en elle s'étiolerait et mourrait, elle en était certaine. Un bref instant, elle ressentit un sentiment de perte si violent qu'il lui coupa le souffle. Elle aurait voulu retenir Edward, car, s'il partait sans elle, elle le perdrait pour toujours.

Tremblant intérieurement, elle haussa néanmoins fièrement le menton et le regarda droit dans les yeux.

— Très bien, Edward. Je vous accompagnerai jusqu'en France. Mais pour le moment nous avons plus urgent à faire, cet abri doit devenir habitable. Vous avez pris part à une bataille, et vous avez chevauché sans répit. Vous devez être fatigué, et avoir faim. Nous parlerons de nos projets demain matin, quand vous vous serez reposé.

Elle détailla les vêtements tachés de sang d'Edward d'un air sombre.

— Je vais vous faire porter de l'eau pour que vous puissiez vous laver, ainsi que des vêtements propres. Par ailleurs, il ne sera guère aisé d'amener Stephen jusqu'ici.

Tout fut préparé et installé rapidement. On répandit des joncs séchés sur le sol. Sam et son fils apportèrent des lits de fortune et des couvertures. Puis l'eau et la nourriture suivirent, ainsi que des vêtements appartenant au mari d'Alicc. Lc temps que les préparatifs soient terminés, Stephen était réveillé, et capable de marcher en étant toutefois soutenu.

Quand Arabella révéla à Alice qu'elle avait décidé de partir avec Edward et Dickon, un silence gêné s'installa entre les deux sœurs.

Alice restait incrédule.

— Tu vas le suivre ! s'exclama-t-elle. As-tu perdu la tête, Arabella ? Comprends-tu toutes les implications de ta décision ? Qu'est-ce qui t'a pris d'accepter une chose aussi scandaleuse ? s'indigna-t-elle, la bouche pincée.

— Je ne peux pas le laisser voyager seul avec Dickon, répliqua-t-elle. S'il arrivait quoi que ce soit à Edward, qu'adviendrait-il de son fils ? Avant la guerre, une femme voyageant seule avec un homme qui n'était pas son mari s'exposait à la condamnation, mais, avec les événements, les exigences morales sont bien moindres.

— Tu es adulte, et veuve, aussi ne puis-je t'empêcher de suivre cette idée stupide. Mais je te supplie de réfléchir encore. Ne te précipite pas ainsi avec Edward. Tu te comportes sans penser aux conséquences. Prends le temps de tout envisager.

Arabella rejeta la tête en arrière.

— J'ai pris ma décision, Alice. Et je tiens compte de ce

que tu me dis. Je suis adulte, veuve et sans enfant, c'est exact. Nos parents sont morts, et personne n'a besoin de moi, je n'ai donc à me soucier de personne, si ce n'est peut-être de Dickon. A part son père, qui pourrait être arrêté à tout moment, il est seul. Nous avons au moins cela en commun. J'ai donc le droit de choisir ce que je veux faire.

— Certainement, Arabella, tu l'as toujours eu, mais c'est le choix de faire ce qui est avisé. Ta préoccupation pour cet enfant est méritoire, et je sais bien qu'il est vain de tenter de te dissuader. Je redoute simplement ce qui va t'arriver quand tu atteindras la France et que tu n'auras personne pour te conseiller. Je crois que tu vas te mettre en danger, et que le temps que tu passeras en compagnie de sir Edward sera dangereux également, d'une autre manière.

— Que veux-tu dire ?

— Oh ! Arabella, écoute-moi donc ! s'exclama Alice en lui saisissant les bras pour la forcer à la regarder dans les yeux. Sir Edward est un homme séduisant. Ne le laisse pas jouer avec tes sentiments. Tu ne pourras peut-être pas lui résister si tu passes trop de temps en sa compagnie. Et songe aussi au chagrin que tu portes au fond de ton cœur pour Elizabeth. Tu ne peux pas remplacer ta fille par Dickon. Il y aura un moment où tu devras te séparer de ce petit, tu dois en être consciente.

Leurs regards se croisèrent, et Arabella se détourna, mortifiée d'avoir rougi. Elle commençait à réaliser que quelque chose qui la dépassait l'emprisonnait dans une toile d'araignée, dont elle avait l'impression qu'elle ne pourrait se libérer.

— Oui, je le sais, répondit-elle posément.

Alice avait raison, elle n'avait toujours pas fait le deuil d'Elizabeth. Certes, elle avait cessé de pleurer, la tristesse et la douleur s'étaient atténuées, mais seul un autre enfant pourrait combler le vide et la perte qu'elle ressentait toujours.

— Mais je ne peux pas laisser non plus Edward s'embarquer seul avec un enfant dans un voyage aussi périlleux, ajouta-t-elle.

Le visage d'Alice se ferma aussitôt, et elle lui lança un regard perçant.

— T'a-t-il déjà convaincue de l'accompagner en utilisant des procédés indignes ? Je l'ai vu t'embrasser avant son départ pour Worcester, si tu t'en souviens bien. Il ne t'a pas séduite, n'est-ce pas ?

Arabella ne put retenir un sourire.

— Non, Alice, il ne s'est rien passé de la sorte. Ma décision de l'accompagner n'appartient qu'à moi.

Après la confusion qui avait suivi la bataille de Worcester, une certitude s'imposait : la cause royaliste semblait perdue. La défaite sanglante avait désespéré tous les partisans. Ceux qui n'avaient pas été faits prisonniers pour être conduits à Londres ou déportés à La Barbade s'enfuyaient comme ils le pouvaient. Aucun endroit n'était à l'abri des patrouilles des Têtes Rondes.

Et ce n'était qu'une question de temps avant qu'elles ne fassent irruption à Bircot Hall.

Il fallait donc vite s'assurer que les fugitifs étaient bien cachés. Il n'était pas facile de dissimuler leur présence aux enfants, mais il était impératif qu'ils restent dans l'ignorance, au cas où les Têtes Rondes viendraient fouiller la maison et leur poseraient des questions. Les plus petits auraient été incapables de garder le secret.

Edward détestait rester confiné ainsi et sa patience était à bout. Il ruminait sans cesse, et pestait tel un animal en cage. Inquiète pour Stephen, Margaret le nourrissait de bouillon de viande pour lui redonner des forces, et Alice nettoyait sa blessure chaque jour. Elle était en bonne voie de guérison, mais il restait affaibli.

Arabella restait à l'écart de la cabane. Mais elle faisait porter des livres à Stephen et Edward et des jeux de cartes pour les aider à passer le temps et tuer l'ennui. Cependant, Edward s'en lassa vite.

Arabella était en pleine confusion quant à ses sentiments vis-à-vis d'Edward. Une moitié d'elle-même voulait aller vers lui, entendre le son de sa voix, le voir, désirait qu'il la touche, et l'autre moitié restait sur ses gardes. Certes, elle avait accepté de l'accompagner, mais elle se demandait ce que cela impliquerait pour elle-même. Depuis sa contribution à son installation dans la cabane, elle ne s'approchait plus, que ce soit physiquement ou émotionnellement.

C'était une période difficile, d'attente, durant laquelle chacun se sentait sur le fil du rasoir, non seulement les fugitifs, mais aussi ceux qui les hébergeaient.

Arabella avait peur, cependant elle se rendait compte que ce sentiment devait être partagé dans bien des demeures au nord, au sud, à l'est et à l'ouest de Worcester. Et cela exigeait du courage également, car si les soldats venaient et découvraient qu'ils abritaient des fugitifs royalistes, ils seraient tous pendus.

Les événements se précipitèrent une dizaine de jours après la bataille, quand un petit détachement de Têtes Rondes passa la poterne pour faire irruption dans la demeure et en troubler la paix. Sam avait chargé Tom de surveiller les alentours, aussi étaient-ils préparés et purent-ils prévenir les fugitifs.

Arabella était dans la grande salle avec Alice. Margaret et Bertha étaient restées à l'étage avec les enfants. Les deux femmes se tenaient côte à côte, puisant leur force l'une dans l'autre, les yeux braqués sur la porte.

L'atmosphère était aussi lourde qu'avant un orage.

Alice serra la main d'Arabella pour la réconforter.

— Il nous faudra faire appel à tous nos talents pour jouer notre rôle, Arabella. Sans présence masculine, il nous incombe à nous les femmes de cette famille d'en assurer l'honneur en accomplissant notre devoir.

— Nous ne pouvons pas faire moins, chuchota Arabella.

Elles prêtèrent l'oreille aux bruits de harnais et des hommes descendant de cheval, puis au cliquètement des bottes sur la pierre pour arriver devant la porte. Elles sursautèrent toutes les deux quand celle-ci s'ouvrit à toute volée et que trois hommes firent irruption. Celui qui menait le petit groupe s'arrêta et dévisagea les deux femmes.

Arabella fut parcourue d'un frisson d'appréhension en

regardant le soldat qui paradait dans la tenue orange des forces parlementariennes en s'avançant vers elles. Il arborait un air dur et impitoyable. Elle se raidit aussitôt.

Il détailla les sœurs d'un regard gris perçant et calculateur.

— Nous sommes ici pour découvrir si vous abritez des royalistes rebelles qui ont fui Worcester. Si tel est le cas, je vous demande de nous les remettre, déclara-t-il.

Alice le regarda sans ciller.

— J'aimerais vous souhaiter la bienvenue dans ma demeure, monsieur, mais je crains de ne pouvoir le faire, dit-elle.

Il plissa les yeux, et la dévisagea de plus près, se demandant sans doute si sa proposition exagérément aimable avait été délibérée.

— Vous n'avez guère le choix à ce sujet, rétorqua-t-il.

Arabella fut terrifiée. Avait-il l'intention de saisir Bircot Hall tout de suite ?

— Il n'y a pas de fugitifs dans cette maison, répliqua Alice avec fermeté.

— Je ne m'attendais pas à ce que vous les livriez si vous en hébergiez, ajouta-t-il avec froideur en scrutant les moindres détails de la salle. Nous fouillerons la maison nous-mêmes, au cas où l'un d'eux, ou même plusieurs se soient introduits ici pendant votre sommeil.

— Agissez à votre guise, mais vous ne trouverez rien. Comme vous le voyez, expliqua Alice en montrant les boiseries arrachées sur lesquelles étaient accrochées autrefois des tapisseries de qualité, nous n'avons pas été épargnés par les réalités de la guerre. Vos hommes sont déjà venus ici. Grâce à eux, cette maison est ravagée de fond en comble. Ils n'ont pas laissé la moindre pierre en place, tout a été retourné.

L'homme ôta son casque ajusté, découvrant ses cheveux courts.

— S'il y a ici ne serait-ce que la trace infime d'un rebelle, nous la trouverons, affirma-t-il.

Arabella étudia l'homme au pourpoint de cuir, son visage étroit et pâle, son regard froid et sa bouche fine. Il lui sembla familier, mais elle ne se rappelait pas où elle l'avait déjà vu.

— Qui êtes-vous donc, monsieur ? demanda-t-elle.

Un sourire présomptueux se dessina sur les lèvres de l'homme, et elle prit alors toute la mesure de sa malveillance. Son cœur battit sourdement dans sa poitrine quand il s'avança vers elle avec lenteur, sans la quitter des yeux.

— Sir Malcolm Lister, colonel de l'armée parlementarienne.

Arabella fut pétrifiée. Elle aurait dû le savoir ! Que Dieu vienne en aide à Edward s'il était découvert, car cet homme n'aurait aucune pitié !

Il se tourna vers ses hommes.

— Fouillez la maison et les écuries, ordonna-t-il tout en scrutant les deux femmes. Et retournez la moindre pierre, ajouta-t-il, citant Alice. Je sais que cette demeure appartient à sir Robert Stanhope, un ennemi notoire du Parlement. Vous devez être Alice, dit-il avant de la détailler d'un œil insolent.

— Je suis lady Alice Stanhope, c'est exact, répliqua-t-elle avec froideur en se redressant. Nous sommes une famille simple, nous ne nous occupons que de nos propres affaires. Nous espérons que les troubles vont cesser pour que nous puissions reprendre le cours normal de notre vie.

— C'est ce que nous souhaitons tous, lady Stanhope, dès que nous aurons mis à terre Charles Stuart et ses partisans. Et votre mari ? ajouta-t-il en balayant la salle du regard avec insistance, comme si les fugitifs pouvaient s'y être réfugiés.

— Il est en France. Vous ne trouverez ici qu'une maison peuplée de femmes et d'enfants, colonel, et trois serviteurs, riposta-t-elle avec un petit sourire. Les temps sont durs, colonel Lister. Nous avons un train de vie des plus modestes à Bircot Hall aujourd'hui.

— Je ferai néanmoins fouiller cette maison de la cave au grenier, insista-t-il d'un ton accusateur.

— Cherchez où vous voudrez, colonel, mais vous ne trouverez rien, répéta Alice.

— Nous allons bien voir, déclara-t-il avec froideur en jetant un coup d'œil vers Arabella. Et vous, vous devez être Mme Charman.

— Lady Arabella Fairburn, corrigea-t-elle en s'obligeant à garder un ton calme. J'ai épousé John Fairburn, qui a été tué à la bataille de St Fagans en quarante-huit.

— J'y étais. Les forces royalistes, composées d'amateurs armés en tout et pour tout de gourdins et de serpes, ont été mises en déroute. Je me souviens de John Fairburn, ajouta-t-il en plissant les yeux, avant de la regarder étrangement. Il est mort, avez-vous dit ?

— Aurais-je des raisons d'en douter, monsieur ?

— Je pensais qu'il avait traversé la Manche, la queue entre les jambes, lâcha-t-il en haussant les épaules.

Arabella sentit un frisson glacé la traverser tout entière.

— Vous devez vous tromper, monsieur. On m'a ramené sa dépouille, et je l'ai enterré.

Elle se mit à réfléchir à toute vitesse. John était mort, évidemment. D'ailleurs, les hommes qui l'entouraient ne l'avaient-ils pas vu tomber sur le champ de bataille ? Et ne l'avait-elle pas fait elle-même porter en terre ? Certes, sans voir son cadavre, mais quelle raison aurait-elle eu de nourrir des doutes sur son identité ?

Elle n'éprouvait d'ailleurs aucune nostalgie en repensant à John. Il fallait qu'il soit mort, voilà tout. Car s'il ne l'était pas, elle ne pourrait supporter l'idée des conséquences de cela. Et pourtant, pourtant… la lettre qu'Alice avait reçue de son mari à Paris n'avait-elle pas instillé des doutes dans son esprit, selon lesquels il pourrait ne pas l'être ?

— Avant cela, vous étiez fiancée à Edward Grey, si je m'en souviens bien, lady Fairburn, poursuivit le colonel Lister.

— En effet, répondit-elle, extrêmement troublée par ce qu'il venait de dire à propos de John. Comme vous le savez, il est revenu sur le contrat qu'il avait passé avec mon père, en faveur de votre sœur.

Un bref instant, elle lut une expression déplaisante dans les yeux de Malcolm Lister, et comprit que toute l'agressivité qu'il ressentait vis-à-vis d'Edward réapparaissait sur-le-champ.

— Ah, oui ! Et quel bien il lui a fait ! Edward Grey s'est

battu à Worcester. On sait fort bien que c'était aux côtés de Charles Stuart, et qu'il s'est échappé ensuite. L'avez-vous vu ? Est-il venu ici ?

Les lèvres d'Arabella se pincèrent de dédain.

— Pourquoi serait-il venu ? Il est fort peu probable qu'il se présente dans une demeure où il sait qu'il ne sera pas le bienvenu.

Le colonel Lister esquissa un sourire, mais il y avait dans son expression quelque chose de malveillant et de condescendant. Il la dévisageait de ses yeux perçants, et elle eut la désagréable impression qu'il lisait en elle et devinait qu'elle mentait.

— Et comment aurait-il su que vous résidiez à Bircot Hall ? Votre mari habitait dans la vallée de Glamorgan, si je m'en souviens bien, c'est donc là qu'aurait dû se trouver sa femme.

— La maison a été réduite en cendres, et deux serviteurs ont été massacrés avant que vos soldats ne quittent le pays de Galles, colonel Lister. Ils se sont comportés de manière tout à fait inqualifiable.

Il haussa les épaules, impassible.

— Ce genre d'atrocités n'est pas rare, des deux côtés. C'est la guerre. Je sais que Grey était à Londres avant d'aller rejoindre Charles Stuart. Il a fait disparaître mon neveu Dieu sait où.

— Peut-être l'a-t-il envoyé en France, où il savait qu'il serait en sécurité, déclara Alice. Je crois qu'il a une sœur à Paris.

— Peut-être, lady Stanhope. Peut-être est-ce ce qu'il a fait. Il s'est échappé de Worcester avec Stephen Charman, votre frère. On m'a informé que Charman avait été blessé pendant la bataille, et qu'il avait fui avec Edward Grey. En dépit de ce qui s'est passé entre votre sœur et lui dans le passé, où donc Grey aurait-il conduit un homme blessé, si ce n'est dans sa famille ?

— Stephen a été blessé ? s'écria Alice en feignant le choc et la surprise. Je prie Dieu qu'il soit toujours vivant.

— Et je prie pour que vous soyez entendue, lady Stanhope. Ainsi, nous ferons d'une pierre deux coups, car je doute qu'Edward Grey ait abandonné son ami dans un fossé, dit-il avec un sourire glacial. Et soyez, en assurée, s'ils sont ici, nous les trouverons. Veuillez avoir l'amabilité de rassembler les enfants et les serviteurs dans cette salle.

Arabella sentit soudain un frisson glacé la traverser. Et s'il reconnaissait Dickon ? Elle avait oublié de demander à Edward dans quelle mesure Malcolm Lister connaissait son jeune neveu.

Remarquant le malaise d'Arabella, l'homme plissa les yeux.

— Y a-t-il un problème ?

— Non. Je vais les chercher, répondit-elle.

Arabella monta rapidement retrouver Margaret, en réfléchissant à toute vitesse. Et s'il voulait poser des questions aux enfants ? Ils n'auraient rien à dire. Et s'il leur demandait leurs noms ? Oh ! Dieu miséricordieux, pourvu qu'il n'en ait pas l'idée ! Ils s'étaient tous donné trop de peine pour que les enfants ignorent la présence des deux hommes cachés dans la cabane du jardin.

Margaret semblait apeurée quand elle entra dans la chambre. Les enfants se serraient autour d'elle, Dickon endormi sur ses genoux. Arabella n'en crut pas sa chance.

— Vite, Margaret, descends dans la grande salle, et emmène les enfants. Les soldats vont fouiller la maison.

Elle se saisit d'une couverture sur le lit, y enveloppa Dickon et le prit dans ses bras en couvrant presque tout son visage, priant pour qu'il ne se réveille pas.

— Il est impératif qu'ils ne voient pas Dickon, chuchota-t-elle ensuite pour que les enfants ne l'entendent pas. C'est son oncle Malcolm Lister qui dirige les recherches. S'il reconnaissait son neveu, tout serait perdu.

Margaret comprit aussitôt l'enjeu de la situation et fit sortir les enfants de la chambre, puis descendre l'escalier, tout en leur faisant ses dernières recommandations.

— Vous allez tous être très sages, dit-elle, nous ne voulons pas énerver les hommes qui vont fouiller la maison.

Malcolm Lister observa l'arrivée des enfants dans la salle. Ils se placèrent à côté de Sam et Tom, qui dévisageaient les

Têtes Rondes d'un œil mauvais. Arabella alla s'asseoir à côté d'eux, Dickon serré contre elle.

— Ces enfants sont les vôtres, lady Stanhope ? demanda-t-il.

— Oui. Comme vous pouvez le voir, le plus jeune est endormi, expliqua-t-elle en montrant l'enfant blotti contre Arabella.

Il hocha la tête et se détourna du petit groupe de personnes inquiètes et nerveuses. Il traversa la salle et emprunta l'escalier pour rejoindre les hommes qui fouillaient l'étage.

Alors qu'Arabella le regardait s'éloigner, elle eut l'impression de cesser de respirer. Son estomac était noué de terreur. Elle pensa aux deux hommes cachés au fond du verger, et eut la sensation qu'une main glacée lui broyait le cœur. Et s'ils les découvraient ? Elle n'osait même pas en envisager les conséquences.

Ils écoutèrent les piétinements de bottes, le fracas des panneaux des boiseries que l'on défonçait à coups de pique, les claquements des portes ouvertes avec violence contre les murs, et des objets jetés au sol. Ils fouillèrent méticuleusement toutes les pièces de la demeure.

Des soldats partirent dans les écuries et, quand l'endroit fut également inspecté sans que rien fût trouvé, ils revinrent aider les autres à mettre la maison à sac. Cela semblait interminable. Personne ne parlait, tous les yeux étaient rivés sur l'escalier.

Par bonheur, Dickon dormait toujours, inconscient de la peur et des destructions tout autour de lui.

Quand leurs recherches furent terminées et qu'elles s'avérèrent vaines, le colonel Lister regagna la grande salle, une ride de contrariété fortement marquée sur son front. Il était de toute évidence déçu qu'Edward Grey, son principal ennemi, continue à lui échapper.

— Eh bien, s'enquit Alice, avez-vous trouvé quelque chose, ou quelqu'un caché ici ?

Arabella leva les yeux et vit qu'il la scrutait avec intensité, l'air dur. Elle sentit des picotements sur sa peau, et évita son regard en serrant Dickon plus fort dans ses bras.

— Non.

Il se tut, et tous comprirent fort bien qu'il souhaitait prolonger la crainte qu'il leur inspirait.

— Nous allons repartir, mais j'espère que vous y réfléchirez à deux fois avant de porter secours à tout rebelle qui viendrait frapper à la porte de Bircot Hall. Les conséquences sont terribles, pour ceux que l'on prend à abriter des traîtres.

— Bien sûr. Bonsoir, colonel Lister.

Il se rembrunit, et regarda successivement Alice et Arabella.

— Edward Grey sera retrouvé. Je le retrouverai. J'en fais le serment.

Arabella le toisa avec défi, sans bouger ni parler, et encore moins montrer sa peur. Elle remarqua qu'il jouait avec la poignée de son épée d'une main, presque amoureusement, comme s'il avait envie de la sortir de son fourreau pour transpercer quelqu'un. Et elle lut dans ses yeux toute l'étendue de la haine qu'il éprouvait pour Edward. Mais ce ne fut que l'espace d'un instant.

Sam suivit le colonel et ses soldats à l'extérieur. La maison retrouva son calme. Le petit groupe resta silencieux pendant un moment, et attendit dans la grande salle. Sam finit enfin par les rejoindre.

— Ils sont partis, ça y est, annonça-t-il.

— Dieu merci, murmura Arabella avec un immense soupir de soulagement.

— N'allons pas tout de suite à la cabane, prévint Alice calmement. Ils ont peut-être laissé quelqu'un pour surveiller la maison et épier nos mouvements.

— Je suis du même avis, dit Arabella, en baissant la tête pour regarder Dickon, qui s'agita dans ses bras, lui adressa un sourire endormi et se mit à bâiller.

— Je vais monter évaluer les dégâts, déclara Alice à l'adresse de Sam. Venez avec moi, Sam, vous allez m'aider à ranger.

Personne n'osa traverser le verger pour se rendre à la cabane avant le lendemain matin. Sam avait prévenu Edward et Stephen de l'irruption de la patrouille de Têtes Rondes et, sachant qu'ils seraient sur des charbons ardents pour apprendre ce qui s'était passé, Arabella décida d'aller les informer.

Stephen dormait, comme c'était trop souvent le cas. Alice estimait que ce n'était pas une mauvaise chose, et que cela contribuait à son rétablissement.

Edward attira Arabella au-dehors afin de ne pas le déranger.

En dépit des difficultés de leur situation et des nouvelles qu'elle apportait, quand elle le regardait, elle éprouvait immanquablement une excitation involontaire. Sentant ses joues s'empourprer, elle baissa la tête, accrochant dans son mouvement un rayon de soleil dans sa chevelure éclatante. Puis elle la releva pour lui faire face, tendue dans l'effort de s'abstraire de l'appel invisible opéré par son charme.

Il lui prit le bras et l'entraîna à l'abri des arbres.

— Eh bien, Arabella, que s'est-il passé quand les soldats sont venus ? Avez-vous été molestés d'une quelconque manière ?

— Non, le rassura-t-elle aussitôt. Mais la maison a encore souffert, ils ont cherché partout, jusque dans l'écurie.

— Dieu merci, ils ne sont pas allés plus loin, déclara Edward, soulagé. Combien étaient-ils ?

— Une demi-douzaine il me semble. Mais, Edward, l'homme à leur tête était Malcolm Lister.

Edward s'assombrit un instant, et tenta visiblement de contrôler sa rage.

— Et Dickon ? Je vous en prie, dites-moi qu'il ne l'a pas vu !

— Non. Votre fils a dormi tout le temps sur mes genoux et ne s'est réveillé qu'après leur départ. Il était enveloppé dans une couverture et on ne pouvait guère distinguer son visage. Lister le connaît-il bien ? Aurait-il pu le reconnaître ?

— Sans doute pas, répondit Edward. Autant que je sache, il ne l'a pas revu depuis son premier âge.

Il écouta ensuite le reste de son récit sans plus l'interrompre.

— Malcolm Lister, dit-il enfin. Puisqu'il est au courant de

mon amitié pour Stephen, il reviendra certainement. Je ne peux plus retarder mon départ, car je ne veux pas courir le risque qu'il me trouve, ainsi que Dickon.

— Si vous attendez que Stephen soit rétabli, vous pourriez partir ensemble, suggéra Arabella pleine d'espoir. Et je pourrais vous rejoindre plus tard avec Dickon.

Il fit aussitôt un signe de dénégation.

— On nous repérerait bien trop facilement tous les deux ensemble. Non, je m'en tiendrai à mon plan originel.

— Dickon est très important pour vous, je le vois bien. Vous devez beaucoup l'aimer.

— Il est pour moi le centre du monde, avoua-t-il. Je n'aurais jamais cru ressentir ce genre de sentiment avant sa naissance. Et je n'aurais jamais imaginé qu'un rire ou un sourire d'enfant m'affecterait aussi profondément. Il a ravi mon cœur, Arabella.

Arabella savait très peu de chose de la vie privée d'Edward, et de ses sentiments à l'égard de sa femme. Il avait dû l'aimer, autrefois.

Mais à cause de l'amour exclusif et dévorant qu'elle avait éprouvé pour sa fille, elle comprenait pourquoi il était si désireux d'assurer la sécurité de son fils.

Elle esquissa un sourire tremblotant.

— Je le sais. Cela ne me surprend guère, il est adorable, acquiesça-t-elle. Et c'est un petit garçon très chanceux d'avoir un père si attentif. Je… je vous envie votre fils, Edward.

Percevant le chevrotement dans sa voix, il aurait voulu se donner des coups de poing pour s'être montré aussi insensible vis-à-vis de ses sentiments.

— Mon Dieu, pardonnez-moi, Arabella ! Je ne pensais pas…

— Je vous en prie, ça n'a pas d'importance, coupa-t-elle.

Elle recula d'un pas, la gorge serrée comme toujours dès que des images d'Elizabeth lui revenaient à l'esprit.

— Il vaudrait mieux que je rentre, dit-elle. Je dois m'occuper des préparatifs si nous voulons partir bientôt.

Elle se tourna pour repartir, mais il la saisit par le coude et la força à s'arrêter.

— Je suis désolé, Arabella. Regardez-moi.

Elle se retourna lentement. Il esquissa un sourire timide et très tendre.

— Je vous préfère en colère qu'avec ce regard blessé, ou retranchée derrière une politesse glacée.

Il lui effleura la joue de son doigt, dans un geste possessif et intime. Elle en resta paralysée, le souffle coupé, et son cœur s'arrêta un bref instant, car il était impossible d'échapper à ce regard étincelant. Son doigt était plus doux qu'elle ne l'aurait cru, et le geste, extrêmement délicat.

Elle fut tentée de fermer les yeux, de s'abandonner à cette caresse, et d'ignorer tous les avertissements que lui lançait sa raison.

Elle fit un léger sourire et s'écarta. La douceur dans les yeux d'Edward tempéra ses craintes.

— Je vais bien. Vraiment. C'est seulement que… parfois, quand je pense à Elizabeth, c'est si douloureux…

— Evidemment, je le comprends fort bien.

— Bien, comment voyez-vous les choses concernant notre départ ? s'enquit-elle pour ne pas s'étendre sur ce sujet.

— Nous partirons demain matin, à la première heure.

— Que devons-nous emporter ? demanda-t-elle, se résolvant à l'idée qu'il ne servait plus à rien d'argumenter quant à Dickon, puisqu'il restait inflexible.

— Une carriole quelconque, voilà qui serait utile, et ce vieux canasson dont vous avez déjà parlé. Si nous prenions l'un des chevaux que nous avions à notre arrivée, cela attirerait l'attention. Les bons chevaux sont rares, et quiconque exhibant un signe extérieur de richesse est aussitôt suspect. Nous devons avoir l'apparence de pauvres fermiers, qui se rendent à Bristol pour voir leur famille. Des bateaux pour le continent partent de là-bas en permanence. Ce sera dangereux, aussi devrons-nous rester sur nos gardes. Le port est certainement surveillé. Pour parfaire notre déguisement, nous nous ferons passer pour mari et femme, et voyagerons sous de faux noms.

Il la dévisagea, en haussant un sourcil d'un air amusé.

— Avez-vous des suggestions ? la taquina-t-il.
— Non… je … je n'ai pas réfléchi à…
— Alors, je m'appellerai Will Brody, et vous serez…
— Amy, le coupa-t-elle. J'aimerais que cela reste simple, et c'est un prénom qui m'a toujours plu.
— Parfait, ce sera donc Amy. Amy Brody.
— D'accord, conclut-elle. Je vais aller préparer tout cela.

Tout fut rassemblé rapidement, afin qu'ils puissent prendre la route dès l'aube. Edward avait gardé un air impassible en détaillant son plan à Arabella. Elle avait écouté en silence, se passant de temps à autre la main sur le front tandis qu'elle s'efforçait de tout mémoriser.

— Une règle essentielle, à respecter absolument : si nous voulons survivre, nous ne devons pas oublier nos personnages, ni attirer l'attention sur nous. N'oubliez pas un seul instant nos noms d'emprunt. Si je suis pris, vous risquez de partager mon destin.

Arabella était touchée qu'il se soucie autant de sa sécurité. Ou était-ce parce que, sans elle, son fils se retrouverait seul ?

— Je n'arrive pas croire que je me rends en France avec vous, avait-elle dit.

— Nous prendrons de la nourriture, mais pas trop, afin de ne pas éveiller les soupçons si nous sommes fouillés. Et nous emporterons des couvertures s'il faut dormir à la belle étoile. Par bonheur, il fait assez chaud pour cela.

Quand il avait décrit leur périple, il l'avait scrutée avec attention.

— Etes-vous toujours d'accord pour m'accompagner ? avait-il insisté.

— Je ne peux pas souscrire entièrement à votre décision, car j'estime votre arrestation fort probable. Mais je vois bien que la traversée pour la France est votre seule solution. Et je ne peux vous laisser partir seul.

— Avez-vous peur de ce qui nous attend ?

— Non, je n'ai pas peur, avait-elle objecté. J'éprouve de l'appréhension.

Il avait hoché la tête en plongeant ensuite son regard dans le sien.

— C'est normal, avait-il murmuré.

Elle était douce, pleine de compassion, cependant il était convaincu qu'elle aurait la force physique nécessaire pour suivre leur plan. Et d'après ce qu'elle lui avait raconté sur sa vie depuis leur séparation, elle en aurait aussi la force moralement.

— Je voudrais que vous me promettiez quelque chose, Arabella. Promettez-moi que si je suis arrêté, et que Dickon et vous restez libres, vous irez quand même en France. Et que vous ferez tout ce qui est en votre pouvoir pour le remettre à Verity.

Alors que ces paroles avaient fait leur chemin dans son esprit, elle s'était raidie.

— Et vous laisser ? Je n'ai pas la moindre illusion sur ce qui vous arrivera si vous êtes capturé. Vous êtes déjà condamné.

Il l'avait saisie par les épaules et ne l'avait plus quittée des yeux.

— Croyez-vous que je l'ignore ? Je dois affronter la réalité, et vous aussi. Si je suis pris, seule la mort m'empêchera de vous rejoindre en France. Promettez-moi que vous conduirez Dickon chez ma sœur.

Elle avait hoché la tête, la gorge serrée.

Edward était presque méconnaissable. Il ne s'était pas rasé depuis Worcester, et une épaisse barbe noire lui dévorait la moitié du visage. Ses vêtements mal coupés étaient reprisés, et un vieux chapeau mou à large bord tout déformé coiffait ses cheveux bouclés, qu'il avait négligemment attachés sur sa nuque.

Arabella n'offrait pas meilleur aspect dans les vieux vêtements élimés et le manteau décoloré que lui avait donnés Bertha. Elle portait un petit sac avec l'argent nécessaire à leur trajet jusqu'à Bristol et leur passage pour la France.

Elle examina son accoutrement, extrêmement amusée.

— Nous avons tout à fait le physique de l'emploi ! dit-elle en s'esclaffant.

Edward lui saisit le menton qu'il leva vers lui.

— Vous voilà peut-être vêtue des simples atours d'une paysanne, Arabella, mais vous êtes bien plus belle que vous ne le croyez, bien plus que n'importe quelle grande dame qui parade dans les beaux salons de Paris.

Elle éclata de rire en se dégageant.

— Flatteur !

— Ce n'est pas de la flatterie, répliqua Edward avec sérieux.

Le soleil adoucissait ses traits séduisants et, même avec sa barbe broussailleuse, il restait irrésistible. Et l'intensité bleue de ses yeux accélérait immanquablement les battements du cœur d'Arabella. Il retroussa les lèvres dans un grand sourire qui révéla ses dents étincelantes.

— Quelle chance aura un vulgaire soldat, face aux gentilshommes fringants que vous allez rencontrer en France ?

Arabella éclata de rire, refusant de le prendre au sérieux.

— Les gentilshommes fringants ne m'intéressent pas. Et vous n'êtes pas un vulgaire soldat, rétorqua-t-elle.

Il la regarda longuement en silence, ce qui la surprit, car en général il était prompt à la repartie.

— Quand nous serons à Paris et que vous serez vêtue de satin et de soie, vous aurez l'apparence d'une princesse.

Alice fit irruption entre eux, les bras chargés de couvertures pour leur voyage, et sourit en découvrant leurs déguisements.

— Vous voilà qui ressemblez tout à fait à un couple modeste ! Quiconque vous verra sera convaincu que vous êtes bien ce que vous prétendez.

Le mot « couple » fit aussitôt rosir Arabella. Edward se contenta d'un vague sourire, et prit les couvertures des bras d'Alice pour les mettre dans la carriole.

— N'oubliez pas de rester sur vos gardes en permanence, leur recommanda cette dernière, d'un ton chargé d'inquiétude. Quitter ce pays est peut-être la chose la plus sensée qu'il reste à faire. Plus vite vous atteindrez la côte et embarquerez pour la France, mieux cela vaudra. Sam est allé au village et m'a dit qu'une annonce circulait concernant la capture du roi, avec une récompense de mille livres pour tout renseignement sur lui. Bien des gens vendraient leur âme corrompue pour pareille somme. Toutes les personnes n'éprouvant pas de sympathie pour la cause royaliste seront à la recherche de tout homme qui ressemblera à la description de cette annonce. Elle parle d'un homme brun, très grand, poursuivit-elle en dévisageant Edward. Cela pourrait vous correspondre, Edward, soyez prudent.

A ces nouvelles, toutes les craintes d'Arabella refirent surface et un sombre pressentiment revint la hanter. Les dangers du voyage étaient soudain accrus. Edward et le roi se ressemblaient beaucoup, et une erreur d'identification pourrait facilement se produire.

Alice serra chaleureusement sa sœur dans ses bras.

— Dès que tu arriveras en France, écris-moi vite pour me dire que vous êtes sains et saufs. Promets-le-moi, insista-t-elle.

— Oui, je te le promets, la rassura Arabella.

Alice se tourna alors vers Edward.

— Ma sœur est une femme intègre, honnête, et elle se dévouera tout entière pour le bien-être et la protection de votre fils. C'est une âme précieuse et généreuse, et je la chéris tendrement. Prenez bien soin d'elle.

Edward sourit en voyant l'anxiété d'Alice.

— Ne vous inquiétez pas. Je ferai tout mon possible pour la protéger. Vous pouvez compter sur moi. Bien, Arabella, il est temps de partir. Nous avons une longue route à faire, et nous ne pouvons plus tarder.

Arabella prit place dans la carriole sur le banc à côté d'Edward, et installa Dickon entre eux. Il était très sage, mais visiblement ravi et excité de partir en voyage. Edward prit les rênes pour diriger le vieux cheval qui avait servi fidèlement des années à Bircot Hall. Arabella se retourna pour regarder Alice et Margaret une dernière fois. Elle n'avait pas quitté la demeure depuis son arrivée après la mort de John, il y avait trois ans de cela. Sa gorge se serra à l'idée de sortir soudain du cocon de sécurité que lui avait apporté sa famille et, quand ils passèrent la poterne et que les deux silhouettes disparurent, elle eut un pincement au cœur. Le voyage l'angoissait, car elle n'était pas certaine que tout se déroulerait selon leurs plans, mais il était trop tard pour faire demi-tour.

— J'espère que vous savez conduire cette chose, dit-elle quand elle faillit être catapultée en l'air lorsque la carriole passa une ornière, à la plus grande joie de Dickon.

Edward la regarda et éclata de rire, soulagé de pouvoir ainsi relâcher la tension.

— Que devrais-je donc savoir ? C'est le cheval qui fait tout le travail ! s'exclama-t-il.

Chapitre 5

Edward et Arabella vécurent une parenthèse étrange pendant leur périple. Dickon était enchanté de voyager avec son père et Arabella. Il ouvrait grand ses yeux qui brillaient de plaisir en permanence lorsqu'il était perché sur le banc de la carriole entre son père et Arabella. Il n'avait pas la moindre idée de l'endroit où ils allaient, ni pourquoi, mais, pour lui, c'était une grande aventure.

Ils empruntaient des chemins détournés, non seulement parce qu'ils risquaient de croiser des Têtes Rondes sur les grandes routes, mais aussi parce que celles-ci étaient réputées infestées de brigands. Arabella était rassurée qu'Edward portât un pistolet à sa ceinture.

Ils évitaient les villages, et s'arrêtaient uniquement dans les sous-bois pour manger les repas qu'Alice leur avait préparés.

En dépit des dangers omniprésents de l'inconnu et de son découragement devant l'incapacité manifeste d'Edward à jouer son rôle de paysan, Arabella était heureuse de se retrouver en plein air et, pour la première fois depuis la mort d'Elizabeth, elle se sentait jeune et pleine de vitalité.

Le temps de ce mois de septembre leur était favorable. Elle adorait l'automne, et son atmosphère chargée des odeurs des récoltes et des vergers. La vision des branches des pommiers et poiriers ployant sous leurs fruits mûrs prêts à être cueillis l'enchantait toujours.

Quand Dickon s'endormait, Arabella l'installait confortablement dans la carriole et l'enveloppait d'une couverture, consciente d'axer toute sa vie autour de son père durant les prochaines semaines, et peut-être même pour toujours. Qu'avait donc Edward Grey de si spécial, pour l'avoir décidée à faire une chose aussi insensée ?

Ils étaient sur la route depuis des heures. Arabella était fatiguée, elle avait faim, était complètement rompue d'être restée sur le banc en bois, secouée en permanence par les cahots.

— Où allons-nous passer la nuit ? demanda-t-elle.

— Il y aura sûrement une taverne dans le prochain village. Nous irons là.

— Et s'il n'y a pas de taverne ?

Il se tourna vers elle, avec une ombre de sourire.

— Une nuit à la belle étoile vous tenterait-elle ?

Elle éclata de rire à sa suggestion.

— Si le temps s'y prête, cela ne me gêne pas. Nous avons encore assez de nourriture pour deux jours au moins. Il vaudrait aussi mieux éviter les contacts, à moins que nous n'y soyons obligés.

Elle se retourna pour regarder l'enfant endormi.

— Je ne pense pas que cela posera un problème pour Dickon. Il voit tout cela comme une grande aventure, tout comme moi, quand j'ai quitté le pays de Galles pour venir m'installer à Bircot Hall.

— Stephen m'a dit que vous étiez allée vivre à South Glamorgan après votre mariage.

— Oui, dans la maison de mon mari. Ses parents étaient décédés, et il était fils unique. La maison était charmante, tout près de la mer.

— Etiez-vous heureuse d'y vivre ?

— J'aimais la région, répondit-elle en regarda droit devant elle, sans le moindre enthousiasme dans la voix.

Il se tourna vers elle et l'observa attentivement, avant de reprendre la parole avec précaution.

— Et votre mari ? Etiez-vous heureuse en mariage, Arabella ?

Elle perçut la sollicitude dans son ton, et il prit un air préoccupé, lui prouvant qu'il comprenait très vite les choses.

— Ce n'était pas ce que j'attendais, répondit-elle honnêtement, incapable de mentir. John pouvait être… difficile.

Elle aurait voulu ajouter que son mari avait été un homme renfermé, pervers, cruel et froid, mais, peu désireuse de s'humilier ou de se rabaisser, elle le garda pour elle.

— Il ne me traitait pas toujours très bien, se contenta-t-elle d'expliquer.

— Je suis désolé de l'apprendre, dit-il avec un accent de sincérité qui émut Arabella. Vous a-t-il fait du mal ?

— Oui. Il n'était pas facile à vivre.

Edward resta un moment silencieux, et cela ne fit qu'augmenter la nervosité d'Arabella.

— Je suis désolé d'avoir abordé le sujet, Arabella, dit-il, l'indignation perçant dans sa voix.

— Ne le soyez pas. J'ai fini par m'accommoder de ce mariage.

— Mais vous n'étiez pas heureuse.

— J'étais en sécurité, bien nourrie, logée. John voulait un fils.

Elle se souvint de la façon dont il avait affiché son dégoût quand il avait appris qu'elle avait donné naissance à une fille. Ses mains se mirent à trembler, et elle espéra qu'il ne le remarquerait pas.

Puis elle le regarda et lui parla avec franchise, soulagée de partager cela avec quelqu'un.

— Après la naissance d'Elizabeth, les hostilités commençant à s'étendre, et espérant être bien rétribué si le Parlement était renversé, il est allé prendre les armes et se mettre au service du roi.

Il la dévisagea avec un regard empreint d'une tendresse qui ne lui était pas coutumière.

— Et il a été tué pendant la bataille de St Fagans.

— Oui.

— Ainsi, il ne peut plus vous faire de mal.

Arabella se souvint du contenu de la lettre de Robert, et de l'instant où le colonel Lister avait insinué que John n'était peut-être pas mort, mais elle se refusait à y croire. Il fallait qu'il le soit. Il devait l'être, absolument. Elle sentit une grosse boule obstruer sa gorge, et elle se cramponna au banc en pensant à ce que cela signifierait pour elle s'il était toujours en vie.

Elle regarda Edward. Il avait de nouveau les yeux rivés sur la route, solide, tel un roc au centre d'un monde dont elle perdrait tout contrôle si John n'était pas mort.

Mais en ce cas, où était-il ?

Alors qu'elle scrutait Edward, en un bref instant de lucidité, elle eut l'impression de le voir pour la première fois : les rides sur son front, les détails sculptés de son visage, la puissance de sa mâchoire et la ligne sensuelle de sa bouche fermement dessinée. Elle en connaissait le goût, les caresses, et sentit une chaleur incongrue menacer de la gagner. Elle eut tout d'un coup envie de se pencher vers lui pour qu'il la prenne dans ses bras, afin de se reposer sur sa poitrine solide, et de se laisser ainsi rassurer.

Elle fut abasourdie par l'intensité de son désir. Et elle ne pouvait l'ignorer, quels que fussent ses efforts pour le repousser. Cela l'épuisait, vaincue chaque fois, se débattant de nouveau et n'en voulant que plus encore.

Elle se rendit compte alors combien il lui était devenu intime. Et important.

Edward avait perçu la soudaine réticence dans sa voix quand elle avait parlé de son mari, et il en était extrêmement ému. Cette profonde tristesse et cette vulnérabilité à fleur de peau l'avaient frappé avec autant de violence qu'un coup de poing dans l'estomac. Quelles horreurs avait-elle dû endurer lors de sa vie conjugale avec John Fairburn ?

Il avait senti intuitivement que ce mariage n'avait pas été des plus heureux. Il s'imaginait les brimades qu'elle avait certainement subies, mais il garda prudemment son opinion pour lui. Ce n'était pas son rôle de l'interroger sur sa vie privée, mais il éprouvait une grande sympathie pour elle.

Les heures s'égrenaient lentement au trot du cheval qui avalait les miles inlassablement. Le crépuscule s'annonçait. Seules les douces ondulations des collines des Cotswold restaient rosies par le soleil couchant. La plaine et les flancs des collines étaient déjà dans l'ombre. Ils avaient croisé quelques voyageurs, mais, avec la nuit qui approchait, ils ne virent plus personne.

Fatigués, affamés et courbaturés après leur journée sur le banc de la carriole, ils trouvèrent un endroit où passer la nuit dans une clairière entourée d'arbres, à l'écart de la route.

Arabella prépara le souper, puis alla faire une rapide toilette dans une rivière toute proche. Quand Dickon commença à s'ennuyer, elle lui montra combien c'était amusant de vivre ainsi comme des sauvages, et lui fabriqua de petits bateaux avec des feuilles et des brindilles pour les lancer sur le cours d'eau, puis elle organisa une petite partie de cache-cache. Enfin, elle lui raconta des histoires de son enfance sur ses sorties dans la campagne. Blotti dans le creux de ses bras, il l'écouta attentivement, mais, très vite, ses paupières se baissèrent et il s'endormit.

Elle sourit à la petite tête qui dépassait à peine de la couverture, et quand elle leva les yeux elle vit Edward, adossé à un arbre, qui la regardait d'un air étrange.

— Il est fatigué, chuchota-t-elle en s'asseyant dans l'herbe, puis en croisant les mains sur ses genoux relevés. Il devrait dormir d'une traite jusqu'à demain matin.

— Il semble vous faire confiance.

— Je l'espère. Dickon est très calme, trop même. J'ai l'impression qu'il n'a pas connu beaucoup de bonheur dans sa jeune vie.

Il la scrutait, à la recherche de son regard, s'attardant visiblement sur les détails de son visage, jusqu'à ce qu'elle finisse par rougir sous cet examen.

— Vous avez raison, répondit-il, et c'est ma faute, je le sais. J'ai employé des gens pour s'occuper de lui depuis sa naissance, mais ils ne peuvent pas rivaliser avec les soins et l'affection d'une mère. A cause de la guerre, j'ai été pris par d'autres choses et je n'ai pas pu lui consacrer tout le temps que j'aurais voulu. Je dois vous avouer que cela me cause du souci. Chaque fois que l'une des personnes à qui il s'était attaché est partie, cela lui a causé une peine qui n'est pas de son âge.

— C'est sans doute pour cela qu'il est si calme et si sage. Mais il a besoin de vivre avec d'autres enfants, ainsi qu'avec son père. J'ai pu voir comme il était heureux avec ceux d'Alice.

— Sa sécurité est ma préoccupation essentielle, mais il sera aussi bénéfique pour lui d'être avec Verity. Elle a deux enfants, Maria et Thomas, qui est à peine plus âgé que Dickon. Il est temps qu'il ait un peu de stabilité dans sa vie.

— Elle sera surprise quand vous arriverez avec Dickon et moi. Par bonheur, votre fils est encore tout petit. Les enfants ont de grandes facultés d'adaptation, et retrouvent très vite la joie de vivre !

— Je l'espère. J'ai bien l'intention d'être présent pour lui à l'avenir, et de le protéger. Il fallait que j'agisse très rapidement pour qu'il ne tombe pas entre les mains de Malcolm Lister. Il veut en faire son héritier.

— Il pourrait le faire sans vous l'enlever, rétorqua-t-elle.

— Non. Il veut le prendre, et le modeler selon ses principes, comme il l'aurait fait avec son propre fils s'il en avait eu un. Et je ne peux laisser cela se produire. Personne ne sait combien de temps nous devrons rester en France. Mon père étant décédé, et ma sœur résidant là-bas, mon domaine a été saisi par le Parlement. J'ai été déclaré traître au pays. Je ne peux pas vivre en Angleterre, et n'y retournerai pas tant qu'elle sera sous la coupe de Cromwell.

— Ceux qui ont soutenu le roi seront peut-être pardonnés avec le temps, s'ils acceptent de se conformer aux règles du Parlement. Reviendriez-vous si tel était le cas ?

Il secoua la tête.

— Je ne peux rien envisager au-delà du présent. J'ai combattu trop longtemps, et trop durement, comme beaucoup d'autres, pour me résoudre à cela. Je suis un soldat endurci et désabusé, Arabella. Je ne me soumettrai pas aux lois du Parlement, ni ne m'y rallierai, quoi qu'il arrive. Si m'installer en France est le prix à payer pour cela, alors il en sera ainsi.

Il s'écarta de l'arbre et vint s'asseoir dans l'herbe à côté d'elle.

— Je suis heureux que Dickon vous montre de l'attachement, dit-il.

L'absurdité de cette remarque la fit sourire.

— Je ne le connais que depuis très peu de temps, aussi je doute que je lui manquerai quand je serai rentrée à Bircot Hall.

— Je ne suis pas de votre avis, rétorqua-t-il. De plus, vous n'avez pas besoin de retourner en Angleterre.

— Mais si. Je ne m'occupe de lui que de façon temporaire, ne l'oubliez pas. Quand Dickon sera installé chez votre sœur, je rentrerai. Je me souviens de Verity. Elle a quelques années de plus que moi, mais elle était toujours gentille avec moi, et ne m'a jamais traitée comme une enfant.

— Contrairement à moi.

Ses yeux pétillants de malice ne lui échappèrent pas, même dans la pénombre crépusculaire.

— Oui, parfois, répliqua-t-elle en riant pour atténuer son propos. Quoique, à l'époque, j'imagine que je devais paraître terriblement jeune aux yeux d'un soldat expérimenté tel que vous.

— Notre différence d'âge n'a pas changé, même aujourd'hui, ironisa-t-il.

— Certes, mais j'étais encore assez puérile à cette époque, de bien des manières, innocente, et plus naïve que j'aimerais m'en souvenir, tellement plus que les femmes que vous fréquentiez.

— Vous étiez très jeune, Arabella, déclara-t-il en lui prenant la main. Je me souviens du jour de votre naissance. Je me rappelle que ma mère m'avait emmené avec ma sœur Verity pour vous voir, et auparavant elle nous avait fait cueillir des fleurs au jardin pour votre mère.

— Mon Dieu ! Vraiment ? dit-elle en riant, enchantée par cette évocation. Bien évidemment, je ne m'en souviens pas, ajouta-t-elle avec un air malicieux.

— Cela ne me surprend pas, rétorqua-t-il, sur le même ton taquin.

— Et vous m'avez donc vue ce jour-là ?

— Bien sûr. Vous étiez minuscule, avec des doigts si menus ! s'exclama-t-il en portant ces mêmes doigts à ses lèvres pour les effleurer doucement. Vous étiez réellement une petite créature ravissante, même si vous avez dormi imperturbablement pendant toute notre visite.

— Je me souviens… quand j'étais encore enfant, je ne devais pas avoir plus de cinq ans, vous veniez faire du cheval avec Stephen. Je pleurais parce que vous ne vouliez pas m'emmener, alors que mon père m'avait déjà offert mon premier poney. Je vous trouvais très beau, et j'ai vite réalisé que je n'étais pas la seule à le penser. Toutes les filles que je connaissais étaient du même avis.

Ellc éclata de rire, incapable de se libérer des effets de son sourire conquérant et de la sensation de sa main dans la sienne.

— Et j'ai aussi rapidement remarqué que vous étiez très habile à éviter les jeunes filles éperdues d'admiration placées sur votre chemin par des parents désireux que vous posiez les yeux sur elles et vous y attachiez.

— Je n'avais d'yeux que pour vous, Bella. Vous étiez celle qui m'était promise.

Elle soupira, décidée à se résigner et peu encline à gâcher l'intimité du moment en ruminant ce qui s'était passé ensuite.

— Je regrette que cela n'ait pas duré, avoua-t-elle.

— Moi aussi, dit-il tout bas en plongeant dans ces yeux d'ambre qui l'avaient captivé. Vous ne ressemblez plus à cette enfant précoce et joyeuse que je connaissais. Aujourd'hui, vous êtes une belle et fascinante jeune femme, une femme que je respecte, et c'est ainsi que je vous traiterai. Mais vous devez me pardonner si je m'oublie par moments et me permets certaines privautés. J'ai été soldat si longtemps que j'en ai un peu oublié la galanterie.

Elle se rendit compte alors qu'il jouait avec des mèches échappées de sa coiffure. Les yeux brillants, elle lui adressa un sourire tremblant.

— Mais vous n'avez pas oublié comment flatter une lady, Edward.

— Ce n'est pas de la flatterie, répliqua-t-il, redevenant soudain sérieux.

Une mèche de ses cheveux sombres était tombée sur son front, et la lumière déclinante adoucissait ses traits anguleux. Le silence environnant était seulement troublé par le clapotis de la rivière glissant sur les rochers pour se jeter un peu plus loin dans la Severn, et la puissance de son regard hypnotisait Arabella, déclenchant des picotements dans tout son corps.

Ils restaient tous deux immobiles, les yeux dans les yeux, partageant la même attirance dans cette communication silencieuse. La bouche sèche, Arabella sentit les battements de son cœur se précipiter. Elle mourait d'envie qu'il l'embrasse encore, et se passa la langue sur sa lèvre inférieure, inconsciente de cette invitation sensuelle.

Le regard d'Edward s'assombrit de désir.

Soudain, elle fut envahie par le souvenir déplaisant des avances agressives et maladroites de John, et elle devint de glace. Une nouvelle crainte s'insinua en elle. John l'avait-il tant meurtrie intellectuellement qu'elle serait incapable de répondre aux avances d'un autre homme, à celles d'un homme épris d'elle ? Non, se rebella-t-elle intérieurement, elle ne lui concéderait pas ce genre de pouvoir sur elle. Il ne triompherait pas, même depuis la tombe. Et n'avait-elle pas volontiers rendu son baiser à Edward, quand il l'avait embrassée à Bircot Hall ? Elle n'avait pas été rebutée, loin de là, cela avait été plutôt le contraire, en dépit de ses erreurs du passé. Et elle était hantée par les souvenirs persistants des frémissements de son corps en réponse aux caresses qu'il avait osées. Et plus encore tourmentée par le ravissement qu'elle avait éprouvé à ce baiser, et à la passion brûlante qu'il avait fait naître.

Edward pouvait lui procurer du plaisir, et c'était là tout ce qu'elle voulait : un amant tendre et expérimenté. En fait, elle ne verrait aucune objection à ce qu'il l'embrasse à nouveau. Et ce désir soudain devait être clair dans son regard, parce qu'elle entendit la respiration d'Edward s'accélérer.

— Arabella…

Se penchant légèrement vers lui, elle vit ses yeux s'assombrir. Il baissa les cils, son regard braqué sur ses lèvres. Elle se courba instinctivement un peu plus encore, désireuse qu'il l'embrasse. Mais il ne fit aucune geste.

Le bruit de l'eau qui s'écoulait sur les pierres égrena les secondes quand leurs regards se rencontrèrent. Au lieu de l'embrasser sur la bouche, Edward porta les doigts d'Arabella à ses lèvres. Elle ne put retenir un murmure étouffé, et il sourit en relâchant sa main.

— Il est temps de nous retirer, allez donc vous allonger, dit-il doucement en rompant le silence, et Arabella crut déceler un ton de prière dans sa voix. Une longue journée nous attend demain, et vous avez besoin de vous reposer.

Il se leva pour aller chercher des couvertures dans la carriole, lui en tendit une et étendit la sienne sur le sol. Elle la prit et s'éloigna de lui pour se rapprocher de Dickon.

— Vous n'avez pas besoin d'aller dormir aussi loin, Arabella, je ne mords pas, la taquina-t-il.

— Je l'espère bien, rétorqua-t-elle en lui lançant un regard noir.

— Alors, de quoi avez-vous peur ?

Elle l'observa s'installer sur sa couverture, puis s'y enrouler.

— Je n'ai pas peur. Je veux simplement dormir auprès de Dickon, au cas où il se réveillerait.

— Bonne nuit, Arabella, dormez bien.

Arabella chassa bravement ses craintes à l'idée de dormir à la belle étoile, mais faisait-elle totalement confiance à Edward ? Il lui avait demandé de s'occuper de son fils pendant le voyage vers la France, mais n'avait rien révélé de ses intentions à son égard. Quand elle lui avait expliqué qu'elle avait l'intention de rentrer à Bircot Hall dès que Dickon serait installé chez sa sœur, il n'avait pas essayé de la convaincre de rester à Paris.

Que faire ? Edward exerçait un mystérieux pouvoir sur elle, et éveillait tous ses sens dès qu'il approchait.

Par bonheur, la nuit était clémente, et l'herbe douce et fournie, offrant ainsi un parfait matelas. Elle se blottit dans sa couverture et s'allongea, tout en observant Edward faire de même. Elle avait sommeil, et cacha un bâillement derrière sa main, puis ferma les yeux et écouta les bruits de la nuit, le bruissement d'un animal dans les buissons, la brise froissant les feuilles des arbres et le cheval qui broutait paisiblement. Elle aspira à l'oubli que lui apporterait le répit du sommeil avant le lever du soleil.

Ils reprirent la route alors que le ciel matinal était encore imprégné des dernières tonalités saumon, roses et dorées de l'aube. L'air était humide, vivifiant et chargé de senteurs de feuilles mortes et de terre.

Arabella ressentit avec acuité à quel point ils étaient vulnérables. Edward était calme et circonspect, à l'affût d'éventuels soldats du Parlement. Ils en avaient déjà croisé, mais aucun n'avait prêté une attention particulière à ce paysan barbu juché sur sa carriole, accompagné de sa femme et de son fils.

Lorsqu'ils se trouvèrent à une dizaine de miles de Bristol, ils passèrent la nuit dans une taverne aux abords d'un petit village jouxtant un étang.

Dickon était fatigué et, après avoir avalé son souper, il s'endormit aussitôt dans le petit lit de la chambre qu'ils partageraient tous les trois.

Ils avaient déclaré à l'aubergiste qu'ils étaient mari et femme. Demander des chambres séparées l'aurait intrigué et aurait probablement éveillé ses soupçons.

Dans le calme de la chambre, ils regardaient fixement tous deux l'unique lit.

Arabella vit les yeux d'Edward se mettre à briller, comme s'il anticipait la suite avec un plaisir non dissimulé. Mais, quand il la regarda, il n'en laissa rien paraître. Elle était irrésistiblement attirée par ses yeux, et mourait de désir. De plus, Edward représentait aussi la sûreté et la sécurité.

— Je crois que vous allez devoir m'aider, chuchota-t-elle. Je ne me suis jamais retrouvée dans une chambre avec un autre homme que mon mari.

La réserve et la distance qui l'avaient habité, toute la journée disparurent. Il lui lança un long regard irrésistible, et décela chez elle tous ses désirs frustrés, ses efforts infinis pour s'empêcher de révéler sa vraie nature, tout ce qu'elle avait refoulé au plus profond d'elle-même pendant ces journées sur la route.

— Arabella… je risque à tout instant d'oublier que je ne devrais pas être ici seul avec vous.

— Restez là, je vous en prie.

Sur cette invitation sans équivoque, il s'approcha d'elle aussitôt et supprima toute distance entre eux. Il la prit dans ses bras, et elle ressentit de nouveau l'incroyable exaltation d'être serrée contre lui. Elle fut submergée du désir passionné de lui céder. Alors que ses lèvres touchaient les siennes, en dépit de sa barbe rugueuse qui irritait son visage, elle ne put retenir un soupir qui trahit son désir. La force d'attraction entre eux était devenue inexorable, et ne pouvait plus rester ignorée de l'un comme de l'autre.

Son souffle était chaud, ses bras puissants et rassurants. Le sang qui pulsait dans ses oreilles oblitérait toute volonté et toute raison, et elle éprouvait une joie incommensurable qui balayait tout, comme une folie sauvage et magnifique.

Elle lui caressa le torse et soupira, ses lèvres contre sa bouche.

— Je ne sais pourquoi, murmura-t-elle, mais, malgré tout ce qui nous est arrivé autrefois, j'avais envie que vous m'embrassiez depuis une éternité. Je n'avais jamais vécu cela auparavant.

Edward releva la tête dans un effort de volonté surhumain, échauffé par la passion qu'elle avait éveillée en lui, et contempla son ravissant visage tourné vers lui.

Ce baiser avait été à la fois trop et trop peu, et les avait laissés sur leur faim.

— Arrêtez de penser à la façon dont vous agissez, dit-il doucement. J'avais envie de vous embrasser depuis la première fois que je l'ai fait, avant Worcester. Et depuis notre départ de Bircot Hall, il m'a été très difficile de vous résister à de nombreuses reprises.

— Ce n'est plus la peine d'essayer, Edward. Je veux être avec vous, même si c'est en dépit de ce que me dicte ma raison.

Il sourit en plongeant son regard dans le sien, et laissa courir son doigt le long de sa joue vers sa nuque et ses cheveux en désordre.

— Vous êtes vraiment une jeune femme tout à fait dénuée de principes, Arabella !

— Une veuve, Edward. Je suis une veuve, pas une chaste jeune femme. Je suis différente de la personne que vous avez connue.

— Tout le monde change.

— La vie a fait de moi ce que je suis, ajouta-t-elle. Ce qui s'est passé entre vous et moi il y a cinq ans n'a plus d'importance. Je ne suis pas assez forte pour vous haïr, et je ne vous ai d'ailleurs jamais haï. Et dieu sait que j'ai tenté de me convaincre de toutes mes forces que je vous détestais d'avoir joué avec mes sentiments et de m'avoir quittée sans vous retourner une seule fois. Mais les circonstances ont changé tout cela.

Il resta silencieux, le front plissé, faisant visiblement de grands efforts pour se contenir.

— Mais si, ça a de l'importance, Bella, déclara-t-il avec une douceur inattendue, et je ne me pardonnerai jamais de vous avoir blessée ainsi. De toutes les femmes que j'ai connues, aucune n'égalait votre grandeur d'âme, votre intelligence et votre bonté. Je suis vraiment désolé que John n'ait pas été pour vous un mari idéal.

Elle effleura doucement son visage du bout des doigts.

— Je vous en prie, ne parlons pas de lui. Pas ce soir. Surtout pas ce soir.

Il sourit lentement, d'un sourire qui illumina son regard, et son ton prit nettement une teinte d'humour.

— Je ne me tromperai donc pas si je suppose que vous n'aurez aucune objection à ce que je vous demande de partager ce lit ? Et que je ne serai pas relégué sur cette chaise ?

Arabella jeta un coup d'œil au siège inconfortable qu'il désignait, et fronça le nez de désapprobation.

— Je ne serais pas assez cruelle pour vous y assigner. Nous avons tous deux besoin d'une nuit confortable…

Elle hésita, se mordant la lèvre avec nervosité. Il le remarqua et lui adressa un regard interrogateur. Il attendait qu'elle l'invite à partager sa couche et, étrangement, cela la calma. Mieux valait combattre sa peur en l'attaquant de front.

— Je vous en prie, venez à moi, Edward. Je vous veux avec moi. Vous penserez que je suis effrontée, certes, mais je veux que vous me fassiez l'amour.

— Je ne vous trouve pas effrontée. Et si je vous disais que c'est aussi ce que je désire, Arabella ? Si je vous disais que je ne pense qu'à ça depuis notre départ dc Bircot Hall ? Nous avons nié notre attirance mutuelle trop longtemps.

Sa voix rauque et son regard perçant l'empêchèrent de détourner les yeux. Et elle décela autre chose derrière ce regard énigmatique, qui augmenta son pouls d'une manière inquiétante.

— Je vous répondrais que je n'y vois aucune objection. Je ne demande pas un engagement. Cela ne ferait que compliquer les choses. Je… je veux simplement que vous me fassiez l'amour, et me fassiez vivre une expérience que je n'aurais jamais pu connaître.

Elle le scruta pour essayer de deviner son état d'esprit. Ses yeux étaient emplis de désir et d'une faim de prédateur. En le dévisageant ainsi dans la chaude intimité de la chambre, avec Dickon perdu dans le monde des rêves, une autre facette d'Arabella émergea, repoussant l'ancienne, une Arabella sans conscience et sans pudeur. Elle sentait quelque chose de totalement physique, et pressentait des joies qui pourraient devenir siennes. Cette chose lui enjoignait de ne pas laisser passer cet instant, de vivre une nuit de plaisir comme elle n'en avait jamais connu.

Edward posa doucement les mains sur ses bras et l'attira vers lui, puis baissa la tête et pressa ses lèvres à la commissure des siennes avant de les effleurer. Elle lui rendit son baiser, avec hésitation tout d'abord, comme si elle revenait sur ses déclarations, mais, lorsqu'elle perçut la chaleur d'Edward, elle commença à se détendre. Et elle éprouva toute l'évidence de son désir pour elle, pressé contre elle.

Sa tête commença à tourner. Que lui faisait-il ? La situation menaçait de lui échapper totalement.

Il ne la forçait pas, comme John l'avait fait, et, tandis qu'il prolongeait son baiser, elle fut envahie d'une excitation qui balaya les dernières bribes de conscience qui lui restaient, ainsi que la culpabilité ou la peur qui lui dictait de ne pas continuer. Elle ferma les yeux en signe de reddition. Elle ouvrit la bouche, et son corps s'embrasa à la pensée de ce qui allait advenir.

Toutes les émotions étranges et intenses qu'ils avaient éprouvées depuis ce premier baiser avant son départ pour Worcester se libérèrent enfin, et elle lui retourna son baiser avec une telle passion qu'elle en fut elle-même fort surprise.

Après ce qui sembla une éternité, il releva la tête et sourit, d'un sourire très doux, qui lui échauffa les sangs. Il prit délicatement une de ses boucles qui s'était échappée de sa coiffure, et la replaça derrière son oreille. Puis son doigt glissa de son oreille vers la courbe de sa joue, en lui donnant le vertige. Elle eut le souffle coupé tant ses yeux braqués sur elle trahissaient son désir sans ambages. Il dessina le contour de ses lèvres, puis y passa le pouce avec langueur, d'une telle manière que s'il lui restait encore la moindre objection, elle s'envola telle la rosée du matin qui s'évapore.

Elle le dévorait des yeux afin de s'imprégner de la fermeté de sa bouche, de sa mâchoire ciselée, et sentir enfin la chaleur de sa peau même si elle aurait refusé d'admettre qu'elle l'attendait avec impatience. Elle était consumée par son désir croissant, et vacilla légèrement, étourdie par la puissance de cette virilité et cette énergie qui irradiait de lui. Il reprit ses lèvres avec une ardeur possessive. Et elle n'eut plus qu'une seule envie : goûter sa chaleur en elle, son corps contre le sien, ses mains sur sa peau.

C'était mal, elle le savait, elle ne devrait pas le faire. Mais ses lèvres étaient incomparables, ses bras l'entouraient à la perfection, tout en lui était merveilleux. Elle était affamée d'amour, et son corps tout entier le lui criait.

Qu'importait ce qui s'était passé autrefois, alors que sa bouche, ses mains et son corps pouvaient lui procurer tant de plaisir. Elle se persuada que cela n'avait pas d'importance s'il ne l'aimait pas, et qu'ils n'avaient aucun avenir N'avait-elle d'ailleurs pas pris la décision de vivre une existence hors des conventions, et de faire ses propres choix ?

Il la tenait si serrée contre lui qu'elle sentait son cœur battre, et savait fort bien qu'il se refrénait de la posséder complètement avant qu'ils ne soient prêts tous les deux. Elle se souvint des attouchements brutaux de son mari, et combien elle avait dû se forcer pour se soumettre. Mais, en cet instant précis, elle ne pensait qu'au brasier que cet homme allumait en elle avec une simple caresse.

Il détacha sa bouche de la sienne, puis la prit dans ses bras et la déposa sur le lit. Il la déshabilla lentement, explorant des yeux chaque parcelle de son corps. Certes, elle n'était pas vierge, mais elle rougit tandis qu'il lui ôtait tous ses vêtements, et tenta de couvrir ses seins de ses mains. Il rit tout bas, les écarta et embrassa ses formes ravissantes. Elle se détendit alors.

Quand elle fut totalement nue, baignée dans une lumière dorée tamisée, il la détailla attentivement, chaque partie de son corps svelte, ses seins aux petits tétons roses, sa taille fine, ses longues jambes, et le sourire qu'il arbora était de pure admiration.

— Vous êtes belle, Arabella.

— Flatteur, répliqua-t-elle d'une voix fébrile.

— Je vous l'ai déjà dit auparavant, je n'ai nul besoin de vous flatter.

Elle rit doucement et l'attira sur elle. Ils s'embrassèrent et se serrèrent l'un contre l'autre, mais elle le repoussa soudain.

— Déshabillez-vous, Edward, mais restez silencieux, je vous en prie, chuchota-t-elle en lançant un coup d'œil préoccupé vers Dickon qui s'agitait dans son sommeil. Nous ne voulons pas réveiller votre fils, ajouta-t-elle, le souffle court.

— Soyez patiente, murmura-t-il en se relevant pour ôter ses habits.

Lorsqu'il se fut débarrassé de sa chemise, elle contempla avec admiration sa silhouette bien dessinée, tout en muscles, et cela ne fit que décupler son désir. Elle tendit les bras vers lui, impatiente de sentir son corps contre sa peau nue qui palpitait d'énergie vitale.

Il s'étendit à son côté, mais, désireux de savourer chaque minute de ce moment merveilleux, il n'était aucunement pressé de la posséder. Ses doigts experts et sensuels caressaient et titillaient tour à tour ses seins, son ventre et ses cuisses.

La respiration précipitée d'Arabella et les battements de son cœur qui s'emballait lui prouvaient combien elle le désirait.

Quand Edward prit ses seins dans sa bouche, l'un après l'autre, jusqu'à ce que ses tétons se dressent, Arabella gémit de plaisir. Elle n'était plus une vierge chaste, néanmoins elle possédait encore une innocence tremblante qu'il trouvait extrêmement érotique. Il était impatient de la conduire à l'extase et de lui faire ressentir le plaisir qui, de toute évidence, avait été absent de sa vie conjugale.

A son plus grand ravissement, elle ouvrit les jambes après à peine une légère pression de sa main et soupira en sentant la moiteur gagner ses cuisses quand sa virilité rigide s'y colla étroitement. Il l'embrassa alors qu'elle laissait courir ses doigts le long de sa colonne vertébrale, puis, prenant confiance, elle se mit à caresser son dos, ses flancs et ses fesses.

Le désir d'Edward devint brûlant. L'essence même de la vie, le corps qu'il avait convoité avec tant d'ardeur était allongé sous lui. Il plaça ses cuisses musclées entre les siennes et découvrit qu'elle l'attendait. Elle cala ses hanches contre lui, et il se glissa sans effort dans sa chaleur moite.

Arabella fut incapable de résister plus longtemps. Elle enroula les jambes autour de sa taille et accorda son mouvement au sien en gémissant tandis qu'il s'enfonçait toujours plus loin en elle avec une maîtrise absolue. Tout fut oublié dans le crescendo fiévreux du désir, la véhémence avec laquelle ils s'abandonnaient à leur passion, à chaque sensation délicieuse, la remplissant tout entière d'un rythme primitif jusqu'à la libération finale.

Au plus profond d'elle-même naquirent de violentes contractions qui l'enveloppèrent, jusqu'en son centre le plus intime, puis cet embrasement s'atténua et s'éteignit peu à peu, la laissant merveilleusement détendue.

Le souffle court, le cœur palpitant, et la virilité d'Edward toujours en elle, alors qu'il la serrait entre ses bras et continuait un va-et-vient très doux, elle sut alors ce que c'était d'être femme, et se sentit envahie d'une paix infinie. Jamais elle n'avait goûté pareille sensation.

Ouvrant les yeux, elle le regarda. Des larmes de gratitude lui montèrent aux yeux, mais une seule d'entre elles perla à ses cils.

La contemplant à son tour, il la chassa d'un baiser et caressa les cheveux répandus sur son épaule nue.

— Des larmes ? s'exclama-t-il avec un charmant sourire. Etait-ce donc si épouvantable que cela ?

Elle resta silencieuse un long moment, et il vit sa gorge se serrer.

— Oh ! non, murmura-t-elle quand elle retrouva la parole, c'est tout à fait le contraire. Je vous remercie, Edward, de tout mon cœur.

— Ne me remerciez pas, dit-il en lui embrassant l'épaule. La nuit n'est pas encore finie.

— Je ne veux pas qu'elle finisse. Vous ne saurez jamais ce que vous avez fait pour moi.

— Je crois que si. Vous m'avez dit qu'il n'y avait eu aucune joie dans votre mariage.

— Non. Faire l'amour avec John, qui ne m'a jamais témoigné la moindre tendresse, n'a pas vraiment été une expérience agréable. En fait, c'était même le contraire. Il n'y avait ni la moindre passion ni aucune considération.

Et ensuite, se rappelait-elle au fur et à mesure que ses souvenirs affleuraient, s'étaient succédé la douleur, la tristesse, et les bleus sur tout son corps, témoins de sa violence. Non, la façon dont

John se comportait était si méprisable et vile, en comparaison de ce qu'elle venait de vivre avec Edward !

— Je… Je trouvais l'acte pénible, et souvent dégradant, et il me laissait de surcroît insatisfaite et vide, poursuivit-elle. Je me persuadais qu'il devait y avoir autre chose dans tout cela que ce que je vivais.

— Et maintenant vous savez que c'est le cas.

— Oui, chuchota-t-elle, incapable de croire qu'elle venait de confesser cet épouvantable cycle de brutalités et de soumission auquel John l'avait contrainte. Je n'ai jamais dit à personne ce que John m'infligeait. Je ne le pouvais pas. J'avais trop honte. Mais ce que nous venons de faire est merveilleux, et j'en chérirai le souvenir à jamais.

— Le souvenir ? murmura-t-il en plantant des baisers légers sur sa joue et ses lèvres. Qu'est-ce donc que cette absurdité ? Vous parlez de cela comme si c'était là la dernière fois que nous faisions l'amour, Bella. Je vous le répète, la nuit n'est pas finie.

— Il reste encore un peu de temps pour s'aimer, je le sais. Mais notre voyage ensemble pourrait brutalement se terminer, objecta-t-elle, alors que son corps contredisait ses propos en recommençant à répondre à la proximité de celui d'Edward. Nous ne savons ni l'un ni l'autre ce que l'avenir nous réserve, soupira-t-elle, en l'enveloppant d'un regard chaleureux. Cela me serait tellement facile de tomber amoureuse de vous, Edward. Mais étant donné les dangers de la situation dans laquelle nous nous trouvons, ce serait inconsidéré. N'êtes-vous pas d'accord ?

Il s'écarta légèrement d'elle pour s'étendre sur le flanc et la prit dans ses bras. Ils tremblaient tous les deux, et le seul bruit dans la chambre était celui de Dickon qui bougeait dans son petit lit, mêlé à celui de leurs souffles rapides. Ils restèrent allongés sans parler. Alors qu'il voulait lui dire tant de choses !

Il finit par se décider après un long moment.

— Je n'aurais pas dû mettre un terme à nos fiançailles, Arabella. Aujourd'hui, je vous ai retrouvée et, après vous avoir fait l'amour, je regrette plus que jamais mes actes. Et je ne peux vous en donner la raison.

Elle tourna la tête et scruta son séduisant visage.

— C'est très simple, Edward. Vous aimiez Anne Lister.

Les yeux d'Edward se voilèrent de souffrance.

— Je ne l'aimais pas, affirma-t-il plein d'amertume. Je crois que je ne l'ai jamais aimée. Il était impossible de l'aimer dans le sens où vous l'entendez. Ce que j'éprouvais pour elle était inavouable, et primitif, de l'ordre de la laideur.

Arabella le regarda sans ciller.

— Et que ressentez-vous aujourd'hui ? Etes-vous libéré de ce qui vous attachait à elle ?

Il hocha la tête et l'embrassa dans les cheveux.

— Elle est morte depuis deux ans. S'il n'y avait pas Dickon, je ne penserais absolument plus à elle. Mon unique préoccupation désormais, c'est d'assurer votre sécurité et celle de Dickon, d'atteindre Bristol et de trouver un vaisseau qui nous conduira en France.

Il voulait la rassurer, lui dire que tout se passerait bien, mais il n'arrivait pas à trouver les mots justes. Il sentait un grand vide au milieu de son estomac. Comment lui affirmer que tout irait bien alors que lui-même n'en avait pas la moindre idée ?

Cependant, la nuit n'était pas terminée, et le plaisir les attendait encore. Arabella était contre lui, tout en douceur féminine, peau douce et cheveux épars. Il la prit dans ses bras et la tourna vers lui.

Arabella lut de nouveau le désir dans son regard bleu sombre, et quelque chose d'autre, si profond qu'elle en resta pétrifiée. La gorge serrée, elle céda bien volontiers à sa demande silencieuse.

Ils firent encore l'amour, et plus d'une fois, chacune plus tendre et intense que la précédente. Arabella était stupéfaite du plaisir qui se déployait en elle, et de son appétit féroce tandis qu'elle commençait à se trouver.

Elle finit par s'endormir d'un profond sommeil.

Ils atteignirent les faubourgs de Bristol en milieu d'après-midi et durent vendre le cheval et la carriole à une écurie. Arabella était désolée de se séparer du vieux cheval qui avait servi la famille Stanhope pendant des années, mais ils n'avaient pas le choix. Et ils ne pouvaient pas non plus se rendre en ville avec la carriole. Edward lui avait expliqué qu'aucune voiture n'était autorisée à y circuler, de peur que cela ne fragilise les structures du réseau des caves des marchands prospères de la ville, utilisées comme entrepôts.

N'emportant que le strict minimum dont ils auraient besoin pour leur traversée vers la France, Dickon tenant la main d'Arabella, ils s'engagèrent dans les rues bondées, souvent pentues et étroites. Arabella regardait partout autour d'elle avec curiosité.

Les étages des hautes maisons à colombages débordaient volontiers sur l'espace de la rue et occultaient parfois presque toute la lumière. Des sortes de traîneaux tirés par des chevaux encombraient la circulation, regorgeant des marchandises livrées par les bateaux dans le port.

— Nous allons chercher un endroit où faire étape, dit Edward en remontant sur son épaule son sac en toile, avant de prendre Dickon dans ses bras. Nous avons besoin d'un bon repas chaud, et d'un lit confortable.

A la mention du lit, Arabella se remémora la nuit précédente, même si elle n'avait cessé d'affleurer dans un coin de ses pensées durant toute la journée. Comment cela aurait-il pu en être autrement, après ce qu'ils avaient fait ? Elle se rappela la façon dont il l'avait regardée avant de replacer tendrement une boucle de cheveux derrière son oreille, avec un sourire soudain, comme s'il était surpris d'avoir découvert quelque chose de précieux… un trésor ravissant.

Elle s'empourpra, et son cœur se mit à tambouriner. Quand elle se tourna vers lui et qu'il surprit son expression, il lui lança un sourire entendu.

— Bien évidemment, si vous le préférez, je peux demander deux chambres.

— Non, répondit-elle avec un léger sourire, en songeant déjà au plaisir qu'ils partageraient pendant la nuit, une seule chambre conviendra parfaitement.

En harmonie tous les deux, ils étaient impatients d'être ensemble, bouches jointes en un baiser, peau contre peau, à se découvrir mutuellement, devenir intimes, tendres, s'exciter l'un l'autre, tout cela étant exquis, sachant qu'il y avait plus encore à apprendre, qu'il y en aurait bien plus que la veille, et que ce serait aussi bon, sinon meilleur, que ce qu'ils avaient déjà partagé.

— Alors, c'est entendu. Je ne vais pas perdre de temps et aller me renseigner sur les vaisseaux qui font voile vers la France. Espérons que ce sera pour bientôt, mais entre-temps nous devons essayer de ne pas attirer l'attention sur nous.

Lorsqu'ils arrivèrent sur le port, une scène extraordinaire s'offrit à eux. Jamais elle n'avait vu pareil spectacle.

Le quai était chargé de tonneaux de rhum, de ballots de tabac et autres marchandises. Une incroyable variété de navires, dont les haubans et gréements semblaient enchevêtrés, encombrait les flots.

La marée commençait à gonfler l'Avon et la Frome, et recouvrait rapidement la vase fétide, redressant peu à peu les bateaux couchés sur le flanc, dans l'attente de la marée haute pour naviguer.

Arabella remonta la capuche de son manteau et la tira sur son nez et sa bouche pour se protéger de la puanteur du poisson pourri, de la saleté de la foule et des relents de poix chaude.

Après avoir vu des soldats du Parlement dans les rues, elle fut soulagée quand ils trouvèrent une chambre dans une taverne éloignée du port, au cœur d'une ruelle occupée par de petits logements modestes. L'endroit était propre, avec des murs blanchis et des lampes à huile fixées aux murs et aux poutres du plafond. La clientèle se composait en majorité de marins en escale, et ils découvriraient très vite que la cuisine y était excellente.

Ils déclinèrent leurs noms d'emprunt à l'aubergiste, payèrent d'avance et, au son d'une joyeuse chanson de marin, ils furent conduits à une chambre sous les toits, qui surplombait la rue étroite.

Le dégagement de la fenêtre s'avançait d'ailleurs dangereusement au-dessus du vide. La pièce n'était pas grande, mais elle était meublée d'une commode, d'un placard, avec un miroir au mur au-dessus de la table de toilette, et d'un lit double avec des draps propres. Un petit lit gigogne glissé en dessous conviendrait parfaitement à Dickon.

Après qu'ils eurent mangé, Edward quitta la taverne pour aller au port trouver un passage pour la France. Il savait que les soldats du Parlement surveilleraient le port à la recherche des royalistes en fuite, mais il fallait prendre le risque.

Il eut de la chance. *L'Albion*, un petit vaisseau, devait quitter le port sous deux jours pour gagner Le Havre. Le capitaine était à terre, mais son maître d'équipage ne vit aucune raison de ne pas se charger lui-même d'organiser son passage, accompagné de sa femme et de son fils. Edward s'acquitta du prix du voyage, avec l'intention de revenir plus tard s'entretenir avec le capitaine, puis retourna à la taverne en informer Arabella.

Plus tard dans la journée, alors qu'il s'apprêtait à aller retrouver Arabella après avoir réglé les détails du voyage avec le capitaine de *L'Albion*, il abandonna sans y prendre garde le maintien voûté qu'il avait adopté pour passer inaperçu, et se redressa de toute sa haute stature. Otant son chapeau pour se gratter la tête, il attira l'attention d'un jeune soldat qui l'observait depuis un moment sur le quai.

Le soldat continua à l'examiner, car il le trouvait d'une taille inhabituelle, et avec ses cheveux sombres d'une longueur peu commune, sa barbe noire lui mangeant le visage, il se détachait dans la foule. Tous les soldats à l'ouest du pays étant sur le qui-vive à la recherche du fils de feu le roi Charles, proclamé roi d'Ecosse, l'ambitieux soldat, avide de gloire et de récompenses, se convainquit très vite qu'il était là en présence de Charles Stuart, le fugitif.

Il ne perdit pas de temps et lui bloqua le chemin.

— Puis-je vous parler, messire ?

Edward sentit son corps parcouru d'un frisson d'inquiétude tandis qu'il baissait la tête et essayait de contourner le jeune homme.

— Vous vous trompez, grommela-t-il.

Evaluant immédiatement la situation, et réalisant que tenter de s'enfuir ne ferait qu'attirer l'attention sur lui plus encore, il avança calmement d'un pas.

— Ne courez pas, si vous tenez à la vie.

Chapitre 6

La scène qu'Arabella pouvait voir à travers les fenêtres à meneaux de la salle de la taverne était déformée par le vitrage grossier, mais il semblait bien que des troubles grondaient. Sentant l'imminence d'un danger, elle prit Dickon dans ses bras et sortit dans la rue.

Une petite foule s'y était rassemblée. Alors qu'elle se frayait un passage, il lui apparut aussitôt évident que ce qu'elle craignait depuis le début était en train de se dérouler sous ses yeux. Elle dut faire appel à toutes ses forces pour s'empêcher de flancher. La terreur serra son cœur tel un étau. Sans se soucier du danger qui la menaçait aussi, elle faillit se précipiter vers Edward, mais son instinct la retint.

— Votre nom. Quel est votre nom ? l'interrogea le soldat, fermement campé devant lui, d'une voix forte à l'intention de ses compagnons d'armes qui approchaient.

— Brody. Will Brody.

Arabella se crispa intérieurement. Quand Edward déclinait son identité, pourquoi devait-il le faire sur le ton fier d'un membre de la noblesse ?

Le soldat le toisa, visiblement peu convaincu.

— Et d'où ça, Will Brody ? D'où êtes-vous ?

— De Gloucester.

Le soldat fut distrait quand un homme à l'allure imposante monté sur un étalon gris traversa la foule. L'aura que dégageait cet homme était telle qu'elle se fendit telle la mer Rouge pour le laisser passer. Plus il approchait, plus ses traits devenaient familiers, et le cœur d'Arabella faillit s'arrêter.

C'était Malcolm Lister.

Elle le regarda avec incrédulité et fut tentée de se frotter les yeux afin de feindre que ce n'était qu'un simple cauchemar. Envahie par le désespoir, elle réalisa qu'Edward n'avait finalement pas réussi à lui échapper.

En dévisageant Edward, elle comprit que celui-ci avait également reconnu le frère de son ex-femme et perçut l'intensité de ce qu'il ressentait par la façon dont il serrait et desserrait les poings le long de son corps.

— Qu'avons-nous ici ? demanda le colonel Lister au soldat d'un ton glacial.

— Il dit s'appeler Brody. A mes yeux, il ressemble plus à Charles Stuart qu'à autre chose, répondit le soldat.

Le colonel Lister s'arrêta devant le prisonnier. Et ses yeux étincelèrent de triomphe quand il croisa ceux de l'homme qui ne se dissimulait plus. Il émit un rire discordant.

— Bien, bien ! Qui l'aurait cru ? Ce n'est pas Charles Stuart, mais cet homme est néanmoins une prise de valeur. Edward Grey, déclara-t-il avec une sorte de ronronnement satisfait dans la voix. Enfin, je vous tiens ! Pris au piège comme un rat. Ligotez cet homme, qu'il ne s'échappe pas !

Deux soldats s'avancèrent, se saisirent d'une corde et attachèrent les mains d'Edward devant lui.

Le colonel Lister examina son ennemi, et son sourire se transforma en rictus.

— Vous ne m'échapperez pas, Edward Grey. Je me suis donné trop de mal pour vous chercher, et cela depuis fort longtemps. Maintenant que je vous ai, je sais parfaitement le sort qui vous attend. Vous serez conduit à Londres, où vous serez jugé en tant que traître. Tout sera fait dans le respect des règles de la justice, mais ne pensez pas une minute que vous sauverez votre vie.

— Je ne suis pas un traître, Lister. J'ai accompli mon devoir, selon ce que me dictait ma conscience. Le roi Charles m'a appelé à ses côtés. Je n'ai fait que répondre à cet appel, ainsi que de nombreux Anglais loyaux.

— Oui, et ils ont péri pour lui, comme lui, mort sur l'échafaud. Sous Cromwell, le Parlement défend la justice et l'égalité pour tous, pour ceux qui s'opposent au roi et n'ont rien à voir avec ses projets. L'Angleterre se portera mieux sans lui et sans son fils, qui n'a même pas été couronné dans son pays, mais au-delà de la frontière, en Ecosse.

— C'est le roi d'Angleterre légitime. D'autres souhaitent peut-être l'ignorer, mais pas moi. Je ne peux être heureux qu'existe une Angleterre sans roi. Je préfère mourir plutôt que de vivre ainsi.

Le colonel Lister retroussa les lèvres.

— Nous allons voir ce que nous pourrons faire pour vous obliger en ce sens. Cromwell est un homme investi de grands pouvoirs, un chef, et a joué un rôle non négligeable dans la chute du roi. Il doit en être félicité.

Edward répondit sur un ton égal.

— Cromwell est un brillant soldat, un génie en fait, mais ce n'est pas un homme d'honneur. S'il l'était, il n'aurait pas exécuté le roi. Et vous avez toujours été d'accord avec Cromwell, n'est-ce pas, Lister ?

— Personne ne décide de ce que je pense, répliqua-t-il.

Edward considéra son beau-frère avec un mépris non dissimulé.

— Et je l'ai découvert à mes dépens, quand j'ai épousé votre sœur.

— Ah oui, quel bien cela lui a fait ! s'exclama le colonel Lister avec agressivité.

— Je suis d'accord. La seule bonne chose qui en est ressortie, c'est Dickon. Votre obsession à me retrouver n'a rien à voir avec Cromwell ou la guerre, reconnaissez-le. Puisque j'avais pris le parti du roi, vous vous êtes dressé contre notre union. Anne était ambitieuse. Elle désirait une vie à la cour. Depuis sa mort, votre projet de vous emparer de mon fils et de le rattacher à votre maisonnée semble être devenu une idée fixe. Enfermez-moi à la tour de Londres si tel est votre désir, mais si vous croyez pouvoir enlever mon fils, vous faites une grossière erreur. Vous êtes fou de le croire et de vous imaginer que je vous le confierais, ainsi qu'à votre femme stérile.

Sous le regard méprisant d'Edward, le colonel Lister commença à perdre son flegme.

— Non, Edward Grey, je ne suis pas fou. Ce n'est pas à vous de m'insulter, ni moi ni ma femme. Si vous cherchez la folie, regardez du côté de votre roi mort. C'est lui qui a conduit, par son extravagance, son mépris ostensible de nos lois et sa certitude suffisante du droit divin des souverains, vos amis royalistes à la guerre, puis au désastre. Et cela lui a finalement coûté sa couronne. Il a bafoué le Parlement, et s'est mis lui-même hors la loi. Tout comme lui, vous ne comptez plus. Vous n'êtes rien.

Edward fit un large sourire.

— Vous vous trompez. Je sais qui je suis, et où est mon camp, tout comme le fils du roi, Charles Stuart. Si Dieu le veut, il reviendra en Angleterre et retrouvera son siège légitime à Whitehall. Il a été proclamé roi d'Angleterre et d'Ecosse. Et il le restera jusqu'à sa mort.

Les lèvres du colonel Lister se pincèrent de dérision.

— Ce qui ne va pas tarder à arriver. Il sera porté en terre avant de monter sur un bateau pour la France. Vous pouvez en être sûr.

Il fit reculer son cheval, puis s'adressa à l'homme qui détenait Edward.

— Trouvez-lui un cheval, et nous partirons aussitôt. Il n'est peut-être pas seul. Il s'est enfui de Worcester avec un complice du nom de Stephen Charman. Ouvrez l'œil.

Arabella avait beau vouloir rester forte, elle tremblait de tous ses membres. Elle serra Dickon contre elle, tira son châle pour dissimuler son visage et protégea celui de l'enfant de sa main, au cas où le colonel Lister aurait regardé dans leur direction et l'aurait reconnue.

La foule avait grossi dans un silence pesant. Cependant, certains ne tardèrent pas à insulter le captif, désormais entouré de soldats du Parlement qui exhibaient fièrement leurs armes.

D'autres, toujours fidèles à la cause royaliste, restèrent muets, le visage inexpressif.

Edward devait l'avoir repérée discrètement, car elle vit ses épaules se raidir. Il jeta un bref coup d'œil dans sa direction, et ce seul regard suffit à lui rappeler la promesse qu'elle lui avait faite, et la manière dont elle devait agir si lui était capturé, mais qu'elle restait en liberté.

Elle ne bougea pas l'espace d'un instant, puis sentit la tension se relâcher brusquement. Elle ignora, combien de temps elle resta là dans la foule, le cœur au bord des lèvres. Elle avait l'impression d'avoir été changée en pierre.

Les yeux brouillés par les larmes, elle vit Edward hissé sur un cheval, puis s'éloigner. Des soldats l'encadraient, l'un d'eux conduisait sa monture par la bride, rendant toute fuite impossible.

Elle se cramponna à Dickon, qui s'était mis à pleurer, car il avait senti la tension d'Arabella et compris que quelque chose n'allait pas. Elle concentra toute sa force dans ses bras, tout en suivant du regard le groupe de soldats qui disparaissait peu à peu, et la fière silhouette d'Edward Grey au centre de la troupe, jusqu'à ce qu'elle ne puisse plus rien distinguer.

La foule commença lentement à se disperser. Elle reposa Dickon, essuya ses larmes et, en lui serrant la main très fort, se fraya un chemin en essayant de ne pas imaginer le sort qui attendait Edward.

Il était sir Edward Grey, un ami proche de Charles Stuart, un de ses confidents, recherché pour ses activités de traître pendant la guerre civile.

Il serait conduit à Londres et exécuté.

Elle ne le reverrait jamais.

Elle avait très peur pour lui, mais elle ne pouvait rien tenter sans compromettre ses chances d'emmener Dickon en France. Telle une somnambule, envahie de chagrin et de désespoir, elle retourna à la taverne.

Elle se retrouvait soudain projetée dans un autre monde, infesté de cauchemars. Mais elle s'efforçait néanmoins de réfléchir au mieux. Que faire ? Elle ne se laisserait pas abattre. Sa mission devrait être menée à bien d'une manière calme et rationnelle.

Les cauchemars poursuivirent Arabella durant tout son voyage vers la France, alors qu'elle se retrouvait brusquement à la merci des événements. Etre seule avec un enfant, exposée à toutes sortes de menaces, l'angoissait.

Edward ne quittait pas ses pensées, son calvaire augmentant sa propre détresse. Et elle était bien consciente que lorsque son devoir serait accompli, que Dickon serait en sécurité auprès de Verity, la sœur d'Edward, son lien avec celui-ci n'aurait plus de raison de subsister.

Le ciel offrait un magnifique spectacle de douces couleurs pastel quand *L'Albion* gagna la pleine mer. Une faible brise gonflait les voiles, et le bois craquait et grinçait sous les assauts des vagues. Installée sur le pont, Dickon dans ses bras, Arabella inspira les senteurs marines. Elle scruta l'horizon, où apparaîtraient bientôt les côtes françaises, en essayant d'ignorer sa triste situation, mais cela s'avéra impossible.

Sa vie était soudain devenue compliquée et dangereuse, et plus rien ne serait comme avant.

Le voyage du Havre jusqu'à Paris avait été long pour Arabella. C'était difficile de distraire Dickon dans une voiture remplie de passagers, et elle fut plus qu'heureuse d'arriver enfin. Dickon réclamait son père, et il ne comprenait pas pourquoi il les avait laissés. Le cœur lourd, et ressentant le vide de son absence encore bien plus vivement qu'elle ne l'aurait imaginé, elle était incapable d'expliquer à l'enfant pourquoi il n'était pas avec eux.

Elle sortit de la voiture, tenant fortement la main de Dickon, cramponnée à son sac de voyage de l'autre main. Elle examina le spectacle qui s'offrait à ses yeux. Paris était tellement impressionnant ! C'était une ville bouillonnante, et elle fut étourdie par la foule.

Comme toutes les autres villes du monde, elle était sale, odorante et bruyante, avec son lot de mendiants, d'éclopés et de tire-lacets dépenaillés. Des porteurs, des marchands ambulants et des vendeurs de toutes sortes criaient tous en même temps pour vanter leurs marchandises, jurant en français et dans d'autres langues.

Elle se plaqua vivement contre un mur quand un laquais dégagea le passage pour son maître à cheval.

Les exhalaisons des détritus pourrissants dans les caniveaux se mélangeaient à l'odeur puissante des tourtes et des gâteaux dans les échoppes alignées sur la rue.

Elle avait quelques notions de français, aussi, avec les indications que lui avait fournies Edward, puis en demandant son chemin à plusieurs reprises, ne rencontra-t-elle pas de grandes difficultés à trouver la petite maison à colombages de deux étages, doté d'un petit pignon, située dans un quartier modeste et calme de la ville, où vivaient Verity et son mari avec leurs deux enfants. Il y avait un petit jardin clos à l'arrière, idéal pour qu'ils puissent y jouer.

Vêtue d'une robe de soie grise dont les plis accrochaient la lumière, les yeux bleu foncé et des cheveux noirs tirés en arrière, avec quelques boucles folles mettant en valeur la ligne de son cou, Verity ressemblait à son frère de manière si frappante qu'Arabella sentit sa gorge se serrer. Son efficacité et la façon dont elle prit tout en main dès l'instant où Arabella posa le pied sur le seuil de la maison avec son neveu lui rappelèrent Alice. Son moral remonta aussitôt grâce à la chaleur de cet accueil. Et Verity se souvenait d'elle avec affection.

Dickon fut confié aux soins de Pauline, une jeune servante tout à fait compétente, le visage auréolé de cheveux bouclés coiffés d'un bonnet blanc. Elle avait accompagné la famille depuis l'Angleterre, et c'était la seule domestique qu'elle avait pu garder en raison de sa situation financière précaire.

Arabella sourit quelque peu nerveusement en se retrouvant seule avec Verity après le tourbillon de leur arrivée.

— Je vous prie d'excuser ma tenue. Le voyage a été long.

— Nous allons vite vous laisser faire un brin de toilette et vous donner à manger, la rassura Verity en conduisant Arabella dans le salon, puis elle lui proposa un siège.

Arabella s'assit sur le bord d'une chaise de cette charmante pièce, aux peintures et au papier peint déclinés dans des tons pastel variés de vert et doré. A côté d'elle étaient disposés un chandelier garni de hautes bougies ainsi qu'un cadre à tapisserie sur lequel travaillait Verity.

— Arabella, déclara celle-ci, de toute évidence surprise par l'arrivée inopinée de la jeune femme avec son neveu, et profondément alarmée pour son frère, je vous en prie, parlez-moi d'Edward. Je m'inquiète pour lui, et je suis impatiente de savoir ce qui lui est arrivé.

Arabella baissa la tête et tenta de chasser la grosse boule qui obstruait sa gorge.

— Les nouvelles que j'apporte sont si mauvaises que je ne sais trop par où commencer.

Verity s'assit en face d'elle et serra les mains sur ses genoux pour les empêcher de trembler. Tendue tel un arc, elle s'attendait à entendre le pire concernant son frère.

— Parlez, je vous en prie. Je me sens tellement coupée de tout depuis que nous sommes en France que je n'ai pas la moindre idée de ce qui se passe en Angleterre. Et, malheureusement, il s'agit toujours de mauvaises nouvelles que l'on m'apporte. Nous avons entendu parler d'une bataille, à Worcester, il me semble. On dit que c'est la dernière de la guerre, et que le jeune roi Charles est en fuite.

Arabella soupira lourdement, soulagée que son voyage soit enfin terminé. Les difficultés qu'elle avait rencontrées, combinées avec son impuissance à aider Edward, n'avaient en rien amélioré son moral. Elle n'avait pas dormi depuis son départ de Bristol, et n'avait presque rien mangé tant elle était abattue.

— Dites-moi, Arabella, insista doucement Verity, dévorée d'inquiétude. Ne m'épargnez pas. C'est mon unique frère, et je le chéris tendrement. Vous devez tout me raconter.

Arabella releva la tête et la regarda avec une expression de compassion telle qu'elle vit Verity trembler légèrement.

— Il a été arrêté à Bristol avant que nous ayons pu embarquer. Je crois qu'ils l'ont emmené à Londres. Je… je crains pour sa vie.

Verity la dévisagea fixement, poussa un petit cri et se leva d'un bond, puis se prit le visage dans les mains. Elle se mit à arpenter dans la pièce, et revint en face d'Arabella.

— Que pouvons-nous faire ? Y a-t-il quoi que ce soit qui pourrait le sauver ?

Arabella fit un signe de dénégation.

— Je ne vois pas comment l'on pourrait intervenir. Voyez-vous, l'homme qui l'a arrêté est le colonel Lister, Malcolm Lister. Je… je crois qu'il existe une terrible rancœur entre eux.

Verity pâlit aussitôt, et s'effondra sur la chaise qu'elle venait de quitter.

— Malcolm Lister ? Mais il hait mon frère ! Depuis qu'il a épousé Anne… Il ne lui a jamais pardonné de s'être mariée avec un royaliste.

— Oui, Edward me l'a dit. Il m'a aussi expliqué que, la femme de Malcolm Lister étant stérile, il voulait faire de Dickon son héritier.

Elle poursuivit en détaillant les circonstances qui avaient conduit Edward à Bircot Hall, sa fuite de Worcester, et sa décision de tenter de gagner la France avec Dickon.

— Craignant d'être arrêté, Edward m'a demandé de l'aider, poursuivit-elle. Il m'a prié de venir vous trouver avec Dickon et de vous le confier, s'il venait à être capturé.

Verity ne perdait pas une miette de la conversation, et reprit la parole quand Arabella eut terminé son récit.

— Vous avez été très courageuse de conduire Dickon jusqu'à Paris, Arabella. En tant que sa tante, je vous en serai éternellement reconnaissante. Il sera en sécurité ici avec nous. Le voyage a dû être éprouvant pour vous.

— Je ne m'attendais pas à ce que cela soit facile. Nous avons subi des privations, mais nous nous en sommes bien sortis.

— Je me souviens à quel point mon frère vous a mal traitée

par le passé et je suis surprise que vous ayez consenti à lui venir en aide, s'étonna Verity.

— J'étais heureuse de le faire. Après Worcester, la situation est devenue désespérée. Le bien-être de Dickon me préoccupait beaucoup.

— Il semble vous être très attaché, Arabella. Pauvre petit, sans mère. Je ne l'ai pas vu depuis qu'il était bébé. Comme je regrette de ne pas l'avoir pris avec nous quand nous sommes partis pour la France ! Mais tout s'est passé si vite lorsque mon mari a décidé de quitter l'Angleterre ! Comment va-t-il ?

— C'est un petit garçon très calme et très sérieux, trop sérieux peut-être. Cela lui fera du bien d'être avec vous, et je suis certaine que vos enfants l'aideront à s'épanouir. Il n'a même pas trois ans, et il a déjà vécu tant de tragédies dans sa jeune vie !

— Vous avez raison. La compagnie d'autres enfants lui sera bénéfique. Il faudra que vous fassiez leur connaissance un peu plus tard. Mais vous, Arabella ? J'ai appris que vous vous étiez mariée.

— Oui, répondit-elle, réticente à évoquer John.

Elle avait été si absorbée par tout ce qui s'était passé après l'arrestation d'Edward qu'elle n'avait pas pensé à lui un seul instant. Mais en se remémorant la lettre de Robert et les insinuations de Malcolm Lister, elle se demanda si elle n'en apprendrait pas plus maintenant qu'elle était à Paris. Se pourrait-il qu'il y ait une once de vérité dans ces hypothèses selon lesquelles il serait toujours vivant ?

Jusqu'à ce qu'elle en sache plus, elle garderait néanmoins ses craintes pour elle.

— Quand mon mari a été tué au combat, je suis venue vivre avec Alice à Bircot Hall, expliqua-t-elle.

— Je suis désolée de l'apprendre, dit Verity en soupirant. La guerre a fait tant de veuves ! Et je dois vous avouer que la vie est difficile pour les exilés à Paris. Nous n'avons pas tous nos serviteurs, et nous occupons cette petite maison sans y être vraiment installés. Au début, nous étions optimistes, persuadés que nous avions bien fait de quitter l'Angleterre. Mais cet optimisme est déjà en train de retomber. L'argent reste la clé absolue de toute chose. Les courtiers sont obsédés par leurs pertes à force de prêter sans être remboursés, et il est de plus en plus difficile de les solliciter. Nous sommes tous sans le sou, contraints de vivre de la charité des Français et de nos parents en Angleterre qui peuvent se permettre d'envoyer de l'argent. Mais cela suffit. Dites-moi plutôt dans quelles circonstances vous avez revu Edward, et j'aimerais aussi avoir des nouvelles d'Alice.

Quand Arabella eut terminé de dresser un portrait complet des derniers événements à Verity, tout en cachant bravement son anxiété vis-à-vis d'Edward, cette dernière s'attela à installer confortablement Dickon et Arabella.

Sir Gregory Rainsford, son époux, rentra à la maison après avoir rendu visite à des compatriotes exilés. De taille moyenne, les cheveux châtains commençant à grisonner, avec des yeux noisette très doux, il souhaita la bienvenue à Arabella avec autant de chaleur et de gentillesse que Verity.

Idéaliste et plein d'espoir, il avait bravement combattu pour le roi au début de la guerre. Mais il avait très vite réalisé que cette guerre n'avait rien d'une aventure glorieuse, et son idéalisme n'avait pas survécu à l'exécution du roi. Incapable de se conformer aux lois et règles du Parlement, et dans l'attente de jours meilleurs, comme bien d'autres royalistes, il avait emmené sa jeune famille en France, espérant ainsi ne pas avoir à subir la tyrannie d'Oliver Cromwell.

Gregory fut extrêmement inquiet d'apprendre qu'Edward avait été emprisonné.

— Que peut-on faire pour l'aider ? demanda Verity à son mari. Je ne supporte pas l'idée de le savoir à la merci de Malcolm Lister. Nous ne pouvons pas l'abandonner ! s'exclama-t-elle, les lèvres tremblantes, les yeux emplis de larmes. Et d'ailleurs, il a peut-être même déjà été exécuté, pour ce que nous en savons ! Je prie pour que ce ne soit pas le cas ! ajouta-t-elle, la gorge serrée.

— Courage, ma chère, dit son mari en lui passant un bras réconfortant autour des épaules. Je ferai tout mon possible pour apprendre ce qu'il lui est arrivé. Des agents circulent en permanence de part et d'autre de la Manche. Après le désastre de Worcester, les prisons sont bondées. Ce ne sera pas facile de le retrouver, mais je m'y emploierai de mon mieux.

Il se tourna vers Arabella.

— Entre-temps, Arabella, vous êtes la bienvenue et vous pouvez rester chez nous aussi longtemps que vous le souhaitez.

Des larmes de gratitude lui montèrent aux yeux.

— Je vous remercie, vous êtes très gentil, mais je ne veux pas me rajouter à vos soucis. Maintenant que Dickon est en sécurité, j'ai l'intention de rentrer en Angleterre dès que ce sera possible. Je ne peux pas demeurer ici, en sécurité à Paris, tant que… tant que…

Elle bredouilla et se mordit les lèvres, de crainte de trop révéler ses sentiments vis-à-vis d'Edward. Mais elle avait tort de s'inquiéter. Verity lui adressa un sourire entendu, car elle avait déjà tout deviné.

— Tant qu'Edward est en danger de mort, conclut-elle.

Arabella hocha la tête.

— Oui. Je… je crois que je deviendrais folle si je devais vivre dans l'incertitude, avoua-t-elle, reconnaissant ainsi son inclination.

Verity pencha la tête de côté, et la dévisagea pensivement.

— Je crois que vous avez des sentiments pour mon frère, Arabella.

Elle rougit et baissa les yeux. Elle aurait aimé nier les allégations de Verity selon lesquelles elle s'intéressait à Edward, ou lui à elle, mais elle ne pouvait le dissimuler devant la perspicacité de sa sœur.

— Je… je sens que si je peux être proche de lui, je trouverai un moyen de l'aider, se défendit-elle.

— Il a de la chance, quoiqu'il ne mérite pas tant de considération de votre part alors qu'il s'est si mal comporté autrefois, rétorqua Verity avec un sourire taquin.

— J'ai laissé tout cela derrière moi. Je comprends pourquoi il a agi ainsi. Je ne lui ai pas entièrement pardonné, mais, sa vie étant en jeu, j'estime que l'heure n'est pas aux récriminations mesquines.

— Je conçois votre hâte de retourner en Angleterre, ajouta Gregory, mais je vous conseille d'attendre jusqu'à ce que j'obtienne des informations sur son sort.

— Mais n'est-il pas difficile de circuler, compte tenu des tensions en Angleterre en ce moment ? s'étonna Arabella.

— Les gens auxquels je pense ne se laissent pas arrêter par les obstacles. Vous ne pouvez pas errer dans Londres en posant des questions à tout-va. Une femme seule serait la proie de bien des dangers. Quand nous en saurons plus, il se présentera peut-être une opportunité de l'aider et, si tel est le cas, nous en tirerons avantage. Je m'occuperai ensuite d'organiser votre voyage à Londres avec une personne digne de confiance.

Arabella fut submergée de gratitude devant cette aide inespérée. Si elle devait se montrer honnête avec elle-même, elle reconnaissait volontiers qu'elle redoutait de devoir rentrer à Bircot Hall et d'y mener sa vie comme si Edward n'avait jamais existé.

— Je vous suis très reconnaissante, monsieur. Et je suis infiniment désolée de m'imposer ainsi.

— Quelles sornettes ! s'écria Verity en lui prenant la main pour la faire se lever de sa chaise. Je serai ravie de votre séjour. Vous n'avez pas la moindre idée à quel point je rêve de bavarder avec une compatriote qui me donnera des nouvelles du pays. Bien, maintenant allons voir ce que fait Dickon. Et il nous faut vous trouver des vêtements corrects. J'aimerais également avoir des détails sur vos retrouvailles avec Edward. Et pendant que vous serez à Paris, nous allons vous présenter d'autres exilés, et vous pourrez rencontrer l'un d'eux en particulier, Robert Stanhope, le mari d'Alice. Il vit à Saint-Germain-en-Laye, et s'inquiète tous les jours pour sa femme et ses enfants.

Arabella sentit son moral remonter quelque peu. Quel plaisir ce serait de revoir Robert, et d'apaiser ses craintes concernant sa famille ! Quoique, si l'on découvrait qu'Alice abritait un fugitif, elle risquerait de gros ennuis. Elle pria pour que Stephen se remette vite, et prenne lui aussi rapidement le chemin de Paris.

Cette nuit-là, alors qu'elle dormait pour la première fois dans un lit digne du confort de ceux de Bircot Hall, vite plongée dans le sommeil grâce à son matelas moelleux, elle rêva qu'elle était à Londres, prête à ouvrir les portes de la prison d'Edward pour le libérer.

Il était presque 22 heures. Un croissant de lune éclairait le ciel, souvent obscurci par des lambeaux de nuages. Une brise légère agitait les hautes herbes qui bordaient l'étroit cours d'eau tout près de l'endroit où les soldats avaient établi leur camp pour la deuxième fois.

Ils se trouvaient à l'orée d'un village, à une centaine de mètres à peine d'une hostellerie animée. Edward avait les poignets à vif à cause de la corde qui le serrait cruellement. Les soldats ne lui laissaient aucun répit, et Malcolm Lister prenait un plaisir sadique à observer ses souffrances.

Edward pensait sans cesse à Arabella, et à cette nuit exquise qu'ils avaient passée ensemble. Leur union n'avait rien eu d'ordinaire. Cela n'avait pas été que la rencontre charnelle de deux corps, mais bien plus que cela. Oh, tellement plus ! Une recherche, une découverte, un plaisir croissant sans cesse, une abstraction de la réalité. Puis bien autre chose qu'une explosion de plaisir : une joie pure, parfaite et paisible, qu'il n'avait jamais connue avec aucune femme auparavant.

Et une seule image lui restait en tête et le hantait : l'expression qui lui brisait le cœur de son ravissant visage quand il avait été arrêté. Cela le torturait, ainsi que le souci qu'il se faisait pour elle.

Avait-elle réussi à embarquer pour traverser la Manche avec Dickon ?

La plus grande partie de son escorte était partie se désaltérer après la longue journée. Un homme revint avec de la nourriture pour le prisonnier et les trois soldats affectés à sa garde.

Fatigué, et impatient de goûter au repas servi à l'hostellerie, le colonel Lister donna ses ordres aux gardes.

— Détachez-le et laissez-le manger, dit-il.

— Mais, messire, objecta l'un des soldats, inquiet, il pourrait tenter de s'échapper !

Le colonel lui tendit un pistolet.

— Il ne s'échappera pas. S'il essaye, tirez-lui dessus, ordonna-t-il en jetant un regard glacial à Edward. Et remettez-lui ses liens quand il aura mangé.

Il partit rejoindre les soldats à l'hostellerie, où une dispute venait d'éclater devant la porte entre des gens du village qui avaient abusé de la bière. Ils brandirent vite les poings, des insultes fusèrent et une rixe s'ensuivit. Les soldats qui s'étaient arrêtés pour regarder encouragèrent bruyamment les combattants.

Débarrassé provisoirement de ses liens, le corps endolori par la longue chevauchée, Edward se dégourdit les membres, afin de bien faire circuler le sang avant sa fuite imminente. Les soldats étant momentanément distraits, c'était là l'occasion parfaite, peut-être la seule qui se présenterait jamais. Il ne crut pas en sa chance lorsque deux de ses gardes, en entendant les cris et les rires gras qui s'élevaient de la bagarre, décidèrent de s'approcher pour mieux voir ce qui se passait.

Quand l'unique soldat qui restait, un tout jeune homme, lui tendit son repas, Edward profita du moment. Il le prit et le jeta au visage du garde. Il lui saisit alors aussitôt le bras et lui tordit dans le dos. Le jeune homme tenta de tirer un coup avec son pistolet pour donner l'alarme, mais Edward levait déjà son poing et lui assena un coup puissant à la mâchoire. Sa tête dodelina, le pistolet lui échappa et il s'écroula par terre, inconscient.

Sa main l'élançant sauvagement, Edward ramassa l'arme et se dirigea vers les chevaux. Il choisit le gris qui appartenait à Malcolm Lister, le seul qui était resté sellé.

Il le conduisit à couvert des arbres, passant inaperçu dans la pénombre, et s'éloigna discrètement à la faveur du vacarme aux abords de l'hostellerie.

En sortant du bosquet, il recommença à respirer. Il enfourcha le cheval et s'enfuit vers le sud, dans l'espoir de trouver un bateau n'importe où sur la côte, qui lui ferait traverser la Manche.

Quand Malcolm Lister découvrit que son prisonnier s'était évadé, il bouillonna de rage. Il ordonna à ses hommes de se lancer à sa recherche, et se mit immédiatement à sa poursuite.

Après deux jours de traque et aucune trace du fugitif, son cheval épuisé le désarçonna. Malcolm Lister heurta violemment la tête sur le sol, et perdit connaissance.

Verity était toujours occupée et s'intéressait à tout ce qui se passait autour d'elle. A Paris, elle veilla à ce qu'Arabella rencontre de nombreux exilés royalistes fréquentant la cour. Les conversations tournaient invariablement autour de leur retour en Angleterre et la poursuite du combat pour rétablir le roi sur son trône. Ils semblaient incapables de parler d'autre chose, mais trouvaient néanmoins le temps de se divertir.

La France était elle-même prise dans les affres d'une guerre civile, qui avait éclaté en septembre. De ce fait, la famille royale était fort déstabilisée et très inquiète, ce qui rejaillissait sur tout son entourage, dont les exilés anglais et la reine Henrietta Maria, princesse de sang royal français et veuve de Charles Ier d'Angleterre. De nombreux exilés s'enrôlaient dans l'armée française.

Laissant les enfants aux soins de Pauline, Gregory emmena Verity et Arabella à Saint-Germain-en-Laye, à l'ouest de Paris, qui hébergeait un grand nombre de royalistes anglais. Il s'était en effet arrangé pour qu'Arabella puisse rencontrer Robert Stanhope.

Alors qu'ils avançaient sous les arbres du parc qui entourait le magnifique château, elle reconnut Robert au milieu d'un groupe de cavaliers qui rentraient de la chasse au faucon.

Lorsqu'il l'aperçut, il quitta le groupe et s'avança au pas vers elle. Il descendit de sa monture et ôta son chapeau à plume dans un ample geste chevaleresque avant de la saluer chaleureusement, visiblement enchanté de la voir. Il était très grand, avec de longs cheveux blonds et des yeux gris clair, et elle se sentait toujours minuscule dès qu'elle se retrouvait à ses côtés.

— Je dois confesser que je suis surpris de vous voir en France, Arabella. J'espère que vous allez bien.

— Très bien, je vous remercie, Robert.

— Et j'ai cru comprendre que vous résidiez chez Gregory et Verity.

— Pour le moment.

— Allez, venez, dit-il en lui prenant le bras. Bavardons un peu, et vous me raconterez tout ce que je brûle de savoir.

Respectant leur besoin d'intimité, Verity et Gregory leur emboîtèrent le pas à quelque distance, bras dessus bras dessous.

— Et Alice et les enfants ? s'enquit Robert, impatient d'avoir des nouvelles de sa femme et de Bircot Hall. Nous nous écrivons, mais la poste n'est pas fiable. Cela fait des semaines que je n'ai pas de nouvelles. Et lorsqu'une lettre arrive enfin, j'ai le sentiment qu'elle ne me dit pas tout, de peur de me contrarier.

— Alice va très bien, tout comme les enfants, même si vous lui manquez cruellement. Dieu merci, elle a réussi à éviter la mise sous séquestre, et elle paye les amendes qui lui sont imposées, non sans difficulté.

— J'ai toute confiance dans les capacités d'Alice à diriger et à défendre Bircot Hall avec efficacité. Mais je me sens tellement misérable d'être si loin et de la laisser se charger de tout alors que suis oisif à Paris malgré moi ! Cela a été un réconfort de vous savoir là-bas pour l'aider, un cadeau du ciel, m'a-t-elle confié, même si j'ai été réellement désolé d'apprendre la mort de John à St Fagans, puis celle de votre fille aussitôt après. Vous avez vécu des épreuves terribles, Arabella, déclara-t-il en la regardant avec gravité.

— Cela a été difficile, mais Alice m'a aidée à faire face, et Margaret aussi, bien sûr.

Ils marchèrent en silence pendant un moment, puis, incapable de refréner la curiosité que la lettre que Robert avait envoyée à Alice avait éveillée, elle reprit la parole.

— A propos de votre lettre à Alice, Robert, vous… vous y aviez mentionné un homme nommé Fairburn, qui serait soldat dans l'armée française.

— Oui, en effet. J'ai pensé que c'était une coïncidence, et je me suis simplement demandé si cela pouvait être un parent de votre mari.

— Avez-vous appris quoi que ce soit d'autre sur lui ?

— Non, répondit-il en secouant la tête. Mais je dois être honnête avec vous, Arabella, je n'y ai guère pensé. Si j'en sais plus, je vous le ferai savoir, je vous le promets.

— Merci, Robert, j'apprécierais cela.

— Gregory m'a expliqué ce qui vous a amenée en France, et qu'Edward Grey a été arrêté.

— Oui. Il a été conduit à Londres. Gregory va essayer de découvrir le sort qui lui a été réservé.

— Vous lui aviez été promise autrefois, Arabella, poursuivit-il en la dévisageant d'un air interrogateur. Je trouve étrange que vous vous soyez retrouvés tous les deux ensemble à traverser ces épreuves.

Arabella lui résuma rapidement les événements qui avaient conduit Edward à Bircot Hall et leur voyage à Bristol. Il écouta attentivement, très préoccupé.

— Et vous me dites que votre frère se trouvait encore confié aux bons soins d'Alice lorsque vous êtes partis de Bircot Hall ?

— Oui. Stephen a été grièvement blessé à Worcester.

— Espérons qu'il ne sera pas découvert. Alice et Margaret auraient de graves ennuis si l'on apprenait qu'elles abritent un fugitif.

— Elles le savent, mais Stephen est notre frère, et Alice fera tout son possible pour assurer sa sécurité. Et je pense que Margaret veillera à ce qu'il ne lui arrive rien, ajouta-t-elle en souriant. Elle s'occupe de lui nuit et jour.

Robert quitta son expression préoccupée en entendant cela.

— Margaret ? Ma petite sœur elle-même ? s'exclama-t-il.

Arabella éclata de rire.

— Elle n'est plus si petite maintenant, Robert. Et je dois dire que son visage s'illumine dès que l'on mentionne le nom de Stephen.

— Alors, j'espère qu'il restera auprès d'elle jusqu'à ce qu'ils réalisent qu'ils ne peuvent plus se passer l'un de l'autre. Margaret n'est pas faite pour une vie de piété.

— Je suis d'accord. Stephen s'est avéré une grande distraction pour elle. Quels sont vos projets, maintenant que les combats sont terminés, Robert ? Allez-vous demeurer en France ?

— Je n'ai guère le choix pour le moment. Si je rentre en Angleterre, je serai arrêté.

— Ne serait-ce pas possible que le Parlement accorde le pardon aux exilés, et qu'ils puissent retourner en Angleterre ?

— Il faut attendre de voir la tournure que vont prendre les événements.

— Que feriez-vous dans ce cas ? Partiriez-vous ?

— Oui, répondit-il en hochant la tête. J'en ai terminé avec la guerre. Je ne supporte pas d'être séparé d'Alice. Si elle venait me rejoindre et que Bircot Hall n'était plus occupé, toute la propriété serait confisquée. Le domaine est dans ma famille depuis cinq générations. J'aurais le cœur brisé de le perdre. Donc je rentrerais, et je m'accommoderais au mieux de la vie sous les règles du Parlement.

Arabella pensait de même. Elle aussi en avait assez de ces conflits qui n'avaient que trop duré en Angleterre, tout cela à cause de la croyance inébranlable du roi selon laquelle il était de droit divin.

Gregory et Verity étaient des figures populaires parmi les exilés. Heureux de voir un nouveau et joli visage arriver parmi eux, leurs amis se disputèrent la présence d'Arabella, et elle fut sollicitée de toutes parts pour la moindre festivité. Ils étaient fréquemment invités dans un salon ou un autre, où elle fut présentée à de nombreux gentilshommes séduisants et à des femmes élégantes, qui, en permanence désœuvrées, passaient le temps en vains divertissements.

Les jours se transformèrent en semaines, et s'écoulèrent dans une sorte de brouillard indistinct. Elle n'avait toujours aucune nouvelle d'Edward. Mais il était également encourageant de ne rien entendre suggérant une éventuelle exécution.

— Gardez la foi, Arabella. Mon frère a un caractère bien trempé. Il ne cédera pas sans se défendre, l'assura Verity avec un léger sourire.

Elle l'ignorait si cette déclaration était censée la rassurer, mais elle ne calma en rien son inquiétude.

Elle se plongea dans la vie mondaine avec Verity, passa de longues heures à jouer avec les enfants, et cherchait sans cesse de nouvelles activités afin d'éviter de penser à Edward.

Mais la nuit, dans le calme de sa chambre, elle restait éveillée à contempler le plafond, se remémorant chaque instant passé avec lui, cette nuit merveilleuse et les paroles tendres et affectueuses qu'il lui murmurait à l'oreille quand ils faisaient l'amour.

Au milieu du mois d'octobre, le roi Charles, qui avait réussi à s'enfuir, rejoignit sa mère la reine Henrietta Maria en exil. Il reçut un accueil enthousiaste, mais apparut sombre et déprimé.

Que lui était-il arrivé depuis Worcester ? Où était-il allé ? se demandait son entourage. Il lui avait fallu six semaines pour atteindre la France. On spéculait beaucoup dans le milieu des courtiers anglais sur la vérité concernant l'organisation de sa fuite. Mais il ne révéla pas les noms des hommes courageux et intrépides qui l'avaient aidé, craignant de les mettre en danger.

Dépourvu de moyen de subsistance, il dépendait d'une pension allouée par le gouvernement français.

Les exilés royalistes n'avaient pas gagné la guerre, certes, mais ils avaient enfin de quoi se réjouir : leur roi Charles était sain et sauf. Pour le moment, tous ces exilés appauvris ne laisseraient pas leur manque d'argent interférer dans leurs plaisirs.

Tout le monde était pris dans un tourbillon splendide de bals, de fêtes et de mascarades.

Quatre semaines après l'arrestation d'Edward, Arabella commença à soupçonner qu'elle était enceinte. C'était la seule explication qu'elle trouvait à l'absence de son inconfort mensuel. Elle ne voulait pas que quiconque le sache, et mit sa nausée sur le compte de quelque chose qu'elle avait mangé. Mais elle se mit à rêver du bébé, de l'homme qui était son père sans être son mari, et repensa à la passion et à la tendresse qui avaient présidé à sa conception. N'ayant toujours rien entendu sur une éventuelle exécution, elle avait toutes les raisons de penser qu'Edward était encore vivant. Et son cœur faisait des bonds d'allégresse à cette idée.

Comment réagirait-il quand elle le lui dirait ? Serait-il heureux ? Excité ?

Et ferait-il d'elle son épouse ?

Plus Arabella passait de temps avec Verity, plus celle-ci l'impressionnait. Verity vivait à Paris depuis si longtemps qu'elle était au courant d'absolument tout. Quand elle lui parla du bal qui se tiendrait au Palais Royal, résidence de la reine Henrietta Marie, Arabella aurait préféré ne pas y assister.

Elle ne s'intéressait pas le moins du monde aux divertissements creux des exilés, ni ne se souciait d'être admirée. Comment pouvait-elle manger, faire la conversation avec politesse et danser comme si tout allait pour le mieux alors qu'elle ignorait ce qui était arrivé à Edward ? Cependant, Verity, emportée par sa vague d'activités et désireuse de se montrer à un événement où la famille royale française serait présente, ne voulut rien entendre de ses objections, aussi Arabella finit par se laisser convaincre.

— Mais… que vais-je porter ? demanda-t-elle. Je n'ai rien qui convienne pour une telle occasion.

Verity réfléchit un moment, son visage expressif laissant transparaître ses pensées. Puis elle claqua des doigts.

— Laissez-moi m'en occuper. J'ai plusieurs robes qui vous iraient parfaitement. Je ne suis pas aussi svelte que vous, mais je suis sûre que l'une d'elles pourra être retouchée à vos mesures. Elle ne sera peut-être pas aussi somptueuse que certaines robes des ladies présentes à ce bal, mais c'est la femme qui la porte qui lui en confère tout l'éclat, ne l'oublions pas !

Avec le danger d'être surpris à tout moment, Edward avait surtout voyagé à la faveur de l'obscurité, se reposant durant la journée dans des granges ou les sous-bois, souvent pendant plusieurs jours d'affilée car les soldats du Parlement étaient partout. Par bonheur, il avait de l'argent sur lui, et pouvait donc se procurer de quoi manger.

Il lui avait fallu presque quatre semaines pour arriver à Bridport, un petit village de pêcheurs sur la côte du Dorset, où il avait fini par trouver un patron de pêche d'un bateau côtier qui le conduirait en France, pour la somme de vingt livres.

Il avait accosté à Cherbourg et réussi à acheter un cheval pour son voyage vers Paris. En passant à Saint-Germain-en-Laye, il rencontra Robert Stanhope qui l'informa qu'Arabella était encore à Paris et séjournait chez Verity et Gregory. Après avoir pris un bain, ce dont il avait bien besoin, et emprunté des vêtements propres à Robert, il réfléchit à ce qu'il allait faire ensuite.

Ce serait certainement un choc pour Arabella s'il se présentait devant elle sans l'avoir prévenue de son arrivée. Il pensa tout d'abord à envoyer un message chez sa sœur. Mais il était tellement impatient de voir son fils et Arabella, de la serrer dans ses bras, ainsi que Verity, et d'apaiser toutes leurs inquiétudes, puis de sécher leurs larmes quand elles réaliseraient qu'il était vivant, qu'il décida de s'y rendre directement.

Il fut atrocement déçu quand Pauline lui expliqua que sir Gregory, son épouse et lady Fairburn s'étaient rendus à un bal au Palais Royal. Impatient de voir Dickon, il apprit qu'il était au lit et, après avoir vu sa petite forme endormie sous les couvertures, il prit la direction du Palais Royal.

L'endroit était bondé de chevaliers et d'aristocrates de toutes sortes, qui s'y pressaient comme dans une fourmilière. La magnifique bâtisse abritait non seulement la reine Henrietta Maria et sa suite, mais aussi une vaste foule d'Anglais et leurs familles, tous réfugiés en France en raison de leur soutien à la cause royaliste, et qui tous estimaient devoir être soutenus à leur tour.

Les corridors étaient emplis de monde, et la salle de bal débordait littéralement d'invités.

Campé sur le seuil, il prit un moment pour observer la scène brillante et colorée offerte par les lords et les ladies dans leurs plus beaux atours. L'atmosphère était saturée de fragrances de parfums et de poudre à perruque. On entendait des cliquetis de verres dans les pièces adjacentes, le bruit des jeux de cartes que l'on mélangeait, et de dés entrechoqués tandis que les exilés essayaient de se distraire de leur vie oisive et monotone.

Des dizaines de couples évoluaient dans la salle, déployant autant de grâce et de dignité qu'il leur était possible, en rythme avec la musique.

N'étant guère amateur de ce genre de festivités, la chaleur et les odeurs de transpiration de tous ces corps pressés les uns contre les autres mêlées aux relents de parfum et de vin lui donnèrent la nausée.

De nombreuses femmes exhibaient des décolletés sans vergogne et plaisantaient ou badinaient ouvertement avec maris et amants sans distinction.

Il balaya la salle du regard, les lèvres retroussées de dédain, et en conclut que les batailles qu'il avait livrées étaient bien moins intimidantes qu'un bal au Palais Royal.

De nombreux invités le reconnaissaient. Ayant entendu des rumeurs sur sa capture, et surpris de le voir à Paris, ou même de simplement le voir vivant car on s'attendait à ce qu'il soit condamné à mort, ils lui firent un accueil chaleureux une fois leur surprise passée.

En s'avançant dans la salle, il sentit tous les regards tournés vers lui, ceux des femmes encore plus prédateurs que ceux des hommes. Elles lui souriaient tandis qu'il se frayait un chemin dans la foule, et une lady vêtue d'une robe corail qui ne cachait rien de ses formes eut l'audace de l'accoster.

— Eh bien, sir Edward Grey, susurra-t-elle en battant des cils tout en agitant gracieusement son éventail, venez-vous d'arriver à Paris ?

Il ne répondit pas, néanmoins elle poursuivit sans se démonter.

— Certainement, sans cela nous l'aurions su. Quel plaisir de vous voir ! J'espère que vous allez vous établir ici durablement.

N'ayant pas la moindre idée de l'identité de cette femme, il lui répondit poliment, mais ses yeux restèrent de glace.

— J'espère sincèrement le contraire. Veuillez m'excuser, je vous prie, dit-il en l'éconduisant avant de reprendre sa progression dans la foule, rassuré de constater ainsi qu'en dépit des ravages de la guerre et des privations qu'il avait endurées depuis son évasion, il avait encore de l'allure. Dieu du ciel, pourvu qu'Arabella pense la même chose ! songea-t-il aussitôt.

Il repéra tout d'abord Verity, et se réjouit de constater combien elle était charmante. Il la détailla un long moment avant de regarder la femme qui se tenait sereinement à son côté.

Elle retint toute son attention, car ce qu'il découvrit lui coupa le souffle. Ce fut à cet instant précis qu'il comprit combien elle comptait pour lui, et l'idée qu'elle pût disparaître de sa vie une fois de plus lui fut insupportable.

Arabella portait une robe élégante à manches longues, qui lui découvrait les épaules, en satin brillant bleu saphir, ajustée à la taille. Les rondeurs de sa poitrine sous le corset attiraient le regard et, si un homme ne voyait pas comme cette robe la mettait en valeur, soit il était aveugle, soit déjà mort ! Sa magnifique chevelure, qu'il mourait d'envie de caresser, était coiffée en boucles serrées, encadrant son ravissant visage avant de cascader sur ses épaules.

Mais ce fut son visage qui le fit suffoquer, lui qui avait été privé si longtemps des charmes de la gent féminine ! Elle était la créature la plus charmante et élégante qu'il avait jamais vue. Des boucles d'oreilles en perles en forme de goutte caressaient ses joues et attiraient l'œil. Edward n'avait jamais été aussi jaloux d'un bijou qu'en cet instant.

Sous le rideau épais de ses cils sombres, ses yeux couleur d'ambre ensorceleurs parcouraient la salle en toute innocence, totalement inconscients de leur pouvoir de séduction. Sa bouche généreuse rose pâle était légèrement entrouverte, comme dans l'attente d'un baiser, tout en tenant à distance d'un seul regard les admirateurs attirés par cette vision, tel le métal happé par l'aimant, en les avertissant ainsi de ne pas trop s'approcher.

Comment réussissait-elle à être aussi séduisante et provocatrice tout en restant intouchable ? Ce contraste et le fait qu'elle ignorait tout de l'effet qu'elle dégageait ne faisaient qu'ajouter à son charme irrésistible.

Il attendait le moment où elle tournerait la tête et se rendrait compte de sa présence.

Soudain, comme si elle avait senti son regard posé sur elle, elle tourna lentement la tête et croisa son regard. Elle sembla se figer, puis devint blême, et le regarda pétrifiée s'avancer vers elle, les yeux braqués dans les siens.

Chapitre 7

Muette de stupéfaction, Arabella resta immobile tout en essayant de comprendre ce qui se passait. Elle avait peur de bouger, de crainte que cet homme qui hantait ses nuits et tourmentait ses jours ne disparaisse tandis qu'elle dévorait des yeux ce visage qu'elle chérissait tant. Son sommeil avait été troublé chaque nuit à cause de lui, ses rêves chargés de désirs inassouvis.

Ses cheveux sombres bouclant aux épaules, vêtu d'une redingote en velours noir à col blanc, il avait l'air plus séduisant et dangereusement désirable que jamais. Ses oreilles bourdonnèrent et elle chancela quelque peu.

A la fois excitée et heureuse, elle le regarda approcher, les yeux écarquillés et brillants de mille feux. Elle se sentit rayonner de tout son être tant elle était heureuse de le revoir. Pour la première fois depuis des années, elle avait l'impression d'être totalement vivante.

Se rappelant sa réticence à assister au bal, elle apprécia soudain le soin qu'avait pris Verity de son apparence, combien elle s'était donné du mal pour arranger sa coiffure en boucles sophistiquées avec un fer à friser et retoucher sa robe afin qu'elle lui aille parfaitement.

Elle avait envie de couvrir mentalement la distance qui les séparait, et de caresser son visage pour être sûre qu'il était bien réel, mais elle était tant passée récemment par une succession de peur, chagrin, choc et espoir que toute sa résistance était épuisée.

Elle remarqua immédiatement chez lui tous les changements depuis leur séparation. Rasé de près, il paraissait plus émacié après ses épreuves. Et il avait les yeux cernés, comme s'il avait peu dormi ces dernières semaines. Il lui sembla éprouvé, mais il était toujours aussi grand, aussi séduisant, comme chaque femme de l'assemblée semblait l'avoir remarqué après l'avoir dévoré des yeux. Des murmures doublés d'une certaine agitation l'entouraient. Quand il traversa la pièce, il fit naître une vague d'intérêt parmi les ladies, qui se penchaient ostensiblement sur son passage pour essayer d'attirer son attention, avant de faire des commentaires à leurs voisines derrière leurs éventails.

Verity l'avait également reconnu, et le regardait, paralysée, la main sur la gorge. Arrivant devant elles, il leur adressa un sourire qui éclaira aussitôt son visage sombre. Il prit la main de sa sœur et la porta à ses lèvres avant de la serrer dans ses bras. Ils ne dirent pas un mot avant qu'il ne la relâche.

— Dieu soit loué, chuchota Verity en lui caressant la joue avec affection, des larmes de soulagement et de joie lui montant aux yeux. Mais où donc étais-tu ? Nous étions si inquiets, tu avais été arrêté, et nous pensions…

— Le pire, j'imagine, coupa-t-il. J'ai réussi à échapper aux soldats qui me retenaient. Mais j'ai eu toutes les peines du monde à atteindre la côte sud et à y trouver un bateau pour me faire traverser la Manche. J'ai mis six semaines à gagner Paris, mais, comme vous pouvez le constater, je suis sain et sauf !

— Je remercie Dieu pour cela ! Es-tu d'abord allé à la maison ?

— Oui, ta servante m'a expliqué que tu étais partie assister à un bal au Palais Royal.

— As-tu vu Dickon ?

— Oui, mais il dormait.

— Comme doivent le faire tous les petits garçons à une heure pareille, plaisanta gentiment Verity. Dépêche-toi donc de saluer Arabella. Elle n'a pas cessé de se tourmenter, tant elle était inquiète pour toi. C'était très brave de sa part d'amener Dickon à Paris toute seule.

Verity se tourna vers Arabella, qui était incapable de cacher son plaisir et son soulagement de revoir Edward. Cela se lisait comme un aveu sur son charmant visage.

Ils restèrent tous deux silencieux, et ce silence s'éternisa alors qu'ils savouraient l'instant présent ainsi que leur attirance physique mutuelle.

— Merci de l'avoir protégé, Arabella, et de l'avoir conduit jusqu'ici. Je suis votre débiteur, bien plus que vous ne l'imaginerez jamais, dit-il enfin d'une voix chaude et hypnotisante.

Il lui tendit la main, impatient d'être seul avec elle.

— Venez marcher un peu avec moi. Si nous avons de la chance, nous trouverons peut-être un endroit tranquille. Veuillez nous excuser, déclara-t-il à la ronde.

Ils trouvèrent refuge dans la pénombre d'une pièce adjacente à la salle de bal, presque déserte. Ils s'approchèrent de la fenêtre et se dévisagèrent. Edward lui effleura doucement la joue du bout des doigts, sans la quitter des yeux.

— Etes-vous surprise de me voir, Arabella ?

— Evidemment ! s'exclama-t-elle. Je n'arrive pas à croire que vous êtes ici en chair et en os. Quand j'ai vu le colonel Lister vous arrêter, je n'ai plus nourri beaucoup d'espoir. Je me suis tant inquiétée pour vous, chuchota-t-elle, éperdue d'amour.

Il lui sourit, éclairé par un candélabre qui fit scintiller ses yeux braqués sur elle.

— Ne vous faites plus, Bella. Comme vous le voyez, je vous reviens sain et sauf.

— Comment avez-vous réussi à vous échapper ?

— Nous étions en route pour Londres. C'était la seconde nuit de ma captivité. J'ai profité d'un relâchement de la surveillance des gardes, et réussi à m'enfuir. Si vous saviez comme je craignais qu'il ne vous soit arrivé quelque chose, à vous et à Dickon ! poursuivit-il en souriant. Vous avez pu embarquer sur *L'Albion* sans problème ?

— Oui. Nous sommes arrivés au Havre sans encombre, et de là à Paris. Vous manquez beaucoup à Dickon, et il a été très difficile de lui expliquer pourquoi vous n'étiez soudain plus là. Une fois bien installé, et après qu'il a retrouvé toute sa joie de vivre et son insouciance, j'ai eu l'intention de rentrer en Angleterre, car je désespérais d'apprendre ce qui vous était arrivé, avoua-t-elle. Verity et Gregory m'ont persuadée de rester à Paris jusqu'à ce que nous sachions à quoi nous en tenir sur votre sort.

— Qu'ils en soient infiniment remerciés ! Ce qui m'a fait tenir, c'était de savoir que Dickon et vous étiez en sécurité à Paris. J'admire votre courage, Arabella.

— Mon courage ?

— Vous vous êtes acquittée de votre tâche avec la bravoure d'un soldat. Mais ce courage n'est pas la seule chose que j'admire chez vous, et si nous étions seuls je vous le montrerais.

Il jura tout bas quand un autre couple fit bruyamment irruption dans la pièce.

— Comme je déteste ce genre d'événements ! grommela-t-il en le suivant des yeux comme s'il allait l'assassiner.

Arabella éclata de rire.

— Ils ne font aucun mal ! Ils passent simplement une bonne soirée.

Elle le scruta avec attention, ne pouvant encore croire à sa présence. Ses yeux passant par différentes nuances de bleu, du plus vif au plus sombre, la privaient de tous ses moyens et elle ne parvenait plus à esquisser le moindre mouvement.

— Quand vous avez été emmené, j'ai cru… j'ai craint… reprit-elle en bredouillant.

Il prit sa main et la porta à ses lèvres. S'ils avaient été seuls dans la pièce, il l'aurait prise dans ses bras.

— Eh bien, Arabella, quelle imagination vous avez ! On ne me tue pas aussi facilement !

Il lui sourit pour essayer de la rassurer, réalisant aussitôt combien il la désirait.

— Depuis mon arrestation, je n'ai pensé qu'à vous, ajouta-t-il. Vous hantez mes rêves, et je me réveille en vous cherchant à mes côtés. Quand je suis arrivé et que je vous ai vue entourée d'admirateurs, ce qui n'est pas surprenant, pour la première fois de ma vie, j'ai été envahi d'une jalousie qui m'a transpercé tel un coup de couteau. Vous êtes belle, Arabella. Vous surpassez en beauté toutes les autres ladies présentes ce soir. Vous méritez d'être vêtue de soie et de satin, et parée de bijoux aussi scintillants que vos yeux.

Son compliment fit mouche. Arabella rougit d'une manière charmante. Ses paroles l'enveloppaient telle une couverture moelleuse et douillette.

— Pour être honnête, je n'avais aucune envie de venir au bal, rétorqua-t-elle. C'est Verity qui m'a convaincue de m'y rendre. Et les attentions de ces admirateurs dont vous parlez m'ont été très pénibles. Si seulement ils savaient combien je ne m'en soucie guère !

— Cela s'applique-t-il à moi également ?

— Non, bien sûr que non ! Et je crois que vous le savez fort bien. Vous êtes différent et, quand vous êtes arrivé, votre seule présence a écarté tous ces gentilshommes insistants.

— Vous me voyez donc comme votre chevalier servant, prompt à voler à votre secours, c'est cela ? se moqua-t-il gentiment.

Arabella lui adressa un sourire séducteur.

— En effet, d'une certaine manière. Je n'en ai jamais eu auparavant.

— Je suis flatté, ironisa-t-il.

— Je vous ai à peine reconnu, tout à l'heure, dit-elle en lui souriant. Vous êtes bien plus mince, et vous aviez une barbe quand nous avons été séparés.

— Et me préférez-vous avec, ou sans ?

Elle pencha la tête sur le côté, et le dévisagea malicieusement.

— Je crois que je vous préfère sans, répondit-elle. Ainsi, vous ne pouvez pas cacher si facilement ce que vous pensez, et vous devenez moins mystérieux.

— Dans ce cas, je cesserai de me raser, si vous lisez en moi si facilement quand je le suis ! s'exclama-t-il en s'esclaffant. J'aime assez l'idée d'être un homme mystérieux. Maintenant, venez danser avec moi.

Il plongea son regard dans le sien, et elle resta fascinée. Sa virilité animale était un assaut permanent à tous ses sens, et elle était incapable de lui résister. En cet instant, malgré le monde qui les entourait, ils se rendirent compte qu'ils avaient ravivé ce qui les avait embrasés en Angleterre, et échangèrent une promesse charnelle muette, aussi puissante que des vœux prononcés à voix haute.

— Dansez-vous ? demanda-t-il doucement.

Arabella le considéra d'un regard affligé.

— Je danse, certes. Evidemment ! Mon éducation a consisté à acquérir tous les talents nécessaires à une jeune lady pour briller en société. Quoique je n'aie eu ni le temps ni l'occasion de les mettre en pratique lors de ma vie conjugale avec John.

— Alors, nous ne pouvons qu'espérer que maintenant que vous êtes à Paris, vous pourrez rattraper le temps perdu.

Sans un mot de plus, les doigts tremblants, Arabella plaça sa main fine dans celle d'Edward. Alors que débutait une pavane, il la conduisit sur la piste de danse, bondée d'invités qui dessinaient des figures lentes au rythme de l'orchestre. Elle fut soulagée de ce tempo, comparé à la danse précédente très enlevée.

Quand elle était arrivée avec Verity et Gregory et découvert la scène du bal, elle était mal préparée aux couleurs chatoyantes et scintillantes qui l'avaient accueillie. Les exilés anglais rassemblés ici étaient peut-être appauvris, mais ils avaient encore belle allure. Que l'Angleterre serait morose et bien plus pauvre sans ces aristocrates!

Peu familière de ce genre de réception, elle avait eu l'impression que des centaines d'yeux étaient braqués sur elle, mais elle savait que ce n'était qu'un effet de sa nervosité. Elle avait plaqué un sourire sur son visage, supporté une série de présentations puis un défilé de gentilshommes avec lesquels elle avait dansé. Avant d'être entraînée sur la piste par son premier partenaire, elle avait senti la panique l'envahir. Elle avait espéré avec ferveur ne pas se rendre ridicule en oubliant les pas qu'elle avait appris enfant. Mais elle avait eu tort de s'inquiéter, comme elle s'en aperçut rapidement. Elle s'était comportée avec grâce et dignité et, en cet instant, alors qu'elle était en train de danser avec Edward, sa robe virevoltant en éclats étincelants autour de ses longues jambes, elle avait la sensation de voler au-dessus du sol comme si elle avait des ailes aux pieds.

Elle était fascinée par lui, rivée à ces yeux bleus, et, chaque fois qu'il lui touchait la main, une étrange énergie semblait s'insuffler en elle.

Son corps commença à réagir, et des sensations brûlantes l'assaillirent à l'évocation de leurs ébats. Elle eut quelques difficultés à ne pas perdre contenance. Ces désirs qui revenaient la troubler étaient ceux qu'il avait libérés, insatiables, quand il avait fait l'amour avec elle.

Le morceau se termina et, sans lâcher sa main, il la reconduisit vers Verity. Gregory les rejoignit, et ils décidèrent de se retirer dans une petite pièce pour prendre des rafraîchissements.

Alors qu'ils quittaient la grande salle de bal, Arabella eut la curieuse sensation d'être observée et repéra un mouvement rapide du coin de l'œil. Tournant vivement la tête, elle eut le temps d'apercevoir une silhouette disparaître dans la foule au bord de la piste de danse.

Elle se persuada que ce n'était rien, mais elle sentit un frisson lui traverser l'échine.

Leur verre à la main, le petit groupe se retira vers une table tranquille où il pourrait parler en toute quiétude. Gregory proposa un toast.

— A ta liberté, Edward ! C'est bon de te retrouver parmi nous.

Celui-ci hocha la tête avant de lever son verre à son tour.

— Et à la santé, à la bonne fortune. Qu'il ne s'écoule pas trop de temps avant que l'Angleterre réalise son erreur de soutenir Cromwell et rétablisse le roi sur son trône !

Arabella remarqua le froid éclat métallique dans ses yeux, et son cœur battit la chamade.

— Edward, ne me dites pas que vous allez continuer à vous battre ! s'exclama-t-elle.

Il la regarda et fit un signe de dénégation.

— Non, Arabella. Soyez rassurée, la guerre est finie. Les royalistes sont ruinés, leurs domaines sous séquestre. Il n'y a plus d'argent pour continuer le combat, et la France est occupée à ses propres conflits. De plus, comme tous les autres pays d'Europe, elle piaffe d'impatience de faire des affaires avec le nouveau gouvernement anglais. Nous ne pouvons qu'espérer que cela nc durera pas. Avec l'austérité et la piété sinistre imposées au peuple anglais par le Parlement, il ne faudra pas longtemps pour qu'il commence à se languir du retour de la monarchie et de notre ancien mode de vie.

— As-tu réfléchi où tu allais habiter, Edward ? lui demanda Verity, désireuse de détourner la conversation des sujets politiques. Bien évidemment, j'aimerais que tu t'installes chez nous. Je sais que Dickon serait fou de joie, mais la maison est petite, et nous avons à peine assez de place pour nous tous.

Il haussa les épaules.

— Ne t'inquiète pas, Verity. Je trouverai bien un endroit où loger. Les exilés semblent avoir investi le Palais Royal. J'ai des amis dont la situation n'est pas très différente de la mienne. Je suis certain que l'un d'eux me prendra en pitié et m'offrira le gîte et le couvert. Sinon, je me tournerai vers Robert à Saint-Germain-en-Laye. Ce ne sera pas aussi proche de chez vous que je le souhaiterais, mais un mendiant ne peut pas faire la fine bouche, n'est-ce pas ?

— Vous avez donc vu Robert ? demanda Arabella.

— En effet, répondit-il avec un hochement de tête. Je suis passé par Saint-Germain-en-Laye avant d'arriver à Paris. Il se fait du souci pour Alice et les enfants.

— Oh ! je sais à quel point il se désespère d'être séparé d'eux ! Il rentrera en Angleterre si Cromwell accorde le pardon aux royalistes. Et vous, Edward, rentreriez-vous aussi, en ce cas ?

Il prit aussitôt un air lointain, perdu dans des pensées dont Arabella sentit qu'elle était absente.

— Jamais, répondit-il. Ce serait concéder notre défaite. Je ne le ferai jamais tant que vivra un roi qui doit remonter sur son trône. Il n'y a rien pour moi en Angleterre aujourd'hui. Tout ce que j'ai est à Paris. Par bonheur, je ne suis pas complètement indigent.

— Mais ce que tu possèdes ne durera pas éternellement,

objecta calmement Verity. Que vas-tu faire ? Songerais-tu à proposer ton épée au roi de France ?

— Oui, s'il le faut, dit-il l'air sombre.

Alors qu'ils étaient prêts à partir, en dépit du plaisir des festivités, Arabella se sentait mal à l'aise. Tournant la tête vers une alcôve fermée par un rideau, elle vit la lourde draperie retomber en place comme si quelqu'un venait de se frayer un passage. Elle se persuada de ne pas se montrer stupide, qu'elle s'imaginait des choses, et se détourna. Mais elle ne put se débarrasser du sentiment d'être observée. Elle fronça les sourcils : quelque chose n'allait pas. C'était étrange, et elle se fia à son intuition. C'était peut-être juste une broutille, mais elle ne devait pas la minimiser ni même l'ignorer, car elle était certainement plus importante qu'il n'y paraissait.

Le lendemain matin, Edward se présenta chez sa sœur après avoir trouvé un logement en ville chez lord Pettigrew, un ami proche avec qui il avait maintes fois combattu. Dickon était si excité de revoir son père qu'il n'y avait pas eu moyen de le calmer avant qu'Edward n'eût franchi le seuil. Il poussa un cri de joie et se jeta dans ses bras. Edward éclata de rire et le souleva en l'air à bout de bras.

Arabella observait la scène avec attendrissement, en se demandant quelle serait sa réaction quand elle lui parlerait de l'enfant qu'elle portait, leur enfant. Mais elle ne dirait rien pendant encore un moment, le temps que tout se mette en place et qu'elle sache avec certitude ce qu'elle avait l'intention de faire.

Edward n'avait aucun droit sur elle. Elle n'était pas sa maîtresse. Aucune promesse n'avait été échangée, et le mariage encore moins évoqué. Elle ne lui avait rien demandé. Et si elle le faisait effectivement ? Non, elle ne pouvait pas s'y résoudre. Elle ne voulait pas qu'il l'épouse par obligation et par devoir.

Ce soir-là, ils avaient été invités à souper chez des amis. Arabella était fréquemment indisposée à cause de son début de sa grossesse, et elle aurait préféré rester à la maison, mais, quand Verity lui promit qu'ils rentreraient tôt, elle se laissa convaincre. Elle aurait été plus enthousiaste si Edward avait pu les accompagner, mais il avait déjà un engagement à Saint-Germain-en-Laye.

C'était une assemblée importante, en majorité des exilés avec quelques aristocrates français et leurs épouses. A la fin du repas, l'atmosphère se détendit sous l'effet de l'alcool, les conversations devinrent plus bruyantes et animées, orientées comme d'habitude autour des batailles menées, perdues et gagnées.

Arabella allait prendre un siège quand son attention fut attirée par un gentilhomme au visage rubicond, doté d'une longue perruque noire bouclée, qui narrait sa fuite de Worcester, après avoir raconté ses aventures à Dunbar et St Fagans. Gregory lui avait dit que cet homme était le capitaine George Fanshaw, et qu'il avait en effet participé à ces trois batailles. Incapable de refréner sa curiosité, Arabella s'approcha de lui.

— Capitaine Fanshaw, dit-elle en l'abordant sans ambages, je m'appelle lady Arabella Fairburn. Veuillez je vous prie m'excuser de vous interrompre, mais vous étiez à St Fagans ?

Il la scruta de ses yeux vifs et très noirs enfoncés dans son visage jovial.

— En effet. Cette bataille présente-t-elle un intérêt quelconque pour vous, lady Fairburn ?

— Oui.

— Et qu'aimeriez-vous savoir ?

— Mon mari y a été tué.

— Je vois. Je suis désolé. Quel est son nom ? Peut-être l'ai-je connu.

— Sir John Fairburn de South Glamorgan.

— Un Gallois ? dit-il en fronçant les sourcils.

— Oui. L'avez-vous connu ?

Il hocha la tête après avoir pris un moment pour réfléchir.

— J'ai entendu parler de lui, et il me semble bien que nous nous sommes croisés de temps à autre. Si ma mémoire est bonne, je pense même pouvoir affirmer que le John Fairburn que je connais est vivant, bon pied bon œil. En fait, je crois même qu'il est en France.

Arabella le considéra avec une expression proche de l'horreur.

— Vous… vous devez vous tromper ! Mon mari est mort…

— Non, à moins qu'il n'existe deux hommes portant le même nom. Le John Fairburn que je connais a été blessé, cela, je m'en souviens très bien, et gravement, même. Il est venu en France pour s'enrôler dans l'armée, mais il ne s'est pas très bien rétabli et souffre encore des blessures qu'il a reçues à St Fagans. Je ne l'ai pas revu depuis, et n'ai d'ailleurs eu aucune raison de penser particulièrement à lui. S'il était à Paris, je suis certain que je l'aurais croisé, mais je crois qu'il est quelque part dans le sud du pays. Il préfère sans doute la clémence du climat méditerranéen, ajouta-t-il en souriant.

Il la dévisagea fixement, et remarqua sa pâleur soudaine.

— Je vois que mes propos vous ont bouleversée, lâcha-t-il.

Elle hocha la tête.

— Etant donné qu'il a été déclaré mort au combat, et que son corps a été rendu à sa famille pour être enterré, oui, en effet, je le suis. Je l'ai cru mort pendant trois ans. Et maintenant vous prétendez qu'il est vivant.

— Et… avez-vous vu le corps ?

— Non. On m'a dit qu'il avait été si grièvement blessé qu'il était méconnaissable.

— Alors, à moins que je ne me trompe et qu'il n'y ait deux hommes portant le même nom, vous serez heureuse que je vous confirme que votre mari est vivant. Et je dois avouer que l'homme que vous avez enterré est un mystère pour moi.

— Merci, murmura Arabella avant de se détourner, incapable de croire ce qu'on venait de lui révéler.

Cette chose terrifiante ne pouvait lui arriver ! Elle avait envie de hurler, et de se libérer de l'horreur qui la submergeait. Elle eut l'impression de se retrouver plongée dans un cauchemar dont elle ne se réveillerait jamais.

John était mort. Il fallait qu'il soit mort ! Comment supporterait-elle le contraire ? Et jusqu'à ce qu'il se montre, s'il se montrait un jour, il le resterait à ses yeux.

Elle s'absorba dans ses réflexions. Pourquoi avait-il feint d'être mort ? Pourquoi n'était-il pas rentré chez lui ? Et pourquoi venir en France, se battre pour le roi des Français ? Avait-il voulu lui faire croire qu'il était mort ? Cela n'avait aucun sens.

Et qu'est-ce que cela impliquait pour elle ?

Elle avait été infidèle. Elle portait l'enfant d'un autre.

Il ne lui pardonnerait jamais cela.

Alors que les jours passaient, Arabella était de plus en plus convaincue d'être surveillée. Un étrange malaise l'oppressait. Elle n'arrivait pas à déterminer avec certitude ce dont il s'agissait, mais la sensation persistait. Quand elle sortait avec Verity, elle sentait des yeux invisibles dans son dos, posés sur elle, et, dès qu'elle faisait volte-face, elle apercevait une silhouette qui disparaissait dans la foule, une porte se fermer, ou un rideau s'abaisser.

Le bon sens lui dictait que ces événements n'étaient pas forcément liés, mais son instinct l'incitait à ignorer justement son bon sens.

Anxieuse et de plus en plus perturbée depuis qu'elle avait parlé au capitaine Fanshaw, elle usa de prétextes pour ne pas sortir, mais au bout d'un moment elle eut la sensation d'étouffer entre les quatre murs de la maison. Elle se sentait tel un oiseau en cage essayant de retrouver sa liberté et de déployer ses ailes. Lorsque Edward venait, il cherchait à accrocher son regard, elle faisait de même et ce lien silencieux entre eux se renforçait de jour en jour.

Quand Edward quittait la maison après avoir passé l'après-midi avec Dickon, il demandait à Arabella de le raccompagner jusqu'à la porte.

Environnés des rires des enfants, ils restaient sur le seuil à se dévorer des yeux, tous deux fort conscients que ce genre de rencontre ne les satisfaisait pas.

Le désir d'Edward d'étreindre Arabella était si impérieux qu'il savait qu'il lui faudrait trouver un moyen de l'assouvir. Elle était tel un diamant qui brillait à sa portée et elle occupait toutes ses pensées. Chaque fois qu'ils se retrouvaient en présence l'un de l'autre, ils n'étaient jamais seuls. Verity et ses enfants n'étaient jamais loin. Et ils se sentaient alors tous deux obligés de feindre l'indifférence.

— Je ne peux plus supporter cela un instant de plus, lui dit-il un jour. Il me semble me rappeler que vous aimiez l'équitation, quand vous étiez enfant.

— Oui, mais je n'ai pas monté depuis une éternité. Les chevaux de Bircot Hall ont été pris par les soldats.

— Alors demain je vais louer des chevaux, et nous irons nous promener hors de la ville. Cela vous plairait-il ?

Avant qu'Arabella ne puisse répondre, Verity fit son apparition, ayant entendu la proposition de son frère.

— Arabella est un peu pâle, ces derniers temps, Edward. Peut-être un bon bol d'air lui ferait-il du bien. Il est temps qu'elle voie un peu Paris, ajouta-t-elle, avec un sourire signifiant son approbation à cette invitation.

Edward accorda aussitôt toute son attention à Arabella. Verity venait de dire tout haut ce qu'il pensait lui-même. Arabella ne semblait pas au mieux, ces derniers temps, et il sentait intuitivement que quelque chose la préoccupait, ce qui ne fit que renforcer sa détermination à se retrouver seul avec elle.

— Mais… ne vaudrait-il pas mieux louer une voiture ? suggéra Verity. Euh… je voulais dire par là que vous pourriez peut-être emmener Pauline.

Arabella éclata de rire devant la préoccupation apparente de Verity concernant sa réputation.

— Pauline ? Oh, Verity, c'est exactement ce qu'aurait proposé Alice ! Je ne pense pas qu'un chaperon soit nécessaire. J'ai presque vingt-trois ans, et je suis veuve. En tant que telle, mon statut est plutôt différent de celui d'une jeune femme non mariée. De plus, j'adore monter, et l'activité et le grand air me feront le plus grand bien.

Elle le pensait d'ailleurs sincèrement. L'exercice lui ferait sortir de la tête l'incertitude et la vague inquiétude qu'elle ruminait depuis sa brève conversation avec le capitaine Fanshaw.

Verity les dévisagea chacun tour à tour, puis se détourna, après un sourire entendu et un léger haussement d'épaules.

— Oh ! très bien, je suis sûre que vous savez ce qui vous convient le mieux.

Edward gloussa tout bas en enfilant ses gants.

— J'ai beau adorer ma sœur, Arabella, c'est avec vous que je veux passer du temps. Seul. J'ai tant de choses à vous dire ! Verity a raison, ajouta-t-il, l'air soudain soucieux. Vous êtes très pâle. Etes-vous souffrante ?

Arabella éclata de rire.

— Je vais parfaitement bien, Edward ! Et Verity a raison, il n'y a rien que le bon air ne puisse guérir.

— Si vous en êtes certaine…

Il lui prit la main et lui embrassa le dessus des doigts, en les effleurant discrètement de la pointe de sa langue, ses yeux dans les siens. Arabella se sentit aussitôt fondre, et frissonna à cette caresse.

Il sourit en lui relâchant la main, sachant exactement l'effet qu'il produisait sur elle.

— A demain, murmura-t-il.

Fidèle à sa parole, Edward revint le lendemain matin. C'était une journée froide et grise, mais ni l'un ni l'autre ne se seraient laissé arrêter par ce détail.

Gracieusement montée en amazone, il fallut à Arabella très peu de temps pour se réhabituer à se tenir en selle et savourer la liberté que cela lui apportait, ainsi que d'être loin de la maison. Ils chevauchèrent à l'extérieur de la ville, en pleine campagne.

— Nous nous arrêterons bientôt pour prendre des

rafraîchissements, annonça Edward à Arabella alors qu'ils s'approchaient d'un village, l'air détendu sous son chapeau à large bord orné de plumes.

— J'en serais ravie, approuva-t-elle.

Ils se promenaient depuis un bon moment déjà, et son estomac commençait à crier famine. Jetant un coup d'œil à Edward, elle remarqua l'éclat des boutons ornés de sa tunique écarlate qui scintillaient au rythme de l'allure de son cheval. Elle n'arrivait pas à croire qu'elle était enfin seule avec lui ! Son pouls s'accéléra tandis qu'elle détaillait ses traits séduisants, et elle espéra avec ferveur qu'il n'était pas pressé de rentrer à Paris.

Après avoir partagé un repas léger dans une auberge au bord de la route, ils reprirent leur promenade.

Edward se pencha et sourit à sa compagne, qui lui retourna son sourire. Il adorait l'expression que prenait alors son visage, cela la transfigurait. Ses grands yeux d'ambre pétillaient, les contours de sa bouche s'adoucissaient et cela effaçait les plis qui barraient trop souvent son front ces derniers temps, et qui l'inquiétaient.

Après un moment, désireux de se dégourdir les jambes, ils traversèrent à pied une zone boisée sur une petite colline, du haut de laquelle ils découvrirent une vue magnifique sur la ville au loin, sous une légère couverture de nuages.

Mais ni l'un ni l'autre n'étaient captivés par le panorama, et ils se dévoraient des yeux.

Edward baissa lentement la capuche de la capote d'Arabella, et, fasciné, admira ses boucles épaisses se répandre sur ses épaules, et flamboyer dans un rayon de soleil filtrant à travers les arbres.

— Voilà qui est mieux. J'aime voir vos cheveux, dit-il.

Elle rit tout doucement.

— Si vous ne trouvez pas que je ressemble à une bohémienne avec les cheveux détachés de la sorte, alors ça m'est bien égal.

— Selon mon opinion, mieux vaut ressembler à une bohémienne délurée qu'à ces femmes puritaines à l'air pincé qui peuplent le monde de Cromwell.

— Je n'ai aucune inclination pour le puritanisme, Edward, répliqua-t-elle.

La bouche légèrement entrouverte, elle mordillait sa lèvre inférieure de ses petites dents parfaites en un geste sensuel complètement innocent.

Edward sentit une flamme s'éveiller en lui. Otant ses gants, il les jeta à terre et, lui prenant la main, l'attira contre lui. Il défit lentement le lien de son paletot et le laissa tomber à ses pieds, sans la quitter des yeux.

Elle ne broncha ni ne parla, mais ses yeux s'assombrirent de désir.

Edward la prit dans ses bras. Il posa ses lèvres sur les siennes, et l'embrassa avec une faim grandissante.

Arabella fut heureuse de constater qu'il était toujours aussi passionné que lors de leur dernière rencontre charnelle. Le désir d'Edward fut décuplé par l'odeur enivrante de sa chevelure et de sa peau, ainsi que par ses courbes pressées contre lui.

Ils laissèrent les chevaux attachés goûter l'herbe autour d'eux tout leur soûl, et s'enfoncèrent plus loin dans le bois afin d'être cachés du monde.

— Nous avons beaucoup de choses à rattraper, il me semble, murmura Edward en retirant sa redingote.

Ses mains puissantes l'attirèrent tout contre sa poitrine.

— En effet, nous avons été séparés trop longtemps, répondit-elle en le regardant d'un air mi-moqueur, mi-sérieux. Mais cela ne signifie pas pour autant que je sois une femme facile, milord.

Il se mit à rire tout bas, et la serra plus fort dans ses bras.

— Nous allons voir cela, dit-il.

Il joignit aussitôt ses actes à ses paroles, et posa des baisers sur ses yeux, ses joues, en quête de sa bouche. Puis il l'embrassa alors avec avidité, ayant ainsi raison de ses défenses en un seul souffle.

Aussi impatiente que lui de retrouver leur ardeur, Arabella se pressa contre lui et l'embrassa à son tour comme si sa vie en dépendait. Le baiser fut brûlant, doux-amer, chargé d'une passion et d'une tendresse longtemps retenues.

— Je ne comprends pas l'effet que vous me faites, chuchota-t-elle, sa bouche contre la sienne, les doigts dans ses cheveux. J'ai l'impression de devenir une personne différente chaque fois que je suis avec vous.

Edward caressa son visage du regard. Il vit ses yeux s'assombrir, son souffle devenir plus rapide.

— Vous m'avez manqué, ma chérie, déclara-t-il. Vous êtes tellement ravissante, Arabella ! Si ravissante que c'en est presque douloureux de vous regarder, ajouta-t-il, rendu fou de désir.

Ils s'allongèrent sur l'herbe. Il fit courir les doigts sur ses joues et déposa des baisers légers tels des ailes de papillon sur ses paupières. Il défit les petits boutons de son corsage d'un geste expérimenté, puis lui effleura le cou et s'aventura au creux de sa gorge, avant de lui entourer le sein de sa main.

Elle gémit quand il se mit à le caresser et s'attarda sur le téton. Arabella sentit son sang s'échauffer aussitôt sous ces attouchements, et commença à se consumer de désir, tout comme lui. Le corps en éveil, elle ouvrit les yeux et rencontra les siens.

— Vous êtes cruel de me faire attendre ainsi, lui reprocha-t-elle doucement.

Il sourit, puis s'agenouilla à côté d'elle et se pencha ensuite, sa bouche tout contre la sienne.

— Et que voudriez-vous que je fasse, mon amour ? susurra-t-il. Je suis à vos ordres. Et plus désireux que tout de plaire à ma dame.

Le baiser qu'il lui donna lui procura tant de plaisir qu'elle se sentit incapable d'en supporter plus encore et attira sa tête vers la sienne. Plongeant les mains dans sa chevelure, elle goûta à la saveur de sa bouche, de plus en plus brûlante intérieurement.

Il remonta ses jupes et, avec une lenteur insupportable, lui caressa les jambes, puis les cuisses.

— Je vous en prie, bredouilla-t-elle quand il enfouit son visage entre ses seins et qu'elle fut assaillie de vagues de passion, c'est insupportable !

Il soupira et la serra plus encore. Et ses baisers n'eurent soudain plus rien de doux. Ses mains, si fortes et cependant si attentionnées, parcoururent la moindre parcelle de son corps, en l'ouvrant au plaisir. Il les glissa, brûlantes de sa chaleur, sous sa chemise.

Elle s'offrit tout entière, et se cambra pour mieux le rencontrer quand il la pénétra.

Ils devinrent amants une fois de plus dans la froide lumière de novembre.

Lors de leur étreinte, Edward embrasait la peau d'Arabella au moindre effleurement, et chaque baiser l'entraînait dans une spirale d'oubli bienfaisant.

Il semblait qu'aucun d'entre eux ne réussissait à étancher sa soif inextinguible de l'autre alors qu'ils roulaient dans l'herbe, comme s'ils clamaient leur part de paradis sur terre pendant ce bref instant de bonheur.

Ils restèrent ensuite étendus côte à côte, à contempler les cimes des arbres auxquels restaient encore accrochées quelques feuilles irréductibles.

Arabella avait la sensation de flotter, à l'écoute des battements de son cœur qui revenaient peu à peu à la normale, et de sa respiration qui ralentissait elle aussi. La langueur après leurs ébats était encore présente, et le souvenir des caresses et des mots doux d'Edward ajoutait à sa félicité.

Ils gardèrent le silence un long moment, jusqu'à ce que le monde extérieur interrompe leur solitude. Ils perçurent alors le mouvement des arbres et des branches dans le vent, les froissements d'aile des oiseaux.

Arabella s'étira et tourna la tête pour contempler Edward à côté d'elle, ses cheveux sombres épars sur le tapis de feuilles dorées qui les avait accueillis. Il avait les yeux fermés, et son séduisant visage basané ne montrait plus les signes d'épuisement et de tension qu'il avait arborés depuis son arrivée à Paris.

Les sentiments profonds qu'elle éprouvait pour lui la submergèrent. Ce qu'elle avait vécu avec lui était différent de tout ce qu'elle avait connu, un mélange de soulagement de ses angoisses, et la renaissance de son estime personnelle, ainsi qu'une plénitude physique dans leur union.

Sentant son regard posé sur lui, il ouvrit les yeux et la contempla à son tour. Elle lut une telle tendresse dans leurs profondeurs sombres qu'elle eut le sentiment que son cœur allait littéralement exploser.

— Qu'y a-t-il ? demanda-t-il en souriant.

— Je crois que nous devrions rentrer. Verity va s'inquiéter.

— Ma sœur s'inquiète de tout, et pour un rien, répliqua-t-il. Elle sait que vous êtes en sécurité avec moi. Et je veux profiter de vous pour moi seul au maximum, sans enfants qui me grimpent dessus en permanence, réprimandés aussitôt par Verity qui me casse les oreilles. Ce moment nous appartient. Et nous pouvons bien encore un peu oublier le monde réel.

Il se redressa pour s'appuyer sur un coude, sourit et se pencha pour l'embrasser sur les lèvres.

— Quand je vous ai demandé de venir faire une promenade à cheval avec moi, je n'avais pas cela dans l'idée, se justifia-t-il tout bas.

Arabella sentit ses joues devenir brûlantes.

— Si, objecta-t-elle en souriant. Vous saviez fort bien que je ne pourrais pas vous résister, et je voulais que vous me fassiez l'amour, chuchota-t-elle en le regardant.

Elle se rendit compte alors à quel point elle en était venue à l'aimer, combien il lui avait manqué et lui avait fait connaître la plénitude de la passion d'une manière qu'elle n'aurait jamais imaginée.

— Et quoi qu'il arrive par la suite, je ne l'oublierai jamais.

— J'en suis heureux. Et vous, êtes-vous heureuse, Arabella ?

— Oui. En ce moment précis, je le suis tant que cela me terrifie. J'ai été seule depuis si longtemps ! Quand je suis avec vous, mon cœur chante. Je suis tellement contente que vous ayez suggéré cette promenade. J'en suis absolument ravie !

Il tendit la main et lui prit le visage, ses yeux bleu foncé brillants sous ses longs cils noirs, les traits de son visage sculptés par les jeux d'ombre et de lumière sous les arbres.

— Je suis à votre service, Arabella. Tout le plaisir était pour moi. Bien, ajouta-t-il d'une voix douce en adoptant un ton persuasif, quand allez-vous me dire ce qui ne va pas ? Vous n'êtes pas vous-même. Quelque chose vous soucie-t-il ? Verity a raison. Vous êtes pâle depuis quelque temps et, quand vous croyez que personne ne vous regarde, vous prenez un air inquiet et vos yeux deviennent d'une tristesse infinie. J'ai l'impression que quelque chose vous préoccupe. Ne me le direz-vous pas ? N'allez-vous pas vous confier à moi ?

Son cœur se serra aussitôt. Impossible de tout lui raconter ! Cependant, elle ne voulait pas lui mentir ni se lancer dans des explications à propos de l'enfant. En raison du mystère qui entourait John, et ignorant s'il était vivant ou mort, quelque chose la retenait de parler à Edward, aussi décida-t-elle de tout garder pour elle un moment encore.

— Y aurait-il quelque chose que vous ne voudriez pas que je sache ? insista-t-il, ôtant la main du menton d'Arabella quand elle se redressa et s'assit, entourant ses jambes de ses bras.

— Non, murmura-t-elle.

— Bien. Je n'aime pas les secrets. Et quoi qu'il se passe, je suis à vos côtés, et prêt à vous écouter.

Il s'assit près d'elle et resta silencieux, attendant qu'elle se décide à parler, tout en observant le jeu complexe des émotions qui traversaient son joli visage.

— Il y a quelque chose, mais vous allez probablement dire que c'est mon imagination, répondit-elle, pensant qu'il n'y avait pas de mal à lui révéler l'autre chose qui la tourmentait.

— Vous ne le saurez pas si vous ne me parlez pas.

— Je… je sais que cela peut sembler absurde, mais je crois que je suis suivie… que… que l'on me surveille.

Il haussa un sourcil.

— Je ne vais pas vous faire l'offense de vous demander si vous en êtes certaine, lâcha-t-il.

Elle apprécia qu'il la croie aussitôt sans discuter.

— Un admirateur, à votre avis ? demanda-t-il.

— Non, je ne crois pas.

— Quelqu'un vous a-t-il approchée, ou vous a-t-il parlé ?

— Non. C'est simplement une impression. Je suis incapable

de réprimer ma sensation de malaise quand j'assiste à un événement quelconque avec Verity. C'est... comme si j'étais harcelée. Quand il fait sombre, je me dis que quelque chose ou quelqu'un va me bondir dessus en jaillissant des ténèbres.

— Je vois.

Edward la dévisagea avec inquiétude, l'air si troublé qu'Arabella essaya de rire avec insouciance pour dissiper la tension.

— Vous allez sûrement me trouver stupide. Et je dois avouer que vous auriez sans doute raison. Vous pensez que mes peurs sont sans doute le fruit de mon imagination trop fertile, que je cultive un goût morbide pour le mystère et désire faire montre d'excentricité.

— Loin de moi cette idée ! Si vous avez raison, et que quelqu'un vous observe, avez-vous la moindre idée de qui cela pourrait-il être ?

— Non, répondit-elle en secouant la tête. Qui voudrait faire cela, et dans quel but ?

Elle se demanda une fois de plus si les derniers événements n'étaient pas qu'une vue de l'esprit, et soupira. Elle ne savait plus ce qui était réel ou non, et était fatiguée d'essayer de comprendre le sens de tout cela.

— Je vais essayer de me sortir ça de la tête, conclut-elle, et vous aussi. Oubliez donc ce que je viens de vous dire.

Tout en parlant, elle tentait de remettre de l'ordre dans ses vêtements, mais une pensée la frappa soudain. Etait-il possible que cela ait un quelconque rapport avec John ? Comment ne pas y songer, puisqu'elle avait désormais des raisons de suspecter qu'il avait réchappé à la bataille de St Fagans et s'était rendu en France ?

Elle n'avait pas voulu y croire jusqu'ici, et le refusait plus encore aujourd'hui. De plus, s'il avait survécu, pourquoi ne s'était-il pas fait connaître directement, au lieu de se complaire dans la clandestinité de cet étrange jeu de cache-cache ?

Edward l'observait, et remarqua que ses mains tremblaient quand elle tenta de se recoiffer avec ses doigts, tout en évitant de le regarder.

— Arabella ?

L'expression de son visage avait légèrement changé, et elle eut l'air mal à l'aise quand elle croisa brièvement son regard, avant de vite se détourner, comme si elle ne voulait pas réellement le regarder. Il devint soudain pensif, et son instinct lui souffla qu'elle lui cachait quelque chose.

— Qu'y a-t-il ? J'ai l'impression que vous ne me racontez pas tout, insista-t-il encore.

— Pourquoi cela, Edward ? protesta-t-elle, l'air blessé. Je ne vois pas ce que vous insinuez. Qu'y a-t-il ?

— A vous de me le dire. Vous dissimulez quelque chose.

Soudain nerveuse, Arabella se détourna, sa peur se transformant rapidement en panique. Edward avait eu beau s'exprimer avec le plus grand calme, il semblait extrêmement tendu et contrarié. Sa bouche s'assécha tout d'un coup.

— Très bien, concéda-t-elle. Vous avez raison, quelque chose ne va pas. Voyez-vous, je… je ne puis en être totalement sûre, mais il existe une possibilité que John ne soit pas mort.

Il la dévisagea, incrédule. Il ne s'attendait pas à cela. Alors qu'elle s'apprêtait à reprendre la parole, il lui prit la main pour l'en empêcher.

— Une seconde, qu'est-ce que cela signifie ? s'exclama-t-il.

Arabella se raidit et s'empourpra.

— Je suis désolée, j'ai l'impression de ne pas réussir à m'exprimer clairement.

— Depuis combien de temps le savez-vous ?

— Le colonel Lister semble penser qu'il n'est pas mort à St Fagans, et qu'après la bataille il a fui vers la France.

Edward resta muet, mais ses sourcils relevés et ce silence semblaient l'interroger. Très rapidement, comme si elle voulait se débarrasser d'un fardeau, elle lui raconta son malaise depuis qu'elle avait parlé au colonel Lister, et que ses affirmations avaient été corroborées par le capitaine Fanshaw.

— Et sachant cela, reprit Edward quand elle se tut à son tour, vous m'avez accueilli dans votre lit. Vous rendez-vous compte de ce que vous avez fait ?

Elle riva ses yeux aux siens, devenus glacés de rage, et sentit les larmes perler à ses paupières.

— Je ne voulais les croire ni l'un ni l'autre. J'ai quand même vu le cercueil de John porté en terre !

— Mais vous n'avez pas identifié sa dépouille ?

— Non, dit-elle en secouant vigoureusement la tête, comme pour chasser cette vision.

Edward se leva d'un bond, lui tourna le dos et se passa les doigts dans les cheveux, le cœur déchiré.

Essayant désespérément de s'expliquer, Arabella se releva en titubant et s'approcha de lui, l'air perdu.

— Je vous en prie, ne réagissez pas ainsi, Edward. Je croyais sincèrement que John était mort. Et je ne pouvais pas supporter de me persuader à l'idée qu'il fût encore vivant.

Edward se tourna vers elle, son regard d'une dureté minérale.

— Cependant, vous auriez dû. Lister avait de toute évidence de bonnes raisons de croire que votre mari a survécu à la bataille. Si c'est vrai, alors Dieu seul sait pourquoi il n'est pas revenu vers vous et a choisi au lieu de cela de fuir en France. Le fait est que, s'il existe une possibilité qu'il soit vivant, vous avez commis un adultère. Et pas une seule fois, mais deux. J'espérais…

Il jura tout bas, et se mit à faire les cent pas d'un air excédé avant de revenir vers elle.

— Comme un imbécile, je me suis pris à croire que nous pourrions avoir un avenir commun. Vous auriez dû tout me dire avant notre départ de Bircot Hall. Dieu du ciel, pourquoi ne vous êtes-vous pas confiée à moi ?

Elle ne répondit pas, et se contenta d'un signe de tête traduisant son impuissance.

Quelque chose dans ce geste et ses yeux emplis de désespoir ravagèrent Edward d'une atroce souffrance, mais il se refusait à y céder.

— Vous auriez dû me le dire…

Mais il s'arrêta brusquement. Les questions étaient inutiles. C'était trop tard désormais. Si John Fairburn était vivant et se présentait devant elle, alors en tant qu'épouse elle serait obligée de reprendre la vie conjugale avec lui. Qu'importe la raison pour laquelle il avait disparu de la vie d'Arabella, et pourquoi il désirait lui faire croire qu'il était mort, ce n'était pas à lui de poser la question. C'était lui qui avait fait l'amour à la femme de cet homme.

Arabella mourait d'envie qu'il la prenne dans ses bras, mais son expression interdisait clairement toute nouvelle intimité entre eux.

— Je suis tellement désolée, Edward, mais… c'est la vérité… jamais je n'ai pensé que je le reverrais un jour.

— Qu'allez-vous faire ?

— Que puis-je faire d'autre, sinon attendre qu'il se montre ?

— Et quoi, ensuite ? Votre mariage ne peut être annulé. Il est irrévocable. Le fait est là, indiscutable : votre mari a la loi pour lui.

Elle s'approcha de lui, tendit une main tremblante, qu'elle posa sur son bras en un geste suppliant.

— Edward…

Il se dégagea avec brusquerie.

— Pour l'amour de Dieu, Arabella, s'exclama-t-il d'un ton rageur, ne me regardez pas ainsi !

Il la vit vaciller, comme s'il l'avait littéralement frappée, et conclut avec froideur et impatience :

— Il faut rentrer.

Arabella ne réagit pas immédiatement, ni ne lui répondit. L'instant sembla s'étirer interminablement. Un pigeon battit des ailes, dissimulé dans un arbre, sans être le moins du monde dérangé par les deux personnes qui se dévisageaient sans bouger d'un cil.

Soudain, Edward tourna les talons et s'éloigna d'elle.

Le cœur lourd, Arabella le suivit vers les chevaux. Ils rentèrent à Paris en silence.

Quand ils arrivèrent, elle descendit prestement de sa monture et le regarda au moment où il prit les rênes.

— Voulez-vous entrer ? demanda-t-elle.

— Voudriez-vous je vous prie m'excuser auprès de Verity ? La journée a été quelque peu fatigante, et je suis certain que ma sœur me pardonnera.

— Oui… oui, bien sûr. Mais où résidez-vous, Edward, si nous avons besoin de vous joindre ?

— J'habite avec des amis à l'hôtel de Joubert, près du Palais Royal. Gregory connaît l'adresse.

— Je vois.

Elle le dévisagea, stupéfaite de son comportement. Son courage semblait l'avoir temporairement abandonnée. Leur liaison, ou ce qu'elle avait cru être une délicieuse histoire romantique, s'était transformée en mascarade grotesque. Et cela ne servait à rien d'argumenter, car, du point de vue d'Edward, celui-ci avait tous les droits d'être furieux.

Tout comme John l'avait trompée en feignant sa disparition, elle avait trompé Edward, même si cela avait été en toute innocence.

Il était sur le point de partir quand elle eut un sursaut de fierté.

— Edward !

Il se retourna et la dévisagea en attendant qu'elle prenne la parole. Elle avait redressé sa tête élégante, et le capuchon de son manteau était tombé, exposant sa magnifique chevelure qui formait un halo autour de son ravissant visage. Ses grands yeux brillants trahissaient une touche de mépris dans leurs profondeurs ambrées.

— Je ne vous ai pas parlé de John, parce que je ne voulais pas le croire, mais je vous dirai quand même ceci. Même si vous ne voulez pas m'entendre… rien ne pourra jamais me convaincre de retourner auprès de John. En ce qui me concerne, je ne suis plus sa femme. Je n'existais pas, quand j'étais avec lui, du moins c'était une vie qui ne valait pas la peine d'être vécue. Notre union s'est terminée quand il m'a fait envoyer un cadavre inconnu pour que je l'enterre. Il voulait que je le croie mort, c'est donc ainsi que je le considère. Et c'est ainsi qu'il restera à mes yeux. Je suis peut-être sa propriété aux yeux de la loi, mais je ne lui appartiendrai jamais. Je ne reviendrai pas vers lui. Plutôt me tuer que de revivre avec lui.

Edward la dévisagea sans ciller. Même si la fureur absolue qui s'était emparée de lui quand elle lui avait parlé de John Fairburn avait commencé à s'atténuer, il garda un ton implacable et sans concession.

— Alors, espérons que nous n'en arriverons pas jusque-là. Qu'avez-vous fait de votre bon sens, Arabella ?

— Le cœur est une curieuse chose, Edward. Il n'écoute pas toujours ce que lui dicte la raison.

Arabella attendit qu'il soit hors de vue avant de rentrer dans la maison. Elle ne pouvait guère l'arrêter, mais comme elle aurait voulu lui courir après et le supplier de l'aider ! Elle n'avait personne d'autre vers qui se tourner ! Elle ne s'était pas attendue à ce qu'il réagisse avec autant d'agressivité. Non seulement il avait été désagréable, mais, il avait été encore scandalisé qu'elle eût autant manqué de retenue et perdu tout sens de ses responsabilités vis-à-vis de son mari.

Chapitre 8

Edward ne se présenta pas le lendemain, ni le surlendemain, et Arabella se félicita que lui fût épargnée l'humiliation de se retrouver face à lui.

Verity se faisait de plus en plus de souci pour Arabella. La pâleur de son visage s'accentuait sans cesse et, soulignés par de profonds cernes sombres, ses yeux semblaient dévorer son visage. Lorsque Verity lui en fit la réflexion, Arabella lui assura qu'elle n'avait aucun problème de santé, ce qui conduisit Verity à se demander si Edward et Arabella n'avaient pas eu un différend pendant leur excursion.

— Mon frère et vous vous êtes-vous querellés ? s'enquit-elle enfin.

Arabella quitta son ouvrage et leva les yeux vers elle.

— Qu'est-ce qui vous fait penser cela ? s'étonna-t-elle.

— Nous ne l'avons pas vu depuis deux jours. Serait-il possible que vous vous évitiez ?

Arabella feignit de s'appliquer au pliage des vêtements d'enfant fraîchement lavés. Verity avait raison, et elle avait beau mourir d'envie de se confier à elle, elle se retenait. Même si elle était enceinte de quelques semaines, et que cela deviendrait bientôt si évident qu'elle ne pourrait plus le cacher.

— Non, répondit-elle. Il est sans doute très occupé. Il a parlé de rejoindre Robert à Saint-Germain-en-Laye, pour une partie de chasse.

Verity lui coula un regard de biais, très dubitative.

— J'en suis ravie. Vous semblez si bien vous entendre tous les deux. J'espérais…

Elle n'eut jamais l'occasion d'expliquer ce qu'elle espérait, car à cet instant précis des pleurs s'élevèrent de la nurserie à l'étage où jouaient les enfants, et elle s'éclipsa aussitôt.

Arabella la regarda partir en soupirant. Elle savait qu'Edward préférait ne pas la voir, et qu'il devait sans doute préparer son engagement dans l'armée française comme tant d'autres exilés qui périssaient d'ennui à Paris.

Après quelques jours d'absence, il revint voir Dickon. Prétextant une migraine, Arabella resta dans sa chambre, mais le simple fait de savoir qu'il était dans la maison, même si elle ne le vit pas, était réconfortant, tel l'unique rayon de lumière dans sa vie sinistre.

Deux semaines après la dernière visite d'Edward, Arabella accompagna Verity et Gregory à un banquet pour la célébration du mariage de deux aristocrates anglais réfugiés en France. Le roi devait être présent pour donner sa bénédiction au couple, aussi les invitations à cet événement avaient-elles été très courues.

Elle se sentait fort élégante dans sa robe de satin crème et vert, avec un corsage dessiné en pointe à la taille et des manches à crevés, encore une tenue de Verity retouchée à ses mesures.

Et elle était grandement soulagée de constater que sa grossesse n'était pas encore visible.

Mais la possibilité de voir pour la première fois le roi en chair et en os n'était pas la raison pour laquelle Arabella avait prévu d'être présente. Gregory lui avait dit qu'Edward accompagnerait le souverain.

Après avoir longuement réfléchi à l'enfant qu'elle portait, elle avait décidé de faire ce qu'il fallait, et de lui en parler. Elle ne voulait pas songer à sa réaction, car il l'accuserait sans doute de s'enfoncer plus encore dans la duplicité, mais au moins il saurait.

Ne souffrant plus des inconforts inhérents au début de sa grossesse, encore très discrète excepté un léger épaississement de sa taille, elle était dans ses jolis atours l'incarnation de la beauté et de la grâce de la jeunesse. Sa pâleur avait laissé place à un visage rayonnant, et ses yeux brillaient tant sous ses longs cils soyeux qu'ils éclipsaient l'éclat des perles à ses oreilles et à son cou gentiment prêtées par Verity.

Le mariage était célébré dans une vaste demeure, au cœur d'un quartier huppé. La salle de banquet était brillamment éclairée, la fête joyeuse et animée. Bon nombre d'invités étaient déjà éméchés. Des valets de pied servaient sans relâche du champagne, et des assiettes garnies apportées toutes préparées des cuisines.

Le repas sembla interminable à Arabella. La réception qui s'ensuivit comptait une vaste foule d'exilés anglais et d'aristocrates français des provinces ducales, pressés les uns contre les autres.

— Regardez, lui chuchota Verity en agitant son éventail, tout en scrutant la salle. Voici le roi Charles. Il mérite certainement toute votre attention, n'est-ce pas, Arabella ?

Arabella suivit la direction de son regard. Ce n'était pas difficile d'identifier le roi. A vingt-quatre ans, il était grand et mince, l'air sombre. Arabella sentit son cœur se serrer pour ce jeune homme qui ne pouvait rentrer en Angleterre y réclamer son trône. Un jour peut-être, lorsque les Anglais seraient fatigués de l'austérité imposée par le Parlement, il y serait rétabli. Jusque-là, il devrait endurer l'exil avec les autres royalistes.

Le roi Charles s'avança dans la salle, submergé par une mer de soie et de satin et une vague de parfums alors que les dames rivalisaient en jouant des coudes pour attirer son attention.

Le brouhaha dans la salle sembla s'amplifier, cependant Arabella ne pensait qu'à Edward. Le souverain sourit enfin et, alors que les gens l'accostaient, il hochait aimablement la tête, suivi de près par des courtisans acharnés à ne pas céder d'un pouce leur place auprès de lui.

Verity lui parlait, mais Arabella n'écoutait pas. Son cœur battit la chamade quand elle reconnut Edward dans l'entourage du roi. Elle avait commencé à croire qu'il ne viendrait pas. Et le voir ainsi lui fit remonter en mémoire tout ce qui s'était passé entre eux.

Engagé dans une conversation avec un gentilhomme de la suite royale, il ne semblait pas le moins du monde affecté par leur brouille.

Il regarda enfin dans sa direction. Une pléthore d'émotions traversa son visage, et il commença aussitôt à fendre la foule pour se diriger vers elle.

Edward avait fait tout son possible pour éviter Arabella, mais quand il la découvrit si proche, ses sentiments le trahirent en lui infligeant littéralement une douleur physique. Quand elle lui avait révélé que son mari n'était peut-être pas mort, et se sachant incapable de mener une liaison adultère, il s'était convaincu que s'éloigner d'elle était la meilleure solution.

Mais le désir non dissimulé qu'il lut sur son visage lui déchira le cœur.

En dépit de ses fermes résolutions, rien ne pouvait changer ce qu'il éprouvait pour elle.

Alors qu'il se frayait un chemin, il s'efforça de respirer calmement. Comment avait-il réussi à mener toutes les apparences d'une vie normale durant les jours qui avaient suivi leurs adieux amers, alors qu'il ne pensait qu'à elle corps et âme ? Il souffrait toujours tel un damné.

Oh ! pourquoi ne pouvait-il jeter son dévolu sur une autre femme et satisfaire son désir ?

La vérité était qu'il ne voulait d'aucune autre femme. Il voulait Arabella. Mais pourquoi serait-elle différente d'une autre femme ? Il le savait, voilà tout.

Après un moment pris à l'observer, la voir rire, froncer le

nez à une repartie amusante que Gregory lui avait soufflée à l'oreille, il se souvint de ce qu'il avait éprouvé à tenir son corps de liane entre ses bras, du goût de sa bouche, du parfum de ses cheveux, et de son impatience dénuée de honte à ce qu'il lui fasse l'amour, ainsi que de sa réponse inoubliable lors de leurs ébats.

Une partie de son anatomie s'émut également à cette évocation, et lui fit réaliser qu'il ne voulait pas la laisser retourner à son mari, s'il daignait enfin se montrer, ou à quiconque d'ailleurs si ce n'était lui.

Elle lui avait déclaré qu'elle préférerait mourir plutôt que de reprendre la vie conjugale avec John Fairburn, et si telle était la vérité, peut-être un jour à l'avenir auraient-ils une chance d'être heureux ensemble.

La façon dont se mouvait d'Edward dégageait tant de virilité que le cœur d'Arabella s'emballa lorsqu'elle le vit s'approcher. Sa large carrure et son profil bien dessiné se détachaient sur un fond chatoyant d'étoffes somptueuses.

Elle retint son souffle, bouleversée.

Arrivé devant elle, il lui prit la main et l'attira à l'écart du gros de la foule.

— Arabella, vous êtes ravissante. Vous surpassez en beauté toutes les femmes présentes ce soir.

Son compliment lui colora aussitôt les joues. Elle le dévisagea d'un air interrogateur, à la recherche d'un signe qui lui confirmerait qu'elle était pardonnée.

— Même la mariée ? s'aventura-t-elle à demander.

— Même la mariée, affirma-t-il. Je voudrais m'excuser de ma muflerie. Depuis que je vous ai quittée, je vis dans la crainte que vous ne me pardonniez pas mes paroles trop dures. Vous avez dû souffrir tous les tourments de la damnation de ne pas savoir si votre mari était vivant ou mort. J'aurais dû être plus compréhensif, mais je ne songeais qu'aux conséquences de son retour pour moi-même. Vous ne pouvez imaginer ce que j'ai vécu ces derniers jours. Pour l'amour de Dieu, dites-moi que je suis pardonné…

Après des journées entières de profond désespoir et de souffrances physiques, Arabella se sentit envahie d'une vague chaude de bien-être dans tout son corps. Elle retint son souffle un instant. Tout d'un coup, le monde devenait brillant, glorieux et merveilleux. Elle pouvait enfin comprendre pourquoi il avait réagi avec tant de fureur et prononcé des paroles aussi coupantes.

Alors qu'il se tenait à son côté, ses yeux bleus si anxieux qu'ils en paraissaient noirs trahissaient ses sentiments profonds. Elle ressentit un désir soudain envers lui, et fut en cet instant plus que consciente de son amour inconditionnel pour cet homme. Un amour si intense qu'elle mourait d'envie de le lui avouer, et de confesser à quel point ses souffrances lorsqu'il l'avait repoussée lui avaient donné envie de mettre fin à ses jours.

— Edward, ce qui existe entre nous signifie qu'il n'y a nul besoin de pardon entre nous.

Il la dévisagea longuement avec intensité.

— Votre mari est-il réapparu ?

— Non. En vérité, Edward, je ne sais que faire. Je ne veux pas qu'il revienne dans ma vie.

— Ainsi, vous ne retournerez pas auprès de lui ?

— Non.

Edward arbora alors un sourire carnassier, et ses yeux brillèrent d'un éclat démoniaque.

— Peut-être ai-je besoin d'en avoir l'assurance.

Arabella éclata de rire pour toute réponse.

— Je regrette de ne pouvoir vous donner le genre d'assurance que vous aimeriez en public. Tous ces gens qui regardent… je crains qu'ils ne soient scandalisés, murmura-t-elle alors qu'il portait la main à ses lèvres chaudes, tout en songeant comme elle à l'instant où ils retrouveraient plénitude et oubli dans les bras l'un de l'autre.

— Venez, dit-il soudain sans lui lâcher la main. Je vais vous présenter au roi Charles. Cela vous plairait-il ?

— Oui, bien sûr, répondit-elle, radieuse, son cœur battant aussitôt la chamade à cette idée.

Comme Alice l'envierait, elle qui avait toujours eu un faible pour le prince Charles avant qu'il ne devienne roi !

Edward la conduisit vers Charles Stuart. Elle ne vit rien d'autre tant elle flottait sur un nuage. Et elle était incapable de le quitter des yeux. Elle ne se rendit même pas compte que les conversations s'étaient interrompues à son approche. Même le roi cessa de s'entretenir avec un membre de son entourage pour la regarder.

Edward la poussa légèrement devant lui, avec fierté.

— Sire, puis-je vous présenter lady Fairburn ?

Arabella plongea dans une révérence appuyée jusqu'au sol.

— C'est réellement un honneur de vous rencontrer, sire, dit-elle.

— Tout le plaisir est pour moi, madame Fairburn, répondit le roi d'une voix suave.

Il lui prit très courtoisement la main pour l'aider à se relever, puis pressa ses lèvres sur ses doigts avant de la relâcher, sans la quitter des yeux. Il était très facilement ému par la beauté des femmes, et tomba instantanément sous le charme d'Arabella.

— Je suis enchanté de faire votre connaissance, poursuivit-il. Edward m'a expliqué que c'est à vous qu'il doit d'avoir son fils en sécurité à Paris. Je suis surpris de ne pas avoir encore eu le plaisir de vous rencontrer, car si je vous avais déjà vue je m'en souviendrais. Je n'oublie jamais un visage, d'autant plus s'il est aussi ravissant que le vôtre.

— Vous êtes trop bon, sire, murmura Arabella, avec un air confus tout à fait adorable, fascinée par son monarque.

Son regard sous ses paupières lourdes était appréciateur, et ne dissimulait rien de son intérêt.

Elle restait paralysée devant lui, car il y avait quelque chose de si sensuel dans ses yeux noirs qu'elle en devint écarlate. C'était un homme fascinant, très conscient de son pouvoir de séduction. Il émanait de lui une grande force physique, et les muscles de ses épaules roulaient sous l'étoffe de sa redingote.

Il se mouvait avec une grâce étonnante pour quelqu'un d'aussi grand, confinant à une langueur paresseuse, entouré d'une aura presque mystique. Il était plus jeune qu'elle, et cependant il semblait déjà porter tout le malheur du monde sur ses épaules.

Le roi se tourna vers Edward.

— Venez, Edward, je souhaite être présenté à d'autres personnes.

Celui-ci s'empressa de lui emboîter le pas.

— Edward !

Il s'arrêta dans son élan pour regarder Arabella.

— Il faut que je vous parle. Je souhaite vous dire quelque chose, mais pas ici.

— Je viendrai donc demain chez Verity.

— Très bien.

Alors qu'elle l'observait s'éloigner, un mouvement attira son attention. Un homme venait d'entrer dans la salle, et elle tourna la tête vers lui. Il était de dos, et elle était sur le point de retourner auprès de Verity quand quelque chose accrocha son regard, et elle se figea tout à coup.

Un froid glacial mêlé de terreur et un sentiment désagréable proche de la répulsion l'envahirent, en lui serrant le cœur quand il se retourna et qu'elle découvrit son visage.

Le choc fut tel un coup de poing en pleine poitrine.

Pendant un instant, elle crut que ses yeux la trompaient, mais elle se rendit vite compte que ce n'était pas un mauvais rêve. Elle eut l'impression de suffoquer. Une sueur glacée perla à son front, et son cœur tambourinant sembla cesser de lui appartenir. Elle employa tous ses efforts afin de se contrôler, le sol devenant soudain mouvant sous ses pieds.

Il ne pouvait y avoir d'erreur. Cet homme était son mari, John Fairburn, et non le fruit de son imagination enfiévrée !

Les traits ciselés qui autrefois lui avaient conféré sa distinction étaient crispés et ridés, son teint était cireux et son visage émacié. Ses cheveux châtain clair se faisaient rares, grisonnants par endroits, en boucles descendant presque jusqu'à ses épaules.

Il était vêtu à la dernière mode, dans des tons sobres, relevés par un large col en dentelle blanche.

Remarquant son étrange immobilité, Verity s'excusa auprès de Gregory et vint à ses côtés.

— C'est cet homme qui vous perturbe, Arabella ? Le connaissez-vous ?

Elle hocha la tête.

— Oui, réussit-elle à murmurer. C'est John Fairburn. Mon mari.

Verity dévisagea Arabella comme si elle avait perdu la tête.

— Votre mari ? Mais… je croyais qu'il était…

— Mort. Oui, moi aussi. Il semblerait que je me sois trompée, dit-elle d'une voix étonnamment calme en dépit de son tumulte intérieur.

Malgré la distance qui les séparait, Arabella croisa les yeux gris et froids de John sans ciller.

Elle était en fait étrangement soulagée qu'il se montrât enfin, car, si elle ne l'avait encore jamais vu, il semblait néanmoins rôder en permanence autour d'elle ces derniers temps, et hanter son esprit. La terreur qui l'avait habitée depuis que le colonel Lister lui avait laissé à penser qu'il était vivant avait disparu, certes, mais comment surmonter sa répugnance à le revoir ainsi devant elle ?

Il lui faudrait se contrôler et garder son sang-froid pour retenir sa rage et sa haine d'exploser face à lui.

Il lui fit une révérence exagérée avec un sourire artificiel, s'excusa auprès de ses compagnons qui la dévisageaient d'un air salace écœurant et s'avança lentement vers elle.

— Il vient par ici, chuchota Verity. Voulez-vous que je reste avec vous ?

— Non, merci, Verity, je préfère le voir seule.

Alors que Verity partait rejoindre son mari, Arabella se dirigea vers un endroit plus tranquille de la salle, sachant que John l'y suivrait.

Elle le regarda s'approcher, remarquant que son assurance et sa démarche conquérante n'avaient en rien diminué.

C'était un égocentrique, un homme arrogant incapable de ressentir la moindre émotion qui ne fût en relation avec son amour pour lui-même.

Quand il se retrouva enfin devant elle, son visage était si inexpressif qu'on l'aurait cru taillé dans la pierre. Il la regarda sans la saluer. Il respirait fort, comme s'il avait couru, et des gouttes de sueur coulaient sur son front.

Puis soudain un léger sourire éclaira son air sombre, un sourire qui ne découvrait pas ses dents, et Arabella trembla intérieurement.

Elle lui fit face au prix d'un immense effort pour se contenir. Une assurance calme et posée était la meilleure approche pour cette confrontation avec son mari lunatique, décida-t-elle.

— John, ainsi vous êtes vivant ! s'exclama-t-elle avec froideur, en s'efforçant de cacher la panique qui l'avait envahie, mais sans réussir à dissimuler la peur et la révulsion sur son visage.

— Comme vous le voyez, ma chère épouse, riposta-t-il en regardant autour de lui, visiblement irrité par la proximité des autres invités. J'aimerais m'entretenir avec vous en privé, si vous le voulez bien. Nous ne pouvons pas parler dans cette foule.

— Non, je ne le veux pas. Vous pouvez me dire ici ce que vous avez à me dire, répliqua-t-elle.

Il la crucifia du regard.

— Pourquoi cela, Arabella ? Vous ne me faites donc pas confiance ? lança-t-il d'un ton glacé et dédaigneux.

— J'ai toutes les raisons pour cela. Je crois que vous étiez déjà à Paris quand j'y suis arrivée, ce qui est étrange puisque personne ne semble vous avoir vu, sinon il est évident que j'en aurais été informée. Et je sais que vous m'avez espionnée. Pourquoi ne vous êtes-vous pas fait connaître, au lieu de vous cacher dans la foule et derrière des tentures ?

Il haussa les épaules avec nonchalance.

— Et pourquoi l'aurais-je fait ? J'aime à vous observer. Cela a toujours été ainsi, vous le savez bien.

Il jeta un coup d'œil à l'élégante assemblée, et s'attarda brièvement sur le roi.

— Je n'aime pas me mêler aux autres, ajouta-t-il, même si vous et moi sommes arrivés à Paris au même moment. Je ne m'attendais pas à ce que vous soyez en France.

— Je peux très bien le comprendre, rétorqua-t-elle sur un ton sarcastique.

— Je reste dans mes appartements, le plus souvent. Je ne fréquente pas ce genre d'illustre compagnie d'habitude, mais j'ai pensé qu'il était temps que vous et moi nous rencontrions. Vous semblez fort vous divertir, Arabella. Vous n'êtes pas vraiment une veuve éplorée, ajouta-t-il doucement.

— Mais je ne suis pas veuve, John, quoique pour je ne sais quelle raison perverse vous vouliez me le faire accroire.

— Je sais où vous habitez, Arabella. Je sais aussi avec qui vous frayez.

Quand elle leva un sourcil perplexe, il partit d'un rire rauque.

— Vous êtes devenue un personnage populaire, on commente vos faits et gestes, et j'ai vu que vous étiez également liée à Edward Grey. Quelle chance pour vous que sa femme soit morte, et que vous ayez ainsi cru être libre de reprendre la relation que vous aviez entretenue avant notre mariage, avant qu'il ne se débarrasse de vous pour les bras d'une autre femme ! Comme vous devez être déçue de découvrir que je n'ai pas été massacré dans un combat glorieux !

Son ton moqueur réveilla toute la rage qu'elle éprouvait contre lui. Il était toujours le même. Rien ne pourrait l'ébranler. Il arborait toujours cet air de supériorité sarcastique horripilant, même dans les circonstances les plus dramatiques.

Déterminée à ne pas céder à l'exaspération devant cette attitude insupportable, elle pencha la tête sur le côté, dans une posture de défi.

— Est-ce pour cela que vous avez soudain décidé de vous montrer ? Je n'imagine évidemment pas un seul instant que vous m'avez recherchée pour faire amende honorable d'avoir menti sur votre sort et votre prétendue mort au combat.

Il continua à sourire, mais plissa les yeux. Elle vit son regard s'attarder sur ses seins et eut la confirmation qu'en dépit des changements de son apparence, il n'était pas différent de ce qu'il avait toujours été : un être cruel aimant à persécuter son entourage. Néanmoins, son calme et son détachement presque teinté de négligence la stupéfiaient. Depuis sa mort supposée, elle avait essayé de ne pas repenser à quel point il avait été odieux en tant que mari.

Et cela s'imposait de nouveau à elle, avec une force implacable à laquelle il était difficile de résister.

Il s'avança posément d'un pas, impassible.

— Vous êtes toujours ma femme. Je ne pouvais pas permettre que votre liaison se poursuive, voilà pourquoi je suis sorti de l'ombre. Allons, reconnaissez-le, n'est-ce pas là un instant poignant, un homme et une femme réunis après une si longue absence, surtout après des adieux que vous pensiez définitifs ?

— Je ne vous reviendrai pas, John, répliqua-t-elle d'une voix rendue rauque et assourdie par l'indignation. Plutôt mourir !

— Oh ! mais vous mourrez, Arabella, ne vous inquiétez pas. A la fin.

Son ton suintait le mépris avec subtilité. C'était ainsi qu'il s'adressait à elle, et ce, depuis le jour de leur mariage.

— On m'a dit que vous étiez mort, reprit Arabella. C'était ce que vous aviez l'intention de me faire croire quand vous m'avez envoyé ce cercueil où reposait un autre homme. En ce qui me concerne, je vous ai enterré ce jour-là. Après la bataille, quand les soldats du Parlement sont venus et ont brûlé la maison avant de confisquer les terres, les liens m'attachant à vous ont été tranchés.

Aussi froid qu'un bloc de glace, John regarda sa femme sans s'émouvoir le moins du monde.

— J'ai toujours la maison de Bath, objecta-t-il.

— Non. J'avais besoin d'argent, aussi l'ai-je vendue.

Il l'ignorait visiblement. Ses yeux se rétrécirent et brillèrent d'un éclat de fureur tandis qu'un tic nerveux tordait le coin de sa bouche.

— Qu'avez-vous fait ? Soyez maudite ! Vous n'aviez aucun droit de la vendre !

Elle le toisa d'un air de défi qu'elle n'aurait jamais osé arborer par le passé.

— Et qui donc en avait le droit ? Vous étiez mort, je vous le rappelle, dit-elle en le dévisageant avec curiosité. Si vous vouliez que je croie que vous aviez été tué à St Fagans, pourquoi avez-vous décidé de vous montrer maintenant ?

— Parce que j'ai changé d'avis et décidé de ne plus me cacher.

— Vous êtes un personnage connu. Pensiez-vous réellement pouvoir vous cacher éternellement ? Etait-ce cela que vous vouliez ?

— Pendant un certain temps, en effet. Vous avez soupçonné que j'étais vivant. Qui vous l'a dit ?

— Malcolm Lister, après Worcester, quand il a fait irruption à Bircot Hall à la recherche de fugitifs. De quoi vous cachiez-vous ? Ou peut-être devrais-je dire, de qui ? Moi ?

Il hocha la tête.

— En partie. Mais surtout de moi-même, et de ce que la guerre a fait de moi.

Le capitaine Fanshaw lui avait révélé que John avait été grièvement blessé pendant la bataille. Elle avait en effet remarqué une certaine raideur dans sa démarche quand il s'était approché d'elle.

— J'ai appris que vous aviez mis votre épée au service de la France, poursuivit-elle.

— En effet. Par malheur, les blessures que j'ai reçues à St Fagans ont laissé leurs traces, aussi suis-je rentré à Paris. Cependant, je ne suis pas resté inactif. Je me suis fait un point d'honneur à retracer vos faits et gestes. Je sais que vous avez renoué avec Edward Grey. Et qu'il a sollicité votre aide pour conduire son fils à Paris, afin de l'éloigner de son beau-frère, le colonel Lister, dans la crainte qu'il ne s'en empare pour en faire son héritier.

Son discours débité sur un ton posé contraria Arabella et surtout l'inquiéta.

— Vous avez raison, vous n'avez pas perdu votre temps,

John. Puis-je vous demander comment vous avez obtenu ces informations ?

— Je me suis juré de découvrir tout ce que je pourrais sur vous.

— Je n'avais pas la moindre idée que les gens à Paris s'intéressaient autant à moi.

John fit mine de ne pas avoir remarqué la véhémence de la repartie d'Arabella. Il brossa une poussière sur la manche de sa redingote, et reprit la parole avec douceur sans même la regarder.

— Edward Grey est votre amant. Ai-je raison, ou non, Arabella ? Je le sais, aussi feriez-vous tout aussi bien de le reconnaître.

Arabella enfonça ses ongles dans la paume de sa main pour se forcer à garder son calme. Mais elle fut traversée par une vague de rage brûlante d'une violence absolue.

— Alors pourquoi me posez-vous la question si vous en connaissez déjà la réponse ?

— Je ne serai en aucun cas l'objet de railleries, et vous ne me couvrirez pas non plus de honte en continuant votre liaison sordide. Je vous laisse réfléchir à ce que mon retour dans votre vie signifie pour votre avenir. Je viendrai vous voir demain, et vous ferai connaître mes intentions. Veillez bien à être chez vous, car je serais extrêmement contrarié d'une éventuelle absence.

John se campa devant elle, tendit les bras et l'attira contre lui en dépit de sa résistance.

— Ne faites pas ça ! protesta-t-elle en le repoussant, mais son geste pouvait laisser à penser qu'elle lui retournait son étreinte.

Soudain, quelqu'un passa à côté d'eux, et quand elle tourna la tête elle rencontra le regard glacial d'Edward.

Torturé de jalousie, celui-ci se détourna et se dirigea vers un groupe de gentilshommes conversant au fond de la salle. Quand Verity était venue le trouver pour l'informer de l'arrivée impromptue de John Fairburn, il s'était figuré qu'Arabella serait extrêmement bouleversée et il s'était hâté de la rejoindre pour lui offrir son soutien. Pourtant, il n'aurait pas dû tant s'inquiéter ! Il était plus furieux qu'il ne l'avait jamais été de toute sa vie.

D'ailleurs, sa colère n'avait rien de rationnel, il aurait plutôt dû se réjouir de constater qu'Arabella n'avait pas été si malheureuse dans sa vie conjugale que ce qu'elle avait bien voulu lui faire croire.

Il s'était passé trop de choses pour Arabella durant cette soirée pour qu'elle puisse trouver le sommeil en rentrant. Elle tournait le problème inlassablement dans son esprit exténué, l'examinant sous tous les angles, sans trouver la moindre solution satisfaisante.

Mais une chose était certaine : l'homme qu'elle abhorrait par-dessus tout la détruirait si elle retournait auprès de lui.

Quand arrivèrent les premières lueurs de l'aube, elle était assise sur une chaise près de la fenêtre et n'avait toujours pas de réponse à son dilemme. Souffrant d'un violent mal de tête, elle s'extirpa de son siège avec peine et s'apprêta à affronter la journée.

Lorsque John se présenta, elle le fit entrer elle-même, soulagée qu'il soit venu, et espérant qu'il serait reparti avant l'arrivée d'Edward. Elle le conduisit directement au salon car Verity lui avait bien recommandé de s'entretenir avec lui en privé. Refermant la porte, elle resta debout devant lui, essayant de ne pas flancher.

— Dites ce que vous avez à dire, et partez, déclara-t-elle. Je n'ai aucun désir de prolonger cet entretien.

— Cet entretien durera aussi longtemps que je le souhaite, jusqu'à ce que vous ayez fait vos bagages et veniez vivre avec moi.

— Vivre avec vous ? Où donc ?

— Ne vous inquiétez pas, Arabella, vous serez dans un endroit confortable. Depuis mon retour à Paris, j'ai fréquenté un établissement où l'on joue gros. Je dois cependant avouer que la compagnie y est peu recommandable. Mais la fortune m'a souri, et m'a permis de louer des appartements convenables près du palais du Louvre. Vous vous souviendrez sans doute que j'ai du flair aux dés, et du talent pour les cartes.

Arabella ne s'en souvenait que trop bien. John était un joueur invétéré et compulsif. Dès qu'il le pouvait, il piochait dans la fortune que le père d'Arabella lui avait confiée, en jouant négligemment d'énormes sommes d'argent, comme si elle était inépuisable. Il gagnait parfois, ce qui ne faisait que l'encourager à continuer.

— Oui, en effet, rétorqua-t-elle. Je me souviens aussi de la façon dont vous avez joué pratiquement tout votre héritage.

— Ce n'est plus le cas aujourd'hui. On pourrait dire que ma chance a tourné. Vous serez tout à fait à l'aise, je vous le promets.

— Vous pouvez me promettre tout ce que vous voudrez, John, je ne vivrai pas avec vous.

— Si, vous finirez par le faire.

— Non. Et ne me menacez pas. Je n'ai pas peur de vous.

— Vous menacer ? Mais ce n'est pas une menace. C'est un ordre. Aucun autre homme n'obtiendra de ma femme ce que je ne peux plus faire moi-même.

— Que voulez-vous dire par là ? demanda-t-elle, interloquée par cette remarque et curieuse d'en connaître la raison. Est-ce parce que vous ne le voulez plus, ou parce que vous ne le pouvez plus ?

John ne répondit pas, mais ses yeux se voilèrent alors qu'elle le scrutait, et son expression laissa étrangement place à ce qui ressemblait fort à de la vulnérabilité.

— Oui, finit-il par avouer avec réticence. C'est là la raison. Vous savez déjà que j'ai été blessé à St Fagans. J'ai reçu une pleine décharge de mousquet. Quand on m'a sorti du lieu de la fusillade j'étais vivant, mais tout juste. Je ne rentrerai pas dans les détails, mais sachez que je suis devenu impuissant. En d'autres termes, ma chère femme, je ne suis plus capable d'engendrer un enfant.

Arabella le regarda en silence, les yeux écarquillés, comme si elle le voyait pour la première fois. Il ne pouvait pas dissimuler sa soudaine agitation. Elle observa avec curiosité la détresse dans laquelle était plongé cet homme d'ordinaire si sûr de lui et manipulateur.

Il se détourna tandis qu'il tentait de reprendre contenance et, quand il fit à nouveau volte-face, toute trace de désarroi avait disparu de son visage.

Une immense tristesse remplaça brièvement la colère d'Arabella. Elle était incapable d'imaginer ses souffrances.

Il la scrutait attentivement, et son changement d'expression ne lui échappa pas.

— Plaignez-moi, ou jubilez si vous le voulez, car qui aurait deviné que John Fairburn tomberait si bas qu'il ne pourrait plus connaître sa femme charnellement ? Vous déclarerez sans doute que je n'ai que la punition que je mérite.

Le dédain froid et calculé avec lequel il prononça ces mots agit tel un baquet d'eau glacée sur les sentiments d'Arabella, qui s'étaient radoucis.

— Non, dit-elle tout bas, je vous plains, mais je ne me réjouirai pas de vos tourments. Vous m'avez énormément fait souffrir pendant notre vie commune, et je vous hais pour cela, ce qui est compréhensible. Mais je ne souhaiterais jamais à personne ce qui vous est arrivé. Cela… est-ce la raison pour laquelle vous vouliez que je vous croie mort, parce que vous ne pouviez plus…

Un faible sourire apparut à la commissure de ses lèvres et se transforma en rictus sur son visage émacié, lui donnant l'air aussi cruel qu'il l'était au fond de son cœur.

— Comme vous le savez, je me suis toujours enorgueilli de ma virilité. Je ne voulais pas vous revenir diminué et souffrir l'infernale torture que vous seriez pour moi si je devais à nouveau partager votre lit. Comment rester plongé dans ma propre impuissance, consumé de désir, interminablement, tout en sachant qu'il n'y aura aucun répit jusqu'à la mort ?

— Et vous m'avez donc envoyé le cadavre d'un autre dans un cercueil, dit-elle, essayant de comprendre.

En dépit de sa souffrance, elle ne pouvait rien faire pour lui.

Mais cela n'altérait en aucun cas ses sentiments à son égard, ni n'allégeait l'amertume dans son cœur.

— Oui, c'est cela, répondit-il avec un sourire désabusé. Je pensais mourir, de toute façon, mais il semble que mon heure n'était pas encore venue. Personne ne connaît mon secret, excepté l'homme qui m'a soigné, et vous désormais.

— Ce que je trouve étrange, si vous vouliez passer pour mort, c'est que vous n'ayez pas changé de nom, reprit-elle. Vous êtes connu, important. Vous auriez dû vous douter que quelqu'un vous reconnaîtrait, et vous identifierait.

Il haussa les épaules.

— Je vous l'ai dit, à ce moment-là je ne m'en souciais guère. Je pensais que mon temps était compté. Quand j'ai compris que je ne mourrais pas de la suite de mes blessures et qu'il faudrait que je continue à vivre, j'ai décidé de regagner le monde et de vous revenir.

Il la détailla avec attention.

— Vous savez, vous avez l'air différente. Il y a quelque chose chez vous qui… quelque chose dans vos yeux qui…

Il ne termina pas sa phrase et la scruta de plus près encore, comme s'il pensait à une chose précise, puis il fronça soudain les sourcils.

— Etes-vous enceinte, Arabella ?

Celle-ci eut le souffle coupé et tressaillit. Sa pâleur subite répondit à sa question. Il lui adressa un sourire entendu.

— Ah… ainsi mes soupçons sont exacts. C'est Grey, j'imagine ? Le sait-il ?

Elle fit un signe de dénégation. Ses yeux se plissèrent tandis qu'il contemplait son visage bouleversé dans un silence pensif et calculateur. Puis il sembla arriver à une conclusion, et une décision s'imposa à son esprit. La dureté revint dans son regard qui s'anima, comme mû par une étincelle.

— Vous ne lui direz pas. Je vous l'interdis, décréta-t-il.

— Mais qu'est-ce que vous racontez ? Bien sûr que je vais le lui révéler ! rétorqua-t-elle en le regardant avec incrédulité. Comment ne le ferais-je pas ? C'est son enfant.

— Il n'a pas besoin d'en être informé. Il semblerait bien que j'aie quelque chose à retirer de tout cela.

— A retirer ? Que voulez-vous dire ?

— J'ai toujours voulu un fils, lança-t-il.

Il sourit lentement, d'un sourire cruel et mauvais.

Arabella le regarda, hagarde. Les conséquences de ses blessures à St Fagans n'étaient qu'une vulnérabilité apparente, et un affaiblissement dans une certaine mesure. Sa cruauté demeurait, elle, toujours intacte et courait dans ses veines, tel le nectar de la vie.

Elle se souvint de ce que c'était que de vivre avec cet homme, dans la laideur et la violence, et fut brièvement aveuglée par la haine.

— J'espère me tromper, et que vous n'êtes pas en train de dire ce que j'imagine. Vous ne pouvez pas faire cela. C'est à Edward de s'occuper de l'avenir de son enfant.

— Je peux faire ce que je veux, et je n'y manquerai pas. J'agirai selon mes désirs, répliqua-t-il.

Arabella eut le sentiment d'être changée en pierre, incapable de réfléchir ou d'agir tandis qu'elle regardait son mari, horrifiée, tout en observant son monde commencer à s'écrouler autour d'elle. La peur et la panique s'insinuaient peu à peu en elle.

Elle s'efforça de cacher ce qu'elle ressentait. Avec cet homme, son mari, dont elle connaissait la terrible histoire mieux que quiconque, il était impératif de rester calme et de ne pas montrer sa peur.

Elle se détourna et ferma les yeux. Elle n'arrivait pas à croire ce qui était en train de lui arriver. Elle se persuada que c'était un mauvais rêve, qui s'effacerait quand elle rouvrirait les yeux.

Mais quand elle les ouvrit, John était toujours là, à la regarder comme un chat qui a attrapé la souris qu'il a choisie pour son dîner.

Elle le toisa, les poings serrés dans les plis de ses jupes.

— Les blessures que vous avez reçues ne vous ont pas seulement rendu impuissant, elles vous ont aussi dérangé l'esprit, assena-t-elle.

— Peut-être. J'ai toujours voulu avoir des enfants.

— Nous avions un enfant, John. Elizabeth. L'avez-vous oublié ?

— Je me souviens d'elle, une pauvre créature chétive. Elle est morte, je le sais, mais je n'ai pas versé de larmes quand elle nous a quittés.

Arabella fut atterrée par ce profond mépris pour leur fille, mais elle préféra ne pas relever. Se plonger dans une querelle sur l'unique belle chose qui avait résulté de leur mariage ne ferait qu'augmenter sa peine et sa tristesse.

— Ce que je veux, c'est un fils pour me succéder, poursuivit John. Un fils qui reprendra le domaine un jour.

— Mais la maison n'existe plus, il n'y a plus que des ruines.

— Cette maison est pour l'instant un tas de pierres, mais que l'on peut rebâtir. Les terres du domaine m'appartiennent toujours.

— Le domaine a été confisqué, au même titre que toutes les propriétés des royalistes.

— Si tel est le cas, je trouverai un moyen de le récupérer. Quand le roi remontera sur le trône, il a promis de rendre tout ce qui a été pris par le Parlement à ceux qui lui sont restés fidèles, ainsi qu'à son père avant lui. L'enfant que vous portez est mon unique chance. Si c'est un garçon, ce sera mon héritier.

— Vous souhaitez élever l'enfant d'un autre homme comme si c'était le vôtre ?

Il hocha la tête.

— Vous êtes totalement dérangé, complètement fou, murmura-t-elle.

— Non, Arabella. Edward Grey a un autre enfant, sur lequel le parlementarien Malcolm Lister aimerait mettre la main par tous les moyens possibles, afin d'en faire son héritier.

Arabella le regarda fixement, sentant son cœur se glacer lentement et inexorablement.

— Vous avez l'intention de vous en servir contre lui.

— Exactement. Je peux faciliter les projets de Lister. Si

vous ne m'obéissez pas en ce qui concerne l'enfant que vous portez, ce n'est pas vous qui en souffrirez.

— Non, John, je ne me plierai pas à vos projets insensés.

— Non ? Peut-être devriez-vous considérer les choses autrement. Je ne divorcerai pas, aussi ne serez-vous pas libre d'épouser Edward Grey. Savez-vous comment la société juge une femme adultère ? Cette perspective vous paraît-elle attrayante ?

— Depuis que je sais que je suis enceinte, je suis prête à me battre pour…

— Pour quoi ? coupa-t-il avec agressivité. Pour un homme qui vous a abandonnée, afin d'en épouser une autre ? Où est passée votre fierté, Arabella ? Je ne vous ai jamais prise pour une écervelée.

Il disait la vérité, certes, elle le savait. Cependant, elle répugnait à l'idée d'agréer à l'horrible perspective qu'il lui avait présentée.

— Vous ne pouvez pas vous attendre à ce que j'accepte une chose aussi grave, déclara-t-elle. Pensez-vous vraiment que je vais tourner le dos à Edward et garder pour moi le fait que je porte son enfant, simplement pour satisfaire votre désir d'avoir un héritier ?

— Alors considérez l'autre solution qui s'offre à vous, poursuivit-il sur un ton menaçant. Je vais faire renvoyer en Angleterre le fils d'Edward Grey, Dickon, c'est bien son nom, il me semble, n'est-ce pas ? Cet enfant dont vous vous êtes entichée.

Un long silence se fit, lourd des menaces de cet homme puissant, qui arriverait à ses fins, quelles qu'en soient les conséquences. Ses yeux étaient devenus soudain perçants et brillants.

Elle connaissait cette transformation, et cela la terrifiait. Il lui fallut un moment avant de réussir à retrouver la parole. John était déterminé, c'était évident. Il lui suffisait de regarder ces yeux, intenses et froids, ceux d'un homme prêt à commettre n'importe quel crime pour assouvir son ambition démesurée. Il disposait sans aucun doute de complices et d'hommes de main pour l'assister dans son forfait.

— Même vous ne pourriez être aussi cruel, murmura-t-elle. Vous n'enlèveriez pas un fils à son père.

Il éclata de rire devant son visage révulsé.

— Croyez-moi, Arabella, je le conduirais jusqu'en enfer si cela était nécessaire. Ai-je vraiment l'air d'une personne qui laisserait la disparition d'un enfant troubler son sommeil ?

Il avait éructé chaque mot, qui avait percé son cœur telles les plus affûtées des lames.

Elle le dévisageait en réalisant l'implication de ce qui pour elle équivalait à une sentence de mort. Pendant un moment, elle se battit intérieurement pour réfléchir au terrible choix auquel elle devait se résoudre inéluctablement. Mais il n'y en avait aucun en réalité.

Sa colère céda la place à la grisaille sinistre de sa situation.

L'entendre évoquer avec un tel détachement cynique le projet de priver un père de son fils lui fit douter de sa santé mentale. Son mari était un être que toute humanité avait quitté.

Elle se mit à trembler, mais se garda de le montrer. Depuis qu'elle était certaine de porter l'enfant d'Edward, elle avait été galvanisée par une vague d'exaltation.

Mais elle savait désormais que tout n'était qu'incertitude.

— Laissez-moi réfléchir un peu, reprit-elle. En raison de votre… déficience, je réalise que notre mariage désormais ne sera plus qu'un mariage sur le papier. Donc, si j'accepte vos conditions, j'entends que vous respectiez ma vie privée.

John se précipita sur elle et lui saisit le menton en lui tordant le cou pour l'obliger à le regarder dans les yeux. Son haleine était fétide, et elle frissonna de dégoût, prise de haut-le-cœur.

— Vous n'avez pas à réfléchir, déclara-t-il froidement. C'est très simple. Si vous voulez que cet enfant, ce Dickon, ne soit pas séparé de son père, vous ne direz pas un mot sur celui que vous portez. Et vous viendrez avec moi, en tant qu'épouse. Notre mariage sera un mariage sur le papier seulement, c'est entendu. Mais l'enfant sera le mien.

Arabella tenta de se dégager.

— Vous me faites mal, hoqueta-t-elle.

Mais il haletait sans la relâcher, les yeux enfiévrés d'excitation.

— Vous méritez de souffrir, gronda-t-il en la serrant encore plus fort. Vous ne reverrez plus Edward Grey. Je ne resterai pas sans bouger alors qu'un autre homme fera avec ma femme ce qui me revient de droit. L'humiliation est mienne, Arabella. Mienne ! Tenez-vous à lui ?

Arabella hocha la tête, les yeux soudain emplis de larmes.

— Je l'aime. Je l'aime de tout mon cœur.

— Alors, vous voilà bien malheureuse, lâcha-t-il d'un ton acerbe.

— Il ne manquera pas de réagir.

— Je ne suis pas le genre d'homme avec qui l'on plaisante, et ça m'est bien égal qu'il fasse scandale ou remue ciel et terre, il ne vous récupérera pas. Ni l'enfant. Vous avez changé. Vous êtes devenue bien trop audacieuse et impertinente pour votre propre bien. Un peu d'humilité ne vous fera pas de mal, ajouta-t-il en plissant les yeux. Il va vous falloir quelques leçons, je vois. Quant à votre vie privée, vous en aurez autant que je le jugerai bon. Quand l'enfant sera né, je serai même peut-être assez généreux pour vous partager avec quelques-uns de mes amis, qui n'ont pas manqué de commenter votre beauté quand ils vous ont vue hier soir.

Arabella fut submergée par une vague de nausée.

Que pouvait infliger de pire que le viol un homme à une femme ? Elle avait beau espérer que John ne tomberait pas aussi bas, elle ne pouvait exclure cette éventualité. Son mari était puissant, autoritaire et manipulateur. Quand elle n'avait pas eu d'autre choix, elle l'avait supporté.

Et aujourd'hui, par un cruel tour du destin, elle était autant en son pouvoir qu'autrefois. Comment faire pour le combattre ?

Il desserra la main sur son menton et sourit. Arabella lui lança un regard flamboyant chargé de tant de mépris et de haine que tout homme aurait détourné les yeux, couvert de honte. Mais pas John Fairburn. Il était différent de tous les autres. Cruel, vindicatif, comme le lui avait amplement prouvé son comportement par le passé.

Il tourna les talons et se dirigea vers la porte.

— Vous avez jusqu'à demain ! l'apostropha-t-il.

— Demain ? s'exclama Arabella, paniquée.

— C'est ce que j'ai dit. Plus vite vous serez installée dans mes appartements, mieux cela vaudra.

John se sentit satisfait en quittant la maison. Quel dommage de ne pouvoir reprendre ses relations conjugales avec Arabella ! Cette maudite impuissance l'en empêchait, et cette idée le torturait à chaque instant.

Il se remémora ce qu'il avait vécu quand il avait été blessé, gisant sur sa couchette crasseuse, après avoir constaté son état et compris quelles en seraient les conséquences. Il n'avait donc pas voulu rentrer chez lui diminué et avait envoyé à Arabella le corps d'un homme si gravement blessé qu'il était méconnaissable.

Mais il n'était pas mort.

Lorsqu'il avait appris l'arrivée d'Arabella à Paris, il ne lui avait pas fallu longtemps pour en découvrir la raison, et qu'Edward Grey était son amant.

Consumé de rage et de jalousie, et incapable de se battre en France à cause de son état physique, il avait décidé qu'il était temps de montrer à sa femme qu'il était bien vivant. Elle était plus belle que dans son souvenir. L'avoir épousée et possédée avait été infiniment supérieur à ses relations avec de pauvres catins, trop promptes à occuper son lit en échange de quelques pièces, le laissant ensuite en proie à la frustration.

Arabella avait enflammé à jamais cette partie de lui-même qu'aucune prostituée en dépit de leur expérience n'avait réussi à éveiller.

Quand John fut parti, Arabella resta longtemps à contempler la porte close, en pensant à lui et à ce qu'il exigeait d'elle. Elle se sentit glacée au plus profond d'elle-même. Elle avait perdu tout ce qu'elle avait jamais désiré. Vaincue, elle baissa la tête, la gorge serrée.

Et Edward ? Tout en elle réclamait sa présence. Elle avait été stupide de croire qu'ils pourraient jamais être ensemble, elle en était certaine désormais.

Il faudrait qu'elle reste avec John, pour protéger Dickon.

L'horreur de la situation la dépassait, et elle étouffa un sanglot. Elle devrait mettre ses sentiments de côté. L'idée de tromper Edward et de lui cacher sa grossesse la révulsait, mais la perspective de voir Dickon kidnappé et conduit en Angleterre à Malcolm Lister était inconcevable.

Elle obéirait à John, irait là où il le lui ordonnerait, alors qu'elle rêvait de rester à Paris, le plus près possible d'Edward. La futilité de ses considérations lui serra le cœur. Savoir qu'elle ne serait pas la femme de John dans tous les sens du terme était la seule chose positive à laquelle elle pouvait se raccrocher.

Il fallait qu'elle trouve un moyen de s'en sortir.

— Que faites-vous ici, Arabella ?

Elle se détourna de la fenêtre en entendant Verity.

— Oh ! je réfléchissais, c'est tout…

Verity prit un air soucieux en remarquant la pâleur d'Arabella.

— Oh ! très chère ! Vous êtes si pâle ! Que s'est-il passé ? Etes-vous souffrante ?

Arabella fit un effort pour se redresser et respirer calmement.

— Non, je vais très bien, Verity.

— J'ai vu John Fairburn quitter la maison. Est-ce que tout va bien ?

— Je ne pourrais le prétendre, avoua Arabella avant de faire face à la femme qui l'avait accueillie avec tant de chaleur dans son foyer. John est mon mari. Ma place est auprès de lui.

Verity la dévisagea attentivement.

— Mais… c'est tellement inattendu, Arabella. Est-ce votre souhait ?

Elle secoua la tête. Non, pensa-t-elle. Retourner avec John n'était pas ce qu'elle souhaitait. C'était Edward qu'elle voulait. Mais si elle ne pouvait l'avoir, alors plus rien n'importait.

— Non, répondit-elle avec gravité. Mais il ne me laisse pas le choix.

— Peut-il vous obliger à reprendre la vie commune ?

— Oui, Verity, j'en ai peur.

— Et… Edward ? Qu'allez-vous lui dire ?

— Que dire, si ce n'est la vérité ?

— Mais… je croyais que vous étiez éprise d'Edward ?

Le tourment d'Arabella se lisait sur son visage tel un livre ouvert.

— Verity, je vous en prie, ne me parlez pas de cela. Je ne peux supporter de penser à Edward… pas maintenant.

Comment avouer à cette femme attentionnée et tendre que son cœur était brisé ? Cela ne ferait que la bouleverser. Il fallait qu'elle surmonte seule cette épreuve.

— Je ne suis pas libre. Edward doit comprendre que la place d'une femme est aux côtés de son mari.

— Mais vous n'aimez pas John.

Arabella esquissa un signe de dénégation.

— Non. Je ne l'ai jamais aimé.

— Alors, je suis vraiment désolée pour vous, dit Verity d'un ton plein de compassion. J'espérais qu'Edward et vous trouveriez le bonheur ensemble.

— Ce n'est pas possible, Verity.

— Je n'arrive pas à croire à ce qui vous arrive. Avez-vous peur de votre mari, Arabella ?

— Oui, reconnut-elle, ainsi que des droits qu'il a sur moi.

— Mais… Dickon… vous allez lui manquer.

— Dickon a son père, et vous et vos enfants maintenant. Il ne remarquera même pas mon absence.

— Il s'en rendra bien plus compte que vous ne l'imaginez, rétorqua Verity.

— Vous êtes bonne de me le dire.

— La bonté n'a rien à voir avec cela. Il s'est énormément attaché à vous.

Arabella se sentit submergée d'émotion, profondément touchée par les paroles de Verity.

— Mais je dois partir. Plus j'attendrai, plus ce sera difficile. Cependant, croyez-moi, je ne quitte pas Dickon de gaieté de cœur.

Chapitre 9

Impuissante et vaincue, l'esprit fiévreux et le cœur lourd, Arabella attendait Edward. Verity lui avait dit qu'après l'avoir vue avec John au mariage, il avait quitté la soirée aussitôt.

Edward arriva en début d'après-midi. En entendant son pas vif sur le dallage du vestibule, elle préféra attendre que Verity l'eût fait entrer dans le salon. Un poids énorme, presque insupportable, était descendu sur sa poitrine. Elle réfléchissait désespérément à la façon dont elle pourrait trouver de l'aide pour porter ce fardeau, mais en vain.

Il la considéra avec froideur, tel un étranger, distant et complètement différent de l'homme qui, il y avait encore peu de temps, lui avait fait l'amour avec une incroyable tendresse.

La peur s'insinua en elle, ainsi que la consternation devant cet abîme qui s'était ouvert entre eux. Il la dévisageait, impassible, le regard à peine troublé, sans le moindre sourire pour éclairer son visage sombre.

Ce fut cependant lui qui rompit le silence.

— Est-ce vrai ? Vous retournez vivre avec lui ?

— Verity vous l'a dit ?

— Je veux l'entendre de votre bouche, répliqua-t-il.

Le cœur brisé, Arabella hocha la tête. Elle ne l'avait jamais senti si lointain.

— Oui, Edward. C'est vrai.

Il la considéra avec incrédulité, comme si elle venait à l'instant de se transformer en une créature différente devant ses yeux. Son visage se crispa, et ses yeux bleus semblèrent s'assombrir. Elle fut désespérée d'y lire une immense déception. Sa bouche pincée n'était plus qu'une fine ligne blanche.

— Vous aviez prétendu que vous ne le feriez pas. Etes-vous en train de me signifier que vous l'aimez, finalement ?

Elle le regarda, abasourdie qu'il puisse lui poser cette question.

— L'aimer ? Non ! Certainement pas !

— Alors, que s'est-il passé qui vous ait fait changer d'avis ? demanda-t-il en s'avançant un peu vers elle, mais à peine, de manière à mieux l'observer, et à sentir le délicat parfum de sa peau. Qu'a-t-il dit ? Vous a-t-il menacée ? Vous y a-t-il forcée ? Et ne me répondez pas que vous lui devez la loyauté, parce que je ne peux y croire. Vous avez vécu avec lui une vie misérable en tant qu'épouse. John Fairburn ne connaît pas le sens du mot honneur. Cet homme est brutal, autoritaire, c'est un scélérat fourbe et sans scrupules.

Il restait terriblement formel, lointain et inaccessible. Incapable de le regarder dans les yeux, Arabella secoua la tête. Chacune de ses paroles n'était que la stricte vérité, et elle ne pouvait en aucun cas se défendre.

Elle sentait son regard aigu vrillé sur elle, et dut déployer tous ses efforts pour cacher sa détresse et retenir des larmes qui menaçaient de la trahir. Elle aurait tant voulu lui expliquer que tout était feint, qu'elle était toujours sienne et n'appartenait qu'à lui ! Il fallait à tout prix qu'elle s'empêche d'éclater en sanglots.

— Il est peut-être en effet tout cela, mais je dois reprendre ma vie commune avec lui, il est toujours mon mari, expliqua-t-elle posément. Je porte son nom. Je ne peux pas vivre avec vous, Edward. Il n'y a pas d'avenir pour nous, seulement le passé.

— Il ne vous a pas bien traitée autrefois. Qu'est-ce qui vous laisse à penser que ce sera différent désormais ?

— Rien.

— Pourquoi a-t-il mis en scène sa mort, et soudain décidé de réapparaître ? insista-t-il. Pourquoi vous a-t-il dupée de la sorte ?

Arabella baissa les yeux. Tout comme John l'avait bernée,

elle trompait sciemment Edward en ne lui parlant pas de l'enfant qu'elle portait, et elle se haïssait de le faire.

— Il… il m'en a expliqué les raisons. C'est compliqué.

— Compliqué ? Arabella, il a envoyé le cadavre d'un autre homme à sa femme, vous faisant croire qu'il avait été tué au combat. Quel genre d'homme agirait donc ainsi ?

Arabella poussa un soupir sans espoir, et ses yeux d'ambre se voilèrent de larmes.

— Je sais ce que vous devez penser…

— Non, vous ne le savez pas, coupa-t-il avec véhémence, à voix basse. J'ai peur pour vous, Arabella. C'est pour cela que j'ai fait une enquête auprès des exilés qui connaissent John Fairburn. Ce que j'ai appris m'inquiète au plus haut point pour votre sécurité. Vous n'avez pas à lui revenir. Vous avez de bonnes raisons de ne pas le faire. Personne ne vous jetterait la pierre.

Elle plongea dans ses yeux aux profondeurs infinies.

— J'ai un devoir…

— Au diable le devoir ! Vous ne lui devez rien. Est-il au courant, en ce qui me concerne ?

— Oui.

— Et ?

— Il… il est prêt à pardonner.

— Comme c'est magnanime de sa part ! ironisa-t-il d'un ton sec. Arabella, je vous demande de venir vivre avec moi.

Elle releva brusquement la tête et le dévisagea, bouche bée de stupéfaction.

— Et que pouvez-vous m'offrir, Edward ? Dites-le-moi. Certainement rien que l'on puisse qualifier de décent.

— Peut-être pas, en effet. Pour le moment, tout ce que je puis vous offrir est une existence plutôt humble, et pas très respectable, tant que vous n'êtes pas libérée de vos liens conjugaux. Depuis que je vous ai retrouvée, je vous considère comme mon âme sœur, mon autre moitié, même si vous n'êtes pas ma femme. Je projetais cependant de vous proposer de le devenir, car je pensais en toute honnêteté que vous étiez veuve.

Arabella le regarda avec tristesse.

— Je suis désolée de vous décevoir, Edward, mais j'ai un mari. Et je suis tenue par le devoir de retourner auprès de lui.

Edward recula d'un pas, les yeux étincelants.

— Et vous placez le devoir avant votre bonheur ?

— Je n'ai pas le choix.

— Vous avez raison. Tant que vous restez l'épouse de John Fairburn, je ne peux agir. Mais vous savez ce que j'éprouve pour vous. Je veux être sûr qu'il ne vous arrive rien, si vous m'y autorisez.

— Non, Edward, répliqua-t-elle avec fermeté en levant la tête tout en se redressant, afin de bien lui faire comprendre que sa décision de reprendre son ancienne vie avec John n'était plus un objet de discussion. Je vous en prie, ne faites rien. Je vous en supplie. Ma décision est prise. Et je n'ai pas le choix.

Edward sembla soudain pétrifié. Planté fermement devant elle, les mains dans le dos, il irradiait la puissance.

Mais son cœur n'était pas immunisé contre la douleur. Il était devenu blême, et Arabella réalisa alors la violence du coup qu'elle venait de lui porter.

— Me supplier, moi ? Depuis quand avez-vous besoin de me supplier de quoi que ce soit ? s'indigna-t-il. Je ne me disputerai pas avec vous, Arabella, mais je ne peux accepter de bonne grâce ce que vous êtes sur le point de faire.

Il s'était exprimé calmement, mais avec force, sans la quitter des yeux.

— Je suis désolée, Edward, je voudrais pouvoir vous expliquer…

— Je préférerais que vous vous en absteniez, coupa-t-il, tout en remarquant la façon dont les braises du feu faisaient ressortir les nuances dorées de sa chevelure cuivrée.

Comment pouvait-il laisser une femme l'affecter à ce point comme celle-ci y réussissait si bien ?

— Vous devez me pardonner d'avoir cru que nous ne faisions qu'un, reprit-il. Avez-vous la moindre idée de mon tourment de vous voir vivre avec un homme dont aucune de mes connaissances ne peut parler en bien, pas même votre propre frère ?

Elle croisa son regard furieux, et soudain son cœur se mit à bondir violemment tandis que la couleur revenait sur son visage.

— Stephen ? Vous l'avez vu ? Il est ici, à Paris ?

Il hocha la tête.

— Il est arrivé hier. Quand il a été rétabli, il a réussi à gagner la côte sud et à embarquer pour la France.

— Mais… voilà de bonnes nouvelles ! Oh ! comme je voudrais le voir !

— Vous le verrez, ne vous inquiétez pas. Il est à Saint-Germain-en-Laye pour le moment, et s'apprête à partir avec d'autres mettre son épée au service de la France. Il n'a pas l'intention de rester loin de Paris très longtemps, et je ne doute pas qu'il vous rendra visite dès que vous serez installée dans les appartements de votre mari.

Entendre les mots « votre mari » dans la bouche d'Edward déchira le cœur d'Arabella.

— Edward…, dit-elle tout en tendant la main dans un appel muet, avant de la laisser retomber après avoir constaté qu'elle ne s'était attiré qu'un regard glacial de sa part. Je me rends bien compte que je vous ai blessé, et que vous devez me mépriser pour ce que j'ai fait.

— Je ne pourrai jamais vous mépriser, Arabella. Pour l'amour de Dieu, je vous aime ! s'exclama-t-il avec passion. Mais vous avez choisi. Je ne puis rien faire d'autre que vous souhaiter le meilleur.

Son visage était fermé tel un mur impénétrable. Il était tant plongé dans la colère et le ressentiment qu'il tourna les talons sans un mot et quitta la pièce.

Le bruit de la porte qui se refermait sonna comme un glas au plus profond du cœur déjà brisé d'Arabella. Ce ne fut que lorsqu'elle fut certaine qu'il était bien parti qu'elle trouva la force de regagner sa chambre pour commencer ses préparatifs de départ, accompagnée par les voix et les rires des enfants, ainsi que les aboiements de leur petit chien.

Elle sentit perler des larmes de désespoir absolu, sur elle-même, sur Edward et Dickon, d'avoir été obligée d'en arriver là.

Incapable de trouver le courage de s'activer, elle s'assit au bord de son lit et fixa les murs. Comment réussirait-elle à survivre sans Edward ? Ce qu'il avait éprouvé pour elle, que cela eût été de l'amour ou quelque chose qui s'en approchait, avait dû désormais se transformer en haine.

Elle ne s'attendait pas à ce qu'il lui pardonne.

Après avoir quitté la maison, Edward ne retourna pas à ses appartements. Désirant être seul, il sortit de la ville à cheval, et trouva quelque distraction à galoper dans la campagne à bride abattue. Pendant ces instants de totale liberté, son esprit réussissait à s'abstraire de toute pensée.

Mais quand il s'approcha des bois où il avait fait l'amour à Arabella, il ralentit l'allure et laissa les souvenirs de cette journée merveilleuse de plaisir volé l'envahir. Un désir immense le submergea, dont il ne put déterminer la raison. Peut-être était-ce d'avoir revécu ce bonheur qu'il avait trouvé avec elle, avant qu'elle ne lui eût révélé que John Fairburn était revenu d'entre les morts.

Depuis qu'Edward l'avait vue avec son mari à la réception, son monde avait commencé à s'écrouler. Il ne supportait pas l'idée qu'elle reprenne la vie conjugale. Et il ne le croyait pas, jusqu'à ce qu'il l'entende de la propre bouche d'Arabella.

Ses journées étaient plongées dans les ténèbres, et il se tourmentait sans cesse en songeant à l'horreur de la situation.

Chaque fois qu'il pensait à elle au lit avec John Fairburn, la bile lui montait à la gorge. Ses nuits étaient hantées par l'image de son corps svelte et ravissant, et de celui de Fairburn dans une même étreinte, tandis qu'elle criait dans l'extase comme elle l'avait fait avec lui.

Après deux semaines, et sans aucune nouvelle d'Arabella, il se décida à ne plus penser à elle. Quand Verity, l'air soucieux, lui demanda s'il l'avait vue, il répondit par la négative, et ajouta qu'il n'en avait pas le projet.

— Mais il doit bien y avoir une raison pour qu'elle retourne auprès de son mari, affirma-t-elle en amie loyale, se sentant tenue de la défendre.

— Et quel genre de raison pourrait-elle fournir ? l'interrogea Gregory, qui ne partageait pas les préoccupations de sa femme. Cet homme est son mari. En tant qu'épouse, il est de son devoir de vivre avec lui.

— Cela n'a pas d'importance, trancha sèchement Edward. A moins qu'il ne l'ait emmenée de force alors qu'elle hurlait et se débattait, son sort ne me concerne plus.

Il avait pris congé, l'air indifférent, après avoir rappelé à sa sœur qu'elle était partie de son plein gré, laissant ainsi l'impression qu'il ne se souciait plus d'elle.

Or c'était tout le contraire, il était rongé d'inquiétude. Il aimait tant Arabella que c'en était douloureux. Etant donné la manière dont John Fairburn l'avait traitée par le passé, comment pouvait-elle s'imaginer que ce serait différent aujourd'hui ?

Arabella était prise au piège aussi sûrement qu'elle l'avait été le jour où elle avait épousé John Fairburn. Elle l'attendit le lendemain, dans l'espoir d'un sursis, mais il était impatient et s'était présenté très tôt pour venir la chercher.

Elle s'installa du mieux qu'elle put dans les appartements loués par John. Au moins étaient-ils spacieux, confortables et bien meublés.

Au fil des jours, elle devint peu à peu indolente. Confinée dans son logement, il lui semblait que le temps s'était suspendu, chaque jour plus long que le précédent. Elle se sentait très seule, et Dickon lui manquait terriblement. Elle était troublée par tout ce qui venait de se passer, et par les changements qui bouleversaient soudain sa vie. Elle avait pris cette décision dans un moment de confusion et de désespoir.

John était de toute évidence content de lui d'être arrivé à ses fins. Il la laissait seule la plupart du temps, et n'avait aucune objection à ce qu'elle rende visite à d'autres épouses qui avaient rejoint leurs maris à Paris, ou fasse des emplettes pour sa garde-robe. Mais il ne l'autorisait pas à voir Verity.

Quand elle rentrait, elle découvrait souvent que John était absent. Elle soupait seule et se couchait tôt. Il ne revenait qu'au petit matin, ivre et impatient d'aller dormir. Il souffrait terriblement des séquelles de ses blessures, ce qui le rendait irritable et le mettait de mauvaise humeur. Il achetait des remèdes à une sorte de rebouteuse qui vivait sur la rive de la Seine, mais rien ne le soulageait mieux que la boisson.

A certaines occasions, il insistait pour qu'elle l'accompagnât à un souper ou à une soirée quelconque chez l'un de ses amis. Il aimait l'exhiber. Les gens qu'elle y rencontrait étaient extrêmement différents des exilés qu'elle avait fréquentés lors de son arrivée à Paris. Les connaissances de John vivaient dans un monde d'oisiveté, de plaisirs et de gaieté futile qui ne s'attirait que son mépris.

John avait toujours été joueur, s'imaginant que c'était un moyen pour gagner de l'argent sans effort. Il buvait aussi beaucoup les nuits où il jouait, et l'alcool augmentait sa promptitude à risquer gros. Mais il avait de la chance, et l'argent s'empilait devant lui avec régularité, lui permettant de s'autoriser des luxes auxquels bien peu de réfugiés anglais ne pouvaient prétendre.

Elle n'avait aucune nouvelle d'Edward, et plus le temps passait, plus il lui manquait.

Dieu merci, John n'était pas là le jour où Stephen lui rendit visite. Elle fut si heureuse de retrouver enfin son frère bien-aimé qu'elle en pleura de joie, et de soulagement aussi, de pouvoir parler à quelqu'un après ces jours éprouvants passés avec John.

— Oh ! Stephen !

Elle se précipita dans ses bras et posa la joue contre sa poitrine, une poitrine large et rassurante, réconfortante, tandis qu'il la serrait très fort.

— Comme je suis heureuse de te revoir ! Es-tu tout à fait

rétabli ? Quand je suis partie de Bircot Hall, tu étais très mal en point.

— Comme tu le vois, Arabella, je vais tout à fait bien, dit-il en souriant. J'ai bénéficié d'excellents soins.

Elle rit doucement, ce qui ne lui était pas arrivé depuis longtemps.

— J'imagine que tu veux parler de Margaret. Je sais combien vous êtes devenus proches, tous les deux. Tu dois lui manquer terriblement.

— Tout comme elle me manque, répondit-il. Je lui ai promis de lui écrire quand je serais installé, et qui sait…

— En effet, qui sait, murmura Arabella, heureuse pour son frère.

Elle aimait beaucoup Margaret, et serait enchantée qu'elle devînt sa belle-sœur.

— Et Alice et les enfants ? Comment vont-ils ? Ils me manquent tellement !

— Alice se tue à la tâche, mais tout le monde va bien.

Il parcourut la pièce du regard, comme s'il s'attendait à ce que le mari d'Arabella sorte de l'ombre à tout moment.

— Où est-il ? demanda-t-il.

Arabella se rembrunit aussitôt.

— John ? Il est sorti pour le moment. Je ne sais jamais où il va, seulement qu'il joue beaucoup, de grosses sommes, et qu'il boit.

— Il joue ?

Elle hocha la tête.

— Cela n'a rien de nouveau. Tu dois t'en souvenir, tu le connais depuis plus longtemps que moi. Il est complètement obsédé par le jeu. Autrefois, il gagnait de temps à autre, mais il perdait surtout. Aujourd'hui, sa chance semble avoir tourné. Il estime que le jeu est un moyen facile de bien gagner sa vie. Au moins, cela nous permet de vivre confortablement.

— Tu as dû recevoir un tel choc quand tu as appris qu'il était vivant ! Je l'ai perdu de vue après votre mariage. Edward m'a raconté sa mise en scène, mais la raison de cette mascarade reste un mystère pour moi. Te traite-t-il bien ?

— Oui, dit-elle en hochant la tête. Je suis seule la plupart du temps, mais je ne m'en plains pas. As-tu… as-tu vu Edward ?

— Bien sûr ! répondit-il en prenant aussitôt un air grave. Il est furieux que tu aies choisi de recommencer à vivre avec John. Il ne veut pas le reconnaître, mais je sais que tu lui manques. Qu'est-ce qui t'a pris de retourner auprès de lui après la façon dont il t'a trompée ?

Quand il vit le manteau d'Arabella posé sur le dossier d'une chaise, il l'attrapa et le lui passa sur les épaules.

— Viens, sortons d'ici et allons quelque part où nous pourrons parler sans craindre que ton mari ne rentre et ne surprenne notre conversation. Me confronter avec lui maintenant est bien la dernière chose que je voudrais, avant de savoir ce qui se passe exactement.

Ils restèrent silencieux jusqu'à ce qu'ils arrivent devant un petit parc où Arabella allait parfois se promener quand elle éprouvait le besoin de quitter ses appartements. Même si John la laissait tranquille, sa présence était tel un spectre démoniaque, toujours dans son dos.

Il avait beaucoup plu la veille, mais aujourd'hui le ciel était dégagé, et la végétation toute fraîche embaumait. Par bonheur, les promeneurs étaient rares, ils ne seraient pas dérangés.

Stephen lui prit le bras, l'arrima fermement sous le sien et adopta une allure modérée. Il était très inquiet pour sa sœur, et voulait connaître le fond des choses.

— Maintenant, dis-moi, Arabella. Raconte-moi tout. John a-t-il un moyen de pression sur toi ? C'est cela ? As-tu peur de lui ?

Arabella s'arrêta net et le dévisagea. La tension et l'épuisement qui l'habitaient depuis qu'elle était revenue vivre avec John sapaient son énergie, et elle se mit à trembler. Voyant sa détresse, Stephen la serra contre lui et lui caressa doucement la tête.

— Allez, raconte-moi. Ça ne peut quand même pas être si terrible !

— Oh ! si, chuchota-t-elle.

Elle commença à lui narrer son histoire, soulagée de se décharger de tout ce qu'elle avait sur le cœur. Mais elle ne lui parla ni de l'enfant ni de l'impuissance de John. Elle redoutait les conséquences si celui-ci apprenait qu'elle l'avait trahi.

— Donc, si je lui désobéis, John a juré qu'il kidnapperait Dickon et qu'il l'enverrait en Angleterre chez Malcolm Lister, expliqua-t-elle.

Stephen la tint à bout de bras, et la dévisagea, horrifié.

— Le beau-frère d'Edward ?

— Oui.

— Il me semble bien me rappeler qu'Edward m'avait dit que celui-ci voulait s'emparer de Dickon et en faire son héritier.

— Oui. Quand il a capturé Edward à Bristol, il espérait qu'il serait exécuté en raison de son soutien au roi. Cela lui aurait laissé le champ libre pour adopter Dickon devenu orphelin, et l'élever comme son propre fils.

— C'est donc pour cela que tu es revenue vivre avec John.

— Oui, murmura-t-elle avec désespoir. Pour que Dickon soit en sécurité. John ne me pardonnera pas de te l'avoir révélé. J'ai appris à mes dépens qu'il ne fallait pas le contrarier. Il est démoniaque et manipulateur, et je sais qu'il mettra sa menace à exécution si je le quitte. Que vas-tu faire, Stephen ? Vas-tu en parler à Edward ?

— Evidemment. Edward a le droit de savoir, et de faire tout ce qui est en son pouvoir pour assurer la sécurité de Dickon.

Avant de quitter Arabella, Stephen promit de la retrouver au parc le lendemain. Il avait essayé de la persuader de quitter John et de retourner chez Verity, mais elle avait refusé avec véhémence, ce qui l'avait porté à croire que John disposait de plus de moyens de pression sur elle qu'elle avait bien voulu l'admettre.

Très préoccupé par ce que lui avait révélé Arabella, il ne perdit pas de temps et partit trouver Edward à Saint-Germain-en-Laye. Comme il s'y attendait, quand celui-ci apprit la vérité, une fureur qu'il n'avait encore jamais vue chez quiconque s'empara de son ami. En quelques secondes à peine, l'expression du visage d'Edward passa de la stupéfaction à la colère noire, puis à la haine implacable, qui déforma ses traits.

Fairburn ! tempêta Edward intérieurement. Il ne l'avait vu qu'une seule fois, mais il le haïssait.

— Ainsi, il veut me prendre mon fils ! Et l'utiliser dans ses plans sordides pour garder sa femme ! Arabella va le quitter. Elle ne peut pas rester avec lui. Que le diable vienne en aide à Fairburn quand je mettrai la main sur lui ! Je le ferai payer, dans tous les sens du terme. Tout d'abord grâce au jeu qu'il aime tant. Il ne pourra gagner indéfiniment. J'ai l'intention de le détruire, et je l'anéantirai.

Enveloppée dans son chaud manteau de laine pour se protéger de la froideur du jour, avec son ample capuche relevée sur la tête qui ne laissait voir que son visage, Arabella entama le court trajet qui la séparait du parc pour aller à la rencontre de Stephen.

L'après-midi était clair, le soleil visible mais discret. Des oiseaux voletaient à la cime des arbres et tournoyaient avant de disparaître.

Une silhouette vêtue d'un manteau se tenait à quelque distance, son chapeau à plume dissimulant ses traits.

Elle s'approcha, sentant l'air frais lui caresser les joues.

L'homme n'ôta son chapeau que lorsqu'elle fut tout près, et elle reconnut alors Edward. Tout à son plaisir de le revoir, elle oublia le reste et fut irrésistiblement attirée vers lui. Dès qu'il la vit, il s'avança vers elle d'un pas vif.

Ils se dévisagèrent un moment en silence, pendant lequel

le temps sembla suspendu. Elle le vit frémir légèrement, et lui sourit avec la chaleur et la sincérité de l'amour qu'elle lui portait.

Il la scruta brièvement, et en un instant ses yeux ne furent ni méprisants ni glacés, leurs profondeurs bleues emplies d'une émotion et d'une affection qu'Arabella désespérait d'y retrouver.

Mais soudain, ce moment précieux s'évanouit et son visage arbora une dureté suspicieuse, soutenue par un regard froid et accusateur.

Ils restèrent face à face. Quelque chose d'impalpable s'était immiscé entre eux quand John avait réapparu, créant un conflit qui paraissait inexorable.

Elle avait tant désiré voir Edward, rêvé d'être seule avec lui, qu'une fois le moment arrivé elle fut soudain intimidée et ne sut que dire. Elle restait à le dévorer de ses yeux brillants d'un éclat surnaturel.

Elle rabaissa la capuche de son manteau, et sa chevelure somptueuse cascada sur ses épaules.

Edward s'avança et lui releva le visage en la prenant par le menton, scrutant ses traits comme si elle avait changé depuis leur séparation.

— Comment allez-vous ? demanda-t-il avec brusquerie, inquiet de constater la tristesse de son regard.

Son visage semblait une délicate sculpture d'ivoire, terriblement pâle, mais cela ne faisait qu'exalter la pureté de ses traits. Elle lui adressa un petit sourire factice.

— Je vais très bien.

— Vous êtes ravissante, Arabella, et vous avez les plus beaux yeux que j'ai jamais vus. Vous êtes aussi extrêmement désirable, digne de quelqu'un qui ne soit ni un tricheur ni un menteur. Ce que s'avère être votre mari, ajouta-t-il d'un ton amer.

Ses traits se durcirent aussitôt, et son regard prit un air farouche.

Arabella retrouva enfin la parole, et avec elle tout son courage.

— Peut-être avez-vous raison. Je suis mal placée pour avoir un avis quelconque, j'ignore tout de ses faits et gestes. Stephen vous a-t-il exposé la raison pour laquelle je suis retournée auprès de John ? Est-ce pour cela que vous êtes venu à la place de mon frère ?

— Comment ne l'aurais-je pas fait ? Pensez-vous que si quelqu'un menace mon fils je vais l'ignorer ?

— Non, bien sûr que non.

— Comment avez-vous pu me le cacher ? Pourquoi ne pas me l'avoir dit lors de notre dernière rencontre ?

Face à sa colère, Arabella baissa la tête, bourrelée de remords et de regrets d'avoir laissé John la manipuler si facilement.

— Ecoutez-moi, Edward, et ne me condamnez pas avant de m'avoir entendue. Vous n'avez pas la moindre idée de ce que j'ai éprouvé ce jour funeste où John est revenu d'entre les morts. Je suis retournée auprès de lui parce que j'avais peur, peur qu'il mette ses menaces à exécution. J'aime aussi profondément Dickon, comme mon propre fils. Je n'ai pas pu supporter l'idée qu'il puisse lui arriver quoi que ce soit.

— J'ai commis une grave erreur en vous laissant retrouver cet homme. J'aurais dû vous en empêcher.

— Vous n'auriez rien pu faire. Je suis l'épouse de John. Il a la loi pour lui. Je vous en prie, ne l'affrontez pas sur ce terrain, Edward. Vous ne le connaissez pas, vous ne savez pas ce qu'il est vraiment. Il vous tuera.

Edward l'observa avec un drôle de sourire en coin.

— Comme vous devez avoir piètre opinion de moi si vous croyez que je vais laisser passer cela, ou croire que je suis si faible qu'il peut me dominer ! Votre mari court un bien plus grave danger que moi, car je ferai tout ce qui est en mon pouvoir pour le tuer. Comment ose-t-il menacer mon fils ? Et vous, Arabella ! Qui aviez l'intention de me le cacher !

Arabella resta plantée devant lui, stupéfaite et sans comprendre tandis que l'amertume d'Edward la submergeait. Elle resta paralysée devant cette réaction inattendue et l'injustice dont il faisait preuve de ne pas se représenter ce qu'elle avait traversé.

En dépit de ses intentions de garder son calme, elle se sentit provoquée au-delà de ce qu'elle pouvait supporter.

— Ayez je vous prie le bon sens de considérer ce que j'ai

fait, et pourquoi, reprit-elle. Ne voyez-vous donc pas que c'était pour vous, et Dickon, que j'ai tout risqué ? Que j'ai souffert mille morts après cette décision ? Croyez-vous que c'était facile pour moi ? Ne comprenez-vous donc rien à rien ?

— Je comprends très bien, répliqua-t-il. Sachant que vous étiez retournée auprès de votre mari, comment vouliez-vous que je réagisse ? Depuis ce jour, je souffre le martyre de vous imaginer avec lui, de penser qu'il vous touche. Je croyais être plus fort que cela, et je me hais pour cette faiblesse.

Elle détourna les yeux, et poussa un petit soupir.

— Je suis désolée, Edward. A ce moment-là, j'ai cru agir pour le mieux, c'était la seule chose que je pouvais faire. Tout ce que Stephen vous a dit est vrai. John a menacé de kidnapper Dickon et de l'envoyer à Malcolm Lister si je ne reprenais pas la vie commune. Il… il a de nombreux amis qui ne demandent qu'à l'aider. Cela n'aurait pas été très difficile pour lui d'arriver à ses fins. Une fois Dickon en Angleterre, avec les menaces d'exécution qui pèsent sur votre tête, il savait que vous ne seriez pieds et poings liés. Si vous ne me croyez pas, je ne vois pas ce que je peux ajouter d'autre pour vous convaincre.

— Alors, dites-moi quand même une chose. Pourquoi avez-vous décidé de le révéler maintenant ? Pardonnez-moi, Arabella, mais c'est ce que je n'arrive pas à comprendre. John a-t-il changé d'avis ?

— Non. C'est moi qui ai changé d'avis. Je ne m'attendais pas à la visite de Stephen. Il m'a trouvée dans un moment de faiblesse. Je vous ai causé du tort en ne vous disant pas pourquoi je retournais auprès de John. J'en suis fort consciente. Mais je… je ne savais comment agir autrement. Je ne m'inquiétais pas seulement pour Dickon, mais aussi pour vous.

Elle s'approcha, et il fut enveloppé par la douce fragrance de son parfum. En dépit de sa colère contre elle, il existait toujours ce lien entre eux qu'Arabella ressentait dans chaque fibre de son être. Quoiqu'il puisse répondre à ce qu'elle s'apprêtait à lui dire, il fallait cependant qu'elle lui révèle ses sentiments. Après une légère hésitation, elle reprit la parole tout bas.

— Voyez-vous, je vous aime, Edward, et je sais que s'il devait arriver quoi que ce soit à votre fils, cela vous briserait le cœur.

Dès qu'elle eut prononcé ces mots, elle se sentit étonnamment légère et délivrée de ses soucis. Edward se contentait de la dévisager. Il ne protesta pas, ne la contredit pas, mais recula d'un pas.

— Oubliez-vous que vous avez un mari, déclara-t-il après un long silence, un mari qui est si impitoyable qu'il serait capable de faire du mal à un enfant pour que vous restiez avec lui. Il a créé un abîme insurmontable entre nous, et je ne le franchirais pas sans éprouver de la répugnance et de la honte si je laissais mes pulsions et mon désir pour vous triompher de ma volonté.

— Je ne mens pas. Je vous aime, Edward. Infiniment. Je crois que je vous aime depuis que je suis enfant, et j'ai toujours pensé que vous seriez…

— Arrêtez, Arabella, coupa-t-il avec violence. Ne faites pas ça.

— Si. Il faut que vous sachiez ce que j'éprouve. Quand je me suis donnée à vous, je l'ai fait avec sincérité, sans honte ni remords. Je vous désirais, du plus profond de mon cœur.

— Et j'imagine que vous avez dit la même chose à l'homme avec qui vous vivez, dont vous partagez le lit. Combien de fois vous êtes-vous donnée à lui depuis que vous avez repris votre vie conjugale ? Combien de fois, Arabella ?

Elle le foudroya du regard, de plus en plus irritée. Qu'il lui jette ainsi ces propos à la figure avec tant de grossièreté, après sa déclaration d'amour, était purement intolérable.

— Comment osez-vous me demander cela ? Vous ne savez rien de ce qui se passe entre… entre moi… et…

Incapable de poursuivre, aveuglée par les larmes, elle se mordit la lèvre pour l'empêcher de trembler et se détourna.

Ayant perçu la détresse dans sa voix et son évident désespoir, il fut irrésistiblement attiré vers elle. Son parfum entêtant lui rappela les heures délicieuses passées entre ses bras.

Il s'approcha tout près d'elle, dans son dos, et s'adressa à elle d'un ton radouci.

— Dites-le-moi, Arabella. Vous maltraite-t-il ? Est-ce cela que vous insinuez ?

Sans se retourner, elle ravala ses sanglots et hocha la tête.

— Oui, chuchota-t-elle. Mais soyez assuré que… qu'il ne m'a pas touchée depuis que nous sommes de nouveau ensemble.

Surpris d'entendre cela, il la regarda attentivement avant de reprendre la parole.

— Et quelle preuve aurais-je que vous ne mentez pas ?

— Parce que… parce qu'il ne peut pas.

— Il ne peut pas ? Que voulez-vous dire ?

— Il… il a été blessé à St Fagans, très grièvement, en fait. Il souffre en permanence. Et les séquelles de ses blessures font qu'il ne peut plus aujourd'hui honorer une femme, lui avoua-t-elle.

Edward restait à regarder la nuque d'Arabella. Il ne s'était absolument pas attendu à ce genre de révélation. Il perdit tout contrôle sur lui-même, et au même moment Arabella se retourna pour le regarder, ses yeux magnifiques pleins de larmes.

Et soudain ils furent seuls au monde. Edward l'attira contre lui et l'entoura de ses bras, enfouissant son visage dans ses cheveux parfumés.

— Dieu merci, murmura-t-il d'une voix rauque et si angoissée qu'Arabella pleura de plus belle. J'ai été torturé par des images de vous et lui…

Prenant son visage entre ses mains fermes, et lui essuyant ses larmes avec ses pouces, il la dévisagea avec une telle intensité qu'elle en trembla. La faim dévorante et le désir qui le consumaient, aiguisés depuis leur séparation, eurent raison de lui. Sa bouche descendit sur la sienne et dévora ses lèvres tendres offertes avec avidité. Il la serrait tant qu'Arabella, au bord de défaillir de bonheur, sentait les battements désordonnés de son cœur contre elle. Il lui donna un baiser fiévreux.

Alors que la passion entre eux renaissait violemment, Edward détacha ses lèvres des siennes, et la bouche tout contre sa joue lui murmura des mots doux d'une voix presque inaudible tant elle était enrouée d'émotion, s'interrompant seulement pour couvrir ses yeux, ses joues et ses lèvres de baisers.

Quand la vague de désir reflua quelque peu, se souvenant de l'endroit où ils se trouvaient, Arabella le repoussa et le regarda, les yeux agrandis, les lèvres gonflées et rosies par ses baisers.

— Nuit et jour j'ai revécu dans ma tête cette journée que nous avons passée ensemble, murmura-t-il, les yeux débordants d'amour.

— J'y ai pensé aussi, chuchota-t-elle.

Elle revit ce merveilleux moment, quand ils s'étaient allongés dans la forêt sur un tapis de feuilles, l'odeur et le bruit des feuilles mortes mêlés au goût d'Edward, l'épanouissement de son plaisir, les cimes des arbres qu'elle avait contemplées ensuite, en songeant qu'elle n'avait jamais été aussi heureuse. Elle regarda Edward, et vit qu'il se le remémorait aussi.

Alors qu'il voulait de nouveau l'embrasser, elle posa deux doigts sur ses lèvres et secoua lentement la tête.

— Je vous en prie, Edward, arrêtez, maintenant. J'ai autre chose à vous dire et, si vous continuez à m'embrasser, je vais tant perdre mes moyens que je n'y arriverai pas.

— Qu'est-ce donc ?

— Quelque chose qui ne fera que décupler votre haine pour John.

Elle avait soudain pris un ton différent, les traits tirés. Un masque de profonde tristesse sur son visage remplaça la joie qui l'animait à peine quelques instants plus tôt.

Edward la regarda avec inquiétude.

— Je doute que cela soit possible, dit-il.

— Oh si !

Elle lui prit la main et l'attira sur un banc, puis s'assit à côté de lui sans lui lâcher la main, pleine d'appréhension. Silencieux, il l'observait avec un regard interrogateur dans l'attente de ce qu'elle allait lui révéler.

— Je… j'attends un enfant, Edward, votre enfant.

Elle baissa les yeux et entendit son souffle court. Elle lui jeta un coup d'œil, cils à demi baissés, et lut le choc sur son visage.

— Un enfant ? Dieu du ciel, Arabella ! Le saviez-vous quand vous êtes retournée vivre avec lui ?

— Oui.

— Mais alors, pourquoi ne me l'avez-vous pas dit avant ?

— Les circonstances ne s'y prêtaient pas. John l'a su, il l'a deviné tout de suite. Il… il s'en est servi contre moi, pour le tourner à son avantage. Comme il ne peut plus engendrer d'enfant lui-même, il…

— … voulait le mien, conclut Edward froidement à sa place, incapable de croire à la noirceur de l'homme auquel Arabella était mariée. Il semblerait donc que tous mes enfants soient convoités par des hommes qui veulent en faire leurs héritiers, quelle ironie du sort ! Et vous avez enduré tout cela sans pouvoir partager vos soucis avec quiconque.

Arabella perçut l'inquiétude dans sa voix.

— John était déterminé. Vous connaissez déjà ses menaces si je refusais de suivre ses plans. Notre vie conjugale a toujours été malheureuse, et torturée, chuchota-t-elle, de nouveau les larmes aux yeux. Que comptez-vous faire ?

Il afficha aussitôt un air préoccupé, preuve qu'il réfléchissait intensément.

Le parc était très calme, et le silence éprouvait plus que jamais les nerfs d'Arabella.

— J'ai été honnête avec vous, Edward. Je vous ai tout dit. La décision vous appartient désormais entièrement. Je vous ai causé du tort, je le sais, et pour cela j'implore votre pardon.

Edward était horrifié. Horrifié de ce que John Fairburn devait lui avoir fait subir pour qu'elle accepte leur marché, ce qui le rendit perplexe quant à sa propre réaction. Là où il aurait dû être fou de rage à l'idée qu'elle ait été prête à sacrifier l'un de ses enfants pour sauver l'autre, il n'y avait que tendresse et tristesse, et il éprouva une grande compassion devant sa détresse.

Son amour pour elle était profond et éternel, et en un instant la jalousie et la rancœur qui l'avaient gouverné lorsqu'elle était retournée auprès de son mari semblèrent s'évanouir.

Il repensa au jour où elle le lui avait annoncé. Il lui avait dit la vérité quand il avait affirmé s'inquiéter pour elle. Derrière la détermination d'Arabella à lui faire croire qu'elle obéissait à son devoir, il avait décelé de la peur dans ses yeux et ses traits tirés sur son visage couleur de cendre, de même que l'éclat des larmes sous ses cils baissés.

Mais il avait été si obnubilé par leur séparation qu'il n'avait pas voulu s'y attarder.

Aujourd'hui, il revoyait cette même expression sur son visage. Il l'attira contre lui et lui passa le bras autour des épaules pour la réconforter et étancher ses larmes.

— Je suis tellement désolée, bredouilla-t-elle contre sa poitrine avant de lever les yeux vers lui, son joli visage ravagé. Tellement désolée ! Je suis sincère. Je ne savais pas quoi faire. Ne m'en veuillez pas, je vous en prie. Quand j'ai vu Stephen, j'ai compris que je ne pourrais plus supporter tout cela. Ne pas vous l'avouer était très mal de ma part.

— Non, Arabella, pas du tout. Stephen est-il au courant ?

— Non. Je voulais vous l'annoncer moi-même.

— Vous ne retournerez pas chez Fairburn, décréta-t-il posément.

— Mais… sa menace…

Quand John rentra chez lui et découvrit que sa femme était partie, il écuma de rage. Si elle croyait pouvoir le quitter, elle se trompait. Il savait qu'il jouait un jeu dangereux quand il l'avait obligée à reprendre leur vie commune. Il avait fallu se montrer retors, arrogant et d'une détermination absolue, quelles que soient les conséquences. John possédait tout cela, et même plus encore, pour parvenir à ses fins. Il avait été aveuglé par son triomphe et cru que sa liaison avec Edward Grey était bel et bien terminée.

Et voilà ce qui arrivait.

Il bouillonnait de rage. Arabella s'était mal comportée et méritait d'être punie. Elle croyait donc pouvoir tout avoir, son amant et son enfant ? Si elle se figurait qu'il la laisserait partir sans réagir, elle se trompait, oh oui ! Il passa un moment à savourer sa fureur et à envisager les modalités de sa vengeance, comme toutes celles qu'il concoctait et qui lui permettaient de supporter sa vie.

Il faudrait qu'Arabella et Edward Grey perdent tout. Sa douleur lui fut alors bien plus facile à endurer devant cette perspective.

Edward ayant en permanence à l'esprit les menaces de John envers Dickon, il demanda à Arabella et Verity de ne pas quitter l'enfant des yeux lorsqu'il n'était pas là.

Elles prenaient toutes les précautions possibles, recommandant aux enfants de jouer à l'intérieur et ne leur permettant de sortir que s'ils étaient accompagnés par l'une d'entre elles.

Malheureusement, un jour où le soleil brillait avec éclat, les enfants avaient réussi à déjouer leur surveillance et s'étaient faufilés dans le jardin.

Ne les trouvant pas dans la maison, Arabella regarda par la fenêtre et vit qu'ils avaient désobéi. Elle se hâta de les rejoindre. Et quand elle arriva dans le jardin, elle ne put qu'assister à la scène qui se déroulait sous ses yeux. Les enfants de Verity lui tournaient le dos et regardaient une voiture fermée arrêtée au bord de la rue. Quelqu'un ouvrit soudain la portière. Un homme posté à côté du véhicule se pencha et souleva un petit garçon pour le projeter à l'intérieur, avant de monter lui-même à son tour et de refermer la portière.

L'esprit d'Arabella refusa tout d'abord de comprendre ce qui se passait, puis elle réagit enfin.

— Dickon, chuchota-t-elle, avant de crier son nom à plusieurs reprises.

Relevant ses jupes, elle traversa le jardin en courant jusqu'à la porte. La voiture était juste devant elle. Elle appela de nouveau frénétiquement Dickon et tenta de stopper la voiture, mais en vain, car celle-ci s'éloigna alors à vive allure dans la rue et disparut.

Arabella s'arrêta net, blême, et tremblante de tout son corps.

Elle avait l'impression atroce de vivre un cauchemar, mais se rendit peu à peu compte de la terrible vérité : Dickon venait d'être enlevé par son mari.

Il fallait tout de suite prévenir Edward.

Elle courut dans la maison et y retrouva Verity en train de recevoir à l'instant même Edward et Stephen. Elle écoutait les enfants affolés relater le kidnapping de Dickon. Ils se tournèrent tous vers elle quand elle fit irruption. Edward se précipita vers elle, comprenant à quel point elle était bouleversée.

— Arabella ! Est-ce vrai ? Dickon a-t-il été enlevé ?

Affolée, elle se cramponna à son bras, terrifiée.

— Edward, il a disparu ! C'est John, ce ne peut être que lui ! Il faut l'arrêter. Dépêchez-vous, avant qu'il ne soit trop tard !

Edward se crispa aussitôt, et son expression prit cette dureté particulière qu'Arabella connaissait si bien. Dans ses yeux se mêlaient fureur, appréhension et crainte. Celle que le rapt de Dickon n'eût été bien préparé, et que, lorsqu'il mettrait la main sur les ravisseurs, l'enfant ne fût déjà sur un bateau en direction de l'Angleterre pour être livré à Malcolm Lister.

— Bien, au moins il abat ses cartes, marmonna-t-il en ayant peine à se contenir.

L'intention claire de John Fairburn d'enlever son fils uniquement par vengeance personnelle le rendait fou.

— Comment ose-t-il se servir de Dickon comme instrument de sa vengeance ? hurla-t-il. Je vais les poursuivre sur-le-champ. Le temps est un facteur essentiel, ajouta-t-il en se précipitant déjà vers la porte.

— Je t'accompagne, dit Stephen en lui emboîtant aussitôt le pas.

— Moi aussi, déclara Gregory. Je dois seller mon cheval, partez devant.

Arabella les regarda tous sortir dans la rue. Verity vint à sa hauteur.

— Ils le trouveront, Arabella. Si c'est en effet votre mari qui l'a enlevé, il ne peut être encore bien loin. S'ils prennent la route de Calais, ils l'intercepteront.

Mais Arabella était dévorée d'inquiétude et de désespoir.

— Et s'ils ont emprunté une route différente et ne se rendent pas à Calais ? Etant certains qu'Edward les pourchasserait, ils l'emmèneront peut-être ailleurs. Oh, Verity ! s'exclama-t-elle, au bord des larmes, il faut qu'ils le retrouvent. C'est ma faute s'il a été enlevé. Je ne me le pardonnerai jamais s'il lui arrive quelque chose.

— Allons, ce n'est pas vrai, la réconforta Verity. Comment pouvez-vous le penser ? C'est John Fairburn le coupable, pas vous. C'est lui qui doit souffrir, et il souffrira, soyez-en assurée, quand Edward le trouvera.

Arabella se décida enfin à rentrer dans la maison, longtemps après qu'Edward eut disparu, sachant qu'elle ne connaîtrait jamais la paix jusqu'au retour de Dickon sain et sauf.

Chapitre 10

Cela faisait presque deux jours que Dickon avait disparu.

Accompagné de Stephen et Gregory, Edward s'était immédiatement lancé à sa recherche. Après avoir sillonné en vain un nombre incalculable de routes sortant de Paris, Edward regagna la maison, toujours aussi déterminé et empli de rage et de chagrin que cet échec n'avait en rien diminué.

Il faisait nuit maintenant, et ils n'avaient aucune piste.

— Avez-vous trouvé quelque chose ? lui demanda Arabella quand elle le rejoignit.

Edward la prit dans ses bras.

— Rien. Qui sait ce que ce démon a fait de lui, ou à qui il l'a confié !

— Je prie pour qu'il n'atteigne pas l'Angleterre et ne tombe pas aux mains de Malcolm Lister. Si vous tenez à la vie, ne vous rendez pas là-bas.

— Le remettre à Malcolm Lister ne serait pas la meilleure solution en ce qui concerne votre mari, si c'est vraiment ce qu'il compte faire.

Elle pencha la tête sur le côté et le dévisagea.

— Pourquoi dites-vous cela ?

— Parce que, mon amour, ce que John Fairburn ne sait pas, et que je n'ai moi-même appris qu'hier après avoir reçu la lettre d'un ami proche en Angleterre, c'est que Malcolm Lister est mort.

Arabella le regarda, abasourdie.

— Mort ? Mais comment…

— Cela s'est produit quand il a essayé de me retrouver après mon évasion. Il est apparemment tombé de cheval et sa tête a heurté une pierre. Il est mort en arrivant chez lui. Donc, vous voyez, vous n'avez nul besoin de vous inquiéter.

— Mais John l'ignore et, quand il le découvrira, il trouvera certainement autre chose pour vous nuire. Il est démoniaque, et je suis sûre qu'il fera n'importe quoi pour se venger de mon départ.

Stephen revint de sa propre enquête avec une information capitale, et il avait l'air plein d'espoir en l'annonçant.

— Fairburn est encore à Paris.

Edward se redressa et sembla soudain déborder d'une énergie sauvage.

— Comment le sais-tu ?

— C'est un joueur. Il a été vu par l'une de mes connaissances, un joueur lui aussi, en train de miser gros à la taverne des *Trois Lunes*.

Edward le regarda, quelque peu déconcerté.

— Quels sont donc les desseins de cette canaille ? Et où est cette taverne, s'il te plaît ?

— Sur les rives de la Seine.

Edward arborait un air si menaçant qu'Arabella s'écarta vivement quand il se précipita vers la porte et remarqua qu'il portait sans cesse machinalement la main à la poignée de son épée.

— Edward ! s'écria-t-elle en se jetant vers lui pour l'implorer. Je vous en prie, soyez prudent ! John est dangereux. Je ne supporterais pas qu'il vous arrive quelque chose.

Il s'arrêta et la contempla. En dépit de son désarroi après l'enlèvement, il commençait à comprendre pleinement la chose merveilleuse qui lui était arrivée en trouvant Arabella. Il lui effleura la joue de ses lèvres, comme s'il voulait se convaincre qu'elle était bien réelle. La perdre une fois encore serait une terrible catastrophe, trop affreuse à imaginer.

Arabella enflammait son cœur, son corps et son sang d'une

passion qu'il n'aurait jamais cru vivre un jour. Un monde sans elle était inconcevable, sans son humour, son courage intrépide, son caractère farouche et les moments inoubliables entre ses bras, son sourire, ses yeux d'ambre qui le défiaient, et la compassion, l'amour et la compréhension qu'elle avait pour son fils.

— N'ayez crainte, mon amour. Je resterai sur mes gardes. La peur que quelque chose d'horrible soit arrivé à Dickon me torture. Et même si cela doit être la dernière chose que je ferai, je punirai le responsable.

Il se tourna vers Stephen, prêt à passer à l'action.

— S'il croit pouvoir m'échapper, je le passerai au fil de mon épée. En fait, je pense que je le ferai de toute façon, même si j'estime que ce serait là une mort trop douce pour lui.

Arabella le regarda partir une seconde fois, submergée par l'inquiétude.

Il était fou de rage, mais, même bouleversé par la disparition de son fils, il était pleinement maître de ses plans.

Quand Gregory rentra peu de temps après le départ d'Edward, elle était en train d'enfiler son manteau, au paroxysme de l'agitation.

— Edward et Stephen sont partis à la taverne des *Trois Lunes*, expliqua-t-elle à Gregory.

— Je sais où elle est située.

— Bien, en ce cas, pouvez-vous m'y emmener ?

Il la dévisagea comme si elle avait perdu la tête.

— Non, Arabella, certainement pas ! Vous n'avez pas la moindre idée de ce qui se passe dans les rues de Paris la nuit. C'est trop dangereux, et Edward serait furieux.

Elle leva la tête et prit un air mutin.

— J'insiste, Gregory. Si vous ne m'y conduisez pas, j'irai seule. Je trouverai certainement de bonnes âmes pour m'indiquer le chemin.

La soirée était déjà très avancée.

A cette heure, les maisons de jeu regorgeaient toutes de clients, et la taverne des *Trois Lunes*, un établissement à la triste réputation, ne dérogeait pas à la règle.

Ignorant les vagabonds, les mendiants et les éclopés qui rôdaient dans les ruelles étroites et sombres près de la Seine, encombrée de barges et d'embarcations de toutes sortes, Edward restait dehors dans la nuit. Il surveillait l'intérieur de la salle à travers le verre épais de la fenêtre, indifférent aux gouttes de pluie qui coulaient sur lui depuis le toit.

C'était visiblement l'affluence. Les hommes qui constituaient la clientèle de la taverne, des gentilshommes, des ecclésiastiques, des gens ordinaires, Français et Anglais mêlés, venaient ici pour boire, et surtout pour s'adonner aux jeux de cartes et de dés. Quand un client pris de boisson devenait trop bruyant, il était jeté à la rue sans ménagement.

Il parcourait méthodiquement du regard la salle mal éclairée au plafond bas, à la recherche de John Fairburn. Lorsqu'il le repéra, une rage glacée l'envahit tout entier.

Il était installé à une table avec trois autres clients, au fond de la salle, absorbé dans une partie de cartes. Quelques spectateurs adossés au mur les entouraient.

Des femmes aux tenues provocantes déambulaient entre les tables. Elles étaient employées pour servir et divertir les clients, et les pousser à commander à boire et à manger, mais surtout à jouer, car il était avéré que plus les clients absorbaient d'alcool, plus ils jouaient gros.

Attendant Stephen qui s'occupait des chevaux, Edward continua à espionner attentivement sa proie pendant plusieurs minutes.

— L'as-tu vu ?

Edward se retourna vers Stephen, puis lui fit un signe de tête. Stephen jeta un coup d'œil dans la direction qu'il lui avait indiquée.

— C'est bien lui. Nous entrons ?

Ils ouvrirent la porte et s'arrêtèrent sur le seuil. La fumée qui s'échappait de la cheminée qui tirait mal les prit à la gorge.

C'était le genre d'établissement où Edward n'aurait jamais mis les pieds, à moins d'y être obligé par les circonstances.

La salle était bondée, toutes les tables occupées. Certains clients conversaient à voix basse tout en misant leur argent, tandis que d'autres buvaient en silence.

Ils entrèrent enfin et refermèrent la porte derrière eux, puis se mêlèrent aux clients debout, feignant de s'intéresser aux différentes tables de jeu pour ne pas attirer l'attention, tout en observant John Fairburn et sa partie de cartes en particulier.

Ils finirent par arriver à sa table. L'homme leur tournait le dos, aussi ne les vit-il pas approcher, et tous étaient si captivés par le jeu que personne ne les remarqua. Plus John Fairburn buvait, plus il prenait de risques et, à la différence des autres qui accusaient de lourdes pertes quand leur esprit était embrumé par l'alcool, plus il gagnait.

Edward déclina d'un signe de tête la proposition d'une serveuse qui lui tendait une chope de bière, accordant toute son attention à John Fairburn.

Celui-ci semblait très satisfait des succès de sa soirée aux cartes. Ses gains étaient sans doute conséquents, car on avait joué gros, et la chance avait été en sa faveur.

Ses partenaires se levèrent pour quitter la table. L'un d'eux s'éloigna rapidement, mais un autre joueur, un individu à l'air revêche qui avait l'air contrarié, s'arrêta un moment pour regarder John Fairburn. Il avait beaucoup perdu, et la plus grosse part de son argent avait rejoint les poches de Fairburn. Le soupçonnant de tricher, mais réticent à l'idée de l'accuser au cas où il se couvrirait de ridicule puisqu'il avait perdu, il s'éloigna avec un regard meurtrier et suivit son compagnon.

John Fairburn allait se lever quand il sentit une présence dans son dos. Il se retourna, s'attendant sans doute à ce que ce soit quelqu'un qui lui propose une partie, mais ce fut le regard de Stephen Charman qu'il croisa. Il se tourna aussitôt vers l'homme à ses côtés. Aucun muscle ne tressaillit sur son visage, mais ses yeux se plissèrent et se mirent à étinceler.

— Stephen ! Quelle surprise de te voir ici ! Je ne me souviens pas que tu aies été joueur. Et sir Edward Grey. A quoi dois-je ce plaisir ? Etes-vous venus jouer ? Si c'est le cas, je me ferai un plaisir de vous guider en ce lieu.

Il ramassa ses gains du dernier tour de la partie et fourra les pièces dans la poche de sa jaquette.

— Je crois que vous savez fort bien pourquoi nous sommes ici, déclara froidement Edward, avec un effort incommensurable pour se contenir.

Les yeux de John se plissèrent plus encore et commencèrent à briller dangereusement. Il leur offrit un sourire déplaisant.

— Ainsi, vous m'avez pourchassé et retrouvé, sir Edward. Bravo, beau travail.

Edward le dévisagea, ses yeux lançant des éclairs à leur tour.

— Ce n'était pas difficile. Vos habitudes sont bien connues, dit-il d'un ton sarcastique. En raison du crime que vous avez commis contre moi, Fairburn, et parce qu'Arabella a souffert et reçu une dure leçon de la part d'un misérable affligé d'une âme vile telle que la vôtre, j'ai toutes les raisons du monde de vous tuer. Mais puisque mon fils n'est pas encore retrouvé, je vous laisserai vivre jusqu'à ce que vous m'ayez révélé ce que vous avez fait de lui.

Edward s'était exprimé sur un ton implacable, et les yeux de John Fairburn flamboyèrent d'une haine qu'il n'essayait même pas de dissimuler.

— Soyez maudit, Grey ! éructa-t-il. Vous prenez ma femme, vous la fécondez de votre semence, et vous vous attendez à ce que je ne réagisse pas à cela !

— Vous étiez mort, Fairburn, elle était veuve. Ou avez-vous oublié que c'était ce que vous souhaitiez lui faire croire ? Elle vous a quitté, et qui l'en blâmerait après ce que vous lui avez infligé ? Comment osez-vous me frapper à travers mon fils ? Se venger en terrifiant un petit innocent qui ne vous a jamais causé le moindre tort est le fait d'un lâche.

Il plaqua les paumes de ses mains sur la table, et se pencha vers lui, tête contre tête.

— Maintenant je vais vous le demander encore une fois, Fairburn. Qu'avez-vous fait de mon fils ?

— J'ai peut-être de nombreux défauts, Grey, mais je ne suis pas un lâche, se récria John, la voix tremblante de rage.

— Alors prouvez-le. Ou bien vous me dites où il est, ou bien je vous provoque en duel. Que choisissez-vous ? demanda-t-il d'un ton glacial.

Son mépris pour John Fairburn était total et, après ce qu'il avait fait, il n'aurait été que trop heureux de le tuer, mais pas avant qu'il n'eût révélé où était Dickon. Connaissant sa passion pour le jeu et son manque d'aisance à l'épée en raison des séquelles de ses blessures, il savait que l'homme ne lui offrirait pas grande résistance.

Aussi devrait-il peut-être adopter une autre méthode pour le terrasser. Il était lui-même fort versé dans les jeux de cartes. L'était-il autant que Fairburn, cela restait à déterminer, mais il était prêt à courir le risque.

De plus, Fairburn avait bu toute la soirée, ce qui avait fort bien pu altérer son jugement.

— Peut-être préférez-vous que nous réglions notre différend avec une partie de cartes ? suggéra calmement Edward. Si je gagne, vous me rendez mon fils.

John Fairburn esquissa un fin sourire, les yeux brillants.

— Et si je gagne, ma femme me revient, répliqua-t-il aussitôt.

— Afin que vous puissiez vous approprier mon futur enfant et l'élever comme le vôtre ? Je ne crois pas, Fairburn.

— Alors, que puis-je gagner ?

— La vie sauve.

Appâté par la perspective de faire subir à Edward Grey la même humiliation que celle qu'il avait vécue lorsque celui-ci avait pris son épouse, John Fairburn accepta la proposition, ignorant que plusieurs personnes en voulaient à sa vie, et pas une seule.

— Vous jouerez donc ?

— Oui, siffla Fairburn entre ses dents. Je jouerai, et je vous ferai regretter d'avoir volé ma femme. Et si je gagne, je vous jure que vous ne reverrez jamais votre fils.

Refusant d'envisager la défaite, Edward prit place à la table.

Tous les clients s'étaient rendu compte qu'il allait se passer quelque chose d'inhabituel et avaient cessé de jouer pour assister à la partie. Il était évident qu'elle ne serait pas ordinaire, car l'atmosphère entre les deux joueurs était plus que tendue.

Le cœur battant, et reprenant son souffle tant bien que mal, Arabella s'enroula dans son manteau et releva la capuche sur sa tête avant d'entrer dans la taverne avec Gregory, à bout de nerfs. Elle balaya la salle du regard, et découvrit rapidement une partie qui semblait attirer l'attention de tous les clients.

Plus personne ne parlait.

Stephen se retourna quand il sentit quelqu'un se presser contre lui. Il fut stupéfait de reconnaître sa sœur accompagnée de Gregory. Il lui prit aussitôt le bras et l'attira à l'écart, mais elle avait eu le temps de voir son mari assis en face d'Edward, figé, le regard halluciné dénotant une concentration totale, qui n'appartenait qu'aux joueurs lorsqu'ils voulaient absolument gagner et ne voyaient plus que les cartes devant eux.

— Que fais-tu ici, Arabella ? chuchota Stephen d'un ton brusque, tout en lançant un regard accusateur à Gregory. Pourquoi n'es-tu pas restée avec Verity ? Edward sera furieux s'il te voit. Ce n'est pas le genre d'établissement que fréquente une dame de qualité.

— Ça m'est égal, Stephen, et je t'en prie, n'accuse pas Gregory, répliqua-t-elle. Je l'ai obligé à me conduire ici, il fallait que je vienne. Je sais ce qu'Edward est en train de faire. Il faut l'arrêter. Il doit y avoir un autre moyen de récupérer Dickon. Si je parlais à John, peut-être que…

— Non, Arabella, la coupa son frère en posant la main sur son bras pour appuyer son refus. Laisse-le. Edward est déterminé. La partie a commencé, et tu seras surprise d'apprendre qu'il gagne. Il ne te saura pas gré d'intervenir.

Arabella fut envahie de soulagement. N'ayant nul désir de distraire Edward, et suivant les conseils de Stephen, elle se tint à l'écart. Elle observait les longs doigts d'Edward battre les cartes et distribuer inlassablement. Il tirait toutes les bonnes cartes pour lui.

Les flammes dansantes des bougies jouaient sur son visage aux traits ciselés alors qu'il étudiait son adversaire de près et semblait tout à fait confiant.

Il devint vite évident que sa maîtrise du jeu égalait, sinon surpassait celle de John. Une veine battait sur le front de ce dernier. Sa manière de jouer devenait hasardeuse et désespérée au fur et à mesure qu'Edward gagnait sans relâche.

Quand la partie fut terminée, que les spectateurs se désintéressèrent peu à peu et s'éloignèrent, Edward se leva de sa chaise et considéra son adversaire avec un dédain cynique et un mépris absolu.

— Mon fils, Fairburn, où est-il ? Et ne songez pas à me tromper en me donnant une fausse information. Est-il ici, à Paris ?

John hocha la tête.

— Vous allez me conduire vous-même jusqu'à lui. Ensuite, vous ne mériterez plus que de croupir dans la misère jusqu'à la fin de votre vie pour ce que vous avez fait, dit-il en le toisant férocement.

En dépit de la chaleur dans la salle et de l'alcool qu'il avait ingurgité, John avait un teint de cire, d'une pâleur qui se détachait sur le noir de ses vêtements alors qu'il essayait de prendre la mesure de ce qui venait de lui arriver. Il était stupéfait et hagard d'avoir perdu devant une force supérieure à la sienne, et la peur avait effacé toute son arrogance. Il regarda autour de lui comme pour chercher de l'aide, mais il n'y avait personne. Les narines pincées, il semblait avoir du mal à respirer tandis qu'il se relevait en s'aidant de ses mains plaquées sur la table. Il avait vraiment l'apparence de ce qu'il était : un homme vaincu. On aurait dit que toute sa vitalité l'avait soudain quitté.

— Je vais vous conduire, souffla-t-il.

Quand Edward tourna les talons pour sortir, il remarqua pour la première fois Arabella au côté de Gregory. Mâchoire crispée, il la dévisagea quelques secondes, l'air glacial et soucieux.

— Arabella, que faites-vous ici ? demanda-t-il, tout en se tournant vers Gregory. Vous n'auriez jamais dû l'amener ici.

— Si je ne l'avais pas fait, elle serait venue seule, par ses propres moyens.

— Il fallait que je vienne, expliqua-t-elle calmement. Quand vous retrouverez Dickon, vous aurez peut-être besoin de moi. Je voulais aider.

Edward la dévisagea, et ne la comprenait que trop bien, car il pensait la même chose. L'idée que son fils était quelque part à la merci de personnages dévoyés était insupportable. Elle avait raison. Quand il récupérerait Dickon, il aurait besoin d'elle.

Avec son visage rosi par le froid et ses yeux brillants, elle était plus ravissante que jamais.

— Vous m'avez déjà aidé, Arabella, bien plus que vous ne le saurez jamais.

— Ainsi, Arabella, déclara froidement John, vous avez enfin ce que vous avez toujours désiré.

— Je l'espère sincèrement, John. Tout comme j'espère pour votre salut que Dickon est en bonne santé. Ce que vous avez fait est d'une perversité inimaginable.

— Ça m'est égal, répliqua-t-il en haussant les épaules avant de lui tourner le dos et de se diriger vers la porte.

Arabella le regarda s'éloigner.

— En effet, ça lui est réellement égal, dit-elle à Edward. Je n'ai jamais pu comprendre ce qui le pousse à être aussi cruel.

Edward et Stephen, suivis d'Arabella et de Gregory, emboîtèrent le pas à John.

Il les conduisit vers le fleuve. Des torches éclairaient les rues, projetant leur lumière sur les avancées des maisons et les nombreuses enseignes qui y étaient accrochées. Ils pénétrèrent dans un labyrinthe de ruelles tortueuses, agrémentées çà et là d'escaliers en pierre. La puanteur était épouvantable et l'obscurité épaisse, si bien qu'Arabella trébucha à plusieurs reprises sur des objets invisibles, mais la main d'Edward était toujours là pour la retenir.

Leurs yeux finirent par s'accoutumer à la pénombre. Un étrange silence régnait, et d'inquiétantes silhouettes se fondaient sans cesse dans l'ombre.

Ils débouchèrent sur une petite place bordée de constructions branlantes et de guingois, qui semblaient susceptibles de s'écrouler à tout moment.

John se dirigea vers une porte sans hésiter et y frappa sans ménagement. Comme elle n'était pas verrouillée, il entra sans attendre de réponse. Edward se trouvait derrière lui, suivi d'Arabella. Stephen et Gregory patientèrent à l'extérieur.

Une femme dépenaillée entre deux âges, grande et maigre, aux joues creuses, les dévisagea avec suspicion.

Arabella regarda autour d'elle. Un feu brûlait dans l'âtre et recrachait dans la pièce de la fumée, dont l'odeur les saisit à la gorge. Des herbes de toutes sortes séchaient, suspendues au plafond, tandis que des fioles et des bouteilles de décoctions diverses étaient alignées sur des étagères.

Arabella comprit que c'était là la femme chez qui John venait chercher des remèdes pour soulager ses douleurs.

La femme resserra son châle autour d'elle et s'écarta d'eux en marmonnant quelque chose en français qu'Arabella ne comprit pas. Mais elle lut la peur et l'appréhension dans ses yeux.

John s'entretint avec elle à voix basse. Sans un mot, elle indiqua d'un signe de tête un coin où un enfant aux cheveux noirs bouclés, le visage sale maculé de larmes, dormait sur un tas de chiffons.

John se retourna et regarda Edward.

— Prenez-le. Vous constaterez qu'il ne lui a été fait aucun mal.

Arabella se précipita vers Dickon. Il s'agita et ouvrit les yeux. Il se mit à pleurnicher quand il la vit, et se cramponna à son cou.

Elle l'embrassa sur la joue et lui susurra des mots doux pour le réconforter.

— Tout va très bien aller maintenant, mon chéri. Nous sommes venus te ramener à la maison.

— Et tu laisseras plus personne me prendre, bredouilla-t-il. Je n'aime pas, ici. J'ai peur, et ça m'a fait pleurer.

— Je sais, et je suis désolée de ne pas avoir été là, mais personne ne te prendra plus jamais, je te le promets.

— Je veux rentrer à la maison, dit-il d'un filet de voix, épuisé.

Arabella regarda Edward, qui arborait un visage impassible, le teint cendreux. Elle crut le voir trembler. C'était un homme fort, mais les épreuves de ces derniers jours l'avaient marqué. John se dirigeait lentement vers la porte, tête basse.

— John, attendez ! le héla-t-elle.

Il hésita et, après un moment, se retourna.

— Que comptiez-vous faire de lui ? Vous m'aviez dit que vous le conduiriez en Angleterre auprès de Malcolm Lister.

— En effet, c'était bien mon intention. Mais je savais que votre amant serait sur mes talons, aussi avais-je décidé d'attendre quelques jours avant de traverser la Manche.

— Et vous l'auriez fait en vain. Malcolm Lister est mort, John.

John haussa les épaules.

— Alors, tant pis. J'ai échoué. Vous avez ce que vous voulez, donc je vais vous laisser maintenant. N'essayez pas de m'arrêter.

— Vous ne pouvez pas partir comme ça, tout simplement…

— Que voulez-vous donc de moi, Arabella ? demanda-t-il d'un ton qui trahit son impatience naissante.

— Quelles que soient les vilenies dont vous vous êtes rendu coupable récemment, vous êtes toujours mon mari devant la loi.

Il lui adressa un sourire amer.

— Non. Je ne l'ai plus été depuis trois ans. Et vous, vous êtes certes mon épouse, mais vous m'êtes interdite. Vous êtes inaccessible.

Il avait lancé ces derniers mots d'une voix rauque, et détourna ensuite la tête, mais Arabella eut le temps de lire ses tourments sur son visage et, pour la première fois, elle n'éprouva aucune colère, seulement de la compassion pour cet homme qu'elle avait été incapable d'aimer et n'avait jamais compris.

Un lourd silence s'installa après cette déclaration, rompu ensuite par les pleurs de Dickon.

— Qu'allez-vous faire ? demanda Arabella.

— Cela a-t-il la moindre importance ? rétorqua-t-il en haussant les épaules.

— Oui, évidemment !

Il sourit, avec une soudaine expression d'incroyable résignation.

— Quelles possibilités s'offrent à moi ? Puisque je dois subir éternellement cette infernale torture, qui ressemble au supplice de Tantale et me dévore vivant sans me laisser le moindre répit.

Il s'adressa à Edward.

— Nous étions convenus que si vous gagniez et que je vous rendais votre fils, vous me laisseriez la vie sauve.

— Vous avez ma parole, répondit celui-ci avec un hochement de tête.

John sortit alors sans plus attendre, et disparut dans le labyrinthe de ruelles sombres qui se referma sur lui, tout comme le feraient les eaux de la Seine avant l'aube, après que la lame acérée appartenant à l'homme victime de sa tricherie plus tôt dans la soirée eut transpercé son cœur.

Une fois parti, un froid soudain envahit la pièce.

Arabella se tourna vers Edward après un long moment.

— Allons-nous-en, s'il vous plaît, demanda-t-elle.

Il la prit par le coude, sans un mot, et la conduisit dehors où attendait Stephen.

Serrant Dickon contre elle, ayant hâte de quitter cet endroit affreux, elle repartit avec les autres et, quand ils débouchèrent enfin dans une rue plus large, ils virent que Gregory avait réussi à héler une voiture de louage pour rentrer.

Ils ne se détendirent qu'une fois dans la maison.

La demeure était sens dessus dessous.

Les enfants avaient refusé d'aller se coucher tant que Dickon ne serait pas rentré, et Verity se faisait un sang d'encre. A l'instant où ils franchirent le seuil, elle les assaillit de questions et Pauline s'affaira pour apporter des boissons chaudes.

Arabella s'inquiétait que Dickon refuse de la quitter, mais Verity se chargea gentiment de lui et l'emmena à la nursery pour lui donner un bain avant de le mettre au lit.

Quand Arabella se retrouva seule avec Edward, elle se jeta dans les bras qu'il lui tendait, et il l'y serra très fort en lui chuchotant des paroles de réconfort. Elle se laissa aller contre lui, heureuse que leur calvaire fût terminé et que Dickon fût sain et sauf.

Ils avaient tous vécu l'enfer ces derniers jours.

Au moment où Edward voulut parler de John, elle posa les doigts sur ses lèvres pour l'empêcher de parler.

— Pas maintenant, murmura-t-elle. Pas ce soir. N'y pensez pas.

Il hocha la tête et la serra plus fort, heureux de la sentir contre lui et de savoir qu'Arabella et son fils étaient enfin chacun à sa place.

Arabella se cramponna à lui, songeant uniquement au délice d'être avec lui, de nouveau dans ses bras. Leurs corps s'accordaient parfaitement, comme s'ils se rappelaient enfin qu'ils étaient faits l'un pour l'autre.

Et il n'y avait que dans les bras d'Edward qu'elle trouvait la paix dont elle avait tant besoin.

— Et si nous passions la nuit ensemble, Edward ? chuchota-t-elle. J'ai tellement besoin de vous !

— Quoi, ici ? dit-il en souriant. Ma chère Bella, je ne vois pas ce que j'aimerais plus que cela, mais je crains que ma sœur n'approuve guère un comportement aussi dévoyé sous son toit.

— Alors, serrez-moi fort.

Il lui prit le visage entre ses mains, le leva vers le sien et lui embrassa doucement les lèvres. Elle lui avait demandé de ne pas parler de John, cependant il se sentait obligé de le faire.

— Je n'aurais jamais dû vous laisser retourner chez votre mari. J'aurais dû vous en empêcher d'une manière ou d'une autre, quand bien même vous êtes son épouse. Il vous a fait souffrir.

— Oui, c'est vrai, et les souvenirs de ces souffrances ne sont pas encore effacés, je le crains. Chaque fois qu'il s'approchait de moi, je me raidissais. Il me regardait comme un chat jouant avec une souris, en sachant que je ne pensais qu'à vous. Même avec vous ici et maintenant, je ne me sens toujours pas libre. Je reste sa femme, dit-elle simplement.

Edward l'écarta de ses bras pour la regarder avec attention.

— Peu importe ce qui se passera désormais, je ne le laisserai pas vous reprendre. Je le jure.

— Et je ne vous quitterai plus jamais. Nous sommes ensemble maintenant, conclut-elle en chassant son mariage de son esprit. C'est tout ce qui compte.

Le lendemain matin, le cadavre de John fut sorti de la Seine par deux bateliers.

Quand Edward vint annoncer la nouvelle à Arabella, elle était seule dans le jardin, l'esprit encore troublé par les événements de la veille.

Lorsqu'elle apprit la mort de John, elle perdit momentanément la parole, débordée par le tumulte de ses émotions où se mêlaient le choc et l'horreur, ainsi qu'en même temps une sorte de soulagement. L'homme qui avait failli détruire sa vie et celle d'Edward en enlevant son fils n'aurait plus jamais le pouvoir de leur nuire.

Après avoir repris ses esprits, elle regarda Edward.

— Comment pouvez-vous être certain qu'il s'agit de John ? demanda-t-elle.

— J'en suis sûr, répondit-il en hochant la tête avant de l'attirer vers un banc.

Il s'assit face à elle et serra ses mains dans les siennes.

— Quand il nous a quittés, je l'ai fait suivre. Apparemment, quelqu'un d'autre était aussi sur ses traces, et selon toute probabilité ne lui voulait pas du bien, car c'était un joueur qui avait perdu contre lui. Après une lutte très brève, votre mari s'est effondré, et on a vu son assaillant jeter son corps dans la Seine depuis le Pont-Neuf, celui situé à la pointe de l'île de la Cité. Cette fois, il est vraiment mort, Arabella. Etes-vous surprise ?

Elle secoua lentement la tête et soupira.

— Je suis choquée qu'il connaisse une fin si tragique. Mais non, je ne suis pas surprise. Je m'y attendais à moitié. Au moins, son tourment a pris fin. Il a supporté des blessures atroces, qui lui ont fait souffrir le martyre.

Edward estimait que John Fairburn n'avait eu que ce qu'il méritait pour avoir maltraité sa femme, mais il garda son opinion pour lui.

— C'est fini, Arabella. Vous ne devez pas laisser votre haine pour John Fairburn subsister en vous et détruire l'avenir comme elle l'a fait par le passé. C'est terminé. Vous devez laisser cela derrière vous, avec toutes les souffrances qu'il vous a causées.

Arabella soupira.

— Par malheur, le passé a une fâcheuse tendance à se rappeler à nous.

— Je le sais. Mais nous sommes ensemble désormais. Vous, moi, Dickon et bientôt notre enfant. Rien ne pourra changer cela, ou s'interposer entre nous.

Il lui prit la main et la pressa contre ses lèvres, la retenant comme s'il était réticent à la libérer. Son pouce lui caressa doucement la paume, et elle savait qu'il était fort conscient des vagues de désir qu'il éveillait en elle, et qui montait lentement, insidieusement et la troublait, lui rappelant leurs étreintes passionnées.

Quand il entendit son souffle court, il leva les yeux et la regarda pour la contempler un moment, savourant ce visage charmant plein de douceur, de compréhension et d'amour. Sa poitrine se gonfla d'émotion quand il l'attira contre lui, et l'intensité de son amour pour elle en était douloureuse.

Il reprit son visage entre ses mains et l'embrassa avec une ardeur affamée. Il frissonna quand elle s'arqua contre lui et lui rendit son baiser.

Arabella appuya ensuite sa joue contre la poitrine d'Edward en souriant. Ses souffrances n'avaient pas été vaines, puisqu'elle se retrouvait dans ses bras, percevait les battements de son cœur tout contre elle ainsi que sa respiration.

Elle était presque inquiète de se sentir aussi heureuse et euphorique quelques instants à peine après la fin de leurs terribles épreuves. Et sa joie était indicible.

Elle leva la tête pour le dévorer des yeux.

— Je vous aime, Arabella, de tout mon cœur, murmura-t-il aussitôt.

Elle lui sourit avec sérénité.

— Je vous ai déjà dit que je vous aimais moi aussi. Mais qu'allons-nous faire désormais ?

— Vous savez que je ne peux rentrer en Angleterre pour le moment. Certes, vous portez mon enfant, mais je ne désire pas pour autant que vous supportiez les aléas de mon exil. Si vous souhaitez retourner après d'Alice à Bircot Hall, quelle que soit votre décision, je l'accepterai.

Arabella le dévisagea longuement, et Edward fut soudain terrifié à l'idée qu'elle préférât retourner en Angleterre.

— Cela dépend, finit-elle par répondre après ce qui lui sembla une éternité.

— De quoi ? demanda-t-il, toujours aussi inquiet.

— De l'éventualité que vous fassiez de moi votre épouse, ou non.

Edward la regarda, sans être certain d'avoir bien entendu, puis comprit qu'elle était tout à fait sérieuse.

— Evidemment ! Je croyais que vous le saviez déjà !

Elle pencha la tête sur le côté, les yeux brillants de malice.

— Me l'avez-vous jamais proposé ? Ou si vous l'avez fait, je ne me le rappelle pas.

Il l'attira de nouveau contre lui.

— Petite écervelée ! Croyez-vous que je laisserais mon enfant naître hors des liens du mariage ? Faire de vous ma femme est mon plus cher désir. Voulez-vous m'épouser, Arabella ?

Celle-ci se souvint aussitôt de ce moment où elle avait cru qu'ils se marieraient, mais elle ne put sincèrement pas se rappeler que son cœur eût jamais tant battu la chamade qu'en cet instant, à cette proposition si directe.

Quelle serait sa vie, mariée à un exilé ? Elle se languissait de retourner en Angleterre et de revoir Alice, mais rien au monde ne pourrait la convaincre de se séparer de cet homme qui avait éveillé la passion en elle, alors même qu'elle n'était encore qu'une fillette.

Elle lui répondit en acquiesçant d'un signe de tête assorti d'un adorable sourire.

— Oui. Et je serai heureuse de rester en France avec Dickon et vous, et notre nouveau-né. Je veux être avec vous, où que ce soit.

Ils s'embrassèrent avidement, et leurs lèvres se rencontrèrent pour la première fois. Arabella sentit le bonheur qui l'envahissait balayer tous ses tourments précédents. Quand ils se séparèrent après un moment interminable, Edward lui sourit tendrement.

— Nous nous marierons dès que cela sera possible.

Depuis le début de la guerre, aucune des deux familles n'avait eu l'occasion de célébrer un quelconque événement heureux, mais le mariage d'Edward et Arabella, qui se tint au palais de Saint-Germain-en-Laye, fut une joyeuse cérémonie, avec le roi Charles lui-même en invité d'honneur.

Au comble du bonheur, Stephen serait le suivant à se marier, juste après eux, car Margaret avait fait le voyage depuis l'Angleterre pour le rejoindre.

La salle où auraient lieu les festivités débordait de fleurs. Leur fragrance embaumait et enivrait Arabella, à moins que ce ne fût le bonheur pur.

Alors que le marié et la mariée s'embrassaient après avoir échangé leurs vœux, Edward, complètement chaviré, dévisagea son épouse avec fierté. Son ravissant visage levé vers lui rayonnait de bonheur, et ses yeux d'ambre pleins d'amour restaient rivés aux siens.

Resplendissant dans un costume en velours rouge rebrodé

de fils d'or, le roi avait suivi la cérémonie de près. Faisant fi du protocole, il s'avança et attira la mariée auprès de lui.

— Permettez-moi d'être le premier à vous féliciter tous les deux, dit-il, un sourire enjôleur dessiné sur sa bouche sensuelle. Et permettez-moi d'embrasser la mariée.

Edward éclata de rire, ivre de bonheur, car n'avait-il pas épousé la femme de sa vie, l'unique femme qu'il eût jamais aimée ?

Elle était d'une beauté si époustouflante qu'elle ressemblait à une reine.

— Qui serais-je pour refuser pareille requête à mon roi ? dit-il avec malice.

Charles Stuart sourit à Arabella, noyée dans son écrin de satin et de dentelle crème et dorée. Ses cheveux en vagues rousses de teinte automnale retombaient en souplesse sur ses épaules.

Arabella le dévisagea, fascinée.

Il gloussa discrètement quand ses lèvres effleurèrent sa bouche et que ses cheveux frôlèrent sa joue. Quand il se recula, un éclat charnel et paillard étincela dans ses yeux noirs, bien trop éloquents dès qu'il côtoyait une belle femme.

— Votre épouse est absolument charmante, Edward. Vous avez beaucoup de chance d'avoir rencontré pareille beauté après tant de déboires. Quand je retrouverai mon trône, il faudra l'amener à la cour. J'insiste.

— Ce sera un honneur, sire, mais je ne suis pas le genre d'homme à porter les cornes avec grâce, répondit Edward sur un ton léger.

Et son sourcil soudain froncé appuya son propos, car les maris ne constituaient guère un obstacle pour Charles Stuart lorsqu'il était attiré par une femme séduisante.

Sans paraître offensé le moins du monde par la remarque d'Edward, car ses habitudes étaient célèbres, le roi lui lança un clin d'œil et rit de bon cœur.

— Vous ne me connaissez que trop bien, Edward, mais j'espère néanmoins que vous me permettrez de danser avec elle un peu plus tard.

— Bien sûr, sire, je n'y vois aucune objection.

— Est-il dans vos intentions de rester en France, messire Edward ? lui demanda le roi sur un ton bien plus sérieux.

— Oui. Je ne rentrerai pas en Angleterre tant que vous ne serez pas remonté sur le trône, sire. Vous avez toute ma loyauté. Je voudrais pouvoir vous offrir plus que cela.

Le roi hocha lentement la tête, les traits soudain tirés par la désillusion et le cynisme.

— Votre loyauté me suffit tout à fait. J'aurais souhaité vous offrir un présent pour votre mariage, mais, hélas, tout le monde sait que je suis pauvre. Cependant, je vais vous faire une promesse. Ayant combattu à mes côtés à Worcester, vous avez droit à ma gratitude plus que quiconque. Je vous assure que vous serez dans mes faveurs. Quand reviendront des temps meilleurs, et que je serai de nouveau sur le trône, je vous ferai restituer votre domaine et toutes vos propriétés.

— Vous êtes des plus généreux, dit Edward en inclinant la tête.

Plus tard dans la soirée, alors que les festivités étaient terminées et qu'Arabella était enfin seule avec son mari dans leur chambre à Saint-Germain-en-Laye, elle ne put résister à le taquiner en lui faisant part de l'intérêt appuyé que le roi avait manifesté à son égard.

Edward vint se tenir derrière elle, assise à sa table de toilette. Il se pencha, dégagea ses cheveux de son cou et posa les lèvres sur sa chair douce, palpitante et accueillante.

— Il me semble évident qu'il vous trouve fort à son goût, mon amour, souffla-t-il, mais je ne vous partagerai pas, fût-ce avec le roi d'Angleterre. Je vous aime tant que je tuerais tout homme qui tenterait de vous enlever à moi.

— Vous n'avez nul besoin de vous inquiéter, Edward. Je vous aime. Il n'y aura jamais personne d'autre. Vous avez donné un sens à ma vie, et à tout ce que je fais. Je ne suis pas complète, sans vous. Je suis à vous désormais, et pour toujours.

— Je suis heureux de l'entendre, murmura-t-il en rencontrant son regard brillant dans le miroir.

Un léger sourire était dessiné sur ses lèvres, et ses yeux étincelèrent soudain de cet éclat qu'elle adorait.

Arabella inspira profondément, les yeux brillants de joie, submergée par l'émotion. Il était son destin, son avenir, et elle passerait la nuit à le lui faire comprendre sans ambages.

Il sembla lire dans ses pensées, car ils se sourirent mutuellement à l'idée de ce qui les attendait.

Vers la fin du mois de février, cinquante-deux membres du Parlement firent les premiers pas vers un gouvernement unifié en ratifiant un acte de pardon et d'oubli général, qui graciait unilatéralement tous les partisans de feu le père du roi Charles et les libérait de toute menace de poursuites légales. Oliver Cromwell avait en effet estimé que cette politique de conciliation était nécessaire.

— C'est déjà quelque chose, confia Edward à Arabella. Quoique, si un exilé décide de rentrer, il devra faire le serment de ne plus jamais mettre son épée au service de toute cause royaliste à l'avenir.

— Cela ne doit pas être si difficile à jurer, j'imagine.

— Certains le pensent. Robert va prêter serment, car il souhaite rentrer retrouver Alice et leurs enfants. Il est séparé d'eux depuis trop longtemps, et désireux de les revoir.

Il fronça les sourcils avant de poursuivre.

— Je ne rentrerai pas avant que le roi ne soit remonté sur le trône, Arabella.

— Si jamais cela se produit un jour, ajouta-t-elle. Il n'y a aucune garantie à cela.

— Alors, il nous faudra nous accommoder au mieux de ce que nous avons ici. Nous devrons affronter de nouvelles épreuves, et nous le ferons ensemble.

— Puis nous pourrons rentrer ? demanda-t-elle.

— Je l'espère sincèrement, dit Edward en soupirant.

Épilogue

Durant les huit années suivantes, accompagnés de Stephen et Margaret, Edward et Arabella suivirent d'autres réfugiés anglais et s'établirent en Hollande.

Ils y élevèrent leurs enfants, et Edward offrit ses services à Charles Stuart en exil.

Ils ne perdirent jamais espoir qu'un jour le roi retrouverait son trône, et ce jour arriva enfin.

Opprimé trop longtemps sous la botte de Cromwell, le peuple d'Angleterre commença à désirer après sa mort la restauration de la monarchie, associée à des temps plus heureux.

Ainsi, au mois de mai 1660, le jour de son trentième anniversaire, le roi Charles remonta sur le trône.

Son bateau, le royal *Charles*, accosta à Douvres, où le roi fut accueilli avec révérence et tous les honneurs. Saisie d'une fièvre de restauration, Londres se réveillait d'un long sommeil.

Le souverain commença son règne avec les meilleures intentions. Il se souvint avec gratitude de tous ceux qui lui étaient restés loyaux pendant son exil, et les récompensa avec largesse.

Notamment Edward Grey, à qui furent restitués ses domaines de l'Oxfordshire.

Le soleil était chaud et brillait d'un éclat qui conférait à la noble demeure d'Edward une magnificence particulière tandis qu'il se promenait dans les allées du jardin en se remémorant le passé.

Il sourit à la femme qui lui tenait le bras. Sans avoir partagé ses réflexions avec lui, elle nourrissait en fait les mêmes pensées.

A trente-trois ans, Arabella était toujours aussi belle. Elle profitait de toute la tendresse et du bonheur qui assuraient la sérénité, et il se jura de trouver le moyen de continuer à la faire sourire chaque jour de leur vie.

Leurs rêves de toujours s'étaient enfin exaucés.

Alors qu'il laissait courir son regard vers les ondulations du parc au loin, un fringant jeune homme apparut sur un splendide cheval brun, serrant bien fort devant lui Louisa, sa sœur de sept ans, le visage auréolé de boucles brunes encadrant une paire d'immenses yeux bleus, qui gloussait de ravissement. Lorsqu'il vit surgir à son tour Charles, son frère cadet, le jeune Dickon salua ses parents en adoration devant lui avec un grand geste de son chapeau à plume, avant de faire demi-tour avec sa passagère hilare pour le rejoindre et continuer leur promenade.

Edward éclata de rire, et couvrit la main d'Arabella de la sienne.

— Je n'arrive toujours pas à croire que nous ayons été tant bénis des dieux avec nos enfants.

Arabella leva ses yeux d'ambre vers lui, et il y découvrit une lueur qu'il n'y avait jamais vue auparavant.

— Croyez-le, mon amour, parce que c'est vrai. Tout ce que j'aime le plus au monde est ici. Je veux y rester pour toujours.

Edward fut envahi d'un frisson de plaisir après avoir lu le bonheur dans les yeux de son épouse. La vision d'un avenir s'étendant à l'infini devant eux était idyllique, et il était certain que ce qu'ils possédaient aujourd'hui s'épanouirait plus encore dans les années futures.

Note de l'autrice

La guerre civile en Angleterre au XVIIe siècle, qui a duré presque dix ans, a profondément bouleversé la vie de tous les membres du peuple anglais, sans distinction, et de façons qu'ils n'auraient jamais imaginées. Il existait de profondes divergences d'opinion, et ceux qui étaient loyaux envers le roi estimaient que le concept d'un pays sans monarque à la tête de son ordre social était tout à fait inconcevable.

Ce conflit a vu l'exécution de Charles Ier, suivie de l'instauration d'une dictature militaire sous la férule d'Oliver Cromwell. Elle donna lieu à l'émergence de nouvelles idées, tant politiques que religieuses. Mais les années de répression et d'austérité forcée qui s'ensuivirent incitèrent le peuple à demander après la mort de Cromwell la restauration de la monarchie.

J'ai toujours été fascinée par cette époque et j'ai choisi de situer cette intrigue du côté de la cause royaliste, que soutiennent mon héros et mon héroïne.

GRETA GILBERT

La belle des pyramides

Traduction française de
PHILIPPE BARBIER

Les Historiques

HARLEQUIN

Titre original :
ENSLAVED BY THE DESERT TRADER

Ce roman a déjà été publié en 2017.

Chapitre 1

Memphis, Egypte, en 2566 av. J.-C.,
la vingt-troisième année du règne de Kheops.

La langue du serpent passait et repassait sur son orteil… Le reptile glissait sur son pied comme s'il cherchait à la défier.

A la faible clarté de l'aube, elle distinguait très bien la tête de l'animal et sa forme particulière, qui lui valait son surnom de serpent à lunettes.

Kiya reprit son souffle. Parmi les centaines d'hommes qui faisaient la queue pour obtenir leur ration de blé, le cobra l'avait choisie, elle, la seule femme de la file. Elle s'était pourtant donné toutes les apparences d'un homme.

Décidément, elle n'avait pas de chance. Après trois mois de travail anonyme sur le chantier de la Grande Pyramide, voilà que sa vie était menacée par une créature de la taille d'un ciseau de sculpteur.

Les hommes à côté d'elle n'avaient encore rien remarqué et continuaient de converser, pliant et dépliant leurs sacs de jute vides tout en remuant leurs pieds nus dans le sable.

Carriers, maçons et haleurs engagés pour la construction de la pyramide s'étaient rassemblés par centaines afin de recevoir leur ration de blé. Leur file décrivait un cercle autour de l'immense édifice.

— Avance, fit une voix insistante dans le dos de Kiya.

Celle-ci fit mine de ne pas entendre. Qu'elle bougeât le pied et le cobra la mordrait. Elle se verrait alors contrainte d'étouffer son cri pour ne pas trahir sa voix de femme.

Elle tourna la paume de ses mains vers le ciel et leva les yeux dans une attitude de prière. Personne n'était en droit de déranger un acte de dévotion.

Ouadjet, déesse cobra, viens à mon secours ! supplia-t-elle en son for intérieur. *Fais que le serpent s'en aille !*

La bête, cependant, ne quittait pas son pied — comme si la pyramide géante qui se dressait au côté de Kiya empêchait sa requête d'atteindre la protectrice de la Basse-Egypte.

La tombe du roi Kheops était une véritable montagne qui déchirait le ciel. Bientôt terminée, elle n'avait plus qu'à attendre la dernière heure de l'illustre hôte qu'elle accueillerait. Elle élèverait le grand roi jusqu'aux cieux, d'où il veillerait pour l'éternité sur l'avenir de l'Egypte.

C'était du moins ce qu'enseignaient les prêtres.

Vêtus de robes de lin, ils supervisaient la construction de la tombe monumentale en déambulant avec orgueil, les bras croisés sur la poitrine. Mais leur assurance cachait une situation inquiétante : vingt-quatre pleines lunes avaient eu lieu depuis la dernière inondation. Ce qui signifiait que deux années terriblement difficiles venaient de s'écouler.

Le niveau du Nil avait considérablement baissé. Les grandes barges impériales ne pouvaient plus naviguer sur ses eaux, où la perche argentée et le tilapia osseux, qui nourrissaient le peuple, se faisaient rares.

Quant aux berges du grand fleuve, autrefois verdoyantes, couvertes d'orge, de blé et de lin, elles offraient à présent le sinistre spectacle d'une terre brune craquelée par la soif.

Les Egyptiens se mouraient, toujours plus décharnés au gré des mois qui s'écoulaient. Seules les promesses des religieux, qui leur prédisaient que la crue aurait lieu dès l'achèvement de la Grande Pyramide, réussissaient à les arracher à un abattement létal.

Les ouvriers du chantier, dont les rations se réduisaient chaque jour, se demandaient si l'édification de cette tombe colossale n'était pas en train de condamner l'Egypte.

Tandis qu'ils poussaient les chariots chargés de pierres dans les longs tunnels de la pyramide, ils échangeaient à voix basse : « L'ambition du roi Kheops n'est-elle pas trop grande ? Sa tombe ne déplaît-elle pas à Osiris, le père céleste du roi, le dieu qui meurt et renaît éternellement ? Et si, à chaque nouveau bloc que nous disposons, loin d'exalter l'Egypte, nous la menions à sa perte ? »

Kiya ne prenait guère part à ces considérations et gardait les lèvres scellées, si bien que son équipe l'avait surnommée « le muet ». Son infirmité l'enveloppait d'un mystère qui la préservait de toute réflexion sur son sexe. Qu'une femme concourût à la construction de la Grande Pyramide représentait un crime contre le roi. Si elle était démasquée, Kiya serait aussitôt punie.

Sous le règne du roi Kheops, cette punition était la mort.

Le cobra s'était enroulé à sa cheville, imprimant contre sa peau la force mouvante de ses anneaux tandis qu'il la chatouillait de sa langue fourchue. Il se préparait à la mordre. Lorsqu'il s'y déciderait, le poison la paralyserait rapidement et la mort ne serait pas longue à venir…

Elle répéta intérieurement sa prière à la déesse :

Ouadjet, je t'en prie, sauve-moi !

— Tu auras tout le temps de prier plus tard, insista l'homme derrière elle. Rejoins la file.

Kiya constata qu'elle avait laissé se creuser un grand espace entre elle et la personne qui la précédait. Pour éviter de bouger, il fallait qu'elle trouvât un moyen de distraire l'ouvrier qui la pressait d'avancer. Instinctivement, elle pointa le doigt vers l'est, en direction du Nil, comme s'il s'y trouvait quelque chose d'important à observer.

Or, il y avait justement quelque chose, ou plutôt quelqu'un, dans le prolongement de son bras. Il s'agissait d'un homme juché sur un animal dont la silhouette se découpait dans la pâleur de l'aube.

— Qui est-ce ? demanda l'ouvrier.

Kiya secoua la tête.

Celui qui attirait maintenant son attention, un homme particulièrement large d'épaules, tel un laboureur ou un haleur de pierres, était monté sur une étrange bête aux longues pattes et à la queue épaisse et lisse qui la distinguaient d'un vulgaire âne.

Le vêtement ample et sombre de l'homme révélait son appartenance à la tribu des Libous, ennemis jurés des Egyptiens. Cependant, sa stature comme son allure laissaient supposer qu'il avait d'autres origines.

Il défit soudain sa coiffe et se mit à l'agiter vigoureusement au-dessus de sa tête, comme s'il avait cherché à mettre en garde ceux qui formaient la longue file d'attente. Puis sa silhouette s'évanouit, absorbée par les rayons du soleil levant.

Kiya se protégea les yeux avant de les baisser sur son pied.

Le cobra avait disparu, tout comme l'homme et sa monture.

Elle n'eut pas le temps de se réjouir, car déjà le sol se mettait à trembler sous ses pieds. A l'endroit où l'étrange apparition se trouvait quelques instants plus tôt, s'élevait maintenant un nuage de poussière.

Alors ils furent visibles : une multitude d'hommes en armes accouraient vers eux.

— Les Libous ! s'écria quelqu'un dans la file.

Les ouvriers commencèrent à se disperser, mais Kiya ne pouvait se décider à bouger.

Couverts de longs vêtements de toile, les assaillants, au nombre de mille environ, poussaient des cris de guerre assourdissants. Quelques-uns étaient montés sur des ânes, mais la plupart couraient pieds nus dans le sable. Dès qu'ils furent à bonne distance, ils décochèrent leurs flèches sur les Egyptiens.

Aussitôt, une vingtaine d'ouvriers tombèrent à terre. Les autres se dispersèrent rapidement, fuyant à toutes jambes. Une partie chercha refuge à l'intérieur de la Grande Pyramide alors qu'une autre, plus importante, choisit de se perdre dans le désert.

Terrorisée, Kiya se jeta au sol et feignit d'être morte. Elle compta ses respirations : une, deux, trois… Soudain, une pluie de flèches s'abattit de nouveau autour d'elle. Elle ne rouvrit les yeux que pour voir les Libous rassemblés près de la tente où avait lieu la distribution de blé. C'était bien ce à quoi elle s'était attendue. Ils n'étaient pas venus dans un esprit de conquête, mais pour la même raison qu'elle-même était arrivée dans la plaine de Guizèh. Après deux ans de sécheresse, le blé était devenu plus précieux que l'or.

Elle refusait de croire ce qu'elle voyait. Elle avait besoin de ce blé qu'elle avait gagné à la sueur de son front !

— Cours ! lui cria un homme à une certaine distance.

Mais Kiya ne lui prêta pas attention. Elle n'avait pas de famille, et pas même un simple arpent de terre lui avait été attribué. Sans sa ration de blé, elle serait obligée de retourner vivre à Memphis.

Pas question de retomber dans la mendicité.

Elle se releva lentement, son sac de toile à la main. A l'inverse des Egyptiens qui s'enfuyaient de l'endroit où avait eu lieu la distribution du blé, elle se mit à courir vers la tente tout en nouant son grand sac de jute autour de sa tête. Ainsi enturbannée, elle prenait l'allure d'un Libou — et passait d'un état d'imposteur à un autre.

Légère et rapide comme une gazelle, elle se dirigea vers les ânes que les Libous avaient laissés à l'extérieur de la tente et se cacha au milieu des bêtes pour mieux s'approcher de son butin.

Les gardes égyptiens qui entouraient la tente avaient déjà presque tous succombé. Transpercés par les flèches ou les lances des Libous, ils gisaient dans leur sang comme les taureaux sacrifiés des jours de fête. Leurs boucliers de bois, épars sur le sable rougi, n'avaient pas suffi à les protéger.

C'était un terrible massacre, mais Kiya ne pouvait se permettre de se laisser gagner par la peur et la pitié. Alors, traversant la dernière ligne de gardes qui résistaient encore, elle souleva l'un des pans de la tente et se glissa à l'intérieur.

Un énorme tas de grain se dressait devant elle. Sans prendre le temps de réfléchir ni de regarder alentour, elle remplit si bien son sac qu'à la fin elle put à peine le soulever. Elle n'entendit pas son vêtement se déchirer quand elle se retourna pour quitter la tente et traverser le champ de bataille.

Le nuage de poussière était tel qu'on ne voyait pas à trois pas. Serrant le sac de blé sur sa poitrine, Kiya se précipita en direction du fleuve aussi discrètement qu'elle le put.

Elle courait dans le sable brûlant quand elle prit conscience des lambeaux de tissu qui voletaient autour d'elle, la laissant presque entièrement dévêtue jusqu'à la taille. La bande étroite dont elle s'était lacé le buste n'était plus en place, et elle sentait le vent chaud lui caresser la poitrine. Tout le monde pouvait constater qu'elle était une femme, mais peu lui importait maintenant que son sac était plein.

Il débordait même. C'était une véritable manne.

Elle emportait bien plus de blé que les prêtres ne lui en auraient donné en paiement de son travail. Le cœur gonflé, elle le jeta sur son épaule. Elle aurait assez de grain pour se nourrir toute une saison, et plus encore. Si elle remontait suffisamment le cours du Nil, elle trouverait peut-être même un coin de terre à cultiver où elle pourrait semer une partie de son blé. Elle vendrait ce qu'elle ne consommerait pas pour payer le loyer de la terre et, comme tous les autres agriculteurs, attendrait la crue.

Sa décision était prise. Elle ne retournerait pas à Memphis. Jamais plus elle ne serait réduite à chercher des têtes de poisson le long des rives du Nil ou à ramasser les rares légumes tombés des étals du marché.

Elle posa brièvement son sac au sol pour reprendre son souffle, et s'apprêtait à repartir lorsqu'elle entendit le sifflement d'une flèche, puis d'une autre — comme si on cherchait non pas à l'atteindre, mais à lui interdire de faire un pas de plus. Elle baissa la tête et se tapit au sol tandis qu'un bruit de sabots résonnait derrière elle, de plus en plus proche.

Il ne s'agissait pas d'un âne mais d'un animal beaucoup plus lourd, dont le pas régulier frappait le sable du désert avec une vigueur croissante.

Prise de panique, Kiya envoya de nouveau le sac sur son épaule et se redressa pour s'élancer. Cependant l'animal arrivait à sa hauteur, et son cavalier se penchait déjà vers elle. De son bras long et puissant, il la souleva dans l'air avec son sac de blé et la jeta en travers de sa monture.

— N'essaie pas de te débattre, fit l'homme de sa voix rauque. Tu es à moi, maintenant.

Chapitre 2

Sans le massacre perpétré par les Libous, il ne l'aurait jamais remarquée. Tahar avait détourné les yeux pour échapper à ce spectacle écœurant, et c'est alors qu'il avait aperçu la silhouette de la jeune femme qui s'éloignait vers l'horizon en croulant sous le poids de son sac. Ce n'était pas le fait qu'elle fût chargée, voire obligée par moments de traîner son fardeau dans le sable, qui avait retenu son attention, mais la façon dont sa jeune poitrine se balançait au rythme de ses foulées…

Que faisait-elle ici ? Personne n'ignorait que les Egyptiens interdisaient aux femmes de s'approcher de la tombe du roi. Elles étaient trop intimement liées aux débuts de la vie humaine pour être associées au passage dans le monde des morts.

Certes, peut-être ne se serait-il aperçu de rien si elle avait été vêtue, car, à l'exception de ses petits seins, elle était si mince et musclée qu'elle passait pour un jeune homme. En outre, elle avait le crâne rasé comme tous les ouvriers.

Elle possédait également, semblait-il, un caractère bien trempé. Il n'y avait qu'à voir la façon dont elle s'était débattue une fois installée en travers de son cheval. Dès lors, elle n'avait eu de cesse d'agiter les bras et les jambes, l'obligeant à s'arrêter à la première oasis pour lui lier les pieds et les poings.

A présent appuyée au tronc d'un palmier dattier, elle le regardait avec une lueur féroce dans les yeux, tandis que penché sur elle il vérifiait la solidité de ses entraves. L'arbre n'offrait qu'une ombre parcimonieuse, et Tahar constatait avec satisfaction que le soleil brûlant ne serait pas long à convaincre cette créature rétive qu'il serait vain de tenter de lui échapper.

— Je sais que tu as soif, dit-il comme il s'asseyait sur les talons en appliquant le goulot de sa gourde contre les lèvres de sa captive. Bois. Nous ne pouvons pas rester longtemps ici.

La jeune femme comprima les lèvres et fit non de la tête.

Etonné devant pareille obstination, Tahar l'observa plus attentivement. Elle n'avait pas la beauté d'une déesse, ou du moins pas encore, car elle en avait assurément le potentiel avec sa fine ossature à la symétrie parfaite. Et même en dépit de son visage émacié, elle avait les lèvres rouges et pleines. L'arc de ses sourcils dessinait sa courbe élégante si largement au-dessus de ses grands yeux bruns que même lorsqu'elle prenait un air sévère, son expression demeurait charmante.

Craignant qu'elle se méfiât du contenu de la gourde, Tahar en but lui-même une gorgée.

— Tu vois ? fit-il. Ce n'est que de l'eau. Il faut que tu boives. Rapidement !

Il savait que les Libous qui, selon leur habitude, s'étaient dispersés après leur razzia, ne tarderaient pas à rejoindre les diverses oasis situées le long du Nil pour y fêter leur succès. Or, s'ils le trouvaient en compagnie de cette femme, ils insisteraient pour qu'elle fût vendue au plus vite et réclameraient leur part de son prix. C'était la coutume au sein des tribus du désert : le butin était partagé équitablement entre tous les membres. Cependant il n'ignorait pas que, dans la mesure où aucun acheteur ne se présenterait ici, les Libous demanderaient à disposer de la jeune femme pour leur propre agrément.

Jamais il ne pourrait y consentir. Elle avait déjà trop d'intérêt à ses yeux.

Il lui présenta encore une fois la gourde.

— Bois ! fit-il d'un ton autoritaire. Il faut que nous repartions au plus vite.

— Comment se fait-il que vous parliez ma langue ?

— Je fais du commerce. C'est pour ça que je parle plusieurs langues.

— Vous êtes surtout un Libou ! lança-t-elle en rougissant légèrement, comme affolée par sa propre audace. Un voleur et un assassin !

— Je ne suis ni l'un ni l'autre… D'ailleurs, j'ai cessé d'être un Libou.

— Et pourtant vous portez la cicatrice qui les caractérise, insista-t-elle en fixant le petit croissant rouge au coin de son œil.

— Le fait que tu aies les mains calleuses d'un homme ne fait pas pour autant de toi un représentant du sexe fort, dit-il en posant sa gourde près des doigts de la jeune femme au cas où elle se déciderait à boire.

— De même que le fait que vous m'ayez attachée ne fait pas de moi une esclave.

— Alors nous sommes tous deux des imposteurs.

— Possible, fit-elle en essayant de saisir la gourde, qui bascula et répandit son contenu dans le sable.

— Imbécile ! s'écria-t-il. Je vais être obligé de puiser de l'eau dans l'oasis et de la faire bouillir. Il se passera plusieurs heures avant que nous puissions boire.

Furieux, il lui attrapa le bras, et à cet instant une force invisible alluma un brasier entre eux. Aussitôt il la lâcha, comme s'il avait craint d'être consumé.

— Vous n'êtes qu'un monstre de Libou, dit-elle entre ses dents.

— Et toi tu es égyptienne jusqu'au bout des ongles.

— En quoi, je vous prie ?

— Ton sentiment de supériorité… On voit bien que votre terre fertile vous a pourris, toi et tous tes semblables. Or, il semblerait que les dieux eux-mêmes approuvent votre décadence.

— Si vous pensez que les gens du peuple en Egypte sont décadents, répondit-elle sans pouvoir retenir une larme, alors vous êtes totalement aveugle.

Tahar se releva et plaça la gourde dans sa sacoche. Il valait mieux attendre qu'elle le suppliât de lui donner à boire. Et elle ne tarderait pas à le faire, il en avait la certitude. La soif avait un pouvoir de motivation incomparable.

De même que la faim, pensa-t-il en lançant un regard

furtif vers la poitrine juvénile de sa captive, dont la blancheur contrastait avec le hâle de son corps.

Il détourna rapidement les yeux. Il ne voulait pas se laisser tenter. Prendre cette jeune femme reviendrait à boire le vin de l'amphore destinée à la vente.

Il défit sa coiffe et entreprit d'en couvrir le crâne nu de sa prisonnière.

— Il faut te préserver du soleil, dit-il en riant comme sa tête disparaissait sous l'abondance de la toile. Comment le désignes-tu ?

— Râ… Puisse-t-il vous punir autant que vous le méritez, fit-elle avec véhémence bien que sa voix fût étouffée par l'épaisseur de l'étoffe.

— Les dieux se moquent bien de nous, petite sotte, répondit-il. J'ai assez parcouru le monde pour le savoir.

— Qu'avez-vous vu ou fait qui vous autorise à juger des divinités ?

— J'ai vu le lit d'anciennes rivières qui autrefois alimentaient cette même oasis, et les squelettes d'animaux si étonnants que tu ne saurais te les représenter. Au fond du désert, j'ai vu des peintures sur les murs d'une caverne où l'on reconnaissait des hommes nageant comme des poissons… Enfin, j'ai vu assez de choses pour me faire une opinion au sujet des dieux et je puis t'assurer qu'ils sont peut-être puissants, mais qu'ils s'occupent bien peu des hommes. Nous ne faisons que passer sur terre et ne sommes pas dignes de leur intérêt.

Il se tut, avant de poursuivre dans un murmure :

— Nos vies sont aussi légères et fragiles que le bruissement de la brise dans les feuillages.

Elle semblait absorbée par ses évocations et ne répondit rien. Ce ne fut qu'après un long silence qu'elle reprit la parole.

— Avez-vous l'intention de me forcer ? Il faut que vous sachiez que je suis…

— Vierge ? Je n'ai eu qu'à poser le regard sur toi pour le savoir.

La confirmation que lui en fit sa prisonnière ne pouvait

que le satisfaire, car son prix s'en trouverait considérablement augmenté.

— Me tuerez-vous si je ne me soumets pas ?

— Non, bien sûr.

Tu as bien trop de valeur pour que je commette un tel gâchis, ajouta-t-il en son for intérieur.

Elle soupira. En se contorsionnant, elle réussit à faire glisser la coiffe de sa tête et à la rassembler autour de son corps souple.

Certes, il serait nécessaire de l'engraisser un peu, pensa Tahar. Aucun riche capitaine minoen ou chef nubien ne lui donnerait quoi que ce soit contre cette femme décharnée. Il faudrait aussi lui trouver un vêtement et une parure convenables. Elle deviendrait jolie si on lui teintait les paupières de khôl et les lèvres de henné. Et puis ses cheveux finiraient par repousser... Si beaucoup d'Egyptiennes portaient une perruque sur leur crâne rasé, Tahar savait que les étrangers que l'on rencontrait sur les marchés aux esclaves préféraient les femmes ayant conservé leur chevelure.

Il devrait en outre la préparer, c'est-à-dire l'apprivoiser en lui laissant le temps de s'adapter à son nouveau destin. Il aurait sans doute intérêt à prendre des précautions, car les Egyptiennes jouissaient d'une plus grande liberté que les femmes des tribus du désert. S'il baissait la garde, une Egyptienne n'hésiterait jamais à en tirer parti. Il en avait fait l'expérience dans les maisons closes qu'il avait fréquentées le long de la piste des caravanes. Une Egyptienne était capable de vous masser le dos tout en ouvrant le fermoir de votre collier d'or, de vous embrasser sur les lèvres tout en fouillant vos poches.

Quand il aurait dompté la volonté de celle-ci et façonné sa silhouette, aucun homme ne lui résisterait. N'était-elle pas une pure Egyptienne, semblable à une déesse issue de cette terre bénie des dieux ? Il le pressentait, elle ferait de lui un homme riche !

Avec une expression étonnamment humble, la jeune femme leva son visage vers lui.

— S'il vous plaît, laissez-moi partir, supplia-t-elle en levant ses mains liées. Je dois rentrer chez moi. Ma mère et ma sœur vont mourir de faim si je ne leur apporte pas le blé que j'ai gagné à la sueur de mon front.

Une larme coula le long de sa joue.

A son corps défendant, Tahar se sentit coupable. Elle paraissait sincère et ses intentions hautement louables. Elle ne voulait que venir en aide aux siens…

Attention, mon ami, se dit-il à lui-même. *Une Egyptienne peut raconter n'importe quoi pourvu que ce soit dans son intérêt.*

— La crue du fleuve aura lieu d'ici trois lunes, répondit-il. Elle sera tardive, mais elle aura bien lieu et personne ne mourra de faim. Ta famille survivra.

— Comment pouvez-vous savoir que le Nil va sortir de son lit ? Vous n'êtes ni prêtre ni devin. Vous n'avez aucun moyen de connaître l'avenir. Vous n'êtes qu'un menteur, d'ailleurs, comme tous les négociants…

— Ça suffit ! dit sèchement Tahar.

Il ne la laisserait pas dénigrer sa profession, aussi méprisable fût-elle. Celle-ci lui avait permis de vivre pendant toutes ces années et de jouir de l'estime des membres de sa tribu, ainsi que de celle des marchands avec lesquels il travaillait.

— Tu devrais plutôt remercier le ciel d'être en vie.

— Et qu'avez-vous l'intention de faire de cette vie ? demanda-t-elle d'une voix tremblante, le regard immense et brillant.

— Je…, commença Tahar en réfléchissant. J'ai l'intention de t'échanger. Tu feras une excellente épouse.

— M'échanger contre quoi ?

— Un navire.

— Qu'en ferez-vous ? Vous voulez y transporter vos moutons ? Vous oubliez que vous êtes un Libou et vivez dans le désert.

— C'est fini. A présent, je ne suis plus que Tahar le Négociant.

Bientôt, grâce à toi ma chérie, je serai Tahar le Marin !

Il esquissa un sourire. Il trouverait un riche mari pour cette ardente petite vipère de femme et, quand il aurait son bateau, tout le monde serait content.

— Je conduis mon cheval boire à l'oasis, dit-il en détachant le coursier. Tiens-toi prête à partir dès mon retour.

Il fit quelques pas en direction de la pièce d'eau, puis se retourna pour lancer d'une voix menaçante :

— Et ne t'avise pas de me fausser compagnie !

Chapitre 3

Seuls les dieux sont éternels, pensa Kiya en regardant l'homme disparaître derrière le rideau d'arbustes luxuriants et de tamaris qui entouraient la mare. *Tout le reste est périssable.*

Elle s'était aussitôt mise à frotter ses liens contre le tronc à l'écorce rugueuse du dattier, mais ils étaient exceptionnellement résistants. La corde n'était pas en papyrus mais en chanvre, lui semblait-il. Pourtant Kiya savait que même les liens les plus solides finissaient par rompre. Elle avait vu des crocodiles ainsi entravés se libérer. Pourquoi n'y parviendrait-elle pas, elle aussi ?

L'idée de devenir une esclave lui était insurmontable. Elle en avait vu dans les rues de Memphis, le regard éteint et les épaules tombantes, qui suivaient leur maître comme des chiens. Plutôt mourir et errer dans les régions obscures des enfers que d'être en vie au service de quelqu'un.

Elle ne se faisait aucune illusion au sujet du négociant : il se moquait éperdument de ce qu'elle pouvait penser ou ressentir. Elle en avait acquis la conviction quand elle avait évoqué le risque de famine qui pesait sur sa famille. Il n'avait pas fait preuve de la moindre empathie à son égard.

Non qu'elle en fût affectée — elle lui avait menti. Elle était seule au monde, mais il n'avait aucun moyen de le vérifier. C'était sans importance, cela dit. Comme la plupart des hommes occupés à faire du commerce, il n'avait pas d'âme. Et puis ses certitudes au sujet de la prochaine crue étaient d'une insupportable arrogance. Seul un grand prêtre ou un devin certifié pouvait se permettre de faire de telles prédictions.

Kiya se remémorait les paroles blessantes du Libou cependant qu'elle usait ses liens contre l'écorce de l'arbre. Il n'avait pas hésité à accuser les Egyptiens de décadence et l'avait qualifiée elle-même de fille prétentieuse. Etait-ce l'opinion que les Libous se faisaient des Egyptiens ? Etait-ce leur façon de justifier leurs incursions meurtrières ?

L'homme prétendait ne plus être un Libou, mais il en portait tout de même la cicatrice tribale au coin de l'œil et le grand manteau rouge caractéristique. Celui-ci ne lui allait pas bien d'ailleurs. L'étoffe légère du vêtement était sur le point de se déchirer à chaque mouvement de ses bras puissants. D'autre part, cet homme avait les yeux d'un bleu limpide qui laissaient entrevoir ses origines étrangères. Il était assez séduisant au demeurant. Elle était bien obligée d'en convenir.

Beau, certes, mais ennemi de sa race…

Les liens aux poignets de Kiya cédèrent soudain. Elle s'empressa de dénouer ceux de ses chevilles puis s'enfuit en courant.

Le sable se dérobait sous ses pieds en en gardant la trace. Heureusement, elle ne tarda pas à aborder un terrain plus ferme et pierreux sur lequel elle ne laissait plus d'empreintes. Elle aurait pu poursuivre ainsi son chemin, mais une ruse lui traversa l'esprit et elle revint scrupuleusement sur ses pas, à reculons.

Le négociant se laisserait duper. Il poursuivrait sa recherche dans la direction de ses pas, vers le Nil. Entre-temps, elle aurait trouvé une bonne cachette dans l'oasis où il finirait par revenir, épuisé et assoiffé, pour passer la nuit. Il s'endormirait profondément et ne l'entendrait pas s'éloigner dans l'obscurité, à califourchon sur son étrange bête.

Si seulement la nuit était déjà tombée et qu'il ne faisait pas cette horrible chaleur. Le dieu soleil lui brûlait le crâne et lui prenait ses dernières forces.

Un souvenir lui revint en mémoire comme sa tête se mettait à lui tourner.

— *Ne t'endors pas, maman, chuchotait la petite fille qu'elle avait été, accroupie au chevet de sa mère dans la chambre à peine éclairée. Il faut nous échapper.*

Des brutes avaient défoncé les portes du harem et pénétré dans les appartements des concubines. Femmes et enfants, saisis de peur, passaient en courant devant la porte de la chambre de sa mère dans l'espoir de trouver un refuge dans quelque autre salle.

— *Suis-moi, petite ! avait lancé une voix sur un ton pressant.*

A l'entrée de la chambre, l'une des concubines qui avait échappé aux pillards lui tendait la main.

— *Viens vite ! Nous avons très peu de temps…*

La femme avait balayé du regard le sol de la pièce, jonché de fioles vides.

— *Il faut laisser ta mère… Elle a déjà entrepris son voyage vers l'autre monde.*

— *Je veux que ma fille reste auprès de moi, avait murmuré la mère de Kiya en s'arrachant à sa torpeur. Laisse-nous à notre destin !*

Elle avait baissé les paupières puis, saisissant le petit bras de Kiya, avait repris d'un air absorbé :

— *Prends garde aux trois serpents, ma fille. Chacun d'eux essaiera de t'ôter la vie.*

— *Ta mère perd la tête, avait dit la femme dans l'embrasure de la porte. Viens ! Nous n'avons plus un instant à perdre !*

— *Le troisième te sera fatal à moins que tu ne deviennes comme…*

— *Laisse-moi partir, maman, s'il te plaît, avait supplié Kiya en essayant de se libérer. Les hommes vont nous tuer.*

— *Tous les hommes sont mauvais, Kiya. Souviens-toi qu'ils n'auront qu'un désir : te posséder, t'asservir !*

Lorsque la mère de Kiya consentit enfin à lui lâcher le bras, la concubine était déjà partie.

— Cache-toi sous le lit, avait dit sa mère tandis qu'elle tendait la main vers la plus grande des fioles, la débouchait et en buvait le contenu d'un trait. N'aie crainte, ma jolie petite fille. Ils ne te trouveront pas, et moi je ne serai bientôt plus de ce monde.

Elle s'était mise à pleurer.

— Ne me laisse pas, maman, s'il te plaît. Je ne veux pas que tu meures.

— Attention aux trois serpents, avait alors répété celle-ci en reposant sa tête sur l'oreiller.

Déconcertée, Kiya, qui s'attendait déjà à voir surgir à tout instant la horde des assassins, avait promené autour d'elle un regard inquiet.

— Chacun essaiera de te dérober la vie, avait insisté la mourante.

Kiya fouillait des yeux chaque recoin de la pièce dans la crainte d'y découvrir un serpent dressé à la langue menaçante.

— Le troisième y parviendra à moins que tu ne deviennes comme…

Comme quoi ?

Kiya se gifla. Les rayons ardents du soleil lui brûlaient le crâne et elle avait la bouche desséchée. Si elle ne se mettait pas rapidement à l'ombre, elle savait qu'elle n'en aurait bientôt plus la force.

Renonçant à son plan, elle s'élança en courant vers l'oasis. Préoccupée seulement par le risque d'insolation et la torture de la soif, elle plongea dans l'eau et se délecta de sa fraîcheur avant de s'en abreuver tout son soûl. Puis, après avoir pris une longue inspiration, elle s'immergea au plus profond de la mare.

Lorsqu'elle reparut à la surface, elle entendit des voix d'hommes qui se rapprochaient. Ils s'exprimaient dans une langue gutturale et sombre qu'elle reconnut aussitôt pour être celle des Libous.

Sentant son cœur marteler dans sa poitrine, elle se dissimula au milieu des roseaux qui poussaient le long de la rive opposée à celle que les étrangers ne tarderaient pas à aborder. Elle arracha une tige de jonc, la coupa en deux et la plaça dans sa bouche avant de s'enfoncer dans l'eau.

Un instant après, un groupe d'hommes parut sur la berge. Kiya les distinguait difficilement à travers les déformations de l'eau, mais elle n'eut pas de peine à reconnaître leurs coiffes pourpres, ainsi que les longues lames incurvées en cuivre qui pendaient à leurs ceintures. Ils parlaient avec enjouement tandis que leurs ânes, dont les sacoches étaient remplies de grain, se désaltéraient aux abords de l'étang.

Kiya eut l'impression qu'on lui perçait le cœur. Il ne pouvait s'agir que du blé volé aux Egyptiens par les pilleurs cyrénéens. A leur liesse faisait écho la détresse de son peuple. Les ouvriers dont elle avait partagé la vie retourneraient dans leurs foyers sans le précieux blé qui aurait assuré leur subsistance et celle de leurs familles. C'était sans parler de tous ceux qui, atteints par leurs flèches et leurs javelots, avaient péri.

Kiya, qui s'efforçait de garder une respiration régulière, fit le serment de se venger.

Le dieu soleil ne tarderait pas à traverser le séjour des morts et alors la déesse lune surgirait à l'horizon. Quand celle-ci baignerait le désert de sa blancheur diaphane et que les meurtriers seraient plongés dans le sommeil, elle mettrait son plan à exécution.

Maudit fût le négociant, elle n'avait plus besoin de lui ! S'il avait remarqué à temps l'approche des Libous, il devait être loin à présent, avec son étrange animal. Elle n'avait pas de maître et n'en aurait jamais. A la faveur de la nuit, elle reprendrait le grain que les cyrénéens avaient dérobé à son peuple puis s'enfuirait aussi loin qu'elle le pourrait.

Chapitre 4

Soudain, celui qu'elle croyait définitivement sorti de sa vie apparut devant elle.

L'homme, qui s'était glissé lentement dans la mare puis approché de Kiya, la fixait à présent de ses grands yeux d'un bleu lumineux. Ses longs cheveux flottaient autour de son visage et il avait la poitrine nue.

Il posa les mains sur la taille de Kiya et la fit pivoter en l'attirant contre lui, si bien qu'elle sentit son ventre plat et musclé contre son dos alors qu'il la poussait vers la berge.

Elle ne savait comment réagir… Si elle lui résistait, elle révélerait leur présence aux Libous. Or, ne lui avait-il pas dit qu'il n'était plus des leurs ? Si c'était vraiment le cas, il était peut-être tout aussi en danger qu'elle.

Elle retint sa respiration quand il prit la tige de jonc de ses lèvres pour la porter à sa bouche en ayant soin de ne pas laisser l'eau y pénétrer. Il inspira à fond avant de glisser de nouveau la tige entre ses lèvres. Ils s'échangèrent ainsi le roseau tandis que les membres de la tribu abreuvaient leurs montures.

Et pendant tout ce temps, il avait gardé un bras autour de la taille de Kiya, qu'il serrait contre lui en lui communiquant un surprenant sentiment de sécurité.

Alors que les Libous s'éloignaient un à un de la berge, Kiya commença à remarquer quelque chose d'étrange… Comme une sensation de fermeté dans le bas de son dos…

Elle qui avait toujours fait de son mieux pour ne pas susciter l'intérêt de l'autre sexe, n'aurait jamais pensé, du haut de ses vingt-trois ans, exercer un tel pouvoir sur un homme. Comment croire que celui-ci, qui n'avait d'autre intention que de la vendre, éprouvât vraiment du désir pour elle ? A moins que cette réaction n'eût toujours lieu quand cette partie de l'homme était au contact du corps féminin. C'était sans doute cette seconde solution qui prévalait, car Kiya avait conscience de ne pas être le genre de femme que les hommes convoitaient.

Il ne restait plus que deux Libous sur la berge. Alors qu'elle guettait leur départ, Kiya vit un gros insecte voler au-dessus de la surface de l'eau, puis un serpent nager lentement vers eux, que Tahar écarta de la main.

Entre-temps, il avait trouvé où reposer sa force mâle dans la cambrure de son dos…

C'était la première fois qu'elle était si proche d'un homme. Elle aurait pu se déplacer un peu pour diminuer la pression de son corps, mais la sensation n'était pas du tout désagréable. Elle se laissa même aller jusqu'à imaginer ce qu'elle éprouverait s'il venait en elle. Après tout, n'était-ce pas ce qui se passait quand un homme prenait une femme ?

Elle n'avait pas de peine à imaginer l'acte, car elle avait entendu les ouvriers en parler avec force détails et l'avait vu représenté sur les bas-reliefs à l'entrée du temple d'Hathor. Les personnages n'étaient pas dans la même position que la leur, mais peut-être que cet homme pourrait la soulever par la taille et la laisser redescendre sur lui pour entrer en elle… Que ressentirait-elle alors ?

Le désir s'empara d'elle si violemment qu'il en devint douloureux, mais cette sensation, éphémère, s'estompa avant de revenir la mettre à l'épreuve.

A la fois intriguée et curieuse, Kiya pressa son corps contre sa virilité qui durcit encore, lui sembla-t-il. Etait-ce là le pouvoir de la femme sur l'homme ? S'agissait-il de cette faculté merveilleuse évoquée par les conteurs au son d'une musique lancinante, le soir, auprès d'un feu, sous la voûte étoilée ?

Si c'était les prémices de l'acte que les jeunes gens dessinaient sur les murs des ruelles de Memphis en pouffant, alors elle n'y resterait peut-être pas indifférente, elle non plus. Mais jamais elle ne le ferait avec un meurtrier, ni en tant qu'esclave.

Il la serra plus fort contre lui.

Il fallait qu'elle échappât à son étreinte, car elle se rendait bien compte que son corps ne lui obéissait plus. Impossible de lui échapper, pourtant. Le seul Libou demeuré près de l'eau semblait regarder dans leur direction.

Kiya s'immobilisa. L'homme ne pouvait les voir sous l'eau piquée de roseaux, mais elle avait le cœur qui battait si fort qu'elle redoutait que cela fît naître des rides à la surface de l'onde.

Son ravisseur avait également dû remarquer l'attitude préoccupante du Libou, car il exerça une faible pression sur sa taille comme pour la mettre en garde et l'inviter à ne pas bouger.

L'homme, cependant, fit le tour de la mare et vint se placer juste au-dessus des joncs. Tirant sa longue épée, il la plongea dans l'eau qu'il se mit à sonder.

La lame glissa à la gauche de Kiya, puis à sa droite.

Elle retint son souffle…

Chapitre 5

Tahar vit la lame entailler dans le bras de la jeune femme.

La blessure n'était pas profonde, mais assez tout de même pour arracher un cri de douleur au plus endurci des guerriers. Alors qu'ils remontaient à la surface, il savait qu'il ne pourrait empêcher la blessée de hurler dès qu'elle serait à l'air libre. Et ce serait le cri d'une femme…

La voyant ouvrir la bouche, il interpella d'une voix forte le membre de la tribu liboue qu'il avait reconnu.

— Dakka ! appela-t-il pour couvrir la voix de sa captive.

Saisissant l'homme par la cheville, il le fit tomber à l'eau puis se tourna vers elle et lui chuchota à l'oreille :

— Tais-toi ! Il ne faut pas qu'il sache que tu es une femme.

— Vaurien ! fit le Libou en reparaissant à la surface.

— Tu m'as repéré, vieux frère, dit Tahar sur le ton de la plaisanterie. Aucun des autres ne m'a vu, mais il est vrai que c'est toi qui es venu le plus près…

Il se tourna vers la jeunc femme, qu'il cachait derrière lui, et reprit :

— Tu as blessé mon esclave avec ton épée.

— Je ne l'avais pas vu, ni toi d'ailleurs, répondit Dakka. Avec tout ça, tu m'as fait perdre mon arme.

Le jeune homme se mit à scruter le fond de la mare.

— Plonge ! répondit Tahar. Tu vas la retrouver. Elle ne peut être qu'ici.

Dakka, l'air renfrogné, considéra Tahar en fronçant les sourcils puis prit une grande inspiration avant de disparaître sous l'eau.

Tahar en profita pour s'adresser à sa captive :

— Tu es mon esclave, maintenant. C'est compris ? Et tu es redevenue un jeune homme. Garde les yeux baissés et ne parle pas. Attends que je t'en donne l'ordre avant de faire quoi que ce soit.

Le Libou reparut à cet instant, son arme à la main.

— Mon épée est propre, maintenant… Elle était toute maculée du sang des Egyptiens.

Les deux hommes remontèrent sur la berge tandis que la jeune femme restait dans l'eau.

— Vous êtes nombreux, remarqua Tahar.

— Non, pas vraiment… Nous ne sommes guère qu'une douzaine. Quelques-uns sont des Garamantes de Lybie et les autres de la région de Sardana, comme leur chef. J'étais le seul Libou à appartenir au clan Meshwesh, mais maintenant tu es là, mon frère. Au fait, où est ton animal ?

Dakka cherchait des yeux la monture de Tahar.

— C'est un cheval, répondit Tahar avec une impatience feinte. Combien de fois faudra-t-il que je te le répète ? Il est un peu plus loin, à l'ombre des acacias.

Il désigna négligemment l'autre rive de la mare tout en observant du coin de l'œil sa captive qui sortait de l'eau.

— Depuis quand as-tu un esclave ? demanda Dakka.

— Depuis ce matin, répondit Tahar en haussant les épaules.

Et maintenant arrête de me questionner !

Dakka leva les yeux sur la jeune femme ruisselante, dont la poitrine et les cuisses, heureusement, étaient cachées par l'ample coiffe de Tahar.

Il observa un silence de quelques secondes avant de sourire.

— Bravo, vieux frère. Tu fais partie des rares chanceux qui ont réussi à en capturer un. Les Egyptiens sont morts sous nos flèches ou ils nous ont échappé.

Dakka défit sa coiffe et ses longs cheveux noirs tombèrent sur ses épaules. Il les tordit pour en chasser l'eau puis les rassembla en chignon.

— Nous avons essayé d'en capturer après en avoir fini avec les gardes, reprit-il, mais les ouvriers avaient déjà tous disparu.

— Ils se sont dissimulés à l'intérieur de la pyramide, précisa Tahar en essorant à son tour ses cheveux qu'il plaça derrière ses oreilles. Je me suis souvent demandé ce qui se trouvait à l'intérieur de cette montagne de pierres.

— Des richesses, sans doute, au-delà de nos rêves, dit Dakka, mais cachées dans des chambres secrètes auxquelles nous n'aurons jamais accès. Bandir, notre chef, n'a pas été long à découvrir l'entrée des ouvriers après le raid. Elle donnait sur un tunnel dans lequel nous n'avons rien trouvé.

Derrière Tahar, Kiya observait la plus grande discrétion, comme il le lui avait demandé.

— Ni or ni esclaves ? demanda ce dernier.

Dakka fit non de la tête.

— Bandir était en rage. « Où sont-ils passés ? » répétait-il, furieux. Mais il a fini par se calmer. Les tentes des ouvriers étaient également désertées, il ne s'y trouvait pas âme qui vive. Heureusement, le raid ne s'est pas révélé totalement sans bénéfices. Nous avons déniché plus de blé que nous ne pouvions en transporter et avons fait main basse sur trois taureaux destinés au sacrifice. L'attaque s'est terminée par un festin. Nous étions bien deux cents et avons tous fait bombance. Il y avait même les aliments destinés aux dieux dans notre repas ! Dommage que tu aies manqué ça.

— J'avais déjà ma récompense, répondit Tahar en lançant un regard à sa captive. J'étais pressé de quitter les lieux.

Une tache de sang s'était formée sur le vêtement de la jeune femme, au niveau de son bras.

— Je comprends. Mais il n'a pas l'air en bonne santé, ton esclave. Tu crois qu'il supportera le voyage jusqu'au campement de notre tribu ?

— Nous verrons… Malheureusement, le risque de le perdre est plus grand maintenant que tu l'as blessé avec ta lame.

Le reproche indirect eut l'effet désiré : Dakka détourna les yeux.

— Tu aurais dû voir combien d'Egyptiens j'ai tués aujourd'hui, répondit-il.

— Garde tes récits pour la veillée, dit Tahar, qui ne supportait plus d'entendre parler de massacres. Conduis-moi auprès des autres, maintenant.

Dakka mena Tahar et son esclave devant son chef et ses hommes, là où un peu plus tôt il avait attaché Kiya.

— Honte à vous, fit Tahar en souriant. J'ai voulu vérifier vos talents de chasseur mais, à l'exception de Dakka, aucun de vous n'a décelé ma présence sous l'eau !

Il passa le bras autour des épaules du jeune homme tout en balayant le campement du regard. Il reconnaissait certains des hommes mais d'autres non, des membres de tribus rivales s'étant joints à eux uniquement pour participer à la razzia. Dans quelques jours, ils seraient tous redevenus des ennemis les uns pour les autres, pensa-t-il avec amertume.

— Qui est-ce ? demanda un homme petit, qui n'avait que la peau sur les os, adossé à un rocher.

D'un long doigt décharné, il désignait Tahar et ouvrait tout grand le seul œil qui lui permettait de voir.

— Le gamin derrière toi. Qui est-ce ?

— C'est mon esclave, chef, répondit Tahar en s'inclinant. Je l'ai capturé à l'occasion du raid, mais, comme vous pouvez le voir, il a été blessé.

— Je croyais que tu préférais les femmes, remarqua Bandir d'un ton grinçant. Tahar le Sans Tibu !

Il plissa son unique paupière et lança un regard méfiant au négociant blond aux yeux azur.

Tahar le Sans Tribu !

Le surnom faisait plus de mal à Tahar que ne l'aurait fait un coup d'épée. Il vivait depuis l'âge de douze ans dans une tribu berbère de Cyrénaïque, le clan Meshwesh. Cela faisait maintenant plus de vingt ans. Au cours de toutes ces années, il avait accompli d'innombrables transactions qui avaient rapporté beaucoup d'argent à sa tribu. Il jouissait d'une solide réputation le long des pistes empruntées par les grandes caravanes de

Napata, capitale d'un royaume d'Afrique au sud de l'Egypte, à Uruk, ville de Mésopotamie.

Les commerçants l'avaient surnommé « le serpent bleu » en raison de la couleur de ses yeux et de son calme — il avait des manières courtoises. Ceux de sa tribu, cependant, en étaient venus depuis longtemps à l'appeler « frère ».

— Si au bout de vingt ans je ne suis pas devenu un berbère cyrénaïque, Bandir, alors que les dieux me transforment en statue de sel, répondit Tahar en cherchant le regard approbateur de Dakka. Et, rassure-toi, j'aime toujours les femmes.

Tahar conclut ces mots par un petit rire, mais seul Dakka le rejoignit dans cette expression modérée de liesse. Les hommes qui les entouraient, pour la plupart des bergers, les regardaient sans aménité, se conformant en tout point à l'attitude sévère de leur chef.

Devant cette hostilité déclarée, Tahar se tourna vers la jeune femme.

— Va chercher mon cheval, lui ordonna-t-il dans sa langue.

Elle s'inclina avec respect avant de s'éloigner à travers l'oasis, et Tahar prit conscience qu'il n'avait aucun moyen de s'assurer qu'elle ne s'enfuirait pas avec sa monture.

Comme les hommes le considéraient d'un air suspicieux, il réfléchit à la façon dont il pourrait les convaincre de sa loyauté.

— Que diriez-vous, mes amis, de goûter au vin des Egyptiens ? demanda-t-il.

— Du vin ? fit un berger dont le buste était large comme un tonneau. Comment as-tu fait pour t'en procurer ?

— J'ai trouvé deux outres bien pleines sous la tente au grain et les ai chargées sur mon cheval en espérant en tirer un bon prix. C'est pour ça que j'ai plongé sous l'eau : j'ai craint de me retrouver avec des voleurs, mais puisque nous sommes entre Libous, je renonce à mon commerce et vais faire profiter mes frères de ce vin savoureux.

Le soleil disparaissait à l'horizon et déjà la chaleur commençait à décliner.

— Ça ne me déplairait pas de boire quelques gorgées de ton vin, fit l'un des hommes en soupirant.

— Moi non plus ! dit un autre avec une lueur dans les yeux, lesquels étaient rougis par la poussière. La dernière fois que j'ai bu du vin égyptien, c'était avant la sécheresse.

Le temps que les étoiles se mettent à briller dans le ciel éthéré, Tahar était passé de l'état d'homme objet de tous les soupçons à celui d'hôte généreux et apprécié de tous.

— Donne-nous de ton vin, dit Dakka. Nous allons célébrer notre victoire.

Tahar se retourna et constata, soulagé, que sa captive revenait vers eux en tenant son cheval par la bride.

Elle s'arrêta près de lui, la tête baissée dans une attitude de soumission et les jambes écartées pour se donner une allure masculine. L'imposture était parfaite, elle forçait son admiration.

— Tahar ? fit Dakka en se rapprochant de lui. Pourquoi restes-tu planté là avec un sourire béat ? On dirait un idiot !

— Pardon ? fit le berbère d'adoption.

— Le vin !

— Ah ! Oui, répondit Tahar en allant à son cheval pour détacher deux grandes outres de cuir.

Elles contenaient un vin capiteux et puissant qui aurait tôt fait d'endormir les hommes.

D'une manière cérémonieuse, il les porta jusqu'au chef et les déposa à ses pieds. Il savait que Bandir n'était pas dupe. En effet, il n'avait pas volé ce vin sous la tente comme il l'avait prétendu : il en faisait depuis longtemps commerce et en transportait toujours avec lui.

Le chef ne chercha pas à en savoir davantage, néanmoins. Satisfait de se voir confier le précieux breuvage, il but tout son soûl dans une outre, puis dans l'autre. Lorsqu'il eut fini, des gouttes d'un rouge carmin ruisselaient le long de son menton.

— Le sang des Egyptiens ! dit-il en s'essuyant du revers de la main.

Et tous les hommes répétèrent à l'unisson :

— Le sang des Egyptiens !

Tahar se félicitait que son esclave ne comprît pas la langue des Libous, car elle aurait été horrifiée par leurs propos. Le vin, en raison de sa couleur, était bien connu sous le nom de « sang des Egyptiens ». Mais dans la mesure où ceux qui le buvaient à présent avaient encore les mains maculées de ce même sang, Tahar lui-même était écœuré à l'idée d'en boire.

— Les Egyptiens sont un peuple décadent, dit Bandir en tendant les outres à ses hommes. Ils méritaient la correction que nous leur avons donnée aujourd'hui.

— Oui ! l'acclamèrent les hommes.

— Leur orgueil est sans mesure, reprit le chef. La Grande Pyramide en est la preuve. En la construisant ils ont déclenché la colère des dieux. C'est pour cela que nous subissons cette sécheresse et que les fils du désert meurent de faim.

Il continua sa harangue en évoquant l'oasis de Siwa qu'il contrôlait et qui, en deux ans, avait vu réduire de moitié le nombre des caravanes habituées à s'y abreuver. Il mentionna également les postes de péage désertés, les puits asséchés et les bordels vidés de leurs pensionnaires.

— Aujourd'hui, conclut-il, les Libous ne se sont vu restituer qu'une partie de ce qui leur est dû.

Que signifiait cette tirade ? se demanda Tahar, inquiet. Les Libous avaient ôté la vie à des centaines d'Egyptiens, dérobé une quantité considérable de blé et emporté trois taureaux. N'était-ce pas suffisant ?

Baignés par la clarté de la lune, les hommes criaient avec enthousiasme en se passant de main en main les outres de vin. Lorsque l'une d'elles lui parvint, Tahar fit mine de boire mais n'en avala pas une goutte.

Il avait fait des efforts considérables depuis l'enfance pour se faire accepter des Libous, mais les voir se rallier ainsi dans l'euphorie à leur chef assoiffé de sang lui ôtait décidément toute envie d'être des leurs.

Il n'en avait d'ailleurs plus besoin grâce à la jeune femme qui se tenait en silence dans l'ombre des feuillages, le regard levé vers la lune qu'elle faisait semblant de contempler.

Chapitre 6

C'était presque agréable, au début, ces petits coups de langue le long de sa cuisse, tout comme le contact de cette peau froide et douce lovée autour de son mollet.

Kiya s'efforçait de ne pas respirer trop fort ni de bouger… Peut-être n'était-ce qu'un rêve.

C'est alors qu'elle entendit un sifflement ténu, presque imperceptible, semblable à celui du feu qui consume l'herbe. Elle essaya de libérer ses mains, mais en vain… Son ravisseur, qui répondait apparemment au nom de Tahar, lui avait lié les poignets avant qu'elle sombrât dans le sommeil. Et elle ne pouvait pas davantage se lever, car il lui avait également entravé les chevilles.

Elle sentit la créature se mouvoir contre sa jambe. Ce n'était pas un cauchemar, mais la certitude de la mort !

Encore un serpent…

Kiya leva les yeux au ciel et fut éblouie par la splendeur de la lune, énorme et rayonnante.

Thot…

Le dieu lunaire, avec sa face ronde et pleine, éclairait la scène comme en plein jour, si bien que la jeune femme pouvait distinguer tous les hommes endormis, étendus autour de la braise mourante. Leurs ronflements formaient une odieuse cacophonie qui irritait Kiya et la remplissait de haine.

Voleurs… Ces bêtes sanguinaires ne méritaient pas de dormir ainsi du sommeil du juste !

Cependant c'était elle que les dieux semblaient vouloir punir, pensa Kiya en voyant le serpent se glisser dans son vêtement.

Il fallait croire que la prophétie de sa mère s'accomplissait enfin. Or, si elle tenait comme le deuxième de la prédiction le serpent qui avait nagé vers elle quelques heures plus tôt et que Tahar avait repoussé de la main, ce troisième en était donc le plus redoutable.

Mais pourquoi les dieux désiraient-ils sa mort ?

Elle en comprit soudain la raison : la Grande Pyramide !

Elle n'aurait jamais dû répondre à l'appel du roi Kheops qui recrutait des ouvriers en grand nombre. N'avait-il pas été précisé très clairement par les prêtres qu'aucune femme ne devait pénétrer dans la tombe du souverain ? Elle avait transgressé les commandements des dieux, qui maintenant la punissaient comme elle le méritait.

Inutile de lutter contre le cobra. Elle ferait face à la mort avec courage, puisque la volonté des dieux était qu'elle quittât cette vie. Elle souleva le bas de sa coiffe, qui lui couvrait la poitrine, et le fourra dans sa bouche. Si elle hurlait de douleur sous la morsure du serpent, elle risquait de réveiller les hommes et ne voulait pas leur donner le plaisir d'assister à son agonie.

Elle s'efforça de respirer plus lentement et se prépara à la mort…

Ce fut à cet instant qu'elle sentit la morsure. Deux crochets acérés venaient de pénétrer dans la partie la plus tendre de sa cuisse. La cruelle sensation se propagea le long de son corps, suivie d'une forte compression dans le ventre qui lui coupa le souffle.

Elle avait les yeux braqués sur la face de Thot, qui lui semblait toujours plus large et plus proche.

Ses forces s'en allaient à mesure que croissait la douleur aiguë dans sa cuisse. Elle était punie pour n'avoir pas obéi aux exigences des dieux, et bientôt elle comparaîtrait devant Osiris, le père céleste du roi. Elle serait introduite dans la salle de justice…

Non, elle se faisait des illusions. Elle n'irait jamais jusque-là puisqu'elle ne détenait pas le papyrus où étaient inscrits les noms des gardiens du palais. Et elle n'aurait le soutien d'aucun prêtre qui pût faire pour elle les incantations nécessaires à l'obtention de la clémence divine. Elle ne possédait même pas une pièce d'or pour payer sa traversée au passeur !

Quelle importance, au fond, puisqu'elle avait péché contre les dieux ? Elle serait condamnée à errer éternellement dans les labyrinthes de l'enfer, à jamais perdue au milieu d'étrangers, comme elle l'avait toujours été en ce monde.

Derrière ses paupières closes, cependant, elle ne rencontrait que la nuit. Les hurlements des chacals qui gardaient les portes de l'enfer ne lui parvenaient pas encore. Elle n'entendait que des pas sourds dans le sable tandis que la tête lui tournait horriblement.

Kiya ne sentait déjà plus ses membres lorsqu'elle crut percevoir un sifflement rauque, puis un bruit de pas précipités aussitôt suivi d'un autre son doux et mouillé, tel celui d'un bébé tétant le sein de sa mère. Alors elle éprouva quelque chose d'étrange à l'endroit où le serpent l'avait mordue, comme si on tirait sur sa peau…

Quelqu'un essayait-il d'aspirer le venin de la bête ? Oui, c'était bien ce qu'elle ressentait : les lèvres d'un bienfaiteur qui tentait de l'arracher à la mort…

Puis la douleur devint terrible et il lui sembla qu'on lui déchirait la cuisse. Jamais elle n'avait autant souffert dans sa chair, même lorsque la lame du Libou lui avait ouvert le bras. Elle allait crier quand elle sentit une grande main lui sceller les lèvres.

— Garde le silence, ordonna Tahar.

La succion à l'emplacement de la morsure reprit de plus belle, et Kiya mordit de nouveau avec force le tissu qu'elle avait placé dans sa bouche.

— Tahar ? fit le chef des Libous à quelque distance.

Il murmura quelques mots dans sa langue puis, se penchant sur Kiya, continua en égyptien :

— Qu'est-ce qui ne va pas, esclave ?

— Il ne peut pas te répondre, intervint Tahar. Il vient d'être mordu par un cobra. Hélas ! il est plus mort que vivant.

— C'est vrai ça, mon garçon ? demanda Bandir. Laisse-moi t'examiner.

Et il tira sur la coiffe de Kiya…

— Il ne sert plus à rien d'intervenir, fit Tahar dans l'espoir visible de dissuader le chef des Libous. Il est déjà trop tard pour arrêter le poison.

— Il fait assez clair pour que je puisse examiner la morsure, insista Bandir. A moins que tu veuilles me l'interdire ?

Kiya sentit soudain qu'on rabattait son habit sur son visage. L'haleine fétide du vieil homme, penché sur elle, empestait l'air.

— Il respire. Si je le sauve, il est à moi, Tahar, car tu l'as manifestement délaissé.

Le chef écarta les pans du vêtement de Kiya, qui éprouva une vive douleur quand il palpa l'endroit où le cobra l'avait mordue. Il remonta ensuite la main le long de sa cuisse et elle retint son souffle au contact de ses doigts sur sa morphologie féminine.

— Qu'est-ce que ça veut dire ? s'exclama Bandir. Ce n'est pas un garçon ! Tu nous as menti, Tahar !

Kiya ouvrit les yeux. Toujours sans force, elle ne distinguait que des ombres. Pourtant, après une totale insensibilité, elle commençait à ressentir un léger picotement dans les jambes, de même que l'oppression dans sa poitrine diminuait doucement. Elle aperçut alors les silhouettes troubles des hommes étendus dans le sable qui commençaient à se redresser.

Toujours sous l'effet de l'alcool, ils soupiraient et marmonnaient des paroles indistinctes.

Deux d'entre eux se penchaient sur elle en devisant.

— Si tu me la donnes maintenant, je te pardonnerai, dit à mi-voix le plus petit.

— Jamais ! Elle est à moi.

— Elle est à nous, rétorqua Bandir en élevant le ton. Elle est le fruit de notre incursion et, à ce titre, appartient à tous les hommes ici présents.

— Non, rétorqua Tahar avec autorité. Elle est à moi et à moi seul.

Ce qui se passa ensuite, Kiya n'en garda qu'un souvenir imprécie. Elle eut la certitude, néanmoins, que Tahar la soulevait dans ses bras et la déposait sur son cheval où il prit place à son tour. Elle sentit la chaleur réconfortante de son corps dans son dos et l'étreinte de ses mains sur sa taille.

— N'essaie pas de m'échapper, chuchota-t-il à son oreille.

Alors qu'ils s'éloignaient au galop, elle entendit les cris du chef dans cette langue qu'elle ne comprenait pas, mais n'eut aucun mal à imaginer le sens de ses paroles.

Chapitre 7

— Me voici, Majesté, fit la jeune femme en s'asseyant sur les genoux de Pharaon. Je suis à vous.

Elle agissait comme il le lui avait été dit, mais elle ne parvenait pas à se détendre.

— Descends de mes genoux, lui ordonna le souverain. Tu es raide comme une momie.

La concubine se laissa glisser sur le sol, où elle attendit dans une attitude soumise.

— Contente-toi de me masser les pieds, dit Pharaon avec impatience.

La jeune femme, dernière entrée au sérail, prit le pied droit du roi entre ses mains et commença à le palper tout en louant les exceptionnelles qualités de son maître :

— Vous êtes le plus grand et le plus beau de tous les souverains de la terre…

Comme ses consœurs, elle avait été formée à flatter sans limites Pharaon.

— Le plus beau et le plus puissant…

— Vraiment ? fit Kheops en saisissant une grappe de raisin dans la corbeille posée près de lui.

Puis il laissa son regard se perdre dans la contemplation des toits bruns de Memphis.

— Le plus intelligent et le plus fort.

La jeune femme se tut.

— C'est tout ? demanda Pharaon.

— Vous êtes, ô mon roi ! la perfection incarnée.

— Ah ! La perfection… As-tu entendu, Imhoter ?

Pharaon montra du doigt une datte toute ridée à son fidèle conseiller, qui se tenait à genoux au pied de son siège.

— Oui, Votre Majesté, répondit Imhoter en inclinant la tête.

Le grand prêtre, bien sûr, avait entendu. Il y avait assez longtemps qu'il attendait dans une attitude de soumission que son maître l'autorisât à se redresser.

— Crois-tu, Imhoter, qu'elle me fasse tous ces compliments à cause de mon ossuaire ? Tu sais, ce petit édifice qui est en cours de construction !

— Sans doute, ô Pharaon ! répondit le conseiller, le regard baissé sur les mosaïques en lapis sur lesquelles il était agenouillé.

— Est-ce bien cela qui t'impressionne ? demanda le souverain en s'adressant à sa concubine. Tu pensais à ce tas de pierres qui doit me conduire au ciel ?

La jolie jeune femme, qui ne savait plus que répondre, cessa de masser.

Après un moment de silence, Pharaon crispa les lèvres en un rictus cruel et pointa un doigt vers le nord.

— Ah oui ! fit la concubine. La Grande Pyramide ! Oui, oui… C'était de cette perfection-là que je parlais. Elle inspire vraiment un sentiment d'effroi mêlé de respect et d'admiration. Les prochaines générations lèveront les yeux dessus avec effroi…

Pharaon arracha avec humeur son pied des mains de la jeune femme.

— Tu me lasses, petite sotte.

Il se tourna vers le prêtre et reprit :

— Fais-moi penser, Imhoter, d'envoyer un professeur au harem royal. Un historien et, peut-être, un scribe spécialiste de la rhétorique. Ces nouvelles concubines ont l'esprit plat comme un trottoir.

— Oui, Majesté, répondit Imhoter en gardant les yeux baissés.

— Eh bien ! Imhoter ! Qu'attends-tu pour te relever ? Suis-je entouré d'imbéciles ?

Le prêtre se redressa lentement en jetant des regards discrets à la jeune femme. Elle avait le contour des yeux élégamment souligné de khôl, mais des larmes menaçaient maintenant d'en dissoudre le beau dessin.

Pharaon posa un œil glacial sur sa concubine.

— Et trouve un précepteur particulier pour celle-ci, cette…

Kheops s'interrompit avant de reprendre :

— Comment t'appelles-tu ?

— Iset, Majesté.

Un rayon du soleil couchant traversa la terrasse et vint éclairer les lèvres peintes et tremblantes de la femme.

— Iset, répéta Pharaon. Même son nom est stupide.

La concubine ne put retenir une larme.

Imhoter devinait sans difficulté sa détresse. Il savait qu'elle s'était préparée toute sa vie à cette première rencontre avec un dieu vivant. En qualité de galante, elle était appelée à partager le lit de Pharaon et à porter ses bâtards. Or, elle découvrait à l'instant qu'il n'avait même pas pris la peine de s'enquérir de son nom.

Le prêtre considérait avec compassion la pauvre concubine, qui semblait disparaître sous le regard implacable du grand roi. Celui-ci ignorait son nom, qui ne serait d'ailleurs jamais connu de quiconque, car la vie de maîtresse de pharaon était avant tout celle d'une servante loyale. Ses jours s'écouleraient dans l'isolement et la réclusion du harem royal. Disponible en permanence pour le monarque, elle passerait le plus clair de son temps dans la solitude.

C'était le destin à la fois glorieux et terrible de toute concubine. Imhoter ne pouvait comprendre pourquoi tant de jeunes filles n'aspiraient qu'à cette condition. Au cours des cinquante années qu'il avait passées au service de Pharaon et de son père avant lui, il n'avait vu qu'une concubine se révolter contre ce destin. L'évocation de ce souvenir lui serrait le cœur, aussi le chassa-t-il bien vite.

Iset effaça la trace laissée par la larme sur sa joue poudrée et eut un geste timide vers le pied du pharaon.

— Me permettez-vous de reprendre, Majesté ?

— Non ! fit Kheops en repoussant sa main avec impatience.

Si seulement Imhoter avait pu dire à la pauvre jeune concubine que le souverain ne supportait plus le contact des femmes ! Il y avait longtemps que Pharaon n'avait pas passé une nuit avec l'une de ses épouses ou concubines. Tous les prêtres et les conseillers du palais le savaient très bien.

— Laisse-moi, maintenant, dit le monarque sur un ton cinglant. Va-t'en !

Iset se releva et traversa la terrasse d'un pas rapide.

Imhoter entendit ses pleurs tandis qu'elle disparaissait derrière une colonne.

Encore un mauvais présage, pensa-t-il. L'un des symboles de la royauté, en effet, était la virilité. C'était sa semence, que le pharaon devait déposer dans le plus grand nombre possible de concubines, qui fertilisait la vallée du Nil.

Or, depuis quelques lunes déjà, Pharaon n'accomplissait plus son devoir. Les jeunes prêtres étaient scandalisés par son attitude. Le dieu incarné avait-il perdu sa force ? C'était une question qui revenait sans cesse, dans la mesure où le corps de Pharaon, c'était la vallée du Nil elle-même. Et cela faisait deux ans que le grand fleuve n'était pas sorti de son lit.

— Ne me condamne pas, prêtre, dit Kheops qui pouvait lire dans les pensées de son conseiller. Ne suis-je pas un dieu vivant ? Ne puis-je faire ce qui me plaît puisque mes actions reflètent la volonté d'Horus, protecteur de la Basse et de la Haute-Egypte ?

Pharaon leva sa coupe vide et un jeune esclave, émergeant de l'ombre un pichet à la main, vint la remplir.

— Certainement, Votre Majesté, répondit Imhoter.

— Alors, dis-moi, eunuque, pourquoi tu es venu me trouver ! Parle !

Imhoter fut envahi d'un sentiment de honte mais n'en laissa rien paraître. Son devoir était de conseiller Pharaon dans l'intérêt du pays, comme il l'avait fait au cours du règne de Snéfrou, père de Kheops.

Il prit une inspiration et commença :

— O, grand roi, descendant d'Horus, et à ce titre protecteur de l'Egypte ! j'ai fait un rêve troublant, cette nuit, au sujet de votre grande pyramide.

Kheops hocha la tête et plissa les yeux en direction de l'édifice blanc qui resplendissait à l'horizon. Il était à une journée de marche de Memphis, mais même à cette distance, il inspirait la puissance et donnait une impression d'éternité.

Cela n'empêchait pas l'inquiétude grandissante d'Imhoter. Deux ans déjà s'étaient écoulés depuis que le Nil avait abreuvé la vallée pour répandre son limon fertile, et la saison des inondations touchait déjà à sa fin. Si le fleuve ne sortait pas bientôt de son lit, il n'y aurait pas de récolte pendant les deux années à venir. Or, les greniers étaient vides et le peuple ne tarderait pas à dépérir.

— Eh bien, Imhoter. Qu'as-tu vu dans ce rêve ?

— Il y avait une armée d'hommes vêtus de bleu et de violet, certains à pied, d'autres à dos d'ânes, qui semblaient surgir du soleil lui-même pour se précipiter vers la Grande Pyramide.

— Il s'agissait de Libous ?

— Sans doute… C'était vraisemblablement un raid, mais je n'ai rien vu de plus.

— Vraiment rien ?

— Non, Votre Majesté.

— Tu ne me dis pas tout, Imhoter. Continue.

— Comme vous l'aurez voulu, ô Pharaon ! mais cette partie de ma vision me laisse dans la confusion… J'ai vu également une femme. Elle était belle, autant qu'Hathor, déesse de l'amour et de l'abondance. Deux serpents noirs descendaient de ses tempes et tombaient sur ses épaules pareils à des cheveux. Or, vous demandiez qu'elle soit sacrifiée.

— Sacrifiée ? Il n'y a pas eu de sacrifice humain en Egypte depuis les sept années de sécheresse.

— C'est la raison pour laquelle je ne sais comment interpréter ce rêve. Je sais que Votre Majesté ne reviendrait jamais à ces pratiques barbares.

Imhoter aurait voulu ravaler ses paroles. Dans son désir d'apaiser le souverain, il en avait trop dit sur ses visions. Il sentait d'ailleurs, à présent, que Pharaon tournait et retournait cette question dans sa tête.

— Comment était vêtue cette jeune beauté ?

— De serpents d'or... Enroulés autour de ses bras et de ses jambes.

— N'as-tu rien vu d'autre dans ton rêve ? Notre précieux fleuve sortait-il de son lit ?

— Non, hélas ! Je n'ai rien vu de tel.

A cet instant, un garde royal parut à l'extrémité de la terrasse. Le grand chambellan annonça son entrée, puis le garde vint se prosterner aux pieds du souverain.

— J'apporte des nouvelles à Votre Majesté.

— Parle, ordonna Pharaon.

— Votre grand vizir, Hémiounou, m'envoie auprès de vous... Il m'a prié juste avant de mourir d'aller trouver au plus vite Votre Majesté.

— Hémiounou est mort ? fit Pharaon en laissant tomber sa coupe en or sur les mosaïques.

— Hélas ! Votre Majesté. Il a été tué, comme la plus grande partie des gardes de la Grande Pyramide. Une horde de Libous, tôt ce matin, a assailli la longue queue des ouvriers à qui on remettait leur sac de blé.

— Et qu'est devenu le blé ?

— Volé... Les Libous ont tout emporté.

Le roi jeta un regard stupéfait à Imhoter puis s'adossa à son siège.

Le devin ne pouvait croire ce qu'il venait d'entendre. Sous la tente où s'accomplissait la distribution du grain étaient entreposées les dernières réserves des greniers royaux. Les ouvriers n'auraient rien à donner à leurs familles pendant la sécheresse terrible qui semblait s'annoncer.

— La femme aux serpents, murmura Pharaon d'un air absent.

— Votre Majesté ? fit le garde.

— Une femme vêtue de serpents d'or... L'as-tu vue ?

— Non, Votre Majesté. Il n'y avait aucune femme au moment de l'attaque.

Pharaon se laissa glisser parmi ses coussins et il sembla à Imhoter qu'il avait rapetissé de moitié.

— Et notre fleuve magnifique ? marmonna-t-il dans sa barbe tandis que le sang refluait de son visage. Quand le niveau de ses eaux montera-t-il ?

Chapitre 8

« Il était une fois… »

C'était ainsi que la mère de Kiya commençait les histoires qu'elle lui racontait. Comme toutes les concubines de Pharaon, dont le rôle était de distraire leur maître royal de diverses manières, elle en connaissait d'innombrables.

Lorsqu'elle était devenue orpheline, Kiya, condamnée à vivre dans la rue, s'était souvent installée sous les fenêtres des tavernes pour écouter les conteurs. Elle ne faisait pas ainsi que nourrir son esprit, car souvent quelques restes — un gâteau au miel à moitié mangé, une galette dans laquelle on avait croqué — tombaient à ses pieds, et elle les ramassait alors.

Les récits qu'elle entendait, bercée par la harpe des conteurs, la captivaient tant qu'elle les retenait tous.

Il s'agissait d'histoires fantastiques mettant en scène des crocodiles géants, des marins victimes de naufrages ou encore des hommes vieux de plusieurs centaines d'années. Ces mondes la transportaient bien loin des rues poussiéreuses de Memphis et la tiraient de son statut de misérable orpheline pour faire d'elle une princesse.

Ce qui la fascinait particulièrement, c'était l'évocation du sentiment amoureux, qui ressemblait à un sortilège. Elle rêvait d'en connaître la douce tyrannie, si bien qu'elle s'était mise à chercher l'attention des jeunes hommes sur les marchés. Depuis que sa poitrine s'était développée, d'ailleurs, ils la considéraient avec un intérêt certain. Mais chaque fois qu'elle parvenait à croiser le regard de l'un d'eux, celui-ci le détournait au plus vite.

Petit à petit, elle avait fini par comprendre qu'elle n'était nullement désirable. N'était-ce pas normal, d'ailleurs ? Elle n'avait ni famille ni richesses, pas même une tunique correcte ou une perruque.

Vêtue de haillons, elle laissait pousser ses cheveux qui, emmêlés et sentant l'odeur des quais, encadraient lamentablement son visage aux joues creuses.

Mais si les jeunes gens ne semblaient pas s'intéresser à elle, il n'en était pas de même pour les hommes plus âgés. Un jour où elle plongeait dans les hauts-fonds à la recherche de palourdes, un vieil homme s'était approché de la berge pour l'observer. Quand elle était reparue à la surface, il l'avait saisie par le bras et tirée hors du fleuve.

— Tu es à moi, maintenant, petite souris, avait-il marmonné.

Il lui avait déjà arraché la moitié de ses vêtements quand elle avait réussi à se libérer en le mordant jusqu'au sang. Et tandis qu'elle s'enfuyait, les recommandations de sa mère lui étaient revenues à l'esprit :

« Tous les hommes sont mauvais, Kiya. Souviens-toi qu'ils n'auront qu'un désir : te posséder, t'asservir ! »

Comme sa mère avait eu raison ! Plus elle avait grandi, mieux elle avait mesuré la sagesse de ses mises en garde. Confrontée à la menace toujours plus grande des hommes, elle avait compris, comme toutes les filles vivant dans la rue, qu'elle avait besoin d'être protégée. Or, le seul moyen d'obtenir cette protection aurait été de devenir esclave ou de vendre son corps dans une maison de prostitution.

Kiya n'avait pas voulu choisir. Elle avait courageusement gardé sa liberté, continuant à vivre de mendicité en se nourrissant des récits des conteurs, jusqu'au jour où elle s'était imaginé un autre destin.

Utilisant les grands moyens, elle avait décidé de se donner l'apparence d'un jeune garçon. Elle s'était pour ce faire rasé la tête, avait caché ses formes féminines sous les vêtements qu'elle s'était confectionnés avec des oripeaux, et dès lors avait vécu dans la duplicité.

— Réveille-toi ! ordonna une voix grave qui lui était devenue familière.

Elle ouvrit les yeux mais ne distingua rien. La nuit l'enveloppait.

— Je suis aux enfers ? demanda-t-elle dans un murmure.

— Si, pour toi, une grotte sur la berge d'une rivière asséchée, c'est l'enfer, alors oui, tu y es.

— Est-ce que je suis en vie ?

— Oui, même si tu as eu l'air d'une morte pendant plusieurs jours.

L'air était calme et frais. Elle ne voyait rien dans cette obscurité mais percevait le sol dur sous les épaisseurs de tissu qui l'en séparaient. Lorsqu'elle essaya de s'asseoir, elle ressentit une telle douleur à la cuisse qu'elle retomba en arrière en jurant.

— N'oublie pas que tu as été mordue par un cobra, fit la voix, toute proche. Et que tu as été blessée au bras par la lame d'un Libou.

Elle toucha sa blessure… Où et quand l'avait-elle reçue ? Ses pensées étaient confuses. Où se trouvait-elle, d'ailleurs ? Contre quoi devait-elle se prémunir à présent ? Elle aurait voulu avoir une arme pour assurer sa défense, au cas où l'homme qui se tenait si près d'elle la menaçât… Mais alors qu'elle cherchait à tâtons une pierre, ne serait-ce que des cailloux, elle éprouva un besoin désespéré de boire et se mit à tousser.

— N'oublie pas non plus que tu as bu l'eau de l'oasis, reprit la voix. Tu as vomi pendant deux jours.

— Et je ne suis pas morte avec tout ça ?

— Apparemment tes dieux ne te veulent pas morte.

— Je n'en crois rien.

— Eh bien dans ce cas, tu as de la chance de m'avoir croisé, car je t'ai fait échapper à ton destin.

— Qui êtes-vous pour vous opposer à la volonté des dieux ?

— As-tu oublié ?

— Je me souviens à peine de qui je suis.

Elle n'était plus, en effet, le jeune homme qu'elle avait incarné pendant quelques années et ne savait pas encore qui elle était devenue.

— Dans tes plus forts accès de fièvre, tu parlais de serpents. Tu disais que trois reptiles essaieraient de te tuer et que l'un d'eux y parviendrait à moins que tu ne deviennes semblable à…

— A quoi ?

— Tu n'as rien dit de plus.

— J'ai entendu une voix dans le désert, fit Kiya dont la mémoire commençait à revenir. C'était une prophétie.

— Si tu as entendu une voix dans le désert, ça n'était pas une prophétie mais une hallucination. Au mieux un rêve éveillé. Quand on reste trop longtemps sous le soleil du désert, on peut être sujet à ce genre d'illusion.

Tahar se déplaça alors, et un rayon de soleil pénétra dans la grotte.

Kiya cligna les paupières. Elle distinguait pour la première fois la silhouette de l'homme, à contre-jour. Sa carrure était si impressionnante qu'elle fut prise de panique et saisit une pierre.

Voyant son geste, Tahar s'approcha prestement d'elle et retint son poignet.

— Tu ne voudrais pas frapper celui qui te nourrit.

Il ouvrit la main de Kiya et jeta la pierre au loin.

— Ne recommence pas ce genre de plaisanterie, reprit-il d'un ton sévère. Sinon tu t'en repentiras.

Il passa un bras autour de ses épaules et l'autre sous ses genoux puis la souleva sans effort.

Kiya respira son odeur chaude et envoûtante, profondément masculine, tandis qu'il la déposait doucement contre la paroi opposée, à l'entrée de la grotte.

A la lumière, elle distingua le pagne qui lui ceignait les hanches au-dessus de ses jambes puissantes. Il avait également un dos large, aux muscles saillants, qui formait un V parfait et dont émanait une force impressionnante.

Kiya baissa les yeux sur ses jambes et ses bras fins, encore amaigris par l'épreuve qu'elle venait de subir. Pour la vêtir avec ses vêtements, l'homme avait dû faire plusieurs fois le tour de sa taille.

— Tu as eu de très forts accès de fièvre puis tu te mettais à trembler de froid, expliqua Tahar en se penchant à l'entrée de la grotte pour ramasser une gourde. L'eau que tu as bue était insalubre, très dangereuse pour l'homme.

Il revint près d'elle et lui tendit le récipient.

— S'il te plaît, dit-il, ne fais pas comme la dernière fois.

— Pardon ?

— Tu ne t'en souviens plus ?

Kiya allait acquiescer, quand soudain tout lui revint en mémoire : la façon dont elle avait renversé l'eau de Tahar, sa tentative de fuite et la blessure qu'elle avait reçue du Libou armé de son épée.

Elle palpa alors l'intérieur de sa cuisse et ressentit la morsure du cobra, dont les crocs acérés lui avaient percé la chair.

Elle se souvenait de tout, même du moment où Tahar l'avait saisie et hissée sur son grand animal. Et de l'instant magique où il s'était collé à elle dans l'eau… Elle rougit en repensant au contact rigide de sa virilité contre ses reins tandis qu'il lui tenait la taille…

— Non, répondit-elle en baissant les paupières pour ne pas laisser voir son trouble.

Elle prit la gourde et l'approcha de ses lèvres. L'eau était fraîche et elle la vida presque entièrement.

— Puisque tu ne gardes aucun souvenir de notre rencontre, dit-il en lui reprenant l'outre des mains, je tiens à te rappeler que tu es ma captive. Je t'ai capturée lors d'une razzia, et ensuite je t'ai arrachée des mains de Libous qui voulaient abuser de toi. Tu étais blessée et malade, et je t'ai soignée pendant huit jours. Je m'appelle Tahar et tu m'appartiens.

Sur ces mots, il posa la gourde à terre et présenta à Kiya un plat appétissant de venaison.

— C'est de l'addax. Je l'ai tué hier soir au pied de la falaise. Sa chair est tendre comme celle de l'oryx mais plus savoureuse. Je l'ai fumée pour que nous puissions la garder pendant plusieurs jours. Tu peux en manger autant que tu voudras, mais d'abord je veux que tu prononces mon nom.

Kiya gardait les yeux rivés sur le mets. De la viande ? Depuis combien de temps n'en avait-elle pas mangé ?

Sans tenir compte de la requête de celui qui se voulait son maître, elle avança une main vers le plat, avide.

— Pas si vite, petite tricheuse, fit-il en le lui retirant. Quel est mon nom ?

— Tahar.

— Et toi ? Comment t'appelles-tu ?

Pourquoi voulait-il connaître son nom ? Elle avait l'impression d'être devant un tribunal. Tahar avait beau être dans l'ombre, elle sentait qu'il l'examinait et cette impression lui était désagréable. C'était comme sa première leçon dans l'ordre de la soumission.

— Je suis désolée, répondit-elle enfin, mais je ne m'en souviens plus.

— Je ne te crois pas.

— Mais c'est vrai, Tahar, répondit-elle en mettant de l'émotion dans sa voix cependant qu'elle réussissait à produire quelques larmes en clignant les paupières. Je l'ai oublié.

Je suis plus forte que toi, beau négociant venu d'outre-mer !

Dans un geste d'humeur, Tahar lui rendit le plat de viande.

Imperturbable, Kiya en enfourna un morceau dans sa bouche et frémit de plaisir. Sa saveur exquise lui donnait l'impression que l'animal avait vécu dans la luxuriance et non en se nourrissant d'une misérable végétation chichement offerte par les sables du désert.

Elle mordit dans un autre morceau. C'était comme si l'âme de l'addax pénétrait la sienne en lui restituant ses forces, et elle en éprouva une immense reconnaissance.

Le proverbe égyptien « Si je meurs demain, ce sera dans un sentiment de gratitude pour avoir autant joui de la vie », lui revint en mémoire.

— Il semblerait que je vous sois hautement redevable, dit-elle.

— Oui, en effet, répondit Tahar.

Il était toujours à contre-jour et elle ne pouvait voir son expression, mais il lui sembla qu'il réfléchissait.

— Et tu devras payer cette dette sans tarder, reprit-il.

En quelques pas rapides, il retourna à l'entrée de la grotte où il s'accroupit et se mit à racler l'arrière-train de l'addax.

— Et de quelle nature serait cette compensation ? demanda-t-elle d'une manière provocante.

— Je te vendrai comme épouse à l'homme le plus riche que je trouverai.

La réponse de Tahar acheva de redonner tous ses esprits à Kiya, qui fut gagnée par un sentiment de révolte.

— Je crois que vous ne m'avez pas bien comprise. J'ai parlé d'une manière hypothétique, mais il m'apparaît maintenant que je ne vous dois rien du tout. Je serais à mi-chemin sur la route d'Abydos, à présent, si vous ne m'aviez pas capturée.

— C'est là que vit ta famille ?

— Ma famille ?

Elle s'était presque trahie.

— Oui, reprit-elle, mais on peut à peine dire qu'elle y vive, car elle n'a rien à manger depuis longtemps et si je ne lui apporte pas au plus vite le blé que j'ai gagné à la sueur de mon front, elle mourra…

Kiya s'interrompit en constatant qu'elle parlait pour les parois de la grotte.

Tahar en était sorti, apparemment sans qu'elle s'en fût aperçue.

Chapitre 9

L'odieux individu !

Dans l'élan de sa gratitude, elle avait baissé la garde et s'était exposée à sa cruauté. Avait-elle perdu tout sens commun ? Ce négociant ne différait en rien des autres hommes qui, comme le lui avait rappelé cent fois sa mère, ne cherchaient qu'à abuser des femmes et à s'en servir pour leur seul profit.

Elle lui fausserait compagnie dès qu'elle aurait recouvré la santé. Et tant qu'elle n'aurait pas récupéré assez de forces, elle se contenterait de consommer sa viande en attendant le moment propice pour disparaître.

La lumière entrait suffisamment, à présent, pour qu'elle pût balayer l'antre du regard. Quelle ne fut pas sa surprise de découvrir sur les parois de la caverne des dizaines, voire des centaines de dessins qui émergeaient lentement de l'ombre. Elle reconnut des oiseaux, des bêtes sauvages, des plantes et des arbres, ainsi que certains animaux étranges qu'elle n'avait jamais vus.

— Remarquable, n'est-ce pas ?

Tahar était de retour dans la grotte. Il avait les yeux tournés vers elle, et elle crut y lire une expression rêveuse.

— C'est aussi beau que mystérieux, reprit-il.

— Vous connaissiez cet endroit ?

— Oui… Nous sommes très peu, d'ailleurs, à le connaître. Seuls les voyageurs s'y arrêtent parfois. Regarde !

Il pointa du doigt la paroi dans le dos de Kiya où était représentée une famille d'hippopotames qui somnolaient dans les eaux peu profondes d'une rivière. Au-dessus d'eux, dans le ciel, volaient des ibis gracieux tandis qu'au-dessous nageait un important banc de perches.

— C'est un Egyptien, sûrement, qui a peint cela, remarqua Kiya.

— En es-tu si certaine ?

— Je reconnais l'art de mon peuple et les sujets qu'il traite. C'est le Nil qui est représenté ici, et l'artiste a peint des hippopotames qui aiment à se reposer dans ses eaux pendant les heures chaudes. J'ai été très souvent témoin de telles scènes sur les berges du fleuve.

— Vraiment ? Alors, dans ce cas, tu pourras me dire le nom de ce grand animal qui se tient sur cette rive.

— Quel animal ? fit la jeune fille en scrutant la paroi.

Elle n'y voyait que papyrus, lotus et chardons dominés par les palmiers, les acacias et les tamaris. Elle reconnaissait même quelques figuiers, mais aucune créature de haute taille…

— Je ne vois rien de tel, dit-elle enfin.

— Alors tu n'as pas une bonne vue, fit Tahar en s'approchant.

Il suivit du doigt le dessin d'un sycomore puis continua au-dessus de l'arbre jusqu'au long cou d'une bête qui aurait pu ressembler à un âne — mais un âne immense, avec un cou démesuré.

— Tu vois cet animal ? Eh bien, c'est une girafe.

— Une girafe ? Qu'est-ce que c'est ? Quel est le dieu qui a créé cette bête ?

— Il n'y en a pas…

Tahar se tut un instant avant de poursuivre :

— Il y a longtemps, il y avait des forêts luxuriantes à l'emplacement du désert.

Kiya était trop émue pour interroger Tahar. Bien qu'il ne s'agît que d'esquisses d'animaux, elle avait l'impression qu'ils étaient vivants et qu'ils allaient bondir à l'intérieur de la grotte.

Mais ceux-là n'étaient pas les seuls représentés en ce lieu sépulcral. Des silhouettes d'hommes portant arcs et flèches figuraient aussi parmi eux, certains montés sur d'étranges bêtes avec de longs museaux semblables à des têtes de serpents. Kiya, stupéfaite de voir le monde s'élargir devant elle, dévorait des yeux ces images en s'abreuvant de leurs messages secrets.

Et, de nouveau, elle était gagnée par un sentiment de gratitude à l'égard de Tahar…

Réfléchis, Kiya ! Souviens-toi qu'il t'a capturée et qu'il te tient en servitude avec l'intention de te vendre au plus offrant !

Elle tournait et retournait ces pensées lorsque Tahar vint s'agenouiller à côté d'elle.

— Pour permettre la cicatrisation de ta plaie à la cuisse, il faut que je m'assure que le poison en est complètement extrait puis que j'y applique un cataplasme. Est-ce que je peux m'en occuper maintenant ?

— Vous m'avez dit que le Nil allait sortir de son lit. Comment pouvez-vous le savoir ?

— Je le sais, tout simplement, répondit-il en lui faisant incliner les épaules en arrière avant de lui écarter un peu les jambes.

— Répondez-moi.

— Je vais relever ton vêtement pour atteindre ta blessure… C'est nécessaire.

Kiya referma instinctivement les jambes.

— Dites-moi d'abord comment vous pouvez savoir que les inondations vont arriver.

Tahar soupira puis, posant les mains au sol de chaque côté de Kiya, s'avança au-dessus d'elle jusqu'à avoir le visage tout près du sien.

— Tu veux vraiment le savoir ?

— Oui, répondit-elle dans un murmure, car je sais que vous n'êtes pas un dieu et qu'il vous est impossible de prévoir l'avenir.

— Non, en effet.

Il était imprégné du parfum du sycomore fumé avec lequel il avait fait cuire la viande.

— Mais en revanche, je vois ce qui est en face de moi.

Il lui lança un regard furtif tandis que leurs poitrines se frôlaient.

Kiya sentit contre elle son ventre nu et musclé. Il était presque couché sur elle, à présent. Avec effroi, elle prit conscience qu'elle redoutait autant de sentir le poids de son corps sur elle qu'elle en avait le vif désir.

— Le comportement des sauterelles, par exemple, est une indication, reprit-il en plongeant les yeux dans ceux de Kiya. Elles grouillent sur le flanc oriental des dunes, mais ne prennent pas leur envol. D'autre part, les graines d'acacia tombées sur le sable ont commencé récemment à se craqueler.

Kiya laissa échapper un petit cri étonné. Les lèvres de Tahar étaient si proches des siennes !

— C'est tout ?

— C'est à peine le début de ma démonstration, petite.

Il approcha les lèvres de son oreille et chuchota :

— Le vent a tourné au nord au cœur de la nuit.Et les aurochs se sont retirés dans les montagnes. Ils ne paissent plus le long du fleuve. Les oiseaux chanteurs du Sud ont commencé de se percher sur les branches hautes des tamaris. Ne les as-tu pas entendus chanter juste avant l'aube ?

« Vous autres Egyptiens, si vous preniez la peine d'observer la nature, vous sauriez que les inondations sont imminentes. Or, vous passez stupidement votre temps à prier des dieux qui ne vous écoutent pas. Vous procédez à des danses rituelles et sacrifiez des taureaux, tout cela pour rien. »

Il était si près d'elle ! Elle essaya de se souvenir du gazouillis des oiseaux, mais elle n'entendait que les battements de son cœur.

— Vous insultez mon peuple… Vous m'insultez !

— Non, je t'honore.

— De quelle manière, je vous prie ?

— En te confiant ce que je pense au fond de mon cœur.

Le regard brillant, il revint se pencher sur ses jambes et souleva son vêtement pour dénuder sa cuisse gauche. Il y distingua tout de suite l'enflure rouge à l'aspect inquiétant. Elle était encadrée par quatre petits trous noirs, les marques laissées par les crocs qui auraient pu retirer la vie à Kiya.

Tahar observa la blessure puis, s'inclinant, y appliqua sa bouche et se mit à aspirer ce qu'il y restait de venin.

Kiya retint son souffle, impuissante, tandis que les longs cheveux blonds de Tahar lui tombaient en cascade sur les cuisses. Ils paraissaient si souples, si soyeux qu'elle fut prise de l'envie de glisser les doigts dans leurs reflets dorés.

Impulsivement, elle écarta un peu plus les jambes avec le désir que Tahar touchât de sa bouche d'autres régions de son corps…

Comme elle laissait échapper un petit gémissement, il s'arrêta et leva les yeux vers elle. Kiya fut parcourue par un frisson. Il lui semblait lire une interrogation dans le regard de Tahar comme s'il lui demandait ce qu'il devait faire, maintenant. On l'aurait cru en proie à une terrible indécision, mais elle savait qu'elle n'aurait eu qu'à plonger les doigts dans sa chevelure pour lui confirmer la marche à suivre.

Elle s'en sentait incapable, cependant.

Que deviendrait-elle si elle se donnait à lui ? Assurément, elle ne serait plus cette fille courageuse que sa mère avait mise en garde contre les hommes et qui avait survécu dans les rues de Memphis. Elle cesserait d'être cette femme intelligente et rusée qui s'était fait passer pour un garçon afin de participer à l'édification de la tombe de Pharaon.

La réponse était simple : en se donnant à cet homme qui envisageait de la vendre, elle deviendrait une esclave.

Kiya se redressa et ramena les genoux sur sa poitrine.

— N'aviez-vous pas l'intention de dire une prière à mon intention ? lui demanda-t-elle.

Avec humeur, il fit non de la tête. Puis il se releva et alla jusqu'à l'entrée de la grotte où il cracha le sang mêlé de venin. Après s'être essuyé les lèvres du revers de la manche, il revint vers la jeune femme et but une longue gorgée d'eau.

— Non, répondit-il. Ce n'est pas nécessaire.

— Vous vous trompez. Un dieu peut accélérer la guérison d'une blessure. La déesse Sekhmet, par exemple, ou même…

— Je ne crois pas que les dieux puissent agir sur la guérison d'une blessure.

Evitant le regard de Kiya, il lui ouvrit de nouveau les jambes et versa un peu d'eau sur sa plaie avant d'y replacer le cataplasme et de nouer un linge autour de sa cuisse.

— Couvre-toi, maintenant, fit-il sèchement.

Kiya en eut l'estomac retourné. Elle prenait conscience qu'elle s'était méprise sur le désir qu'elle avait cru lire dans ses yeux. Il ne s'était agi que de moquerie. D'ailleurs, à présent, il ne souffrait même plus de croiser son regard.

Kiya s'empressa de redescendre son vêtement sur ses genoux. C'était la seconde fois qu'elle prenait sa gentillesse pour de l'intérêt et elle ne se le pardonnait pas.

— Si vous pensez que ces dessins n'ont pas été faits par des Egyptiens, dit-elle d'un ton vindicatif, vous vous trompez. Ce sont mes frères de sang qui en sont les auteurs.

— Tu crois cela parce que tu es égyptienne, répondit Tahar en s'empourprant, et bien sûr tu es persuadée que tout l'univers tourne autour de ton pays.

— Mais c'est le cas. Les dieux ont créé l'Egypte puis le désert. Ils ont fait ces terres séparément, l'une délimite l'autre. C'est ainsi que la balance de Maât se maintient en équilibre. Ces peintures représentent le fleuve tel qu'il était il y a très longtemps, et elles montrent que les Egyptiens en sont les gardiens. Ils sont le peuple choisi.

Tahar ramassa la gourde et se redressa.

— Si tu en es convaincue, tu crois sans doute que votre fleuve trouve sa source dans une grotte à l'île d'Abou.

— C'est là que son cours commence, en effet.

Tahar retourna à l'entrée de la caverne en soupirant.

— J'ai remonté le Nil sur toute sa longueur et je puis t'assurer, petite, qu'il ne naît pas à l'île d'Abou. Il est beaucoup plus long.

— Il semblerait que vous n'ayez pas toute votre raison, car même les plus misérables mendiants de Memphis savent que le Nil a sa source dans une caverne de l'île d'Abou. C'est le dieu Khnoum qui contrôle ses eaux. Si vous pensez le contraire, c'est que vous êtes sujet à des hallucinations.

Tahar, qui venait de rassembler la viande d'addax dans un sac de cuir, secoua la tête d'un air exaspéré.

— Si je ne me trompe, c'est toi qui as eu un accès de fièvre qui t'a donné des hallucinations.

Il souleva le sac et ajouta :

— Nous partons à l'aube.

— Où allons-nous ?

— En Nubie, où il n'est pas nécessaire d'être roi pour avoir plusieurs femmes. Il suffit d'avoir beaucoup d'or. C'est là que je te trouverai un mari.

Kiya eut l'impression qu'on lui perçait le cœur.

— Vous êtes le pire homme que j'aie jamais rencontré.

— Et en chemin vers la Nubie, nous nous arrêterons à l'île d'Abou pour que tu constates ton erreur de tes propres yeux.

Chapitre 10

— L'île d'Abou ! s'écria Pharaon, dont la voix provoqua l'envol d'une centaine de pigeons. Il faut nous y rendre au plus vite, Imhoter. Il n'y a pas d'autre solution.

— Vous voudriez laisser Memphis sans son souverain ? fit Imhoter, la tête inclinée.

Les longues manches de son vêtement cachaient ses mains qu'il tordait nerveusement.

Après le raid, Pharaon avait donné l'ordre aux gardes rescapés de partir à la recherche des Libous. Mais ils n'étaient que quelques dizaines lancés aux trousses de plusieurs centaines de nomades qui savaient parfaitement se fondre dans le désert.

Une fois ces tribus dispersées, il était tout bonnement impossible de leur faire la chasse. Elles ne se rassemblaient que pour attaquer les Egyptiens, puis se séparaient de nouveau pour mieux échapper à leurs poursuivants.

Kheops ne semblait pas comprendre, cependant. Dans sa rage, il avait déclenché les poursuites sans réfléchir aux conséquences de son acte. En envoyant les défenseurs de la cité à la recherche d'un ennemi introuvable, il avait laissé Memphis sans protection. Or, maintenant, il semblait prêt à abandonner lui-même la capitale de son royaume.

— Abou est notre seul espoir, insistait le monarque en pressant son doigt épais et mou contre la poitrine d'Imhoter. Il faut que je me rende à l'île d'Abou et que j'y implore Khnoum, le dieu du Nil. Si le fleuve ne sort pas de son lit, nous allons tous périr.

— Je voudrais que Votre Majesté daigne réfléchir un peu plus longuement à cette question.

Imhoter n'ignorait pas, en effet, que plusieurs prêtres avaient au cours des ans accumulé assez de blé pour subvenir aux besoins d'une troupe de partisans. L'un d'eux en particulier, Ménis un vieillard sans scrupule, semblait se préparer à usurper le pouvoir de Pharaon. Le départ de Kheops serait l'occasion pour lui de prendre le contrôle de la ville et de monter sur le trône.

— Abou est très loin, par ailleurs, reprit Imhoter. Je suggère à Votre Grandeur de se donner un peu de temps pour penser à ce déplacement.

— Mais justement, le temps presse, vieil eunuque ! fit Pharaon avec impatience avant de traverser la terrasse en faisant claquer ses sandales sur les mosaïques. La réserve royale de blé a été pillée et le peuple perd patience. Si la crue du Nil n'a pas lieu rapidement, il se soulèvera et me renversera de mon trône.

Si vous quittez Memphis, ils vous destitueront d'autant plus facilement !

Imhoter se garda d'exprimer sa pensée. Comme son père, Kheops était prompt à la colère. Aussi le prêtre ne s'adressait-il à lui que d'une manière détournée et avec le plus grand calme.

— Le voyage sera long jusqu'à l'île d'Abou. Même avec un fort vent du Nord, il nous faudra au moins quatre semaines de navigation pour y parvenir. L'intention de Votre Majesté est très bonne, mais son exécution difficile. Il faut réfléchir patiemment à ce déplacement avant de l'entreprendre.

— C'est tout vu, eunuque. Je ne fais qu'écouter les dieux. Or, le tout-puissant Horus m'incite à me rendre à Abou pour y supplier Khnoum.

A la différence de son conseiller, impassible, Pharaon allait et venait nerveusement. Imhoter attendait l'arrivée des eaux avec la même impatience, pourtant, mais pas pour la même raison. Si l'un ne pensait qu'à se maintenir sur son trône, l'autre était apitoyé par la situation misérable des paysans dont les membres amaigris et les ventres ballonnés témoignaient de leur jeûne prolongé. Le prêtre ne pourrait supporter davantage de les voir ainsi s'affaiblir jusqu'à ce que la mort les emportât.

Il lui revenait en mémoire la question qu'une femme, il y avait fort longtemps, lui avait posée en toute innocence : « Pourquoi la vie d'un roi a-t-elle plus de valeur que celle d'un fermier ou d'un mendiant ? »

Concubine délaissée de Snéfrou, elle avait tourné vers lui des yeux immenses et profonds auxquels il n'avait su répondre.

Kheops leva les mains au ciel.

— Je dois donner aux dieux l'assurance que je suis bien le maître de l'Egypte et que la Grande Pyramide n'a pas été érigée en vain. Il faut que je fasse sortir le fleuve de son lit.

Imhoter acquiesça en silence, espérant en son for intérieur que le souverain retrouvât la raison. Il ferma les yeux et implora les dieux de lui envoyer une vision de l'avenir où le Nil déborderait et envahirait tout le pays, mais rien de la sorte ne lui vint.

— Préviens mes épouses, reprit Kheops, que si le fleuve n'est pas sorti de son lit à la fête d'Hathor, nous partirons pour l'île d'Abou.

Chapitre 11

A l'origine, Tahar n'avait pas eu l'intention d'emmener la jeune femme jusque-là mais de la négocier dans l'un des grands ports du delta où affluaient de riches marchands. Il aurait ainsi pu l'échanger contre un beau bâtiment amarré dans le port d'Alexandrie ou la vendre dans le bazar de Djanet.

Guidé par son orgueil et son entêtement cependant, il avait pris le chemin d'Abou, point le plus au sud de l'Egypte avant de pénétrer dans le territoire des tribus nubiennes.

Au lieu de quelques jours, leur voyage, fait de marches nocturnes d'oasis en oasis sur une route parallèle au Nil, durerait plusieurs semaines et n'en serait que plus périlleux. D'autant que Tahar, en tant que Libou, risquait à tout instant de tomber entre les mains des Egyptiens.

En effet, tout le pays avait dû être informé du pillage du grain royal. Or, la cicatrice qu'il portait près de la paupière le désignait comme un membre de la tribu honnie. Qu'importe qu'il ne se considérât plus comme un Libou. Les Egyptiens auraient besoin de boucs émissaires pour exercer leur vengeance et il ferait l'affaire autant qu'un autre.

Le soleil matinal venait de se lever au-dessus de l'horizon et lui brûlait les yeux. Heureusement, ils ne tarderaient pas à arriver à la prochaine oasis. Tahar en distinguait déjà la verdure au loin, au pied de falaises peu élevées.

Montée sur le cheval, sa captive somnolait depuis un moment. Tahar avait préféré marcher toute la nuit à côté de l'animal plutôt que de partager avec la jeune femme sa monture. Il ne se faisait plus confiance lorsqu'il était près d'elle. Tôt ou tard, toutefois, il serait bien obligé de chevaucher à son contact, sous peine que le voyage ne devienne trop long et dangereux.

En revanche, si celui-ci se déroulait sans encombre et sans que la fatigue parût sur le visage de la jeune femme, alors il y gagnerait, car il espérait tirer d'elle un bon profit. Même si une grande partie de l'or des Nubiens se trouvait enfouie dans le secret des tombes des rois d'Egypte, ce peuple n'en demeurait pas moins fortuné. Un chef nubien dans l'opulence ne manquerait pas une occasion de faire entrer une Egyptienne dans son harem, et serait même prêt à payer un prix élevé pour l'acquérir.

Mais l'appât du gain n'était pas l'unique raison de ce voyage vers le sud. Tahar tenait absolument à prouver à son obstinée de captive que l'île d'Abou n'était qu'une île au milieu du Nil et que la source du grand fleuve se trouvait très en amont. Il lui ferait comprendre qu'aucune divinité ne résidait à Abou et que les crues du Nil n'étaient en rien le fait des dieux.

Et puis il ne voulait pas seulement parfaire son éducation, il éprouvait aussi le désir de l'éblouir en la conduisant au sommet du mont Thèbes, d'où elle découvrirait le fleuve que son peuple avait divinisé.

Certes, il n'était pas convaincu qu'elle apprécierait sa leçon de géographie ni qu'elle aurait envie de partager sa connaissance du désert. Mais elle l'avait exaspéré avec son assurance et son orgueil !

Il leur aurait été beaucoup plus simple de gagner directement le port d'Alexandrie, mais l'obstination de la jeune femme à considérer son peuple comme le « peuple choisi » et son pays comme le centre du monde avait poussé Tahar à lui prouver son erreur. S'il pouvait obtenir qu'une seule Egyptienne reconnût l'inexactitude de cette assertion, il mourrait en homme heureux.

Sa captive dodelinait de plus en plus de la tête et Tahar, craignant qu'elle ne s'endormît pour de bon, annonça d'une voix forte :

— Nous prendrons notre repas à l'oasis dont nous approchons et nous y reposerons.

Elle ouvrit les yeux et fit un geste du bras comme pour écarter ses paroles, puis retourna à sa somnolence.

Elle était insupportable ! Elle n'avait aucune idée des dangers qui planaient sur eux. Par son indifférence et son air supérieur, elle ressemblait terriblement à ces Egyptiennes dont il détestait le comportement.

Et cependant elle ne quittait pas ses pensées.

Il se tourna de nouveau vers elle. Il lui réclamerait bientôt sa coiffe qui lui couvrait toujours la poitrine et la taille, et lui donnerait en échange les sandales et la robe en addax qu'il lui avait confectionnées. Le vêtement de couleur ambre, taillé dans la peau souple aux poils ras et soyeux, était bien sec à présent et prêt à être porté. Tahar était impatient de la voir dedans.

Il conduisit le cheval jusqu'à un groupe de gros rochers au pied d'une falaise.

— Attends ici, lui dit-il, le temps que je vérifie qu'on ne coure aucun risque en s'approchant de l'oasis.

Elle semblait incapable d'ouvrir un œil et acquiesça vaguement.

— Je ne serai pas long.

Il inspecta le site en un rien de temps. La nappe d'eau était petite, mais il régnait sur ses berges une douce fraîcheur. Aucun Libou ni garde royal ne s'y trouvait. En étudiant attentivement le sol, Tahar ne releva pas d'empreintes récentes de bêtes sauvages. Il pouvait aller quérir la jeune femme.

Lorsqu'il revint vers les rochers, cependant, le cheval et sa cavalière avaient disparu.

Tahar ne céda pas à la panique mais se reprocha son imprudence. Dans la mesure où il l'avait laissée seule avec son cheval, il était évident que l'Egyptienne allait chercher à lui échapper. Sa somnolence avait été feinte. Depuis l'aube, elle attendait le moment propice pour lui fausser compagnie.

Il fit le tour des rochers et finit par l'apercevoir, lancée au grand galop en direction de l'est. Tahar retint sa respiration tant il la trouva belle dans son audace. Il s'accorda encore quelques instants pour mieux la contempler puis plaça deux doigts dans sa bouche et émit un sifflement strident qui déchira le silence du désert.

Il vit son cheval ralentir sa course puis se cabrer ainsi qu'il le lui avait appris. L'animal battit l'air de ses sabots, et la jeune femme tomba à terre dans un désordre d'étoffes pourpres.

Par bonheur, elle se releva indemne. Le tissu qui lui entourait la poitrine avait glissé, laissant apparaître l'un de ses petits seins délectables.

Tahar sourit en la voyant s'escrimer pour dissimuler sa nudité tout en jurant contre le désert maudit, terre des Libous et autres tribus sauvages.

Elle battait la poussière de ses vêtements quand la première flèche s'abattit près d'elle. Une autre suivit, qui fondit sur le sol presque au même endroit. Si sa captive ne s'était pas rapidement éloignée, le troisième trait l'aurait certainement atteinte.

Tahar scruta les collines du regard.

Deux gardes royaux, reconnaissables à leur tunique bleue, se cachaient dans une fente de la falaise.

Il sauta sur sa monture qui l'avait rejoint et s'élança en direction des gardes.

— Chiens d'Egyptiens ! s'écria-t-il pour attirer leur attention.

Ils cherchèrent des yeux celui qui les avait ainsi invectivés dans leur langue. Lorsqu'ils virent le cavalier fondre sur eux, ils le visèrent et se remirent à tirer.

Une flèche atteignit l'un des sacs sur les flancs du cheval et une autre siffla au-dessus de la tête de Tahar. Comprenant le danger, ce dernier changea de direction et se donna le temps de faire un nœud coulant avec sa longue corde avant de revenir à toute vitesse vers les deux gardes, entre-temps descendus de leur rocher pour mieux l'atteindre de leurs flèches.

Tahar envoya son lasso sur les Egyptiens qui se retrouvèrent encerclés, brutalement ramenés dos à dos, les bras collés au corps, puis tombèrent au sol, stupéfaits.

Le cavalier sauta à terre et resserra la corde en s'approchant des deux hommes dont il ramassa les arcs. Il en brisa un et posa l'autre au sol à côté des flèches qui n'avaient pas été tirées.

— Vous n'êtes pas qu'un simple négociant, dit la jeune femme, admirative, en levant les yeux vers Tahar.

Elle reprit comme il ne répondait pas :

— Votre bête est plus rapide qu'une gazelle… Comment l'appelez-vous ? Je ne m'en souviens plus.

— C'est un cheval… Un très beau coursier. Les membres de ma tribu ne connaissent pas d'autre moyen de locomotion.

— Quelle est cette tribu ?

— On l'appelle le peuple des steppes. Il vit dans les vastes plaines au-delà de la mer Noire.

Les gardes égyptiens posaient un regard déconcerté sur cet étranger qui les retenait entravés comme des boucs.

Tahar lisait dans leurs pensées. Ils ne comprenaient pas comment ce Libou pouvait être issu d'un peuple inconnu vivant dans des contrées aussi lointaines, ni qui était cette femme vêtue comme un homme et qui parlait parfaitement égyptien.

— Regardez ! s'exclama sa captive en pointant le doigt vers un âne, caché dans l'ombre au pied de la falaise.

Elle courut vers l'animal et revint en le tirant par la bride.

Tahar inspecta les sacoches qu'il portait. Celles-ci contenaient une gourde d'eau, un couteau de chasse et deux couvertures mais aucuns vivres. Il tourna les yeux vers les gardes et constata qu'ils étaient particulièrement maigres.

— Votre pharaon a mis à prix la tête de tout Libou, n'est-ce pas ? demanda Tahar. C'est la raison pour laquelle vous nous avez pris pour cible ?

— Oui, reconnut le plus âgé des deux gardes. Tue-nous rapidement.

Il prononça ces mots en jetant un regard au poignard glissé sous la ceinture de Tahar.

Le plus jeune, muet, l'air terrifié, avait les lèvres qui tremblaient.

Tahar fit non de la tête. Plus question de faire couler le sang. Il tira néanmoins son poignard, mais ne l'utilisa que pour tailler un morceau du tissu dont la jeune femme était vêtue. Puis il donna à l'étoffe une forme de bourse, qu'il remplit de blé prélevé dans sa propre sacoche.

— Je suis désolé de ne pas pouvoir vous donner nos têtes, dit-il en attachant le sac de toile sur l'âne, mais ce tissu pourpre pourra vous servir de preuve pour obtenir votre récompense. D'ailleurs, le blé dont je l'ai garni vaut largement le même poids de cuivre.

Il retira d'une sacoche de son cheval un paquet fait avec des palmes de dattiers et le plaça dans la besace de l'âne à côté du grain.

— C'est de la viande d'addax fumée, dit-il. Avec le blé, ça devrait suffire à vous nourrir jusqu'à votre retour chez vous. Maintenant, levez-vous.

Les deux hommes parvinrent à se remettre debout en s'appuyant l'un à l'autre, puis Tahar les libéra.

— Prenez la direction du nord avant d'obliquer à l'ouest, leur recommanda-t-il. Allez d'oasis en oasis et méfiez-vous des brigands.

Les visages des gardes exprimèrent l'étonnement et la confusion quand celui qu'ils avaient cherché à tuer les invita à monter sur l'âne.

— Bon vent, leur dit Tahar en donnant une tape sur la croupe de l'animal qui partit avec son chargement.

Comme l'âne prenait l'amble, le plus âgé des gardes se retourna.

— Sois remercié, fils des steppes. Nous n'oublierons jamais ta bonté.

Chapitre 12

— Vous leur avez donné toute notre viande ! fit l'Egyptienne d'un air scandalisé.

— Eh bien oui…

— Mais c'était de la viande !

— Je les ai privés de leurs arcs ; ils ne peuvent plus chasser et se procurer de la nourriture.

— Mais ils ont essayé de nous tuer !

— Ils n'y sont pas parvenus… Cela fait une différence.

Il plaça la main sur les reins de la jeune femme et l'entraîna avec lui.

— Viens… Allons nous reposer près de l'eau.

Manifestement trop exaspérée pour réagir, elle se laissa conduire vers l'oasis.

— Mais…, ajouta-t-elle sans terminer sa phrase.

— Mais quoi ?

— C'était de la viande, insista-t-elle.

— Et alors ? Ne t'en fais pas… Nous trouverons d'autres proies. J'ai un très bel arc, maintenant, grâce à nos gardes royaux.

Elle se tourna vers l'animal placide qu'il tenait par la bride.

— Et le cheval ?

— Qu'a-t-il de particulier ? demanda Tahar en réprimant un sourire.

— Qu'avez-vous fait pour qu'il vous obéisse ainsi ?

Tahar baissa les paupières en se remémorant son père, ce grand et bel homme à la stature impressionnante qu'il avait aimé de tout son cœur d'enfant.

— Je l'ai dressé comme mon père m'a appris à le faire. Nous venons d'un pays où l'homme ne peut rien sans le cheval. C'est son plus fidèle compagnon.

Le père de Tahar tenait cette connaissance des équidés de son propre père, qui avait passé sa vie à cheval à guerroyer contre d'autres tribus et à rançonner des villages sur les berges de la mer Noire.

Lorsqu'il avait perdu son propre père, le père de Tahar avait hérité de lui sa hache de guerre et son besoin impérieux d'être toujours sur la route. Il n'était d'aucune manière assoiffé de sang comme lui, cependant, mais habité d'une insatiable curiosité qui le poussait à vouloir tout connaître du monde.

— Il y a tant à voir, fils, au-delà de ces plaines herbeuses, disait-il à Tahar lorsqu'il n'était encore qu'un enfant. C'est à nous de le découvrir !

Par-dessus tout, il était fasciné par un pays dont il avait entendu parler et qui se situait par-delà la mer Noire et la Méditerranée. Il s'agissait de l'Egypte où, disait-on, le soleil ne se couchait jamais et où des pyramides géantes perçaient la voûte céleste.

Au cœur de ce royaume s'élevait une cité qui abritait plus de trente mille âmes ! C'était un pays aux richesses inouïes ; un paradis terrestre où personne ne manquait de rien et où la longévité était plus grande que partout ailleurs. Du moins était-ce ce que le père de Tahar en avait entendu. Aussi avait-il pris la décision de s'y rendre avec son fils.

Tahar n'a même pas atteint ses douze ans, avait fait remarquer la mère du garçon. Il est bien jeune pour entreprendre un tel voyage.

Mais son mari avait insisté, invoquant l'intérêt de voir d'autres pays et d'autres cultures pour l'éducation de leur fils qui, au cours de ce long voyage, deviendrait un homme.

Tahar entendait encore la voix de sa mère quand, au bord

des larmes, elle avait fini par se soumettre à la volonté de son mari :

— Ramène-le-moi !

C'était tout ce qu'elle avait réussi à dire.

— Avec de surcroît une bonne douzaine de pièces d'or, avait répondu le père de Tahar en enveloppant sa hache dans un linge. Nous n'aurons pas besoin de cette arme, sinon pour l'échanger.

L'enfant avait trouvé son père bien audacieux, en cet instant. Il avait également pris conscience qu'il l'aimait plus que tout.

C'était d'ailleurs son audace qui avait causé sa fin. Ils avaient presque accompli la traversée de la Méditerranée sans encombre quand celle-ci était entrée en furie. Le père de Tahar en avait sous-estimé le danger, ou plutôt avait-il eu envie de se mesurer à elle car, bien qu'il lui eût été facile de rejoindre la côte la plus proche, fût-ce celle d'un pays voisin de l'Egypte, il avait imperturbablement gardé le même cap.

— Voyons ce que les dieux de l'Egypte ont en réserve pour les hommes des steppes, avait-il dit à son fils.

Et tandis que la tempête fondait sur eux, il avait brandi sa hache de guerre, comme si l'arme de cuivre rouge pouvait vaincre les vagues gigantesques qui déferlaient contre la coque de leur vieux navire.

Le lendemain, Tahar était seul avec son père et leur cheval sur le rivage, où la mer les avait rejetés. Devant eux, les eaux bleu-vert se déchaînaient jusqu'à l'horizon, alors que derrière eux s'étendait le sable à perte de vue.

Le père de Tahar avait dit à son fils qu'il allait chercher de l'aide et qu'il ne serait pas long.

— Pourquoi ne prends-tu pas le cheval ? avait demandé l'enfant.

— Je préfère que tu le gardes. Si je ne suis pas de retour dans deux jours, tu partiras à ma recherche sur son dos.

Quand Tahar, le cœur serré, avait vu la haute silhouette de son père disparaître au loin, déformée sous l'effet de la chaleur, il avait redouté que ce fût la dernière image qu'il garderait de lui — et craint simultanément de ne jamais revoir sa mère ni les plaines herbeuses de son pays.

Grâce à l'argent qu'il tirerait de la vente de cette jeune femme, cependant, il aurait bientôt les moyens de rentrer chez lui. Il leur faudrait simplement survivre jusqu'à leur arrivée en Nubie. Mais il savait qu'il pourrait assurer leur subsistance car, à la différence de son père, sa vie dans le désert l'avait rendu humble.

— Voici notre nourriture, dit-il en désignant un arbuste. Ne la vois-tu pas ?

Ils étaient revenus au pied des falaises, où ils avaient attaché le cheval. L'Egyptienne chercha des yeux ce à quoi Tahar faisait référence puis, sans conviction, se baissa vers le buisson pour ramasser dans le sable les baies qui en étaient tombées.

— Non, il ne s'agit pas de ça, dit Tahar. Regarde plus haut.

Il montrait les poils blancs pris dans une branche de l'arbuste.

Elle les prit et les lui donna.

— Il n'y a pas longtemps que cette laine s'est accrochée ici, dit-il. Le mouton ne doit pas être loin.

— Comment pouvez-vous en être certain ?

Tahar hésitait à expliquer à la jeune femme que les moutons sauvages ne se déplaçaient que dans la fraîcheur matinale, et que dans l'après-midi le vent se levait, effaçant les traces dans le sable et la végétation.

— Je connais le désert parce que j'y ai passé la plus grande partie de ma vie, répondit-il laconiquement. Je sais y trouver de l'eau et à manger. Si tu veux survivre, écoute mes conseils et exécute mes ordres.

Elle soupira, exaspérée, mais se tut.

Ils trouvèrent le mouton un peu plus loin, en train de paître au milieu d'un bosquet de petits arbustes.

Il s'agissait d'un grand animal aux mamelles pleines qui, entendant Tahar arriver, redressa la tête et le fixa.

Au même moment, sa captive, qui avait contourné la végétation, surgit dans le dos de la brebis en criant.

Profitant de l'attention détournée de l'animal, Tahar fit un bond et le saisit par le cou.

— Bon travail, dit-il en tenant fermement la brebis qui cherchait à s'échapper. Va chercher la gourde. Je la tiendrai sous les mamelles pendant que tu la trairas.

Elle acquiesça et revint bien vite avec le récipient, mais au lieu de s'agenouiller et de se mettre à traire, elle resta figée devant la bête.

— Qu'est-ce que tu attends ? fit Tahar.

Elle ne répondit rien et garda une attitude hésitante.

Etait-il possible qu'elle n'eût jamais trait d'animal ? C'était impensable. Il était notoire, en effet, que l'Egypte comptait plus de vaches que d'habitants.

Toutefois, elle finit par se pencher timidement sur la brebis, et bientôt le lait de l'animal coula dans la gourde.

— Ah ! fit-elle avec un sourire enfantin.

Il remarqua à cet instant qu'elle n'avait pas les yeux complètement bruns, mais l'iris parsemé de paillettes d'or. De qui tenait-elle cette particularité ? Et de quel milieu venait-elle, elle qui n'avait jamais tiré le lait d'un animal ?

Il avait compris qu'elle lui mentait, bien sûr, lorsqu'elle avait évoqué sa famille et la misère dans laquelle celle-ci était plongée à Abydos. Elle avait certes mentionné une cité, et il était prêt à croire qu'elle y avait vécu, mais il n'arrivait pas à savoir dans quelle position sociale. Elle pouvait aussi bien être née dans la plus haute société que dans les bas-fonds.

Tahar tournait et retournait ces questions en lui-même quand ils parvinrent à l'oasis.

Là, ils se passèrent la gourde et burent à tour de rôle de longues gorgées d'un lait doux et crémeux.

— C'était une bonne idée de suivre cette brebis, reconnut-elle, une moustache blanche au-dessus des lèvres.

Instinctivement, Tahar essuya du pouce la trace de crème sur le visage de la jeune femme puis se lécha le doigt.

Troublée, celle-ci se mit à rougir.

Tahar la trouvait vraiment surprenante. Elle le jetait dans

le doute avec son air supérieur d'Egyptienne puis, l'instant d'après, elle le déconcertait par sa simplicité. Alors elle semblait reconnaissante et devenait absolument charmante.

— Tu t'es très bien débrouillée avec la traite, remarqua-t-il.

— Je n'ai fait que ça toute ma vie, répondit-elle avec un large sourire en haussant les épaules.

A ce moment-là, il prit conscience qu'elle ne le laissait pas indifférent, mais il se reprit aussitôt et s'invita à la prudence.

Il y avait bien deux ans qu'il n'avait pas tenu de femme dans ses bras, mais il s'en souvenait comme si c'était la veille.

Il venait de livrer un gros chargement de natron de L*ibye à un commerçant d'Alexandrie, et avait reçu une lourde quantité de cuivre en échange.*

Satisfait de la transaction, il s'était rendu dans une célèbre maison close du port où, après s'être désaltéré, il avait fait don au propriétaire de cinq mesures de blé. En signe de reconnaissance, ce dernier lui avait amené une jolie femme qui portait des anneaux aux doigts des mains et des pieds. Elle avait les yeux peints et, lorsqu'elle s'était approchée de lui, avait ondulé des hanches de la manière la plus suggestive qu'on pût imaginer.

— Elle vient d'avoir dix-huit ans, avait dit le propriétaire avec un sourire émerveillé. C'est l'une de nos plus filles les plus belles.

Dans le secret de l'alcôve, Tahar lui avait donné à manger des gâteaux de miel et fait boire de la bière, puis massé le corps avec de l'huile de lavande. Après qu'il l'eût possédée, cependant, elle avait éclaté en sanglots et lui avait reproché de lui avoir dérobé sa virginité.

— Je ne te crois pas, s'était insurgé Tahar. Je me suis bien rendu compte que tu t'y connaissais dans les arts du plaisir. D'ailleurs, le patron de cette maison m'a dit que tu avais fêté tes dix-huit ans.

— C'est faux ! avait-elle répondu. Je n'ai que quatorze ans !

Tahar en avait été confus. Jamais il n'eût touché cette enfant s'il l'avait sue aussi jeune. Assailli par la mauvaise conscience, il lui avait donné presque tout son cuivre.

— Je pourrai vivre là-dessus pendant plusieurs mois, lui avait-elle dit avec des larmes de reconnaissance.

Transporté par la compassion, il avait éprouvé le besoin de la gâter davantage et lui avait tendu la hache en cuivre de son père.

— Prends ceci. Tu en tireras un bon prix et ne seras pas obligée de te donner à un homme avant plusieurs années.

— Merci, gentil négociant, avait répondu la jeune femme en prenant le seul objet que Tahar eût gardé de son père.

Tahar avait rassemblé ses affaires et gagné l'écurie. Avant de quitter définitivement la maison de prostitution, pourtant, il n'avait pas résisté au désir de revoir la délicieuse personne qu'il avait serrée dans ses bras plusieurs fois dans la nuit et qui lui avait donné tant de plaisir. Il voulait aussi reprendre au propriétaire des lieux, qui l'avait trompé sur l'âge de la jeune fille, le blé qu'il lui avait donné la veille.

Il avait attaché son cheval devant la façade de brique rose de la maison et franchi le seuil à travers un rideau de perles et d'ambre.

Lorsque son regard s'était habitué à la pénombre de la taverne, il avait aperçu la jeune femme qui, assise sur les genoux du propriétaire, lui présentait les pièces de cuivre qu'elle avait reçues de Tahar un peu plus tôt.

Il remarqua, en outre, que la hache de son père avait été jetée dans un coffre, dans un angle poussiéreux de la salle, comme si elle n'avait eu aucune valeur.

Il se dirigeait vers le coffre pour la récupérer, lorsqu'il avait vu surgir devant lui la fille armée d'un long couteau.

— Vous reprendriez un cadeau donné librement ? avait-elle demandé en pointant son arme vers lui.

Toute l'innocence dont elle avait fait preuve entre ses bras s'était soudain évanouie. Tahar comprit qu'il s'était laissé duper comme un homme sans expérience, et cela même en dépit de la solide réputation d'habile négociant qu'il s'était acquise dans toute la Basse-Egypte et les pays voisins.

Renonçant à récupérer sa hache, il avait tourné les talons en implorant le pardon de son père et jurant que plus jamais une femme n'abuserait de lui.

Cependant, à cause de la sécheresse persistante qui appauvrissait tout un chacun, il n'avait plus eu l'occasion d'en rencontrer de nouvelle.

La fille d'Alexandrie, avec son âme perverse, était bien la dernière femme qu'il eût serrée dans ses bras, et sa captive égyptienne la première qui depuis eût croisé son chemin.

Il la regardait reprendre une gorgée de lait de brebis tout en luttant contre l'attendrissement qui le gagnait. Il ne pouvait pas se permettre de se laisser conquérir de nouveau. Qu'importe qu'elle lui semblât gentille, c'était une femme, et elle se révélerait identique à toutes les autres.

— Bois le reste du lait, lui dit-il. Tu en as plus besoin que moi.

— Merci, gentil négociant.

La réponse fit écho à celle prononcée deux ans plus tôt par la séductrice d'Alexandrie.

— Je suppose que c'est la dernière fois de ta vie que tu es obligée de traire un animal, ajouta Tahar comme pour se convaincre de ne pas renoncer à son projet initial.

— Pourquoi me dites-vous cela ?

— Lorsque tu seras l'épouse d'un chef nubien, tu auras des servantes qui feront ce travail pour toi.

Sur ces mots, il lui tourna le dos car, malgré ses doutes en ce qui la concernait, il ne supportait pas de voir son sourire timide s'effacer de ses lèvres.

Chapitre 13

La jeune femme n'était toujours pas sortie de son mutisme lorsqu'ils atteignirent le plateau, au coucher du soleil. Elle n'avait pas dit un mot depuis qu'ils s'étaient reposés au bord de l'eau, huit heures auparavant, et Tahar avait la vague impression qu'elle le punissait par ce long silence.

Il aurait dû réfléchir avant de la provoquer ainsi au sujet de son futur mari. C'était une femme, après tout, et elle partageait la même sensibilité que ses semblables. Il n'avait pas besoin de lui rappeler qu'elle partagerait bientôt le lit d'un mari, d'ailleurs. Il se maîtrisait assez pour lui épargner ce genre de remarque cruelle.

Il lui vint à l'esprit que le riche Nubien aurait vraiment beaucoup de chance de se voir confier une aussi jolie femme. Sans le connaître, il l'enviait déjà.

Le soleil venait de disparaître à l'horizon en laissant dans le ciel une clarté rose baignée d'or.

Sa captive, qui contemplait la scène avec une expression mutine, sortit enfin de son long silence.

— Dans combien de temps atteindrons-nous l'île d'Abou ?

— Pas avant plusieurs semaines.

Bientôt, des étoiles se mirent à scintiller au-dessus d'eux, et la chaleur impitoyable qui avait régné pendant le jour baissa rapidement. Mais l'Egyptienne ne semblait pas jouir de cet agréable changement de température et n'avait de cesse de changer de position sur le cheval.

— Me laisserez-vous conduire le cheval quelque temps ? demanda-t-elle. Je voudrais me dégourdir les jambes.

— Euh..., fit-il après quelques instants. Laisse-moi y réfléchir.

Bien sûr qu'il la laisserait faire. Il ne demandait pas mieux que de voir le mouvement délicieux de ses hanches imprimer leur rythme à ses longues jambes galbées.

— A une seule condition, lui dit-il après un long silence. Avoue que tu ne viens pas d'une famille paysanne d'Abydos.

— D'accord. Je le reconnais.

Elle en convenait aussi facilement ? Sans résistance ni débat acharné ?

Il se sentait étrangement déconcerté.

« Mais alors d'où viens-tu ? » avait-il envie de lui demandcr. Cela nc faisait pas partie du marché initial, cependant.

Il l'aida à descendre de cheval et prit sa place, la laissant le conduire à travers le plateau désert.

— Tes cheveux poussent, remarqua-t-il après un certain temps.

Elle n'eut aucune réaction.

— Est-ce que ton bras te fait moins mal ?

Silence.

— Tu marches d'un pas ferme. Rien n'indique que tu aies été mordue par un serpent.

— Vous me jaugez comme si j'étais un veau qui vient de naître.

— Que puis-je faire d'autre que t'observer puisque tu ne me fais pas la conversation ?

— Je ne vous parle pas parce que je n'ai rien à dire à un homme qui me traite comme son esclave.

— Si tu ne l'as pas remarqué, permets-moi de te rappeler que je te protège et te nourris.

— Comme vous le feriez avec une génisse.

— J'ai soigné tes blessures comme une mère. Je ne te prépare pas à l'état d'esclave mais d'épouse.

— Mariage ou esclavage, c'est la même chose, fit-elle en s'immobilisant.

— Est-ce que toute femme ne désire pas se marier ? Avoir

des enfants et une existence assurée ? En résumé, être sous la protection d'un mari qui l'aime ?

Elle se détourna et reprit sa marche.

— Pas toutes.

— Vraiment ? Mais alors, que veux-tu exactement ?

Elle se contenta de remuer la tête et accéléra le pas.

— Tu ne sais pas quoi me répondre ? Si tu n'es pas capable d'exprimer ton désir, c'est que tu n'en es pas digne.

La jeune femme s'arrêta et pivota vers Tahar.

Même dans le crépuscule, il distinguait la flamme qui dansait dans son grand regard noir.

— Le désir ? Je n'ai pas le privilège d'en avoir, à moins que vous ne fassiez allusion à la faim. Je puis désirer, en effet, un bon repas qui me contentera pour toute la journée. Vous prétendez vouloir m'offrir une vie meilleure, mais c'est faux. Vous m'utilisez pour améliorer votre propre vie. Vous voulez savoir ce que je désire ? Etre libérée de vous, de quiconque voudra user de moi comme d'un objet. Je veux être libre. Alors, beau négociant des steppes, comblerez-vous mon désir ? En suis-je digne ?

Sans lui laisser le temps de répondre, elle avait tourné les talons et repris sa marche vers le sud.

Tahar restait sur son cheval, en proie au vertige après ce flot de paroles, lui qui n'avait voulu que converser en toute légèreté avec sa prisonnière.

S'il avait écouté attentivement ses propos, il aurait entendu, peut-être, à quel point cette femme se méfiait des hommes. Dans l'expression de son désir d'un bon repas, il aurait pu comprendre également qu'elle avait rarement mangé à sa faim. S'il avait usé de son implacable sens de l'observation, il aurait pu abandonner son projet de la vendre, car le désir de liberté de sa captive était aussi prégnant que le sien.

Cependant, il n'avait pas prêté attention à tout cela, car la seule chose qu'il avait retenue des paroles de la jeune femme se résumait en un mot : « beau » !

Elle l'avait appelé « beau négociant ».

Chapitre 14

Plus jamais elle ne lui parlerait !

Elle avait fini par lui ouvrir son cœur, lui dire ce qu'elle désirait profondément, et il n'avait eu aucune réaction. Elle savait maintenant sans le moindre doute qu'il ne la libérerait pas.

Ses désirs étaient au-delà de ce qu'il était prêt à lui accorder. Il vantait ses mérites et la dévorait des yeux du matin au soir, mais se rétractait comme un serpent lorsqu'elle lui demandait de lui rendre justice.

Leur marche vers la Nubie, ses riches époux et ses mines d'or ne s'interromprait plus. Il était temps de reconnaître qu'elle s'était trompée au sujet de Tahar. Il n'était ni bon ni noble comme elle avait voulu le croire, mais d'abord et avant tout vénal. Il ne pensait qu'à tirer profit d'elle.

Avec quelle rapidité, en compagnie de cet homme, avait-elle oublié les conseils de sa mère et baissé la garde ! Dans son aveuglement, elle s'était convaincue que Tahar aurait de la compassion pour elle. Elle l'avait cru gentil et avait eu l'inconscience de le prendre pour un ami. Elle avait même imaginé qu'il…

Ce qu'elle avait en tête importait peu. Elle n'avait aucun moyen de l'influencer, pas plus avec des pleurs que des mensonges, et encore moins avec la vérité. Il s'attachait visiblement à son projet et n'en démordait pas : la vendre au plus offrant.

Au moins ne se faisait-elle plus d'illusions, à présent. Elle pouvait donc rediriger tous ses efforts vers son propre intérêt. Avant de quitter Tahar, elle commencerait par récupérer ce qui restait de son blé.

Les nuits succédaient aux jours sans présenter aucune occasion de fuite.

Kiya devait se montrer patiente, car elle ne pouvait rien tenter tant qu'ils ne se rapprocheraient pas du Nil. Qu'aurait-elle fait de son blé si elle avait réussi à se sauver maintenant, au cœur du désert ? Ils étaient entourés de dunes de sable à perte de vue. Et elle aurait été incapable de repérer les puits que Tahar savait découvrir avec tant d'efficacité, ni de trouver de quoi se nourrir. Le rare gibier se cachait et restait invisible à ses yeux.

Comment Tahar avait-il trouvé ce nid d'hirondelles près de la dernière oasis où ils s'étaient arrêtés ? Cela restait un mystère pour elle. Mais comme les œufs lui avaient semblé bons ! Elle ne comprenait pas non plus comment il avait fait pour voir et atteindre d'une flèche le lièvre qui courait en faisant des bonds dans toutes les directions. Il avait même repéré des sauterelles rassemblées sur le flanc d'une dune ensoleillée et avait réussi à en capturer un bon nombre qu'ils avaient fait griller. C'était l'un des mets les plus appréciés des Egyptiens.

Ils se reposaient, maintenant, à l'ombre d'un sycomore que Tahar avait aperçu dans une courbe du lit de la rivière asséchée dans lequel ils marchaient.

C'était étrange, pensait Kiya, de se trouver en plein désert et d'y manger mieux que nulle part ailleurs, d'y être vêtue en princesse avec sa robe en peau d'addax sur laquelle Tahar avait cousu la peau du lièvre, et d'y dormir comme une enfant.

Près d'elle, Tahar somnolait d'un air satisfait. Il avait les paupières baissées et ses longs cils projetaient leur dessin sur ses joues. Kiya pensait à son regard bleu comme le Nil. Elle n'avait jamais vu de tels yeux. Elle ne savait même pas, d'ailleurs, qu'il en existait.

Son père ou sa mère devait venir d'un pays lointain. Il arrivait que les peuples du désert s'allient à des étrangers. Nomades, les Libous se déplaçaient sur de vastes territoires en poussant devant eux leurs troupeaux de chèvres et de moutons. A la recherche d'un paradis qui n'aurait été que pour eux, telle l'Egypte aux Egyptiens, ils allaient toujours plus loin mais leur quête n'était jamais finie.

Kiya n'était pas insensible à leur destin, qui ressemblait au sien d'une certaine manière — elle qui n'avait de cesse de chercher sans rien trouver et dont la vie était un combat permanent contre la mort.

Elle n'en devait pas moins se montrer circonspecte, et en aucun cas prendre pour de la compassion l'attention que Tahar lui portait. Il avait l'intention de la vendre au plus offrant. Elle ne devait jamais l'oublier, sous peine d'avoir la même vie que sa mère.

Elle gardait en mémoire le spectacle affligeant des fioles d'un très joli bleu qui jonchaient le sol sous le lit de souffrance de la femme qui l'avait mise au monde. Chaque jour, celle-ci portait l'un des flacons en verre à ses lèvres et en buvait le contenu aux exhalaisons de fleurs.

Après l'absorption de ce mystérieux liquide, son regard s'obscurcissait et elle glissait dans le sommeil, souvent au beau milieu de la journée. Lorsqu'elle se réveillait, plusieurs heures plus tard, elle avait l'habitude de demander à Kiya d'aller trouver une servante du harem pour qu'on lui préparât un repas. Et en attendant qu'on le lui apportât, elle racontait une histoire à sa fille. C'étaient les moments les plus heureux que Kiya eût connus avec sa mère.

Lorsqu'elle se lançait dans son récit, celle-ci changeait d'expression et son regard s'éclairait à tel point qu'il en illuminait la triste chambre. Elle contait des histoires inventées pour les enfants, où il était question des dieux égyptiens et de l'histoire du pays. Le conte qui revenait le plus souvent avait trait à un palmier dattier et à une guenon que la mère de Kiya imitait à merveille, n'hésitant pas à sauter hors de son lit pour en imiter les mouvements d'une manière si drôle que la petite fille en éclatait de rire.

Quand elle avait fini son récit, cependant, elle retournait sur sa couche et, après avoir pris le repas que la servante lui avait apporté, ouvrait une autre fiole pour sombrer de nouveau dans un sommeil peuplé d'hallucinations.

Le jour où la razzia sur le harem avait eu lieu, Kiya avait pris la place de ces flacons sous le lit. Celui qu'avait vidé sa mère pour se donner la mort n'était pas très différent des autres, sinon un peu plus grand. On aurait dit qu'elle l'avait gardé pour l'utiliser à ce moment précis, comme si elle avait su que les Libous allaient venir.

On aurait pu croire, même, qu'elle avait désiré leur venue.

Après le décès de sa mère, Kiya avait tiré le drap de son lit sur son visage terreux et fait le vœu de ne jamais subir un destin aussi tragique que le sien. Elle était peut-être la fille d'une concubine oubliée d'un roi mort depuis plusieurs années, mais elle était encore bien vivante.

Terrifiée par ce dont elle venait d'être le témoin et poussée par la faim, la fillette avait longé le Nil jusqu'à Memphis, la grande capitale du royaume. Elle y avait rencontré d'autres enfants abandonnés comme elle à leur propre sort, qui vivaient de mendicité et des déchets qu'ils ramassaient, et n'avait pas été longue à devenir l'un d'eux.

A présent elle observait Tahar, immobile et à moitié endormi, et il lui vint une idée…

Elle n'avait jamais cessé d'être l'un de ces enfants à l'imagination débordante dès lors qu'il s'agissait de survie.

Chapitre 15

L'Egyptienne ne parlait plus depuis une semaine lorsqu'elle rompit soudain le silence.

— Est-ce que je peux conduire le cheval ? demanda-t-elle. J'ai besoin de me dégourdir mes jambes.

Tahar était heureux d'entendre enfin sa voix, dont il aimait les douces inflexions et la pureté cristalline. Et puis il trouvait là l'occasion de se tourner vers elle et de la contempler. Elle était belle, ainsi juchée sur le dos du grand coursier, et il prenait conscience qu'il éprouvait le besoin de plus en plus fréquent de la regarder.

— Comme il te plaira, répondit-il.

Le soleil était déjà couché et la lune avait pris sa place dans le ciel. Pleine, elle répandait une clarté abondante qui permettait de suivre la piste sans difficulté.

Sa captive descendit de cheval et lui tapota le cou.

— Bonne bête, fit-elle en lui caressant les naseaux.

Puis, s'adressant à Tahar :

— Vous ne m'avez pas dit comment vous l'appeliez.

Elle se tenait plus près de lui qu'elle ne l'avait jamais fait, et il devait reconnaître qu'il était très sensible à cette proximité.

— Il ne porte pas de nom.

— En Egypte, nous donnons des noms à nos animaux domestiques. Est-ce que je peux lui en donner un ?

— Oui, si ça te fait plaisir.

— Salut… Mény, fit-elle avec un sourire charmeur. Je

l'appelle ainsi, car c'est le nom du premier des pharaons qui a fondé l'Egypte par la réunion de la Haute et de la Basse-Egypte.

Par tous les dieux du désert ! Que se passait-il en elle ? Il ne comprenait rien à ses changements d'humeur. Elle lui avait dit qu'il était beau puis ne lui avait plus adressé la parole pendant une semaine. Elle l'avait vivement félicité quand il avait trouvé la brebis, mais ne lui avait pas dit un mot lorsqu'il avait tué le lièvre. Elle refusait de s'étendre sur le tapis qu'il déroulait tous les soirs pour elle et préférait dormir sur le sol, comme lui-même, mais aussi loin de lui que possible.

Elle lui effleura la main lorsqu'elle lui prit les rênes, et Tahar en eut un coup au cœur. Elle était d'une beauté de plus en plus resplendissante, il lui était devenu impossible de l'ignorer. Il ne s'était pas attendu à l'effet qu'une alimentation régulière de viandes et de céréales aurait sur elle. Trois semaines seulement s'étaient écoulées depuis le raid, et déjà il voyait son visage émacié se remplir et prendre des couleurs tandis que repoussaient ses cheveux noirs et brillants. Elle avait des lèvres aux tons de cerises mûres et délicieusement ourlées dans lesquelles il mourait d'envie de croquer…

Il avait espéré qu'elle s'attendrirait et qu'ils pourraient reprendre leurs échanges. Pas seulement parce qu'il voulait la convertir à l'idée du mariage, d'ailleurs, mais parce qu'il brûlait de comprendre pourquoi elle le rejetait si fermement. Elle ne ressemblait à aucune autre femme qu'il avait connue. Intelligente, déterminée, combative, énigmatique et extraordinairement attirante. Il n'y avait pas deux comme elle. C'était sans doute en raison de toutes ces qualités qu'elle n'aspirait pas à la sécurité de la vie conjugale mais préférait rester libre. Il aurait aimé percer le mystère qu'elle représentait à ses yeux, mais il y avait si longtemps qu'elle ne lui avait pas parlé qu'il n'osait plus l'interroger. Lequel des deux, en fin de compte, était le plus fort ?

— N'y a-t-il pas une oasis sur notre chemin ?

— Si, à une demi-journée de marche. Ou plutôt la moitié d'une nuit.

— Très bien.

Elle attendit que Tahar fût installé, puis conduisit la monture et son cavalier à travers les plaines désertiques baignées de la clarté lunaire.

Tahar appréciait d'autant plus ce repos qu'il lui donnait l'occasion de voir sa captive marcher de dos.

Sa coiffe, qui lui tombait sur les épaules, donnait l'impression d'une chevelure longue et abondante. Les sandales de cuir qu'il lui avait confectionnées s'attachaient par des liens à ses chevilles fines et accentuaient le galbe de ses jambes. La robe en peau d'addax lui collait aux hanches, chaque jour un peu plus marquées, qu'elle balançait d'une manière ensorcelante.

Elle avait des courbes dont la féminité semblait faite pour le mettre à l'épreuve.

— Quelle belle nuit ! dit-elle d'une voix émerveillée.

— Oui…

Il était si absorbé par la contemplation de la jeune femme qu'il n'avait pas prêté attention à la beauté du spectacle.

La lune, bientôt pleine, inondait le désert de sa lumière nacrée. Au loin, on apercevait le sommet des palmiers de l'oasis de Dakhla, et au-delà encore les molles ondulations du grand désert de sable où ne se trouvait aucun point d'eau. Sa captive avait raison. La nuit était magnifique.

— On dirait que la lune est liquide et que Thot répand son contenu sur la terre, remarqua-t-elle.

Il ne s'était jamais représenté la lune sous cet aspect. Il ferma les yeux et imagina l'astre en train de déverser une pluie argentée. Un sentiment indicible de liesse le submergea. Il y avait longtemps qu'il ne s'était pas laissé aller à savourer la douceur et le mystère du désert.

Les Libous ne voyaient pas la beauté de ces grandes étendues arides, car ils ne connaissaient rien d'autre. Bien sûr, ils n'ignoraient pas l'existence de l'Egypte, où le Nil coulait au milieu de terres fertiles et où personne ne manquait de rien, mais c'était le royaume des dieux et elle leur était interdite.

Le jeune Tahar, perdu au milieu des dunes avec son cheval,

avait été trouvé par des membres du clan Meshwesh de la tribu liboue.

Ils avaient adopté ce jeune garçon aux yeux bleus qui conduisait une étrange bête, n'exigeant rien d'autre de lui qu'il apprenne les lois du désert et contribue dès que possible à la vie de la tribu.

Ils lui avaient donné une épée à la lame de cuivre et montré comment chasser l'addax, l'oryx et la gazelle. Ils lui avaient enseigné, en outre, comment déterminer l'emplacement de puits invisibles en reconnaissant le grattement des pattes d'un hérisson ou le chant d'un oiseau apporté par la brise.

Sans eux, Tahar serait mort de faim et de soif. Il avait éprouvé tant de gratitude envers eux qu'il s'était efforcé d'être un bon élève et d'acquérir toutes les connaissances qu'ils étaient disposés à lui transmettre.

Bientôt, le désert n'avait plus eu de secret pour lui. Il avait su découvrir les traces de vie au fond de ses gorges asséchées, escalader ses sommets rocheux, trouver ses points d'eau les mieux dissimulés. Il en avait également appris le passé à travers les inscriptions et les dessins gravés dans la roche de grottes cachées aux yeux des profanes.

Il avait été nourri de rêves et de mystères. Pourquoi aurait-il eu besoin de croire en des dieux alors qu'il avait vu tant de merveilles ?

— Puis-je te poser une question ? fit-il.

— Vous pouvez me poser toutes les questions qui vous plairont, répondit-elle de son air hautain. Nous verrons si je vous réponds ou non.

— As-tu pénétré dans la Grande Pyramide ?

La jeune fille, qui gardait le silence, semblait s'interroger sur le mensonge qu'elle allait lui servir.

— Oui.

Il parut à Tahar qu'elle avait opté pour la vérité.

— Comment est-elle à l'intérieur ?

— Eh bien… On est d'abord saisi par l'obscurité et la fraîcheur qui y règnent. Trois passages sacrés, illuminés par des torches, conduisent chacun à une chambre vaste et richement ornée. Il semblerait que la première chambre, au-dessous du niveau du sol, ne soit pas la bonne et qu'elle n'ait été édifiée que pour tromper les éventuels pilleurs. La deuxième chambre abrite la statue du pharaon et la troisième est celle qui accueillera ses restes, mais je crois que…

Elle s'arrêta et fit face à Tahar.

— Je t'en prie, continue.

Elle hésita un instant avant de reprendre.

— Je pense qu'il y a deux autres chambres secrètes.

La jeune femme avait le regard brillant d'excitation. Elle poursuivit en baissant le ton.

— J'ai entendu dire qu'aucuns vivres n'avaient été déposés dans la troisième chambre et qu'il ne s'y trouvait pas non plus d'inscriptions sur les murs. En outre, elle est plus petite que les autres et ne présente qu'une dalle de granit rouge pour recevoir le corps du défunt roi.

— Est-ce inhabituel ?

— Oui, tout à fait. Les réponses à donner aux différentes étapes du voyage du pharaon vers le séjour des morts doivent être tracées sur les murs de sa chambre funéraire, tout comme le texte qu'il devra réciter devant Osiris dans la salle de justice. Toutes ces inscriptions devraient être présentes dans la troisième chambre, en vue de l'admission du roi au paradis éternel, mais elles n'y sont pas. Or, chacun sait que le père de Kheops, le puissant roi Snéfrou, dispose de deux chambres où sont entreposés les objets qu'il a emportés dans son voyage vers l'éternité. L'une contient des accessoires personnels et dans l'autre ont été déposés meubles, jougs et charrues. C'est pourquoi je suis certaine que dans la Grande Pyramide, la troisième chambre communique avec deux autres chambres par un passage secret.

— En as-tu entendu parler ?

— Non… Mais je ne doute pas que ces chambres secrètes existent. De même que certaines paroles sacrées ne doivent pas tomber dans n'importe quelles oreilles, ces lieux sacrés sont réservés exclusivement aux dieux et aux rois.

Tahar ne put se retenir de sourire. Elle était intelligente, trop intelligente peut-être.

— Tu es très observatrice, dit-il. Tes conclusions me semblent parfaitement logiques.

La jeune femme s'inclina devant Tahar et lui sourit.

— Bien sûr, s'il m'arrive d'être questionnée, je ne reconnaîtrai jamais avoir partagé ce genre de présomption avec vous.

— Evidemment, fit-il comme elle reprenait sa marche.

— Il y a aussi un conduit, ajouta-t-elle d'un air détaché, qui monte jusqu'au faîte de la pyramide en en faisant plusieurs fois le tour. Il a servi à l'ascension des pierres de taille. N'importe lequel des ouvriers employés à la construction de la pyramide avait le droit de le gravir, mais très peu osaient sortir sur la plate-forme au sommet de l'édifice.

— Un conduit ? dit Tahar sans pouvoir dissimuler son admiration. A l'intérieur de la structure elle-même ?

— Oui.

— Jusqu'au sommet ?

— Oui, mais il ne tardera pas à être comblé avec des pierres.

— J'aimerais tellement pénétrer à l'intérieur de cette pyramide, rien qu'une fois dans ma vie, confessa Tahar. Toi-même, tu as emprunté ce conduit ?

Elle garda le silence, mais Tahar entendit un « oui » dans son mutisme.

— Combien de nuits de marche nous reste-t-il avant d'arriver à l'île d'Abou ? demanda-t-elle soudain.

Ce brusque changement de sujet confirma le sentiment de Tahar. La jeune femme avait dû gravir ce conduit, et vraisemblablement plusieurs fois. Elle aurait donc contribué à l'ascension des blocs qui avaient permis la construction de la tombe colossale ! Cela pouvait expliquer sa musculature inhabituelle chez une femme. D'ailleurs, ne l'avait-il pas trouvée au pied de la Grande Pyramide ? Ainsi faisait-elle donc partie des ouvriers employés à l'édification du monument funéraire…

— Si vous l'ignorez, reprit-elle, pouvez-vous au moins m'en donner une estimation ?

— Eh bien... Au moins sept ou huit nuits.

Cette femme avait transgressé les lois de l'Egypte en travaillant sur un chantier réservé aux hommes ! se répétait Tahar, ébahi. Elle était encore plus audacieuse qu'il l'avait pensé.

— Tant que ça ! Je croyais l'île d'Abou plus près.

— Avant de parler d'Abou ou de la Nubie, il faut survivre à la traversée du désert de Lybie.

— J'en ai entendu parler... On dit qu'il est plus vaste que la Méditerranée.

— Oui, et plus dangereux. A la différence de la mer proprement dite, une mer de sable ne nous portera jamais avec son courant ; il faut la franchir avec notre seule force. Or, dans sa plus faible largeur, il faut trois jours ininterrompus de marche pour la traverser. En emportant trop d'eau, nous risquons de ralentir notre marche et de nous exposer trop longtemps à la brûlure du soleil. Et si nous n'en prenons pas assez, nous... Enfin, tu as compris.

Tahar déglutit. Ils devraient faire face à ce défi ensemble — à moins qu'ils ne l'évitent en faisant le tour du désert, ce qui leur prendrait plusieurs mois et leur ferait parcourir des régions particulièrement hostiles. Or, Tahar ne voulait pas prendre le risque de se faire enlever la jeune femme. Il n'en avait pas moins l'estomac noué à la pensée de devoir traverser, à la période la plus chaude de l'année, ces immenses étendues d'ondulations sablonneuses.

Si au lieu du désert, la mer s'était étalée devant eux et que sa captive avait été une embarcation... Cette pensée aurait dû le faire sourire, mais son angoisse était trop forte.

— Lorsque nous arriverons en Nubie, dit la jeune femme, je suppose que vous contacterez plusieurs acheteurs potentiels pour obtenir de moi le meilleur prix.

— Exactement... Pourquoi me poses-tu cette question ?

— Je ne sais pas.

Tahar n'était pas dupe.

— Je chercherai pour toi le mari le plus riche possible, reprit-il. Je suppose que tu as deviné que c'était dans ton intérêt.

Et ce serait le cas, car il était un excellent négociant. Les Egyptiens avaient beau mépriser les commerçants, Tahar n'avait pas honte de sa condition. Il s'identifiait au fennec, ce renard du désert aux longues oreilles, silencieux et observateur, capable de distinguer tous les bruits le long des pistes empruntées par les caravanes, même les plus faibles.

Tahar avait-il entre les mains un chargement de natron en provenance de Fezzan ? Un navire étrusque était au port d'Alexandrie et son capitaine en donnerait une bonne somme d'argent. A moins qu'il ne s'agît de lingots d'argent fondu par les Garamantes ? Tahar connaissait des joailliers d'Ourouk qui seraient intéressés par le métal...

Tout ce qu'il demandait en tant qu'intermédiaire, c'était le salaire d'un courtier, soit une mesure de blé ou de la poussière d'or. Et tout ce qu'il gagnait, il le reversait à sa tribu comme un geste de gratitude.

Trouver une femme s'était révélé plus difficile que de réussir ses affaires. Bien qu'il portât près de l'œil la cicatrice caractéristique des Libous et qu'il appartînt depuis vingt ans au clan Meshwesh, les femmes de la tribu le considéraient toujours comme un étranger. Il était vrai qu'il ne ressemblait pas aux autres hommes du clan. Plus grand et de peau blanche, il ne portait pas la barbe. Et surtout il avait les yeux bleus.

Un jour, il avait surpris une discussion entre plusieurs femmes de la tribu, où il était question des célibataires de leur groupe.

— Et Tahar ? avait dit l'une d'elles d'une voix douce. Il nous a apporté beaucoup de richesses.

Galvanisé, Tahar avait recherché toute la journée cette jeune femme au timbre suave. Quand il l'avait enfin trouvée, sous la tente de sa famille, elle n'avait pas osé lever les yeux sur lui et avait gardé la tête basse, à l'exemple des femmes liboues qui, en présence des hommes, n'étaient pas censées parler mais simplement écouter. Tahar le comprenait bien. Or, il s'était dit que s'il était capable de convaincre un grainetier de lui donner une mesure de blé en plus pour le même prix, il pourrait tout aussi bien obtenir d'une jeune fille de sa tribu qu'elle lui ouvrît son cœur.

— Je suis ici pour apprendre à te connaître, avait-il dit à cette dernière.

Il s'en était suivi un silence fort long et inconfortable.

— Nous pourrions aller marcher ensemble, avait suggéré Tahar. Est-ce que cela te plairait ?

Elle avait gardé les lèvres closes.

— Je suis venu pour te parler de mariage. Qu'est-ce que tu en penses ?

La jeune fille n'avait pu lui cacher le soudain changement de rythme que sa respiration imprimait à sa poitrine, mais elle était restée muette.

— Que veux-tu ? avait alors demandé Tahar.

— Je ne sais pas, avait-elle brusquement répondu, les larmes aux yeux.

Tahar avait compris, à cet instant, qu'aucun homme ne lui avait jamais posé cette question élémentaire : « Que veux-tu ? »

— Et toi, que veux-tu ? avait-elle enfin demandé en posant les yeux sur lui.

— Je veux rentrer dans mon pays.

La réponse lui était venue spontanément aux lèvres, et Tahar en avait été stupéfait.

Mais c'était l'expression d'une vérité profondément ancrée en lui. Il s'apercevait tout à coup qu'il ne voulait pas passer sa vie à commercer le long des pistes du désert. Il souhaitait tenir la promesse que son père avait faite à sa mère lorsqu'ils avaient quitté leurs steppes natales vingt ans plus tôt. Il désirait revenir au sein de son peuple et retrouver celle qu'ils avaient abandonnée.

Il pensait souvent à elle. Si elle était toujours en vie, elle devait être âgée, à présent, et avoir besoin de lui. Il imaginait les vastes plaines herbeuses où sa tribu se déplaçait sans cesse avec ses troupeaux. S'il réussissait à acquérir une solide embarcation, il ne doutait pas de revoir un jour ce paradis vert.

Mais il n'oubliait pas qu'il devait tout au clan Meshwesh. Comment pourrait-il quitter ses frères libous et mener seul sa vie ? Il lui faudrait amasser une quantité de richesses, d'abord pour rétribuer les Libous, puis pour financer son voyage.

Tahar avait remercié la jeune fille pour l'avoir ainsi éclairé, même involontairement, puis était sorti de la tente en réfléchissant à la façon dont il pourrait changer de vie.

Son but premier avait été de réunir une grosse somme d'argent. En travaillant dur, il parviendrait à s'offrir un bateau après cinq ou dix ans d'effort. Il traverserait alors la Méditerranée puis la mer Noire. Et arrivé sur le rivage de son pays, il partirait à la recherche de sa mère.

Au milieu de son peuple, il trouverait peut-être même une femme que ses yeux bleus n'effraieraient pas et qui ne craindrait pas d'exprimer ce qu'elle pensait. Une femme, en outre, aussi curieuse que lui de découvrir le vaste monde.

Cependant, la sécheresse avait bouleversé tous ses plans. Elle avait duré un an, puis deux… Les riches négociants égyptiens avec lesquels il avait l'habitude de faire du commerce n'avaient plus rien à lui vendre. Ses frères libous n'avaient pas été moins pris au dépourvu. Les pauvres terres où ils faisaient paître leurs troupeaux de chèvres étaient si desséchées que l'herbe y mourait et les bêtes avec. Et Tahar, qui leur devait tant, avait considéré qu'il ne pouvait pas diminuer la contribution qu'il avait pris l'habitude de leur donner.

Si bien qu'en deux ans, il avait été conduit à leur céder la moitié de ce qu'il avait accumulé en dix ans. Il avait même commencé à renoncer à son rêve, jusqu'au jour où il avait aperçu la silhouette élancée d'une jeune femme qui courait dans le sable au pied de la Grande Pyramide…

— Si vous ne réussissez pas à me trouver un mari, dit-elle d'une voix aiguë, avez-vous l'intention de me vendre comme esclave ?

— Je te trouverai un mari, répondit Tahar en regardant de haut en bas les formes de la jeune femme. N'aie aucun doute à ce sujet. Les Nubiens qui commercent avec les Egyptiens recherchent des femmes égyptiennes.

— Mais vous serez obligé de leur donner quelques garanties, n'est-ce pas ? Comment ferez-vous pour les convaincre que je suis bien égyptienne et que je suis encore… vierge ?

— Dès que tu ouvriras la bouche, ils n'en auront plus aucun doute.

— Et ma pureté ?

— Ils n'auront pas de peine non plus à la vérifier.

Mais qu'a en tête ce petit serpent de femme ?

— Comment feront-ils précisément pour s'en assurer ?

— Il y a certains moyens…

— Ah oui ? Lesquels ?

— Tu n'as pas à t'en préoccuper.

Elle ne manquait pas de curiosité et il l'admirait pour cette qualité. Son intelligence lui rendrait service dans sa vie future, lorsqu'elle ferait partie du harem d'un riche Nubien.

Il se répéta ces derniers mots pour lui-même et sentit son cœur se serrer. Il ne pouvait pas l'imaginer dans un harem. Elle était trop indépendante et avait un tempérament bien trop fort pour cela. Elle se lasserait très vite d'une vie confinée derrière les hauts murs d'un gynécée et finirait par se disputer avec les autres concubines. Pis ! Elle chercherait probablement du réconfort dans la consommation de pavot, comme la plupart des femmes enfermées dans les harems. Mais cela ne le concernait pas.

Sa préoccupation majeure était de leur faire traverser le désert libyen sans encombre jusqu'à l'île d'Abou, puis de remonter le Nil jusqu'en Nubie. Il aurait besoin de la collaboration de la jeune femme pour y parvenir, et devait pour cela lui montrer qui dirigeait. A l'heure actuelle, cependant, c'était elle qui tenait les rênes et marchait en tête.

Ils arrivèrent après plusieurs heures de marche aux abords de la vaste oasis de Dakhla. La plaine immense était plantée d'innombrables dattiers et figuiers au milieu desquels se trouvaient de petits champs de millet et de blé. Une cité avait pris racine au cœur de ces ombrages. C'était devenu le lieu où les caravaniers laissaient leurs mules se reposer tandis qu'ils étanchaient leur soif et se faisaient masser le dos par les femmes dont les charmes étaient à vendre.

Mais Tahar ne voulait pas pénétrer au cœur de l'oasis de crainte d'être repéré par les soldats égyptiens. Ils s'arrêtèrent à la périphérie de cette grande étendue de verdure, près d'une petite mare qui invitait à faire halte et à se rafraîchir.

— Oh ! fit l'Egyptienne en baissant les yeux sur l'onde semblable à une nappe d'argent dans le clair de lune. C'est merveilleux.

L'air, d'une chaleur étouffante, était statique. Les grillons faisaient entendre leur chant immémorial, qui semblait ce soir-là plus intense et plus insistant. Une brise légère soulevait mollement les palmes des arbres sans diminuer en rien la chaleur accablante. La lune, pratiquement pleine au plus haut du firmament, inondait l'oasis de sa blancheur nacrée.

Tahar déchargea le cheval et se mit à installer le campement.

— Je vais boire puis je me baignerai, annonça la jeune femme au bord de l'eau.

— Ne bois pas de cette eau, lui répondit Tahar. Celle du puits sera plus sûre et aura meilleur goût.

— Où est-il ?

— Dis-moi d'abord quel est ton nom.

— Mon nom ?

— Oui.

— Eh bien… C'est Hathor.

Tahar se mit à rire, incrédule.

— Tu te moques de moi… Tu porterais le nom de la déesse de l'amour et de l'abondance ?

— Ça vous semble étrange ? demanda-t-elle en affectant d'être offensée. C'est un honneur de porter ce nom.

— Je ne crois pas que ce soit vraiment le tien, mais si tu le veux, je t'appellerai par ce nom.

— Pourquoi ne me croyez-vous pas ?

— Parce que seuls les Egyptiens de haute naissance peuvent se voir attribuer des noms de divinités. Or, ce n'est pas ton cas.

Tahar vit le sang monter aux joues de la jeune femme.

— Vous ne savez rien de moi, lança-t-elle.

— Au contraire, j'en sais beaucoup.

— Illusion ! fit-elle en haussant le menton d'un air altier. Vous ne connaissez de moi que ce que je veux bien vous montrer.

— Ne te targue pas de m'avoir tout caché à ton sujet, répondit-il en s'approchant d'elle. Tu pourrais être surprise par ce que je sais de toi, car je suis très observateur.

— J'en doute, rétorqua-t-elle en reculant si bien qu'elle se retrouva les pieds dans l'eau.

— Je sais que tu peux te déplacer aussi silencieusement qu'un esprit, mais que tu ne sais pas traire une vache, reprit-il sans cesser d'avancer. Je sais que tu peux te battre comme un homme, mais que tu te laisses troubler par le regard d'un homme sur ton corps. Je sais que tu es plus rapide, plus forte et plus intelligente que toutes les femmes que j'ai rencontrées, et pourtant, jusqu'au jour où je t'ai capturée, tu n'étais jamais montée sur aucune bête.

Il était juste devant elle, à présent.

— Je te sais capable de voler le poignard d'un homme sous son vêtement…

Il glissa la main entre les plis formés par la coiffe de sa captive et en retira son arme, qu'il replaça à sa ceinture. Puis il posa le doigt sous son menton pour l'obliger à le regarder dans les yeux.

— Tu as le digne port de tête d'une jeune femme bien née, mais tu as les doigts marqués par les travaux durs auxquels tu as participé.

D'un geste impulsif, il lui prit les mains et les caressa. Elle avait des doigts encore fins mais dont les articulations étaient meurtries par le contact des pierres et des outils.

Il sentit son cœur battre plus fort, comme s'il avait exploré quelque partie intime du corps de la jeune femme, et vit qu'il en était de même pour elle à l'ampleur de sa respiration. Mais il n'aurait su dire si c'était sous l'effet du désir ou de la colère. Il pressa les pouces contre les paumes de la jeune femme et son propre désir s'enflamma…

Pris de vertigc, il lui lâcha les mains et recula d'un pas en s'épongeant les tempes avec l'étoffe de sa coiffe. Il mourait de chaleur. La jeune femme aussi semblait troublée. Puis il vit son expression passer de la stupeur à un ressentiment plein d'amertume, comme s'il lui revenait à l'esprit qu'elle avait été blessée dans son orgueil.

Elle croisa les bras et soupira d'un air exaspéré.

— Je vous assure que vous vous trompez, dit-elle. Je suis d'une aussi haute naissance que l'annonce ma façon d'être.

Qu'elle était charmante ! Il n'avait jamais imaginé qu'il pourrait, un jour, trouver si délectable d'entendre une femme proférer de tels mensonges. C'était presque aussi délicieux que de respirer l'odeur de sa peau. Même après plusieurs jours de marche elle exhalait un parfum unique, mélange subtil de femme et de fleur. Il aurait voulu enfouir le visage dans son cou pour mieux s'en enivrer.

— Où est le puits ? demanda-t-elle soudain.

Tahar balaya les alentours du regard et aperçut des pierres disposées en cercle sur le sol, à une dizaine de pas de la nappe d'eau. Il s'en approcha et souleva le couvercle fait de palmes tissées.

— Le niveau de l'eau n'a pas baissé malgré la sécheresse, remarqua-t-il, soulagé, en se penchant sur le puits. Je t'en prie, Hathor… A toi l'honneur.

Elle s'inclina à son tour, révélant le creux entre ses deux jolis petits seins fermes.

Incapable de détourner le regard, Tahar fut submergé par une vague de désir.

La jeune femme se pencha un peu plus et les pans de sa robe s'ouvrirent davantage sur son décolleté, dévoilant une poitrine d'une absolue perfection, tels deux fruits mûrs n'attendant que d'être cueillis.

Et Tahar mourait d'envie de les croquer…

Elle plongea les mains dans l'eau fraîche et s'en aspergea le visage. Des gouttelettes ruisselèrent sur ses joues et son cou avant d'atteindre ses seins.

Tahar sentit se dresser sa force mâle…

Elle reprit de l'eau et la porta cette fois à ses lèvres.

Ces lèvres dont il rêvait depuis qu'il les avait vues pour la première fois, d'un rouge sombre comme la robe d'un vin savoureux…

Il devait impérativement recouvrer la pleine maîtrise de lui-même ou, mieux, prononcer quelques paroles qui conduiraient la jeune femme à le repousser, car il était manifestement incapable de s'écarter d'elle. Que devrait-il lui dire pour l'inciter à cracher son venin ?

Mais de nouveau elle se penchait au-dessus du puits et en recueillait l'eau pour la lui présenter dans le creux de ses mains.

— C'est à votre tour de boire, Tahar, dit-elle d'une voix suave en levant vers lui de grands yeux de velours brun.

Etait-ce sous l'effet de la lune que la jeune femme s'était ainsi transformée ? On eût dit qu'on lui avait jeté un sort.

Trop ému, trop charmé pour lui résister, Tahar s'inclina avec vénération pour boire dans ses mains comme il aurait bu dans celles de la déesse Hathor.

— Et maintenant, dit-elle quand il eut fini, je vais boire dans vos mains. N'est-ce pas la coutume chez les Libous ?

— Si, répondit-il en se penchant sur le puits pour plonger les mains dans l'eau fraîche.

Il les porta jusqu'aux lèvres de la jeune femme qui attendaient, frémissantes comme avant un baiser. Elle but puis, sans se redresser, lui embrassa les doigts un à un.

— Je vais aller nager, maintenant, déclara-t-elle de sa voix envoûtante.

Elle inclina timidement la tête de côté, le regard brillant dans le clair de lune, puis alla vers la pièce d'eau en faisant glisser de ses épaules les bretelles de sa robe.

Au loin, le cri solitaire d'un chacal déchira le silence de la nuit.

Tahar s'essuya le front. Pourquoi Hathor avait-elle déposé un baiser sur chacun de ses doigts ? Et avec une telle tendresse ?

Attiré par le bruit léger de l'eau, il s'en approcha pour la voir s'y enfoncer. Elle était complètement nue. Avec ses cheveux encore très courts, elle avait l'air d'un garçon, mais sa jolie nuque et ses courbes harmonieuses ne laissaient aucun doute sur sa féminité. Il suivit des yeux le dessin de son dos jusqu'au creux de ses reins, puis les fossettes charmantes au-dessus de ses ravissantes petites fesses, rondes et fermes. Un brusque accès de désir lui étreignit la gorge…

Il dut laisser échapper un soupir, car elle se tourna vers lui en laissant entrevoir la pointe tendue de ses seins. Tahar ne put réprimer un frisson…

Elle puisa de l'eau pour s'en asperger la poitrine et répéta son geste jusqu'à se retrouver toute luisante dans le clair de lune.

Tahar resta muet d'admiration. S'il avait été en possession de toutes ses facultés, il se serait interrogé sur le brusque changement d'attitude de la jeune femme à son égard. Il lui aurait demandé : pourquoi moi, et pourquoi maintenant ? Mais il n'était plus en mesure de réfléchir et avait perdu l'usage de la parole.

Je n'ai plus la situation en main !

Ce fut la seule pensée dont il fut capable, car déjà elle lui faisait signe de venir.

A cet instant, il importait peu à Tahar de connaître son vrai nom, car elle était réellement Hathor. Elle était la déesse de l'amour et elle l'avait ensorcelé.

Chapitre 16

Lorsqu'elle le vit défaire sa coiffe puis quitter sa longue tunique, Kiya comprit à quel point elle avait sous-estimé son propre désir.

Il la regardait fixement depuis la berge, dans sa splendide nudité, et déjà elle brûlait de le sentir contre elle. Sa chevelure abondante lui encadrait le visage de lourdes boucles blondes et venait caresser ses épaules. Il était non seulement viril, mais aussi d'une grande beauté.

Elle vit les muscles de ses jambes se tendre sous sa peau quand il pénétra dans l'eau. Comme il se rapprochait d'elle, de petites vaguelettes se formaient devant ses cuisses puissantes et se propageaient lentement à la surface de l'onde, jusqu'à venir mourir contre elle en la faisant frissonner.

Il serait aisément passé pour un tailleur de pierre, sur le chantier de la Grande Pyramide. Elle l'imagina alors, torse nu sous le soleil, soulevant quelque énorme bloc, tous ses muscles brillant sous les rayons de l'astre. Il aurait été le plus beau carrier qu'il lui eût jamais été donné de voir.

Or, il avait envie d'elle, il n'y avait rien de plus évident.

Elle avait d'abord cru lui inspirer de la répulsion. Chaque fois qu'il lui avait montré son désir, il avait semblé le regretter par la suite. Mais il paraissait dans un état d'esprit tout à fait différent, à présent. D'ailleurs, elle avait très clairement vu son érection avant qu'il entrât dans l'eau.

Et la simple vue de cet attribut masculin lui avait fait battre le cœur…

Il se rapprochait toujours, les hanches immergées et les mains à plat sur l'eau douce comme du velours. Dans le clair de lune, qui accentuait les contours de son buste aux muscles saillants, il donnait l'impression d'avoir été sculpté dans l'albâtre. Pourtant il ne s'agissait pas là de l'image de l'idéal masculin, mais d'un homme bien vivant, en chair et en os, qui venait vers elle.

Tout se déroule selon mon plan, se dit-elle, mais cette constatation ne la rassurait qu'à demi et elle tremblait de tous ses membres.

Elle aurait dû garder à l'esprit qu'elle s'était donné pour but de le séduire, de le rendre si fou de désir qu'il lui déroberait involontairement ce qui, à ses yeux, avait le plus de valeur en elle : sa virginité.

Cependant elle avait l'impression que c'était elle qui perdait la tête, à éprouver soudain un besoin dont elle n'avait jamais fait l'expérience et dont la puissance la laissait confuse et apeurée.

C'était son regard qui la terrifiait le plus. Il la tenait prisonnière dans son faisceau d'un bleu profond, dont semblait sourdre quelque chose comme de la colère… A moins qu'il ne s'agît de désir.

Par Osiris ! Qu'avait-elle déclenché ?

Il se rapprochait toujours davantage et Kiya en ressentit des frissons dans tout le corps.

Je reste entièrement maîtresse de la situation, se répéta-t-elle sans pouvoir apaiser sa respiration.

Il n'était plus qu'à un ou deux pas d'elle, maintenant, et elle devinait à l'expression de son visage qu'il était en proie au même trouble qu'elle.

Dans cette même lutte, manifestement, entre l'assouvissement du désir et son dépassement.

Il était devant elle…

Elle se mit à trembler, autant de peur que de désir.

Il agit exactement comme je l'espérais, se dit-elle en essayant de garder son calme. *Il va droit dans mon piège.*

Elle n'en recula pas moins d'un pas.

— Tahar…, balbutia-t-elle, mais elle ne savait plus ce qu'elle avait voulu dire.

Elle sentit qu'elle partait en arrière et allait s'enfoncer dans l'eau quand il la saisit par la taille. Elle était toute tremblante au contact de ses mains.

— N'aie pas peur, dit-il en la serrant dans ses bras. Je ne te veux aucun mal. Tu ne risques rien avec moi.

Ses paroles étaient apaisantes et c'était si bon d'avoir sa peau contre la sienne…

Elle enroula les bras autour de ses reins et appuya la tête sur sa poitrine, sentant contre elle son sexe frémissant…

Elle soupira, abandonnée. Leurs corps semblaient avoir été faits l'un pour l'autre, et elle avait l'impression exaltante d'avoir trouvé son autre moitié.

Le danger qu'elle avait cru lire dans son regard s'était évanoui au contact de ses mains. Elle se sentait si bien, ainsi enlacée et désirée, qu'elle éprouvait soudain de la reconnaissance pour lui.

— Vous m'avez montré des choses merveilleuses, dit-elle. Je vous en suis…

Chapitre 17

— Chut ! Ne dis rien.

Depuis une semaine, il avait pourtant déployé toutes sortes d'astuces pour la convaincre de lui parler. Maintenant qu'elle y consentait enfin, il ne voulait plus communiquer avec elle que par le toucher.

Il pressa un doigt sur ses lèvres et en suivit le contour. Sentir ainsi sa peau contre la sienne le rendait fou de désir…

Mais la jeune femme était vierge, se rappela-t-il, et il sourit, attendri, en caressant ses cheveux courts. Sa peau mouillée brillait dans la clarté diaphane de la lune. Elle était d'une beauté à couper le souffle.

Ne pouvant plus se contenir, il la serra plus fort contre lui. Il en avait déjà éprouvé la tentation lorsqu'il s'était trouvé tout près d'elle, sous l'eau, pour échapper aux regards des Libous, puis quand il avait sucé le venin de sa plaie dans la grotte. Il avait été si proche de sa féminité à cet instant qu'il avait eu envie d'en recueillir le nectar sur ses lèvres.

En vérité, il l'avait désirée dès qu'il avait posé les yeux sur elle, tandis qu'elle se sauvait dans la plaine de Guizèh. Cette femme était unique. Ardente et versatile, forte et volontaire, impatiente et indomptable, il avait réussi à la capturer, mais il savait au fond de lui-même qu'il n'arriverait jamais à la dominer, et c'était ce qui la rendait si attirante à ses yeux.

Il prit son visage entre ses mains et se pencha doucement sur elle, puis effleura ses lèvres avant de s'emparer de sa bouche tout entière.

La jeune femme se raidit d'abord puis, révélant son inexpérience même dans le fait d'embrasser, détourna le visage.

Etait-il possible qu'une femme aussi jolie n'eût jamais échangé de baiser ? Cela lui semblait incroyable, mais il y avait bien des choses qui l'étonnaient en elle. Peut-être s'était-elle fait passer si longtemps pour un garçon qu'elle avait oublié le pouvoir qu'elle pouvait exercer sur le sexe opposé. Mais il était plus vraisemblable qu'elle l'eût toujours ignoré.

Il avait l'intention de lui enseigner l'art du baiser, mais doucement, tendrement…

Elle finit par se détendre et lui ouvrit légèrement ses lèvres ; il rencontra le bout de sa langue, doux et timide, qui se déroba délicieusement sous la sienne.

Et ce faisant il glissa les mains le long de son dos et caressa ses charmantes fesses avant de suivre le merveilleux dessin de ses hanches galbées. Comme il l'embrassait avec plus d'ardeur, il sentit les mains de la jeune femme dans son dos. La délicatesse et la douceur de ses caresses le troublèrent tant qu'il craignit de perdre tout contrôle de lui-même.

Elle accueillait ses baisers avec la même passion, à présent, et pressait son bas-ventre contre le sien.

Il sut alors qu'il ne pourrait plus résister longtemps. Il avait un besoin impérieux de ne plus faire qu'un avec elle.

— Tu es le plus charmant imposteur que j'aie jamais connu, dit-il avant de lui chuchoter à l'oreille : Je meurs d'envie de toi.

Au cours des jours qui suivirent, Tahar revécut cent fois cette scène en lui-même. Il regrettait tellement d'avoir dit ces derniers mots !

L'aveu de son désir, en effet, avait rappelé à la jeune femme son dessein, l'arrachant par là même au rêve qu'ils étaient en train de vivre : ce rêve fou, impossible, déraisonnable de leur amour.

— Alors prenez-moi, répondit-elle d'une voix blanche, dénuée de toute émotion.

Elle ouvrit les yeux et Tahar lui trouva soudain une expression glaciale. Ses lèvres aussi avaient changé, qu'elle serrait en une ligne sévère et ferme, tandis que quelques secondes plus tôt elle pressait leur chair rouge et gonflée sous ses baisers.

Tout désir était absent de la réponse qu'elle venait de lui donner et son attitude révélait la même froide détermination.

— Venez, fit-elle alors en écartant les jambes et en fermant les yeux. C'est pour vous.

Il n'y avait aucune passion, aucun sentiment dans cette façon de se donner à lui. Ainsi elle n'avait aucune envie d'être dans ses bras. Elle n'avait fait que lui tendre un piège et, stupidement, il avait été à deux doigts de tomber dedans.

Les paroles sibyllines qu'elle avait prononcées plus tôt prenaient tout leur sens, à présent. Elle avait voulu se débarrasser de ce qui à ses yeux lui donnait tant de valeur.

— Tu n'as pas envie de moi, dit-il en s'éloignant d'elle. Tu t'es joué de moi.

Elle le foudroya du regard.

— Je cherche simplement vengeance contre celui qui est prêt à me vendre et à tirer de moi le maximum de profit, répondit-elle d'une voix tremblante. Je ne veux qu'obtenir justice.

Il trouva le courage de sortir de l'eau malgré le désir qui le torturait. Lorsqu'il se retourna vers la jeune femme, il vit qu'elle sanglotait.

Comment avait-il pu être aussi aveugle ? L'intérêt soudain qu'elle lui avait témoigné, le charme qu'elle lui avait fait, l'audace dont elle avait fait preuve… Tout cela n'était qu'un jeu pour le priver de son trophée de guerre.

Il laissa échapper un soupir désespéré en s'éloignant de l'eau. Il avait cru qu'elle avait envie d'être dans ses bras, qu'elle pouvait même l'aimer. Mais la cruelle réalité, c'était qu'elle le haïssait un peu plus chaque jour.

Chapitre 18

La danseuse avait des formes généreuses mais un corps délié et musclé. Elle arborait des fesses somptueuses et une poitrine haute et ferme, peinte au henné pour en accentuer la rondeur. On l'avait enduite d'huile de façon que ses courbes luisent dans la lumière provenant des hautes fenêtres de la salle. Elle portait sur la tête une couronne d'or surmontée de deux cornes entre lesquelles était ceinte la boule ardente de Râ. Elle incarnait Hathor, la déesse de l'amour et de l'abondance.

Les musiciens entamèrent un air et la danseuse se mit à évoluer avec grâce et légèreté, laissant flotter derrière elle un voile de gaze bleue qui ondulait telle une vague au-dessus des mosaïques de la grande salle du trône.

Elle abandonna la gaze pour en prendre une autre quand les harpes, qui jouaient à l'unisson, donnèrent toute leur puissance. Le nouveau voile dansa dans l'air comme le précédent avant qu'elle le lâchât et qu'il descendît lentement toucher le sol. Elle répéta ce geste plusieurs fois, si bien que les voiles, en se succédant par terre, prenaient l'aspect d'une rivière.

— Assez ! s'écria Pharaon.

Les musiciens s'interrompirent et la danseuse suspendit son geste. Au même moment, un rayon de soleil pénétra dans la salle et nimba d'une lumière dorée le dernier voile translucide abandonné en plein vol.

Le visage décomposé, la danseuse baissa les yeux sur la mer de gaze à ses pieds.

Le roi Kheops sirotait son vin et gardait le silence, indifférent aux nombreux dignitaires réunis qui le dévisageaient, bouche bée.

Imhoter se leva. Il occupait depuis longtemps la fonction enviable de conseiller du roi et de premier devin, mais aujourd'hui il portait le vêtement de cérémonie en peau de léopard du grand prêtre qu'il demeurait en plus de ses autres attributions.

Il s'approcha du trône et s'inclina jusqu'à terre.

— Me permettez-vous de m'adresser à vous, Votre Majesté ? demanda-t-il en gardant les yeux baissés et les paumes dirigées vers le ciel en signe de soumission.

— Parle, Imhoter.

— La chorégraphie déplaît-elle à Sa Majesté ?

— Oui, la chorégraphie et celle qui l'interprète, répondit Kheops entre ses dents.

Imhoter eut l'impression qu'on lui perçait le cœur. Cela faisait plusieurs semaines qu'il préparait la fête d'Hathor, la plus importante de l'année. Or, il avait cru offrir au souverain un spectacle digne de la déesse de l'amour et de l'abondance en lui présentant cette chorégraphie, dans laquelle la danseuse créait l'illusion du fleuve traversant le palais.

Il avait lui-même trouvé la danse merveilleusement belle, et il lui avait semblé que les personnes invitées à ce spectacle royal avaient partagé son enthousiasme. Certains étaient même restés béats d'admiration devant l'effet créé par les gazes bleutées. En raison des doutes que la sécheresse avait fait naître chez les Egyptiens au sujet de leur souverain, Imhoter avait cru nécessaire de rétablir leur confiance et leur admiration en leur proposant ce spectacle d'exception.

— La danseuse n'a pas la beauté d'Hathor, ajouta Kheops en se frottant le menton.

Du coin de l'œil, Imhoter remarqua que plusieurs des convives échangeaient des regards inquiets. Dans le cadre de la fête d'Hathor, le roi, incarnation d'Horus, était censé s'unir à la danseuse qui représentait la déesse. En déposant sa semence dans le sein d'Hathor, il assurerait la sortie du fleuve de son lit. C'était une tradition à laquelle aucun pharaon n'avait dérogé.

Depuis l'incursion des Libous à Guizèh, cependant, le roi était d'une humeur massacrante et n'agissait que de manière impulsive. Au lieu de tout faire pour lutter contre la famine qui menaçait son peuple, il avait envoyé les soldats de la garde royale à la poursuite des Libous. C'était une mission inutile, car tout le monde savait que les différentes tribus liboues se séparaient dans le désert et ne se réunissaient que pour mener leurs razzias.

Imhoter avait essayé de convaincre Pharaon de rappeler ses gardes, mais sans succès. Or, il semblait que le souverain fût sur le point de commettre une nouvelle grande erreur en refusant de s'unir à la danseuse.

Imhoter cherchait les mots qui auraient pu infléchir la décision de son maître, lorsqu'un autre prêtre se leva. Maigre et de grande taille, il avait les yeux enfoncés dans leurs orbites et la peau si tendue sur les os de son visage qu'on l'aurait cru momifié.

— Permettez-moi de vous dire, Votre Majesté, que je suis également très insatisfait.

Imhoter savait que Ménis ne parlait pas de la chorégraphie mais de l'attitude du roi. Il savait surtout que Ménis mourait d'envie de prendre le pouvoir.

« Osiris me chuchote à l'oreille ses désirs, avait-il coutume de dire à qui voulait l'entendre. Je suis destiné à gouverner ce royaume. »

Ménis n'aimait pas parler de ses origines, mais à force de flatteries et avec le concours d'un bon vin, Imhoter avait obtenu de lui quelques confessions. Il avait découvert ainsi son mépris pour le peuple et pour son propre père, un simple fellah. Enfant, Ménis refusait d'aider celui-ci à pousser la charrue. Sale et affamé, il préférait passer son temps sur les marches du temple du village en mendiant l'honneur de rendre quelque service au prêtre en charge du sanctuaire.

Lorsque ce dernier lui avait enfin ouvert les portes du temple, Ménis était déjà presque adulte. Partagé entre amertume et ambition, il avait considéré en revêtant l'habit raffiné de prêtre que cette tenue n'était plus assez bien pour lui.

Aussi longtemps qu'il était resté simple prêtre dans le temple de son enfance, il avait pris l'habitude de se rendre de village en village dans le delta du Nil, distribuant sa bénédiction aux malades, aux mourants et aux familles en deuil, auxquels il promettait le concours du dieu de la mort et de la renaissance. Et il ne leur demandait qu'une obole pour lui permettre de vivre le temps de ses déplacements.

Lorsqu'il eut atteint sa trentième année, toutefois, il avait accumulé assez d'argent pour s'acheter un premier lopin de terre. Imposant à ses cultivateurs de le rétribuer à la hauteur d'un tiers de leurs récoltes, il n'avait pas tardé à s'enrichir et à racheter d'autres terres. Dès qu'il en avait eu les moyens, il avait organisé des fêtes en l'honneur des grands prêtres de Memphis, et était ainsi devenu l'un d'eux au cours de sa quarantième année.

« L'étude des manuscrits, avait-il dit un jour à Imhoter, m'a appris que seuls les forts survivent. »

A présent dans sa soixantième année, Ménis avait acquis tant de terres qu'il était devenu le prêtre le plus fortuné du royaume. Le soutien financier qu'il accordait à des dizaines de chefs de villages et à une foule de tenanciers lui garantissait leur concours en cas de nécessité.

Si le Nil ne sortait pas rapidement de son lit, Imhoter savait qu'il essaierait de s'emparer du trône. Sous son aspect squelettique et fragile se cachait une hyène prête à se jeter sur sa proie.

— Explique-toi, Ménis, lui répondit le roi sans se méfier.

Le grand prêtre s'inclina jusqu'à terre avant de lancer un regard aux autres prêtres dont il cherchait visiblement le soutien.

— Comme le sait très bien Votre Majesté, reprit-il, nous autres, prêtres de Memphis, prions pour que le fleuve daigne enfin sortir de son lit et nourrisse notre terre d'Egypte de ses riches alluvions.

Kheops hocha la tête.

— C'est aujourd'hui la fête d'Hathor, la plus grande des fêtes, où nous honorons la déesse de l'amour et de l'abondance, et la mère des flots, à qui nous demandons de bien vouloir nous accorder sa bénédiction.

Kheops acquiesça de nouveau.

— Le taureau représentant Apis a été préparé pour le sacrifice. Et la danseuse qui incarne Hathor est restée à jeun pour Votre Majesté. Elle sort du bain, son pubis est vierge de toute pilosité, elle a été ointe et est prête à vous recevoir en elle. Plus que jamais la terre d'Egypte crie après votre semence. Depuis le raid des Libous, nos greniers à blé sont vides…

— Assez, Ménis ! s'écria le roi qui, manifestement, n'aimait pas qu'on lui rappelât son incapacité à protéger les réserves en grain de son peuple. Ton audace dépasse les limites. Tu oublies que je suis Pharaon, le roi d'Egypte. Je suis un dieu et je converse avec les dieux. Je suis l'incarnation de leur volonté et tu n'es rien !

Kheops reprit son souffle et mit de l'ordre dans sa tenue tandis que Ménis s'efforçait de contenir son triomphe.

Il avait poussé le roi dans ses retranchements, l'obligeant à révéler ses faiblesses en public.

— Va-t'en ! ordonna Pharaon à la danseuse. C'est moi qui gouverne ici !

La jeune femme, éperdue, rassembla les gazes qui gisaient au sol et traversa la salle.

— Attends ! lança Ménis. Tu ne peux pas partir avant de faire ton devoir sacré.

La jeune femme s'immobilisa, des larmes coulant le long de ses joues.

Devant son refus de lui obéir, le roi frappa les mosaïques de son sceptre.

— Va-t'en tout de suite, femme ! s'écria-t-il. C'est un ordre de ton roi. Imhoter, raccompagne-la !

Le conseiller s'empressa de rejoindre la danseuse tandis que Ménis se tournait vers le monarque.

— Votre Majesté ne veut pas s'unir avec l'incarnation de la déesse des flots ? fit-il d'un ton exaspéré avant de promener son regard sur les convives, comme s'il eût compté sur le soutien de ses propres sujets.

Pharaon, qui avait retrouvé son aplomb, eut un rire ironique.

— Je me suis uni à bien des incarnations de la déesse de l'amour et de l'abondance, et elles m'ont donné une abondance d'enfants…

Des rires fusèrent dans la salle.

— Par contre, elles ne m'ont jamais accordé que le Nil sorte de son lit.

Ménis, qui réfléchissait visiblement à sa réplique, fronça les sourcils, mais Imhoter n'entendit pas la réponse qu'il fit au souverain comme il franchissait la porte de service en compagnie de la danseuse.

Celle-ci avait perdu tout rayonnement. Ignorante de sa beauté et de l'émerveillement qu'elle avait suscité dans l'assistance, elle pleurait en silence. Elle venait d'illustrer un conte, celui de la crue du fleuve, et y avait réussi à la perfection, mais n'avait pas conscience de sa performance.

Par son physique, elle rappelait à Imhoter une femme qu'il avait connue longtemps auparavant.

— Jeune Hathor, commença-t-il en descendant les escaliers à côté d'elle. Tu es belle comme la voûte céleste qui donne naissance au soleil.

La jeune femme s'arrêta sur une marche et inclina la tête de côté, comme pour mieux entendre ce que le prêtre avait à lui dire.

— Ne sois pas abattue. Tu as rempli ton devoir en honorant les dieux. Hathor t'en sera reconnaissante.

Imhoter retira un anneau de son doigt et le plaça dans la main de la danseuse.

— Prends ceci. Tu l'as mérité.

La jeune femme esquissa un sourire triste.

— Je ne peux pas accepter votre anneau, ô vénérable prêtre ! Il est bien trop précieux pour moi.

Elle tendit le bijou au devin, qui refusa de le reprendre.

— Ta danse était plus belle que tous les anneaux d'or, chère enfant. Et maintenant, sauve-toi et porte-toi bien.

La danseuse ne put retenir quelques larmes.

— Je vous suis très reconnaissante, honorable prêtre, fit-elle en s'inclinant devant Imhoter avant de s'éloigner d'un pas léger.

Imhoter retourna auprès de son maître, qu'il trouva en train de vider une nouvelle coupe de vin. Ses convives picoraient les mets qui leur avaient été servis, en levant sur lui des yeux accusateurs. Même la tête de léopard, dont était coiffé le conseiller du roi, semblait le regarder d'un air de reproche.

L'acte n'avait pas été consommé. Le roi n'avait pas accompli son devoir, et dans l'esprit des Egyptiens formant la cour, les chances de voir advenir la crue du Nil s'en trouvaient encore réduites.

Peut-être perçut-il la défiance grandissante de ses invités, car soudain Pharaon se leva de son trône en brandissant son sceptre.

— La source du fleuve se trouve sous l'île d'Abou, à un mois de navigation d'ici, déclara-t-il.

Imhoter fut saisi d'une vive appréhension.

Ne faites pas cela ! Ne laissez pas la capitale sans son roi !

Mais la voix du souverain résonnait déjà sous les plafonds de la grande salle.

— L'accouplement de Pharaon avec une jeune vierge n'a jamais fait sortir le fleuve de son lit. Seul moi, incarnation d'Horus, peux provoquer la crue. Et j'irai pour cela supplier Khnoum, dieu du Nil, dans son temple. Je vous promets que dans un mois les eaux du Nil recouvriront tout le pays. C'est pourquoi je pars dès demain pour l'île d'Abou.

Les convives parurent satisfaits et se levèrent les uns après les autres afin de manifester leur approbation. Ils étaient venus pour assister à un spectacle, et avec cette annonce Kheops ne les avait pas déçus.

Imhoter lança un regard à Ménis et lui trouva des yeux noirs de fureur.

Chapitre 19

Que lui avait-il pris de vouloir le séduire ? Elle aurait mieux fait d'attendre qu'ils arrivent à l'île d'Abou avant de disparaître…

Simplement, elle avait manqué de patience. Il faut dire qu'après un cycle de la lune, ou presque, Tahar n'avait pas infléchi le moins du monde sa décision. Malgré le progrès de leur amitié, il semblait toujours aussi décidé à la vendre, et ce au mépris de ce qu'elle désirait.

Ils se rapprochaient chaque jour de la Nubie où il était prévu qu'il accomplît son troc criminel. Or, Kiya ne pouvait pas retenter de lui fausser compagnie dans le désert, car elle savait par expérience que cela se terminerait mal. Aussi avait-elle décidé d'user du seul moyen qui était en son pouvoir pour faire échouer le projet de Tahar : la séduction.

Naïve, elle avait cru que ce serait aussi facile que de voler une figue sur l'étal d'un commerçant. A Memphis, les vendeurs de fruits les présentaient en pyramide et elle était toujours parvenue à en subtiliser un discrètement. Seulement, avec Tahar, elle avait fait s'écrouler tout l'édifice.

C'était à cause du baiser qu'il lui avait donné. Elle n'était pas du tout préparée à cet échange sensuel. Le contact de ses lèvres avait éveillé en elle une soif inextinguible. Jamais elle n'aurait pu croire qu'un simple baiser parviendrait à lui faire oublier la vie détestable à laquelle il la destinait. Il avait d'ailleurs suffi qu'elle y répondît pour se mettre à lui faire confiance, à l'admirer, et même à éprouver des sentiments pour lui.

Elle s'était laissé dépasser… La séduction était un jeu dont elle ne connaissait pas les règles et auquel elle aurait mieux fait de renoncer, surtout avec Tahar pour partenaire.

Celui-là même qui lui avait fait perdre la raison était en train de lui attacher les poignets. Elle aurait aimé remonter le temps et vivre différemment l'instant magique où ils s'étaient retrouvés dans les bras l'un de l'autre. Elle aurait voulu qu'il la serre de nouveau sur sa poitrine, et boire l'eau du puits dans le creux de ses mains puis embrasser chacun de ses doigts…

Toute tendresse avait quitté Tahar à présent, qui saisissait ses chevilles et les liait sans ménagement à la base d'un palmier.

Comme il semblait loin à Kiya le moment où il lui avait dit qu'il mourait d'envie d'elle. Or, c'était cet aveu qui avait rompu le charme entre eux. Car alors il lui était revenu à l'esprit ce dont elle avait envie elle-même.

Elle désirait, certes, être dans ses bras. Elle voulait le sentir près d'elle, contre elle, en elle… Mais après ? C'était la question qu'elle se posait, au plus profond d'elle-même. Aucun moment d'extase ne pouvait justifier une éternité de servitude.

« Tiens-toi à l'écart des hommes ! »

N'était-ce pas la recommandation que sa mère lui avait faite maintes et maintes fois ? Tahar n'était pas différent des autres hommes. Après tout, s'était-elle dit, s'il la voulait vraiment, il n'avait qu'à la libérer.

— Je te laisse seule ici pour la journée, lui annonça-t-il. Je ne serai pas de retour avant le coucher du soleil.

Elle se trouvait dans une position aussi humiliante que désespérée, avec ses membres liés ensemble de part et d'autre de l'arbre et son ventre contre l'écorce. Même si elle réussissait à libérer ses mains, elle ne pourrait jamais atteindre ses chevilles.

Il plaça une gourde d'eau entre son bras et le tronc, assez près de son visage pour qu'elle pût en saisir le goulot avec les lèvres, puis monta sur son cheval.

— Où allez-vous ? demanda Kiya. Et pourquoi emportez-vous mon blé ?

— Ça ne te regarde pas.

— Bien au contraire. Ce grain est à moi.

— Certainement pas. Il m’appartient, de même que tu es ma captive.

Il en avait toujours été ainsi entre eux, et pourtant Kiya en eut le cœur fendu. Tahar était donc capable de tels mots et de tels actes après lui avoir laissé voir qu’il la désirait ?

— Si je vois passer des voyageurs, je les appellerai, fit-elle.

Elle reprit en haussant le ton :

— Où allez-vous avec tout ce blé, ô Tahar, le négociant !

Tahar descendit de cheval et se saisit dans l’une de ses sacoches d’une bande de tissu, qu’il passa entre les lèvres de Kiya et lui noua autour de la tête.

Elle n’en essaya pas moins d’émettre des sons, mais ils étaient étouffés et ne parvenaient pas à rompre le silence de la nuit qui touchait à sa fin. Dans un geste d’exaspération, elle donna une ruade et ne réussit qu’à érafler l’intérieur de ses cuisses contre l’écorce du palmier.

Elle vit Tahar se retourner après avoir parcouru quelques mètres.

— Bois tout le contenu de cette gourde et dors ! lui lança-t-il. Nous entamerons demain soir la partie la plus dangereuse de notre voyage.

Comme il poussait son cheval vers l’avant, Kiya s’insurgea en baragouinant quelques jurons puis, malgré le bâillon, réussit à demander :

— Où allez-vous ?

— Tais-toi ! s’écria-t-il en pivotant de nouveau vers elle.

Puis, baissant soudain les épaules, il répondit laconiquement :

— Je vais me soulager dans une maison close.

Chapitre 20

Du soulagement, il n'en avait pas trouvé…

Il n'en trouvait pas davantage à la chaleur du soleil, et encore moins avec cette femme, qu'il n'arrivait pas à chasser de son esprit. Même quand il fermait les yeux, Hathor était là, devant lui, dans sa splendide nudité.

L'oasis de Dakhla était loin derrière eux, et ils étaient déjà bien avancés dans la traversée du redoutable désert de Libye. Il avait tenté d'expliquer à la jeune femme qu'il devait conduire le cheval lui-même, car elle n'était pas habituée à marcher dans le sable à travers les dunes, mais elle n'avait rien voulu entendre. Aussi, juché sur sa monture, la voyait-il avancer courbée sous le soleil brûlant comme si elle avait cherché son propre anéantissement.

Il était entièrement responsable de cette situation.

A son retour du bordel, il avait trouvé une femme différente. La jeune Egyptienne pleine de curiosité qui découvrait le désert avec des yeux émerveillés, buvait et mangeait avec appétit, s'était évanouie pour laisser place à une pauvre misère sans vie. La gourde intacte à son côté, elle était couchée au pied de l'arbre, le regard éteint. Les larmes innombrables qu'elle avait versées avaient laissé leurs sillons sur ses joues.

Devant la bande de tissu avec laquelle il l'avait bâillonnée, l'empêchant résolument de boire, il avait été pris d'un terrible sentiment de culpabilité.

Comment avait-il pu commettre une chose pareille ?

Depuis l'instant où elle lui avait dit froidement de la prendre, tandis qu'il l'embrassait avec une passion qu'il n'avait jamais connue avec une autre femme, il avait perdu toute faculté de raisonnement et n'avait plus éprouvé qu'un sentiment douloureux de rejet. Elle lui avait retiré si brusquement son amour !

Mais il ne méritait pas mieux. Il ne lui avait pas laissé le choix. N'avait-il pas fait le projet de la vendre au plus offrant ? Sans y prendre garde, il était devenu le type d'homme qu'il abhorrait, prêt à sacrifier la vie d'autrui pour son propre avantage. D'une certaine manière, il ne différait en rien de Bandir, le chef libou. Il n'avait laissé aucune chance à la jeune femme. Elle n'avait nulle part où aller et son seul salut était dans la lutte.

La forme qu'elle avait donnée à cette lutte, cependant, était inattendue. La séduction… Elle s'était montrée si douce, charmante et aguichante qu'il n'avait pas su lui résister. Elle l'avait conquis magistralement.

A présent encore, deux jours plus tard, elle le troublait tant qu'il n'arrivait pas à se concentrer sur leur traversée périlleuse.

Maudits soient son bateau et ses projets déraisonnables ! Ils lui étaient apparus si vides de sens quand sa captive s'était pressée, nue, contre sa peau…

Il ne devait pas oublier qu'elle avait agi par dépit, cependant, et non parce qu'elle l'aimait. Même s'il avait senti son corps voluptueux s'ouvrir à lui, même si elle avait été toute haletante entre ses bras, par ses paroles elle avait prouvé qu'elle ne se donnait pas à lui de tout son cœur, mais dans un but consciencieusement calculé.

Comment lui en aurait-il voulu ? N'avait-il pas eu l'intention de la vendre comme on vend un animal ? Elle n'avait pas eu d'autre choix que de se défendre, et il n'avait pas imaginé comme il en serait blessé.

Après cela, il avait été assez niais pour croire qu'il réussirait à atténuer sa douleur en se rendant dans une maison de prostitution. La femme qu'il avait choisie portait une élégante perruque caractéristique des Egyptiennes et avait dansé pour lui en balançant lascivement sa forte poitrine. Tahar avait attendu que le désir montât en lui. Il aurait alors pris la femme dans ses bras et aurait accompli avec elle ce pour quoi il avait payé. Mais son appétit n'était jamais venu.

La prostituée avait fini par se pencher sur lui pour le prendre dans sa bouche.

Son érection avait été immédiate. Fermant les yeux, il avait essayé de se concentrer sur les caresses qu'on lui prodiguait, mais Hathor s'était invitée dans ses rêveries. Non pas la déesse, mais la belle, la séduisante, la merveilleuse tricheuse…

Quel était son véritable nom ? Il voulait le savoir, mais il aurait aimé qu'elle le lui dît d'elle-même. Et il désirait par-dessus tout toucher son visage, plonger le regard dans ses grands yeux énigmatiques et lui répéter à quel point il avait envie d'elle.

Comment avait-il pu envisager de la vendre, de la donner à un autre ? On n'était pas censé faire commerce de la déesse de l'amour et de l'abondance. Elle était destinée à être révérée, honorée et aimée.

Harcelé par ces pensées, il avait repoussé la prostituée.

— Je suis désolé, lui avait-il dit. Tu n'y es pour rien, mais je me suis laissé charmer par une déesse.

La femme avait levé sur lui un regard étonné, mais elle avait semblé comprendre.

— Va la retrouver, avait-elle dit en acceptant le sac de blé qu'il lui tendait. Et ne regarde plus jamais derrière toi.

Lorsqu'il était revenu à l'oasis, cependant, elle avait évité son regard et était restée muette quand il l'avait libérée de ses liens. Elle s'était simplement levée, puis s'était mise à marcher en direction du désert de Lybie.

Elle était toujours devant lui et avançait péniblement à travers les dunes qui s'étendaient à perte de vue. Il n'y avait aucun sanctuaire, aucun havre où échapper à ces ondulations brûlantes qui se succédaient les unes aux autres. Et il fallait aussi lutter contre le vent qui soulevait des nuages de sable et cinglait leurs visages.

— Hathor…, fit-il sur le ton de la prière.

Mais il savait qu'elle ne lui répondrait pas ; elle l'avait chassé de son monde.

Pardonne-moi.

Elle marchait sans cesse, refusant de s'arrêter et de boire. Même au cours de la nuit précédente, elle n'avait pas voulu prendre un instant de repos. Elle semblait déterminée à poursuivre un but connu d'elle seule et à risquer la mort pour l'atteindre.

Reprends le contrôle, imbécile ! C'est à toi de tenir les rênes !

Mais comment les lui reprendre ? Il la connaissait assez pour savoir qu'elle ne les lui rendrait pas sans une âpre lutte. Et si toutefois il parvenait à la faire asseoir sur le cheval, elle le lui ferait payer d'une manière ou d'une autre. Il lui avait fait un tort considérable, il en avait parfaitement conscience, mais elle ne lui laissait aucune chance de se repentir.

Or, traverser le désert de Libye à cette saison, y compris pour un caravanier expérimenté, était une entreprise des plus difficiles. Il n'y avait pas un coin d'ombre dans ces dunes interminables. Même avec une abondante réserve d'eau, tout voyageur courait le risque de tomber d'épuisement en raison de la chaleur. Le soleil l'emportait toujours, et le seul moyen de lui échapper consistait à faire la traversée rapidement.

Dans ce but, Tahar n'avait emporté de l'eau que pour trois jours de marche. En en prenant trop, ils auraient été retardés par son poids. En en prenant moins, ils couraient le risque de perdre la tête en raison de la soif.

Pourtant il avait laissé la jeune femme guider le cheval. En accédant à sa demande, il avait permis que leur traversée, qui devait durer trois nuits, en exigeât une de plus. Leur réserve d'eau s'épuiserait certainement avant la prochaine oasis.

Assoiffés au milieu de la fournaise, ils seraient alors sujets aux hallucinations. Et lorsque les premiers signes de délire se manifesteraient, ils seraient irrévocablement condamnés à mort.

— Hathor ! s'écria-t-il, décidé à la sortir coûte que coûte de sa torpeur.

Au même instant, elle trébucha et se mit à tousser en s'affalant dans le sable.

Chapitre 21

Il fallait qu'il la gardât en vie. S'il n'y parvenait pas, il n'aurait qu'à se laisser mourir lui aussi…

Le désert l'avait vaincue et avait pris ses forces. Elle avait non seulement les membres comme liquéfiés, mais l'esprit si embrumé qu'elle en oubliait son besoin de boire. A califourchon sur le cheval, la tête appuyée à sa crinière, elle n'était plus capable de rien.

La nuit tombait. Tahar avait accéléré le pas dans l'espoir de rattraper le temps perdu, mais le cheval, épuisé, n'arrivait plus à le suivre. Tahar l'encourageait de mille manières à avancer. La bête, cependant, n'en pouvait plus et ne tarda pas à s'arrêter.

L'aube pointait déjà à l'horizon. Une nouvelle journée allait commencer sous un soleil implacable.

Tahar versa une ration d'eau dans le récipient de l'animal, qui la but avidement, puis déposa quelques gouttes sur les lèvres desséchées de sa captive.

— Mény a bu, chère Hathor, dit-il en se penchant sur la jeune femme pour soutenir sa nuque. Il faut que tu boives aussi.

Elle marmonna des sons incompréhensibles avant de recueillir les gouttes d'eau sur sa langue.

Tahar fut saisi d'une bouffée d'espoir. Il fit couler quelques gouttes de plus dans sa bouche qu'elle entrouvrait enfin puis, inclinant davantage la gourde, lui donna à boire un filet d'eau. Elle avala le précieux liquide puis marmonna de nouveau des paroles inaudibles.

S'il voulait que le cheval continuât d'avancer, il fallait le soulager. Aussi Tahar souleva-t-il la jeune femme pour la porter sur son épaule. Débarrassée de son poids, la bête accepta de suivre Tahar.

Ils poursuivirent ainsi leur chemin pendant toute la matinée, Tahar essayant de maintenir son allure sous la morsure de plus en plus cuisante du soleil. Quand il eut trop mal à l'épaule droite, il fit passer l'Egyptienne sur la gauche.

Il ne tarda pas à marcher en la portant dans ses bras. Le soleil, au zénith, lui frappait la tête et les épaules à la verticale. Il était en nage et le désert de Libye s'étendait à perte de vue dans toutes les directions. Il leur restait deux jours de marche pour en sortir, mais ils ne disposaient que d'une journée d'eau.

Quelle folie n'avait-il pas commise de la laisser entravée à un palmier, sous les rayons ardents du soleil auxquels elle n'avait échappé qu'en de rares moments, grâce aux palmes de l'arbre ! Il avait vu à quel point elle était bouleversée lorsqu'il l'avait attachée. Alors, encore une fois, pourquoi l'avait-il abandonnée ainsi ?

Parce qu'il n'était qu'une brute et qu'il avait agi comme le faisait une brute : il avait écouté ses instincts et avait préféré aller se soulager dans une maison close.

Au fond de son cœur, pourtant, il avait su qu'il n'arriverait pas à toucher une autre femme. A plus forte raison une femme qui vendait ses charmes. Il ne pourrait plus jamais trouver de satisfaction dans ce genre de rencontre.

De même que ses rêves de bateau ne suffisaient plus à lui faire oublier cette jeune femme au corps de déesse.

Elle l'avait supplié de lui rendre sa liberté et il le lui avait refusé, alors même qu'il plaçait la liberté au-dessus de tout. La manière dont elle avait agi avec lui avait peut-être été cruelle, mais lui s'était montré barbare en projetant de la vendre. Il n'y avait aucune différence entre la négocier en tant qu'épouse ou en tant qu'esclave, il le comprenait à présent. Les liens étaient les mêmes. Seuls les devoirs étaient différents.

La sécheresse, certes, avait fait voler ses rêves en éclats, mais rien ne justifiait qu'il fût devenu un monstre.

Et quel pleutre il avait été en refusant de reconnaître l'évolution de ses sentiments à l'égard de sa captive, jusqu'au jour où, à l'occasion de leur baiser, ils l'avaient submergé ! Il s'était mis à la désirer comme il n'avait jamais désiré aucune autre femme et elle lui avait brisé le cœur.

« Prenez-moi », lui avait-elle dit froidement.

Mais quoi qu'elle eût fait ou dit, rien n'aurait pu effacer le souvenir du baiser qu'ils avaient échangé. Il n'en comprenait que maintenant la signification : avec ses lèvres, elle lui avait révélé tout ce qu'elle gardait pour elle et n'osait exprimer.

L'expression de son regard l'avait également trahie, à bien y repenser. A la détermination implacable qu'il lui avait d'abord vue, avaient succédé la confusion et le regret. Tout comme lui, elle avait été emportée malgré elle par des sentiments irrésistibles.

Pourquoi, plutôt que de la ligoter, n'était-il pas resté à côté d'elle pour lui parler et la serrer contre lui ? Et dire qu'elle avait eu envie d'être dans ses bras, mais qu'elle n'avait pas pu le lui révéler parce qu'il l'avait condamnée à une vie qu'elle abhorrait.

Il aurait dû lui avouer qu'il avait voulu la garder auprès de lui et ne plus jamais la laisser repartir, dès l'instant où il avait senti son corps contre le sien.

Il aurait dû lui avouer, tout simplement, à quel point il l'aimait.

Il l'aimait. Le reconnaître lui procurait un immense soulagement. Il l'avait compris quand il l'avait prise dans ses bras car, en plus du désir presque incontrôlable qu'il éprouvait pour elle, il avait ressenti encore plus fortement le besoin de la rendre heureuse. Il avait même compris que son propre bonheur dépendait du sien. Elle résumait à elle seule toutes ses aspirations et ses désirs : son bateau et sa patrie. Elle rendait ce rêve réel.

Il était prêt à lui donner tout ce qu'elle souhaitait, à exécuter tous ses caprices, à la suivre où qu'elle allât. Elle avait conquis son cœur tout entier et il savait qu'il ne lui retirerait jamais son amour.

— Hathor, dit-il dans un murmure en la soulevant dans ses bras. Pardonne-moi.

Chapitre 22

D'abord il crut qu'il rêvait… Des palmiers, au loin, se balançaient dans un halo de chaleur.

Il était pris de vertige, à tel point qu'il ne savait plus s'il marchait ou flottait sur le sable des dunes.

— Où est la hache de guerre de ton grand-père ? lui chuchota une voix à l'oreille.

Tahar se retourna et vit la silhouette haute d'un homme, à moins d'un pas de lui et pourtant inaccessible.

— Je ne sais pas, père. Je ne l'ai plus. J'en suis désolé.

— Pourquoi es-tu toujours dans le désert, Tahar ? Ta mère se fait vieille. Elle a besoin de toi.

— Je ne sais pas pourquoi je suis encore ici, père.

— Si, tu le sais, répondit le spectre en se dissipant dans l'air. Tu le sais.

Tahar baissa les yeux sur la jeune femme endormie dans ses bras. Oui, il le savait. C'était à cause d'elle. Il comprenait à présent qu'il l'avait toujours cherchée, et cela expliquait pourquoi il n'avait jamais tenté jusque-là de quitter ce pays rude.

Elle n'était plus que l'ombre d'elle-même. Les yeux inertes sous ses paupières closes, elle avait les lèvres desséchées et les membres d'une immobilité inquiétante. Elle rayonnait cependant d'une lumière intérieure, mais qui ne tarderait pas à s'éteindre s'il ne trouvait pas rapidement de l'eau.

Le cheval les suivait péniblement, trébuchant à chaque obstacle. Mais Tahar n'avait pas le courage de se retourner pour constater son état. Le vieux cheval, plein de noblesse, était le dernier cadeau que son père lui avait fait. Il le lui avait laissé pour qu'il pût rentrer dans leur pays et retrouver sa mère qui, à mesure que les années s'étaient écoulées, avait dû perdre presque tout espoir.

Tahar se la représenta, le regard tourné vers la steppe qui s'étendait à perte de vue, priant encore pour que son mari et son fils parussent soudain à l'horizon.

Je ne te décevrai pas, père…

Tahar rassembla ses dernières forces et redressa la tête.

Les palmiers étaient toujours là, devant lui. Ils n'avaient pas disparu et paraissaient même de plus en plus grands à mesure qu'il descendait le flanc de la dune. Etait-ce un nouveau mirage ?

Les arbres semblaient se regrouper au pied d'un long rocher en surplomb, qui étendait son ombre sur un sol couleur de rouille. Cette ombre lui apparaissait de plus en plus vaste, mais peut-être son imagination lui jouaient-ils des tours.

Il craignait d'avoir perdu la tête lorsqu'il remarqua la margelle de pierre d'un puits, au pied du plus haut des palmiers. On avait disposé des palmes dessus, ce qui signifiait qu'il avait été utilisé récemment et qu'il ne devait pas être à sec.

Tahar se frappa le visage et ferma les yeux. Quand il les rouvrit, le puits était toujours là.

En s'approchant de la margelle, il se mit à pleurer. Il n'était pas sujet à une hallucination. Le puits, l'ombre, les palmiers dattiers, tout était bien réel.

Il déposa la jeune femme au pied du plus grand des arbres, écarta les palmes qui couvraient le puits et vit en se penchant au-dessus de l'eau que son niveau était resté élevé. Il en recueillit dans ses mains : elle était claire et transparente.

Il se tourna vers sa captive et fit couler l'eau sur ses lèvres. Par miracle, elle les entrouvrit…

Elle se mit à tousser puis, ouvrant plus largement la bouche, but ce qu'il lui restait dans le creux des mains. Il répéta le même geste plusieurs fois jusqu'à ce qu'elle lui semblât avoir bu tout son soûl.

Il puisa ensuite de l'eau en quantité et remplit le bol qui

servait à boire au cheval. Quand l'animal se fut abreuvé, Tahar vit ses flancs s'animer de frissons. Il s'octroya alors le droit de s'asperger le visage et de boire.

Il pivotait de nouveau vers l'Egyptienne pour lui apporter de l'eau lorsqu'elle ouvrit enfin les yeux.

— Que les dieux soient loués ! s'écria-t-il en versant l'eau sur son front.

Puis il la prit dans ses bras et la berça.

— Je croyais que les dieux n'existaient pas pour vous, murmura-t-elle.

Il la serra plus fort contre lui.

— J'y crois lorsqu'ils te rendent à moi.

Tahar ferma les yeux et respira le parfum de ses cheveux. Quand il les rouvrit, il vit au loin la silhouette imposante de son père, tout de cuir vêtu, comme chevauchant au milieu des steppes de son enfance. Il eut l'impression de le voir esquisser un sourire. Le cœur rempli d'amour, il s'étendit avec sa prisonnière à l'ombre des palmiers.

Ils passèrent ainsi le reste de la journée, s'aspergeant le visage d'eau et buvant dès qu'ils en éprouvaient le désir. Quand le soleil se coucha et que Mény hennit pour se rappeler à lui, Tahar lui donna trois mesures de blé. Il fit ensuite un feu et prépara de la bouillie puis, quand les étoiles se mirent à briller, la fatigue s'empara d'eux et ils s'endormirent pour la première fois côte à côte.

— C'est notre serpent bleu et il dort, fit une voix familière.

Arraché au sommeil, Tahar entrouvrit un œil et observa le visage émacié à la peau tannée qui se penchait sur lui. L'homme était borgne et portait un bandeau noir.

— Tu te trompes, Bandir, fit Tahar. Je suis bien éveillé.

— Tu prétends que tu ne dormais pas ? fit le chef des Libous d'un ton moqueur. Si tu avais été réveillé, tu aurais remarqué ma troupe, qui est fort nombreuse. Il y a un moment déjà que la tête de la colonne est arrivée ici.

Tahar s'assit pour découvrir une caravane comptant pas moins de cent hommes et autant d'ânes répartis dans l'oasis.

— Nous t'avons enfin retrouvé, Tahar, reprit Bandir. Je croyais que nous ne te reverrions plus jamais.

Tahar se leva, balayant du regard le campement sans voir nulle part la jeune femme. Sans doute s'était-elle cachée à l'approche des Libous. Du moins l'espérait-il.

— Bienvenue, chef Bandir, maître de l'oasis de Siwa, dit-il en ouvrant grands les bras et en s'inclinant presque jusqu'à terre à la façon des Libous.

Deux cycles de la lune au moins s'étaient écoulés depuis qu'il s'était enfui avec l'Egyptienne. Maintenant que ses poursuivants l'avaient retrouvé, il ne pouvait plus compter que sur leur pitié.

— Ravi de te revoir, Tahar le traître, répondit Bandir.

Il fit signe à ses hommes d'avancer avec leurs bêtes pour se mettre à l'ombre du rocher en surplomb sous lequel Tahar et sa captive avaient dormi.

— Tu me sembles fatigué.

— Non, chef Bandir. Je prenais seulement un peu de repos.

Tahar promena les yeux sur les Libous et fut soulagé d'y reconnaître Dakka. Selon la loi des Libous, Dakka se devait d'être loyal en priorité envers les membres de son clan.

Il échangea d'ailleurs un signe de tête avec Tahar.

— Je ne te crois pas, répondit Bandir. Tu es épuisé. Je le vois sur ton visage. Tu as réchappé de peu au désert de Libye.

Le chef des Libous parlait d'un ton désinvolte, mais son seul œil, mobile, ne cessait de scruter chaque recoin du camp comme s'il y cherchait une réponse à certaines questions non formulées.

Pareillement à Tahar, il était maître dans l'observation. Son campement auprès de l'oasis de Siwa était le plus important et le plus riche de tout le désert. Il prétendait que c'était la chance qui l'avait placé à la tête d'une troupe aussi puissante, mais Tahar n'était pas dupe. Bandir n'avait acquis toutes ces richesses que grâce à une étude méthodique et attentive des hommes et de leurs comportements, ce qui lui permettait d'avoir sur eux un ascendant démoniaque et de les manipuler à son gré.

— N'y vois aucune offense, chef, mais je ne suis jamais épuisé. En fait, cette traversée m'a semblé anormalement courte.

Bandir marmonna dans sa barbe une réponse inaudible.

Tahar suivit son regard, qu'il dirigeait vers le cheval attaché à un palmier. Il ne faisait aucun doute qu'il recherchait la jeune femme.

— Si tu me donnes ta femme, je ne te châtierai pas, dit enfin Bandir. Au contraire, même, je te récompenserai. Nous avons besoin d'hommes forts comme toi pour accomplir notre projet.

Le chef défit sa coiffe pourpre et Tahar aperçut les colliers d'or pendus à son cou.

— Mais d'abord, je veux boire.

Bandir se dirigea cérémonieusement vers la margelle de pierre du puits. C'était la tradition pour le chef d'une caravane de boire le premier dans chaque oasis par laquelle il passait avec ses hommes. Ceux-ci le regardèrent patiemment se désaltérer jusqu'à ce qu'il ne pût plus rien avaler.

Ils étaient très nombreux, à présent. Beaucoup de Libous avaient rallié la petite troupe qui entourait Bandir lors de sa dernière rencontre avec Tahar à la suite du raid contre la Grande Pyramide.

Tahar compta au moins une centaine d'ânes et le double d'hommes. Or, les bêtes de somme ne transportaient pas seulement du grain. Sur le dos de chacune d'elles était disposé un important chargement recouvert d'une toile.

Tahar ne pouvait voir ce qu'il s'y cachait, mais il aperçut ici et là un objet brillant en dépasser, dont l'éclat était bien celui de l'or.

Bandir plongea la tête dans le puits et la releva brusquement, projetant une gerbe d'eau autour de lui. Des ovations fusèrent de la part de ses hommes, le visage cuit par le soleil, qui s'étaient rapprochés du puits pour boire après lui.

— Nous avons survécu à la traversée du désert ! s'exclama

le chef en revenant auprès de Tahar. Je n'ai perdu que six de mes hommes.

C'est bien trop, pensa Tahar.

Mais il se garda de faire le moindre commentaire.

— Où vas-tu avec cette troupe si nombreuse ? demanda-t-il à Bandir.

— En Nubie, où l'on trouve beaucoup de richesses.

— Pourtant, je ne serais pas étonné que tu sois déjà plus riche que n'importe quel Nubien. Tu ne me feras pas croire que vous transportez du natron sur vos ânes.

— Non... Tu es observateur.

— Il me semble, cependant, que la razzia de Guizèh ne nous a pas rapporté d'or... A moins que je ne sois parti trop tôt ?

— Non, nous n'y avons pas trouvé la moindre pièce d'or, même à l'intérieur de la pyramide.

Tahar pensa aux ouvriers qui s'y étaient réfugiés et s'étaient, sans doute, cachés dans le tunnel dont sa captive lui avait parlé.

— Nous avons passé des heures à la fouiller pour finalement ne rien découvrir... Pourquoi souris-tu ?

— Eh bien... Parce que si vous n'avez pas trouvé de trésor dans la Grande Pyramide, vous en avez trouvé ailleurs.

Tahar pointa du menton les ânes surchargés.

— Ah ! Oui... Tu dois savoir qu'il se trouve beaucoup d'autres tombes en Egypte.

— Vous avez lancé vos raids vers d'autres sites ?

Bandir le fixait dans les yeux sans répondre.

— Vous vous êtes attaqués à des tombes occupées par un pharaon ?

Tahar ne croyait pas au caractère divin que les Egyptiens reconnaissaient à leurs rois, mais il aurait eu quelque réticence à violer la sépulture d'un souverain.

Il remarqua, à cet instant, le dessin gravé dans l'un des colliers d'or que portait Bandir. Il s'agissait d'un bras portant une épée, symbole du roi Djoser.

— Tu admires mon collier ? fit Bandir, auquel décidément rien n'échappait.

Comme Tahar ne répondait rien, il reprit :

— Je lis dans tes yeux les questions que tu n'oses pas poser. En effet je l'ai volé, ou mieux, j'ai pris ce qui m'était dû. C'est là ma façon de rendre leur monnaie à ceux qui tuent les Libous.

— Tu n'as pas besoin de m'en dire plus, je comprends.

— Je l'espère, en effet, répondit Bandir en regardant Tahar dans le blanc des yeux. Je ne cherche qu'à rendre justice à tous les Libous qui ont péri sous le couteau des Egyptiens.

En violant la tombe de Djoser, Bandir avait voulu venger les Libous qui s'étaient retrouvés assaillis par les nombreux lions que les Egyptiens utilisaient dans leur armée, mais il semblait ignorer que ce même roi avait pris une Liboue pour épouse, et qu'à cette occasion il avait concédé des prairies aux membres de sa tribu pour qu'ils y fissent paître leurs troupeaux.

Seuls les prêtres et les scribes connaissaient les vraies circonstances du règne de Djoser.

— Eh oui, fit Tahar. La justice… Mais pourquoi te rends-tu maintenant en Nubie ?

— Ne comprends-tu pas ? Nous aurons besoin d'une véritable armée pour nous emparer de Memphis. Il faudra des hommes forts pour saper les murs d'enceinte du palais de Kheops et massacrer ses gardes. Mille ne seront pas de trop.

— Tu crois que tu réussiras à rallier les tribus nubiennes à ta cause ?

— Contre de l'or et du blé, on obtient tout ce qu'on veut, répondit Bandir en désignant le chargement des ânes. D'ailleurs, ils ont été victimes des Egyptiens autant que nous. Et puis le pharaon étant affaibli par la sécheresse, c'est le moment de frapper.

— C'est un plan très audacieux, chef Bandir.

Tu te vois déjà sur le trône d'Egypte ? ajouta Tahar en son for intérieur.

— Nous avons besoin de guerriers courageux, reprit le chef libou. Te joindras-tu à nous, Tahar du clan Meshwesh ?

Tahar aurait dû prévoir qu'il lui posât cette question. Bandir avait attendu le dernier moment pour invoquer l'appartenance de Tahar au clan Meshwesh, afin de mieux le contraindre de se joindre à ses troupes par respect des devoirs qui le liaient à la tribu liboue.

Tahar eut un sourire hypocrite.

— Ce sera un honneur pour moi de faire partie de ton armée, chef Bandir, répondit-il en pensant exactement le contraire.

Jamais plus il n'accepterait de participer aux expéditions sanglantes de ses frères libous.

— Sois le bienvenu parmi nous, dit Bandir en faisant l'accolade à Tahar. Et maintenant, dis-moi, soldat : où est ta femme ?

Au même instant, il y eut du tumulte près du puits. Plusieurs des hommes de Bandir poussaient des cris et jetaient des pierres vers les feuilles d'un palmier.

Or, elle se trouvait là, tel un grand oiseau accroché aux palmes de l'arbre, le visage déformé par la peur.

Bandir regarda Tahar en plissant la paupière d'un air menaçant.

— Exactement comme je m'y attendais.

La jeune femme ne laissa pas le temps aux guerriers de grimper au palmier et descendit de son plein gré. Deux Libous se saisirent aussitôt d'elle et, la tenant par les bras, la conduisirent devant leur chef, qui se tenait dans l'ombre avec Tahar.

Telle une meute d'hyènes, l'ensemble des guerriers s'attroupa autour d'eux. La plupart d'entre eux n'avaient pas vu de femme depuis plusieurs mois et l'examinaient avec convoitise.

Tahar retint son souffle quand il vit Bandir la dévorer des pieds à la tête de son unique œil.

— Elle s'est beaucoup améliorée depuis la dernière fois que je l'ai vue, dit-il. Elle n'est plus maigre. Comment s'appelle-t-elle ?

— Hathor, répondit Tahar entre ses dents.

— Hathor ! fit le chef en écho. Hathor ? C'est une plaisanterie. Si cette femme se nomme Hathor, alors je suis le fils de Râ !

Les guerriers, défigurés par le désir, éclatèrent de rire.

— Je suis certain qu'elle a un autre nom, reprit Bandir.

— C'est le seul que je lui connaisse, répondit Tahar en tremblant.

Bandir détailla la jeune femme, dont on devinait les rondeurs sous la robe.

— Elle est vraiment plus féminine qu'il y a quelque temps, remarqua-t-il.

Tahar crut entendre claquer les dents de sa captive.

— Où te rendais-tu avec une aussi jolie esclave ?

— Nous allons à l'île d'Abou.

— Ah ! L'île sacrée des Egyptiens. Et pourquoi ?

— Elle désire faire une offrande au dieu du Nil.

— Tiens ? fit Bandir.

Puis, s'adressant à la jeune femme, il reprit en égyptien :

— Approche, femme.

Tahar aurait voulu lui dire de ne pas avoir peur, qu'il la protégerait… Non… Qu'il était prêt à verser son sang pour la soustraire à la convoitise de ces hommes. Qu'il l'arracherait aux griffes de ces brutes et lui offrirait la vie qu'elle désirait, quelle qu'elle fût.

Il l'aimait ! Par tous les dieux d'Egypte, il l'aimait plus que tout !

Il était prêt à égorger Bandir et à lui voler tout son or avant de s'enfuir avec elle dans le désert.

Mais c'était impossible. Les hommes de Bandir épiaient tous ses gestes, prêts à fondre sur lui au premier mouvement hostile.

Chapitre 23

L'Egyptienne avança d'un pas vers Bandir, qui esquissa un sourire admiratif.

— C'est vrai que tu es belle, dit-il en lui relevant le menton. Tu mérites de t'appeler Hathor.

Si cela continuait, Tahar allait perdre la tête. Il effacerait ce sourire des lèvres du chef en lui écrasant son poing sur le visage, puis lui planterait une épée dans le ventre. Il était tellement aveuglé par l'émotion qu'il ne prêta pas tout de suite attention au collier en or que Bandir lui mettait autour du cou.

— Tiré de la mine de Méroé, lui dit le chef des Libous. Façonné par les artisans de Napata, et déposé ensuite dans la tombe de Djoser le Grand — ou plutôt le Terrible.

Tahar toucha la chaîne lourde qui pendait maintenant à sa poitrine. Il n'en avait jamais vu de pareille, sinon au cou d'un prince égyptien qu'il avait un jour croisé sur la piste des caravanes.

— Reçois ce collier en gage de ma gratitude, reprit Bandir, puisque tu me donnes Hathor dont je vais faire ma femme.

Si Tahar avait cru aux dieux, il se les serait à cet instant représentés en train de rire de lui : ils venaient enfin de lui donner ce qu'il avait toujours désiré, alors même que son désir avait changé d'objet.

— J'aurais pu me contenter de la prendre, ajouta Bandir, mais maintenant tu fais partie de mon armée et tu as bien veillé sur cette femme. Je vois qu'elle est en bonne santé, et grâce à toi, elle a sans doute acquis l'art de satisfaire un homme.

— Hathor est vierge.

Bandir fit mine de perdre l'équilibre devant ses hommes qui éclatèrent de rire puis, se redressant, il retira un autre collier d'or de son cou pour le placer autour de celui de Tahar.

— Voilà pour toi, frère. Tu auras de quoi t'acheter dix ânes, un champ de blé ou un grand navire. Quand tu nous auras aidés à défaire les Egyptiens, tu n'auras plus jamais besoin d'arpenter les routes commerciales.

Tahar lança un regard à sa captive, qui baissait la tête, les yeux vides d'expression. Bien qu'elle ne comprît pas la langue des Libous, elle devinait certainement qu'elle était l'objet d'une transaction.

Bandir reprit la parole en se tournant vers ses hommes.

— Ce soir sera notre nuit de noces !

Puis il pivota vers Tahar.

— Félicite-moi, soldat !

La dague que Tahar gardait sous son vêtement lui brûlait la peau, mais il y avait trop de guerriers autour de lui pour qu'il pût envisager de s'en servir. Il ne pouvait rien faire d'autre qu'accepter l'accolade du chef.

— Elle est si belle, chuchota ce dernier à son oreille, que j'ai envie de croquer dans sa chair. Ce soir, je ferai un festin de ses charmes.

En essayant de contenir sa rage, Tahar s'étrangla et eut une quinte de toux. Mais il ne s'en inclina pas moins devant le chef, ainsi qu'il convenait.

Les Libous exprimèrent leur joie dans un tonnerre d'applaudissements et d'ovations cependant que Bandir se baissait à son tour.

Quand il se redressa, il passa le bras autour de la taille de l'Egyptienne.

— Regardez, mes frères ! s'écria-t-il. Je suis marié !

Les guerriers entourèrent leur chef et sa nouvelle épouse pour leur exprimer leurs félicitations.

Tahar était consumé par la haine. Même si c'était le dernier acte de sa vie misérable, il emploierait toutes ses forces et toute son imagination pour libérer celle qu'il aimait.

Chapitre 24

Kiya n'avait pas besoin de parler la langue des Libous pour comprendre ce qui se passait.

Après avoir prétendu tourner le dos à son clan, Tahar recevait l'accolade du chef libou comme s'il s'était agi d'un vieil ami. Pis, tout laissait à penser qu'ils avaient conclu un marché ensemble. Les deux hommes s'étaient inclinés l'un devant l'autre, pareils à des commerçants s'entendant sur les termes d'un échange. Or, il s'avérait que cet échange abject était celui de deux chaînes en or autour du cou de Tahar, contre le bras noueux du chef Bandir autour de sa propre taille.

Ainsi il avait fini par le faire… Tahar l'avait vendue. Et à rien de moins qu'un chef libou. Il lui avait cédé le droit de l'épouser et de disposer de son corps contre des chaînes en or volées dans une sépulture.

Non, elle ne s'était pas trompée à son sujet. Tahar n'avait pas d'âme. Il était plus vil que le plus répugnant des rats qui erraient dans les ruelles de Memphis.

— Ça devrait t'aller, fit Bandir en présentant à Kiya une jupe décorée de riches broderies.

Il promenait avec avidité son unique œil sur elle. Plus aucun obstacle ne se dressait entre lui et elle, à présent. Elle était à sa disposition sous la tente spacieuse qui avait été érigée à l'occasion de leur nuit de noces.

— Je voudrais que tu la portes sans le drap dont tu es enveloppée afin de pouvoir admirer ta poitrine.

La flamme dansante d'une lampe en or jetait un faisceau blond sur les deux tapis qui recouvraient le sol.

Comment avait-elle pu être si aveugle et ne pas démasquer le vrai caractère de Tahar ? Pourquoi avait-elle négligé les nombreuses occasions de s'échapper qui s'étaient offertes à elle ?

Elle s'était toujours dit qu'une circonstance plus favorable se présenterait un jour et qu'elle saurait la saisir. Elle s'était confortée dans cette attitude, se répétant qu'en attendant de le convaincre d'agir avec justice, elle bénéficiait de son expérience du désert.

Mais tout cela n'avait été qu'un rêve.

Il avait profité de sa crédulité pour la tromper et la conduire à sa perte. Il s'était fait passer pour un homme honorable alors qu'il ne valait pas mieux que le chef libou — à la seule différence que Bandir ne se faisait pas passer pour ce qu'il n'était pas.

Elle avait lu, sur la face sillonnée de rides de ce dernier, le mépris que lui inspirait le nom du roi Djoser. Il était évident que le chargement de ses ânes ne se composait pas seulement de blé volé aux Egyptiens. Il s'agissait aussi de richesses pillées dans la tombe sacrée du grand pharaon.

— Est-ce que la jupe te plaît ? demanda Bandir.

— Oui, monseigneur, répondit Kiya en faisant semblant d'admirer le vêtement. Elle est belle.

A quelle défunte épouse du roi Djoser l'as-tu volée ?

Pourquoi, d'ailleurs, le chef des Libous ne retournait-il pas dans son pays avec son butin, sur la terre rouge du désert, à l'ouest, là où les siens faisaient paître leurs troupeaux ? La caravane avait pris la même direction que Tahar et avançait vers le sud. Bandir avait-il l'intention de s'en prendre aux Nubiens ? Dans sa quête insatiable de richesses, causerait-il la mort d'autres innocents ?

Elle avait pensé que Tahar s'était définitivement éloigné de ces meurtriers et avait même commencé à le croire noble. Lorsqu'ils marchaient dans le désert libyen, elle avait entendu sa voix à travers le brouillard épais de son esprit affaibli. Il lui avait demandé de lui pardonner.

Et il lui avait sauvé la vie.

Tahar n'était pas un être à part, pourtant. Il lui avait suffi que le chef d'une tribu barbare lui fît une offre exceptionnelle pour redevenir des leurs. Il n'avait jamais eu l'intention de la laisser libre, puisqu'elle n'avait jamais été à ses yeux qu'une monnaie d'échange.

« Tous les hommes sont mauvais, Kiya. Souviens-toi qu'ils n'auront qu'un désir : te posséder, t'asservir ! »

Elle avait les paupières gonflées de larmes lorsqu'elle laissa sa robe en peau d'addax glisser à ses pieds.

Chapitre 25

Bandir l'avait autorisée à aller se « purifier » au puits.

Nouant la coiffe de Tahar autour d'elle, Kiya sortit de la tente et prit la direction du point d'eau. Dispersés dans le camp, les guerriers, étendus sur des nattes, dormaient déjà pour la plupart. Elle pressa le pas pour donner l'impression qu'elle avait un besoin urgent et, arrivée au puits, se glissa derrière un buisson. Au-delà de ce buisson s'en trouvaient d'autres encore, puis commençait le désert.

Elle ne s'arrêta plus de marcher…

Elle était quasiment hors de portée de voix quand elle vit une ombre se dresser devant elle.

— Ils ne seront pas longs à remarquer ton absence, murmura Tahar en lui glissant les rênes de Mény dans les mains. Le Nil est à une journée de marche. Vois-tu cette étoile ?

Il indiquait un astre qui brillait à l'orient.

— Pendant que tu chemineras vers elle, j'essaierai de les entraîner dans la direction opposée pour te laisser le temps d'atteindre le fleuve.

Tahar avait renoncé à la vendre. Il allait la sauver… Elle éprouva soudain une telle gratitude qu'elle en eut le vertige.

— Hathor ? insista-t-il. Tu vois bien cette étoile, à l'est ?

Il tendit de nouveau le doigt vers le point lumineux.

— Si tu la suis inlassablement, au petit matin tu découvriras un sommet rocheux que tu escaladeras. De là-haut, tu verras le Nil et l'île d'Abou.

Incapable de prononcer un mot, elle le fixait avec émerveillement.

— Si tu constates depuis ce sommet qu'ils ne se sont pas lancés à ta poursuite, tu pourras ralentir ton allure.

— Vous ne venez pas avec moi ? demanda-t-elle, enfin, après s'être éclairci la voix.

— Non… Pour te donner une chance de leur échapper, il faut que je les envoie dans une mauvaise direction.

— Mais comment vous y prendrez-vous ?

— Ne t'inquiète pas, lui répondit-il en souriant. J'ai un plan. Un guerrier du clan Meshwesh a déjà pris le chemin du sud pour créer une fausse piste…

Tahar s'interrompit avant de reprendre avec plus de gravité :

— J'ai mis un poignard dans l'une des sacoches du cheval. Et tout ton blé est là.

Kiya ne savait pas si elle devait y croire. Elle récupérait tout son bien ! Elle pourrait se nourrir jusqu'à la prochaine crue, même si celle-ci n'advenait que dans plusieurs mois.

— Mais vous… Je ne comprends pas…

— Pars, maintenant, Hathor. Il faut fuir au plus vite. Rends-toi sur l'île d'Abou, tu y seras en sécurité.

Sans aucun effort, Tahar la souleva et la mit sur le cheval. Il laissa quelques instants les mains sur sa taille, comme s'il était tenté de la retenir, puis les retira en secouant la tête.

— Avez-vous toujours l'intention d'acquérir un bateau ? lui demanda-t-elle. Quel marché avez-vous passé avec le chef Bandir ?

— Je n'en ai passé aucun, et je n'envisage plus d'acheter un navire.

— Si vos désirs ont changé, vers quoi se tournent-ils, maintenant ?

— Je veux que tu échappes aux griffes de ce vieux démon et que tu aies une vie meilleure. Tu as rendu la mienne bien plus belle.

La lune n'était pas encore levée, mais dans la seule clarté des étoiles, Kiya crut voir briller le regard de Tahar.

— Et à présent, sauve-toi, lui dit-il. Il n'y a plus de temps à perdre.

Joignant le geste à la parole, il donna une tape sur la croupe du cheval, qui se mit au trot et disparut dans la nuit avec son précieux chargement.

Chapitre 26

L'air qu'elle respirait n'était plus le même. Il lui semblait qu'elle le buvait. En escaladant les pentes abruptes du mont, elle devinait la proximité du Nil qui chargeait l'atmosphère d'une humidité puissante.

Elle aurait dû en être follement heureuse. Pour tous les Egyptiens, le fleuve représentait la patrie. C'était le long de ses rives qu'ils cultivaient la terre, moissonnaient et faisaient vivre leurs familles. C'était dans ses eaux qu'ils se baignaient et pêchaient. Le fleuve était tout, pour eux.

Alors pourquoi, en le découvrant à ses pieds, Kiya n'éprouvait-elle que de la tristesse ?

Elle avait chevauché toute la nuit comme le lui avait recommandé Tahar. A aucun moment elle ne s'était reposée, gardant constamment en mémoire le sourire mauvais du chef Bandir auquel elle avait voulu échapper.

Lorsqu'elle était arrivée devant du pic rocheux, le soleil paraissait déjà à l'horizon. Kiya avait attaché Mény à un arbuste puis avait commencé son ascension.

Pour la première fois, peut-être, elle était reconnaissante à Tahar de lui avoir confectionné ses sandales. Les Egyptiens ne portaient pas de chaussures car ils n'en avaient pas besoin. Le sol que foulaient les cultivateurs, doux et frais, était composé de limon et ne blessait pas les pieds. Même dans les villes et les villages, le sable qui recouvrait les rues était fin et sans aspérités.

Il en était tout autrement dans le désert, où le sable côtoyait le caillou. Sans les sandales de Tahar, elle se fût entamée la plante des pieds contre la rugosité des pierres.

Pourquoi ne l'en avait-elle jamais remercié ?

Elle s'arrêta en pleine escalade et prit une longue gorgée dans la gourde qu'elle portait en bandoulière, et que Tahar avait pris soin de placer avec des dattes fraîches dans l'une des sacoches du cheval.

Elle ne savait pas comment il était parvenu à en trouver dans l'oasis où ils avaient campé. Elle-même n'en avait aperçu aucune quand elle s'était cachée au sommet du palmier. Mais c'était l'un des nombreux talents de Tahar que de débusquer de la nourriture là où, a priori, il n'y avait rien.

Il possédait en effet un sens de l'observation admirable. Elle se demandait d'ailleurs si, en la voyant gravir la montagne maintenant, il aurait remarqué les sillons que le sel de ses larmes avait laissés sur ses joues. Se serait-il aperçu qu'elle n'avait toujours pas levé les yeux sur le sommet dont elle avait entrepris l'ascension ?

Elle mordit dans une datte mais n'en apprécia pas la douceur. Aurait-il vu que ce fruit, dont elle se serait régalée en d'autres circonstances, ne lui apportait aucun plaisir ?

Mais que lui fallait-il ? Elle aurait dû être heureuse. Elle avait obtenu ce qu'elle voulait. Tahar lui avait rendu sa liberté et s'était exposé à de grands dangers pour la lui garantir.

Elle n'arrivait pas à comprendre comment il avait pu préparer Mény, et encore moins le conduire hors du camp, sans être remarqué. Et par quel miracle l'avait-il trouvée dans la nuit ?

Il aurait pu s'enfuir avec elle, mais il avait préféré attirer ses éventuels poursuivants sur une fausse piste.

C'était l'épreuve à laquelle il devait être confronté en ce moment même. Et cette poursuite avait dû commencer dès que Bandir s'était aperçu que la femme qu'il venait d'acquérir l'avait dupé.

La question était de savoir sur laquelle des trois traces le chef libou s'était lancé. Celle vers le sud laissée par un guerrier du clan Meshwesh, celle de Tahar vers l'ouest ou la sienne vers l'est ?

C'est ce qu'elle tâcherait d'observer lorsqu'elle arriverait au sommet du pic rocheux.

Elle craignait que les Libous ne se fussent lancés à la poursuite de Tahar, d'autant plus qu'il portait sur lui deux lourdes chaînes en or. Elle ne pouvait qu'espérer qu'il aurait une demi-journée d'avance sur ses poursuivants, ceux-ci n'ayant pu entreprendre de le rechercher qu'au lever du jour, une fois les traces dans le sable devenues visibles.

Il les entraînerait le plus loin possible dans le désert pour lui permettre, à elle, de gagner la Haute-Egypte. Elle le visualisa donnant des talons dans les flancs de son cheval, devançant largement ses poursuivants dont le chef était en rage.

Mais… c'était elle qui était partie avec Mény !

Elle eut l'impression que ses jambes se dérobaient sous elle.

Il est sans son cher cheval…

Alors qu'elle galopait vers la liberté, Tahar s'était enfoncé à pied dans le désert avec une armée montée sur des ânes à ses trousses.

Sans doute avait-il déjà été rattrapé.

Kiya se représenta le sourire sardonique de Bandir lorsqu'il se saisirait de l'homme qui avait permis à celle qu'il voulait pour femme de s'enfuir. Il était certain qu'il ne montrerait aucune pitié.

Elle en eut la nausée… En lui offrant la liberté, Tahar avait scellé son propre destin.

Rassemblant ce qui lui restait de force, elle entreprit de gravir les derniers mètres qui la séparaient du sommet. Vu de loin, ce petit plateau prenait la forme d'un pic. Lorsqu'elle y posa enfin le pied, elle reprit son souffle et regarda vers l'ouest, où le désert s'étendait à perte de vue.

Elle scruta la vaste plaine qu'elle avait traversée la veille et n'y décela pas âme qui vive. Elle ne parvenait à identifier que l'escarpement sous lequel, deux jours plus tôt, elle avait trouvé avec Tahar une ombre salvatrice. Les Libous, apparemment, avaient pris la direction opposée. La ruse de Tahar avait fonctionné, mais cela confirmait les craintes de Kiya : il avait toute la troupe des guerriers à ses trousses.

« Si tu constates depuis ce sommet qu'ils ne se sont pas lancés à ta poursuite, lui avait-il dit, tu pourras ralentir ton allure. »

Elle ferma les yeux et s'abandonna aux larmes. En gagnant sa liberté, elle avait condamné Tahar, l'homme qui lui avait sauvé maintes fois la vie, dont le seul sourire la remplissait d'émotion et qui avait éveillé en elle des rêves fous.

Elle se laissa tomber à terre, bouleversée. Quelque part, là-bas, vers l'ouest, Tahar fuyait devant la mort ou l'avait déjà trouvée.

Plusieurs heures s'écoulèrent avant qu'elle ne trouvât la force de se relever. Le soleil au zénith lui brûlait la peau. Peut-être ne saurait-elle jamais ce qui était arrivé à Tahar, mais elle voulait garder l'espoir qu'il fût encore en vie.

Elle entendit les hennissements plaintifs de Mény, au pied du pic rocheux. Avant d'entreprendre sa descente pour le rejoindre, elle regarda vers l'est.

Le spectacle était extraordinaire. Le Nil décrivait ses méandres majestueux au cœur de la vallée qu'il avait creusée tandis que ses eaux bleu-vert brillaient sous le soleil. Il était impossible de voir d'où il venait ni où il finissait.

Dans son enfance, Kiya s'était baignée presque chaque jour dans le fleuve. En raison des crocodiles que l'on savait en permanence à l'affût, retournant les frêles embarcations des pêcheurs ou s'emparant d'une femme qui lavait son linge, les autres enfants des rues craignaient de s'y plonger.

Mais Kiya n'avait jamais eu peur de défier le danger. Elle avait si souvent nagé dans le grand fleuve qu'elle avait fini par y être aussi à l'aise qu'un poisson.

D'autres enfants se baignaient aussi dans le Nil mais le faisaient sans risque. Il s'agissait des bâtards du pharaon qui vivaient avec leurs mères, les concubines du roi Kheops, dans le harem royal qui occupait l'aile du palais la plus excentrée. Le relatif éloignement du bâtiment lui permettait de se faire oublier tandis que sa situation donnait à ses résidents un accès facile au lagon artificiel créé le long du fleuve pour y constituer une réserve poissonneuse.

Le lagon était alimenté par un étroit bras d'eau que fermait un treillis en papyrus, dont les mailles étaient assez serrées pour interdire l'accès aux crocodiles mais suffisamment lâches pour permettre aux perches, tilapias et poissons-chats d'y pénétrer.

C'était le paradis des pêcheurs et un espace de jeu non moins merveilleux pour les enfants. Un grand nombre des concubines du roi y conduisaient leur progéniture, bien qu'elles eussent accès aux bassins bien entretenus à l'intérieur du palais. C'était un royaume de sable blanc, de poissons aux écailles chatoyantes et de palmiers dattiers qui balançaient paresseusement leurs cimes dans la brise tiède.

C'était un lieu où les enfants, affranchis de toutes les règles, pouvaient être eux-mêmes et s'ébattre en liberté. En outre, sa vaste plage était protégée par des murs hauts qui permettaient aux concubines et à leurs enfants d'échapper aux regards.

Pas à tous les regards, cependant… Un trou dans le mur avait permis à Kiya de les observer à la dérobée, et elle s'était livrée à cette distraction pendant des jours entiers. Elle y avait vu les jeunes enfants plonger leurs mains potelées dans l'eau pour tenter d'attraper les petits poissons argentés. D'autres, plus grands, inspectaient les bords à la recherche de coquillages et présentaient leurs prises à leurs mères, étendues lascivement sur les berges.

Elle prenait conscience, à présent, qu'elle ne désirait plus cette vie facile à l'abri des crocodiles, du moins si elle ne la partageait pas avec un certain négociant aux yeux transparents et aux cheveux dorés. Elle ne pouvait se résoudre à le croire mort. Aussi longtemps que coulerait le Nil, elle ne renoncerait pas à l'espoir de le revoir.

L'île d'Abou, d'ailleurs, s'étalait sous ses yeux… Elle l'avait imaginée plus grande et source du grand fleuve, mais ce n'était qu'une langue de terre qui divisait le Nil en deux bras.

Tahar avait dit la vérité. Le fleuve ne débutait pas à l'île d'Abou mais venait de bien plus loin.

Comme elle aurait été heureuse, en cet instant, de pouvoir lui donner raison ! Plus jamais elle ne mettrait sa parole en doute.

Or, ne lui avait-il pas recommandé de se rendre sur l'île d'Abou pour y être en sécurité ?

Elle suivrait son conseil. Elle avait du blé en abondance, une bonne lame pour se défendre et le meilleur des chevaux pour la porter. Elle attendrait Tahar sur l'île autant qu'il le faudrait.

Ne lui avait-il pas dit qu'elle avait transformé sa vie et l'avait rendue plus belle ? Elle en avait l'intime conviction : s'il survivait, il viendrait la retrouver sur l'île d'Abou.

Chapitre 27

Jamais le roi Kheops n'avait vu une femme si belle et si audacieuse…

Elle nageait entre la rive du fleuve et l'île d'Abou depuis presque une demi-journée.

Caché derrière l'un des gros rochers dont la berge de l'île était ponctuée, Pharaon ne pouvait la quitter des yeux.

Elle avait d'abord nagé vers l'île, remontant aisément le courant à la force de ses longues jambes et de ses bras gracieux, puis elle était retournée vers la berge du fleuve et en était pareillement revenue à la nage en portant un sac de grain sur la tête. Elle avait répété plusieurs fois la même opération avec un autre sac de grain, une sacoche puis un régime de dattes.

Elle observait attentivement le fleuve à l'affût des crocodiles avant de s'y engager, mais il semblait qu'elle ne les redoutât pas. Elle nageait rapidement malgré sa charge et eut bientôt transféré tous ses trésors sur l'île, à l'exception d'un animal tel que Pharaon n'en avait jamais vu.

Il ressemblait à un très grand âne, mais beaucoup plus élégant et puissant, dont la robe était noire. On eût dit une bête envoyée par les dieux.

La jeune beauté avait tiré sur les rênes de l'animal, mais celui-ci avait refusé de pénétrer dans l'eau. Ne parvenant pas à le convaincre de la suivre, la jeune femme, aussi intelligente que belle, était retournée à la nage sur l'île et avait rempli un bol de grain. Elle avait de nouveau traversé le fleuve avec son précieux chargement et fait goûter le grain à la bête avant de remettre le bol sur sa tête et de repartir en direction de l'île. L'animal l'avait suivie sans se rendre compte qu'il nageait, et lorsqu'il avait atteint la rive, elle lui avait donné sa récompense.

Epuisée, elle s'était également octroyé la sienne en se laissant tomber sur le sable.

A présent hors de danger, elle marchait lentement le long du fleuve en savourant visiblement l'exploit qu'elle venait d'accomplir. Elle vérifia que le drap pourpre dont elle s'était couvert le corps était bien fixé.

Le tissu la collait comme une seconde peau.

Le roi Kheops sentit monter en lui un désir qu'il n'avait pas éprouvé depuis si longtemps qu'il en avait presque oublié l'existence. Il s'était rendu sur l'île d'Abou pour y rencontrer un dieu, et il semblait qu'il y eût trouvé une déesse...

Il se rapprocha d'elle, toujours dissimulé par le gros rocher.

Le soleil rasant de la fin d'après-midi soulignait les courbes de son corps, que Pharaon contemplait comme s'il s'était agi d'une sculpture.

Lentement, la déesse défit le drap qui la couvrait et se tint nue au bord de l'eau. Elle pénétra dans le fleuve jusqu'aux genoux puis y plongea son vêtement avant de l'en ressortir pour le tordre. Elle l'étendit ensuite sur un rocher pour le faire sécher.

Enfin, dans sa splendide nudité, elle retourna dans l'eau pour s'y baigner.

Elle avait des traces de poussière et de transpiration sur le visage, comme si elle venait de traverser le désert. Elle avait toujours gardé la tête hors de l'eau au cours de ses diverses traversées, et maintenant qu'elle s'aspergeait la figure, elle révélait, d'instant en instant, de nouveaux aspects de sa beauté.

Plus près d'elle, Pharaon pouvait admirer la rondeur et la fermeté de ses seins, dont les tétons durcis sous le ruissellement de l'eau semblaient inviter aux baisers.

Renversant la tête en arrière, la jeune femme plongea ses cheveux courts dans le fleuve avant de se redresser vivement. Une gerbe de gouttelettes, brillant dans les rayons du soleil, vola autour d'elle. Ses moindres gestes étaient si gracieux qu'on eût dit qu'elle interprétait une danse sacrée.

Kheops était subjugué.

Lorsqu'il était arrivé à l'île d'Abou deux jours plus tôt, il avait été profondément dépité de ne pas trouver ce qu'il s'était toujours représenté : une grotte surmontée d'un temple et de laquelle jaillissait le fleuve. Rien, hélas ! n'indiquait la présence du dieu Khnoum en ce lieu, la divinité qu'il était venu implorer pour qu'elle déclenchât la crue tant attendue.

Il s'était alors senti très mal. Ne venait-il pas de faire un mois de navigation pour accomplir ses dévotions ? Et n'avait-il pas dans cette intention abandonné sa capitale où la colère grondait ?

Il avait affirmé à son fidèle conseiller Imhoter que le dieu Horus lui parlait ! Cela avait bien été le cas : il l'avait vraiment incité à se rendre à l'île d'Abou, mais pour quelle raison ?

Il le comprenait, à présent. Cette jeune femme était la réponse à toutes ses questions.

Horus lui avait envoyé l'incarnation de la beauté et de la grâce pour sauver l'Egypte de la disette et lui-même du désespoir. La jeune déesse semblait être née du fleuve lui-même. Elle était à la fois l'harmonie, la douceur, l'abondance, elle était…

— Hathor…, murmura Kheops.

— Oui ? répondit-elle en se retournant.

Chapitre 28

Elle lutta comme une diablesse sous la force des deux gardes, mais c'était peine perdue.

La tenant chacun par un bras, ils l'entraînèrent jusqu'à l'autre rive de l'île où cinq grandes embarcations à voiles étaient amarrées.

— Mény ! cria-t-elle dans le vain espoir que le cheval pût quelque chose pour elle, mais aussitôt elle sentit une main lui sceller les lèvres.

On lui fit prendre place sur un radeau de papyrus qui la conduisit jusqu'à la proue de la plus grande barque. Les gardes la firent monter à bord et passer entre deux rangs de rames massives avant de pénétrer à l'intérieur d'une longue cabine, située sur le pont.

Quittant la vive lumière du dehors, Kiya ne distingua rien de prime abord. Elle fut seulement saisie par le parfum entêtant de l'encens et le tintement musical de clochettes.

Bientôt cependant elle recouvra la vue, et découvrit un décor tel qu'elle n'en avait jamais vu auparavant.

Le parquet était recouvert de tapis épais et de coussins énormes tandis que de riches tapisseries ornaient les cloisons. De petites tables basses, disposées en divers endroits de la salle, accueillaient des pichets de terre cuite et des plateaux où s'entassaient une abondance de fruits, noisettes, amandes et petits pains.

Par les hautes fenêtres, les rayons du soleil venaient illuminer le mobilier doré.

Kiya se demanda un bref instant si elle n'était pas morte, transportée dans les quartiers célestes d'un dieu débonnaire. C'est alors qu'elle sentit les mains brutales des gardes sur ses bras. Elle s'arc-bouta, révoltée, tandis qu'ils la traînaient à travers la pièce jusqu'à un amas de coussins où ils l'invitèrent à s'asseoir. Elle refusa.

Quel était ce temple opulent qui flottait sur le fleuve ? De quelle riche prison s'agissait-il ?

Dans un angle sombre de la salle, elle aperçut un grand homme chauve, richement vêtu, qui l'observait.

— Il ne sert à rien de vous débattre, lui dit-il d'une voix douce. Il faut vous résigner à votre destin.

— Quel destin ?

L'homme ne répondit pas. D'un geste de la tête, il invita les gardes à se retirer.

— Qui êtes-vous ? demanda Kiya entre ses dents.

— Je m'appelle Imhoter.

Sortant de l'ombre, il s'inclina devant elle. Il avait les mains jointes, cachées à l'intérieur des manches évasées de sa longue robe d'un blanc éclatant.

Kiya observait la peau de léopard aux broderies délicates, symbole du grand prêtre, qui bordait son vêtement. Seule sa tête, si bien rasée qu'elle brillait comme le cuivre, n'était pas couverte.

— Où suis-je ?

— Voyez autour de vous... Où pensez-vous être ? Réfléchissez bien avant de répondre, car le maître de ce bateau n'aime pas les sottes.

Kiya sentait le regard du prêtre fixé sur elle cependant qu'elle inspectait la pièce, à la recherche de signes susceptibles de lui révéler qui occupait ces lieux, si richement décorés. Il devait être de haute naissance, pensa-t-elle, pour évoluer dans un tel luxe. Elle ne savait rien des hauts fonctionnaires de l'Egypte, sinon qu'ils vivaient dans des palais et se déplaçaient dans les rues de Memphis couchés sur des litières que portaient des esclaves.

— Si je me trompe dans ma réponse, me laisserez-vous partir au vu de sa sottise ?

— Question intéressante qui prouve que vous ne manquez pas d'intelligence, mais je préfère vous dire tout de suite que je ne vous relâcherai pas.

Kiya aurait voulu ne pas se soumettre à ce petit jeu, mais elle ne voulait pas davantage passer pour une idiote aux yeux d'un homme qui avait toutes les apparences d'un prêtre.

Elle poursuivit son inspection, s'arrêtant particulièrement sur les motifs décoratifs dans l'espoir d'y déceler un indice révélateur. Elle remarqua sur l'une des tables une aiguière d'or sur laquelle étaient tracés de hiéroglyphes. Kiya ne savait pas lire, mais elle reconnut aisément les deux symboles du jonc et de l'abeille, qui représentaient respectivement la Basse et la Haute-Egypte.

A côté de l'aiguière se trouvait un plat en faïence doré contenant de la viande. Elle saliva quand l'odeur du mouton chaud vint lui chatouiller les narines.

Depuis que la sécheresse sévissait, seuls les nantis pouvaient encore se nourrir de viande. Kiya remarqua d'autres plats contenant des magrets de canard et, peut-être, de la viande de gazelle. Assurément, le propriétaire du bateau possédait aussi de vastes domaines.

Derrière elle était suspendue une belle tapisserie représentant deux femmes : l'une à tête de cobra et l'autre à tête de vautour. Il s'agissait des déesses Ouadjet et Nekhbet, les gardiennes célestes de la Haute et de la Basse-Egypte, les dames des deux Terres.

Il eût été plus prudent, sans doute, de répondre que le possesseur de la barque faisait partie du gouvernement du royaume, et qu'il occupait probablement une très haute position. Peut-être s'agissait-il du vizir du roi. Ou de quelque important dignitaire ?

Elle ne se fit une idée précise du maître de ces lieux et de son importance que lorsqu'elle remarqua la petite statue en bois représentant un homme à tête de faucon.

— Je suis sur la barque du roi Kheops ? fit-elle, incrédule.

— Bonne fille, répondit le prêtre. Vous êtes, en effet, dans la cabine de Pharaon. Là où Sa Majesté se tient dans la journée. La nuit, Elle dort sur une autre embarcation. Nous craignions que le fleuve ne fût pas assez profond à sa source pour la barge royale. Aussi avons-nous choisi d'en remonter le cours sur ces barques plus petites.

Que devait-elle répondre à ce propos qui semblait induire qu'elle connaissait la flotte royale et les circonstances dans lesquelles vivait le souverain ?

— C'est un très beau bateau, dit-elle enfin. Un navire digne de Sa Majesté le roi Kheops, Pharaon des deux Egyptes…

Ne sachant si elle avait parlé du monarque d'une manière assez élogieuse, elle ajouta :

— Incarnation d'Horus, Gardien de l'Egypte… Qu'une longue vie Lui soit accordée.

Le prêtre acquiesça d'un hochement de tête respectueux, mais Kiya crut le voir esquisser un sourire léger.

Il se distinguait des autres hommes par sa très grande taille et son allure étrange, et donnait l'impression de venir d'un autre monde. Pourtant il y avait quelque chose de familier en lui.

— Suis-je votre prisonnière ? demanda Kiya à mi-voix.

— Pas le moins du monde.

Elle haussa le menton et s'efforça de parler distinctement :

— Il doit y avoir une erreur… Je n'ai aucun lien avec la famille royale… Je ne suis même pas de haute extraction… Je n'ai rien à faire ici, monseigneur.

— Taisez-vous, petite sotte. Vous êtes parfaitement à votre place. C'est Pharaon en personne qui vous a choisie.

Le grand prêtre vint vers elle avec une telle légèreté qu'il semblait ne pas toucher le sol.

— Les dieux ont ouvert devant vous un chemin bien plus honorifique que celui que vous avez parcouru jusqu'à présent.

Il s'arrêta à moins d'un pas d'elle, si bien qu'elle dut renverser la tête pour voir son visage. On aurait dit un spectre dressé au-dessus d'elle.

— Dans quelques heures, vous partagerez le repas du roi d'Egypte.

Comment ?

Elle fut prise de vertige et se cramponna au bras du prêtre pour retrouver son équilibre. Ce n'était pas possible. Elle devait retourner auprès de Mény et s'assurer que personne n'avait pris ses réserves de blé. Elle devait installer son campement, faire un feu… Tout préparer pour l'arrivée de Tahar et faire en sorte qu'il la trouvât…

Le prêtre posa la main sur son bras.

— Ne vous inquiétez pas pour votre animal et vos biens. Nous les avons pris en charge.

Kiya leva les yeux vers le visage impassible du prêtre. Elle ne pouvait croire ce qu'elle était en train de vivre.

Tahar était peut-être en chemin pour l'île d'Abou. Que ferait-il s'il y parvenait mais ne l'y voyait pas ? Peut-être renoncerait-il simplement à la chercher. Ou, pis encore, il passerait l'île au peigne fin dans l'espoir de la trouver et ne rencontrerait que l'hostilité des gardes de Pharaon.

Que lui feraient-ils lorsqu'ils verraient la marque des Libous qu'il portait au coin de l'œil ? Ils le feraient vraisemblablement prisonnier s'ils ne le tuaient pas sur-le-champ.

— Qui que soit cet homme, Hathor, reprit Imhoter qui avait lu dans ses pensées, vous devez le laisser aller. Les prochaines heures seront les plus importantes de votre vie. Vous ne devez en aucun cas parler au dieu incarné sans qu'il vous y ait invitée. Vous ne devez jamais non plus lui tourner le dos, même s'il vous a congédiée. Cependant, je prie tous les dieux pour que vous ne le soyez pas.

— Que voulez-vous dire par « congédiée » ? demanda Kiya, offusquée.

— Je veux seulement vous mettre en garde sur le fait qu'il importe de gagner la faveur du roi. Beaucoup ont essayé en vain. Il est probable que vous échouerez aussi, mais gardons-nous de spéculer à ce sujet. Seuls les dieux savent ce qu'il résultera de votre entrevue. Je ne dirai rien de plus.

Il sortit de ses manches une main aux longs doigts et se saisit d'une clochette qu'il agita.

Aussitôt, une petite femme, vêtue d'une tunique blanche et coiffée d'une perruque noire encadrant un visage aux grands yeux noirs, parut dans la pièce. Elle considéra Kiya avec émerveillement avant de baisser le regard vers le sol.

— Néferdoula est là pour s'occuper de vous, dit Imhoter. Elle a pour mission de peindre le visage de Pharaon et elle fera de même avec le vôtre.

La femme s'inclina en signe d'acquiescement.

— Elle va vous préparer pour votre rencontre avec le roi. Elle vous donnera un bain et vous vêtira avant de vous oindre selon l'usage. Elle vous expliquera aussi comment vous comporter. Vous devrez vous conformer exactement à ce qu'elle vous dira. M'avez-vous bien compris ?

Kiya hocha la tête.

— Je vais vous laisser avec Néferdoula, maintenant, reprit Imhoter. Une déesse ne se crée pas en un instant, même si nous avons déjà en vous une ébauche remarquable.

Kiya resta stupéfaite. Une déesse ? Elle était une mendiante... Elle n'était rien... Elle s'était même fait passer pour un garçon... Manifestement, le prêtre n'avait pas toute sa tête.

— Pardonnez-moi, monseigneur, fit-elle, mais je ne sais si je vous ai bien compris... M'avez-vous vraiment dit que le roi prendrait son repas avec moi ?

Imhoter releva un sourcil d'un air circonspect.

— Sa Majesté désire dîner avec Hathor, déesse de l'amour et de l'abondance, mère du fleuve. Me comprenez-vous ?

Kiya rougit. Elle allait encore une fois devoir jouer le rôle d'un imposteur et cela lui donnait le vertige. Elle avait su se cacher des ouvriers au milieu des tombes de la Grande Pyramide et se fondre dans les rues de Memphis, mais comment ferait-elle pour tricher devant le dieu vivant ? Elle en serait incapable. Elle ne savait même pas comment s'adresser à lui. Elle ne saurait ni parler, ni se déplacer, ni comment se comporter en sa présence.

Elle tournait et retournait ces pensées lorsqu'elle croisa le regard compatissant de Néferdoula, qui semblait dire : « N'ayez crainte, je ferai de vous la déesse Hathor. »

— Oui, répondit-elle enfin au grand prêtre. Je vous comprends.

Kiya eut un élan de gratitude envers la femme, aussitôt suivi d'un accès de désir pour Tahar. Et si elle refusait de jouer le rôle d'Hathor ? Si elle préférait retourner dans une certaine oasis au cœur du désert ? Si elle ne désirait rien d'autre que se lover contre le corps d'un certain négociant ?

— Pharaon sera là au coucher du soleil, dit Imhoter en se retirant. Essayez de lui plaire, Hathor. J'ose dire que l'avenir de l'Egypte est entre vos mains.

— Mais comment ? Et pourquoi ?

— Si vous êtes aussi intelligente que vous le paraissez, Déesse, vous trouverez vous-même les réponses à ces questions. Attendez de voir.

Chapitre 29

— Approche, Déesse, fit le roi Kheops.

Sa voix, plus haut placée que Kiya ne l'eût pensé, sonnait à son oreille comme le cuivre contre le granite.

— Laisse-moi te voir dans la lumière.

Pharaon devait avoir le double de son âge, mais il était exceptionnellement bien conservé. Le drap blanc dont il était vêtu lui marquait élégamment la taille, ceinte par une large bande de tissu bleu au-dessus de laquelle il arborait un torse musclé et bronzé. Plusieurs chaînes d'or pendaient à son cou, dont l'une portait la croix ansée, symbole de l'Egypte, incrustée de pierres précieuses d'un pourpre magnifique. Il avait des épaules larges et de puissants bras ornés de bracelets d'or.

Kiya reprit son souffle et sortit de l'ombre où elle se cachait. Les yeux baissés, elle veillait à ne pas marcher sur la longue traîne de sa robe en lin ornée de broderies et d'incrustations de turquoise et de pierre de lune.

Elle avait eu le visage savamment peint par Néferdoula, qui avait plongé ses pinceaux dans de petites coupes contenant les couleurs de la terre : ocre rouge, brun, vert et or.

« C'est de l'or pur, avait précisé la femme. Vous brillerez de tous vos feux devant le roi. »

Après de longues heures passées à transcender la beauté de Kiya, elle lui avait tamponné la nuque et le cou avec une résine parfumée. Alors seulement elle avait tenu un miroir en cuivre devant son visage.

« Je n'ai jamais obtenu de plus beau résultat », avait-elle déclaré.

Kiya s'était regardée sans se reconnaître. Les lignes noires qui lui entouraient les yeux les faisaient paraître beaucoup plus grands et donnaient à son regard une insondable profondeur. Quant à son teint, il était divinement lumineux, rehaussé par sa perruque fournie ainsi que par ses lèvres peintes d'un rouge rubis.

Bien qu'elle ne se reconnût pas, Kiya dut convenir, néanmoins, que les efforts de Néferdoula ne l'avaient pas enlaidie.

Comme elle s'approchait à présent de Pharaon, il posa le gobelet d'or qu'il tenait à la main sur une table.

— Je ne pensais pas qu'il fût possible de te rendre plus belle encore, dit-il en écarquillant les yeux. Néferdoula n'avait jamais produit un tel chef-d'œuvre.

— J'en suis très honorée, Votre Majesté, fit Kiya d'un ton assuré bien qu'elle eût les mains tremblantes et la respiration haletante.

Elle tomba à genoux devant Pharaon, comme le lui avait recommandé Néferdoula, et inclina la tête.

Kheops s'empressa de lui prendre les mains pour l'inviter à se relever.

— Ce n'est pas nécessaire, Déesse. Nous sommes seuls et pouvons nous dispenser du protocole. D'ailleurs, c'est moi qui devrais m'incliner devant toi.

Kiya regarda avec étonnement l'homme qui tenait l'Egypte dans la paume de sa main, faisait construire la plus haute pyramide qui eût jamais vu le jour et avait la réputation de converser avec les dieux.

Il n'en était pas moins un simple humain.

Le roi se pencha sur l'aiguière en or et remplit de vin un gobelet du même métal.

— Quel est ce parfum suave que tu portes ? Est-il à base de lilas, de myrrhe ?

— Pardonnez-moi, Votre Majesté, mais je l'ignore.

— Mais alors, c'est simplement ton… odeur, fit-il en lui tendant le gobelet d'or. Lorsque les dieux m'ont invité à me rendre à l'île d'Abou, je ne m'attendais pas à y trouver l'incarnation d'Hathor. A présent, je comprends mieux que jamais leur intention.

Le roi se saisit de son propre gobelet et invita Kiya à boire avec lui.

— Dis-moi, Hathor… Est-ce que je te plais ?

Kiya fut si surprise par la question qu'elle faillit s'étrangler avec son vin. Le dieu vivant lui avait-il vraiment demandé son avis à son sujet ? Elle ne pouvait y croire. Sans doute avait-elle respiré trop d'encens et commençait-elle à divaguer.

Mais Pharaon l'observait attentivement en attendant sa réponse.

— Je ne vous connais pas assez, répondit-elle enfin. Je ne sais que dire.

Le roi releva un sourcil puis détourna le regard. Kiya prit conscience, à cet instant, qu'elle lui avait manqué de respect.

— Pardonnez-moi, Votre Majesté. J'ai parlé sans réflexion… Je ne pensais pas ce que j'ai dit…

— Au contraire… Je sais que tu le pensais, répondit laconiquement le roi avant de s'éclairer d'un sourire.

Il tendit la main vers un petit pain qu'il partagea en deux, une moitié pour lui, l'autre pour Kiya.

— C'est très agréable et rare, pour un monarque, de rencontrer une telle sincérité, reprit-il. Tu ne me connais pas, en effet, alors comment pourrais-tu savoir si je te plais ou non ? Il semblerait que ta sagesse égale ta beauté. Mais, dis-moi, car tu peux me répondre à ce sujet : est-ce qu'il t'est agréable de me regarder ?

Pharaon inspira profondément et attendit, observant Kiya du coin de l'œil.

Elle le regardait d'un air confus. Le roi de la Haute et de la Basse-Egypte tenait-il vraiment à savoir si elle le trouvait… attirant ? Pour se laisser un temps de réflexion, elle mordit dans son petit pain et le mâcha lentement. Elle devait donner au roi une réponse qui lui convînt.

Il était différent de Tahar. Moins anguleux et plus tendre. Les muscles de sa poitrine n'étaient pas aussi bien tracés et son ventre n'était pas aussi plat et sculpté. Mais il n'en était pas moins solidement bâti. Il avait une poitrine large et des bras puissants qui exerçaient un attrait certain. Il avait, en outre, les yeux soulignés de noir et le corps rasé comme tous les Egyptiens de haute naissance.

Kiya choisit ses mots avec beaucoup de soin.

— Vous êtes agréable à regarder… Et vous inspirez autant la force que la douceur.

— Parfait ! fit le roi en riant. Ton honnêteté me touche.

Il finit son pain et but le contenu de son gobelet d'or, puis il prit Kiya par les mains et la fit s'asseoir sur un large coussin.

— Et que penses-tu de mon visage ? lui demanda-t-il. Je t'en prie… Réponds-moi précisément.

Kiya étudia les traits du souverain alors qu'il s'asseyait à son tour, la tête appuyée à un traversin.

— Vous avez le même nez que celui du roi Snéfrou tel qu'il est représenté sur la deuxième pyramide de Dahchour.

— En quoi lui ressemble-t-il ?

— Il est courbé.

— Très bien ! fit le roi en passant la main sur le bras de la jeune fille. N'as-tu aucune autre remarque à me faire ?

— Vous avez le teint pâle, tout comme Thot, et comme lui vous avez le visage rond et les joues pleines.

— En effet.

Il passa la main sur la perruque de Kiya qu'il repoussa derrière son oreille, tandis que son regard s'attardait avec une telle insistance sur son cou qu'elle commençait à en éprouver de la gêne.

— Vos yeux sont étroits, reprit-elle, mais ils sont brillants.

— Vraiment ?

Il se rapprocha d'elle, à tel point qu'elle se mit à appréhender son prochain geste.

— Et vos lèvres…, commença Kiya sans terminer sa phrase.

Elle se représenta celles de Tahar, si belles et bien dessinées… Or, si elle n'avait pas été découverte par le roi, elle aurait peut-être été en train de les embrasser en cet instant.

— Eh bien ? Qu'as-tu à dire de mes lèvres ?

Pharaon passa le bras autour de la taille de Kiya.

Elle retint son souffle.

Vos lèvres sont pâles et sans vie, pensa-t-elle. *Elles n'ont rien de comparable à celles de Tahar.*

— Elles sont sacrées… Elles conversent avec les dieux.

La réponse ne sembla pas satisfaire le monarque qui, soudain crispé, retira son bras et se redressa.

— Il y a longtemps que mes lèvres ne s'entretiennent plus avec les dieux. Si c'était le cas, la crue du fleuve aurait déjà eu lieu.

Kiya soupira malgré elle. Sa remarque avait détourné le roi de son projet de séduction. Le grand prêtre Imhoter serait déçu, mais elle, du moins, était soulagée.

— Hélas ! fit-elle. La sécheresse est à l'origine de grandes privations.

— Pardon ? fit Kheops que cette formulation contrariait. Elle menace mon règne. La survie même de ma dynastie !

Il laissa échapper un soupir, exaspéré, avant de reprendre :

— Je suis désolé, chère Hathor, mais la sécheresse, tout simplement, me met en colère.

— Je ne puis que difficilement me représenter ce que vous ressentez, dit Kiya.

L'image qu'elle s'était faite du monarque, rempli de bienveillance pour son peuple, volait en éclats. Alors que les Egyptiens mouraient de faim, Kheops ne se préoccupait que de l'avenir de son trône !

Elle se redressa à son tour en ramenant les genoux contre sa poitrine.

— Ce genre de phénomène ne devrait exister que dans les contes, dit-elle, pour faire réfléchir les hommes.

— Oui, confirma Pharaon en s'étendant de nouveau sur les coussins.

Il caressa le bras de Kiya qui fut parcourue d'un frisson.

— Connais-tu de nombreux contes, Hathor ?

— Oui, Majesté.

— Alors dis-m'en un. J'ai besoin d'oublier mes soucis.

Kiya fouilla dans ses souvenirs. Sa mère lui avait conté bien des histoires, mais elle-même n'en avait jamais raconté à personne. Si seulement elle avait pu avoir le don de sa pauvre mère, qui avait toujours en tête un récit digne des oreilles d'un roi…

Il lui revint en mémoire, à cet instant, qu'elle avait sans doute un lien avec Pharaon. Elle se fit violence pour ne pas éclater de rire tant la vérité sur ses origines, qu'elle avait oubliée depuis longtemps et qui lui revenait brutalement à l'esprit, avait un caractère saugrenu.

Sa mère comptait parmi les concubines de Snéfrou, et Kheops était le fils légitime du feu roi. Ce qui voulait dire que le souverain actuel de l'Egypte, le dieu vivant étendu à son côté et dont la main baladeuse ne cessait de revenir vers elle, n'était autre que son demi-frère !

S'efforçant de ne pas fixer le roi dans les yeux, elle s'octroya le droit, néanmoins, de l'examiner un peu plus attentivement pour voir si elle avait quelque ressemblance avec lui. Bien qu'elle n'eût pas le nez aquilin ni la même rondeur dans le visage, elle présentait dans les yeux une forme assez comparable à la sienne, du moins quand Néferdoula lui avait fait voir son visage dans le miroir.

Nous avons le même père, se dit-elle en son for intérieur.

Elle eut l'impression que le sang refluait de ses membres. Quelles avaient été les paroles du grand prêtre ?

« Sa Majesté désire dîner avec Hathor, déesse de l'amour et de l'abondance, mère du fleuve. »

Etant donné l'attente du roi, elle ne pouvait lui révéler le lien de parenté qui les unissait. Elle craignait de le blesser dans son orgueil et de déclencher sa colère. Mais il était évident qu'il voulait s'unir à elle. Or, elle ne devait pas le permettre.

— Eh bien, je t'écoute, fit Kheops avec impatience. N'oublie pas que tu dois me dire un conte.

Kiya se représenta le beau visage de sa mère quand elle lui racontait une histoire et, comptant sur son imagination pour compenser la faiblesse de sa mémoire, elle se lança enfin :

— Un jour, il y a très longtemps, un homme reçut la visite d'un dieu qui lui dit de s'empresser de construire un bateau car un déluge allait s'abattre sur la terre…

Kiya poursuivit le récit du conte sumérien qu'elle avait souvent entendu dans la bouche de sa mère. Le roi l'écoutait avec attention, et quand elle eut terminé, elle vit une larme couler le long de sa joue.

— Beaucoup de gens sont morts pendant ce déluge, n'est-ce pas ? fit le roi.

— Oui, Majesté.

— N'ont-ils pas reçu l'aide des dieux ?

— Non… Ils ne sont venus en aide qu'à l'homme et à la femme auxquels ils avaient accordé l'immortalité. Le reste des hommes a péri.

Kiya se tut et réfléchit à ce que lui avait dit sa mère un jour : selon elle, le rôle du conteur était de causer de la peine puis de la dissiper. Puisqu'elle avait fait pleurer Pharaon, elle devait maintenant soulager son cœur. Comment s'y prendrait-elle ?

— J'ai vu le Nil depuis une montagne. Il est beaucoup plus long que je ne l'aurais pensé.

— Pourquoi me dis-tu cela, Hathor ?

— Parce que je crois que nous sommes beaucoup plus petits qu'il y paraît… Nous ne durons pas… Nos vies sont légères et fragiles comme le bruissement de la brise dans les feuillages. Les dieux sont puissants, mais ils ne s'intéressent guère à nous.

Kiya refoula une larme en pensant au jour où Tahar avait prononcé ces mots devant elle.

— C'est pourquoi, reprit-elle, nous devons veiller les uns sur les autres.

Le roi regarda Kiya d'un air émerveillé.

— Je n'ai jamais rencontré une personne comme toi.

— Je ne voulais que soulager votre peine, Majesté. Mais je n'ai déjà que trop parlé…

— Non. Tu dis ce que tu penses et ta pensée est belle.

Il lui prit la main et y pressa ses lèvres.

— Mais ma peine n'est pas encore dissipée… Ne peux-tu me raconter une autre histoire ?

Si elle avait été là, sa mère aurait su quel récit faire au roi. Les concubines étaient formées pour faire face à de telles demandes de la part du souverain. Mais Kiya n'en était pas une et ne voulait en aucun cas le devenir. Tout ce qu'elle désirait, c'était retourner sur la berge occidentale de l'île pour y attendre Tahar.

Par conséquent, elle ne voulait ni enjôler ni flatter le roi. Si elle ne trouvait pas d'autre moyen, peut-être serait-elle obligée de lui apprendre qu'elle était sa demi-sœur. Il était, parfois, inévitable de dire la vérité.

— Je voudrais vous rassurer, ô mon roi ! au sujet de la crue du fleuve, dit-elle soudain, tandis que les propos de Tahar lui revenaient en mémoire. Elle arrive. Au cours du prochain cycle de la lune, le Nil sortira de son lit et abreuvera les terres assoiffées de l'Egypte. La crue sera tardive, mais elle aura lieu.

Kheops s'éclaira tout à coup, puis plissa les paupières d'un air soupçonneux.

— Tu es bien audacieuse de faire une telle promesse. Tu as beau être une déesse, il y a certains secrets que même les dieux ne peuvent percer.

— Je comprends que vous doutiez de ma parole, Votre Majesté, mais vous ne mettriez pas en doute les sauterelles qui grouillent sur la face orientale des dunes et ne volent pas. Vous ne nieriez pas non plus que le vent se lève au cœur de la nuit et souffle vers le nord. Et vous ne pourriez refuser de constater que les graines d'acacia tombées en terre ont commencé de se fendre. Il ne fait aucun doute. Les inondations sont imminentes.

Elle sortit de sous sa perruque une graine qu'elle avait conservée et la présenta au roi.

Il la considéra, bouche bée. Après quelques instants, il baissa les yeux et s'adressa respectueusement à Kiya :

— Pardonne-moi, ô Déesse ! C'est moi qui ai parlé à la légère.

Se dressant sur les genoux, il s'inclina devant elle avant de lui prendre les mains et de les porter à ses lèvres.

— Je n'ai plus de doute, à présent, reprit-il. Je sais que tu as été envoyée par les dieux. Tu es Hathor et tu es venue étendre tes bienfaits sur l'Egypte, la soulager de ses épreuves. Tu apportes la beauté et la fertilité, l'eau et la vie.

Kheops revint s'asseoir près de Kiya et la fit s'étendre sur les coussins. Elle se maîtrisa pour ne pas laisser voir son anxiété, puisque Pharaon la tenait pour une déesse.

Avait-il perdu la tête ? Mais lui-même se prenait bien pour un dieu, après tout.

Kheops passa la main sur la tête de Kiya puis la laissa descendre le long de son dos.

— Dis-moi, Hathor…, fit-il en s'allongeant contre elle. Crois-tu que je sois l'incarnation d'Horus ?

Il se tourna pour lui faire face et la serra plus fort contre lui.

— Je ne sais pas, Majesté, répondit Kiya, terrorisée.

— Ma petite, reprit Pharaon avec un sourire contrit. Tu es plus rare que la plus belle de toutes les pierres précieuses, et tu es d'une valeur mille fois supérieure.

Il passa le doigt sur ses lèvres et elle sentit la chaleur de son souffle sur son visage.

— Et quand je pense que je ne voulais que déposer ma semence en toi…

Il lui caressa tendrement la joue.

— Hathor, ma déesse. Je veux te prendre pour épouse.

Chapitre 30

Kiya remit sa perruque en place, escalada la pile de coussins qu'elle avait disposée sous la fenêtre trop haute et vit la foule assemblée sur le quai.

Les hérauts venaient tout juste de l'annoncer sous le titre d'Hathor incarnée, fiancée de Pharaon. Des murmures impatients s'élevaient du flot de villageois et de cultivateurs, venus pour admirer celle que le roi allait prendre pour épouse — et qui, à la différence de ses deux autres femmes, ne serait pas seulement reine mais aussi déesse de l'amour et de l'abondance.

Elle était attendue par les habitants d'Asyut, à présent, et devait leur faire grâce de sa beauté et de son amour.

Kiya se sentait nauséeuse. Les dessins qu'on avait tracés au henné sur les côtés de sa poitrine commençaient à s'effacer sous l'effet de sa transpiration.

Déesse de l'amour et de l'abondance, pensa-t-elle avec ironie.

— Allez-y, Hathor, lui dit Néferdoula sur un ton encourageant. Votre peuple vous attend.

Mon peuple ?

Une sonnerie de trompettes et un roulement de tambourins achevèrent de l'arracher à ses pensées.

— L'expression même de la beauté et de la féminité honore la maison d'Horus, annonça le héraut.

Pour se donner du courage, Kiya se plut à imaginer que ce n'était pas le roi Kheops qui l'attendait sur le débarcadère, mais Tahar.

— Pourquoi faites-vous patienter votre roi ? fit la voix

d'Imhoter, resté dans l'ombre. Vous serez bientôt reine et, à ce titre, vous représentez la maison d'Horus. Vous devez rencontrer les habitants d'Asyut et leur redonner espoir.

Imhoter était la dernière personne que Kiya souhaitât décevoir, bien que, plus tôt dans la journée, elle l'eût supplié en vain de lui rendre sa liberté.

— Je ne suis qu'un imposteur, avait-elle dit à Néferdoula lorsqu'elle lui avait fait enfiler la tunique blanche. Je ne m'appelle pas Hathor mais Kiya, un nom commun pour une femme commune.

— Qui que vous ayez été, vous ne l'êtes plus, avait répondu le grand prêtre. Oubliez ce que vous vouliez, désiriez… Vous êtes Hathor, à présent. Vous n'avez plus rien d'ordinaire.

— En effet, avait confirmé Néferdoula en levant au-dessus de la tête de Kiya un lourd réseau de perles. Vous êtes tout sauf commune.

Le filet incrusté de perles multicolores resserrait la tunique blanche de la jeune femme en soulignant ses formes d'une manière très avantageuse.

Au côté d'Imhoter, Néferdoula avait contemplé longuement son œuvre.

— Regardez, avait-elle dit au grand prêtre, la façon dont les perles dorées rappellent les irisations de ses grands yeux.

Imhoter avait acquiescé solennellement.

— Quoi que vous disiez, avait-il remarqué, il y a en vous, Hathor, quelque chose de royal et de divin.

— Je crains que vous ne vous fassiez des illusions, avait répondu Kiya.

Mais il lui avait semblé que ni l'un ni l'autre ne l'écoutaient.

— Vous appartenez à l'Egypte, maintenant, avait précisé Imhoter avant de se retirer. Il est de votre devoir de rendre l'espoir à une terre qui se meurt.

Kiya baissa les yeux sur ses mains, qui portaient encore la trace des durs travaux qu'elle avait accomplis pour la construction de la pyramide. Malgré les soins à base de crèmes et d'onguents que Néferdoula lui avait prodigués, elle gardait des doigts abîmés qui ne ressemblaient en rien à ceux d'une future reine.

Elle se mit à trembler.

— Puis-je tenir à la main du lilas ? demanda-t-elle en avisant un bouquet dans un vase.

— Excellente idée, répondit Néferdoula qui s'empressa d'en prendre la plus belle branche.

Comme elle la donnait à Kiya, elle reprit :

— N'ayez pas peur, Déesse. Vous allez leur faire une très grande impression. Dès qu'ils vous verront, ils auront le cœur léger.

Kiya lui sourit avec reconnaissance.

— Merci, Néferdoula. Vous aussi, vous avez soulagé mon cœur.

Sur ces mots, elle se dirigea vers la porte donnant accès au débarcadère.

Coiffés de leurs plus belles perruques, les gens du peuple, émus, étaient figés dans une attitude respectueuse. Si elle n'avait pas entendu leurs murmures, Kiya aurait pu les prendre pour des figurines de terre cuite.

Elle posa la main sur le bras que le roi lui présentait, puis, encadrés par deux esclaves nubiens les protégeant du soleil avec de grandes palmes, ils avancèrent tous deux sur les planches qui les reliaient à la berge du fleuve.

En raison de la sécheresse, le niveau du Nil était bas, et dans les derniers mètres, le débarcadère surplombait des boues craquelées et desséchées.

Kiya vit que la foule était essentiellement composée de paysans aux visages tannés, et dont les corps façonnés par les rudes travaux des champs attestaient leurs efforts quotidiens pour tirer du sol ses richesses.

C'était eux qui faisaient la grandeur de l'Egypte. Or, ils étaient maigres, avaient l'échine courbée et levaient sur Kiya les yeux caves d'hommes qui n'avaient pas mangé à leur faim depuis longtemps.

En se rapprochant de la foule, elle remarqua une fillette qui ne devait guère avoir plus d'un an, mais qui avait le visage si décharné qu'elle en paraissait plus.

Kiya se pencha sur elle et lui tendit le lilas.

— Des fleurs pour une petite fleur, lui dit-elle.

L'enfant s'éclaira d'un sourire.

— La crue, va venir, petite fille. N'aie crainte. Les eaux du fleuve se gonflent déjà à sa source.

L'enfant passa les bras autour du cou de Kiya, qui la prit dans ses bras.

— Voici Hathor, mère du Nil ! s'exclama Pharaon.

En entendant ces paroles, le peuple poussa des cris de joie.

Jamais Kiya n'aurait imaginé qu'elle pût produire un tel effet sur ces pauvres gens. Quelques mois plus tôt, elle s'était imposé un mutisme absolu de crainte de se trahir par sa voix. Aujourd'hui, elle résonnait d'un bout à l'autre de l'Egypte comme un chant d'espoir.

Les jours s'écoulèrent au fil de l'eau dans une alternance de joie et d'anxiété. A mesure qu'ils descendaient le cours du fleuve et rencontraient de nouveaux villages, le même cérémonial avait lieu.

Le peuple, informé à l'avance de la venue de Pharaon et de sa fiancée, se prosternait devant elle comme devant une déesse. Certains allaient jusqu'à la toucher et, si elle prenait leurs visages entre ses mains, ils fondaient en larmes.

Elle essayait alors de les consoler et séchait leurs larmes en leur murmurant : « Ne désespérez pas. Voyez-vous la brise qui fait flotter l'oriflamme du roi ? Elle indique que le fleuve va bientôt sortir de son lit. Il va inonder toutes les terres d'Egypte.

Elle répétait les paroles de Tahar, et chaque fois sentait son cœur se serrer. Elle s'était terriblement méprise au sujet de cet homme. Elle l'avait cru égoïste quand en réalité il lui avait donné toutes ses richesses : sa sagesse, son expérience, sa poésie, sa force et, pour finir, peut-être, sa vie…

Tous les matins, elle laissait Néferdoula faire d'elle une autre personne en la maquillant et l'habillant richement. Sa poitrine, qu'elle s'était si ardemment employée à dissimuler, était maintenant le plus souvent exposée, simplement couverte d'une fine gaze et de motifs que Néferdoula lui dessinait avec une minutie extrême.

Petit à petit, Kiya perdait de sa timidité et éprouvait de moins en moins de gêne quant à sa duplicité. Si le fait de passer pour Hathor pouvait rendre l'espoir à une petite fille famélique, elle voulait bien continuer à jouer encore un peu le rôle qui lui avait été dévolu.

Elle aurait seulement souhaité être rassérénée au sujet de Tahar, savoir s'il était toujours en vie, s'il n'avait pas renoncé à elle et était bien en chemin pour la rejoindre.

Le roi, de son côté, était transporté de joie et lui rendait visite chaque soir dans sa cabine.

« Ils m'aiment de nouveau grâce à toi, Hathor, lui disait-il en lui caressant la joue. Sans toi, ils ne m'auraient jamais pardonné ces deux années de sécheresse. »

— Majesté, ils n'ont rien à vous pardonner. Vous avez toujours fait votre devoir à leur égard, de même que je fais le mien.

Pharaon était pétri d'admiration devant son flegme et la sagesse de ses réponses. Il recourait inlassablement à la flatterie et, insensible à l'indifférence qu'elle lui témoignait, tentait de l'approcher tel un lion décrivant des cercles autour de sa proie. Peut-être était-ce justement cette indifférence qui le stimulait, car il semblait que Kiya ne pût rien faire pour le dissuader de l'approcher.

« Tu es belle comme une grappe de raisins, disait-il en lui parant le cou de colliers en or. J'ai envie de croquer dans ta chair comme dans un fruit mûr. Ta peau couleur de miel me rend fou de désir. »

Les recommandations de sa mère lui revenaient régulièrement à l'esprit. Il était clair que le roi envisageait de la posséder dès qu'il l'aurait épousée, et cette seule pensée lui donnait la nausée. Elle ne pouvait envisager de s'unir à son demi-frère, quels que somptueux fussent les cadeaux dont il la couvrait. Les rois d'Egypte, certes, épousaient souvent leurs sœurs, car en raison de leur nature divine ils avaient tous les droits.

Mais Kiya n'avait pas envie de se donner à son frère, quand bien même il fût un dieu. Elle rêvait de remonter le temps pour se retrouver dans l'eau de l'oasis, où Tahar l'avait prise dans ses bras en lui disant qu'elle n'avait rien à craindre avec lui.

Heureusement, son union physique avec le roi ne pouvait avoir lieu avant leur mariage, la loi en décidait ainsi. Un roi égyptien pouvait faire ce qu'il voulait avec ses concubines, mais épouser une femme légitime était une toute autre affaire. Le corps du roi et la vallée du Nil ne faisaient qu'un. Aussi sa progéniture devait être attestée et établie avec la plus grande rigueur. Un enfant de Pharaon n'était légitime, et donc de sang royal, que s'il était né dans le cadre du mariage.

Pour cette raison, Imhoter et Néferdoula surveillaient étroitement les futurs époux. Néferdoula ne quittait pas Kiya, même lorsque le roi venait lui rendre visite sur la barque qui lui avait été assignée. Et lorsque Kiya rendait visite au souverain, Imhoter se tenait dans l'ombre, immobile comme une statue, témoin de tout ce qui se passait entre le roi et la jeune déesse.

— Tu me donneras un fils, déclara un matin Pharaon, après avoir déjeuné avec Kiya.

Ils étaient assis côte à côte sur un lit de coussins, et Kheops caressait le ventre de Kiya. Le léger tangage du bateau berçait le roi qui glissait lentement dans le sommeil.

— Et je donnerai à l'enfant le nom de Khnoum incarné, fils de Khnoum Kheops, Sauveur de l'Egypte.

Le monarque lança un regard vers l'angle de la pièce, où il savait qu'Imhoter se tenait discrètement.

— Que penses-tu de ce nom, Imhoter ?

— C'est un très bon choix, Majesté.

— Sors de ta cachette, eunuque ! Par moments, j'ai l'impression de m'adresser à un esprit. Et dis-moi la vérité. Tu aimes ou tu n'aimes pas ce nom ?

Imhoter s'avança et Kiya crut voir qu'il avait le rouge aux joues. Le roi le mettait visiblement dans l'embarras.

— En vérité, je ne l'aime pas beaucoup.

— Par le sang de Seth ! Pourquoi ? Explique-toi, eunuque !

Cette fois, le prêtre rougissait vraiment. Kiya brûlait d'envie de faire taire le roi, dont les paroles volontairement blessantes avaient affecté le pauvre Imhoter.

— Il me semble, Votre Majesté, qu'il manque… Voyons… De subtilité.

Après que Pharaon se fut enfin endormi, Kiya avait rejoint Imhoter sur le pont du bateau. Il était encore tôt, mais le vent du nord s'était déjà mis à souffler. Imhoter regardait les marins descendre le long du mât, qui venaient d'affaler la voile et allaient prendre leurs places devant les avirons.

— Bonjour, gentil prêtre.

— Bonjour, jeune Déesse, répondit Imhoter en s'inclinant d'un air sombre.

Il paraissait encore affecté par les indélicatesses du roi.

— Le vent souffle en sens contraire. Il va freiner notre allure.

— Certes, mais nous sommes portés par le courant. Je ne doute pas que les hérauts du roi arrivent à Memphis avant la fin du jour.

Il était de coutume, en effet, que les hérauts de Pharaon le précèdent en avertissant de son arrivée dans les différents villages implantés sur les rives du fleuve. Or, en cette occasion, ils devaient aussi annoncer la fiancée du souverain.

— Ce sont des semeurs de joie, reprit Imhoter. La simple nouvelle de l'arrivée de Pharaon en votre compagnie, Déesse, a suffi à faire oublier au peuple ses souffrances. Quand les gens de Memphis apprendront votre venue, ils seront fous d'impatience.

— Pourriez-vous me parler des femmes de votre monarque ? demanda Kiya.

— Méritites et Hénoutsen ont été fiancées au roi lorsqu'elles étaient enfants. Elles sont bien plus âgées que vous. Demi-sœurs de Sa Majesté, elles sont très influentes. Elles s'entendent bien entre elles et ne se sont jamais offusquées du fait que Pharaon préfère la compagnie de ses concubines. Je suppose qu'elles vous traiteront comme leur fille. Vous avez de la chance. Toutes les reines ne sont pas aussi aimables qu'elles.

— Avez-vous servi d'autres monarques ?

— Oui, répondit Imhoter, qui avait soudain l'air contrarié. J'ai été au service du roi Snéfrou, le père de Sa Majesté. Ses épouses s'entre-déchiraient comme des chattes…

Il s'interrompit et esquissa un sourire.

— Je vous parle trop librement, jeune Déesse. Vous faites de moi un bavard.

— Vous n'en êtes pas moins bienveillant, dit Kiya qui aimait converser avec Imhoter.

Elle lui faisait étrangement confiance. Son attitude froide et distante ne l'intimidait pas, comme cela semblait être le cas pour beaucoup d'autres, et elle prenait un grand plaisir à faire parler cet homme qui était le plus souvent mutique.

— Me permettrez-vous une dernière question inconvenante, Imhoter ?

— Je crains de ne pas avoir le choix.

— Le roi Snéfrou tenait-il compte de votre avis comme le fait son fils ?

— Oui, au début, répondit prudemment le grand prêtre, puis de moins en moins.

— Pardonnez-moi, Imhoter, reprit Kiya en baissant le ton, mais est-ce le roi Snéfrou qui vous a fait… tel que vous êtes ?

— J'avais cru comprendre que vous ne me poseriez qu'une seule question inconvenante…

Imhoter eut un rire contrit avant de poursuivre :

— C'est bien le cas, Déesse à l'esprit perspicace.

— Ne me direz-vous pas dans quelles circonstances précises ?

— Si, mais un autre un jour… C'est une longue et triste histoire qui ne devrait pas venir aux oreilles d'une jeune fiancée.

Il regarda Kiya dans les yeux et ajouta :

— Mais souvenez-vous de ceci : il ne faut jamais contrarier un souverain.

« Ho hisse ! » entendirent-ils alors de la bouche du barreur, avant que la barque fût propulsée vers l'avant.

— On sent que les hommes sont bien reposés, remarqua Imhoter quand la rive commença à défiler sous leurs yeux. Nous serons à l'abri derrière les murs du palais dans moins d'une semaine.

Déjà ? pensa Kiya.

Il leur en avait fallu plusieurs, avec Tahar, pour atteindre la frontière sud de l'Egypte. Grâce au courant du Nil, ils retourneraient au nord en un temps éclair, à bord de la barge royale dont le pavillon bleu et blanc battait au sommet du mât. Elle reverrait bientôt Memphis, la ville où elle avait grandi, et ne serait plus condamnée à y chercher sa nourriture le long des quais mais évoluerait désormais dans un monde privilégié, derrière les murs du palais.

Elle vivait le rêve de toute jeune Egyptienne et aurait dû en être heureuse. Exulter, même : elle avait pris le cœur d'un monarque ! Et pas seulement en tant que concubine. Elle serait bientôt élevée à la position honorifique de reine d'Egypte. Epouse de Pharaon ! Elle ferait l'expérience du pouvoir et disposerait d'immenses richesses. Elle mangerait de la viande quotidiennement, prendrait des bains de lait d'ânesse et serait couverte de bijoux.

Et pourtant, ce qui avait le plus de valeur à ses yeux n'était autre que la graine d'acacia que Tahar lui avait donnée et qu'elle gardait précieusement sur elle. Elle l'exhuma de son vêtement et la fit rouler entre ses doigts.

Son écorce brillante finirait par s'user à force de frottements, et un jour il ne resterait plus que son contenu cotonneux.

Ce serait aussi bien, car il lui fallait oublier Tahar. Elle devait le chasser de ses pensées, l'effacer complètement de ses souvenirs.

Chaque jour, cependant, elle se surprenait à rêver qu'elle revenait en arrière, dans la première oasis et dans la grotte où il l'avait soignée, puis dans la deuxième oasis où ils s'étaient embrassés, et enfin dans le désert, jusqu'à cette troisième oasis où il lui avait rendu sa liberté. Mais alors elle sentait son cœur se briser. Jamais elle n'aurait dû partir avec Mény et le laisser seul face à son destin.

Elle revoyait ses grandes et belles mains lorsqu'il l'avait tenue par la taille, son sourire plein de charme, ses yeux qui semblaient lire profondément en elle. Et elle se souvenait de tout ce qu'il lui avait appris, de l'art qu'il avait de regarder le monde et de percer ses mystères. Elle désirait revoir tout ce qu'elle avait vu avec lui, et qu'il lui fît découvrir tout ce qu'elle ignorait encore.

Plus que tout, elle voulait revoir son visage. Ses traits bien dessinés qui exprimaient la force et la détermination. Le bleu magnifique de son précieux regard.

— Nous ne sommes que de passage sur cette terre, jeune Déesse, lui dit soudain Imhoter en contemplant la berge. Nous participons à un drame dans lequel nous devons tenir un rôle. Vous avez déjà très bien joué le vôtre. En quelques jours, vous avez accompli une tâche plus grande que ne l'ont fait bien des rois en une vie. Vous avez rendu courage à tout un peuple, et mieux encore, vous l'avez rempli d'espoir. Vous ne tarderez pas à être la plus grande reine que l'Egypte ait jamais eue. Les conteurs diront vos vertus et les scribes couvriront des rouleaux de papyrus pour vanter vos mérites. Si seulement…

— Si seulement quoi ?

— Puis-je vous dire le fond de ma pensée ?

— Je tiens, Imhoter, à ce que vous me disiez toujours la vérité.

— Je voudrais que vous puissiez embrasser totalement votre rôle de reine, reprit le prêtre en emprisonnant Kiya dans son regard. Qui que soit cet homme, il vous faut le chasser de votre esprit.

— Je ne vois pas de qui vous voulez parler, répondit Kiya, sur la défensive.

Imhoter leva sur elle des yeux pénétrants bien qu'empreints de douceur.

— Je ne peux rien vous cacher, fit la jeune femme en soupirant.

— Encore une fois, votre intelligence vient à votre secours, mais le serez-vous assez pour comprendre ce que vous devez oublier ?

— Je fais tout ce que je peux pour l'oublier, mais je crains que ce ne soit impossible.

Imhoter se rapprocha d'elle.

— Il faut y mettre plus d'ardeur et de volonté. Apprenez à vous oublier vous-même. Devenez altruiste et songez d'abord au peuple égyptien.

Le timonier lança un nouvel ordre et les rameurs ralentirent leur cadence. Ils approchaient d'un village.

Kiya voyait des rubans de fumée s'élever dans le ciel, au loin. Elle remarqua un groupe d'enfants qui couraient le long de la rive en essayant en vain de rester au niveau de la barge royale. Elle leur fit signe de la main, et ils se mirent à bondir et à crier joyeusement avant de se laisser tomber d'épuisement sur le sol poussiéreux.

— Cela ne vous suffit-il pas ? demanda Imhoter. De faire naître une telle allégresse dans le cœur de jeunes enfants ? D'incarner toutes leurs aspirations ? Quand vous serez reine, vous serez l'expression de la grandeur de ce pays. Vous serez l'Egypte même.

Si l'Egypte est grande, pensa Kiya, *c'est grâce à son peuple et non à la reine ou au roi qu'il s'est donné.*

Elle tournait la graine d'acacia entre ses doigts. Lorsqu'elle était plus jeune, elle passait parfois la nuit dans les herbes tendres qui poussaient le long du fleuve. Elle levait les yeux vers le ciel et imaginait qu'il était un immense miroir reflétant la terre. Le Nil céleste s'écoulait telle la voie lactée et elle, Kiya, était l'une de ces nombreuses étoiles qui brillaient le long de sa berge.

A cette époque, elle ignorait où commençait et où finissait

le fleuve. Grâce à Tahar, elle avait vu de ses propres yeux qu'il était beaucoup plus long qu'elle ne le concevait.

— Pourrai-je voyager à l'étranger quand je serai reine ?

— Une reine d'Egypte peut voyager autant qu'elle le veut. Elle peut voir le monde entier si elle le désire.

— J'aimerais voir le monde, dit Kiya d'un air songeur.

Tandis que la berge filait devant eux dans une succession de couleurs, Kiya s'imaginait prendre part à une expédition royale et ratisser inlassablement le pays à la recherche de Tahar.

— La mer Noire, par exemple, reprit la jeune femme. J'aimerais l'explorer et voir, au-delà, l'immense steppe herbeuse où paissent les troupeaux.

Imhoter semblait lire dans ses pensées.

— C'est pour votre bien, chère Hathor, que je vous parle. Je vois comme vous résistez au roi. Vous êtes incapable de lui ouvrir votre cœur. Dites-vous qu'une personne qui s'est retirée de votre vie n'est plus qu'une statue sans âme, belle, peut-être, mais immuable. Le temps passant, ses traits s'évanouissent et nous en oublions les défauts pour ne plus garder en mémoire que ses qualités. Je suppose que cet homme n'était pas parfait. A moins qu'il ne soit un dieu, lui aussi.

— Non, il n'était pas parfait.

Quelles avaient été précisément les dernières paroles de Tahar ?

« Je veux que tu échappes aux griffes de ce vieux démon. »

Et si ç'avait été un aimable prince nubien et non Bandir qui avait demandé sa main, Tahar l'en aurait-il pareillement libérée ? Peut-être la lui aurait-il vendue comme il en avait fait le projet, la conscience apaisée par la certitude qu'elle ne serait pas maltraitée.

— Vous avez le choix, dit Imhoter. Oubliez l'homme qui hante votre esprit et devenez reine, ou gardez dans votre cœur votre amour perdu et passez le reste de vos jours dans la misère.

Il semblait qu'Imhoter la comprît mieux qu'elle ne se comprenait elle-même. En effet, elle plaçait au-dessus de sa propre destinée son amour pour un homme dont elle n'était même pas sûre qu'il fût encore en vie.

Et puis Tahar l'avait-il autant aimée qu'elle ? Elle ne le saurait jamais. Ce dont elle n'avait aucune raison de douter, en revanche, c'était qu'elle serait bientôt élevée à une position qu'elle garderait même dans la mort.

Elle deviendrait l'égale des dieux !

A présent elle devait sa vie à l'Egypte et à son puissant roi. Certes, elle sacrifierait son amour, mais c'était un détail à l'image de ces poussières de lumière dont était semée la voie lactée.

Elle tendit la main au-dessus des eaux du fleuve et y laissa tomber la graine d'acacia.

Au revoir, Tahar. Je ne t'oublierai jamais.

Chapitre 31

Elle avait toujours appréhendé qu'il ne se dressât devant elle, et ses craintes avaient été fondées. En ce jour redouté de son mariage avec le roi, elle se trouvait en présence du troisième serpent annoncé par sa mère.

Cette fois, cependant, il n'était pas vivant. Il était en or et ornait la couronne de l'homme qui deviendrait son mari.

Cachée au fond de la salle derrière de grands rideaux, Kiya regardait Pharaon avancer sur le long tapis bleu, dans la foule silencieuse des convives richement vêtus.

Le rythme des tambours avait résonné dès l'apparition du monarque, qui avait réglé son pas sur leur martèlement. Il était vêtu d'un simple tissu de lin blanc noué à la taille, portait aux pieds des sandales rituelles et au cou un collier à multiples rangs de saphirs et de turquoises, si large qu'il lui couvrait la moitié des épaules.

Mais c'était surtout sa couronne éblouissante qui semblait l'élever au rang des divinités. Ceinte de la couronne rouge de la Basse-Egypte, la couronne de la Haute-Egypte, d'une blancheur éclatante, avait l'aspect d'un cône à la base duquel se dressait un cobra d'or.

Ce serpent imposant conférait au roi un pouvoir tacite qui pétrifiait toute l'assistance.

La crosse et le fouet à la main, l'homme tendre et imparfait qui s'était entiché de Kiya n'était plus le même. Majestueux et mystérieux, ferme et autoritaire, il incarnait le pouvoir royal dans toute sa perfection.

Les joueurs de tambour continuaient leur battement solennel tandis que Pharaon remontait l'allée entre les piliers du temple. Les centaines de convives retenaient leur souffle en regardant passer leur monarque resplendissant. Enfin, Kheops arriva au dais sous lequel se dressait son trône et se retourna vers la foule.

La voix du héraut résonna à travers l'espace cerné de murs gigantesques et de colonnes monumentales.

— Voici Sa Splendeur, Horus, fils de Snéfrou, Maître des deux Egyptes, le roi Kheops le Magnifique.

Le souverain leva sa crosse et tous les convives tombèrent à genoux en observant un silence respectueux.

D'un geste de la main, Pharaon leur fit signe de se relever, avant qu'un serviteur vînt le débarrasser de sa crosse et de son fouet. On lui apporta ensuite une coupe d'or remplie de vin, qu'il brandit devant lui.

— Je lève ma coupe en l'honneur de ma fiancée, Hathor, déesse de l'amour et de l'abondance, que je vais épouser aujourd'hui !

La foule acclama son souverain, qui but une longue gorgée de vin avant de prendre place sur son trône. Des admirateurs, aussitôt, sortirent du flot des invités pour déposer leurs offrandes aux pieds du roi : guirlandes de fleurs, jattes d'épices, coffrets de bijoux.

La présentation rituelle des cadeaux commença, les assistants du roi annonçant la nature du don avant d'en indiquer l'auteur, puis le plaçant sur une grande table où chacun pouvait l'admirer. Il se trouvait là des jarres remplies de miel, des tonneaux de natron, des morceaux de verre teinté, des corbeilles d'encens sumérien si puissant que Kiya pouvait en sentir le parfum de là où elle se trouvait. Il y eut même un singe savant qui suscita les rires et les applaudissements quand il se mit à tresser les cheveux de sa maîtresse.

Le roi, qui passait de temps en temps les doigts dans sa longue barbe noire postiche, acceptait les présents d'un air bienveillant tandis que ses sujets, un à un, venaient baiser le sol à ses pieds avant de lui offrir le leur.

Un homme, qui portait des vêtements incrustés de pierres

précieuses témoignant de sa richesse et était suivi de trois jeunes femmes habillées avec simplicité, s'arrêta devant Pharaon.

— Voici de l'aide pour vos cuisines, Majesté, dit-il en s'inclinant devant le souverain.

— C'est trop généreux de ta part, Ranofer, répondit Kheops à l'homme de haute naissance. Le cuisinier sera content.

Horrifiée, Kiya suivit des yeux les jeunes femmes, qui furent escortées jusqu'à la grande table où elles reçurent l'ordre de rester parmi tous les cadeaux qui y étaient exposés.

Etait-il possible que cet homme visiblement aisé offrît des esclaves au roi ?

Elle sentit à cet instant la pression légère d'une main sur son bras.

— Venez, divine Hathor, fit Imhoter. Espionner est indigne d'une reine.

Kiya suivit le prêtre dans la salle des effets royaux. Elle avait besoin de se calmer, d'oublier ce dont elle venait d'être le témoin avant de faire son entrée dans l'immense salle. Mais elle ne pouvait se sortir de la tête la vision des trois esclaves.

J'aurais pu être l'une d'elles.

— Etes-vous assez intelligente pour comprendre ce que vous devez oublier ? demanda Imhoter comme s'il avait lu dans ses pensées.

Il lui avait posé la même question plusieurs semaines auparavant, sur le pont de la barge royale. Elle savait qu'il cherchait à la protéger, et qu'en outre il désirait par là lui donner des armes pour affronter les épreuves à venir.

Mais Kiya se demandait si elle serait jamais capable d'oublier qu'elle était mariée à un homme qui acceptait des esclaves comme cadeau de mariage. Elle ne savait pas non plus si elle réussirait à éteindre en elle tout espoir de retrouver son véritable amour.

Elle leva les yeux vers le bon visage sillonné de rides du vieil homme. Elle aurait voulu qu'il fût fier d'elle, mais elle doutait d'y parvenir un jour.

— J'ai assez d'esprit, répondit-elle, pour savoir me taire quand c'est nécessaire.

Autour d'elle, des servantes s'affairaient, remplissant des aiguières d'eau et de vin, et agitant des plumes d'autruche pour rafraîchir l'atmosphère.

Kiya se tenait devant un grand miroir de cuivre. Une servante s'approcha d'elle et lui essuya le front avec un linge. La saison changeait ce jour même. On passait d'akhet à peret, un cycle où la nature vivante croissait, tandis que les grosses chaleurs ne cessaient pas encore.

Kiya porta un gobelet à ses lèvres et but une gorgée d'eau. Celle-ci était fraîche, mais cela ne suffit pas à la désaltérer.

Tahar lui manquait. De nombreuses semaines s'étaient écoulées depuis qu'elle avait fait le vœu de l'oublier, mais il se rappelait constamment à son souvenir. Elle s'était efforcée d'embrasser sa nouvelle vie avec optimisme, en vain. Il lui semblait que, à l'exemple de la terre d'Egypte, son âme se desséchait et que seul Tahar pourrait l'abreuver.

Elle l'imaginait alors qui lui chuchotait à l'oreille : « N'aie pas peur, le monde est vaste et nous sommes petits. »

« Oui, mon amour, lui répondait-elle. Nous sommes fragiles comme le bruissement de la brise dans les feuillages. »

Elle reposa le gobelet et observa sa robe, taillée dans un tissu hors du commun. Elle n'avait jamais rien vu de tel. Douce et souple comme la peau d'un bébé, l'étoffe brillait de mille feux dans la lumière et, quand Kiya se déplaçait, il lui semblait se mouvoir dans une eau calme et pure.

Elle passa les mains sur cette matière irréelle, à l'étrange pouvoir rafraîchissant.

— Ne touchez pas à votre robe ! fit Imhoter avec autorité.

Il s'était procuré ce tissu exceptionnel auprès d'un marchand libanais, qui prétendait l'avoir rapporté d'un pays situé au-delà de la Méditerranée.

— Ce tissu a été fabriqué par de petits insectes, expliqua Imhoter. Le marchand qui me l'a vendu lui donnait le nom de « soie ».

— Soie…, répéta Kiya en savourant le mot.

Celui-ci semblait parfaitement approprié à la matière, glissant avec suavité sur la langue en effleurant le palais tel un filet d'eau.

— Faites-moi confiance, reprit Imhoter qui avait versé plusieurs pièces d'or pour l'achat de ce tissu rare. Lorsque le roi et ses convives vous verront dans cette robe, ils seront saisis par votre beauté et votre caractère divin.

Le prêtre n'avait pas besoin d'en dire davantage pour convaincre Kiya. Il était la seule personne, au cœur de la haute société, en qui elle eût confiance. Sans qu'elle pût se l'expliquer, elle se fiait suffisamment à lui pour rompre avec la coutume, qui voulait qu'une future reine portât une tunique toute simple le jour de son mariage.

— Elle est vraiment très belle, dit-elle à Imhoter.

Placé derrière elle, il la regardait dans le miroir, figé d'admiration.

Pareillement aux robes traditionnelles, celle-ci présentait de larges bretelles qui couvraient en partie la poitrine. Cependant, avec sa teinte d'un bleu argenté et sa longue traîne, elle ne ressemblait à aucune autre robe jamais vue à la cour royale de Memphis.

Ainsi vêtue, Kiya semblait habillée d'un fluide et ruisseler interminablement, comme si elle sortait du Nil. Elle-même se devait de reconnaître que cette tenue lui conférait une beauté presque surnaturelle.

— Je ne mérite pas une telle merveille, murmura-t-elle.

— Bien sûr que vous la méritez. Vous êtes une déesse à part entière. Vous m'en avez donné maintes fois la preuve, et vous me le confirmez aujourd'hui plus que jamais.

— Puis-je vous confier un secret, cher Imhoter ? fit à mi-voix Kiya. Avant de devenir reine.

— Comme il vous plaira, chère enfant. Dites-le-moi maintenant et soulagez vos épaules ravissantes.

Kiya approcha les lèvres de l'oreille du prêtre et chuchota :

— Je suis née dans le harem royal.

Imhoter fixa intensément son visage dans le reflet.

— Vous êtes née d'une concubine du roi Snéfrou ? murmura-t-il en invitant Kiya à se tourner vers lui.

— Oui… Je suis la fille du feu roi.

Imhoter grimaça, comme horrifié.

L'avait-elle offensé ? Etait-il si convaincu de sa divinité qu'il ressentait la vérité sur son origine comme une insulte ?

— Ce n'est pas possible…

Il scrutait son visage comme s'il cherchait à décrypter quelque inscription illisible.

Elle était la fille du roi défunt, dut-il se dire pour se rassurer. Tous les enfants nés au sein du harem royal étaient issus du souverain. Sinon à quoi aurait servi un gynécée ?

Kiya aurait voulu prolonger sa conversation avec Imhoter, mais l'arrivée de Néferdoula l'en empêcha.

— Il est temps de peindre votre visage et d'arranger votre perruque, dit-elle en dépliant un grand drap blanc. Asseyez-vous, s'il vous plaît.

Kiya obéit et se laissa envelopper dans le tissu, qui préserverait sa robe des taches éventuelles de maquillage.

Néferdoula commença par étudier le visage de Kiya dans le miroir, comme elle aurait cherché l'inspiration devant un rouleau de papyrus vierge.

— Aujourd'hui, j'accomplis mon œuvre majeure, annonça-t-elle.

Entre-temps, Imhoter s'était mis à genoux pour s'occuper du revers de la robe de Kiya. Quand il se releva, la jeune femme remarqua son regard éteint.

— Qu'y a-t-il, Imhoter ?

— Rien… Une simple impression… A un certain moment, vous m'avez rappelé quelqu'un que j'ai connu…

Il détourna les yeux, sans doute pour ne pas laisser voir les larmes contre lesquels il luttait.

— Je vous laisse entre les mains de Néferdoula, dit-il en s'inclinant. Je reviendrai lorsqu'elle aura fini de vous peindre le visage.

— Merci, Imhoter, dit Kiya. Pour la robe, vos conseils… Pour tout.

— Je vous en prie, Déesse. Personne ne le méritait plus que vous.

Kiya baissa la tête, touchée par l'humilité de cet homme qui, plus que jamais, lui donnait l'impression de veiller sur le bien-être de l'Egypte.

Pourquoi avait-il soudain semblé au bord des larmes ? La robe, sans doute…

Toute la pompe entourant son mariage avait d'abord mis Kiya mal à l'aise, puis elle avait fini par en comprendre l'intérêt, dans la mesure où tout cet apparat faisait le bonheur du peuple.

En arrivant à Memphis, elle avait d'ailleurs mesuré l'importance du masque élaboré qu'Imhoter avait voulu qu'elle portât.

En l'absence du roi, en effet, Ménis, le prêtre le plus puissant de la capitale, avait promis à ses tenanciers de réduire les prélèvements sur leurs récoltes s'ils se soulevaient avec lui contre le roi. Une troupe importante composée de cultivateurs s'était alors rassemblée sur les quais du fleuve et avait attendu l'ordre d'assaut de Ménis.

Ce dernier, entre-temps, avait rallié les autres prêtres à sa cause, et ensemble ils avaient comploté le renversement du roi. Le moment choisi était plus que favorable, car la plupart des soldats de la garde avaient été envoyés dans le désert à la recherche des tribus liboues. Les quelques hommes d'armes qui restaient à Memphis n'avaient pas hésité à changer d'allégeance pour un sac de blé.

En outre, Ménis avait arpenté les rues de la capitale en invitant la population à se plier à la volonté des dieux, qui manifestement avaient abandonné Kheops depuis longtemps.

— Je gagnerai la clémence des dieux et nous aurons la crue tant attendue, avait-il promis. J'ai reçu un signe : les dieux veulent que je devienne votre pharaon !

Et pour mieux convaincre le peuple, il avait fait distribuer à chaque famille une partie de sa réserve personnelle de blé. Cependant c'était sans tenir compte du cœur changeant des hommes.

Ce cœur qui plaçait l'amour au-dessus de toutes les vertus, de tous les besoins, et même au-dessus de la faim.

Contrairement à Ménis, Imhoter comprenait cette inclination du peuple. Aussi, lorsqu'il était arrivé à Memphis et avait été informé qu'un soulèvement venait d'avoir lieu, il avait veillé à ce que le roi se présentât à ses sujets au côté de sa future épouse, tous deux couchés sur des litières fleuries.

— Hathor, mère du fleuve et fiancée de notre roi, est ici pour vous sauver de la sécheresse, avait annoncé Imhoter. Réjouissez-vous, car le temps de l'austérité est révolu !

Il avait obtenu le résultat escompté.

Les insurgés avaient déposé les armes et s'étaient prosternés devant Kiya et le roi. En pleurs, ils avaient fait le serment de ne plus jamais prêter l'oreille à un ambitieux comme Ménis et de rester fidèles à leur pharaon, dont ils attestaient la divinité puisqu'il allait s'unir avec la déesse Hathor.

Devant le retournement des acolytes de Ménis, les gardes royaux qui avaient trahi s'étaient souvenus de leur allégeance et avaient eux aussi renoncé à suivre le prêtre. Rapportant le grain qu'ils avaient reçu de ce dernier, ils s'étaient joints à la procession qui s'était formée derrière Hathor et Pharaon. Face à ce spectacle, les habitants de Memphis étaient sortis de leurs habitations et avaient grimpé sur les toits, d'où ils disposaient d'une meilleure vue pour voir passer le dieu vivant et la déesse.

Lorsque le cortège était arrivé au pied du rempart entourant le palais, il s'était multiplié par cent.

Kiya était descendue de sa litière et s'était jetée dans les bras d'Imhoter.

— Bravo, lui avait-il chuchoté à l'oreille.

Le prêtre lui avait remis un bâton se terminant en fourche d'un côté et formant une poignée à l'autre extrémité.

— Voici le sceptre sacré d'Hathor, avait-il dit. La déesse s'en sert pour écarter les forces du mal, notamment celles de Seth.

Le roi s'était saisi de l'autre sceptre en or qu'Imhoter lui tendait puis avait pris la main de Kiya.

Ils avaient gravi ensemble les marches conduisant au sommet du rempart et s'étaient tournés vers le peuple de Memphis.

— Voici Hathor, la déesse incarnée de l'amour et de l'abondance ! avait clamé Kheops.

La foule avait alors donné libre cours à sa joie et ovationné Pharaon et la déesse.

— Ma fiancée !

Kiya avait baissé les yeux sur les innombrables visages levés vers elle et avait cru sentir ses jambes se dérober sous elle.

Certains saluaient leur future reine avec des cris et des applaudissements tandis que d'autres, agenouillés, pleuraient ou s'abîmaient dans la prière.

— La mère du fleuve prédit l'arrivée prochaine de la crue, avait poursuivi Kheops en regardant Kiya.

Il avait poursuivi son propos en disant au peuple qu'il comprenait la faiblesse dont il avait fait preuve en son absence, et que dans sa magnanimité il lui pardonnait cet écart.

Ménis, toutefois, n'échappa pas au courroux royal. Ses terres lui furent confisquées ainsi que ses réserves de blé, que Pharaon fit distribuer à la population. Si la crue était tardive, on pourrait ainsi l'attendre sans craindre la famine.

Le bonheur des habitants de Memphis était à son comble, et Pharaon semblait plus grand et puissant que jamais au côté de sa fiancée. Les dieux, manifestement, lui étaient redevenus favorables.

Cela aurait dû suffire à Kheops, mais il semblait que ce ne fût pas le cas. Plus tard dans la journée, il avait fait jeter Ménis dans les soubassements du harem royal.

En raison de la fraîcheur qui y régnait, ce lieu avait été destiné au stockage des vivres, en particulier du fromage et de la viande. Un ruisseau le traversait, qui trouvait sa source dans le lagon artificiel du Nil servant de réserve de poissons pour le palais, et dans lequel les poissons pêchés dans le bassin pouvaient séjourner avant d'être consommés tout frais.

Kiya apprit plus tard que Ménis avait passé plusieurs jours dans ce lieu, jusqu'au moment où un médecin était descendu lui rendre visite.

Celui-ci n'était pas venu, cependant, pour soulager le prêtre des maux liés à son âge, mais équipé de tous ses instruments chirurgicaux…

En ce jour de mariage royal, Ménis se tenait avec les autres prêtres qui formaient un demi-cercle autour du trône de Pharaon. Chauve et ridé comme ses pairs, il avait toutefois le visage plus pâle et changeait constamment de position.

Depuis le retour de Kheops, le peuple pensait que le monarque avait pardonné au vil usurpateur et louait la miséricorde dont il avait fait preuve.

Mais Kiya savait la vérité.

Kheops n'avait en rien absous Ménis. Il l'avait réduit à un état qui n'était plus vraiment celui d'un homme. Comme le roi Snéfrou d'Imhoter, il en avait fait un eunuque.

La chaleur était écrasante et Kiya s'essuya de nouveau le front. Elle pensait à la pitié bien réelle que Tahar avait témoignée aux gardes du roi.

« Vous leur avez donné toute notre viande », lui avait-elle reproché, incapable de comprendre la grandeur de son geste.

Aujourd'hui c'était différent. En regardant les yeux tristes et éteints de Ménis, elle se disait que le monde avait davantage besoin de compassion que de ruse.

Il avait besoin d'hommes comme Tahar.

Kiya s'efforçait de ne pas bouger tandis que Néferdoula séparait soigneusement les cheveux de sa perruque en trois parties, deux mèches reposant sur ses épaules et une troisième dans son dos ; elle plaça ensuite, au sommet de la coiffure, un diadème taillé dans la même soie que celle de la robe de Kiya, et poursuivit son œuvre en poudrant le visage de la future reine.

Instinctivement, Kiya leva la main pour essuyer la sueur qui perlait au-dessus de ses sourcils.

— Ne touchez pas à votre visage, Déesse, fit Néferdoula d'un ton de reproche. Vous allez détruire mon travail.

Elle s'empressa d'effacer avec un linge frotté à l'albâtre la tache que Kiya avait faite, puis plongea un pinceau fin dans une coupelle de khôl.

Appliquée comme un scribe, Néferdoula peignit en noir le tour des yeux de Kiya et les agrandit en une ligne qu'elle prolongea jusqu'aux tempes. De là, elle dessina des boucles le long de sa joue et de son cou, et fit de même sur l'autre joue. Quand elle eut terminé, elle se déplaça pour faire face à Kiya et contempla son œuvre.

— Ils sont parfaits, déclara-t-elle.

— Pardon ?

— Vos yeux…

Elle s'écarta pour libérer le champ de vision de Kiya.

— Voyez vous-même, Déesse.

Kiya se regarda dans le miroir. Elle avait les lèvres peintes en ocre rouge qui contrastaient singulièrement avec la blancheur de son visage, et les yeux entourés d'épaisses lignes noires s'élargissant vers les tempes pour se transformer en deux serpents enroulés sur eux-mêmes.

— Des serpents…, commença Kiya.

Elle fut interrompue par Imhoter, qu'elle vit apparaître derrière elle, dans le miroir.

Le prêtre déglutit de façon sonore avant de dire d'un air perplexe :

— La femme aux serpents… Mon rêve… Ce n'est pas possible…

— Quel rêve ? demanda-t-elle en pivotant vers le prêtre. Qu'est-ce qui n'est pas possible ?

Imhoter paraissait fort inquiet.

— Ce n'est rien, chère Hathor, dit-il en se reprenant. Je… Je ne savais pas que Néferdoula vous donnerait ces attributs. Le serpent est un symbole de la mort et de la résurrection. Comme un serpent, vous avez abandonné votre vieille peau pour en revêtir une neuve. En dessinant ces motifs sur votre visage, Néferdoula transmet au peuple un message aussi inattendu que puissant.

Il se tourna vers l'artiste et reprit :

— Poursuivez votre œuvre. C'est le destin qui le veut. Vous étiez vouée à dessiner ces serpents.

Pour parachever son ouvrage, elle fit porter à Kiya deux bracelets d'or représentant des serpents, qui faisaient trois fois le tour de son bras avant de dresser vers la future souveraine leurs têtes menaçantes incrustées de pierreries. Néferdoula lui mit des bijoux identiques aux chevilles, puis lui demanda enfin de se lever.

— Je crois que nous sommes prêtes, dit-elle.

L'une des servantes apporta un large collier en or.

— Nous avons attendu le dernier moment pour vous en parer car il est assez lourd, expliqua Néferdoula. Penchez-vous, s'il vous plaît.

Kiya s'inclina pour se retrouver emprisonnée dans un collier en filigrane d'or et de turquoises.

— Hathor a pour surnom « la dame de turquoise », précisa Néferdoula.

Le bijou, bien que magnifique, pesait comme un joug sur les épaules de Kiya.

Néferdoula l'aida à se redresser.

— Vos mains sont glacées, remarqua-t-elle.

Elle fit signe à une servante de remplir de vin un gobelet d'or.

— Buvez, ordonna Néferdoula. Cela vous détendra. Vous allez bientôt changer de destinée.

Kiya vida le gobelet jusqu'à la dernière goutte, puis retourna près du rideau d'où elle pouvait observer l'assistance richement vêtue. Jamais il ne lui avait été donné de voir tant de personnes distinguées réunies en un même endroit. L'air était chargé de leurs parfums entêtants, et Kiya entendait quelques-unes de leurs remarques faites à voix basse.

« Où est Hathor ? » ; « Quand fera-t-elle son entrée ? »…

— Pourrais-je avoir encore du vin ? demanda Kiya.

Presque tous les admirateurs du roi avaient déjà déposé leur présent à ses pieds.

Kiya remarqua que trois de ceux qui attendaient encore leur tour étaient vêtus en soldat et semblaient en charge d'un prisonnier — un homme de haute stature, dont la tête rentrée et l'échine courbée attestaient l'extrême faiblesse.

Kiya eut le cœur serré en pensant au sort que le roi lui réserverait, et vida un autre gobelet de vin pour se donner du courage.

— Assez ! fit Néferdoula en le lui reprenant. Nous ne voudrions pas vous voir marcher en tanguant comme une femme ivre, n'est-ce pas ?

Elle eut un sourire taquin en menant Kiya jusqu'au tapis qui conduisait au trône.

Chapitre 32

Une dizaine de jeunes femmes, toutes concubines du roi, précédaient Kiya en semant sur le tapis des fleurs de laurier-rose qu'elles piochaient dans des corbeilles. Les reines Méritites et Hénoutsen les suivaient, affichant toutes deux une expression aussi vide que les greniers de la Couronne.

Au son du tambour, Kiya se mit à avancer, calant son pas sur la cadence donnée par les percussions. On lui avait recommandé de marcher la tête haute, mais elle n'y parvenait pas et gardait les yeux baissés sur les fleurs qu'elle foulait de son pas léger.

Pauvre maman, que suis-je devenue ?

Les concubines vinrent se ranger de part et d'autre du trône sur le tapis en arc de cercle. Les prêtres de Memphis firent un pas en avant, et les deux reines s'assirent sur deux des trois fauteuils qui avaient été disposés sous celui de Pharaon.

Dès qu'elle serait mariée avec le souverain, Kiya aurait le droit de prendre place dans le siège vacant.

Elle rassembla assez de courage pour relever la tête. Le roi la fixait du haut de son trône, et elle fut saisie de peur tandis que la recommandation d'Imhoter lui revenait en mémoire : « Il ne faut jamais contrarier un souverain. »

A côté de la table des présents, elle remarqua les trois jeunes esclaves qui la regardaient d'un air craintif. Le pinceau à la main, un scribe se tenait près d'elles pour immortaliser sur un rouleau de papyrus la cérémonie de mariage.

Kiya aurait aimé boire un autre verre de vin, voire une boisson plus forte — du lait de pavot par exemple. Elle aurait peut-être même préféré sentir la morsure d'un serpent dans son cou. N'importe quoi, en somme, qui pût la libérer de l'angoisse qui menaçait soudain de l'étouffer.

Ce fut alors qu'elle les vit, juste derrière les jeunes esclaves. Elle ne pouvait pas ne pas reconnaître leur bleu lumineux, dont l'éclat lui consumait le cœur.

Ces yeux… Ces yeux d'un bleu extraordinaire, qui la fixaient de tout leur mystère.

Ce n'était pas possible…

Elle lutta pour ne pas perdre l'équilibre.

C'était bien lui… Sa barbe avait poussé et cachait maintenant ses traits, mais Kiya était sûre de le reconnaître. C'était bien le visage qu'elle aimait, qu'elle voulait caresser et embrasser, le visage qu'elle désirait contempler pour l'éternité.

Tahar !

La voix métallique du roi la glaça.

— Bienvenue dans la maison d'Horus, déesse Hathor.

Elle s'inclina jusqu'au sol, qu'elle embrassa trois fois comme il le lui avait été indiqué par Imhoter, mais elle tremblait de tous ses membres.

— Relevez-vous.

— Merci, roi bien-aimé, dit-elle en se redressant.

Elle avait le devoir de prononcer une autre formule mais s'en sentait pour le moment incapable. Elle ne pouvait que regarder l'homme en haillons qui se tenait à quelques pas du trône de Pharaon. Il courbait l'échine, mais n'en semblait pas moins fort. Il était meurtri mais encore en vie. Ses longs cheveux blonds cachaient la cicatrice en forme de croissant qui l'aurait condamné à mort.

— Pourquoi considères-tu avec une telle insistance ce prisonnier libou, Déesse ? demanda le roi d'un ton soudain irrité. Le connais-tu ?

Elle s'était trahie… Elle baissa les yeux en priant pour que son fard fût assez épais pour cacher le rouge qu'elle sentait lui monter aux joues.

— Oui, Votre Majesté, répondit-elle d'une voix presque inaudible.

En effet, je connais cet homme… Et c'est l'homme que j'aime.

Le regard de Pharaon s'assombrit.

— Comment peux-tu connaître ce meurtrier ?

Un murmure de stupéfaction parcourut l'assistance.

— Chien de Libou ! lança un convive.

— A mort ! cria un autre.

D'un geste de la main, Kheops fit taire ses invités, puis fit signe aux gardes d'amener le prisonnier devant lui.

Il était si près de Kiya, à présent, qu'elle dut se faire violence pour ne pas tendre la main vers lui et le toucher. Il avait les chevilles entravées par une corde qui ne lui permettait que de faire de très petits pas, les cheveux emmêlés, et n'était vêtu que des lambeaux de sa coiffe, laissant voir son corps couvert de poussière. C'était un athlète réduit à l'impuissance, un dieu déchu.

— Esclave, dis-nous à quel peuple tu appartiens ! ordonna Kheops.

— Je n'appartiens à aucun peuple, répondit Tahar.

— Mais tu portes la cicatrice caractéristique des Libous ! s'écria le roi. Tu es un Libou !

— Je ne le suis plus, marmonna Tahar en remuant la tête.

Kiya découvrait avec horreur tous les sévices qu'il avait dû subir et dont témoignaient les nombreuses estafilades et ecchymoses dont il était criblé.

Elle en fut bouleversée. Elle aurait voulu le libérer de ses liens, soigner ses blessures, laver son corps tanné.

— Est-ce que tu nies avoir pris part au raid contre le chantier de la pyramide ?

— Non.

— Comment as-tu connu la déesse Hathor ?

— Elle a été ma captive.

— Ta captive ?

Le roi se passa la main dans sa longue barbe de cérémonie et Kiya lut dans ses pensées. Maintenant et ici même, l'occasion lui était donnée d'augmenter encore sa popularité. Il n'avait qu'à condamner à mort ce chien de Libou devant son assistance aristocratique et n'en serait que plus aimé du peuple.

— Est-ce vrai, Déesse ? demanda Pharaon.

— Oui, Majesté. J'ai été sa prisonnière quelque temps avant qu'il me rende ma liberté.

Le roi pinça les lèvres d'un air courroucé.

— En te capturant, il a péché contre Osiris, mon père céleste !

Kiya se demandait en quoi le dieu de la mort et de la résurrection pouvait se soucier de Tahar. Il semblait que le roi n'invoquât le nom d'Osiris comme celui d'Hathor que pour satisfaire son propre intérêt.

Ainsi qu'elle l'avait redouté, Pharaon poursuivit dans le même esprit retors.

— Ce vil Libou, ce ver de terre, a osé s'emparer de la future reine d'Egypte !

Un frémissement de haine agita l'audience.

— Ce chien de Cyrénéen a pris part au raid sanglant pour se saisir de notre blé, et il était certainement au nombre de ceux qui ont pillé la tombe du roi Djoser !

Des cris furieux ponctuèrent les invectives de Pharaon, qui haussa encore le ton :

— Cet étranger a péché contre les dieux ! Pour le bien de l'Egypte, il doit être sacrifié !

Chapitre 33

Tahar laissa les gardes lui attacher les jambes sous les hurlements hargneux de l'assistance.

— Cet homme paiera pour les crimes des Libous contre l'Egypte, poursuivit Kheops en pointant un doigt menaçant sur lui.

Une sandale traversa la salle pour venir s'écraser sur le visage de Tahar, puis une autre vint lui heurter les côtes. On lui cingla le dos avec une ceinture en cuir tandis que les gardes le maintenaient debout, exposé à tous les opprobres.

Il ferma les yeux et fit appel à l'image d'Hathor pour s'efforcer d'oublier sa douleur. Comme elle était belle !

La colère des invités de Pharaon ne cessait de grandir.

— Meurs, vermine !

— Tuez-le !

Les Egyptiens n'auraient pas agi autrement avec Tahar si on leur avait annoncé qu'il était à l'origine de tous leurs maux.

A mesure que leurs cris augmentaient, Tahar eut de plus en plus l'impression de reconnaître les vociférations des Libous le jour du raid. Et puis Kheops, excitant ainsi la colère du peuple, ne pouvait que lui rappeler Bandir, lorsqu'il exploitait les préjugés de ses troupes jusqu'à leur donner soif de vengeance.

Tahar avait donné au roi exactement ce dont il avait besoin : l'occasion de sacrifier un être humain. Les Egyptiens n'avaient pas assisté à ce spectacle révoltant depuis le roi Narmer. Or, il apparaissait à présent que cet acte abject s'inscrivait dans la geste héroïque de Pharaon.

Il n'y avait jamais de gagnant dans ce jeu éternel du pouvoir, pensa amèrement Tahar, mais seulement des victimes. Et il en serait la prochaine. Il avait enfin réussi à retrouver celle qu'il aimait et allait de nouveau la perdre, en même temps que sa propre vie.

C'est alors qu'il entendit un bruit métallique.

— Non ! fit la voix de l'Egyptienne simultanément.

Il ouvrit les yeux et vit la jeune femme intercepter un grand gobelet de cuivre qui l'aurait frappé à la tête sans cette intervention.

— Grand roi ! s'écria-t-elle. Si vous sacrifiez cet homme, vous devrez faire de même avec moi !

Sur ces mots, elle jeta le gobelet au sol.

Il y eut un grand silence tandis que des centaines de regards se tournaient vers le visage indomptable d'Hathor.

— Hathor, fit Kheops sur un ton qui se voulait apaisant. Cet homme a fait du tort à l'Egypte. Il sera sacrifié au grand Osiris, dieu des morts et juge des esprits. Ce n'est que justice. Osiris sera satisfait de sa mort.

— Dans ce cas, Majesté, reprit Hathor, je devrais mourir également, car moi aussi j'ai fait du tort à l'Egypte.

Pharaon la regarda d'un air déconcerté.

— Tu as perdu la raison, Hathor.

— Je t'en prie, Hathor, intervint Tahar d'un ton suppliant. Ne fais pas cela.

Mais plus rien ne pouvait arrêter la jeune femme.

— Je n'ai jamais été plus maître de mes esprits, Majesté. Si vous voulez que justice soit faite, il faut nous sacrifier tous les deux. Lui pour le vol du blé, et moi pour avoir travaillé à la construction de la Grande Pyramide.

Pharaon plissa les yeux, qui s'étrécirent pour ne plus former que deux fentes menaçantes.

— Tu es Hathor, déesse de la vie… Tu ne peux pas avoir travaillé à l'édification de ma tombe, monument de la mort…

— Je me suis donné l'apparence d'un homme pour être acceptée dans une équipe d'ouvriers. J'aidais à tirer les chariots acheminant les pierres le long du tunnel. Je ne suis pas une déesse, Votre Majesté, mais une simple femme.

Tahar crut voir grossir le cobra de la couronne de Kheops, et eut l'image effrayante de sa langue rouge et fourchue sortant de sa gueule.

— Si tu as travaillé dans le tunnel, dit le roi, tu dois connaître le nombre de chambres que comporte la pyramide.

— Il y en a trois, Majesté, répondit-elle en baissant la tête, comme si elle venait de se souvenir qu'il ne fallait jamais lever les yeux vers le souverain. Une grande, une petite et une autre sous le niveau de la terre.

Kheops devint subitement rouge comme le soleil couchant.

— Femme, tu es une traîtresse, un imposteur ! Tu m'as déshonoré, moi et ma noble maison. Pis encore, tu as offensé les dieux !

Pharaon balaya la salle du regard comme s'il cherchait à atténuer l'humiliation qu'il venait de subir en public.

— Par Horus, reprit-il, soudain. Combien de temps as-tu travaillé à ma tombe ?

Kiya ne répondit pas tout de suite.

Elle repensait à tout ce qu'elle avait découvert grâce à Tahar. Elle avait compris que les civilisations se succédaient les unes aux autres, que des fleuves coulaient dans le désert, que des créatures aussi étranges que merveilleuses peuplaient les océans et que le monde était plus vaste et plus ancien qu'on pouvait se l'imaginer. Or, personne ne s'en extasiait. Personne, sauf lui… Il lui avait ouvert les yeux sur l'inconnu. Il était son rayon de soleil dans un monde sombre et suffocant dans lequel elle ne voulait plus vivre sans lui.

— Deux cycles complets de l'astre solaire, Votre Majesté, dit-elle, bien que ce fût un mensonge.

Mais elle savait que c'était précisément la réponse dont le roi avait besoin.

— Deux années ? répéta-t-il. Tu as travaillé à la pyramide pendant deux ans ?

— Oui, Majesté.

— Alors, c'est toi la cause de la sécheresse ! fit Kheops en se levant. Tu n'es pas Hathor, déesse de l'amour et de l'abondance, mais un infâme imposteur ! J'ai cru qu'Osiris t'avait envoyée à moi pour devenir ma femme, mais je comprends maintenant que c'était pour être sacrifiée dans l'intérêt de l'Egypte !

Déconcertés autant qu'horrifiés, les convives échangeaient entre eux des regards inquiets. Leur souverain venait-il vraiment de réclamer un acte sacrificiel pour le bien du royaume ?

— Néferdoula ! s'écria le roi. Dépouille cette menteuse de ses attributs royaux.

Néferdoula, en pleurs, sortit lentement de l'ombre. Elle s'approcha de la jeune femme et, malgré le courroux du roi, s'inclina légèrement devant elle.

— Vous êtes et serez toujours Hathor à mes yeux, murmura-t-elle en débarrassant la jeune femme du lourd collier en filigrane d'or et de turquoises.

Puis, les mains tremblantes, elle lui retira les deux bracelets en forme de serpents.

— Je suis désolée, balbutia-t-elle.

— Et la perruque ! ajouta le roi.

En sanglotant, Néferdoula souleva la splendide perruque de la tête de Kiya, qui en éprouva à la fois honte et soulagement.

— Gardes ! fit le roi. Emmenez-les !

Douze soldats vinrent entourer Tahar et la malheureuse fiancée, puis les saisirent par les bras et les traînèrent sans ménagement à travers l'assistance qui s'écartait devant eux.

— La femme et le Libou seront sacrifiés au pied de la tombe qu'ils ont souillée de leur présence, reprit Pharaon. Leur sang sera répandu sur les pierres de la Grande Pyramide.

Ouvrant largement les bras, il ajouta :

— Et nous verrons, enfin, la fin de la sécheresse qui accable l'Egypte.

Chapitre 34

« Prends garde aux trois serpents…, lui avait dit sa mère. Le troisième te sera fatal. »

Kiya avait cru que le troisième serpent était celui qui l'avait mordue à la cuisse. Il apparaissait à présent que celui qu'elle avait vu nager dans la mare de l'oasis, où elle s'était cachée avec Tahar, n'était pas à prendre en compte.

Son sort était réglé, cette fois. Dans trois jours, elle serait sacrifiée…

Elle se morfondait dans la pièce sombre et humide dans laquelle Ménis avait été emprisonné quelques jours plus tôt. Deux gardes se tenaient en permanence devant la porte donnant accès à sa prison.

Ils lui accordaient une chandelle qui lui procurait juste assez de lumière pour voir les éclaboussures de sang répandues lors de l'émasculation du prêtre.

Kiya se tenait aussi loin qu'elle le pouvait de ces traces écœurantes. Malgré ses efforts pour ne pas penser à l'horreur de la torture qui avait été infligée au vieil homme, la cruauté de l'acte lui revenait sans cesse, et c'était Imhoter qu'elle voyait confronté au couteau de ses tortionnaires.

Quel crime avait-il pu commettre pour mériter une telle sentence ? Etant donné sa douceur et sa nature bienveillante, il fallait croire que l'ancien pharaon, comme son fils à présent, n'avait pas un sens aigu de la justice.

Kheops ne différait en rien des autres rois. Il n'avait d'autre souci que de conquérir et de garder le pouvoir, et était prêt à tout pour y parvenir.

Pour devenir reine à ses côtés, il aurait fallu qu'elle le soutienne dans toutes ses entreprises. Autrement dit, il lui aurait fallu devenir l'esclave d'un homme sanguinaire.

Kiya avait été frappée par l'expression morne des deux autres reines. Toute satisfaction qu'elle-même aurait pu tirer de l'aide apportée au peuple se serait vue contrebalancée par sa complicité involontaire aux crimes de Pharaon. Tous ceux qui vivaient au côté de Kheops avaient le devoir de contribuer à sa grandeur ; en qualité de reine, elle y aurait été contrainte plus que n'importe qui.

Elle ne regrettait pas un instant d'avoir échappé à cette vie de faux-semblants. Tout ce qu'elle souhaitait à présent, c'était revoir une dernière fois le visage de Tahar avant d'entamer son voyage dans l'autre monde.

Dans son trou humide, une heure s'écoulait aussi lentement qu'une journée, et bientôt elle ne saurait plus distinguer le jour de la nuit…

Elle buvait de l'eau dans le petit ruisseau qui traversait la pièce voûtée et trouvait sans doute sa source dans le fleuve, car il en avait le goût de vase. Le cours circulait dans la pièce via un tunnel de pierre fermé des deux côtés par un treillis en fer qui empêchait toute entrée et toute sortie, en particulier aux poissons qu'on gardait prisonniers ici avant de les consommer.

Deux grosses perches, d'ailleurs, partageaient la captivité de Kiya. Elles avaient dû être pêchées en prévision de la fête liée au départ de Maât, qui aurait lieu juste après le sacrifice. Kiya, de plus en plus affamée, envisageait de capturer l'un des poissons, bien que quelque chose au fond d'elle s'y opposât.

Laissons ces perches à leur destin…

Sa faim fut bientôt assouvie, cependant, et d'une manière totalement inattendue.

Elle était assise sur une barre de fer de la grille obstruant l'entrée de la cellule quand elle sentit un mouvement au-dessus de sa tête. Kiya leva les yeux pour découvrir une main fine qui faisait passer un pain entre les barreaux.

— Qui est-ce ?

— Chut ! répondit une jeune femme, dont le visage était éclairé par une chandelle. Je suis Iset, une concubine du roi. Les gardes m'ont autorisée à vous rendre visite, mais seulement quelques instants. Je vous en prie… Prenez ce pain.

— Merci infiniment, dit Kiya en l'acceptant.

Ce serait le dernier, sans doute, qu'elle mangerait.

— Prenez également ceci, fit la jolie concubine en tendant une outre à Kiya.

— Du vin ? Je suis comblée !

Kiya, qui était assoiffée, s'empressa d'en défaire le lien de cuir et ajouta :

— Je ne pourrai malheureusement pas vous rendre le bien que vous m'aurez fait.

Sur ces mots, elle leva le goulot à ses lèvres.

— Arrêtez, Déesse ! s'écria Iset. Ne buvez pas ce vin. Il est… Particulier. Ne le buvez que lorsque vous serez prête.

Comprenant de quoi il était question, Kiya referma soigneusement le récipient. Le vin était empoisonné. On lui donnait le moyen de mettre fin elle-même à sa propre vie.

— Pourquoi me venez-vous en aide, Iset ?

— On parle beaucoup de vous au palais, déesse Hathor.

— Je ne suis plus une déesse… Je ne l'ai jamais été, d'ailleurs.

— A mes yeux vous le restez, et pour beaucoup d'autres aussi, y compris pour Imhoter le devin.

Imhoter le devin ! Elle n'avait pas l'habitude de le nommer ainsi, mais elle se souvenait l'avoir entendu se désigner ainsi lorsqu'elle avait fait sa connaissance.

— Imhoter était mon ami et mon conseiller, répondit Kiya. Je l'ai trahi en me confrontant au roi. J'ai dû le décevoir au-delà de toute mesure.

— Je ne le crois pas, Déesse. Il me semble que vous n'avez jamais été aussi grande à ses yeux que maintenant, et je vous assure que vous n'avez rien perdu de votre éclat pour moi, au contraire.

Kiya ne comprenait plus rien. Elle avait anéanti le projet d'Imhoter, et en se démasquant devant Pharaon, elle avait forcément cessé d'être l'espoir du peuple égyptien.

— Imhoter a supplié le roi de vous épargner.

— Vraiment ?

— Oui. Mais Pharaon n'a rien voulu entendre. Il a même donné l'ordre à ses gardes de se saisir du pauvre Imhoter et de le jeter en prison avec le Libou.

— Ils sont ensemble ! Sais-tu où ils se trouvent ?

Iset rapprocha ses lèvres de l'oreille de Kiya.

— Dans les cellules des esclaves, sur les quais. Je suis allée les voir hier soir. Les gardes m'ont laissée leur parler en me hissant au sommet du haut mur d'enceinte. Imhoter m'a dit que vous deviez rêver de vous échapper.

En disant ces mots, Iset regarda le pain avec insistance.

— Oui, en effet, reconnut Kiya, mais vous avez pris un grand risque en m'apportant ces nouvelles. Pourquoi faites-vous cela ?

— Vous êtes une source d'inspiration pour moi, Hathor.

— Pardonnez-moi, mais je ne vois pas en quoi je pourrais l'être.

— Vous êtes une femme comme les autres, reprit Iset dans un murmure, et pourtant vous avez réussi à conquérir le cœur du roi. Votre histoire laisse penser aux gens que tout est possible. Et cela me permet d'espérer que…

La jeune femme versa une larme.

Kiya passa la main entre les barreaux et essuya la joue savamment fardée d'Iset. Cette jolie personne était une concubine ainsi que l'avait été la mère de Kiya, et à ce titre elle était condamnée à rester sa vie entière au service d'un seul homme. Elle revoyait encore toutes les fioles qui jonchaient le sol au pied du lit de sa mère, peu avant sa mort…

— Ecoutez-moi bien, lui dit Kiya à mi-voix. Je vais vous révéler le secret qui vous permettra d'accéder au cœur de Pharaon. Vous verrez, c'est très simple.

— Vous feriez cela pour moi ? Vraiment ?

— Oui, puisque je vous le dis. Mais, d'abord, il faut vous convaincre que le roi n'a rien d'extraordinaire. Tous les autres Egyptiens peuvent le considérer comme un dieu vivant, mais pour vous il ne doit être qu'un homme comme les autres. Si vous réussissez à vous en persuader, vous n'aurez aucune peine à le conquérir.

— Mais comment m'y prendrai-je ?

Kiya s'éclaira en se souvenant de la longue descente du Nil en bateau, aux côtés de d'Imhoter et de Pharaon.

— D'abord, répondit-elle, ne le flattez pas sans raison. Ayez conscience de votre propre valeur et faites en sorte qu'il en soit lui aussi conscient. C'est ainsi et seulement ainsi que vous trouverez le chemin de son cœur.

Iset ouvrait des yeux émerveillés, et Kiya poursuivit :

— Il faut que vous compreniez que le roi doit vous mériter. Si vous en êtes profondément convaincue, cela fonctionnera. Pharaon doit déployer des efforts pour mériter l'affection du peuple égyptien. Aussi est-ce normal qu'il en fasse autant pour gagner la vôtre.

La jeune femme éclata en sanglots.

— Vous êtes vraiment une déesse, Hathor, dit-elle en s'essuyant les yeux. Merci. Du fond du cœur, merci.

Iset entendit un bruit et tourna la tête.

Un garde, qui fermait le passage voûté de son grand corps, lui lança un regard impatient.

— Il faut que je parte, dit-elle. Que les dieux vous protègent.

Comme la jeune femme se retirait, Kiya vit qu'elle glissait une pièce d'or dans la main du garde.

Va vers ton roi et séduis-le, pensa Kiya. *L'Egypte ne s'en portera que mieux.*

Il n'y avait plus un instant à perdre, à présent.

Elle avait remarqué l'insistance avec laquelle la concubine avait regardé le pain quand elle le lui avait donné de la part d'Imhoter. Aussi le fendit-elle en deux pour y découvrir, comme elle s'y attendait, une solide tringle en cuivre.

Celle-ci n'était pas très longue mais assez rigide pour tordre le treillis des grilles fermant le tunnel.

Kiya fit quelques pas jusqu'à l'endroit où Ménis avait tant souffert et y vida le contenu de l'outre. Elle refusait de suivre l'exemple de sa mère ; elle ne se suiciderait pas. Si elle devait mourir, que ce fût de la main du roi sur qui retomberait son sang, et que toute l'Egypte le sût.

Elle croqua dans le pain et le mastiqua lentement pour en tirer le plus de force possible.

Merci, cher Imhoter.

Puis elle pénétra dans le ruisseau jusqu'à la taille, s'approcha de l'une des grilles et prit appui contre le mur tandis que les perches, affolées, nageaient entre ses jambes et glissaient le long de sa robe de soie. Elle utilisa alors la tringle de métal comme un levier et entreprit de tordre un montant du treillis.

La grille commença à se déformer sous sa pression. Après maints efforts, Kiya obtint un espace qui lui parut presque suffisant pour la laisser passer.

Elle sourit en voyant les deux poissons profiter de l'ouverture pour s'enfuir aussi vite qu'ils le pouvaient.

Puis elle entendit une voix dans son dos, et elle eut l'impression qu'un garde s'inquiétait de ne plus l'avoir dans son champ de vision. Si elle ne se montrait pas à lui, il pénétrerait dans sa cellule d'un instant à l'autre et elle pourrait dire adieu à sa liberté. Mais peut-être pouvait-elle tenter de se sauver dès maintenant. Certes, si elle ne réussissait pas à se glisser dans l'orifice qu'elle avait créé, elle serait surprise en pleine évasion manquée et on la mettrait aux fers en attendant son exécution.

Elle devait se décider au plus vite.

Kiya prit une grande inspiration et plongea dans l'eau. Elle passa la tête par le trou puis, se dandinant comme une anguille, tout son corps suivit, non sans créer quelque dommage sur sa robe qui se déchira au contact du mur.

— A la rescousse ! cria le garde qui venait d'entrer dans la pièce voûtée. La prisonnière s'échappe !

Elle l'entendit qui pénétrait dans l'eau tandis qu'elle finissait de franchir le treillis.

Engagée dans le tunnel sombre, elle se mit à nager de toutes ses forces dans le courant. Elle se sentait à la fois perche géante, crocodile solitaire et puissant serpent d'eau, avec une soif immense de liberté.

Et soudain, elle jaillit à l'extérieur !

Elle se retrouva dans un vaste lagon bordé de plages de sable et de palmiers. Il faisait nuit, mais la lune, presque pleine, éclairait la nature de sa lumière bienfaitrice, et Kiya put très bien distinguer le chemin à suivre pour rejoindre le fleuve.

Elle reconnaissait l'endroit merveilleux et paisible où les concubines du roi passaient leurs journées, avec la douce impression de revenir sur les pas de son enfance.

Il lui semblait qu'elle vivait un rêve qu'elle avait fait bien longtemps auparavant. Il n'y avait rien dans ce lieu sûr et accueillant qui pût lui faire du mal. Alors que des larmes de bonheur lui gonflaient les paupières, elle se mit à nager dans le bassin dont la surface lisse miroitait sous la lune.

Elle avançait sans crainte ni colère. Elle était hors du temps et n'avait conscience que du contact de l'eau fraîche contre sa peau. Les éléments étaient entièrement avec elle. Elle était une fille de concubine autant qu'une orpheline des rues ; elle était sans nom, sans toit, mais elle avait la conviction puissante d'appartenir au monde dans son immensité.

Elle arriva bientôt au portail de papyrus qui protégeait ce bras du fleuve de ses courants et de son débit. La tringle de cuivre à la main, elle s'attaqua à un coin de la barrière végétale et y creusa un trou assez large puis, prenant une grande inspiration, plongea pour la traverser. Elle entendit alors la voix des gardes qui la cherchaient, cependant qu'elle partait dans le courant du Nil et devenait invisible à leurs yeux.

Elle se laissa porter, consciente des crocodiles qui veillaient dans l'ombre des berges couvertes de joncs. Elle ne redoutait rien. Ses sens, aiguisés par toute une vie de risques, la préservaient du danger.

Les quais étaient proches du bassin royal et elle reconnut bientôt le clapotis de l'eau contre les pilots des pontons. Elle dévia pour s'en approcher et trouva rapidement une échelle qu'elle emprunta pour gagner les quais.

Construites pour accueillir les marchandises et le bétail transportés par voie fluviale, les trois salles sans fenêtres où Tahar et Imhoter étaient emprisonnés se trouvaient dans un bâtiment à hauts murs de brique sans toiture.

Kiya s'était représenté les deux hommes souffrant terriblement de la morsure du soleil le jour et tremblant de froid la nuit en contemplant les étoiles, dont l'extinction progressive à l'aube les rapprochait un peu plus de leur supplice.

Elle sentit son cœur se serrer : après deux jours de ce traitement, les prisonniers devaient commencer à perdre la tête.

Déjouant l'attention des gardes, elle parvint enfin au pied du mur de leur prison.

— Tahar ? Imhoter ? lança-t-elle à mi-voix.

Silence.

Elle marcha à pas de loup jusqu'à la troisième salle servant de geôle. Celle-ci était la plus proche du corps de garde, si bien qu'elle entendait le son étouffé des voix des soldats autour de leur feu de camp, dont la lueur s'étirait jusqu'à ses pieds.

Soudain, elle reçut un coup sur la tête. Elle pivota, surprise, et vit qu'il s'agissait de l'extrémité nouée d'une corde. Dans un élan de joie, elle l'enroula à sa taille et s'arc-bouta contre le mur de la prison avant de donner un petit coup sec à la corde.

Bientôt, une silhouette frêle parut au sommet du mur. Malgré son grand âge, Imhoter descendit lestement le long de la muraille.

En bas, il serra Kiya dans ses bras.

Submergée par l'émotion, elle ouvrit la bouche, mais Imhoter l'invita au silence en posant un doigt sur ses lèvres. Alors il saisit la corde et s'en entoura la taille à son tour. Il ne fallait pas moins de deux personnes pour contrebalancer le poids de Tahar, qui ne fut pas long à se montrer au sommet du mur.

Il s'y suspendit par les bras avant de se laisser tomber de plusieurs mètres, se réceptionnant sur ses jambes avec la souplesse d'un félin. Dans la faible clarté du feu de camp, Kiya constata qu'il était nu sous le drap en lambeaux qui lui servait de pagne.

Ce n'était certes pas le moment de rêver devant la splendeur de son corps, mais quelle femme n'aurait pas frémi face à une telle virilité ? D'ailleurs, en le voyant rajuster son vêtement presque inexistant, elle sentit réagir ses parties féminines…

Kiya ! Tu ne vas pas te laisser aller à de telles rêveries maintenant.

A cet instant, un garde, une torche à la main, se présenta à l'angle du bâtiment.

— Je fais juste un tour, dit-il à son acolyte.

Il s'approcha des trois fugitifs et s'inclina devant Tahar.

— Fuyez vite ! dit-il dans un souffle avant de jeter sa torche au sol et de disparaître dans la nuit.

Comment se fait-il qu'il ne donne pas l'alerte ?

Tahar se mit à courir en tête, se retournant souvent pour s'assurer qu'Imhoter et elle le suivaient bien.

En passant devant les enclos des animaux, Kiya pensa avec stupéfaction que le garde venait de mettre sa propre vie en péril. Il s'était littéralement sacrifié, car l'autre garde ne serait pas long à remarquer la corde qui pendait le long du mur et à déclencher l'alerte. Pourquoi avait-il montré tant de déférence à l'égard de Tahar, un prisonnier libou condamné à mort par le roi en personne ?

Ils ralentirent enfin leur cadence après une course haletante. Kiya jeta un regard par-dessus son épaule et aperçut les murs de Memphis qui se noyaient dans la nuit.

Guidés par Imhoter, à présent, ils se dirigèrent vers le nord avant de s'arrêter pour se reposer dans un bosquet de tamaris qui poussaient au bord du fleuve.

Alors Kiya se jeta dans les bras de Tahar et pleura.

— Je croyais que tu étais mort, dit-elle d'une voix étranglée.

— J'aurais pu l'être, répondit-il en la serrant contre lui.

— Il faut vous restaurer, dit Imhoter en sortant de sa tunique un paquet enveloppé d'un linge. Une longue route vous attend.

Il déplia le tissu qui contenait un gros gâteau de miel.

— Comment vous l'êtes-vous procuré, Imhoter ?

— Le garde que vous avez vu tout à l'heure, chère enfant, a été notre sauveur. Il nous donnait à manger et à boire. Et c'est lui aussi qui a permis à la concubine du roi de nous rendre visite. Aujourd'hui même, il nous a fourni la corde qui nous a permis de nous enfuir.

— Mais pourquoi ?

— Ne l'as-tu pas reconnu ? demanda Tahar.

— Non, fit Kiya. Je le connaîtrais donc ?

— Oui. Il t'a prise pour cible avec son arc, mais il y a longtemps… C'est presque dans une autre vie.

Dans une autre vie…

Les paroles de Tahar lui rappelèrent avec une nostalgie cuisante cette autre vie dans laquelle elle n'était ni une captive — même si elle avait été convaincue du contraire — ni une future reine. Cette vie qu'elle avait connue auprès de cet homme au cœur généreux et doué de compassion.

La scène lui revint immédiatement. Il s'agissait de l'un des gardes du roi croisés dans le désert. Tahar les avait désarmés mais leur avait laissé la vie sauve — ainsi que leur réserve de viande.

Cet homme venait de lui rendre la pareille.

— C'était donc lui, dit Kiya. Il te devait la vie.

— Peut-être, mais je n'ai accepté son aide que parce que c'était le seul moyen de te revoir.

La jeune femme en fut bouleversée. Lui avait-elle autant manqué qu'il lui avait manqué ?

— Moi aussi, je voulais vous revoir, ma chère Hathor, intervint Imhoter. Je n'ai pas le temps de tout vous expliquer, mais il faut que vous sachiez que j'ai eu une terrible vision. Une armée marche en ce moment même sur Memphis. Et cela m'a été confirmé par votre ami.

— En effet, acquiesça Tahar. Bandir, à la tête d'une troupe

de cinq mille hommes armés, arrive depuis la Nubie en suivant une route à travers le désert.

Kiya ferma les yeux en se représentant avec horreur ce que Tahar avait dû vivre.

— Il t'a retrouvé, n'est-ce pas ? Après que tu m'as rendu ma liberté ?

— Pas tout de suite… J'avais plusieurs heures d'avance sur lui.

— Mais il a fini par te rattraper parce que tu étais à pied ?

Tahar hocha la tête.

— J'ai été son prisonnier pendant plusieurs semaines. Quand ils m'ont rejoint, ses hommes m'ont roué de coups. Lorsqu'ils ne se défoulaient pas sur moi, je devais soigner les animaux et accomplir toutes sortes de tâches ingrates. J'étais devenu l'esclave de Bandir. J'aurais sans doute perdu courage, chère Hathor, si je ne m'étais pas souvenu de celui dont tu avais fait preuve. C'est toi qui m'as donné la force, et c'est grâce à toi que j'ai réussi à m'échapper. Cependant, j'ai été attrapé par les gardes de Pharaon.

— Où t'ont-ils trouvé ?

Mais Kiya connaissait déjà la réponse.

— Sur l'île d'Abou, c'est bien cela ?

Tahar acquiesça avec gravité.

Il l'avait suivie sur l'île, comme elle l'avait espéré, mais n'y avait trouvé qu'une patrouille de soldats égyptiens qui s'étaient jetés sur lui.

Kiya sentit son cœur se gonfler de joie.

— Tu as essayé de me retrouver ? Tu m'as cherchée sur l'île ?

— Bien sûr, répondit Tahar en la prenant dans ses bras.

Il la serra si fort contre sa poitrine qu'elle en eut le souffle coupé.

— J'ai cru que je t'avais perdue à jamais, dit-il en la soulevant dans ses bras.

Kiya ne sut pas combien de temps il l'avait portée ainsi, en la berçant comme une enfant, lorsque la voix douce d'Imhoter résonna soudain dans le silence de la nuit.

— Entendez-vous ? leur demanda-t-il.

— Non, répondit Tahar. Qu'y a-t-il ?

Le vieux prêtre s'agenouilla et plaqua son oreille contre le sol.

— Un bruit de sabots… Des milliers de sabots. L'armée approche. Elle atteindra la cité à l'aube.

— Il faut fuir, dit Kiya. Nous devons trouver une barque.

— Ils descendent aussi le Nil sur des embarcations, répondit Imhoter. Ils attaqueront Memphis par la terre et par le fleuve. Vous les éviterez plus facilement en poursuivant votre chemin à pied et de nuit.

— Faut-il nous enfoncer dans le désert ? demanda Kiya.

— Non. Je ne vous y retrouverais jamais. Continuez de marcher vers le nord.

— Pourquoi ne venez-vous pas avec nous ?

— Je ne le puis pas, ma chère enfant. Je suis au service du peuple égyptien et Memphis est ma patrie. Il faut que je retourne au palais et que je prévienne le roi du danger. La seule chance pour notre peuple d'y faire face est de s'y préparer. Partez, maintenant.

Imhoter indiqua le nord.

— Dirigez-vous vers la Grande Pyramide, mais restez à l'écart des gens. Trouvez l'entrée des ouvriers et cachez-vous à l'intérieur. Dans deux jours, je vous rejoindrai. Je vous ferai sortir d'Egypte, ou je mourrai en m'y employant.

Imhoter regarda Kiya avec insistance.

— J'ai quelque chose d'important à vous dire, mais pas maintenant. Il faut d'abord vous enfuir.

Il s'inclina profondément devant Kiya comme il le faisait devant la déesse Hathor, puis il tourna les talons et reprit le chemin de Memphis.

Chapitre 35

Ils ne parvinrent à la tombe du roi Kheops que lorsque le soleil étira ses premiers rayons à l'horizon. Ils avaient marché en silence pendant toute la nuit, guidés par la lune, sans jamais relâcher leur cadence.

— Nous voilà revenus à la case de départ, remarqua Tahar au pied de l'énorme édifice de pierre.

L'or du soleil levant éclairait son visage, que l'on avait rasé en préparation du sacrifice dont il devait faire l'objet. Kiya le retrouvait tel qu'elle l'avait connu, avec ses longs cheveux blonds qui lui tombaient sur les épaules, ses grands yeux bleus et son hâle doré. Malgré sa fatigue apparente, il était d'une beauté à couper le souffle.

Il avait maigri à cause des privations, mais cela n'avait fait que mettre en valeur sa musculature, si bien qu'il paraissait plus athlétique encore qu'auparavant.

Si elle l'avait vu en ce jour pour la première fois, il l'aurait sans doute énormément intimidée.

Il était d'autant plus séduisant qu'il ignorait tout de son pouvoir sur les femmes. Pourtant, par l'harmonie de ses proportions et l'équilibre de sa musculature, il semblait être l'œuvre d'un sculpteur de génie qui se serait évertué à représenter l'homme dans toute sa perfection.

— Tu es blessé ? fit Kiya qui, à la faveur du soleil, venait de remarquer une trace de sang sur son bras.

— Ce n'est rien… Ça ne saigne déjà plus.

— Je te soignerai dès que j'en aurai la possibilité, dit Kiya qui ne pouvait cacher son inquiétude.

Il acquiesça, et elle remarqua qu'il avait lui aussi l'air soucieux.

A l'heure qu'il était, Bandir et ses soldats devaient être en train d'arriver devant les portes de la capitale. Sans doute beaucoup d'hommes avaient-ils déjà perdu la vie, parmi lesquels, peut-être, Imhoter…

Si ce n'était pas le cas, Bandir le ferait torturer jusqu'à ce qu'il lui indiquât où se trouvait le prisonnier libou que le roi voulait sacrifier et, bien sûr, la déesse Hathor qu'il avait voulu épouser.

Cependant, si les Egyptiens arrivaient à repousser l'armée de Bandir, Imhoter n'en serait pas moins contraint de se confronter au roi. Ce dernier aurait-il pitié de son conseiller qui l'avait averti de l'attaque libou, ou le punirait-il encore plus sévèrement pour s'être enfui de prison ?

Etant donné qu'elle-même et Tahar avaient également disparu, Kheops n'aurait certainement aucune compassion pour le pauvre prêtre.

Kiya inclina la tête comme pour implorer la clémence des dieux. Des centaines d'individus mouraient en cet instant… Et tout cela pour enrichir un homme déjà fortuné ? Kiya frissonna en se rappelant l'œil avide de Bandir, qui convoitait tout ce qu'il voyait.

Mais les assaillants ne combattaient pas seulement pour Bandir. Celui-ci n'avait fait qu'exploiter une haine qui était chevillée à leur cœur.

Kiya avait elle-même manqué de tout. Elle avait de tout temps été habitée par ce désir d'une vie meilleure et comprenait cette révolte qui trouvait sa source dans la misère. En effet, pourquoi les gens bien nés devaient-ils tout posséder tandis que d'autres n'avaient rien ?

Les Libous devaient se poser de semblables questions : pourquoi les Egyptiens détenaient-ils tout, le fleuve et les terres fertiles, alors qu'eux, les Cyrénéens et autres nomades, n'avaient que le désert ?

Grâce à Tahar, toutefois, elle voyait les choses sous un angle différent. Le monde était vaste et il y avait de la place pour tous les hommes. Les limites de la terre outrepassaient la vallée du Nil et des déserts qui l'enserraient. Au-delà de la Méditerranée et de la mer Noire s'étendait l'immense steppe herbeuse… Le monde était si grand et varié qu'il n'y avait aucune raison de perdre espoir. Kiya n'avait d'ailleurs qu'un désir : le découvrir auprès de Tahar.

Elle le félicita dans un murmure lorsqu'il déplaça la grosse pierre qui fermait l'entrée des ouvriers. La lumière pénétra dans le large espace où, seulement trois mois plus tôt, Kiya avait rejoint pour la dernière fois son équipe de travailleurs au petit matin.

Ils avancèrent à l'intérieur de la pièce et des poussières brillant dans le soleil voletèrent autour d'eux. Mais cette lumière ne pouvait pas les accompagner longtemps ; il leur fallait déjà refermer l'ouverture de la pyramide pour ne pas attirer l'attention sur eux.

— Nous serons en sécurité ici pendant un jour et une nuit, dit Tahar en faisant rouler la lourde pierre devant l'entrée.

Si les dieux étaient avec eux, Imhoter viendrait les retrouver, et il fallait souhaiter que ce fût avec de bonnes nouvelles.

Une nuit profonde les enveloppa soudain.

Kiya entendait la respiration de Tahar mais ne le voyait plus du tout.

— Je t'ai déjà perdu, dit-elle en pensant que, quelques jours plus tôt, ils avaient été condamnés à mourir sur les pierres de ce même édifice qui leur servait à présent de refuge.

— Je suis là, répondit Tahar en la prenant dans ses bras.

Elle se blottit contre sa poitrine et resta ainsi jusqu'à sentir son cœur battre au même rythme que le sien. Alors ils s'étendirent au sol, côte à côte.

Les paupières lourdes de sommeil, Kiya fut la première à s'endormir…

Elle s'éveilla sous la caresse apaisante de la main de Tahar dans ses cheveux.

— Nous avons dormi longtemps, dit-elle. Tout le jour, sans doute, peut-être plus encore…

Elle avait la tête posée sur son ventre.

— Je rêve de faire cela depuis le premier jour où je t'ai vue, répondit-il en suivant du doigt les traits de son visage.

Kiya en eut le cœur serré.

— Si tu avais tellement envie de m'avoir près de toi, pourquoi m'as-tu rendu ma liberté ?

— Je te l'ai dit… Je voulais entraîner Bandir dans la mauvaise direction.

— Mais n'aurions-nous pas pu attendre un moment plus favorable pour nous échapper ensemble ?

— Je n'aurais pas pu assister à ta soumission à Bandir.

— Tu veux dire me voir devenir sa femme ?

— Oui.

— C'est-à-dire son esclave ?

— Exactement.

Kiya sourit.

— Je t'ai bien éduqué.

— En effet, Déesse, répondit-il en glissant de nouveau la main dans ses cheveux.

Ils atteignaient à présent le lobe de son oreille, et étaient souples sous ses doigts.

— Tes cheveux sont doux… On croirait…

— Attends ! fit-elle.

Elle lui prit la main et la posa sur sa robe.

— Ils sont comme le tissu de ce vêtement, n'est-ce pas ?

— Oui, tout à fait, répondit Tahar en passant la main sur le ventre de Kiya. Je n'ai jamais rien senti d'aussi doux.

— Cette étoffe vient d'un pays lointain, au-delà de la mer Noire. Elle est faite avec les sécrétions des chenilles de papillons !

— Incroyable. Et comment l'appelle-t-on ?

— On lui donne le nom de « soie ».

— J'aimerais aller dans ce pays pour voir comment les gens la fabriquent.

Elle aurait voulu lui dire qu'elle souhaitait y aller, elle aussi, mais en sa compagnie.

Désirait-il la même chose qu'elle ? Il avait toujours envie d'elle, certes, elle le sentait à la pulsation de son corps. A cet instant même, tandis qu'il lui caressait les cheveux, elle entendait son souffle s'accélérer, mais cela ne répondait pas à la question qu'elle se posait. Voulait-il poursuivre avec elle le voyage qu'ils avaient commencé ?

Il l'avait laissée partir seule, après tout. La libérer avait certes été le geste d'un homme bon et charitable, mais aussi celui d'un homme qui pouvait se représenter l'avenir sans elle, car ils auraient pu ne jamais se retrouver. Après s'être échappé, il avait bien gagné l'île d'Abou comme elle l'avait espéré, mais peut-être n'était-ce que pour s'assurer qu'elle allait bien.

Il était une question qui la préoccupait davantage encore : si un prétendant plus respectable que Bandir, un homme noble et généreux, s'était présenté pour la prendre pour épouse, Tahar la lui aurait-il vendue ?

Elle n'était pas prête, cependant, à en connaître la réponse. Si leurs chemins étaient destinés à se séparer, qu'il en fût ainsi. Entre-temps, elle apprendrait à ne considérer Tahar que comme un ami, une âme sœur, peut-être, mais rien d'autre.

Ils s'adossèrent au mur de la salle et restèrent assis à converser pendant des heures. Tahar évoqua le supplice qu'il avait subi entre les mains de Bandir, la façon dont on l'avait obligé à courir pendant des heures sous le soleil jusqu'à en perdre connaissance, comment il avait été enchaîné et frappé presque chaque jour, comment on lui jetait la nourriture au sol pour qu'il la ramassât avec la bouche à la façon d'un animal. Jamais, disait-il, il n'avait connu la condition abjecte d'esclave auparavant, et cette existence l'avait rendu plus humble.

Les larmes aux yeux, Kiya l'écoutait parler. Elle n'arrivait pas à croire qu'il fût possible d'endurer un tel avilissement.

Quoi qu'il dît, ce qu'il avait vécu était bien pire que l'esclavage. Et c'était pour lui assurer la liberté qu'il avait pris le risque de subir ce traitement.

Après le long récit de Tahar, Kiya parvint à rassembler son courage.

— Est-ce que je peux te poser deux questions, Tahar ?

— Tu peux m'en poser autant que tu veux.

— Si nous n'avions pas croisé le chemin de Bandir, est-ce que tu m'aurais conduite en Nubie ?

Un silence interminable suivit l'interrogation de Kiya, qui reprit alors la parole :

— Et si tu m'avais retrouvée à Abou, qu'aurais-tu fait ? Est-ce que nous nous serions rendus en Nubie ? Est-ce que tu m'aurais vendue au plus offrant ?

Si seulement elle avait pu voir l'expression de Tahar. Que se passait-il en lui ? Pourquoi ne lui répondait-il pas ?

— C'est assommant d'être dans le noir, finit-il par dire. Il doit faire grand jour en ce moment.

— Hélas ! nous ne pouvons rien faire contre cela.

— Je ne suis pas d'accord.

— Que veux-tu faire ? Tu voudrais monter jusqu'au sommet de la pyramide ?

— Pourquoi pas ?

— Mais ce ne sera pas facile dans cette obscurité totale.

— Combien de fois par jour ton équipe parcourait-elle le tunnel en hissant des pierres ?

— Trois fois.

— Et pendant combien de mois ?

— Trois également.

— Eh bien, cela fait près de trois cents ascensions. Je pense que tu es parfaitement habilitée à ouvrir le chemin. Je te suis.

Kiya allait protester, quand il lui vint à l'esprit que depuis le faîte de la pyramide ils jouiraient d'une vue imprenable jusqu'à Memphis, et qu'alors ils pourraient peut-être se faire une idée des combats.

— D'accord, répondit-elle en se levant, mais tu n'as toujours pas répondu à mes questions.

— C'est vrai… J'y répondrai quand nous serons à l'air libre.

Chapitre 36

Kiya fit le tour de la salle jusqu'à rencontrer la grosse pierre qui fermait l'entrée du tunnel.

— Le tunnel ne débute-t-il pas de l'autre côté ? demanda Tahar qui l'avait accompagnée. J'y ai remarqué une ouverture lorsque nous avons pénétré dans la pyramide.

— C'est un leurre, répondit Kiya. Cette galerie n'a été créée que pour tromper les voleurs.

— Je parierais qu'elle conduit à la chambre souterraine.

— Exactement… Comment l'as-tu deviné ?

— J'ai appris que Bandir était entré ici le jour de la razzia pour y trouver des esclaves. Il est devenu fou de rage quand il n'a trouvé personne en pénétrant dans la chambre souterraine.

Kiya éclata de rire.

— Les ouvriers se cachaient certainement derrière cette pierre, dit-elle en la faisant basculer.

Elle sentit l'air frais et familier de la galerie lui caresser le visage.

Tahar l'y suivit puis l'aida à remettre la pierre en place.

— Je suis en train de vivre l'un de mes rêves, confia-t-il.

Ils parlèrent peu en escaladant en empruntant la galerie.

Pourtant, Kiya avait tant à lui dire… Elle aurait voulu lui parler de l'île d'Abou, de sa rencontre avec Pharaon, de la descente du Nil dans la barge royale, de l'arrivée au palais à Memphis. Tout cela pouvait attendre, cependant. Seules des indications sur le chemin qu'ils empruntaient lui venaient aux lèvres.

— Encore deux pas et nous tournerons à droite, dit-elle,

soudain. Attention… Il y a une marche d'un niveau inhabituel. Prends garde de ne pas tomber.

Elle trouvait étonnant d'entendre le son cristallin de sa voix en ce lieu où elle n'avait jamais osé prononcer un seul mot de crainte d'être démasquée. Même lors des efforts gigantesques qu'elle fournissait pour pousser le chariot de pierres, elle s'interdisait tout cri ou soupir. Sa voix résonnait entre les murs de la pyramide, à présent, dans le silence sacré de la tombe.

— Ressens-tu une différence ici ? demanda-t-elle en s'arrêtant à une intersection.

— Oui… Il y fait un peu plus frais… On dirait qu'il y a un courant d'air.

— Notre tunnel débouche sur le couloir d'accès à la deuxième chambre funéraire, où la statue représentant le roi sera déposée. Il a été creusé quand je n'étais qu'une petite fille. On dit que le roi Kheops n'a autorisé que très peu d'ouvriers à travailler dans cette partie de la pyramide. Tous esclaves, ils ont édifié la deuxième et la troisième chambre avant d'être emmenés par-delà la Méditerranée où ils ont été libérés.

— Pharaon aurait montré de la compassion ? fit Tahar d'un ton étonné.

— Oui, sur les conseils insistants d'Imhoter. Je pense, pour ma part, que le roi aurait préféré les faire mettre à mort afin d'être certain qu'ils ne parleraient jamais.

— Il voulait que l'existence des deux autres chambres reste un secret ?

— Oui, du moins c'est ce que je crois. Il est difficile, voire impossible, de prouver qu'elles sont bien là, car toutes les issues y conduisant ont été bouchées et restent invisibles dans la maçonnerie.

— C'est dommage. J'aurais bien aimé les visiter.

— Un jour, dans plusieurs milliers d'années, nos descendants trouveront peut-être ces chambres secrètes, et le monde entier s'émerveillera des richesses qui s'y trouvent.

Ils poursuivirent leur ascension en silence.

Kiya avait prononcé le mot « descendants » dans un sens

général, mais l'écho du tunnel lui conféra une telle vibration qu'il évoqua immanquablement les enfants qu'ils pourraient avoir ensemble.

Elle sentit alors le sang lui monter aux joues et se félicita que Tahar ne pût la voir rougir.

Elle parlait avec une légèreté extrême quand elle aurait peut-être dû battre sa coulpe. A n'en pas douter, sa présence en ce lieu offensait les dieux et elle en éprouvait quelque remords, pourtant elle ne pouvait s'empêcher de se demander si les dieux se préoccupaient vraiment d'elle — et même de la tombe qu'elle était en train de profaner.

— Fais encore attention à la prochaine marche, dit-elle soudain.

Tahar tendit instinctivement le bras pour lui donner la main.

Elle la prit dans la sienne et le guida prudemment, jusqu'à ce qu'elle sentît qu'il la lui caressait du pouce. Alors elle s'immobilisa.

— Je pense que maintenant tu peux te débrouiller tout seul, dit-elle en lui retirant sa main.

Elle ne voulait pas se laisser troubler. Elle ne savait toujours pas ce qu'il attendait d'elle puisqu'il avait refusé de répondre à ses questions.

La nuit tombait lorsqu'ils arrivèrent au sommet de la pyramide.

Kiya sortit sur la petite plate-forme carrée et se tourna aussitôt vers Memphis. Elle ne releva aucun signe d'un assaut qui aurait été donné sur la ville. Ni feu, ni fumée, ni colonnes d'assaillants et ni même de foule fuyant les lieux. Tout semblait normal et paisible.

Tahar posa les bras sur le parapet et se pencha en plissant les yeux pour essayer de mieux distinguer les bâtiments de la cité, mais ils étaient trop loin.

Aucune chance de voir qui avait gagné la bataille. A condition, bien sûr, qu'elle ait eu lieu.

La vue qui s'étendait sous leurs yeux était d'une beauté stupéfiante, et on y voyait encore assez bien malgré la nuit grandissante.

Le fleuve coulait à l'est. Kiya distinguait sur ses bords les constructions basses du village des ouvriers et le bras de rivière qui avait été creusé pour acheminer les énormes blocs de pierre ayant servi à l'édification de la pyramide.

Au sud se dressait Memphis, dont émergeaient les murs blancs du palais de Pharaon, et à l'ouest s'étendait le désert à perte de vue. Kiya crut apercevoir la lune qui ne tarderait pas à se lever sur Guizèh. Au nord, au-delà du delta du Nil, elle savait que s'étalait l'immense mer Méditerranée, mais seuls les dieux pouvaient la contempler.

Elle se baissa vers la paroi abrupte de la pyramide composée de pierres polies qui, grâce à leur blancheur éclatante, brillaient au soleil pendant le jour. Prise de vertige, elle ferma les yeux et recula d'un pas.

Rares étaient ceux qui avaient été autorisés à poser le pied ici et, assurément, aucun des ouvriers hormis ceux qui en avaient été définitivement éloignés.

Jusqu'à la mort de Pharaon, on n'admettrait personne sur cette plate-forme sacrée. C'est ici, alors, que son âme entreprendrait son voyage vers l'au-delà, lorsque la pointe dorée de la pyramide capterait les rayons du dieu Râ pour lui créer un passage vers l'éternité.

Ce roi, pensa Kiya, n'était pourtant qu'un homme comme les autres.

— Ça va ? demanda Tahar.

— Oui… J'ai juste un peu le vertige. Nous sommes tellement haut.

Elle avança d'un pas et jeta un regard par-dessus le parapet.

— Regarde ! Là-bas ! Il y a un feu, dit-elle en indiquant les faubourgs de Memphis, au sud.

Une petite tache de lumière y tremblait, à peine visible.

Tahar plissa les yeux.

— Ça y est ! Je le vois.

— Crois-tu que Bandir ait réussi à s'emparer du palais ?

— Non… Il est beaucoup trop impulsif et Imhoter trop intelligent.

— Mais ce n'est pas Imhoter que Bandir cherche à détrôner, c'est Pharaon !

— Je ne pense pas qu'il y aurait Pharaon sans Imhoter.

— J'ai bien peur que tu aies raison, confirma Kiya en souriant.

Elle priait pour que le prêtre eût l'ascendant sur Bandir. Elle se le représentait escortant les derniers guerriers libous et nubiens jusqu'aux portes intactes de la cité, les exhortant de sa voix douce à ne plus jamais revenir.

Si seulement l'Egypte avait été dirigée par la main délicate d'Imhoter et non par la poigne de fer de Kheops ! Ce dernier ferait certainement torturer les prisonniers libous avant de les réduire en esclavage.

Kiya frissonna d'horreur en pensant à la vie de servitude à laquelle elle venait d'échapper en n'épousant pas Pharaon.

Instinctivement, elle appuya la tête contre le bras de Tahar, qui soupira en entremêlant ses doigts aux siens.

Il faut tout arrêter tant qu'il en est encore temps, pensa-t-elle.

Elle ne pouvait se laisser emporter par la passion et oublier l'objectif qu'elle s'était fixé : savoir s'il l'aurait vendue ou non.

Si c'était bien ce qu'elle redoutait, elle ne lui en voudrait pas. Tahar faisait partie du même monde qu'elle, après tout. Elle pourrait concevoir qu'il eût agi ainsi dans le but de survivre, exactement comme elle-même avait toujours fait.

Cependant si tel était le cas, elle savait que jamais elle ne pourrait lui donner son cœur.

Elle lui retira sa main et se dirigea vers l'angle nord-ouest de la plate-forme, respirant l'air de la nuit qui devenait moins étouffant.

Au-dessus d'eux, la voie lactée commençait à se dessiner.

— Si chacun de nous devient une étoile en mourant, dit-elle, il viendra un moment où les étoiles seront si nombreuses dans le ciel qu'il fera jour même en pleine nuit.

— Quelle étrange idée ! fit Tahar. Nos corps ne s'enflamment pas, lorsque nous mourons. Au contraire, ils retournent à la terre et redeviennent poussière.

Kiya se tourna vers lui. Elle aimait l'écouter parler, mais

pour l'heure elle n'arrivait pas à s'intéresser à ses considérations sur la mort.

Il la fixait et elle sentait son regard sur elle.

— Bien sûr, reprit-il, si nous devenions tous des étoiles après notre mort, nous illuminerions la nuit.

— Si nous sommes destinés à mourir dans les jours qui viennent, dit-elle enfin, je veux mourir en sachant la vérité.

Elle avait ouvert les vannes et ne pouvait plus en arrêter le flot :

— Et tu mourras en sachant que tu ne me l'as pas cachée.

Tahar traversa la plate-forme pour la rejoindre.

— Je vais donc te dire la vérité, fit-il en lui tendant les bras, mais tu dois me tenir la main pour cela.

Kiya y consentit.

— Tes questions m'ont mis au supplice, mais pas pour les raisons que tu crois, commença-t-il. Elles n'ont fait que me rappeler à quel point j'avais échoué.

Kiya sentait sa main devenir moite dans la sienne.

— J'ai échoué, reprit-il, parce qu'avant de te rencontrer j'étais tellement désespéré que j'étais prêt à sacrifier l'existence d'autrui dans mon propre intérêt. Je ne valais pas mieux que les rois et les capitaines qui jouent avec la vie des autres comme avec des pions.

Il porta la main de Kiya à ses lèvres.

— Or, tu m'as fait prendre conscience que tu étais un être humain et que je l'étais aussi. Comment pouvais-je espérer être respecté des autres alors même que je ne te respectais pas ? Comment pouvais-je souhaiter la paix entre Egyptiens et Cyrénéens tout en envisageant de te vendre comme un sac de grain ?

« Pardonne-moi d'avoir été aussi long avant d'ouvrir les yeux. Non, je n'avais pas l'intention de te vendre. J'ai prolongé notre voyage parce que je ne supportais pas l'idée de me séparer de toi. La Nubie était une ruse, un mensonge. C'était la destination la plus lointaine que je pouvais envisager.

« Au début, je n'arrivais pas à en convenir, mais petit à petit je me suis rendu compte que je ne pourrais jamais te vendre, pas plus à Bandir qu'à n'importe quel autre, même à un prince nubien. Je ne voulais pas te quitter. Sans doute était-ce le résultat des changements que tu avais opérés en moi. Tu avais fait de moi un homme meilleur. »

Il pressa les lèvres contre sa main.

Kiya avait fermé les yeux pour mieux se laisser pénétrer de ces paroles.

C'était celles qu'elle avait toujours espéré entendre, car elles confirmaient ce qu'elle savait déjà : Tahar était un homme bon. Dans un monde cruel et impitoyable, il était noble et juste. Il n'écrasait personne pour arriver à ses fins et voyait la beauté là où elle se trouvait.

— Mais il y a une autre raison pour laquelle j'ai échoué, reprit-il. Je ne t'ai jamais dit que je pensais constamment à toi. Même lorsque je dors, tu peuples mes rêves. Tu as pris mon cœur d'assaut et asservi mon corps. Je ne veux être nulle part ailleurs qu'à côté de toi et je ne veux aller nulle part sans toi. Je ne suis plus guidé par le désir de revoir ma patrie coûte que coûte, parce que je l'ai trouvée en ta personne. Aussi longtemps que je serai avec toi, je serai en paix avec moi-même et heureux. Je ne connais même pas ton nom, mais je t'aime.

Kiya ouvrit les yeux.

Tahar s'était mis à genoux devant elle, comme si elle avait été une véritable déesse.

Transportée de joie, elle s'empressa de s'agenouiller à son tour.

— Kiya, dit-elle. C'est mon nom. Kiya tout simplement.

— C'est joli… Kiya…

— C'est la première fois depuis très longtemps que je le prononce à voix haute.

— Non, cela ne fait pas si longtemps.

— Pardon ?

— Tu l'as dit dans la grotte… Avant de revenir complètement à toi.

— Alors, à partir de ce jour, pourquoi ne m'as-tu pas appelée par mon nom ?

— Si je l'avais prononcé devant toi, tu m'aurais juré que

ce n'était pas le tien et tu te serais sans doute mise à me parler de ta famille imaginaire à Abydos, pour mieux me confondre.

Il porta de nouveau sa main à ses lèvres et l'embrassa longuement et tendrement.

Kiya se rappela les mises en garde de sa mère au sujet des hommes. Comme elle aurait aimé lui dire à quel point celui-ci était bon et doux avec elle !

Ils s'assirent côte à côte en silence.

Elle n'avait rien à ajouter, sinon qu'elle s'était battue vaillamment pour le chasser de son esprit, mais en vain. Il n'était pas sorti un seul instant de ses pensées pendant tout le temps de ses fiançailles avec Pharaon. Il avait été constamment dans son cœur, bouleversant ses plans et contrariant ses projets.

Que lui dire, aujourd'hui, sinon qu'il avait gagné ? Qu'elle n'avait jamais cessé d'être sa captive, qu'il y avait longtemps qu'il avait gagné son amour.

— Tahar…

— Qu'y a-t-il, Kiya ?

— Moi aussi, je t'aime.

Pardonne-moi, mère, mais c'est la vérité. Je l'aime !

Elle aurait voulu rester ici pour l'éternité. Il lui importait peu, à présent, que Memphis fût tombée ou que la crue du fleuve n'eût pas lieu. Qu'ils pussent trouver la mort le lendemain, lorsqu'ils feraient rouler la grosse pierre fermant l'accès à la pyramide, lui était devenu indifférent. La seule chose qui comptait, c'était cette nuit.

Elle passa la main sur son bras et y sentit sa blessure. Elle aurait voulu le soigner comme il l'avait fait avec elle dans la grotte. A défaut de pouvoir le panser, elle appliqua les lèvres sur sa plaie.

Comme elle relevait la tête, elle rencontra le beau regard de Tahar qui la scrutait avec insistance, semblant attendre la réponse à une dernière question qui n'avait pas été posée.

Chapitre 37

Or, il pouvait lire un « oui » fort et sincère dans le regard de Kiya.

Il la prit dans ses bras et, tout contre son dos, pressa les lèvres sur sa nuque avec une folle ardeur.

Alors elle renversa la tête et contempla le ciel. La voie lactée était plus blanche que jamais, lui paraissant si proche qu'il lui semblait pouvoir la toucher…

Tahar lui couvrait les épaules et la gorge de baisers tandis qu'elle s'abandonnait à l'ivresse.

— Je pensais à toi sans arrêt, chuchota-t-il à son oreille. J'étais comme mort lorsque je t'ai laissée partir dans le désert, et je n'ose te dire ce que j'ai ressenti le jour où je t'ai reconnue en la déesse Hathor, sur le point d'épouser Pharaon…

Sa voix s'étrangla, et elle n'entendit plus que son souffle sur sa nuque.

— Mais tout cela n'a plus d'importance…, reprit-il. La seule chose qui compte, c'est cette nuit…

Kiya avait l'impression de baigner dans l'immensité du ciel et de flotter parmi les étoiles. Elle serait peut-être devenue l'une d'elles si Tahar ne l'avait pas tenue par la taille.

Mais elle sentait ses lèvres douces au creux de son cou tandis qu'il promenait avec audace ses mains sur le galbe de ses hanches, puis empaumait ses fesses rondes…

— Tahar…, murmura-t-elle en lui caressant les cheveux.

Il l'embrassa plus passionnément et glissa les mains jusqu'à sa poitrine pour caresser les tétons qu'il pouvait sentir poindre sous sa robe.

Puis il la releva en la serrant contre lui, dans cette même position où, sous l'eau de l'oasis, ils avaient pour la première fois été confrontés à l'envie qu'ils avaient l'un de l'autre.

Il pressait sa force mâle contre ses reins…

C'était une sensation merveilleuse à laquelle Kiya avait repensé mille fois depuis cet épisode. Et chaque fois elle en avait vibré de désir.

Son érection semblait plus forte qu'alors, comme s'il s'autorisait enfin à ne plus rien contenir, à tout débrider maintenant qu'il la savait prête, et cette pression conquérante excitait Kiya au plus haut point.

Ils avaient été séparés par le mur que des circonstances malheureuses et la fantaisie d'un roi désespéré avaient dressé entre eux, mais seule la soie légère d'une robe les empêchait d'être entièrement réunis, à présent.

Tahar pinça ses tétons entre ses doigts, avec une telle insistance qu'elle ne tarda pas à ressentir un besoin presque douloureux de le sentir en elle.

Elle voulait se tourner vers lui et le serrer dans ses bras, entrer en communion avec lui par toutes les fibres de son corps, mais il la maintenait aussi fermement que tendrement sous ses caresses.

— Laisse-toi faire, ma petite gazelle, murmura-t-il en lui suçotant le lobe de l'oreille.

Il voulait la rendre folle de désir et d'impatience, qu'elle finisse par le supplier de la prendre. C'était compter sans sa propre excitation, cependant. Jamais il n'avait autant eu envie d'une femme. Il lui semblait qu'une force irrésistible le poussait vers elle…

Mais il n'osait pas la regarder en face, craignant de perdre tout contrôle au moment où il poserait ses lèvres sur les siennes. C'était la première fois pour Kiya, se répétait-il, et même si son attitude était encourageante, il n'était pas certain qu'elle partageât la même impatience que lui.

Se souvenait-elle de l'oasis ? Avait-elle repensé mille fois, comme lui, à cet instant merveilleux où il s'était collé à elle sous l'eau ?

Incapable de se retenir plus longtemps, il glissa les mains sous le corsage de Kiya et cueillit ses seins ronds et fermes. Combien de fois s'était-il imaginé cette scène ? Elle avait une peau si douce et si souple qu'il brûlait de la sentir nue contre lui…

Il se pencha et saisit les bords de sa robe pour la faire passer au-dessus de sa tête. Kiya ne lui opposa aucune résistance. Elle lui apparaissait entièrement nue, désormais, son dos magnifique et ses adorables fesses offertes à ses caresses, et il espérait qu'elle ne se retournerait pas, car il voulait prendre son temps. Il le devait à Kiya.

Il défit le pagne dont il était vêtu et enlaça la jeune femme. Nu, vibrant de désir, il eut la sensation bouleversante de la douceur de son corps contre le sien et se mit à la caresser avec une passion fébrile, explorant toutes les courbes et les rondeurs de Kiya comme il l'eût fait avec une île inconnue. Il aurait voulu faire durer éternellement ce moment de découverte exquise.

Il reprit sa poitrine entre ses mains et se pencha pour s'emparer de ses tétons, qu'il malaxa sous sa langue jusqu'à l'entendre haleter et gémir. Alors il se redressa et la pétrit de nouveau en s'efforçant de toujours se maîtriser. Elle était chaude et moite, tout comme lui, et il se demanda ce qu'il éprouverait s'il entrait en elle maintenant, dans la position où il se trouvait.

Son érection puissante battait contre la cambrure de Kiya. Il n'y avait plus aucun obstacle entre eux, rien qui pût les empêcher de s'unir…

Il n'avait qu'à plier un peu les genoux…

Elle ne pouvait plus attendre. Il était là, derrière elle, contre sa peau, et elle sentait le mouvement de sa force mâle dans le creux de ses reins comme s'il l'implorait de le laisser venir.

Mais c'était elle qui avait envie de le supplier ; le savoir-faire dont il avait fait preuve en lui dévorant la poitrine l'avait rendue folle de désir.

— Je t'en prie, murmura-t-elle comme une prière. Viens…

S'accoudant au parapet, ellc se cambra en se hissant sur la pointe des pieds.

Tahar reçut cet appel comme une libération. Il prit Kiya par les hanches et pressa son sexe contre sa féminité, puis la pénétra…

— Ah ! fit-elle en ressentant une douleur aiguë.

Immobile et haletante, elle attendait autant qu'elle le redoutait qu'il reprît son mouvement. Comme il n'osait plus bouger de crainte manifestement de lui faire mal, elle lui tendit ses fesses pour l'inviter à s'introduire davantage.

— Oh ! laissa-t-il échapper en se mouvant avec une infinie douceur jusqu'à entrer complètement en elle.

La douleur de Kiya devenait exquise…

La sensation ne ressemblait en rien à ce qu'elle avait imaginé. Toutes les fibres de son corps étaient concentrées sur le plaisir enivrant qu'il lui transmettait à chaque fois qu'il revenait plus profondément en elle.

La respiration de Tahar devint soudain haletante et ses mouvements de plus en plus rapides. Puis il plongea le visage dans sa nuque et sembla perdre tout contrôle de lui-même…

Après quelques instants, il s'immobilisa, le cœur battant, puis se retira doucement d'elle.

Comme elle se retournait, il prit son visage entre ses mains et elle accueillit son baiser avec ferveur.

Tandis que la douleur de leur premier rapport s'estompait sous les caresses qu'il lui prodiguait, elle éprouva de nouveau le désir vibrant de l'accueillir en elle, d'être possédée totalement, submergée par sa tendresse et son amour.

Elle appuya les hanches contre lui…

Tahar esquissa un sourire. Il sentait qu'ils allaient s'accorder à merveille. Redoublant d'ardeur, il fit glisser sa main le long de son ventre et introduisit un doigt en elle.

Elle soupira d'abord, puis se mit à gémir avec volupté.

Encouragé, Tahar la caressa doucement tandis qu'il s'inclinait pour rendre hommage à sa poitrine, mordillait ses tétons et couvrait son ventre de baisers.

Enfin il se retrouva à genoux devant elle.

Elle enfouit les doigts dans ses longs cheveux tandis qu'il lui pétrissait les fesses, puis les emmêla d'un air affolé lorsqu'il approcha les lèvres du triangle tendre et soyeux de sa féminité.

Tahar, imperturbable, toucha du bout de la langue le petit bouton qui se gonfla sous ses caresses, promenant les mains sur ses longues jambes fuselées sans cesser de l'exciter avec sa bouche.

Tremblante, haletante, elle passa les doigts dans ses cheveux avec une précipitation qui montrait son impatience, ouvrant soudain les jambes.

Tahar se souvint de la grotte. Comme il avait désiré la posséder, alors ! Il en avait presque perdu la tête.

Il la pénétra de sa langue, et elle relâcha la tension de ses fesses, soulevant et creusant le ventre comme en quête d'une libération.

Le désir de Kiya le rendait fou. Il enfonça la langue plus profondément en elle tandis qu'il la massait de son index. Elle contracta les muscles de ses cuisses et un frémissement courut le long de son corps, indiquant qu'elle était tout près de s'abîmer dans le plaisir…

Lui aussi brûlait de satisfaire son désir. Il la fit s'agenouiller face à lui et dévora sa bouche. Leurs peaux luisaient sous les étoiles alors que leurs corps en feu, ondulant et fuyant, se cherchaient sans se trouver.

Il enlaça ses doigts et l'entraîna sur le sol. Couché sur le dos au sommet de la pyramide, il n'attendait plus que de voir Kiya dressée au-dessus de lui.

Elle posa les mains sur sa poitrine et se retrouva à califourchon sur lui. Il sentait sa chaleur contre son érection, avec laquelle elle jouait en se frottant puis en s'éloignant…

Comprendrait-elle ce qu'il attendait d'elle ? Peut-être pouvait-il lui ouvrir la voie.

— Je voudrais te confier un secret, dit-il en se cambrant pour mieux la sentir.

— Oui… Qu'est-ce que c'est ?

— Te souviens-tu du jour, dans la grotte, où j'ai sucé ta morsure à la cuisse ?

— Oui, bien sûr.

— Eh bien… Il n'y avait plus aucun venin à extraire, ou si peu…

Elle le regardait en silence.

— C'était un prétexte. Je voulais seulement te toucher…

Il observait son visage dont l'expression venait de passer de l'étonnement à la confusion et qui, à présent, se détendait comme dans l'attente d'une volupté promise.

— Tu es un sacré coquin, fit-elle avec un sourire lascif.

— Tu ne peux pas imaginer à quel point je t'ai désirée ce jour-là.

— Je vais te punir pour m'avoir menti, mais surtout pour ne pas m'avoir fait l'amour dans la grotte. Moi aussi, j'en mourais d'envie…

Elle se positionna juste au-dessus de son sexe, puis s'inclina pour embrasser sa bouche.

C'était le plus merveilleux baiser qu'elle eût partagé avec lui. Le sentir chaud et vibrant à l'entrée de son intimité cependant que leurs langues s'enlaçaient…

Elle s'appuya contre son érection avant de se retirer, mutine, puis renouvela son geste jusqu'à le rendre fou de désir. Enfin elle augmenta sa pression et le fit entrer en elle…

Il laissa échapper un long gémissement puis lui saisit la taille en se mouvant sous son corps. Alors une merveilleuse sensation se mit à grandir en elle, une vague voluptueuse qui la souleva et l'étourdit jusqu'à ce qu'elle se sentît tout entière au bord de l'explosion…

Elle remua soudain les hanches avec passion et rejeta la tête en arrière avant de s'affaisser sur la poitrine de Tahar, les lèvres scellées aux siennes.

Un instant après, il succomba au plaisir à son tour, et Kiya sentit le sien reprendre avec plus de force tandis qu'il répandait sa semence en elle.

Elle resta étendue sur lui, leurs corps moites si profondément unis qu'il lui semblait qu'ils ne faisaient plus qu'un.

Il la serrait dans ses bras, couvrant son visage et ses épaules de baisers tandis que leurs souffles se mêlaient. Et ils demeurèrent ainsi, tendrement enlacés, pendant un temps qui leur parut une éternité.

Enfin Kiya glissa sur le côté.

Couchée sur le dos auprès de son amant, elle vit que Thot les regardait dans toute sa gloire éclatante. Elle ne s'était même pas aperçue que l'astre s'était levé.

Elle se tourna vers Tahar, dont le visage était éclairé par les doux rayons de la lune. Il était beau, et déjà elle rêvait de s'unir de nouveau à lui, de sentir ses mains et ses lèvres sur son corps…

— Je voudrais que cette nuit ne se termine jamais, murmura Kiya.

— Moi aussi, répondit-il.

Il roula sur le côté et s'étendit sur elle, ses lèvres contre les siennes…

Chapitre 38

Ils avaient l'air de deux serpents si intimement emmêlés qu'on n'aurait su dire où commençait l'un et où finissait l'autre. Ici, au centre du monde connu, deux âmes en butte aux tribulations de leurs semblables s'étaient retrouvées comme par miracle et libérées du poids de leurs solitudes réciproques.

Bientôt, Thot avait décliné vers l'horizon et les étoiles s'étaient progressivement effacées.

Râ se levait avec éclat et répandait implacablement sa lumière sur la terre, au mépris des supplications de Kiya. Pour ne pas voir le jour se lever, elle enfouit son visage dans le creux de l'épaule de Tahar en faisant le vœu de ne jamais oublier comme cette nuit avait été belle.

Le souvenir du raid lui revint en mémoire tel un cauchemar. Elle eût presque préféré voir un cobra glisser sur son pied…

— Tahar, murmura-t-elle, chaque fois que tu m'as sauvé la vie, j'ai vu un serpent dans les minutes qui précédaient ton apparition.

— Que veux-tu dire ?

— Le jour de la razzia, un cobra était en train de monter sur ma jambe, avant que tu me captures.

— Mais je t'ai capturée… Je ne t'ai en rien sauvé la vie.

Il s'était dressé sur un coude et la regardait d'un air perplexe.

— Si, tu m'as sauvé la vie, insista Kiya. N'as-tu pas vu les flèches qui se rapprochaient de moi au moment où tu m'as hissée sur Mény ?

— Ah oui ! Je les ai vues, et comment !

— J'étais folle de te résister.

— Ça, c'est vrai, répondit Tahar, amusé. Heureusement que je suis plus fort que toi.

— Mais je crois que tu m'avais déjà sauvée une première fois, avant que tu m'enlèves.

— Ah bon ? Comment ?

— Tu as agité ta coiffe au-dessus de ta tête juste avant le lever du soleil.

— Comment peux-tu savoir que c'était moi ?

— Je le suppose, répondit-elle en souriant. Ta mise en garde a provoqué un mouvement chez les ouvriers qui a effrayé le cobra enroulé autour de ma cheville.

Tahar tendit le bras vers la cheville de Kiya.

— Celle-ci ? demanda-t-il avant d'y déposer un baiser.

— Et tu m'as sauvée une nouvelle fois après que j'ai été mordue par le serpent dans l'oasis, reprit la jeune femme en jouissant des lèvres de Tahar sur sa peau.

— Je ne le nie pas, mais puisque tu évoques cet épisode de notre vie, je vais être obligé de t'embrasser la cuisse…

Il parcourut des lèvres la jambe de Kiya jusqu'à l'endroit où le cobra avait planté ses crocs.

— Le troisième serpent ne m'est apparu que récemment, dit-elle dans un murmure.

— Vraiment ? fit Tahar en se redressant tout à fait.

— Oui… C'était un cobra en or, monté à la base de la couronne que Pharaon portait le jour de notre mariage. C'était Kheops, le troisième serpent de la prédiction.

— Tu veux dire le roi en personne ?

— Oui, et tu m'as tirée de ses griffes.

Tahar fit non de la tête.

— En quoi t'aurais-je sauvée, ma beauté, alors que je suis la raison pour laquelle Kheops t'a condamnée à mort ?

— Tu m'as sauvée. Si tu n'avais pas été là, j'aurais épousé Pharaon et ma vie se serait arrêtée.

Tahar s'allongea sur le dos et perdit son regard dans le ciel.

— Tu serais devenue reine. Une grande reine. Je crois au contraire que ta vie aurait commencé.

— Une vie de mensonges et de manipulations dans une prison dorée, oui. Pas une vie digne d'être vécue.

Il l'attira à lui et la fit s'étendre à côté de lui, puis embrassa tendrement son front et ses paupières.

— Je ne crois pas en les prophéties, mais je veux bien admettre qu'à cette occasion ta mère avait vu juste. Trois serpents ont essayé de t'ôter la vie et, puisque tu le dis, le troisième a failli y parvenir.

— Il a failli, répéta Kiya en effleurant ses lèvres des siennes, mais il a échoué.

Ils s'embrassèrent sous l'ascension du dieu Râ, jusqu'à ce que la chaleur de ses rayons fasse perler la sueur sur leurs peaux.

— Il faut que nous redescendions, dit Kiya. Si Imhoter s'est mis en marche hier soir, il doit être en train d'arriver.

Du moins s'il a réussi à échapper à tous les dangers.

Elle se leva et lança un regard en direction du village des ouvriers et des quais établis le long du bras du fleuve, mais elle n'y décela aucune activité. Si Imhoter avait emprunté ce chemin, il était resté extrêmement discret.

Au sud, de petites colonnes de fumée s'élevaient dans le ciel limpide au-dessus de Memphis. Les murs du palais étaient d'un blanc resplendissant dans la lumière matinale. Ni vainqueurs ni vaincus. La cité semblait parfaitement sereine.

Toujours allongé sur le dos, Tahar contemplait Kiya, baignée de soleil dans sa simple nudité.

— Si je dois quitter ce monde aujourd'hui, dit-il, plaise aux dieux que tu sois la dernière vision que j'en garde.

Kiya lui sourit et lui tendit la main pour l'aider à se relever.

Ils sauraient aujourd'hui si Imhoter avait survécu ou non, mais, quelle que fût l'issue de cette journée, elle ne regrettait rien. Elle était heureuse. En croisant le regard de Tahar, elle eut la conviction que tout ce qu'elle avait vécu avec lui en avait valu la peine.

Mais il fallait redescendre, à présent.

Elle ramassa sa robe de soie et l'enfila tandis que Tahar nouait son pagne à sa taille.

— Tu es ravissante dans cette robe, lui dit-il. Tu es la femme la plus belle que j'aie jamais vue.

Kiya ne put retenir une larme de gratitude.

— Tu es gentil… Tu as toujours été tellement gentil avec moi.

Puis, comme à la montée, elle le précéda dans la descente de la pyramide. Ils furent rapidement enveloppés par l'obscurité et la fraîcheur, mais l'air sembla à Kiya plus lourd et suffocant que la veille.

Elle songeait avec inquiétude au sort d'Imhoter.

Kheops ne le considérerait-il pas désormais comme une menace trop grande pour le laisser vivre ? Qu'adviendrait-il d'eux s'il avait été jeté en prison ou était tombé entre les mains des Libous ? Sans doute cela les condamnerait-il tous les deux.

Kiya ne tremblait pas pour eux mais pour Imhoter, qu'elle s'était mise à aimer comme un père. Elle redoutait plus que tout de ne pas découvrir, derrière la pierre scellant l'entrée de la pyramide, le visage doux et sage du vieil homme.

— Il faisait noir comme ici, là où on m'a emprisonnée, remarqua Kiya. Je n'étais pas capable de distinguer le jour de la nuit.

— Tu as été conduite en prison dès que nous avons été séparés ?

— Ce n'était pas vraiment une prison… J'étais enfermée dans le sous-sol du harem royal, dans une pièce qui sert de garde-manger.

— Comment t'en es-tu échappée ?

— Iset, l'une des concubines de Pharaon, est venue me rendre visite. A la demande d'Imhoter, elle m'a apporté un pain dans lequel se trouvait une tringle de cuivre… Mais tu étais emprisonné avec Imhoter… Ne t'a-t-il pas parlé de son plan d'évasion ?

— Il m'a seulement dit qu'il espérait que nous te verrions à moment ou à un autre.

— Il parle peu, dit Kiya d'un ton songeur. Il s'entoure de mystère.

— C'est vrai. Mais tu ne m'as toujours pas dit comment tu avais réussi à t'évader.

— La pièce est traversée par un ruisseau dont les deux accès sont fermés par une grille. La tringle m'a permis de la tordre pour me frayer un passage. Je n'ai eu qu'à me glisser dans l'interstice que j'avais créé et à suivre le cours d'eau jusqu'aux bassins du roi.

— Et ces bassins sont en relation avec le fleuve ?

— Oui, mais il m'a fallu franchir un nouvel obstacle avant de l'atteindre, et là encore la tringle de cuivre m'a sauvée. Mais aussi ma souplesse : j'ai dû me faufiler en ondoyant comme un poisson à travers un treillis de papyrus.

— Comme un serpent, plutôt.

— Oui, sans doute…

Ils poursuivaient leur descente en silence lorsque la prophétie de la mère de Kiya se mit à résonner en elle.

« Prends garde aux trois serpents, ma fille. Chacun d'eux essaiera de t'ôter la vie. Le troisième te sera fatal à moins que tu ne deviennes comme… »

Sa mère n'avait jamais terminé sa phrase et Kiya s'était toujours demandé ce qu'elle avait voulu dire. La prédiction prenait enfin tout son sens, maintenant. Elle croyait l'entendre lui dire ce qu'elle n'avait pas eu la force de prononcer : « … comme un serpent ! »

Il lui avait fallu nager comme un serpent, en effet, pour échapper à celui qui arborait un cobra d'or sur sa couronne !

Elle s'était tortillée comme une anguille et avait nagé comme un poisson pour gagner le bassin de Pharaon et rejoindre le Nil, vêtue de sa robe de soie qui lui collait à la peau et brillait dans le clair de lune telle la peau luisante d'un cobra…

— Ça y est ! fit-elle. J'ai compris. Tu m'as donné la fin de la prophétie de ma mère !

— Il arrive donc que certaines illusions se révèlent justes.

— Ce n'était pas une illusion… Ma mère était sur son lit

de mort lorsqu'elle m'a prédit les trois serpents. Elle a rendu l'âme avant de pouvoir achever sa phrase… J'étais très jeune à l'époque, et j'avais tout oublié jusqu'au jour du raid où le premier serpent s'est présenté.

Tahar resta silencieux un long moment.

— C'est difficile pour un enfant de perdre ses parents, dit-il enfin. Mon père est mort lorsque je n'avais que douze ans.

— Vraiment ? Comment cela s'est-il passé ?

— Dis-moi d'abord comment tu as perdu ta mère.

Tahar suivait Kiya de si près qu'elle sentait son souffle sur sa nuque. Elle savait que si elle trébuchait, il serait assez rapide pour lui éviter la chute.

— Le récit de ses derniers instants va te sembler irréel…

— Je ne mettrai plus jamais en doute aucune de tes paroles, crois-moi.

Kiya fit la description de la chambre de sa mère dans le harem du roi. Elle évoqua ses nombreux dons, son art de conteuse et tout l'amour qu'elle lui avait donné. Elle raconta enfin l'invasion du harem et la façon dont elle s'était retrouvée orpheline à l'âge de sept ans et condamnée à survivre seule dans les rues de Memphis.

— Mais alors, tu es la fille d'un pharaon ! fit Tahar, impressionné. Tu es née noble.

— C'est ma mère qui était vraiment noble, répondit Kiya avec fierté, car elle n'a pas voulu se laisser prendre vivante.

Elle n'était pas parfaitement sincère en attribuant cette vertu à sa mère, car il y avait longtemps déjà que celle-ci cherchait à abréger ses jours. Les innombrables fioles que Kiya l'avait vue si souvent porter à ses lèvres, et qui jonchaient le sol de sa chambre le jour de sa mort, ne contenaient pas du lait de chèvre.

Quelle souffrance avait été la sienne pour sombrer, un jour, dans les drogues ? Quel terrible traumatisme avait-elle subi pour laisser seule au monde sa petite fille bien-aimée ? Elle n'avait même pas essayé de lutter pour vivre. L'issue n'aurait en rien été différente si le raid n'avait pas eu lieu. Kiya craignait de ne jamais réussir à percer ce mystère, mais qu'importait :

elle aimait se représenter sa mère sous les traits d'une noble concubine n'ayant pas voulu trahir son roi en tombant entre les mains de vauriens.

— Parle-moi de toi, maintenant, dit-elle. A quoi ressemble ton pays ?

La voix de Tahar résonna à son tour dans l'immense tombe de pierre qu'ils parcouraient inlassablement. Il évoqua la steppe qui s'étirait à l'infini à l'image du désert, mais dont les herbes hautes ondulaient sous le vent telle une mer de verdure. Puis il parla avec fierté du peuple rude et passionné qui se déplaçait dans ces grands espaces avec ses troupeaux de bovins, de moutons et de chèvres.

Il décrivit un ciel si chargé de nuages que, certains jours, les rayons du soleil ne pouvaient les percer, et d'autres encore où l'eau gelée flottait dans le ciel sous forme de flocons de neige avant de tout ensevelir sous un tapis blanc.

Tahar parla ensuite de son père aventureux et de sa mère, d'une grande prudence, puis de l'effroyable tempête de sable qui avait fait de lui un orphelin perdu entre mer et désert. Il raconta la gentillesse du clan Meshwesh qui l'avait adopté, et la fascination qu'il avait éprouvée pour le désert dès lors qu'il avait appris à y survivre.

— Les peuples qui ont toujours vécu au même endroit n'en voient parfois plus la beauté, expliqua-t-il à Kiya. Mais les étrangers de passage ont le pouvoir de la leur faire redécouvrir.

Kiya revoyait les dunes de sable ambre qui s'étendaient à perte de vue dans le désert de Lybie. Celui-ci s'était révélé aussi désolé que mortel, mais à ses yeux il avait également été d'une beauté extraordinaire, un océan d'ondulations douces et changeantes selon la hauteur du soleil, et qui la nuit devenait mystérieux et glacial sous la voûte étoilée.

Elle se demanda quel regard elle porterait sur les steppes de la patrie de Tahar.

— J'aimerais connaître ton pays, lui dit-elle.

— Et moi j'aimerais le revoir avec toi.

Ils atteignirent la base du tunnel et en franchirent l'entrée avant de remettre en place le grand pavé qui l'obstruait. Dans la salle vaste où se réunissaient les ouvriers du chantier, ils distinguèrent le rai de lumière qui indiquait la pierre derrière laquelle leur destin les attendait.

— Que ce soit dans cette vie ou la prochaine, dit Tahar, nous ferons le chemin ensemble.

Il enlaça Kiya et l'embrassa passionnément, puis il fit le vœu que le bonheur se trouvât derrière ladite pierre et la fit basculer.

Chapitre 39

— Ils n'ont jamais cessé d'être sous la protection des dieux ! fit une voix familière. L'un et l'autre.

Tahar et Kiya clignaient les yeux dans la lumière aveuglante du soleil, mais ils distinguaient la haute silhouette d'Imhoter qui se découpait dans le ciel éthéré.

— Je n'ai même pas eu besoin de frapper.

Kiya cria de joie et se jeta dans les bras du grand prêtre.

— Ne vous ai-je pas recommandé de mesurer vos élans, jeune Hathor ? fit-il en la serrant sur son cœur.

Elle resta longuement blottie contre lui à remercier les dieux de l'avoir gardé en vie. Elle les avait souvent interpellés, tancés parfois, et avait même douté de leur existence, mais en cet instant elle leur était profondément reconnaissante.

— Bravo, cher Imhoter, dit-elle en levant les yeux vers le vieil homme. Vous ne pouviez être plus ponctuel.

Elle remarqua que son vêtement blanc était sali et déchiré à la base. Il avait les yeux cernés et les épaules voûtées. Visiblement il était épuisé.

— La nuit a été longue, fit-il en s'asseyant sur un bloc de pierre.

— Nous craignions que Bandir ne se soit emparé de la cité, dit Kiya.

— Il a essayé… Son armée a lancé un assaut dans la nuit, mais tout le peuple de Memphis s'est rendu sur les murs, hommes comme femmes. Certains étaient munis de javelots, d'arcs et de flèches… D'autres jetaient des poteries, des pierres, toutes sortes de projectiles. Je n'avais jamais vu les habitants de Memphis manifester une telle unité ni un tel courage. Ils ont combattu la horde de Libous avec une vaillance hors du commun.

— C'est grâce à vous qu'ils ont pu se défendre, déclara Kiya.

— Non, ma chère Hathor, répondit Imhoter en la regardant dans les yeux. C'est grâce à vous.

— Pourquoi cela ?

— Ils se sont battus en votre nom.

— Pardon ?

— Vous étiez devenue Hathor l'Intrépide ! C'est ainsi qu'ils vous appellent à présent.

Imhoter irradiait de joie et de fierté.

— Je ne comprends plus rien… Kheops voulait ma mort…

— Certes, ainsi que l'aristocratie, mais ils ne font pas le poids devant le peuple. Pharaon ne comprend pas toujours que les membres de sa famille et l'ensemble des dignitaires et hauts fonctionnaires du royaume ne forment qu'une infime minorité par rapport au peuple égyptien.

Imhoter s'essuya le front de sa longue main.

— Lorsque la nouvelle s'est répandue que vous vous étiez échappée de prison, le peuple de Memphis a laissé éclater sa joie. Il était resté ébloui par le courage que vous avez montré le jour de votre mariage. Certains ont pensé que c'était le sens de l'honneur qui vous avait poussée à réagir ainsi, mais la plupart d'entre eux sont convaincus que votre principale raison était l'amour…

Imhoter lança un regard à Tahar en ajoutant :

— Et c'est aussi mon avis.

Kiya sourit. Le vieil homme avait raison. C'était toujours l'amour qui triomphait, que ce fût dans l'esprit d'un peuple ou dans le cœur d'une enfant des rues.

Imhoter se leva brusquement.

— J'ai oublié de vous faire part d'une nouvelle d'importance, dit-il. A la première heure du jour, quand l'armée de Bandir se dispersait, le niveau du fleuve a commencé à monter.

Kiya sentit ses jambes se dérober sous elle.

— Je vous en prie, cher Imhoter…, fit-elle en s'asseyant à la place que le prêtre venait de libérer. Redites-nous cela. Je ne suis pas sûre d'avoir bien compris.

— Le fleuve est en crue, reprit Imhoter, un sourire aux lèvres. La sécheresse est finie.

— En êtes-vous certain ?

— J'ai regardé, avant de partir le niveau de l'eau au pied du palais Les trois dernières marches de l'escalier étaient déjà recouvertes. Vous aviez raison, ô mère du Nil ! la crue s'est fait attendre, mais elle a fini par arriver.

Kiya considéra Imhoter avec gravité.

— C'est l'homme ici présent qui l'avait prédite, lui dit-elle. Il m'a appris à interpréter les signes de la nature.

— C'est donc vous ? fit Imhoter en se tournant vers Tahar. Il semblerait que nous autres Egyptiens ayons beaucoup à apprendre des hommes du désert.

— Et le roi ? fit Kiya. Veut-il toujours nos têtes ?

— Pharaon a perdu un peu de sa fierté et m'a exprimé ses regrets. Il s'est rendu compte qu'il avait eu tort de vous condamner, Hathor l'Intrépide. Il ne tardera pas, d'ailleurs, à exiger votre retour.

Imhoter regarda en direction de Memphis.

— Je crains même qu'il ne vous fasse déjà rechercher, mais il ne vous trouvera pas. Venez avec moi, le moyen qui vous permettra de vous échapper vous attend.

Ils firent quelques pas à côté d'Imhoter, et la silhouette d'un animal qui leur était bien familier leur apparut.

— Ce n'est pas vrai ! fit Kiya. Mény !

— Ne vous avais-je pas promis que je prendrais soin de votre monture ? fit le prêtre. Et bien m'en a pris, car c'est le seul âne assez grand et fort qui m'ait accepté sur son dos sans se plaindre.

— Ce n'est pas du tout un âne, cher Imhoter, répondit Kiya en déposant un baiser sur le chanfrein de l'animal. C'est un cheval, la monture traditionnelle des hommes de la steppe.

— Je suis heureux de te revoir, mon brave Mény, dit Tahar

en lui tapotant l'encolure. Il va nous être d'un grand secours. Merci, Imhoter.

— Euh… Je crains de ne pas m'être bien fait comprendre. Ce cheval, comme vous l'appelez, n'est pas le moyen que j'ai prévu pour vous permettre de quitter l'Egypte, fit-il en se hissant. Il me semble d'ailleurs qu'il n'est guère plus jeune que moi.

Puis il tendit la main à Kiya pour l'inviter à monter à son tour.

— Venez, Tahar, dit-il en indiquant l'est. Nous descendons vers le fleuve.

Tahar échangea un sourire de connivence avec Imhoter avant de se mettre à courir.

— Rattrapez-moi si vous le pouvez ! leur lança-t-il.

Mény se mit au trot, et en moins d'une heure ils se trouvèrent sur les bords du Nil.

— Voici l'embarcation qui vous rendra libre ! annonça Imhoter.

La barque n'était pas aussi grande que celles dans lesquelles Kiya avait descendu le Nil depuis l'île d'Abou, mais elle présentait sur son pont une cabine rectangulaire qui pourrait les abriter tous les deux. Un mât, auquel pendait une voile carrée, se dressait au milieu du navire et vers la poupe se trouvait l'emplacement d'un rameur. Quant à la proue, elle se terminait selon la tradition par une tête de hérisson sculptée dans le bois.

— Elle est magnifique, dit Tahar, les yeux brillants de larmes.

— C'est la plus petite barque de la flotte royale, répondit Imhoter. Elle ne manquera pas à Pharaon.

Ils montèrent à bord du navire et purent admirer la qualité de sa fabrication. La coque était constituée de planches courtes et bien taillées, que renforçait encore le plancher du pont. La cabine, à laquelle on accédait par une petite porte richement décorée, était un mélange de bois et de papyrus tissé très serré.

Imhoter en poussa le battant et fit signe à Kiya d'entrer.

— Laissez-moi vous montrer vos appartements, chère Hathor.

La cabine était aussi soignée et confortable que celle

qu'avait connue Kiya en compagnie de Pharaon. Des tapis épais en couvraient le sol tandis que les murs étaient décorés de tapisseries ravissantes. Un grand lit capitonné, agrémenté de coussins, occupait l'angle opposé de la pièce.

Tahar échangea avec Kiya un regard plein de promesses avant de s'adresser au prêtre :

— Nous n'avons pas de mots pour vous remercier, cher Imhoter, dit-il en passant le bras autour des épaules de la jeune femme. Je ne pourrai jamais m'acquitter d'une telle dette.

— Vous ne me devez rien, répondit Imhoter en présentant deux gobelets d'eau fraîche à Tahar et Kiya, qui les vidèrent d'un seul trait.

Imhoter les remplit de nouveau.

— C'est votre capacité à interpréter les signes avant-coureurs de la crue qui a permis de tirer les Egyptiens du désespoir, ajouta-t-il. Et c'est l'amour que vous avez fait naître dans son cœur qui a donné naissance à Hathor l'Intrépide.

Imhoter se tut un instant, puis souleva le couvercle d'un coffre en bois.

— Tout ceci est pour vous, ma chère Hathor. C'est mon cadeau de mariage.

Kiya ouvrit des yeux immenses devant l'amoncellement de lingots d'or contenus dans le coffre.

— Il y a là tous mes biens, reprit Imhoter, le visage resplendissant de joie. Tout est pour toi, Kiya.

Cette dernière leva vers lui un regard incrédule.

— Je ne peux pas… Mais, comment connaissez-vous mon vrai nom ?

— Cela t'étonne, n'est-ce pas ? Mais c'est normal, je ne t'ai encore donné aucune explication…

Il se passa la main sur le menton.

— Nous avons très peu de temps devant nous, mais j'aimerais te raconter une histoire. Te plairait-il de l'entendre ?

— J'aime les histoires.

— Cela ne me surprend pas, fit Imhoter en s'asseyant sur

une banquette jonchée de coussins. As-tu déjà entendu le conte intitulé *D'où viennent les dattes du dattier ?*

— Oui, bien sûr. C'était l'un de ceux que ma mère préférait. Il y a longtemps que je ne l'ai pas entendu.

La mère de Kiya le lui avait si souvent conté qu'elle avait fini par s'en lasser, cependant elle en gardait maintenant jalousement le souvenir.

— Serais-tu heureuse de l'entendre une nouvelle fois ? Si c'est le cas, viens t'asseoir près de moi.

Et il tapota la place vacante à son côté.

— Cède au caprice d'un vieil homme.

Kiya obéit, troublée, sous le regard étonné de Tahar.

Le prêtre passa la main sur le revers en peau de léopard de sa manche et saisit un fil qui en dépassait pour l'enrouler nerveusement autour de son doigt.

— Pardonne-moi, dit-il. Il y a longtemps que je n'ai pas raconté cette histoire. Je ne voudrais pas la dire à l'envers.

Il s'éclaircit la voix et commença :

— Il était une fois un lion, un léopard et une guenon. Cette dernière, toujours gaie et pleine d'entrain, passait son temps à jouer et à rire, pendue aux branches des arbres. Le lion, qui était le roi du pays, admirait la guenon car elle le faisait rire. Pour se divertir, il alla la chercher sous son arbre et l'emporta dans son antre. Cependant, éloignée des arbres qu'elle aimait tant, la guenon commença à dépérir.

« Un jour, le léopard rendit visite au lion et vit à quel point la guenon était triste. En qualité de léopard, il aimait aussi jouer dans les arbres. Aussi n'eut-il pas de peine à comprendre la raison de la nostalgie de la guenon, tandis qu'elle échappait au lion. La nuit qui suivit, pendant que le lion dormait, il libéra la guenon. Toute la nuit, les deux compères jouèrent sous les frondaisons. Quand ils avaient trop chaud, la guenon éventait le léopard avec d'immenses feuilles, puis ils sautaient de nouveau de branche en branche.

« Ils cueillirent de petits fruits bruns et en firent de belles guirlandes. Juste avant l'aube, pour clore leur nuit folle, ils pendirent leur plus belle guirlande au plus bel arbre comme marque de leur bonheur et de leur amitié.

« Ils venaient enfin de s'endormir quand le lion surgit en rugissant. Il les avait aperçus, endormis côte à côte sur la branche d'un arbre, et secoua l'arbre jusqu'à les en faire tomber. Il coupa les oreilles du léopard et reconduisit la guenon dans sa tanière, mais non sans l'attacher par une patte. Elle vécut ainsi malheureuse pour le reste de ses jours, mais n'oublia jamais le léopard ni la belle guirlande qu'ils avaient confectionnée ensemble. Elle est toujours pendue dans le dattier et c'est ainsi que le dattier a produit ses premières dattes. »

Kiya, les yeux baignés de larmes, se tourna vers Imhoter.

— La guirlande, c'est moi… Et vous… Vous êtes mon père !

Eclairé par une joie intérieure, Imhoter fixait Kiya.

— Tu es intelligente… Tu as parfaitement compris l'histoire.

— Mais… Pourquoi ne me l'avez-vous pas dit plus tôt ?

— Je n'ai été vraiment certain que tu étais ma fille que récemment.

Prise de vertige, Kiya dut se tenir à son siège.

— Quand ?

— Le jour de ton mariage avec Pharaon, lorsque tu m'as dit que tu étais née dans le harem royal. Tu es plus grande que la plupart des femmes. Or Snéfrou était assez petit, tout comme ta mère.

Imhoter se leva si brusquement qu'il heurta de la tête le plafond de la cabine.

— Comme tu le constates, dit-il en souriant, je suis plutôt grand. Mais ce n'est que lorsque tu t'es opposée au roi que j'ai eu la certitude que tu étais ma fille. Au moment où tu lui as dit de prendre ta vie, ce n'est pas toi que je voyais mais ta mère. Elle avait adressé la même supplication à Pharaon après l'avoir trahi.

— En tombant amoureuse de vous ?

— Oui.

— Et il vous a puni pour ça…

— Hélas !

— Kheops ne vous laissera jamais oublier que vous avez trahi son père.

— Je le crains.

— Je pensais que je vous avais déçu au-delà de toute mesure, dit Kiya en prenant les mains d'Imhoter dans les siennes.

— Au contraire, ma chère. Tu m'as rendu aussi fier qu'un père peut l'être.

Imhoter exerça une pression sur les doigts de Kiya.

Elle se leva pour lui faire face et vit que ses lèvres tremblaient. Ainsi près de lui, elle constata aussi qu'il avait les mêmes yeux qu'elle. Foncés avec des paillettes d'or.

— Père, fit-elle d'une voix émue en se blottissant dans ses bras.

Elle débordait d'une telle joie et d'un tel amour qu'elle se mit à pleurer. Elle n'était pas une orpheline des rues, ni un garçon muet et encore moins une reine captive. Elle n'était pas non plus la demi-sœur du roi Kheops comme elle l'avait cru. Elle n'avait pas de sang royal, en fin de compte, mais elle valait bien mieux que ça. Elle était le fruit de l'amour entre deux personnes au cœur noble.

— Je t'ai cherchée partout après le raid contre le harem, dit Imhoter. Pendant des années, j'ai poursuivi mon enquête. Je faisais des offrandes aux dieux, je les implorais…

— Vous me cherchiez trop loin, sans doute… J'étais au pied du palais, dans les rues de Memphis.

Il posa sur elle un regard suppliant.

— Me pardonneras-tu un jour, ma fille ?

Kiya laissa ces derniers mots résonner en elle… « Ma fille »… Ils produisaient un écho aussi doux qu'une musique.

— Il n'y a rien à pardonner, père.

— Je puis partir pour l'autre monde, à présent, fit Imhoter avec des larmes dans les yeux. Car je suis le plus heureux des hommes.

— Pourquoi ne venez-vous pas avec nous ? Je vous en prie, père, venez ! Nous allons voir des choses merveilleuses. Nous allons découvrir le monde.

Il sourit tristement.

— Mais il n'y a que deux rames, ma chérie.

— Eh bien, justement ! Vous en prendriez chacun une. Moi aussi, d'ailleurs, je peux ramer.

Kiya se tut un instant avant de reprendre :

— Vous nous avez donné toute votre fortune. Pourquoi ne viendriez-vous pas ? Fuyez ce royaume tumultueux et trouvez la paix avec nous sur la mer.

Imhoter secoua la tête.

— En quoi la vie d'un roi a-t-elle plus de valeur que celle d'un paysan, ou même d'un mendiant ? demanda-t-il avec un air triste. Ta mère, un jour, m'a posé cette question et je n'ai pas été capable de lui donner une réponse satisfaisante. Mais maintenant je sais que rien ne justifie qu'une vie ait plus de valeur qu'une autre. Mon rôle est de continuer à servir le peuple d'Egypte.

Il s'inclina devant Kiya.

— D'ailleurs, je suis trop vieux pour entreprendre un tel voyage.

Et, se tournant vers la petite porte donnant sur le pont, il ajouta :

— Découvre le monde, ma fille. Puis reviens en Egypte et raconte-moi ce que tu auras vu. Tu sais où me trouver.

Imhoter serra Kiya dans ses bras en ravalant ses larmes puis l'embrassa sur le front.

Ils sortirent ensemble de la cabine, et enfin Kiya l'aida à descendre de la barque.

— Regarde ! fit-il en posant le pied dans l'eau. Le niveau du fleuve s'est élevé entre le moment où nous sommes montés dans la barque et maintenant. J'avais de l'eau au-dessous du genou en arrivant, et à présent elle est au-dessus !

Il battit des mains comme un enfant, puis largua les amarres et les jeta sur le pont.

— Partez, maintenant ! leur dit-il. Vous ne devez pas tomber entre les mains de Pharaon.

Un instant après, Imhoter était juché sur le dos de Mény.

— Bon voyage, mes enfants ! lança-t-il en leur faisant des

signes d'adieu. Que les vents vous soient favorables et que vos filets se remplissent de poissons !

Kiya resta sur le pont à lui envoyer des baisers aussi longtemps qu'elle put distinguer sa silhouette.

Bientôt, il ne fut plus qu'une tache floue et tremblante.

Mais était-ce l'effet de la chaleur ou de ses larmes ? se demandait Kiya en s'essuyant les yeux.

Tahar vint poser les mains sur ses épaules.

— Ça va ? lui demanda-t-il doucement.

— Oui… Je pleure, mais ce sont des larmes de bonheur… Je me réjouis de l'avoir connu et je remercie les dieux pour les moments que j'ai passés avec lui. Ils n'ont pas de prix. De me savoir la fille de cet homme me rend plus forte.

— Tu parles avec sagesse, Kiya, dit Tahar en s'asseyant avec elle sur la banquette. J'espère que ton père sera toujours là lorsque nous reviendrons en Egypte.

— Et nous aurons quantité de récits à lui faire sur ce que nous aurons vu ! fit la jeune femme en souriant.

— Oui… Nous aurons beaucoup à lui conter.

Tahar embrassa Kiya sur la joue et se leva. Il inspecta leur barque avec tous ses gréements de fabrication parfaite et ses agencements habiles. Cette embarcation les emmènerait loin, semblait-il penser.

Kiya sentait la force du courant qui les entraînait vers la Méditerranée. Bientôt, elle vit Tahar monter sur le toit de la cabine et affaler la voile, puis redescendre et prendre place sur le siège du rameur.

— Le vent vient du nord, dit-il en attrapant les avirons. La voile ne nous était d'aucun secours. Nous irons plus vite à la rame.

— Tu crois que nous réussirons à atteindre la mer Noire et les rives de ton pays ?

— Je n'en doute pas avec un bateau aussi bien construit. J'espère que ma mère est encore en vie. J'aimerais tant que tu la connaisses !

— Moi aussi, répondit Kiya en le contemplant tandis qu'il faisait travailler ses muscles.

Elle avait le cœur débordant d'amour pour cet homme courageux, qui avait traversé tant d'épreuves depuis qu'il avait quitté sa terre natale. Certes, à l'admiration qu'elle éprouvait pour lui se mêlait aussi un désir puissant, et elle brûlait d'envie de revivre dans ses bras les moments d'extase qu'ils avaient connus au sommet de la pyramide.

Toute à ses pensées, Kiya laissa son regard vagabonder sur les eaux miroitantes du fleuve.

Et bientôt elle sentit ses paupières s'alourdir.

Elle retira sa robe une fois dans la cabine et se coucha nue entre les draps du grand lit. Elle resta ainsi pendant un long moment, bercée par les mouvements de la barque et le clapotis de l'eau contre la coque, dans un état merveilleux de somnolence peuplée de rêves.

Quand elle rouvrit enfin les yeux, ce fut pour sentir qu'on plaçait une datte entre ses lèvres.

— Tu m'as appelé dans ton sommeil, dit Tahar, penché sur elle.

— Ah bon ? Pardonne-moi… Je t'ai obligé à abandonner tes avirons.

Elle croqua dans la datte et en savoura la chair moelleuse et savoureuse.

— La barque n'a pas besoin de moi pour suivre le cours du Nil, répondit Tahar en glissant une autre datte dans la bouche de Kiya. Nous pouvons nous laisser porter en toute confiance. Et nous n'avons plus rien à craindre du côté de Pharaon. Nous sommes assez loin de Memphis, à présent.

Il caressa la joue de Kiya en lui lançant un regard malicieux.

— J'ai envie de toi, murmura-t-il.

Elle posa les yeux sur le corps à peine vêtu de Tahar et eut la soudaine envie de le sentir couché sur elle… Le sang aux joues, elle cacha son visage dans les coussins.

— Il est trop tard pour jouer à la timide, ma chérie, dit-il en tirant sur les draps pour la découvrir à plat ventre dans sa nudité splendide.

Il passa la main le long de son dos jusqu'à ses fesses rebondies qu'il caressa avec insistance.

Impatiente, Kiya se cambra de façon suggestive pour mieux l'inviter.

— Nous ne sommes pas pressés, mon amour, fit-il en lui embrassant les épaules. Je veux te voir t'épanouir comme une rose au soleil. Tu es si belle quand tu t'ouvres au plaisir…

Il lui mordilla les épaules puis, s'installant à califourchon sur ses fesses, entreprit de la masser en partant du creux des reins jusqu'à la nuque. Il la sentit frémir sous ses longues caresses et, bientôt, passa les mains sous sa poitrine pour recueillir ses seins.

Kiya se redressa sur les avant bras pour mieux le laisser faire, la gorge renversée en arrière tandis qu'il la palpait, et remuant les fesses d'une manière provocante.

Tahar avait beau faire tout son possible pour se maîtriser, il commençait à succomber à la tentation de ce corps magnifique et délié qui ondulait entre ses jambes.

Kiya se laissa retomber sur le ventre, tendit les bras en arrière et saisit la boucle de la ceinture qui maintenait le pagne de Tahar en place. Le vêtement s'affaissa de part et d'autre de ses hanches et révéla son érection qu'elle effleura de ses doigts.

— Kiya…, fit-il dans un souffle en se couchant sur elle.

Il plongea le visage dans son cou et respira sa peau, s'enivrant de son parfum et de sa douceur. Gênée dans ses gestes, la jeune femme gardait son sexe emprisonné dans ses mains et le serrait fermement.

— Kiya… Arrête… Tu me rends fou…

Il se redressa vivement et la fit basculer sur le dos.

Elle le fixa de ses yeux brillants en espérant manifestement qu'il vînt en elle au plus vite, mais il restait à la contempler dans une attitude amoureuse.

— Viens, mon aimé, murmura-t-elle en lui enlaçant le cou et en ouvrant les jambes pour caresser ses flancs de ses pieds.

Il posa ses lèvres sur les siennes et l'embrassa longuement, tendrement… Il resta un moment contre la douceur de son sexe avant d'y pénétrer progressivement, très lentement, pour attiser son désir, puis il embrassa ses seins et saisit l'un de ses tétons entre ses lèvres pour le tourmenter de sa langue.

— Tahar…, fit Kiya haletante. Viens, je t'en prie…

Il s'empara de nouveau de ses lèvres puis la pénétra entièrement, profondément.

Kiya frissonna et serra Tahar dans ses bras cependant qu'il allait et venait puissamment en elle, appuyé sur les avant-bras pour donner plus de force et d'ampleur au rythme de ses reins.

— Tahar… Oui…, se mit-elle à gémir, extatique.

Elle enroula les jambes à ses hanches et jouit en poussant des cris qui eurent raison de la résistance de Tahar.

— Je t'aime…, laissa-t-il échapper au moment où, secoué de spasmes et le souffle court, il s'affalait près d'elle.

Ils restèrent longuement étendus dans les bras l'un de l'autre.

— Kiya… Ma beauté…

— Oui, mon amour ?

— Tu es certaine que l'Egypte ne te manquera pas trop ?

— Mon cœur est déjà ailleurs. Tu ne peux pas imaginer comme j'ai envie de connaître la steppe de ton enfance.

— Moi aussi je suis impatient d'y être. Mais nous avons une longue traversée encore, et il va bien falloir que l'on se nourrisse. Ton père nous a laissé une belle réserve de dattes et de farine, mais nous devrons aussi attraper du poisson. J'ai jeté mes filets, tout à l'heure. Nous verrons si la pêche a été bonne.

— Décidément, Tahar, tu sais tout faire.

— Il le faut, quand on vit dans le désert, répondit-il en se levant.

Sans prendre la peine de se vêtir, il sortit sur le pont de la barque qui s'était laissé porter par les flots et, comme guidée par un dieu bienveillant, était restée bien centrée entre les deux berges du fleuve.

Tahar releva deux magnifiques perches. Il en laissa une dans un filet qu'il laissa pendre à l'arrière du navire pour garder le poisson en vie jusqu'au moment de le consommer, puis vida l'autre.

— Nous mangerons de la perche au dîner, annonça-t-il en entrant dans la cabine après s'être soigneusement lavé les mains dans l'eau du Nil.

Kiya, qui était restée paresser dans le lit, lui fit signe d'approcher.

— C'est merveilleux, mon chéri, mais pour le moment j'ai surtout faim de toi, dit-elle lascivement.

— Kiya…

Il s'assit au bord du lit et se pencha pour l'embrasser.

— Viens, ordonna-t-elle en l'attirant contre elle.

— Oui, Déesse… Je finis par me demander si ton vrai nom n'est pas Hathor…

— Déesse de l'amour ? Ce n'est pas impossible… A toi de le vérifier…

Il la vit soudain rougir.

— Qu'y a-t-il ? Tu parais bien effarouchée tout à coup.

Elle baissait les yeux sur son érection et souriait.

— Il y a de quoi, non ?

— N'aie pas peur, ma beauté. Tu sais que je ne m'en sers que pour te faire du bien.

— Oui… Je crois d'ailleurs que je vais devenir insatiable.

Elle passa la main sur sa peau douce et chaude.

— Viens…, fit-elle. J'ai envie de te sentir en moi.

— Tu es trop impatiente, répondit-il en se couchant sur elle, incliné sur sa poitrine qu'il couvrait déjà de baisers. Attends un peu.

Il fit glisser ses lèvres le long de son ventre, jusqu'aux boucles de son sexe.

Elle rit quand il lui écarta les cuisses et vint respirer son odeur chaude et entêtante, un parfum épicé et oriental qui le rendait fou de désir.

— Tu es si belle et désirable, dit-il en pressant sa langue contre son clitoris.

— Tahar… Je…

Elle passa les doigts dans ses cheveux blonds et, sans même s'en rendre compte, maintint sa tête en exultant sous ses effleurements exquis…

Quand elle se mit à gémir, il accentua la pression de sa langue jusqu'au moment où, fébrile, elle comprima ses épaules entre ses cuisses. Alors il se redressa et vint en elle avec toute la vigueur de son érection.

Il allait donner libre cours à son plaisir, lorsqu'elle le serra de toutes ses forces dans ses bras pour céder à un nouvel orgasme, et ils atteignirent ensemble un même sommet de jouissance avant de se laisser retomber dans la fraîcheur des draps de lin.

Tandis qu'ils voguaient vers des cieux inconnus, la brise du Nil entrait par la porte ouverte de la cabine et caressait leurs corps enlacés…

Les Historiques

HARLEQUIN

Retrouvez prochainement, dans votre collection

Les Historiques

Les amants du drakkar, de Lucy Morris - N°988

En l'an de grâce 913, York

« La Lame ». Tel est le surnom de Valda sur le champ de bataille. Fière guerrière au bouclier, elle ôte sans pitié la vie de ceux qui ont la témérité de la défier. Pas question pour elle de laisser quiconque l'atteindre, et surtout pas les hommes ! Depuis que son premier amour, Halfdan Ulfsson, l'a cruellement trompée avec une autre, elle garde son cœur à l'abri. Or voilà que le traître qu'elle n'a jamais pu oublier resurgit aujourd'hui dans sa vie, prêt à lever les voiles du drakkar sur lequel elle doit embarquer ! Troublée malgré elle, Valda s'en fait la promesse : jamais plus elle n'accordera sa confiance à ce Viking au regard azur. Jamais plus elle ne s'abandonnera entre ses bras…

Son Highlander pour une nuit, de Terri Brisbin - N°989

Écosse, XIVe siècle

Plein de fougue et d'ardeur, Iain a vécu un premier amour passionné dans le village d'Achnacarry avec la belle Glynnis, du clan MacLachlan. Mais, alors que sa flamme semblait brûler d'une chaleur toujours plus forte, Glynnis lui est arrachée par son père pour contracter un mariage de son rang. Fou de douleur, Iain n'a plus qu'un objectif pour panser sa blessure : gravir les échelons du clan Mackenzie Cameron afin d'en devenir le chef. Et alors qu'il pensait ne jamais revoir son premier amour, il la reconnaît, sa soyeuse chevelure brune et ses yeux noisette brillant d'une fragilité nouvelle, dans la forêt d'Achnacarry. Veuve et rejetée par la famille de son ancien mari, elle ferait une épouse parfaite à présent… si Iain n'était pas promis à une autre. Mais Glynnis n'en démord pas : elle lui demande de lui accorder une seule nuit de plaisir à ses côtés…

La lady insoumise, de Meriel Fuller - N°990

Angleterre, XIIIe siècle

En arrivant au manoir de Sefanoc, le chevalier de Saint-Loup comprend qu'on s'est moqué de lui : la prétendue domestique qu'il a récemment sauvée des sbires du comte Jean n'est autre que la sœur de son ami Hugh, celle qu'il cherche désespérément. Mais, à en juger par son entêtement à cacher son identité et par la pluie de flèches avec laquelle on l'accueille, il aura du mal à convaincre la jeune femme de le suivre. Pourtant, il a juré à Hugh, gravement malade, de lui ramener sa sœur. Et il compte bien tenir sa promesse, au risque de heurter la fierté de cette diablesse...

Le silence d'une gouvernante, de Janice Preston - N°991

Angleterre, 1811

Pour connaître sa petite Clara, qu'elle n'a pas revue depuis qu'elle lui a donné le jour, Grace était prête à tout. Y compris à devenir sa gouvernante et à taire à jamais le terrible secret qui les lie. Mais rien ne l'avait préparée au maelström d'émotions qui la submergent, dès son arrivée au domaine retiré de Shiverstone Hall. Non seulement elle éprouve un bonheur intense à serrer son enfant dans ses bras, mais elle est infiniment troublée par le tuteur de Clara. Nathaniel Pembroke, le sombre marquis de Ravenwell, dégage en effet une aura mystérieuse. Et, si la noirceur d'âme de cet homme l'effraye, Grace ne peut nier longtemps l'attirance qu'elle ressent pour lui...